Trilogie des diamants

Trilogie des démons

NORA ROBERTS

Trilogie des diamants

BEST SELLERS

éditions Harlequin

Titres originaux :
HIDDEN STAR
CAPTIVE STAR
SECRET STAR

Traduction française de
Première partie : PATRICIA RADISSON
Deuxième partie : PATRICIA RADISSON
Troisième partie : ZOÉ DELCOURT

Photo de couverture
Diamants : © GEORGES LOGAN / GETTY IMAGES

83-85, boulevard Vincent-Auriol, 75013 PARIS — Tél. : 01 42 16 63 63
Service Lectrices — Tél. : 01 45 82 47 47
ISBN 978-2-2800-8760-5 — ISSN 1248-511X

PREMIÈRE PARTIE

1.

Le jour où l'inconnue débarqua dans son bureau, Cade Parris sut d'instinct qu'elle serait la femme de sa vie.

Manque de chance, il n'était pas au mieux de sa forme, ce jour-là… D'abord, sa secrétaire avait démissionné la veille. Certes, ce n'était pas une grande perte puisqu'elle s'était toujours davantage intéressée au vernis de ses ongles qu'à son travail. N'empêche que Cade ne pouvait pas, seul, tenir à jour ses dossiers et mettre un peu d'ordre ! Voilà pourquoi il avait offert à cette incapable une augmentation mirobolante supposée la retenir ! En vain ! Cade n'avait pu détourner sa secrétaire d'une soudaine vocation de chanteuse de country music… A l'heure actuelle, elle devait donc rouler en direction de Nashville dans sa guimbarde d'occasion. Bon vent ! Et que son parcours soit aussi apocalyptique que l'état dans lequel elle avait laissé le bureau en partant ! C'était tout le bien qu'il lui souhaitait.

Malgré le pétrin dans lequel il se retrouvait, il ne gaspilla pas son temps à fulminer, pas plus qu'il ne le gâcha à décrocher le téléphone qui sonnait sans trêve dans le bureau désert de son ex-secrétaire. Il devait taper des rapports, et comme la dactylographie ne faisait pas partie de ses talents, il était urgent qu'il s'y attelle. Faute de quoi, Parris Investigations ne survivrait pas à la désertion de sa pop-star de secrétaire…

Parris Investigations n'était pas à proprement parler une entreprise florissante, mais c'était *son* agence et il y tenait. Elle lui convenait, comme lui convenait son bureau, simplement constitué de deux petites pièces perchées au dernier étage d'un immeuble en briques du District of Columbia.

Pas le grand luxe… Justement, il se passait très bien des moquettes épaisses, des meubles polis… ! La prétention et la pompe des intérieurs bourgeois, il avait grandi dedans jusqu'à ce que, à l'issue de son adolescence, il en ait sa dose. A présent, à trente ans, après un mariage raté et enterré, et malgré sa famille toujours aussi prompte à critiquer le moindre de ses choix, il était globalement content de son sort.

Pourquoi ne l'aurait-il pas été ? Il possédait sa licence de détective privé, avait la réputation de faire du bon boulot, et gagnait suffisamment d'argent pour maintenir son entreprise à flot.

Bien que, à dire vrai, l'argent constituât un problème, en ce moment. On pouvait même dire que — dactylographie mise à part — il traversait une période de calme plat. La plupart des dossiers qu'il avait à traiter se rapportaient à des problèmes d'assurance ou des règlements de comptes matrimoniaux. Beaucoup moins excitant que ce qu'il avait imaginé en choisissant le métier de détective, et peu rémunérateur. Il venait juste de régler sans effort deux cas mineurs de fraude à l'assurance, et, pour l'instant, il n'avait rien d'autre en vue. Par malchance, sa sangsue de propriétaire choisissait ce moment pour augmenter le loyer, sa voiture cliquetait très bizarrement ces temps-ci, et la climatisation de son bureau venait de tomber en panne. Quant au toit, il laissait de nouveau passer la pluie.

Il en était là de ses réflexions quand il entendit une voix sur son répondeur. La voix de sa mère. Mon Dieu ! échappe-t-on jamais à sa mère ?

— « Cade chéri, j'espère que tu n'as pas oublié le bal de l'ambassade ? Tu sais que tu y accompagnes Pamela Lovett. J'ai déjeuné avec sa tante hier. Selon elle, sa nièce est revenue radieuse de son petit séjour à Monaco. »

Les yeux rivés à l'écran de son ordinateur, Cade bougonna. Sale machine ! Lui et ces engins entretenaient un rapport conflictuel, de toute façon, et où la confiance occupait peu de place.

Intarissable, sa mère poursuivait :

— « As-tu porté ton smoking à nettoyer ? Et prends le temps d'aller chez le coiffeur. La dernière fois que je t'ai vu, tu avais le cheveu en bataille. »

« Et pense aussi à te laver les oreilles ! » acheva intérieurement Cade en coupant le son du répondeur. Sa mère n'accepterait-elle donc jamais que le style de vie des Parris ne soit pas son mode de vie à *lui* ? Il ne voulait tout simplement *pas* déjeuner au club ; ni chaperonner d'anciennes débutantes lorsqu'elles visitaient Washington. Et toute la persuasion de sa mère n'y changerait rien.

Ce qu'il recherchait, c'était l'aventure. Et même si lutter pour taper un rapport au sujet d'une arnaque à l'assurance ne rappelait en rien les exploits de Sam Spade, son détective fétiche du *Faucon maltais*, Cade considérait que c'était déjà mettre le pied à l'étrier.

En tout cas, il ne se sentait ni inutile ni déplacé, et ne s'ennuyait pas. Il aimait la rumeur de la circulation qui lui parvenait par la fenêtre — même si la fenêtre n'était ouverte que parce que son propriétaire véreux ne réparait pas la climatisation. De toute façon, fenêtres fermées, son bureau aurait été étouffant, et aussi confiné qu'une tombe.

Cependant, aujourd'hui, la chaleur était particulièrement étouffante, on pressentait l'arrivée de la pluie et la clim eût été bienvenue. La sueur coulait le long du dos de Cade, le rendant nerveux et irritable. Il n'avait gardé pour tout vêtement qu'un jean et un T-shirt, et ses doigts moites glissaient sur le clavier. Plusieurs fois, il dut repousser une mèche de cheveux qui lui tombait sur le front. Finalement, sa mère n'avait pas tort, songea-t-il : une séance chez le coiffeur s'imposait.

Quand la mèche retomba sur son front, il l'ignora, comme il ignorait la transpiration, la chaleur, le bourdonnement de la circulation et le goutte-à-goutte indésirable en provenance du plafond. Assis, il tapait méthodiquement — avec un doigt pour ne plus riper.

Il croisa son reflet dans la glace poussiéreuse du mur de droite. On disait de lui qu'il était un homme d'une « étonnante beauté », même avec la mine renfrognée des mauvais jours. En fait, il s'était contenté d'hériter du physique de la famille, songea-t-il. Les yeux verts intelligents — au regard aigu ou doux selon les circonstances et les états d'âme. Des cheveux souples. Le nez droit, aristocratique, un peu long... Le dessin ferme de sa bouche se prêtait au sourire lorsque quelque chose l'amusait, à l'ironie dans le cas contraire.

Son visage, tout en ayant perdu l'embarrassant côté « chérubin » de son adolescence, était encore marqué de fossettes séduisantes. Certains hommes craignent de vieillir ; Cade Parris, au contraire, aspirait à la maturité, qui, avec un peu de chance, lui donnerait les rides viriles qui lui manquaient.

Car il aurait aimé un visage taillé à la serpe... ! Raté ! On lui avait collé l'allure d'une gravure de mode. D'ailleurs, à vingt ans, il avait pu poser pour une revue — pas par goût, cependant ; par provocation, histoire de réagir aux pressions familiales.

Le téléphone sonna de nouveau. Cette fois, Cade entendit la voix de sa sœur : elle lui reprochait de ne pas avoir assisté au cocktail donné en l'honneur d'un quelconque sénateur auquel elle apportait son soutien. Alors, un instant il eut la tentation de débrancher le maudit répondeur, et de le jeter par la fenêtre, ce qui le débarrasserait de la voix nasillarde de sa sœur, par la même occasion !

Comme si ce désagréable sermon n'avait pas suffi, la pluie qui ajoutait à la chaleur humide de la pièce se mit à tomber, accentuant le goutte-à-goutte en provenance du plafond. Là, pour une raison indéterminée — si ce n'est méchanceté pure et simple du destin —, l'écran de l'ordinateur s'éteignit. Pour couronner le tout, la bouilloire se mit à siffler.

D'un bond, Cade se leva. Comme tous ceux qui font du zèle en pareille circonstance, il se brûla la main sur l'anse de la bouilloire. Il lança alors une bordée de jurons et lâcha le récipient qui s'écrasa par terre. Mille éclats de verre s'éparpillèrent. Cade ouvrit alors un tiroir, attrapa des serviettes en papier à l'aveugle, et se coupa le doigt sur un bout de verre en épongeant le café.

Il n'y avait qu'une explication à cette avalanche de contrariétés, conclut-il : ce n'était pas son jour.

La réalité le démentit.

Une femme venait d'entrer, alors qu'il jurait encore comme un enragé et ne songeait même pas à lever la tête.

Elle se tenait debout, trempée de pluie, le visage pâle comme la mort, les yeux hagards, et pourtant… divine.

— Excusez-moi… j'ai dû me tromper de bureau…

Sa voix était rauque, comme si elle n'avait pas parlé depuis longtemps. Tandis qu'elle reculait d'un pas, ses grands yeux bruns se posèrent sur la plaque de l'agence.

— Vous êtes monsieur Parris ?

L'espace d'un instant, frappé par la foudre, Cade se trouva incapable de parler. Il avait bien conscience de fixer éhontément cette femme, mais n'y pouvait rien changer. Son cœur allait sans doute s'arrêter. Il se sentait faible. Et une seule pensée lui vint à l'esprit : « Vous, enfin. Pourquoi avoir autant tardé ? »

Parce que cette pensée lui sembla ridicule, il se composa — plutôt à grand-peine — l'expression cynique et détachée du détective type.

— Ouais, bougonna-t-il. Je suis Cade Parris. Et je viens d'avoir un petit pépin.

Il se souvint du mouchoir, fourré dans sa poche, et enveloppa son pouce qui saignait abondamment.

— Je vois, dit l'inconnue d'un air absent. J'arrive au mauvais moment. Je n'ai pas de rendez-vous, mais je pensais que…

— Mon calendrier n'est pas surchargé.

Pourquoi évoquait-il le calendrier ? A la vérité, il voulait coûte que coûte retenir cette femme. D'abord, elle pouvait le faire travailler. Car, en dépit de la réaction instinctive, absurde et sans précédent qu'il avait éprouvée en la découvrant, Cade ne perdait pas de vue qu'il était un pro et elle une possible cliente, bienvenue dans une petite agence en mal de dossiers comme Parris Investigations. Mais, surtout, jamais une femme aussi ravissante n'avait franchi le seuil de l'agence du grand Sam Spade lui-même.

Elle était blonde, belle… et perplexe. Ses cheveux mouillés tombaient tout raides sur ses épaules. Ses yeux avaient la couleur du bourbon, dans un visage aux traits délicats de fée. Un visage en forme de cœur, avec des joues douces et une bouche pleine, grave et sans maquillage.

La pluie avait abîmé son tailleur et ses chaussures. Cade jugea l'ensemble d'excellente qualité — la touche exclusive et discrète des grands faiseurs. Si bien que, contre le chemisier de soie bleu trempé, l'ordinaire sac de toile qu'elle portait paraissait curieusement déplacé.

Une demoiselle en détresse, se réjouit Cade. Exactement ce qu'il lui fallait ! Ses lèvres s'en seraient retroussées de plaisir !

— Pourquoi ne pas entrer, mademoiselle… ?

La jeune femme serra son sac contre sa poitrine et Cade aurait juré que son cœur battait à grands coups tant elle semblait affolée.

— Vous êtes bien détective privé ?

— C'est ce que dit ma plaque.

Il sourit, usant sans remords du charme de ses fossettes tandis qu'il observait la jeune femme qui se mordillait nerveusement la lèvre. Splendide… Il aurait aimé mordiller lui-même cette bouche, songea-t-il.

Cette réaction-là — physique, sensuelle — l'étonna beaucoup moins que son hébétude ridicule des premières secondes de leur rencontre. En fait, il se sentit même soulagé de renouer avec des sensations familières. Le désir, voilà une émotion qu'il comprenait !

— Rendons-nous dans mon bureau, proposa-t-il.

D'un coup d'œil, il embrassa l'étendue des dégâts : verre cassé, mare de café…

Elle inspira profondément. Puis elle fit quelques pas, et referma la porte derrière elle. Elle devait commencer son récit quelque part. Mais comment s'y prendre ?

Enjambant les débris, elle suivit le détective dans la pièce attenante. Les meubles consistaient pour l'essentiel en un bureau et deux chaises achetées au rayon affaires d'une grande surface. Rien de brillant, songea-t-elle, rien de rassurant non plus. Mais elle ne pouvait se permettre de faire la fine bouche. Elle attendit donc que le privé se soit assis derrière son bureau, et lui ait adressé un sourire qui visait sans doute à la rassurer.

Alors elle ferma les yeux, et se concentra.

— Avez-vous… Pouvez-vous me montrer vos… références ?

Intrigué, Cade sortit sa licence et la tendit à l'inconnue. Pendant qu'elle examinait le document comme si elle en pesait chaque mot, Cade l'observa. Elle portait deux belles bagues, une à chaque main, remarqua-t-il. L'une d'elles était une citrine sertie à l'ancienne, l'autre un ensemble de trois pierres. A la faveur du geste par lequel elle arrangea ses cheveux, il nota aussi que ses boucles d'oreilles étaient assorties à la seconde bague.

— Voulez-vous m'expliquer le problème, mademoiselle… ?

— Je crois…

Elle lui rendit sa licence, et l'étudia à son tour de ses yeux intenses et pénétrants — aussi sérieusement qu'elle avait étudié ses références.

— Je crois que j'aimerais utiliser vos services. Vous recherchez les personnes disparues, n'est-ce pas ?

« Qui as-tu perdu, mon cœur ? » se demanda Cade. Il espérait, pour elle comme pour les fantasmes qui naissaient dans sa propre tête, qu'elle n'avait pas perdu un mari, ni même un amant…

— Bien sûr, répondit-il.

— Quels sont vos honoraires ?

— Deux dollars cinquante par jour, plus les frais.

Comme elle opinait, il saisit un bloc et un stylo.

— Qui dois-je rechercher ?

Elle soupira, frissonna.

— Moi. Vous devez me chercher moi. Et me trouver.

Les yeux fixés sur elle, Cade tapota la table de son stylo.

— C'est déjà fait, on dirait. Je vous envoie ma note ou vous payez tout de suite ?

Elle allait s'effondrer. Elle tenait le coup depuis si longtemps — du moins le temps lui avait-il semblé long. Mais, à présent, la branche à laquelle elle s'était raccrochée quand le monde s'était écroulé autour d'elle commençait à craquer.

Alors, pour ne pas donner aux sanglots la possibilité de l'empêcher de parler, elle se dépêcha d'avouer :

— Je ne me rappelle rien. Absolument rien.

Sa voix vacilla. Elle lâcha son sac et pressa les mains contre son visage.

— Je ne sais pas qui je suis. Je ne sais pas qui je suis.

Les mots mêlés de pleurs bruissaient entre ses doigts.

— Je ne sais pas qui je suis, répéta-t-elle.

*
* *

Cade en connaissait un rayon en matière d'hystérie féminine. Il avait grandi parmi des femmes qui usaient de flots de larmes et de sanglots en réponse à n'importe quel problème, qu'il s'agît d'un ongle cassé ou d'un divorce. Il se leva donc, s'arma d'une boîte de mouchoirs en papier, et s'accroupit devant la jeune femme.

— Allons, allons, mon chou, ça va passer.

Avec savoir-faire, il lui essuyait le visage tout en parlant. Il lui tapotait la main, lui caressait les cheveux, cherchait à capturer son regard noyé de larmes.

— Désolée. Je ne peux pas…

— Pleurez tout votre soûl. Ça ira mieux après.

Il se leva et revint des lavabos avec un gobelet en carton.

Quand les mouchoirs mouillés se furent entassés sur ses genoux, l'inconnue recrouvra un peu de calme, et reprit son souffle.

— Merci. Je me sens mieux.

Ses joues rosirent d'embarras tandis qu'elle rassemblait les mouchoirs. Cade les lui prit des mains, les jeta dans la poubelle, et s'appuya contre son bureau.

— Racontez-moi tout, suggéra-t-il.

Elle hocha la tête, et se tordit nerveusement les mains.

— Il n'y a pas grand-chose à raconter. Je ne me rappelle rien. Qui je suis, d'où je viens, qui sont mes amis, ma famille. Rien.

Une femme divinement belle et privée de passé, poussée par la pluie jusqu'à son agence…, songea Cade. Autrement dit, un rêve en pleine réalité ! Il y avait forcément un os… Il regarda du côté du sac qu'elle tenait toujours sur ses genoux. L'os était-il caché là ? Ils y viendraient plus tard.

— Pourquoi ne me diriez-vous pas le premier souvenir que vous ayez ?

— Je me suis réveillée dans une chambre d'un petit hôtel de la 16e Rue.

Elle cala sa tête contre le dossier de son siège et, fermant les yeux, elle essaya de se concentrer.

— Même cela, ce n'est pas clair. J'étais roulée en boule sur le lit. Une chaise coinçait le bouton de la porte. Il pleuvait. J'étais groggy et désorientée, mon cœur battait fort comme si je m'éveillais d'un cauchemar. Je portais encore mes chaussures — je me souviens m'être demandé pourquoi je m'étais couchée avec mes souliers. La chambre était obscure et étouffante. Toutes les fenêtres étaient closes. J'étais épuisée. Aussi suis-je allée dans la salle de bains m'asperger le visage.

Elle ouvrit les yeux et plongea son regard dans celui de Cade.

— J'ai vu mon visage dans le miroir. Un vilain petit miroir tout piqué. Et mon visage m'a semblé inconnu.

Levant une main, elle la passa sur sa joue, puis le long de sa mâchoire.

— Je ne pouvais pas mettre un nom sur ce visage, ni le relier à aucune pensée, aucun projet. Pas davantage au passé. Je ne savais pas comment j'avais abouti dans cette chambre sordide. J'ai regardé dans les tiroirs et la penderie : ils étaient vides. Pas de vêtements. J'avais peur de rester là, mais ne savais où aller.

— Le sac… c'est tout ce que vous aviez avec vous ?

— Oui.

De nouveau ses mains s'agrippèrent à la bandoulière du sac de toile.

— Pas de sac à main, pas de portefeuille, aucune clé. J'ai juste trouvé ça dans ma poche.

Et, de la poche de sa veste, elle sortit un petit bout de papier. Cade le lui prit et y jeta un rapide coup d'œil.

« Virginia, samedi 7 heures, d'accord ? S. »

— Je ne sais pas ce que cela veut dire. J'ai lu les journaux. Aujourd'hui, nous sommes vendredi.

Cade lui tendit un bloc-notes et un stylo.

— Recopiez le message, demanda-t-il.

Elle s'exécuta.

Afin de comparer les deux écritures, Cade plaça les deux bouts de papier côte à côte.

— Eh bien ! Puisque vous n'êtes pas S., je dirais que vous êtes Virginia.

Elle cligna des yeux.

— Pardon ?

— Si j'en juge par son écriture, S. est gaucher ou gauchère. Vous êtes droitière. Votre écriture est nette, simple. Celle de S. est un gribouillis impatient. Le papier se trouvait dans *votre* poche. Je conclus de tout cela qu'il y a de fortes chances que vous soyez Virginia.

— Virginia…, répéta-t-elle.

Elle essaya de s'approprier le nom — l'espoir qu'il faisait naître, la sensation et le goût de l'identité. Mais « Virginia » demeurait sec et étranger.

— Ça ne signifie rien pour moi.

— Ça signifie au moins que nous pouvons associer un prénom à votre personne. C'est un point de départ. Dites-moi ce que vous avez fait ensuite.

Déconcertée, elle le regarda sans comprendre.

— Oh, je… il y avait un annuaire dans la chambre. J'ai cherché les agences de détectives.

— Pourquoi avoir choisi la mienne ?

— A cause du nom. Il sonnait solide.

Elle sourit pour la première fois. Un pâle sourire, sans doute, mais un sourire.

— J'ai commencé à appeler. Pourtant la peur de ne pas être comprise m'a retenue. J'ai préféré me présenter en personne… J'ai donc attendu dans la chambre l'ouverture des bureaux, j'ai marché un petit moment dans les rues, et j'ai pris un taxi jusqu'ici.

— Pourquoi ne pas être allée à l'hôpital ? Ne pas avoir appelé un médecin ?

Les yeux fixés sur ses mains, elle répondit :

— J'y ai pensé… mais je ne l'ai pas fait.

« Elle laisse des pans entiers dans l'ombre », songea Cade. Contournant son bureau, il ouvrit un tiroir et en tira une barre chocolatée.

— Vous ne m'avez pas parlé de petit déjeuner, remarqua-t-il.

Il la regarda étudier la sucrerie avec ce qui lui parut de la curiosité mêlée d'amusement.

— Cela vous aidera à tenir…

— Merci.

Avec des mouvements net et précis, elle défit l'enveloppe de la confiserie.

— Il se peut que des gens s'inquiètent pour moi, dit-elle. La famille, les amis. Peut-être ai-je un enfant ?

Ses yeux s'assombrirent tandis que son regard se perdait dans le vague.

— J'en doute, car j'imagine mal une mère gommer de sa mémoire sa propre progéniture, continua-t-elle. Mais il peut exister des gens qui se demandent ce que je suis devenue. Pourquoi je ne suis pas rentrée la nuit dernière.

— Vous auriez pu vous rendre à la police.

Cette fois, sa voix se fit sèche, tranchante.

— Je ne souhaitais pas aller à la police. Pas avant… Non, je ne veux pas mêler la police à tout cela.

Elle s'essuya les mains avec un mouchoir en papier qu'elle se mit à déchiqueter, méthodiquement, en fines lanières.

— Peut-être quelqu'un me recherche-t-il ? Quelqu'un qui n'est ni un ami ni de la famille, et ne me veut pas du bien. J'ignore pourquoi, mais j'ai cette intuition. Tout ce que je sais, c'est que j'ai peur. C'est plus que le simple inconfort de ne pas se souvenir.

Peut-être étaient-ce ces grands yeux humides posés sur lui ? Ou ses mains fines, nerveuses ? Toujours est-il que Cade ne résista pas au désir de frimer.

— Je peux déjà vous en dire un peu sur vous-même. Vous êtes une femme intelligente, entre vingt et vingt-cinq ans. Vous possédez un sens de la couleur et du style, et votre carnet de chèques est assez confortable pour que vous vous offriez des chaussures italiennes et des tailleurs de soie. Vous vous habillez bien, vos mains sont soignées, votre vernis à ongles discret. Vos bijoux sont des pièces uniques, très belles et sobres. Vous êtes sans doute organisée. Et vous aimez le chocolat.

Elle froissa l'enveloppe du chocolat entre ses mains.

— Qu'est-ce qui vous fait dire tout cela ?

— Vous parlez bien, même quand vous avez peur, poursuivit-il sans répondre à la question. Vous avez envisagé la situation pas à pas, avec logique. Vos préférences vont aux choses suggérées plutôt qu'aux affirmations péremptoires. De même que vous éludez mal certains points, vous ne savez pas mentir. Vous avez la tête sur les épaules, et ne paniquez pas facilement. Et vous ne me dites pas tout, parce que vous ne savez pas encore si vous pouvez me faire confiance.

— Devrais-je vous faire confiance ?

— Je ne vous ai pas forcée à vous adresser à moi.

Acquiesçant d'un signe de tête, elle se leva et se dirigea vers la fenêtre. La pluie tambourinait, maintenant, et elle porta la main à son front, comme si un vague mal de tête la tenaillait.

— Je ne reconnais pas la ville, murmura-t-elle. Et pourtant, je sens que je devrais. Je sais où je suis, parce que j'ai lu le *Washington Post*, ce matin : je sais à quoi ressemblent la Maison Blanche et le Capitole. Peut-être parce que je les ai vus à la télévision, ou dans un livre ?

Bien qu'il soit humide de pluie, elle s'accouda au bord de la fenêtre et parut en apprécier la fraîcheur.

— J'ai l'impression d'avoir atterri dans cette horrible chambre d'hôtel et de ne venir de nulle part. Et pourtant, je sais lire et écrire, marcher et parler. Le chauffeur de taxi écoutait la radio, et j'ai reconnu la musique. J'ai identifié l'odeur du café en pénétrant dans votre bureau, et elle m'était familière. Et quand la pluie s'arrêtera, je m'attends que le ciel soit bleu.

Elle poussa un soupir.

— En somme, je ne viens pas de nulle part. Il y a des choses que je connais, dont je suis sûre. Mais c'est mon visage qui ne me dit rien. Comme ce qu'il cache. Peut-être suis-je égoïste et calculatrice ? Cruelle même ? Il se peut que j'aie fait du mal à quelqu'un. Un mari que je trompe, des voisins que je me suis aliénés…

Quand elle se retourna, son visage exprimait tout à la fois de la détermination et de la fragilité.

— Je ne sais pas si je vais aimer la personne que vous allez m'aider à découvrir, mais je dois savoir qui je suis.

Elle posa son sac sur le bureau, hésita brièvement puis l'ouvrit.

— Quant à vos honoraires… je pense en effet avoir de quoi les régler.

Cade appartenait à un milieu fortuné, où l'argent vieillit, prospère et se transmet de génération en génération. Pourtant, jamais il n'en avait vu autant à la fois. Car le sac de toile était plein de liasses de billets de dix dollars. Tous craquants et propres. Fasciné, il saisit une liasse et la fit glisser entre ses doigts. Pas de doute, sur chaque billet s'étalait bien le visage familier et digne de Ben Franklin.

— Il doit y avoir un million de dollars, murmura-t-il.

— Un million deux cent mille, confirma-t-elle en frissonnant. J'ai compté. Je ne sais pas d'où provient cet argent. Je l'ai peut-être volé.

Les larmes coulèrent de nouveau et elle se détourna.

— C'est peut-être une rançon. J'aurais kidnappé un enfant, qui serait retenu quelque part, en ce moment, alors que je viens de toucher l'argent…

— Ajoutons une imagination débordante au portrait que j'ai brossé de vous, répondit Cade avec calme et amusement.

La jeune femme réagit.

— Il y a une fortune dans ce sac ! objecta-t-elle, comme pour souligner la gravité du fait.

— Désolé, Virginia, mais vous n'avez rien du kidnappeur froid et calculateur.

— Pourriez-vous vérifier discrètement s'il y a eu un rapt ces jours-ci ?

— Bien sûr. Si la police a été prévenue, je peux obtenir quelques informations.

Luttant visiblement pour demeurer calme, elle plongea de nouveau la main dans son sac de toile. Cette fois-ci, elle en extirpa un .38.

— Et s'il y a eu meurtre ?

Prudent, Cade détourna le barillet et prit l'arme. C'était un Smith et Wesson dans lequel — il eut tôt fait de le vérifier — il ne manquait pas une balle.

— Qu'avez-vous ressenti en le tenant entre vos mains ? demanda-t-il. Le poids, la forme ?

La question parut la dérouter, mais elle fit de son mieux pour y répondre.

— Pas aussi lourd que j'aurais cru. Je m'attendais à davantage de substance. Ça me gênait d'avoir ça entre les mains.

— Alors que le stylo vous a paru naturel.

Cette fois-ci, elle passa ses deux mains dans ses cheveux.

— Où voulez-vous en venir ? Je vous sors plus d'un million de dollars, et vous me parlez de stylo !

— Lorsque je vous ai tendu un stylo, cela ne vous a pas posé de problème. Vous l'avez pris et utilisé très naturellement.

Il eut un petit sourire, et glissa le revolver dans sa poche au lieu de le replacer dans le sac.

— J'en déduis que vous êtes plus à l'aise avec un stylo qu'avec un .38.

La simple logique de ce raisonnement soulagea manifestement l'inconnue. Mais sans dissiper tous les nuages.

— Vous avez peut-être raison. Mais ça ne veut pas dire que je ne m'en suis pas servie, répondit-elle.

— En effet. Et puisque vous l'avez touché, on ne peut pas prouver que vous ne l'avez pas utilisé. Je vérifierai s'il est enregistré, et au nom de qui.

Les yeux de la jeune femme s'éclairèrent d'espoir. Elle tendit la main, saisit celle de Cade et la pressa dans un geste spontané.

— Il se peut qu'il m'appartienne. Dans ce cas, nous aurions un nom. Le mien. Je n'avais pas conscience que ça pouvait être aussi simple.

— Ça peut être simple. Ou pas.

Elle libéra la main de Cade et se mit à arpenter la pièce. Ses mouvements étaient nets, maîtrisés, nota-t-il.

— Vous avez raison. Je m'emballe. Mais ça aide tellement de pouvoir parler à quelqu'un ! Quelqu'un qui sait résoudre les problèmes. Je ne semble pas capable de recomposer seule le puzzle, monsieur Parris.

— Appelez-moi Cade.

Elle prit une profonde inspiration.

— Cade. C'est bon d'appeler quelqu'un par son prénom. Vous êtes la seule personne que je connaisse. La seule avec laquelle je me rappelle avoir conversé. C'est à la fois bizarre et réconfortant.

— Et si je devenais la première personne avec laquelle vous vous souveniez avoir déjeuné ? Vous avez l'air épuisée, Virginia.

Comme il était étrange d'entendre le détective utiliser ce nom pour s'adresser à elle. Parce que c'était tout ce qu'elle possédait, elle s'efforça de se convaincre qu'il s'agissait bien du sien.

— Je suis fatiguée. Je n'ai pas le sentiment d'avoir beaucoup dormi. Et je ne sais pas quand j'ai mangé pour la dernière fois.

— Que diriez-vous d'œufs brouillés ?

Un sourire fugace dansa sur les lèvres de Virginia.

— Jamais entendu parler.

— Nous allons découvrir ça ensemble.

Cade souleva le sac. La main de la jeune femme se posa sur la sienne.

— Il y a autre chose, dit-elle.

Elle observa un moment de silence, pendant lequel elle fixa Cade d'un long regard pénétrant. Elle fouillait, évaluait, décidait, apparemment. Mais elle semblait aussi savoir qu'il n'y avait pas d'alternative : il était sa seule chance.

— J'ai besoin d'une promesse de votre part. Même si ce que je vous demande n'est pas tout à fait réglementaire… Si, au cours de votre enquête, vous découvrez que j'ai commis un crime, promettez-moi de ne pas me livrer à la police avant d'avoir élucidé tous les faits, y compris les circonstances exactes du crime.

Cade inclina la tête.

— Vous semblez croire que je vous dénoncerai ?

— Si j'ai enfreint la loi, je trouve normal que vous me livriez à la police. Mais d'abord, je veux connaître les tenants et les aboutissants. Ai-je votre parole ?

— Bien sûr, dit-il en lui prenant la main.

Une main délicate, mais ferme. Quant à la femme elle-même, pensa-t-il, elle était un fascinant mélange de fragilité et d'intransigeance.

— Pas de flic avant que toute l'affaire soit élucidée, confirma-t-il. Vous pouvez me faire confiance.

Cette fois, dans un élan aussi naturel que la couleur de ses yeux, elle l'embrassa sur la joue.

— Vous êtes très gentil… Une dernière chose. La plus importante, je pense.

Elle enfouit la main dans son sac de toile, chercha à tâtons, et sortit une pochette d'épais velours, apparemment lourde comme une bourse miniature. Avec d'infinies précautions et une sorte de révérence inquiète, elle défit le cordon de la pochette et en fit glisser le contenu dans le creux de sa main.

L'argent avait surpris Cade. Le revolver l'avait inquiété. Mais ce qu'il vit alors le stupéfia : une pierre énorme explosait en mille éclats de feu dans la paume de Virginia. Sa pureté irradiait, éblouissante, somptueuse. On eût dit qu'elle possédait des pouvoirs tant elle était impressionnante par la taille et la couleur. De ses angles aigus, elle capturait la moindre particule de lumière pour la réfléchir comme on jetterait une lance aussi affutée qu'étincelante. Cette pierre était digne de la couronne d'une reine, du sein d'une déesse.

— Je n'ai jamais vu de saphir aussi gros.

— Ce n'est pas un saphir. C'est un diamant bleu d'environ cent carats. De taille brillant. Il vient très probablement d'Asie Mineure. Pas d'inclusions visibles à l'œil nu. C'est une rareté aussi bien par la couleur que par le poids. J'estime sa valeur à au moins trois fois la somme d'argent qui se trouve dans mon sac.

Cade ne regardait plus le diamant, mais la jeune femme : comment cette amnésique pouvait-elle détailler les caractéristiques de cette pierre dans le jargon technique d'un véritable gemmologiste ? Elle dut deviner ses interrogations, car elle leva les yeux vers lui et déclara :

— J'ignore comment, mais je le sais. De même que je suis sûre qu'il… qu'il n'est pas… pas tout à fait *complet*.

— Que voulez-vous dire ?

— Si seulement je le savais… C'est un sentiment très fort. Une quasi-certitude. Cette pierre *doit* faire partie d'un ensemble. De même, j'ai la conviction qu'elle ne peut m'appartenir. Elle n'appartient à personne. Per-so-nne, répéta-t-elle en séparant les syllabes. L'aurais-je volée ?

Elle serra les lèvres, releva le menton, puis murmura :

— J'ai peut-être tué quelqu'un, pour cette pierre.

2.

Cade la conduisit chez lui. La meilleure option lui paraissait en effet de la cacher. Et, surtout, il voulait de toute urgence mettre le sac de toile et son contenu à l'abri dans son coffre-fort. Simplement, il se demandait comment elle allait réagir…

Elle ne réagit pas.

Virginia n'avait pas protesté lorsqu'ils avaient quitté l'immeuble, n'avait fait aucun commentaire lorsqu'il lui avait ouvert la portière de la petite Jaguar rutilante garée sur le parking attenant au bâtiment. En général, il prenait sa discrète berline pour travailler, mais puisqu'elle se trouvait chez le garagiste, il en était réduit à utiliser sa voiture de sport.

De même, Virginia ne pipa mot quand ils s'engagèrent dans le joli quartier résidentiel, ombragé d'arbres gracieux, orné de gazons bien entretenus, pour s'arrêter dans l'allée d'une belle maison de style fédéral. Cade s'était préparé à lui expliquer qu'il en avait hérité d'une vieille tante qui avait un faible pour lui. Et qu'il vivait là pour le calme et le côté pratique de ce quartier chic au cœur de Washington.

Mais elle ne posa aucune question.

En fait, Virginia semblait épuisée. L'énergie qui l'avait poussée à sortir sous la pluie pour se rendre jusqu'à son agence s'était tarie, apparemment, la laissant sans ressort.

Et fragile.

Alors, il dut faire un effort pour résister à l'instinct de la prendre dans ses bras pour la transporter jusqu'à la maison. Il voyait la scène clairement. Le preux chevalier, le champion de sa dame, l'emportant dans ses bras jusqu'à la sécurité du château, hors de portée des dragons qui la menaçaient ! Au lieu de cela, il souleva le sac de toile, prit Virginia par la main et la conduisit jusqu'à sa cuisine.

— C'est parti pour les œufs brouillés ! annonça-t-il en installant la jeune femme sur une chaise près de la table.

Vidée, l'esprit vague, Virginia se sentait extrêmement reconnaissante. Le détective ne la harcelait pas de questions, et n'avait paru ni choqué ni épouvanté par son histoire. Peut-être cela tenait-il à la nature même de sa profession ? Quelle qu'en soit la raison, elle lui savait gré de lui offrir l'occasion de se ressaisir. Il prenait soin d'elle, et elle le laissait faire.

Virginia ferma les yeux. Etait-elle du genre à se faire dorloter par un homme ? A jouir du rôle de la femme enfant ? De toutes ses forces elle espéra que non. Puis se demanda pourquoi un détail si mineur lui importait tant — au moins autant que de savoir si elle avait tué ou volé.

Plus tard, elle se surprit à étudier ses mains, ses ongles courts, limés en arrondi, couverts d'un vernis clair. Trahissaient-ils sa personnalité ? Les mains étaient douces, mais pas manucurées avec le soin d'une femme qui ne les utilise jamais. Etait-elle du genre pratique, active ? Il paraissait cependant peu probable qu'elle exerce un métier manuel.

Les bagues..., songea-t-elle alors. Très jolies. Pas forcément originales mais certainement des pièces uniques. Et elle savait le nom des pierres. Grenat, citrine, améthyste. Comment connaissait-elle le nom de ces gemmes, alors qu'elle ne se souvenait pas même du visage de sa meilleure amie ?

D'ailleurs, avait-elle des amis ?

Etait-elle une femme généreuse ou une garce ? Une personne compatissante ou chicanière ? Riait-elle et pleurait-elle facilement au cinéma ? Aimait-elle un homme et en était-elle aimée ? Avait-elle vraiment volé plus d'un million de dollars, et s'était-elle vraiment servie de ce revolver ?

Elle sursauta quand Cade plaça une assiette en face d'elle, puis s'apaisa dès qu'il posa la main sur son épaule.

— Vous avez besoin de vous restaurer.

— Merci, murmura-t-elle.

Prenant sa fourchette, elle porta une bouchée jusqu'à ses lèvres et goûta.

— J'aime ça…

Le sourire hésitant, timide qu'elle lui décocha toucha Cade en plein cœur. Il s'assit, une chope de café à la main, et plaisanta pour dissiper l'émotion.

— Je suis connu dans le monde civilisé pour mes œufs brouillés, dit-il.

Le sourire de Virginia s'épanouit.

— Ça ne m'étonne pas. La pointe d'aneth et de paprika est très bien venue.

Elle continua à manger, réconfortée par l'intimité chaleureuse qui s'établissait entre eux.

— Vous cuisinez beaucoup ?

Du regard, elle fit le tour de la cuisine. Des éléments gris clair, du bois chaud, une fenêtre sans rideaux au-dessus d'un double évier blanc. Une machine à café, un grille-pain, des journaux ouverts sur le comptoir de bois. Une pièce nette, mais pas d'une hygiène d'obsessionnel. En contraste complet avec le désordre oppressant de l'agence, cependant.

— Vous êtes marié ? demanda-t-elle.

— Divorcé. Et je cuisine quand je suis lassé de manger au restaurant.

Appuyé au dossier de sa chaise, Cade sirota son café tout en étudiant le visage de Virginia.

— Vous êtes belle.

Effarouchée, Virginia leva vers lui un regard méfiant.

— C'est une simple remarque, précisa-t-il pour la rassurer. Et un indice. Rappelez-vous que je travaille avec le peu que j'ai à me mettre sous la dent. Donc, disais-je, vous êtes belle, mais d'une beauté discrète. Vous ne cherchez pas à attirer l'œil, et vous ne prenez pas les compliments avec désinvolture. En fait, je viens même de vous rendre très nerveuse.

Virginia prit sa tasse entre ses deux mains et la porta à ses lèvres.

— C'est votre but ?

— Non. N'empêche qu'il est intéressant et plaisant de constater que vous rougissez et éprouvez de la suspicion au même moment. Détendez-vous. Je ne suis pas en train de vous faire la cour.

« Bien que l'idée en soit fascinante et excitante », admit-il *in petto.*

— Vous n'êtes pas non plus une femme facile, poursuivit-il. Je crains qu'un homme n'aille pas très loin avec vous en vous assurant que vous avez de beaux yeux. Pas davantage en vous disant que la pureté de votre regard combinée au charme rauque de votre voix est très érotique. De même que votre raffinement.

Bien que l'effort lui coûtât, Virginia ne baissa pas les yeux.

— On dirait bel et bien que vous cherchez à me séduire…

Les fossettes de Cade se creusèrent en un sourire craquant.

— Vous voyez, vous n'êtes pas une femme facile à conquérir. En revanche, vous êtes très polie, bien élevée. On sent la Nouvelle-Angleterre, dans votre voix.

Virginia dévisagea Cade sans comprendre.

— Votre accent trahit votre origine : le Connecticut ou le Massachusetts, je ne suis pas sûr. Mais il y a de l'éducation yankee, chez vous, dans vos intonations, surtout quand vous devenez froide.

— La Nouvelle-Angleterre ? J'ai beau chercher, je ne vois pas…

— Pour moi, c'est une pièce du puzzle. Vous respirez la classe. Innée ou acquise, je ne sais pas.

Se levant, Cade prit l'assiette vide de Virginia.

— Et pour le moment, vous avez besoin de dormir.

L'idée de retrouver sa chambre d'hôtel sordide fit frissonner Virginia.

— Voici le numéro de téléphone et l'adresse de l'hôtel où je me trouve, dit-elle. Appelez-moi si vous découvrez quoi que ce soit.

— Vous n'y retournez pas.

Cade prit Virginia par la main et l'aida à se lever. Puis il la guida hors de la cuisine.

— Vous restez chez moi. J'ai plein de place.

— Ici ?

— Il vaut mieux que je puisse vous avoir à l'œil.

Parvenus dans le hall, ils s'engagèrent dans l'escalier.

— Le quartier est calme et sûr. Mais tant que nous ne savons pas comment vous vous êtes trouvée en possession d'un million de dollars et d'un diamant gros comme le poing, je ne veux pas que vous vous baladiez dans les rues.

— Vous ne *voulez* pas ? Vous *voulez* pour quelqu'un que vous ne connaissez même pas !

— Vous non plus ne me connaissez pas ! Encore une chose sur laquelle nous devrons travailler.

Il ouvrit la porte d'une chambre où la lumière tamisée filtrait à travers les rideaux de dentelle et jouait sur le parquet de chêne. De petits fauteuils tapissier et une table basse étaient disposés autour de la cheminée. Sur le lit confortable s'étalaient un quilt traditionnel et des coussins ventrus.

— Reposez-vous, conseilla-t-il. La salle de bains est attenante. Je vais vous trouver des vêtements de rechange.

Virginia sentit les larmes lui nouer la gorge. Des larmes de peur, de gratitude et de fatigue.

— Vous invitez toujours vos clientes chez vous ?

Cade caressa la joue de Virginia, et comme montait en lui le désir de la tenir dans ses bras, de sentir sur son épaule le poids de sa tête, il laissa retomber sa main.

— Seulement celles qui en ont besoin. Je serai en bas. J'ai des choses à faire.

Tendant les mains, Virginia prit celle de Cade et la garda un moment entre les siennes.

— Merci pour tout. On dirait que je ne me suis pas trompée en choisissant votre nom dans l'annuaire.

— Dormez. Laissez-moi prendre en charge vos soucis, pour l'instant.

— D'accord. Ne fermez pas la porte, demanda-t-elle précipitamment alors qu'il quittait la pièce.

Se retournant, Cade étudia la silhouette si délicate de cette femme perdue dans la pénombre. Puis il sortit, laissant la porte grande ouverte.

Virginia écouta le bruit de ses pas s'éloigner avant de s'asseoir sur le banc rembourré au pied du lit. Sans doute était-elle folle de faire confiance à cet homme, de remettre sa vie entre des mains étrangères aussi complètement qu'elle venait de le faire. Cependant, Cade Parris lui faisait vraiment impression. Pas seulement parce que, pour l'instant, son monde d'amnésique se réduisait à lui et à ce qu'elle lui avait confié, mais parce que son instinct de femme, d'être humain, l'y poussait. Peut-être était-ce foi aveugle et espoir insensé, mais il semblait impossible à Virginia de survivre un instant de plus sans cette foi et cet espoir. De sorte que son avenir dépendait maintenant de Cade Parris, de sa capacité à organiser son présent, et à déchiffrer son passé.

Elle enleva ses chaussures, ôta sa veste, qu'elle plia sur le banc. Etourdie de fatigue, elle s'allongea sur le lit et s'endormit dès que sa joue toucha l'oreiller.

Au rez-de-chaussée, Cade releva les empreintes digitales de Virginia sur sa tasse. Il savait où les faire analyser vite et en toute discrétion. Si elle avait un casier judiciaire ou avait travaillé un jour ou l'autre pour le gouvernement, elle serait rapidement identifiée.

Il consulterait la liste des personnes disparues. Cela non plus ne posait pas de problème. L'argent et le diamant le lançaient sur une autre piste. Le vol d'une pierre de cette taille ne passait pas inaperçu. Il fallait en outre vérifier les informations que Virginia lui avait fournies sur le diamant, puis faire quelques recherches. Vérifier le numéro d'enregistrement du revolver. Vérifier ses sources concernant les homicides récents avec un .38.

Toutes ces démarches auraient gagné en efficacité s'il avait pu les accomplir en personne plutôt que par téléphone ou à l'aide de l'ordinateur. Cependant, il ne voulait pas laisser Virginia seule pour le moment. Elle pourrait paniquer et se volatiliser. Pas question de prendre le risque. Il était tout à fait possible qu'elle se réveille, se souvienne de son identité, et reprenne le cours normal de sa vie avant même qu'il ait eu le temps de la sauver.

Or il tenait à la sauver.

Tandis qu'il enfermait le sac de toile dans son coffre-fort, allumait son ordinateur, gribouillait quelques notes, une pensée lui vint à l'esprit : Virginia avait peut-être un mari, des enfants, des amants jaloux ou un casier judiciaire bourré à craquer. Mais il s'en moquait éperdument. Elle était sa dame en détresse envoyée par le destin, ou le hasard, ou qu'importe ; elle était la femme qu'il attendait depuis toujours et, bon sang, il la protégerait !

Il passa plusieurs coups de téléphone, puis s'arrangea pour faire parvenir les empreintes à son contact au commissariat. Cette petite faveur lui coûterait une bouteille de whisky, mais dans la vie, rien n'est gratuit, n'est-ce pas ?

— Au fait, Mick, tu as entendu parler d'un casse dans une joaillerie ?

A l'autre bout du fil, il imaginait très bien l'inspecteur Mick Marshall, le combiné coincé entre l'oreille et l'épaule, un stylo à la main, ses cheveux roux dressés en brosse sur la tête.

— Tu es sur un coup, Parris ?

— Une rumeur. S'il se passe quelque chose d'important, j'aurais besoin qu'on m'introduise auprès de l'assureur. Il faut bien que je paie mon loyer, vieux.

— Bon sang ! Pourquoi n'achètes-tu pas l'immeuble ? Tu es suffisamment riche pour ça !

— Je suis un excentrique. C'est ainsi qu'on appelle les riches de mon espèce qui fricotent avec des types comme toi ! Alors, qu'est-ce que tu sais ?

— Rien.

— Bon. J'ai un Smith et Wesson .38 spécial. Tu peux le vérifier pour moi ?

— Deux bouteilles de scotch.

— Ben voyons ! Comment va Doreen ?

— Insolente comme jamais. Depuis que tu lui as apporté ces maudites tulipes, j'en entends parler tous les jours ! Selon elle, j'ai largement le temps de lui acheter des fleurs avant de rentrer le soir à la maison. C'est *trois* bouteilles que je devrais exiger de toi.

— Si tu entends parler du vol d'un énorme diamant, tu auras une caisse entière de whisky. A bientôt.

Après avoir raccroché, Cade jeta à son ordinateur un regard hargneux. Il importait de trouver un moyen terme avec lui pour entreprendre la recherche suivante.

Il lui fallut trois fois plus de temps qu'à un enfant de six ans pour insérer son CD-Rom, lancer la recherche et trouver ce qui l'intéressait.

L'amnésie.

Il but un café et, en quelques minutes, il en apprit bientôt plus sur le cerveau humain que pendant toute son existence. L'espace d'une poignée d'instants désagréables, il craignit le pire : Virginia avait une tumeur au cerveau. Il envisagea également l'horrible perspective d'en avoir une lui-même. Le corps humain, avec ses ruses et ses bombes à retardement, était décidément par trop effrayant, conclut-il. Il préférait de loin affronter un revolver chargé plutôt que les caprices de ses propres organes internes !

Il en arriva finalement à la conclusion rassurante que Virginia n'était pas atteinte d'une tumeur. Son cas relevait plutôt de l'amnésie hystérique, qui se résolvait en général dans les heures qui suivaient le traumatisme, mais pouvait aussi prendre des semaines. Des mois. Des années. Ce qui le renvoyait à la case départ. Le CD médical indiquait que l'amnésie était un symptôme plutôt qu'une maladie. Le traitement impliquait la découverte de la cause de l'amnésie, et la suppression de cette cause.

C'est là qu'il intervenait. Car, à ses yeux, un détective privé était tout aussi qualifié qu'un médecin pour régler le problème de Virginia.

Alors, il tapa laborieusement ses notes sur l'ordinateur. Une espèce de première esquisse du « Portrait de Virginia »

Tout paraissait familier, si étrangement familier…

La pièce sombre, la lumière dure en provenance de la lampe posée sur le bureau. L'éléphant.

Comme c'était étrange. L'éléphant semblait lui sourire, ses yeux brillaient d'un secret amusement.

Un rire de femme... Lui aussi familier, et tellement réconfortant. Un rire amical, intime, et une voix qui disait :

« Il faut que tu ailles à Paris, Virginia. On ne va pas encore passer deux semaines à te regarder creuser la terre ! Tu as besoin de romance, de passion, de sexe. Ce qu'il te faut, c'est Paris ! »

Un triangle d'or scintillant.

Une pièce emplie d'une vive clarté, aveuglante.

Un homme qui n'est pas un homme, avec un visage si bon, si avisé, si généreux que l'âme vibre à son contact. Et le triangle doré qu'il tient entre ses mains, qu'il offre. Le pouvoir stupéfiant de ce triangle, l'impact d'un bleu riche des pierres nichées à chaque angle. Et les pierres brillent et semblent palpiter comme un cœur, et semblent bondir dans l'air comme des étoiles filantes qui éparpillent la lumière.

Leur beauté brûle les yeux.

Virginia les tient entre ses mains, elles tremblent. Colère. Terrible. Qui bouillonne en elle. Et la peur, la panique, la fureur. Les pierres jaillissent de ses mains, d'abord une, puis deux. Elles s'envolent, tels des oiseaux. Sa main ouverte, protectrice, en garde une — la troisième — pressée contre son cœur.

Des éclairs d'argent surgissent de toutes parts. Le roulement de tambours fait trembler le sol. Du sang ! Du sang, partout, s'écoule en une rivière hideuse.

Mon Dieu ! Que c'est gluant. Démoniaque. Elle court, trébuche, le cœur battant à se rompre.

Obscurité. La lumière a disparu, les étoiles ont disparu. Elle court le long d'un corridor, et ses talons hauts résonnent. « Lui », il la suit, la pourchasse dans le noir tandis que les murs se resserrent autour d'elle !

Elle entend l'éléphant barrir. Elle rampe et se cache comme un animal, frissonnant et poussant de petits cris de bête tandis que l'éclair la dépasse…

… — Réveillez-vous, mon cœur. Ce n'est qu'un mauvais rêve.

Elle se hissa hors du noir en direction de la voix calme et ferme, et enfouit son visage moite au creux de l'épaule solide et large.

— Du sang. Tout ce sang… Frappée par l'éclair… Il vient. Il est tout près !

— Il est parti, à présent. Vous êtes en sécurité.

Cade pressait ses lèvres contre les cheveux de Virginia, la berçait. Quand il s'était glissé dans la pièce pour lui apporter une robe de chambre, elle pleurait dans son sommeil. Maintenant, elle se cramponnait à lui, tremblante. Il lui souleva la tête et la plaça sur ses genoux, comme on le fait pour un enfant.

Ballottée entre rêve et réalité, elle s'agitait sans trêve.

— Les étoiles. Trois étoiles. Je dois me rendre à Paris.

— C'est fait ! s'amusa-t-il. Je suis là.

L'embrassant de nouveau sur la tempe, il attendit que ses yeux s'éclaircissent, retrouvent leur netteté.

Elle se redressa et appuya la tête sur son épaule, juste comme il l'avait imaginé un peu plus tôt.

— Ne partez pas, supplia-t-elle avec un frisson.

L'impact de ces mots sur Cade fut immédiat et dévastateur. Le coup de foudre devait ressembler à cela, songea-t-il en même temps qu'il se surprenait à dire :

— Je vais prendre soin de vous.

Oui, le coup de foudre devait ressembler à l'émotion violente qu'il éprouvait, et avoir un pouvoir très spécial. Car les simples mots que Cade venait de prononcer apaisèrent aussitôt les tremblements de Virginia. Elle se détendit, lovée contre lui, et garda les yeux fermés.

— Mon rêve était si embrouillé, si effrayant que je n'y comprends rien.

— Racontez-le-moi.

Il l'écouta attentivement tandis qu'elle luttait pour se rappeler les détails, les mettait en ordre.

— Je ressentais des émotions contradictoires. La colère, le choc, le sentiment d'être trahie, la peur. Et puis la terreur pure et simple.

— Ça expliquerait l'amnésie. Vous n'êtes pas prête à affronter tous ces événements, alors vous les supprimez. C'est une sorte d'hystérie.

Virginia ouvrit de grands yeux.

— Hystérique, moi ?

D'une main distraite, Cade lui caressa la joue.

— Façon de parler.

D'un geste ferme et délibéré, Virginia le repoussa.

— Le terme ne me convient pas.

— Je l'emploie au sens strictement médical, assura Cade. Vous n'avez pas reçu un coup sur la tête, par hasard ?

Virginia devint glaciale.

— Pas que je me souvienne. Mais je suis hystérique, après tout.

— Ne vous vexez pas ! Mon CD-Rom médical dit que l'amnésie peut résulter d'un coup. Elle peut aussi provenir d'un désordre nerveux fonctionnel appelé hystérie, si vous me passez le terme.

— Je ne suis pas hystérique ! Bien que je puisse le devenir, s'il vous faut une démonstration.

— Des démonstrations d'hystérie, j'en ai eu des tonnes. J'ai des sœurs, vous savez.

Cade fit une coupe de ses mains autour du visage de Virginia — de façon si désarmante que les prunelles de la jeune femme s'embuèrent.

— Vous avez des ennuis, poursuivit-il, et nous allons les régler.

— En me retenant sur vos genoux ?

— C'est un petit à-côté.

Le sourire pâlit sur les lèvres de Virginia. Quand elle fit mine de se détourner, Cade resserra son étreinte.

— Un à-côté qui me plaît beaucoup, ajouta-t-il.

Virginia lut alors dans les yeux de Cade davantage que de l'amusement, quelque chose qui accéléra son pouls.

— Ce n'est pas raisonnable de votre part de flirter avec une femme qui ne sait pas qui elle est.

— Peut-être pas raisonnable, mais c'est drôle. Et ça détourne vos pensées de vos problèmes.

Charmée… En fait, Virginia se sentait charmée par la façon de parler de ce détective, par sa manière d'aborder les choses et par ces fossettes qui se creusaient à chaque sourire en coin. Quelle bouche… Une bouche faite pour donner des baisers et en inspirer aux femmes, mobile, virile, gourmande. Virginia n'imaginait que trop bien avec quelle fougue cette bouche se marierait à la sienne.

Peut-être parce qu'elle ne se souvenait d'aucun baiser, d'aucun homme, d'aucun amant. Quel goût avait la bouche d'un homme ? Elle n'en savait rien. En fait, Cade Parris serait le premier.

A cette pensée, elle sentit monter le long de sa colonne vertébrale un frisson d'excitation.

Quant à Cade, il laissa son regard glisser lentement des yeux de Virginia jusqu'à ses lèvres, avant de revenir à ses yeux. Il imaginait parfaitement, de son côté aussi, ce que serait un baiser, avec elle, ainsi que le tonnerre et les éclairs qui accompagneraient très probablement cette première rencontre intime.

— On essaie ? demanda-t-il, comme si cette simple allusion suffisait à ce qu'ils se comprennent.

Un désir, riche, violent, choquant, envahit Virginia, lui aiguisa les nerfs, ôtant toute force de résistance à son corps conquis. Elle était seule avec lui, Cade Parris, cet étranger entre les mains de qui elle avait placé sa vie. Cet homme dont elle savait plus de choses que d'elle-même. Allait-elle succomber ?

— Je ne peux pas.

Elle posa la main sur le torse de Cade, surprise de constater que, en dépit du calme de sa voix, il était ému au point que son cœur batte très fort. Alors, cela lui donna le courage d'être honnête.

— J'ai peur de le faire.

— Selon mon expérience, embrasser quelqu'un n'a rien d'effrayant. Sauf s'il s'agit d'un baiser de ma grand-mère Parris.

De nouveau, Virginia sourit, et cette fois-ci, lorsqu'elle se détourna en évitant le regard de Cade, le détective la laissa lui échapper.

— Ne compliquons pas davantage les choses, conclut-elle. Maintenant, j'aimerais prendre une douche, si vous n'y voyez pas d'inconvénient.

— Bien sûr. Je vous ai apporté une sortie de bain, et un de mes jeans. Il suffira de rouler un genre de revers, en bas, pour qu'il soit à votre taille. En guise de ceinture, je n'ai trouvé que la corde à linge. Vous lancez une mode !

— Vous êtes adorable.

— C'est ce qu'elles disent toutes.

Sur ce, Cade se ferma au désir qui couvait en lui et se leva.

— Pouvez-vous rester seule une heure ? demanda-t-il. J'ai encore deux ou trois choses à régler.

— Ne vous inquiétez pas. Je me débrouillerai très bien.

— Promettez-moi de ne pas quitter la maison.

Virginia leva les mains en signe d'impuissance.

— Où irais-je ?

— Promettez.

— Entendu. C'est promis.

Parvenu à la porte, Cade fit une pause.

— Virginia ? Songez-y tout de même…

Elle n'eut pas besoin de le faire préciser sa pensée. Elle saisit au vol le sourire prometteur, la lueur provocante dans le regard, et comprit. Et quand elle s'approcha de la fenêtre pour le regarder prendre sa voiture et s'éloigner, elle pensait déjà. A lui. A leur baiser.

Quelqu'un d'autre pensait. Mais à elle. Des pensées sombres, empreintes de vengeance. Elle lui avait glissé entre les doigts, et avec elle la récompense et le pouvoir qu'il convoitait.

Il avait déjà fait payer au responsable le prix de l'incompétence, mais cela ne suffisait pas. On la trouverait, elle, et elle paierait. De sa vie, bien entendu, mais de bien davantage aussi.

Elle souffrirait d'abord. Connaîtrait la peur. Seul cela le satisferait.

L'argent qu'il avait perdu n'était rien, presque aussi insignifiant que la vie d'une femme sotte. Mais elle avait entre ses mains ce qu'il convoitait, ce qu'il était destiné à posséder. Il reprendrait son dû.

Il y en avait trois. Individuellement, elles valaient une fortune. Mais, ensemble, leur valeur atteignait des sommes inimaginables. Il avait déjà pris des mesures pour récupérer les deux qu'elle avait sottement essayé de lui cacher.

Cela demanderait du temps, évidemment. Mais il les récupérerait. Il convenait d'être prudent, de n'agir qu'à coup sûr, de rester à l'écart de la violence dont il faudrait éventuellement user.

Sous peu, deux éléments du triangle lui appartiendraient, deux étoiles bleues, de pures beautés, de pures lumières et de pures puissances.

Il était assis dans la pièce qu'il avait fait construire pour ses trésors, ceux qu'il avait acquis, volés ou obtenus de manière sanglante. Bijoux, tableaux, statues et fourrures de prix… Une caverne d'Aladin.

Hélas, l'autel qu'il avait conçu pour accueillir sa possession la plus convoitée demeurait vide.

Mais bientôt…

Il aurait les deux, et lorsqu'il aurait mis la main sur la dernière, il serait immortel.

La femme, elle, serait morte.

3.

« C'est mon corps », songea Virginia en s'examinant dans le miroir de la salle de bains, et il faudrait bien qu'elle s'y habitue. Dans la glace embuée, sa peau apparaissait ivoire, lisse, sans aucune marque de maillot. Pas de séances d'UV ni de bronzage sur la plage, donc. D'un geste pudique, elle posa une main sur sa poitrine. Des doigts longs. Des seins plutôt petits. Les bras étaient un peu minces, jugea-t-elle avec un froncement de sourcils. Pas de gras à la taille ni aux cuisses, des hanches fermes. Ce qui signifiait qu'elle faisait sans doute de l'exercice.

Combien mesurait-elle ? Un mètre soixante-cinq, à peu près. Dommage qu'elle ne soit pas plus grande. Quand une femme est contrainte de repartir de rien à vingt ans largement passés, songea Virginia, elle devrait au moins pouvoir, en compensation, choisir son corps. Des seins plus généreux, des jambes plus longues auraient été à son goût.

Toute à son examen, Virginia se tourna pour s'étudier de dos. La surprise la laissa bouche bée : elle portait un tatouage sur la fesse ! Une licorne ! Comment en était-elle arrivée à décorer ainsi son corps et, surtout, à accepter d'exposer une partie intime de son anatomie à l'artiste qui avait réalisé ce tatouage ?

Embarrassée, elle s'entoura d'une serviette et quitta la salle de bains.

Elle passa quelque temps à ajuster le jean et la chemise que Cade lui avait prêtés, suspendit son tailleur, lissa le couvre-lit. Puis elle poussa un profond soupir et passa une main dans ses cheveux mouillés. Si elle ne trouvait pas une distraction, elle se tourmenterait de nouveau, à penser à son sac plein de millions, à de gros diamants bleus, à des meurtres et à des tatouages.

Cade lui avait demandé de ne pas quitter la maison, mais ne lui avait pas intimé de rester dans la chambre. Alors, sortant de la chambre à pas lents, elle prit conscience de l'aisance avec laquelle elle évoluait seule dans la demeure. Cela venait de ses sentiments envers Cade, supposa-t-elle. Depuis le premier instant ou presque, elle lui avait accordé sa confiance. Probablement parce qu'elle ne pouvait se confier à personne d'autre. Mais aussi parce qu'il lui semblait gentil, attentionné. Intelligent et logique aussi. Et puis, il possédait un sourire magnifique, malicieux et sensuel, et un regard pénétrant. Ses épaules étaient solides, et il ne manquait pas de caractère. Avec ça, il avait des fossettes qui la faisaient fondre de tendresse.

Virginia hésita, puis se posta sur le seuil de la chambre de Cade. L'envie d'entrer la démangeait. Seulement, mettre son nez dans les affaires des autres lui semblait une indélicatesse. Etait-elle grossière, insouciante des sentiments et de l'intimité d'autrui ? Peut-être. De toute façon, elle ne pouvait pas résister à son besoin désespéré de remplir tous les blancs de sa vie et donc de fouiller. Or, Cade avait laissé sa porte ouverte.

Elle en franchit le seuil.

C'était une très belle pièce, pleine de lui. Un jean jeté sur le dossier d'un fauteuil, des chaussettes par terre. De la menue monnaie et des boutons de manchettes sur une table. Une magnifique commode ancienne, qui contenait sans doute beaucoup de choses lui appartenant. L'envie d'ouvrir les tiroirs la traversa, mais elle se retint de passer à l'acte. Elle considéra le lit : large, défait, tendu de draps froissés bleu marine qu'elle effleura de la main et tout imprégnés de l'odeur de Cade — un léger parfum mentholé.

Dormait-il nu ? En même temps que l'insolite pensée surgissait dans son esprit, Virginia se surprit à rougir. Alors, elle se détourna pour reprendre son inventaire de la pièce. Il y avait là une charmante cheminée en brique, surmontée d'un manteau en pin ciré. Des livres s'entassaient en vrac sur une étagère. Virginia en parcourut les titres, se demandant si elle avait lu ces ouvrages. Les goûts du détective allaient de toute évidence aux romans policiers et aux récits de faits divers tragiques. Certains auteurs sonnaient familièrement à l'esprit de Virginia. Cela la soulagea.

D'un geste automatique, elle ramassa une tasse sale et une canette de bière vide, et les descendit dans la cuisine. Elle n'avait pas prêté attention à la maison en y pénétrant, plus tôt dans l'après-midi, mais maintenant, elle en remarquait avec admiration les lignes simples et élégantes, les jolies fenêtres avec leurs voilages classiques, les meubles bien cirés.

Elle rinça la tasse dans l'évier, puis continua son tour de la maison. Et là, moins de dix minutes lui suffirent pour parvenir à la conclusion qui ne cherchait qu'à s'imposer, désormais : à savoir que, en dépit du misérable bureau qui lui servait d'agence, Cade Parris croulait sous l'argent.

En fait, la maison regorgeait de trésors. Peut-être Virginia ne comprenait-elle pas le sens de la licorne qui ornait sa fesse, mais elle connaissait — comment ? mystère… — la valeur d'un dessus de bureau en cerisier marqueté de style fédéral. Elle n'aurait su dire où elle avait acquis cette expertise, et cependant elle reconnut aussi des vases de Waterford, de l'argenterie géorgienne, de la porcelaine de Limoges. Quant au paysage de Turner, accroché au mur, elle doutait fort que ce fût un faux.

Elle regarda dehors par une fenêtre. Une pelouse bien entretenue, de vieux arbres majestueux, des roses en pleine floraison…

L'inévitable question se posa à elle : pourquoi un homme qui vivait dans une telle harmonie avait-il choisi pour lieu de travail un placard étouffant et exigu ?

Ses réflexions lui tirèrent un sourire. Dans le fond, Cade Parris était une sorte d'énigme, au même titre qu'elle ! Cela lui apportait un certain réconfort. Une espèce de soulagement.

De retour dans la cuisine, elle sursauta comme un chat qu'on arrose : le répondeur venait de se mettre en route.

Une voix féminine exprimait une grande impatience.

— « J'ai laissé une demi-douzaine de messages à ton bureau, ce matin. Le moins que tu puisses faire est de me rappeler. Je doute que ceux que tu présentes pompeusement comme tes "clients" t'occupent au point de ne pouvoir téléphoner à ta propre mère ! »

Après un long soupir douloureux, la voix reprit :

— « Je sais que tu n'as pas contacté Pamela pour ce soir. Tu me mets dans une situation très embarrassante. Je pars jouer au bridge chez Dodie. Tu peux m'y joindre jusqu'à 4 heures. A propos, Muffy est furieuse contre toi. »

Fin du message.

Virginia resta perplexe. Bizarrement, il lui semblait avoir reçu pour son propre compte cette réprimande maternelle. Alors, avait-elle une mère qui harcelait, elle aussi, qui exigeait obéissance ? Qui s'inquiétait à son sujet ?

Perdue dans ses pensées, elle remplit une bouilloire, la mit sur le feu, et chercha les sachets de thé. Le téléphone sonna de nouveau.

— « Cade, c'est Muffy. Tu évites de répondre à nos appels, parce que tu es incapable d'affronter ta propre inconduite. Tu sais très bien que le récital de piano de Camilla avait lieu hier soir. Tu aurais tout de même pu te montrer, pour l'occasion, et faire preuve d'un peu de solidarité familiale ! J'espère que tu auras la décence d'appeler ta nièce et de t'excuser. De toute façon, je refuse de te parler avant que tu l'aies fait. »

Clic.

Pas faciles, semblait-il, les relations familiales. Sans doute toutes les familles étaient-elles aussi complexes. De nouveau, des pensées liées à sa vie passée assaillirent Virginia : si elle avait un frère, le traitait-elle de façon rosse, comme Muffy ? Impossible de répondre…

Elle mit le thé à infuser, ouvrit la porte du frigo et y prit une tomate. Elle hésita sur le choix d'un condiment, se demanda si elle aimait le thé sucré ou non. Chaque petit détail était comme une brique dans la reconstruction de sa personnalité.

Comme elle coupait avec soin des rondelles de tomate, elle entendit la porte d'entrée claquer, et, soudain, son humeur s'égaya à l'idée de retrouver Cade. Juste avant que sa gorge ne se serre d'angoisse. Qu'est-ce qui l'assurait que c'était bien Cade, qui venait d'entrer ?…

Soudain, elle se sentit muette de peur. Sa main se crispa sur le manche du couteau, et elle se dirigea vers la porte de la cuisine. Une terreur profonde, incontrôlable, fit perler la sueur à son front. Son cœur cognait. Courir, fuir cette lumière aveuglante. Dans l'obscurité, avec sa propre respiration comme une forge dans sa tête. Du sang partout.

Ses doigts enserrèrent le bouton de la porte, puis le tournèrent tandis qu'elle s'apprêtait à fuir ou à se battre.

… Mais ce n'était que Cade.

Un sanglot soulagé s'échappa alors des lèvres de Virginia. Le couteau roula par terre, et la jeune femme se jeta dans les bras de son ange gardien.

— C'est vous. Vous.

La culpabilité aurait dû envahir Cade : il était cause d'une grande frayeur, manifestement… Cependant, il ne se sentait pas fautif. Surtout pas de la tenir ainsi dans ses bras, d'ailleurs. De profiter — un peu — de la situation. Il n'était qu'un homme, après tout, et Virginia sentait fabuleusement bon.

— Vous êtes en sécurité, ici.

— Je sais… mais lorsque j'ai entendu la porte, la panique m'a saisie.

Elle s'accrochait à lui, violemment reconnaissante. Rejetant la tête en arrière, elle le regarda dans les yeux.

— J'ai cru que c'était un autre. Je déteste ma couardise.

Virginia sentit les mots mourir sur ses lèvres, et une sorte d'hypnose la retenir au regard de Cade. Cade qui lui effleurait la joue tout en la désirant du regard. Cade qui, maintenant, lui caressait les cheveux, nichait la main au creux de sa nuque, lui massait divinement la base du cou.

Cade attendait, songea-t-elle. Il guettait la transformation en train de s'accomplir. Et soudain, il sourit, et l'embrassa très légèrement. « Oh, délicieux… » Telle fut la première pensée qui la traversa. Elle adorait être tenue aussi fermement et tendrement à la fois. C'était donc cela, un baiser, cette douce rencontre faisant fondre le corps et soupirer l'âme… Quand la langue de Cade dessina le contour de ses lèvres, elle frissonna de plaisir, et s'ouvrit à lui aussi naturellement qu'une rose s'ouvre au soleil.

Il le savait. Oui, quelque part, Cade avait su dès le début qu'elle serait à la fois timide et généreuse, que ses lèvres sous les siennes seraient fraîches, son parfum subtil. Il lui semblait connaître depuis toujours la femme qu'il tenait entre ses bras.

Savoir qu'elle se souviendrait de ce baiser comme du premier excitait l'homme un peu orgueilleux qu'il était, l'enivrait, même. Dans la mémoire de Virginia, et donc dans son cœur, songeait-il, il serait le premier homme à l'avoir tenue ainsi enlacée. Le premier à la faire trembler de désir.

De son côté, quand elle murmura son nom, il eut la senstion que toutes les femmes qu'il avait connues auparavant s'évanouissaient de sa mémoire. Virginia était la première pour lui aussi.

Il approfondit graduellement son baiser, conscient du risque de la meurtrir ou de l'effrayer. Mais elle se révéla vibrante entre ses bras, réceptive, la bouche avide et brûlante, le corps tendu et palpitant.

Virginia se sentait vivante jusqu'au bout de ses doigts, attentive à chacun des coups précipités de son cœur. Elle avait enfoui les mains dans les cheveux de Cade et l'attirait comme pour ne faire qu'un avec lui. Il remplissait tous les vides, ces vides effrayants. Ce qu'elle était en train de vivre, c'était la vie. C'était réel. Cela comptait.

— Arrêtons…

Les mots franchirent avec peine les lèvres de Cade. Il aurait souhaité, ardemment, ne pas se sentir forcé de les prononcer. Il tremblait autant que Virginia. S'il ne reculait pas, s'il ne reprenait pas le contrôle de lui-même, il allait lui faire l'amour, là, maintenant, à l'endroit où ils se trouvaient.

Il pressa la tête de la jeune femme contre son épaule pour ne pas être tenté de dévorer plus longtemps sa bouche pulpeuse et consentante.

Elle vibrait contre lui, toute de nerfs à vif et de besoin dévorant, le corps traversé de sensations fortes.

— Je ne sais pas si j'ai déjà vécu cela, murmura-t-elle.

Elle ne savait rien d'elle-même, en effet, songea Cade ; en revanche, lui se connaissait : cela n'avait jamais été comme ça entre lui et une femme ; jamais si intense… Et il commençait à se demander s'il devait se réjouir de la fulgurance avec laquelle il nouait son destin à celui de Virginia, cette inconnue sur le point de bouleverser sa vie.

S'éloignant un peu d'elle, il lui effleura les épaules de la paume des mains.

— Ce qui vient de se passer entre nous n'est pas ordinaire, je vous l'assure, dit-il. Cela devrait nous suffire pour le moment.

— Mais…

Virginia se mordit la lèvre inférieure quand Cade se détourna. Elle le vit ouvrir le réfrigérateur.

— J'avais préparé du thé, fit-elle timidement remarquer.

— C'est de l'alcool qu'il me faut. Une bière.

La brusquerie du ton la fit frémir.

— Vous êtes en colère…

La canette débouchée, Cade avala trois longues gorgées.

— Un peu. Contre moi-même. Après tout, c'est moi qui ai déclenché tout cela.

Elle se tenait là dans son jean trop grand pour elle, les bras croisés comme pour se protéger, décoiffée et démunie. L'air absolument sans défense.

— Tirons cela au clair une fois pour toutes, déclara alors Cade en gardant ses distances. J'ai senti un déclic en moi dès que je vous ai aperçue sur le seuil de mon bureau. Au début, j'ai cru que c'était parce que vous étiez en quête de soutien. J'ai un faible pour les gens dans le pétrin. Surtout les belles femmes.

Il avala une autre gorgée, sous le regard attentif de Virginia.

— Mais ce n'est pas que cela. Bien sûr, je veux vous aider. Mais je suis aussi très attiré par vous. Je vous désire incroyablement… Je voudrais pouvoir vous faire l'amour tout de suite, lentement, pour que chaque seconde dure une heure. Et quand nous aurions fini, que vous seriez nue et sans force contre moi, je recommencerais.

Virginia avait porté la main à sa gorge, comme si elle se sentait oppressée ou trop émue.

— Et c'est exactement ce que je ferai, reprit-il, dès que vous irez mieux.

— Cade…, murmura-t-elle, le souffle court.

Puis elle ajouta :

— Je suis peut-être une criminelle.

Son calme recouvré, Cade dédaigna la remarque.

— On déjeune ? suggéra-t-il.

Les yeux de Virginia s'étrécirent. Drôle de réaction de la part d'un homme qui assure vouloir faire l'amour avec vous jusqu'à épuisement. Se moquait-il d'avoir une meurtrière pour maîtresse ?

— J'ai peut-être volé beaucoup d'argent, insista-t-elle, tué quelqu'un, kidnappé un enfant innocent…

Cade empilait du jambon sur du pain de mie.

— Une vraie desperado ! Avec en plus une lueur calculatrice dans le regard !

Puis il se tourna vers elle pour se moquer.

— Regardez-vous, que diable ! Vous êtes une femme polie, soignée, avec une conscience irréprochable. Pas même capable du plus petit larcin ! Quant au kidnapping… je vous ai déjà dit ce que j'en pensais.

Virginia fut piquée au vif. Elle n'aurait su dire pourquoi, mais cette description fade et lisse de sa personnalité la fit se dresser sur ses ergots.

— Je porte un tatouage au creux des reins. Plus bas, en fait. Je crois que cela devrait vous faire revoir votre opinion sur moi.

— Pardon ?

Une flamme guerrière dans les yeux, elle répéta :

— Un tatouage sur la fesse.

— Vraiment ?

L'impatience de le découvrir venait de déstabiliser Cade, mais il fit en sorte que son trouble ne transparaisse pas. Manifestement agacée, Virginia fronça les sourcils.

— En colère ? s'amusa Cade. C'est bon signe. Virginia n'est pas une femme docile. Par ailleurs, je note qu'elle aime les œufs brouillés au paprika et à l'aneth, sait faire le thé et les nœuds marins.

— Quoi ?

— Votre ceinture improvisée, expliqua Cade négligemment. Virginia a probablement été scout dans son enfance. Ou alors, elle aime la voile. Sa voix devient glaciale lorsqu'on l'agace, elle se mord la lèvre inférieure au moindre souci. Ce qui, soit dit en passant, instille en moi un désir pressant.

Les fossettes de Cade se creusèrent lorsque Virginia cessa brusquement de se mordiller la lèvre.

— Ses ongles sont d'une longueur raisonnable, et ses baisers ensorcelants. Une femme intéressante, notre Virginia.

Cade caressa chastement les cheveux de Virginia.

— Et maintenant, déjeunons, et je vous apprendrai ce que j'ai découvert.

Boudant encore, Virginia se laissa tomber sur une chaise, et tartina son pain de moutarde.

— Alors, ce tatouage, de quoi s'agit-il ? Un papillon ? Un bouton de rose ? A moins que vous ne soyez une motarde déguisée en femme du monde, avec une tête de mort sur le derrière ?

Gênée, cette fois, Virginia posa une tranche de jambon sur son pain de mie.

— Une licorne, murmura-t-elle.

— Hum… charmant.

Elle dévia la conversation.

— Vous deviez m'annoncer ce que vous avez découvert…

Abandonnant ses rêves de licorne, Cade accepta la diversion. Il regarda Virginia découper son sandwich en petits triangles nets et précis, mais s'abstint de tout commentaire.

— Eh bien…, dit-il, le revolver était chargé à plein, ce qui signifie qu'on ne s'en est pas servi récemment. Ou bien qu'on l'a rechargé.

Un intense soulagement poussa Virginia à fermer les yeux.

— Je ne m'en suis donc peut-être pas servie du tout…

— Assez improbable, en effet. Si j'en juge par mes observations, je vous imagine mal en possession d'un revolver non enregistré. Mais avec de la chance, nous retrouverons l'histoire de ce revolver, et cela nous éclairera.

— Vous en avez déjà tant appris…

Cade aurait aimé se lover dans cette admiration chaleureuse, mais il haussa les épaules et mordit dans son sandwich.

— Des renseignements négatifs pour la plupart. Rien au sujet d'un cambriolage mettant en cause un diamant de cette taille et de ce prix. Pas de kidnapping ou de prise d'otage dont la police soit avertie. Aucun homicide impliquant l'usage d'une arme telle que la vôtre au cours de la semaine écoulée.

Il avala une gorgée de bière.

— On ne signale pas non plus la disparition d'une femme vous ressemblant.

Reposant son sandwich, Virginia lança à Cade un regard d'incompréhension.

— Comment est-ce possible ? Pourtant, j'ai le diamant, j'ai l'argent, et j'ai bel et bien disparu.

Le regard de Cade se riva aux yeux de Virginia.

— Quelqu'un bloque peut-être l'information. Vous avez suggéré que le diamant faisait partie d'un ensemble. Et quand vous vous êtes réveillée de votre cauchemar, vous parliez de trois étoiles. Etoiles, diamants : il pourrait s'agir de la même chose. Pensez-vous qu'il y ait trois pierres ?

Virginia pressa ses doigts sur ses tempes battantes.

— J'ai parlé d'étoiles ? Je ne me souviens pas.

Parce que penser à tout cela lui faisait mal, Virginia se concentra sur l'aspect matériel de la question.

— Trois pierres de cette taille et de cette qualité, ce serait une extrême rareté. Et d'un prix inabordable. On ne peut estimer…

L'air lui manqua soudain, elle se mit à haleter avec peine, à la recherche d'un souffle.

Cade bondit, la contourna et lui massa doucement le dos.

— Ça suffit pour l'instant. Relaxez-vous. Ne forcez rien.

Tout en poursuivant son massage, il réfléchissait. Qu'avait-elle vu qui lui emplisse les yeux d'une telle terreur ? Quel mot avait-elle prononcé qui fasse surgir de son subconscient une émotion si vive ?

— Désolée, finit-elle par articuler. Je désire sincèrement vous aider.

— Ça viendra. Vous m'avez déjà beaucoup aidé. Nous n'en sommes qu'au début !

Virginia rejeta ses cheveux en arrière, dégageant ses joues pâles. Comme Cade ne lui donnait pas honte de sa faiblesse, elle prit une profonde inspiration qui lui fit du bien.

— Quand j'ai essayé de penser à votre question, j'ai eu un accès de panique. La culpabilité, l'horreur, la peur, tout mélangé. Ma tête bourdonnait, mon cœur battait trop vite. Je cherchais l'air.

— Allons-y doucement. Parler de la pierre en votre possession ne vous panique pas autant, semble-t-il ?

Virginia ferma les yeux, et forma avec précaution l'image mentale de la pierre. Une pierre si belle. Extraordinaire. Elle ressentait de l'intérêt et du souci, oui. De la peur aussi, mais ses émotions étaient plus cohérentes, moins débilitantes.

— Non, conclut-elle en secouant la tête, ce n'est pas la même réaction. Je ne sais pas pourquoi, acheva-t-elle en rouvrant les yeux.

— Nous en reparlerons. Pour l'instant, mangez. J'ai un plan, il va vous falloir de l'énergie.

— Quel plan ?

— Je suis passé à la bibliothèque, tout à l'heure. Il existe des livres sur les pierres précieuses rares…

— Nous pourrions y trouver celle que je possède…

La perspective réjouit Virginia au point qu'elle entama son sandwich — même si c'était du bout des dents.

— Si nous identifions la pierre, poursuivit-elle, nous retrouverons la trace du propriétaire, et ensuite… Au fait ! Vous ne pouvez pas travailler ce soir. Vous devez aller quelque part avec Pamela.

— Bon sang ! J'ai oublié ! s'exclama Cade.

— Et moi, j'ai omis de vous en parler. Votre mère a appelé, j'ai entendu le message. Elle sera chez Dodie jusqu'à 4 heures. Et puis Muffy semblait agacée contre vous parce que vous avez manqué le récital de Camilla. Elle ne vous parlera pas avant que vous ne lui ayez présenté des excuses.

— Je n'aurai pas cette chance ! marmonna Cade. Vous venez de me faire un rapport très concis. Vous ne voulez pas devenir ma secrétaire, par hasard ? Vous êtes bien mieux organisée que ma dernière assistante.

Virginia sourit.

— Je ne me souviens même pas si je sais taper à la machine !

— Pour ma part, je sais que je ne sais pas ! Vous pouvez répondre au téléphone, n'est-ce pas ?

— Evidemment, mais…

Les arguments se bousculaient dans la tête de Cade. Prendre Virginia comme secrétaire était le moyen idéal pour la garder à proximité de lui tout en lui offrant une diversion à ses soucis.

— Vous me feriez une grande faveur, expliqua-t-il dans l'intention de la convaincre. Cela m'éviterait de rechercher et former une secrétaire en ce moment. Quelques heures par jour me seraient très précieuses.

Virginia repensa au bureau de Cade. Plus que d'une secrétaire, il aurait eu besoin d'un bulldozer ! Ou d'un bataillon de femmes de ménage… Cela dit, peut-être pouvait-elle se montrer utile, après tout. Et, de toute façon, qu'avait-elle d'autre à faire ? Sa vie n'était plus qu'un néant et un gouffre de désœuvrement à remplir.

— Je serai heureuse de vous rendre service, s'entendit-elle répondre.

— Merci. Bon ! Je vous ai acheté quelques vêtements pendant que j'y étais.

Elle le dévisagea tandis qu'il se levait et débarrassait la table.

— Des vêtements ?

— Rien d'extraordinaire. Je crois que j'ai un bon œil pour les tailles.

Devant les sourcils froncés de Virginia, Cade soupira.

— Très peu de chose, ne vous en faites pas. Même si vous êtes ravissante dans mes habits, il vous faut un minimum, on est bien d'accord ?

— Je suppose, murmura-t-elle. Merci.

— Il ne pleut plus. Allons faire un tour, ça vous éclaircira les idées.

— Je n'ai pas de chaussures.

Elle emporta les verres et les rangea dans le lave-vaisselle.

— J'ai acheté des tennis. Vous faites du trente-sept, non ?

Avec un petit rire, Virginia replaça le jambon dans le réfrigérateur.

— Pas la moindre idée !

— Essayez-les !

— Cade, appelez votre mère. Elle était fâchée contre vous.

— Elle l'est toujours. Je suis le mouton noir de la famille.

Avec méthode, Virginia passa un coup d'éponge sur la table, et rétorqua :

— Peut-être, mais c'est votre mère, et elle attend votre appel.

— Non, elle attend de pouvoir me contraindre à faire quelque chose que je refuse. Pour fustiger ma personnalité en compagnie de ma sœur.

— Ce ne sont pas des façons de parler de sa famille ! En plus, vous avez blessé la fille de votre sœur.

— Muffy n'a pas d'enfants mais des créatures. Et ma nièce est une mutante pleurnicharde.

Virginia se refusa à sourire.

— Quelle façon déplorable de parler de votre nièce, même si vous n'aimez pas les enfants !

— Je les adore, au contraire. Mais Camilla n'est pas humaine. En revanche, mon autre sœur, Doro, a un fils qui a échappé à la malédiction des Parris. C'est un gosse super, qui aime le base-ball et les insectes. Eh bien, Doro pense qu'il a besoin d'une psychothérapie !

Un gloussement échappa à Virginia avant qu'elle puisse l'étouffer.

— Vous inventez !

— Rien de ce que je pourrais inventer n'approcherait la triste vérité. Les Parris sont égoïstes, sûrs d'eux et arrogants.

Bouche bée, Virginia écoutait Cade dénigrer ses proches lorsque le téléphone sonna.

La prenant par la main, il l'entraîna hors de la cuisine.

— Non, dit-il préventivement, je ne réponds pas.

— Quelle honte !

— C'est de l'autoprotection, tout simplement. De toute façon, je n'ai jamais donné mon accord pour cette soirée avec Pamela.

— Je ne veux pas que vous vous mettiez mal avec votre famille à cause de moi…

— C'est ma mère qui a manigancé tout ça ! Evidemment, je vais utiliser votre présence comme excuse, et je vous en suis reconnaissant ! Pour vous remercier, regardons les chaussures que je vous ai choisies.

Virginia abandonna la discussion, s'assit au pied de l'escalier et ouvrit la boîte. Elle leva un sourcil.

— Des tennis rouges ?

— Elles m'ont plu. Je les trouve sexy.

Comme elle défaisait les lacets, Virginia s'étonna silencieusement. Comment pouvait-elle être dans le pétrin jusqu'au cou et se sentir en même temps ravie à la vue d'une paire de tennis rouges ? Son pied glissa dans la chaussure aussi facilement que si elle avait été conçue pour elle. Elle eut envie de rire et de pleurer à la fois.

— Elles me vont !

Il lui tendit les mains pour l'aider à se relever.

— Très sexy, je l'avais dit…, assura-t-il.

Virginia s'apprêtait à se dresser sur la pointe des pieds pour embrasser Cade sur la joue, mais elle se ravisa au dernier moment.

— Froussarde ! railla-t-il.

— Peut-être... En tout cas, j'ai envie de faire cette promenade, commenta-t-elle en franchissant le seuil de la maison.

Puis une question lui vint à l'esprit :

— Pamela est-elle jolie ?

Cade réfléchit quelques secondes. La vérité pouvait tourner à son avantage. Alors, il la livra à Virginia, espérant qu'elle serait, sinon jalouse, du moins agacée par la perspective d'être en compétition avec une autre.

— Ravissante ! s'exclama-t-il, l'œil délibérément rêveur. Et en plus, elle veut absolument m'épouser. Dois-je céder, d'après vous ?

Refermant la porte derrière lui, il passa un bras autour de la taille de Virginia, en éclatant de rire.

Et le sourire complice que la jeune femme lui offrit fit monter en lui une satisfaction parfaitement exquise.

4.

Les puzzles le fascinaient. Mélanger les pièces, en choisir une, essayer différentes places avant que la pièce ne glisse d'elle-même pour s'emboîter parfaitement dans l'ensemble… tout cela représentait un défi qui l'avait toujours réjoui. C'était même ce goût du défi en général qui l'avait incité à rejeter les traditions familiales pour choisir sa propre voie.

Rebelle comme il l'était, il aurait pu se lancer dans n'importe quelle direction ; l'essentiel consistait pour lui à se démarquer de sa famille et à mener sa propre barque. Mais ouvrir une agence d'investigations présentait des avantages particuliers par rapport à d'autres choix possibles : celui de s'amuser en décryptant des énigmes et celui de redresser quelques torts au passage.

Car Cade avait une idée bien arrêtée du bien et du mal. Il considérait qu'il y avait les bons et les méchants — même si certains trouvaient ce partage simpliste. D'un côté la loi, de l'autre le crime. Et ces repères stricts ne l'avaient jamais empêché de tenir compte des nuances, au contraire. Lorsqu'on sait quelles bornes ne pas dépasser, on est d'autant plus souple à l'intérieur du cadre, pensait-il.

Et puis, l'esprit logique ne l'empêchait pas non plus de s'évader — s'égarer ? — dans l'imaginaire. Par exemple, d'éclaircir certaines situations en rêvassant, voire en fantasmant, jusqu'à ce que, dans un flash inattendu, le déclic lui soit donné par le libre vagabondage de ses pensées.

Enfin, il adorait fouiller, chercher… Ce matin, quand il avait laissé Virginia chez lui, il avait fait un tour à la bibliothèque, et passé un bon moment à consulter des quantités de microfiches, à la recherche du moindre entrefilet sur un diamant bleu volé. Il n'avait pas eu le cœur de s'appesantir devant Virginia sur le fait que ni lui ni elle n'avaient la moindre idée de sa provenance, hélas… Virginia et sa pierre avaient abouti dans le District of Columbia sans qu'on sache d'où elles étaient parties. Qu'elles se trouvent ici ne signifiait nullement qu'elles soient de la région.

Sur l'amnésie aussi, il avait approfondi ses recherches — sans rien trouver de particulièrement utile. Apparemment, n'importe quel événement pouvait débloquer la mémoire. Mais cette même mémoire pouvait également demeurer verrouillée. Dans ce cas, la nouvelle vie de Virginia avait commencé très peu de temps avant que leurs chemins ne se croisent.

Que s'était-il passé, ces derniers mois, dans l'existence de la jeune femme ? Pas un instant Cade ne doutait que Virginia ait vécu ou assisté à quelque chose de traumatisant. Et puis, il était sûr d'une chose : avec ces yeux-là, une femme ne pouvait être une criminelle… Alors, quelles que soient les zones d'ombre de son histoire, il allait protéger cette femme. Aucun argument en sa défaveur ne pouvait résister au fait que Cade était tombé amoureux d'elle au premier regard. Il l'acceptait. Le moyen de faire autrement ? Virginia était la femme qu'il attendait depuis toujours. De sorte que, déterminé à la protéger, il entendait aussi la garder.

Forcément, il compara son histoire toute neuve avec Virginia au mariage enterré jadis. Il avait choisi sa première femme pour toutes les « bonnes » raisons. Ou plutôt, rectifia-t-il, sa belle-famille et sa propre famille l'avaient manipulé. Résultat : ce mariage sans âme s'était révélé un désastre ! Depuis le divorce — qui avait froissé les plumes de tout le monde, sauf des époux unis de force —, il avait fui tout engagement avec l'art d'une anguille.

Et maintenant — c'était en tout cas son intime conviction — la récompense de la dure lutte contre les pressions familiales se trouvait assise en tailleur sur le tapis, divine, lumineuse, et plongée dans un livre sur les pierres précieuses qu'elle consultait de cet air embrumé qu'ont les myopes.

« Myope », se dit-il alors. Un élément venait de s'ajouter au « Portrait de Virginia ».

— Virginia, vous avez besoin de lunettes.

Virginia ne répondit pas.

— A mon avis, vous portez des lunettes pour lire, s'entêta Cade.

Cette fois-ci, Virginia leva la tête, cligna des yeux et les massa.

— Ce livre est écrit en petits caractères, c'est tout…

— Nous nous occuperons de cela demain. Voilà deux heures que nous travaillons. Si nous buvions un verre de vin ?

— D'accord.

Mais Virginia reprit sa lecture.

— Le Cullinan 1 est le plus gros diamant taille diamant connu, déclara-t-elle. 530.2 carats.

Cade déboucha la bouteille de sancerre qu'il gardait pour la bonne occasion.

— Il orne le sceptre d'Edouard VII d'Angleterre, et se trouve à la Tour de Londres… Il est trop gros pour être le nôtre, et en plus il n'est pas bleu… Donc, jusqu'à présent, je n'ai rien lu qui corresponde à notre pierre. Si seulement j'avais un réfractomètre !

— Un quoi ?

— C'est un instrument qui mesure les propriétés caractéristiques d'une pierre. Sa réfringence.

Elle se figea soudain sous le regard de Cade.

— Comment est-ce que je sais ça ?

Deux verres à la main, Cade s'assit à côté d'elle sur le tapis.

— Qu'est-ce que la réfringence ?

— C'est la capacité à réfracter la lumière. Où ai-je bien pu apprendre… ?

Cade prit la pierre, posée sur les notes de la jeune femme à la façon d'un vulgaire presse-papiers.

— Etes-vous sûre qu'il s'agisse d'un diamant ? Franchement, on dirait un saphir.

— Sûre, affirma-t-elle. Les saphirs sont biréfringents, alors que les diamants sont monoréfringents.

Virginia frissonna.

— Je suis une voleuse de bijoux ! C'est comme ça que je *sais*.

— A moins que vous ne *vendiez* des bijoux, ou que vous soyez experte, gemmologiste… ou héritière et amatrice de babioles ! Ne tirez pas de conclusions trop hâtives, ma belle. Cela empêche de voir les détails, acheva Cade en lui tendant un verre.

— Vous avez raison, soupira-t-elle.

Elle but une longue gorgée avant de reprendre :

— Si seulement je comprenais pourquoi je me rappelle certaines choses. Réfractomètres… *Le Faucon maltais*…

— Le Faucon maltais ?

— Le film. Bogart, Mary Astor. Vous avez le livre dans votre chambre et, en le voyant, c'est le film qui m'est immédiatement venu à l'esprit. Et les roses ! Je connais leur odeur, alors que j'ignore quelle est la marque de mon parfum préféré. Je reconnais une licorne, mais ne sais pas pourquoi je suis tatouée.

Les lèvres de Cade s'incurvèrent, ses fossettes se creusèrent :

— Symbole d'innocence…

Virginia haussa les épaules et finit son verre d'un trait. Cade lui donna simplement le sien, et se leva pour se resservir.

— Et puis il y a l'air que je chantonnais sous la douche, poursuivit la jeune femme, plus agitée, plus nerveuse. Sans savoir ce que c'était, je ne pouvais m'en débarrasser.

Elle but une gorgée, se concentra, puis se mit à fredonner tout aussi nerveusement.

— *L'Hymne à la joie*, de Beethoven, dit Cade. Eh bien ! Un animal mythique sur la fesse, Bogart plein les yeux, et Beethoven dans la tête ! Vous me fascinez de plus en plus !

Puis il ajouta :

— Dites-m'en davantage au sujet des diamants.

— Ce sont les meilleurs amis d'une femme. Marilyn Monroe.

Elle rit. Trop fort. Sans joie. Alors, avec douceur, Cade la débarrassa du verre qu'elle tenait. Dans le même temps, il s'ordonna de penser à noter sur son carnet : « Virginia s'enivre d'un seul verre. »

— Parlez-moi encore des diamants, répéta-t-il.

— Ils brillent et étincellent. Ils sont froids au regard et au toucher. C'est comme ça qu'on les distingue du verre. Le verre est chaud, le diamant froid. Il est un excellent conducteur de chaleur. Un feu glacé.

Allongée sur le dos, à présent, elle ferma les yeux et s'étira comme une chatte, ce qui fit s'enfiévrer Cade.

— C'est la substance connue la plus dure, continua-t-elle. Classée 10 sur l'échelle de dureté de Mohs. Les plus beaux diamants sont blancs. Une nuance jaune ou brune est considérée comme une imperfection.

Elle parlait comme dans un rêve, comme sous hypnose, vite et mécaniquement ; et l'alcool n'y était sans doute pas pour rien.

— Les diamants bleus, verts ou rouges sont très rares et très prisés. Leur couleur provient de la présence d'éléments mineurs autres que le carbone pur.

Cade étudia le visage de Virginia, ses lèvres, ses yeux clos. Elle aimait les pierres. Cela se sentait. Oui, en dépit du débit artificiel qui était le sien, pour l'instant, il aurait juré sans hésiter qu'elle aimait vraiment les pierres. Et elle les connaissait *intimement*, comme si elle les fréquentait, vivait au milieu d'elles, en avait fait sa vie.

— En gravité spécifique, les diamants se classent de 3.15 à 3.53. Les cristaux les plus purs atteignent presque toujours 3.52. Il faut de l'éclat, du feu, murmura-t-elle en s'étirant encore.

Elle était démoniaquement belle. Malgré les résolutions qu'il avait prises, Cade dériva, et il contempla le cou, les seins menus et fermes qui pointaient sous le tissu de la chemise.

— Je n'en doute pas, murmura-t-il tandis que les derniers mots de Virginia résonnaient en lui…

De l'éclat… du feu… du feu.

— Les diamants bruts ont un lustre voilé, mais lorsqu'ils sont taillés, ils brillent d'un éclat remarquable.

Elle roula sur le ventre, joua des jambes. Et quelles jambes !

— Le mot diamant vient du grec *adamas*, indomptable. Il y a tant de beauté dans la force…

A cet instant, elle ouvrit les yeux, et son regard était lourd, embué. Elle changea brusquement de position, et se retrouva la tête nichée sur les genoux de Cade.

— Vous êtes si fort, Cade. Et tellement séduisant. Quand vous m'avez embrassée, j'avais le sentiment que vous alliez m'absorber en vous, tout entière.

Soupirant, elle chercha une position plus confortable encore, puis confia :

— Ça m'a plu.

Dans le sang de Cade, le feu commença son lent trajet de la tête vers les reins.

— J'aurais mieux fait de vous proposer du café que de l'alcool, murmura-t-il.

— Embrassez-moi encore…

La bouche de Virginia, charnue et consentante, constituait une tentation que Cade eut du mal à repousser.

— Soyons sérieux, suggéra-t-il pourtant d'une voix rauque.

Mais Virginia n'entendit pas. Elle ne voulut pas entendre. Adroite et souple, elle entoura de ses jambes les hanches de Cade. Il essaya encore de plaider sa cause.

— Je ne pense pas que ce soit raisonnable… Ecoutez…

Pour une femme en détresse, elle faisait montre d'une audace étonnante, songea-t-il alors. Puis il lui saisit les mains avant qu'elle ne les glisse sous sa chemise. Il allait devoir se montrer plus raisonnable qu'elle.

— Arrêtez ! exigea-t-il. Je pense vraiment ce que je dis.

Il n'en revenait pas lui-même, de refuser pareille invitation ! Devenait-il fou ? Sans doute. Il crut même l'être déjà lorsque Virginia lui demanda :

— Croyez-vous que je serai une maîtresse à la hauteur de vos attentes ?

Elle posa sa tête sur l'épaule de Cade et murmura :

— J'ai peur… J'ai peur de ne pas aimer faire l'amour. De ne rien éprouver.

— Je ne crois pas que vous ayez de souci à vous faire à ce sujet…, répondit-il dans un sourire.

Mais, l'instant d'après, son sourire s'envolait en même temps que sa tension artérielle grimpait dangereusement. Dans le creux de son cou, il sentait la langue mœlleuse de Virginia tracer son chemin, venir se nicher dans son oreille qu'elle mordilla du bout des dents.

— Votre peau est exquise, chuchota-t-elle en laissant courir ses lèvres. Je suis très excitée. Pas vous ?

Cade jura. Il n'y avait plus d'issue, pour lui. Aucune échappatoire. Alors, pour répondre à Virginia, il s'empara de sa bouche et la dévora littéralement.

Elle était riche de fragrances délicates, palpitante et douce. Il se noya dans cette bouche délicieuse. Entre ses bras, Virginia s'abandonnait sans réserve. Lorsqu'elle rejeta la tête en arrière, offrant sa gorge, nul saint n'aurait résisté. Il lécha cette chair si tentante, s'enivra du corps qui ondulait contre le sien dans un gémissement lascif.

Il aurait pu lui faire l'amour sur-le-champ, l'allonger sur le dos au milieu des livres, des papiers, s'enfouir en elle. Dans ses reins, il sentait déjà battre le rythme qui serait le leur. *Leur* rythme...

Cependant, quelque chose l'empêchait d'aller plus loin.

— Je n'ai jamais désiré une femme autant que vous, reconnut-il à haute voix... mais je vous en prie, regardez-moi !

Elle le regarda. Il sembla même à Cade qu'elle ne voyait que lui. Ne voulait que lui. Son corps était dense de désir, totalement absent à tout ce qui n'était pas *lui*.

— Embrassez-moi, supplia-t-elle. Vos baisers ressemblent à des miracles.

Un miracle, il en faudrait un pour qu'il recouvre sa volonté. Priant afin que l'impossible s'accomplisse, Cade commença par reprendre le contrôle de sa respiration.

— On arrête. Mais je vous jure que la prochaine fois que je vous embrasserai ce sera pour de bon, et que vous vous en souviendrez toute votre vie.

Il se mit debout, et aida Virginia à se relever.

— Ça tourne, murmura-t-elle en laissant sa tête retomber sur l'épaule de Cade.

Avec une maîtrise de soi qu'il jugea héroïque, Cade allongea Virginia sur le canapé.

— Reposez-vous, conseilla-t-il.

Obéissante, elle ferma les yeux.

— Restez près de moi. Je me sens en sécurité avec vous.

— Je suis là.

Il se pencha au-dessus d'elle, et la regarda s'enfoncer dans l'inconscience. Un jour, ils riraient ensemble de cet épisode, songea-t-il. Quand ils auraient des petits-enfants, peut-être ?

Sur ce, il la laissa dormir, et se remit à travailler.

… Elle creusait la terre. Le soleil ressemblait à une torche dans un ciel bleu saphir. Autour d'elle, le sol était jonché de pierres, la terre, grillée par la chaleur, passait par toutes les nuances de bruns, rouges et lavande. Forte et tonique, l'odeur de la sauge s'élevait des crevasses. Munie d'une pelle et d'un marteau, elle travaillait avec bonheur.

Non loin de là, à l'abri d'un rocher, deux femmes l'observaient. Son sentiment de bonheur augmentait quand elle levait la tête et leur souriait. Les cheveux courts de l'une des femmes formaient un joli casque roux autour de son visage si expressif. Et même si elle abritait ses yeux derrière des lunettes de soleil, Virginia les savait verts. D'un vert profond. L'autre femme avait les cheveux noirs. Pour le moment, ils étaient retenus sous un ample chapeau de paille. Libres, ils lui tomberaient jusqu'au milieu du dos, en lourdes ondulations. Ils soulignaient à merveille la magie de son visage, la peau crémeuse, les yeux d'un bleu rare.

La simple vue de ces deux femmes la gonflait d'amour. Elle ressentait profondément le lien de confiance qui l'unissait à elles, le sens d'une vie partagée. Leurs voix ressemblaient à une musique, chant lointain dont elle ne percevait que des bribes.

Je boirais volontiers une bière fraîche.
N'importe quoi de frais.
Combien de temps va-t-elle y consacrer ?
Toute notre vie. Paris l'été prochain. Sans discussion.
Ça la tiendra éloignée des pierres pendant quelque temps.
Et des crapules.
Tout à fait d'accord.

Le fait que les deux femmes parlent d'elle la fit sourire. Bien sûr, elle irait à Paris en leur compagnie. Mais, pour le moment, elle creusait une formation intéressante, dans l'espoir d'y trouver quelque chose qui vaille la peine. Quelque chose qu'elle emporterait pour l'étudier, et transformerait en bijoux à offrir à ses amies. Il y fallait de la patience, et un bon œil. De toute façon, quoi qu'elle trouve aujourd'hui, elle le partagerait en trois.

Soudain, les pierres bleues dégringolèrent dans sa main. Trois diamants bleus parfaits, d'une taille et d'un lustre spectaculaires. Plutôt qu'un choc, elle ressentit un plaisir intense à les examiner, les retourner dans sa paume. Puis le triomphe du pouvoir chanta dans son corps.

A présent, l'orage grondait, rapide et menaçant, obstruant la clarté du soleil, jetant sur le sol de longues ombres qui avalaient le paysage. Panique, nécessité de fuir. Vite. Vite. Une pierre pour chacune d'elles, avant qu'il ne soit trop tard. Avant que l'éclair ne frappe.

Mais il était déjà trop tard. L'éclair frappait la peau de plein fouet, aussi tranchant qu'un couteau, et elle courait, courait à l'aveugle. Seule et terrifiée, l'éclair à ses trousses…

Le souffle court, Virginia se réveilla et se dressa sur le canapé. Qu'avait-elle fait, dans sa vie passée ? Les mains pressées contre sa bouche, elle attendit que les frissons disparaissent. La pièce était calme. Pas d'orage ni d'éclair à ses trousses. Et elle ne se trouvait pas seule. A l'autre bout de la pièce, sous le faisceau de lumière d'une lampe globe, Cade sommeillait sur une chaise, un livre ouvert sur ses genoux.

Le simple fait de le voir, ses papiers éparpillés à ses pieds, calma Virginia. Même endormi, il avait l'air fort, digne de confiance. Il ne l'avait pas laissée seule. Elle dut résister au désir de se nicher contre lui, et de se rendormir. Il l'attirait au plus haut point. Le fait qu'elle le connût depuis si peu de temps n'avait aucune importance. Après tout, elle ne se connaissait elle-même que depuis à peine un peu plus de temps.

Repoussant ses cheveux, elle jeta un coup d'œil à sa montre. Presque 3 heures. Heure vulnérable. Elle s'allongea sur le canapé, cala sa tête sur un bras, et observa Cade.

Le souvenir de l'après-midi écoulé lui revint, intact. Elle s'était jetée à la tête de cet homme ! Cela l'embarrassait et l'étonnait à la fois. En tout cas, il avait eu raison de s'arrêter avant que les choses n'aillent trop loin. Pourtant, au fond de son être, elle regrettait qu'il ne l'ait pas prise, là, sur le tapis, avant qu'elle ait le temps de réfléchir, de peser le pour et le contre, d'évaluer les conséquences. S'il l'avait fait, un peu du vide en elle serait comblé, un peu de ses besoins indéfinissables exaucé.

Elle roula sur le dos en soupirant et fixa le plafond. Maintenant, il convenait de réfléchir. Elle ferma les yeux, non pour chercher l'oubli, mais pour accueillir la mémoire. Qui étaient les femmes dont elle venait de rêver ? Où se trouvaient-elles, à présent ? Malgré elle, ses pensées dérivèrent, et elle se laissa gagner par le sommeil.

Le lendemain matin, Cade se réveilla tout ankylosé. Dès qu'il ouvrit les yeux, il regarda à l'autre bout de la pièce. Le canapé était vide.

S'il n'y avait eu les livres et les papiers entassés sur le tapis, il aurait pu croire avoir rêvé. Cette histoire semblait le fruit de son imagination : la belle femme sans passé qui faisait irruption dans sa vie en même temps que dans son cœur. A la lumière d'une journée nouvelle, une pensée l'envahit : n'avait-il pas romancé à outrance leur rencontre ? Le coup de foudre n'était-il pas la notion romantique par excellence ?

Roulant de la tête avec précaution, pour ne pas augmenter un torticolis naissant, Cade se réprimanda. Ce dont Virginia avait besoin, ce n'était pas les musarderies d'un détective sentimental. Elle avait besoin d'idées claires. Et rêvasser à la façon dont elle avait enserré ses jambes autour de sa taille la veille n'était pas propice à la réflexion objective. Non, ce qu'il lui fallait, c'était un café.

Il se leva et se rendit dans la cuisine où il trouva Virginia. Jolie comme une image, nette comme un sou neuf. Ses cheveux blonds bien brossés étaient retenus par un chouchou tout simple. Elle portait le pantalon rayé bleu et blanc et le T-shirt blanc qu'il lui avait achetés. Une main posée sur le comptoir, tenant dans l'autre sa tasse de café fumant, elle contemplait par la fenêtre le hamac tendu entre deux érables.

— Vous êtes une lève-tôt !

La main de Virginia trembla au son de la voix de Cade, puis elle se retourna, le cœur battant un peu trop vite, et lui sourit.

— J'ai fait du café… je sais le faire, apparemment. Certaines choses semblent venir naturellement.

— Il sent bon, remarqua Cade en s'en versant une tasse.

— Merci. Je ne savais pas si je devais vous réveiller. Je n'étais pas sûre de l'heure à laquelle vous ouvrez votre agence.

— Nous sommes samedi. En plus, c'est le long week-end du 4-Juillet. Vous vous souvenez ? Ce jour-là, on mange des pommes de terre en salade, on fait des feux d'artifice, on écoute des fanfares dans les rues.

Une image traversa le cerveau de Virginia : une petite fille assise sur les genoux de sa mère, tandis que les lumières explosent dans le ciel et trouent le noir.

— Oh !… vous devez avoir des projets pour ces trois jours…

— En effet ! Vers 11 heures, nous irons tranquillement au bureau. Je vous montrerai le travail le plus urgent. Pas question d'accomplir du travail légal, puisque tout sera fermé. Mais nous pouvons commencer à mettre de l'ordre.

— Ne sacrifiez pas votre week-end pour moi. Je peux très bien ranger votre bureau, pendant que vous…

— Nous faisons les choses ensemble, Virginia.

Elle posa sa tasse et croisa les mains.

— Pourquoi ? demanda-t-elle.

Les yeux vert océan de Cade parcoururent le visage de Virginia.

— J'aime à penser que vous n'avez pas frappé à ma porte par hasard.

— Bizarre que vous pensiez cela, malgré ma conduite d'hier soir. Selon toute apparence, je suis du genre à faire les bars la nuit, et à lever le premier venu.

Cade rit, puis avala une gorgée de café.

— A voir comment un seul verre vous tourne la tête, je doute que vous passiez beaucoup de temps dans les bars ! Croyez-moi, vous étiez vraiment partie !

La voix de Virginia prit une intonation glaciale :

— Pas de quoi se vanter…

La remarque fit sourire Cade.

— Pas de quoi avoir honte non plus. Et puis, je ne suis pas le premier venu.

La lueur d'amusement disparut du regard de Cade quand il ajouta :

— Vous et moi savons qu'il se passe quelque chose entre nous, reprit-il. Alcool ou pas.

— Dans ce cas, pourquoi ne pas en avoir… profité ?

— Avoir la possibilité est une chose, en profiter ne m'intéresse pas. On déjeune ?

Virginia opina.

— J'apprécie votre retenue, dit-elle en guise de merci.

— Vraiment ?

— Non, pas vraiment…

L'ego de Cade fut flatté.

— Ensuite, poursuivit-il tandis qu'il sortait le lait du réfrigérateur et mordait dans un toast, nous pourrions flâner en ville. Peut-être verrez-vous quelque chose qui stimulera votre mémoire.

Virginia s'assit sur une chaise, et, après une hésitation…

— Vous prenez toutes vos enquêtes avec autant de cœur ?

— J'aime les mystères. En plus, vous êtes mon premier cas d'amnésie. D'habitude, je m'occupe de problèmes d'assurance ou de problèmes matrimoniaux.

— Vous faites des enquêtes depuis longtemps ?

— Quatre ans. Cinq, si on compte mon année de stage chez Guardian, une grosse société de surveillance du District of Columbia. Du beau linge. Mais je préfère travailler pour mon compte.

— Vous avez déjà… tiré sur quelqu'un ?

— Non. Dommage, parce que je suis un très bon tireur.

Comme Virginia se mordait la lèvre inférieure, Cade la rassura.

— Détendez-vous ! Les flics et les détectives privés attrapent presque toujours les méchants sans avoir besoin de tirer une seule balle. J'ai reçu des coups, j'en ai donné quelques-uns, mais la plupart du temps mon activité se résume à me rendre sur le terrain, à effectuer des tâches répétitives et à passer beaucoup d'appels téléphoniques. Votre problème n'est qu'un puzzle de plus. Il suffit de trouver les pièces et de les assembler.

Si seulement il avait raison, songea Virginia, si les choses pouvaient se révéler simples, ordinaires et logiques.

— J'ai fait un autre rêve, déclara-t-elle. Il y avait deux femmes, que je connaissais.

Cade prit une chaise et s'assit en face de Virginia…

Lorsqu'elle lui eut tout raconté, il remarqua :

— Vous sembliez être dans un désert. L'Arizona ou le Nouveau-Mexique, peut-être ?

— En tout cas, je n'avais pas peur. Au contraire, j'étais heureuse. Jusqu'à ce que survienne l'orage.

— Vous êtes sûre qu'il y avait trois pierres ?

— Certaine. Pas tout à fait identiques. Belles. Extraordinaires, même. Mais je ne pouvais pas les garder ensemble. Ça semblait très important.

Avec un soupir, elle ajouta :

— Je ne sais quelle est la part de vérité, et la part symbolique, comme dans tout rêve.

— Si nous sommes sûrs de l'existence d'une pierre, il se peut que les deux autres existent aussi. Si une femme est réelle, il y en a peut-être deux autres. A nous de les trouver.

Vers 10 heures et demie, ils pénétrèrent dans l'agence de Cade. Virginia écouta avec attention ses directives concernant la frappe de ses notes sur ordinateur, le classement des dossiers, le téléphone et l'intercom.

Quand il s'enferma dans son propre bureau, Virginia jeta un regard circulaire au désordre ambiant. Le philodendron penchait sur le côté, triste et sale. Il y avait des éclats de verre partout, ainsi que des taches de café qui collaient sous la semelle. Et on aurait ramassé la poussière à la pelle. La dactylographie attendrait, décida-t-elle. On ne pouvait décemment se concentrer au milieu d'une telle confusion.

Depuis sa table de travail, Cade entama son enquête de terrain. Il appela son agence de voyages, et, sous le prétexte d'une nouvelle passion pour les pierres précieuses, lui demanda de s'enquérir sur tout désert où la recherche de pierres était autorisée.

Ses démarches de la veille lui en avaient appris beaucoup au sujet des gens qui cherchent des cristaux et des gemmes dans la nature. D'après le rêve de Virginia, conclut-il, c'était bien ce qu'elle était en train de faire dans ce désert. Peut-être vivait-elle dans l'Ouest ? A moins qu'elle ne s'y soit rendue pour l'occasion ? Une voie à explorer, de toute façon.

Il envisagea de téléphoner à un expert en pierres précieuses, mais se ravisa : Virginia avait peut-être acquis cette gemme par des procédés illégaux, et il ne voulait pas prendre de risques. Au lieu de cela, il étala sur la table les instantanés qu'il avait pris du diamant la veille. Que déduirait un gemmologiste devant de telles images ? Cela valait la peine d'essayer. Mardi, quand le travail reprendrait.

Pour l'instant, il avait d'autres idées en tête. Il prit son téléphone et, après quelques appels, trouva l'inspecteur Mick Marshall chez lui. Celui-ci protesta vigoureusement :

— Bon sang ! J'ai vingt bouches à nourrir dans le jardin !

— Tu fais des fêtes sans m'inviter, maintenant ?

— Je n'invite pas chez moi des flics d'opérette !

— Bon, maintenant, je suis vexé pour de bon. Tu as gagné ton whisky ?

— Les empreintes que tu m'as filées n'appartiennent à personne qui soit fiché par nos services.

Le soulagement envahit Cade, tandis qu'une touche de frustration s'insinuait en lui.

— Toujours rien sur un diamant volé ?

— Moins que rien. Il n'est pas dans ta tête, ce diamant ?

Cade raccrocha et se mit à réfléchir. Dans les rêves de Virginia revenaient toujours des éclairs, et elle mentionnait souvent l'obscurité. Or, la veille du jour où elle était apparue dans son agence, il y avait eu un orage, et des coupures de courant. Existait-il un lien entre réalité et songes ? Le noir était-il réel ou symbolique ? Selon toute probabilité, le traumatisme s'était produit à l'intérieur d'un bâtiment. A aucun moment elle ne mentionnait la pluie. Se trouvait-elle dans une maison ? Dans un bureau ? Si les événements avaient eu lieu la nuit précédant leur rencontre, ils s'étaient presque obligatoirement produits dans le District of Columbia.

Et pourtant, on ne signalait la disparition d'aucune pierre précieuse de grande valeur. D'autre part, dans ses rêves existaient trois pierres. Trois diamants. Trois femmes. Un triangle. Tout cela était-il symbolique ou réel ?

Cade traça deux colonnes sur une feuille. Dans l'une d'elles, il fit la liste des souvenirs de Virginia, pris dans leur sens littéral. Dans l'autre colonne, il en explora le symbolisme. Au fur et à mesure de sa réflexion, une évidence s'imposait : la vérité était une combinaison des deux.

Prenant son courage à deux mains, Cade composa un dernier numéro de téléphone. Par son mariage, sa sœur Muffy était entrée dans l'une des plus anciennes familles de la côte Est. Des joailliers renommés de Westlake.

Lorsqu'il sortit de son bureau, ses oreilles bourdonnaient, et il avait les nerfs à vif. Résultat habituel de ses conversations avec sa sœur. Mais puisqu'il avait obtenu ce qu'il désirait, il eut moins de mal à se maîtriser.

Le choc fut grand de pénétrer dans un espace propre et rangé, et de voir Virginia taper sur le clavier de l'ordinateur avec une grande dextérité.

— Vous êtes une fée, dit-il en déposant un baiser sur la tempe de la jeune femme. Et vous êtes experte en informatique.

— On dirait ! Cela ne m'a donné aucun mal. En revanche, ranger vos dossiers risque de me prendre du temps… !

Il se contenta de sourire à la remarque et proposa :

— On sort prendre une glace ?

Virginia acquiesça et quitta son ordinateur avec le naturel d'une femme qui navigue quotidiennement dans l'univers des logiciels…

— Ensuite, annonça Cade, nous aurons une tâche de la plus haute importance à accomplir.

— Quoi au juste ?

— Je vous ai trouvé un réfractomètre.

5.

— Votre beau-frère est propriétaire de *Westlake Jewellers* ? demanda Virginia.

— Pas en propre. C'est une affaire familiale.

La tête de Virginia tournait. En l'espace de quelques heures, elle était passée du nettoyage d'un bureau crasseux et désordonné à la dégustation d'une glace au pied du mémorial Lincoln. Etant donné la situation, cela représentait déjà pour elle un exploit. Mais la façon qu'avait Cade de se faufiler entre les voitures, de traverser les rues en courant au feu orange avait fini de la désorienter et de l'étourdir.

— Ils ont des succursales dans tout le pays, poursuivit Cade, mais la maison mère se trouve ici. Muffy a rencontré Ronald à un tournoi de tennis. Romantique en diable, non ?

— Et votre beau-frère est d'accord pour que nous utilisions son matériel ?

— Muffy l'est. Ronald fait ses quatre volontés, comme un toutou.

Tout en léchant son cône qui dégoulinait de glace à la fraise, Virginia observait les touristes — des familles pour la plupart — qui grimpaient et descendaient les marches du mémorial.

— Je croyais votre sœur fâchée avec vous ?

— Nous sommes arrivés à un compromis au téléphone. Camilla danse aussi dans un ballet le mois prochain. Je me suis engagé à aller admirer la mutante.

Virginia étouffa un rire.

— Que vous êtes rosse avec votre famille !

— On voit que vous n'avez jamais enduré le spectacle de Camilla en tutu ! Et puis, ma sœur a aussi un fils. Celui-ci joue du piccolo.

— Vous inventez !

— Pas du tout ! Mon imagination a des limites. Dans quinze jours, je suis censé m'asseoir au premier rang, et m'extasier devant l'orchestre dans lequel il joue. Je vais acheter des boules Quiès !

Ils s'installèrent sur les marches lisses au pied du président sage et mélancolique. Une légère brise agitait mollement l'air dense. Mais cela n'atténuait pas la chaleur moite qui montait de l'asphalte. Virginia apercevait des mirages dans l'air, comme dans le désert. Quelque chose lui paraissait étrangement familier dans le spectacle qui l'entourait. La foule des passants, le cliquetis des appareils photo, le mélange des voix et des accents, les odeurs de transpiration et de fatigue, mêlées au parfum des fleurs.

— Je suis sûrement déjà venue ici, murmura-t-elle. Mais c'est comme si je vivais le rêve de quelqu'un d'autre.

— La mémoire va vous revenir, assura Cade. Nous avons quelques pièces en main : vous savez faire le café, vous servir d'un ordinateur, organiser un bureau.

— Peut-être suis-je secrétaire ?

Cade en doutait. La manière dont elle parlait des pierres précieuses l'avait lancé sur une autre piste. Mais il souhaitait réfléchir davantage avant de partager son hypothèse avec Virginia.

Il se mit sur ses pieds et offrit sa main à Virginia pour l'aider à se lever.

— Nous avons des courses à faire, annonça-t-il.

— Ah bon ?

— Il vous faut des lunettes de vue.

Le centre commercial tentaculaire et les gens qui se bousculaient pour profiter des soldes furent une nouvelle épreuve pour Virginia. Pendant qu'elle choisissait une monture, Cade remplit les formulaires nécessaires. Une douce chaleur l'envahit lorsqu'il enregistra la jeune femme sous le nom de Virginia Parris. Cela sonnait bien à son oreille, et lui parut aller de soi.

Il laissa Virginia à ses essais. Deux heures plus tard, elle le rejoignit dans sa voiture, un nouveau sac à main à l'épaule, un sac en plastique dans l'autre main.

— Où avez-vous trouvé le temps d'acheter tout cela ? demanda Cade en souriant.

Avec un rire où perçait toute sa féminité, Virginia répliqua :

— Question de stratégie ! Savoir ce qu'on veut, ne pas se laisser distraire.

— Moi aussi, j'ai acheté quelque chose pour vous, rétorqua Cade.

D'un emballage de lingerie, il exhuma une nuisette de soie noire raffinée.

— Vous ne pouvez pas dormir toute nue, expliqua-t-il avec un regard qui en disait long. Et puis, j'ai aussi fait l'acquisition de quelques pierres fines qui m'ont plu, ajouta-t-il en lui tendant une pochette en papier transparent.

— Oh ! murmura Virginia en les caressant du doigt. Comme elles sont jolies ! Des citrines… des jaspes… des tourmalines. Vous voyez les roses et les verts ? Et cette ravissante fluorite ! Un des cristaux que je préfère. Je…

La voix de Virginia s'estompa, et elle appuya une main contre sa tempe.

Cade fouilla parmi les pierres.

— Et celle-ci ? Quel est son nom ?

— Alexandrite. Une pierre transparente, dont la couleur change avec la lumière. A la lumière du jour, elle est bleu-vert. Mais à la lumière électrique, elle devient rouge pourpre.

Virginia avala sa salive avec difficulté. La connaissance des pierres était bel et bien logée là, dans son cerveau.

— C'est une pierre rare et coûteuse, ajouta-t-elle. Elle doit son nom au tsar Alexandre 1er.

Après avoir mis le moteur en marche, Cade se faufila dans la circulation. Il avait observé avec intérêt le visage de Virginia s'éclairant, s'irradiant de plaisir tandis qu'elle étudiait les cristaux.

— Vous êtes vraiment une connaisseuse en pierres précieuses, commenta-t-il. Et elles vous procurent du bonheur.

— Ça m'effraie. Plus les informations se bousculent dans mon esprit, plus j'ai peur.

Cade se gara dans son allée, puis se tourna vers Virginia :

— Etes-vous capable de continuer aujourd'hui ?

Elle pouvait dire non ! songea Virginia. Dans ce cas, Cade la ferait entrer chez lui, où elle serait en sécurité. Elle monterait dans sa jolie chambre, s'y enfermerait, et n'aurait rien d'autre à affronter que sa propre poltronnerie.

— Il le faut bien, répondit-elle en exhalant un long soupir.

Conscient du courage de Virginia, Cade lui saisit la main et la pressa rapidement entre les siennes.

— Parfait, dit-il. Attendez-moi dans la voiture. Je reviens avec le diamant.

Westlake Jewellers se situait dans un magnifique immeuble ancien orné de colonnes de granite et de longues fenêtres drapées de satin. Seule une plaque de cuivre élégante et discrète en signalait l'existence près de la lourde porte d'entrée.

Cade contourna le bâtiment, et se gara près d'une Mercedes grise.

— Ronald nous attend, constata-t-il. Vous jouerez le jeu, n'est-ce pas ?

Virginia plissa son joli front tandis que Cade glissait l'assortiment de pierres dans son sac à main.

— Quel jeu ?

— J'ai été obligé d'inventer une petite histoire pour amadouer Muffy. Il vous suffit de me donner la réplique.

Virginia sortit de la voiture et le suivit vers l'entrée située à l'arrière de l'immeuble.

— Ce serait plus facile si vous me disiez de quoi il retourne.

— Ne vous en faites pas, dit-il en appuyant sur la sonnette. Je m'occupe de tout.

— Si vous avez menti à votre famille, je crois que je devrais…

La lourde porte d'acier qui s'ouvrait l'empêcha de poursuivre.

Ronald salua Cade d'un bref signe de tête. Cade avait raison, pensa Virginia. Cet homme n'était pas heureux. De taille moyenne, soigné et sanglé dans un costume bleu marine, il portait une cravate rayée dont le nœud était si serré que Virginia se demanda comment il respirait. Il avait le visage bronzé, et coiffait en arrière ses cheveux noirs striés de gris. Il incarnait la dignité personnifiée.

Sans paraître remarquer la froideur de son beau-frère, Cade se lança :

— Ça fait plaisir de te voir ! Comment va le golf ? Muffy m'a dit que tu avais changé de handicap.

Tout en parlant, Cade se faufilait à l'intérieur. Impavide, Ronald gardait les sourcils froncés.

D'un geste de propriétaire, Cade entoura la taille de Virginia et l'attira contre lui.

— Je te présente Virginia.

— Enchanté, répliqua poliment Ronald.

— Je la gardais pour moi tout seul, expliqua Cade. Maintenant que tu la vois, tu comprends mieux pourquoi, non ?

Cade souleva d'un doigt le menton de Virginia et déposa un baiser sur ses lèvres.

— J'apprécie que tu nous donnes accès à ton matériel, continua Cade à l'adresse de son beau-frère. Virginia est enchantée à l'idée de me montrer le travail qu'elle accomplit avec les pierres précieuses.

D'une main assurée, il secoua le sac de la jeune femme pour faire tinter les cristaux.

— Tu n'as jamais montré le moindre intérêt pour les gemmes, fit remarquer Ronald.

— C'est parce que je ne connaissais pas Virginia ! Maintenant, ça me fascine. Comme je l'ai convaincue de ne pas quitter les Etats-Unis, il va bien falloir qu'elle ouvre une boutique ici. N'est-ce pas, mon cœur ?

— Je…, commença Virginia.

— L'Angleterre, c'est le passé ! affirma Cade. Si un membre de la famille royale veut un bijou, il faudra qu'il se déplace. Je ne te laisse pas repartir, acheva-t-il en plaquant un autre baiser sur ses lèvres.

Ronald ajusta sa cravate et se tourna vers Virginia :

— Cade me dit que vous dessinez des bijoux ? C'est un bel exploit de servir la royauté britannique.

— Ça reste en famille, expliqua Cade. La mère de Virginia est une cousine de Diana. Au second ou troisième degré, chérie ? J'ai oublié.

— Au troisième, répliqua Virginia.

Elle n'en croyait pas ses oreilles. Non seulement elle répondait, mais elle donnait à sa voix une touche d'accent de la haute société britannique, qui sembla impressionner Ronald.

— Cade accorde un peu trop d'importance à tout ceci, continua-t-elle sur le même ton. En fait, Lady Di m'a fait l'honneur de remarquer une broche de ma confection, et l'a commandée. Comme chacun sait, la princesse adorait acheter…

L'accent huppé de Virginia touchait en Ronald la corde de l'ambition sociale. Son sourire se détendit, sa voix se réchauffa.

— Je suis enchanté que vous visitiez Westlake Jewellers. Je regrette beaucoup de ne pouvoir vous guider moi-même.

— Nous ne voulons pas te retarder, intervint Cade en poussant discrètement son beau-frère dans le dos. Muffy m'a expliqué que vous receviez.

— C'est très présomptueux de la part de Cade d'avoir interrompu votre réception, déclara Virginia. Je serai ravie de refaire la visite en votre compagnie, une autre fois.

— A votre disposition. Au fait, venez faire un tour à la maison, ce soir.

Aux anges de côtoyer une personne reliée, même de loin, à la famille royale britannique, Ronald dirigea Cade et Virginia vers l'atelier de joaillerie.

— Notre matériel est très sophistiqué et précieux, ainsi que les gemmes que nous travaillons, expliqua-t-il. La réputation des Westlake est sans tâche depuis des générations.

A la vue des établis, des meules, des scies, des balances, le cœur de Virginia se mit à battre.

— Top niveau, murmura-t-elle, éblouie.

— Nous nous enorgueillissons de n'offrir que le meilleur à notre clientèle, poursuivait Ronald Westlake. Souvent, nous faisons le facettage et le polissage des pierres et des diamants nous-mêmes, et employons nos propres lapidaires.

La main de Virginia trembla légèrement en touchant un disque. Dans sa tête, elle voyait tout le processus de transformation des gemmes. La table du lapidaire. Pour le facettage, la pierre fixée au bout d'un « stock », une tige de bois, et présentée au disque qui tourne horizontalement. Le stock guidé grâce à une planche percée de nombreux trous, fixée perpendiculairement à la table au centre de laquelle tourne le disque. Elle entendait le son émis par le frottement du cristal et du disque. Sentait les vibrations.

— J'aime le travail du lapidaire, dit-elle d'une voix embuée. Sa précision.

— J'admire aussi beaucoup les artisans et les artistes, opina Ronald.

Puis, apercevant la bague que portait Virginia, il lui prit la main :

— Ravissante ! C'est votre création ?

Acquiescer semblait la meilleure solution, songea Virginia.

— Oui. J'adore travailler les pierres de couleur.

— Je vous montrerai notre réserve… mais à présent, je dois me retirer. Le gardien refermera derrière vous lorsque vous aurez fini.

Il lança à Virginia un sourire entendu de professionnel à professionnel :

— Dans notre domaine, la sécurité revêt une importance capitale, n'est-ce pas ?

— Bien entendu ! Merci de nous avoir consacré tout ce temps, monsieur Westlake, conclut Virginia.

— Appelez-moi Ronald ! Et ne permettez pas à Cade de vous garder égoïstement pour lui tout seul. Muffy meurt d'envie de rencontrer sa future belle-sœur. Rendez-vous ce soir…

Lorsqu'il fut parti, Virginia se tourna vers Cade.

— Belle-sœur ? bredouilla-t-elle.

L'air innocent, Cade ouvrit grand les bras et plaida :

— Il fallait bien leur raconter quelque chose ! L'encre de mon certificat de divorce était à peine sèche que, dans ma famille, ils essayaient tous de me remarier !

— Pauvre petit Cade, à qui on envoie des femmes de droite et de gauche…

— J'ai souffert, vous savez.

Virginia leva les yeux au ciel.

— Vous avez menti à votre famille.

— Parfois, je mens pour m'amuser, mais d'autres fois, c'est une question de survie. Quant à vous, vous avez bien pris le train en marche. Cet accent anglais, c'était un coup de génie !

— Je me suis laissé entraîner, et je n'en suis pas fière.

Le ton glacial de Virginia agaça Cade. De toute évidence, elle ne se sentait pas aussi à l'aise que lui dans les zones entre le bien et le mal.

— Nous avons ce que nous voulions, non ? demanda-t-il. En plus, la soirée de Muffy et Ronald sera encore plus réussie, grâce à votre présence. Alors, où est le problème ?

— Je ne sais pas. Je n'aime pas mentir, voilà tout. Un mensonge en appelle un autre.

— Et plusieurs mensonges conduisent parfois à la vérité.

Cade prit le sac de Virginia, en tira la petite bourse de velours, et fit glisser le diamant dans sa paume.

— Voulez-vous la vérité ou l'honnêteté ? demanda-t-il en le promenant sous le nez de Virginia.

— En principe, ce n'est pas incompatible. Mais enfin… comme vous dites, nous avons ce que nous voulions. Par où commençons-nous ?

— Assurez-vous que cette pierre est vraie.

L'impatience pointa dans la voix de Virginia.

— Je sais qu'elle est authentique !

Cade se contenta de lever un sourcil.

— Prouvez-le.

Avec un soupir excédé, Virginia se dirigea vers un microscope, et fit le point avec une instinctive dextérité.

— Magnifique ! dit-elle avec respect un moment plus tard. Absolument pure à la loupe.

— Que voyez-vous ?

— L'intérieur de la pierre. Aucun doute sur son authenticité. Les inclusions sont caractéristiques. S'il s'agissait d'imitation de verre ou de quartz, il y aurait des bulles d'air.

— Tout ce que je sais, c'est que cette pierre est bleue. C'est donc un saphir, en principe.

— Mais enfin ! protesta Virginia. Le saphir appartient à la famille du corindon ! Je sais quand même faire la différence entre le corindon et le carbone.

Prenant la pierre, elle se dirigea vers un réfractomètre.

— Cet instrument permet de savoir si une gemme est monoréfringente ou biréfringente. Comme je vous l'ai déjà dit, les saphirs sont biréfringents, contrairement aux diamants.

Avec les mêmes gestes précis et compétents, elle se remit au travail sous le regard de Cade.

— Voilà ! marmotta-t-elle. N'importe quel idiot peut constater que cet indice de réfraction est celui d'un diamant.

Se tournant vers Cade, Virginia lui montra la pierre.

— Ceci est un diamant bleu taille brillant, dont le poids est 102, 6 carats.

— Il ne vous manque que la blouse de laboratoire, constata Cade d'une voix calme.

— Pardon ?

— Vous êtes de la partie, Virginia. Je croyais que les pierres précieuses étaient un passe-temps pour vous. Mais vous êtes trop précise, trop à l'aise au milieu de tous ces appareils, pour ne pas être une professionnelle. Conclusion : vous travaillez avec les pierres, soit dans le commerce des gemmes, soit dans le domaine de la joaillerie. C'est comme ça que vous êtes entrée en possession de ce diamant.

Cade prit le diamant entre ses mains et l'étudia.

— Pas le genre de pièce qu'on achète, même chez un excellent joaillier comme Westlake. C'est le genre de chose qu'on trouve dans un musée ou dans une collection privée. A ce propos, nous avons un superbe musée à Washington, le Smithsonian. Ça vous dit quelque chose ?

— Vous sous-entendez que… je l'ai volé au Smithsonian ?

— Je pense qu'au musée, on a peut-être entendu parler de cette pierre.

Il glissa négligemment l'inestimable gemme dans la poche de sa veste.

— A cause de ce maudit long week-end, tout cela devra attendre mardi, maugréa-t-il entre ses dents.

— Que faisons-nous d'ici là ?

— Consultons l'annuaire. Je me demande combien de gemmologistes il y a dans Washington et ses environs.

Les lunettes permettaient à Virginia de se plonger dans les livres sans risquer de mal de tête, et elle ne s'en priva pas. Pour elle, cela ressemblait à relire des contes de fées autrefois adorés. Le terrain lui était familier, mais c'est avec plaisir qu'elle s'y enfonçait.

Elle lut ce qui concernait la taille des pierres en Mésopotamie, les gemmes de la période hellénique. Examina des gravures florentines. Puis elle se lança dans l'histoire de diamants célèbres. Le Président Vargas, le Jonker, le Grand Mogol, le Florentin, dont on avait perdu la trace depuis la Première Guerre mondiale. L'histoire de Marie-Antoinette et du collier de diamant qui, dit-on, lui coûta sa tête. Enfin, elle se plongea dans les ouvrages techniques.

Ces livres lui parurent tous très familiers. En revanche, une chose la tourmentait : d'où venait qu'elle se souvînt des pierres, et pas des personnes ? Elle identifiait sans difficulté les propriétés de centaines de pierres précieuses et fines, mais il n'existait dans le vaste univers qu'une personne qu'elle connaisse. Et il ne s'agissait même pas d'elle-même.

En fait, elle ne connaissait que Cade. Cade Parris, dont l'esprit vif la plongeait souvent dans la confusion. Cade, avec ses mains douces et patientes et ses merveilleux yeux verts. Des yeux qui la contemplaient comme si elle était pour lui le centre du monde.

Cependant, l'univers de Cade était si étendu par rapport au sien ! Un mondc pcuplé d'individus et de souvenirs, de lieux où il s'était rendu, de choses qu'il avait accomplies, de moments partagés avec d'autres êtres.

En comparaison, l'écran vide de son propre passé la narguait. Qui connaissait-elle ? Qui avait-elle aimé ou détesté ? Avait-elle été aimée ? Avait-elle blessé quelqu'un, infligé des peines à un autre être ? Où vivait-elle jusqu'à la veille ? Que faisait-elle ? Scientifique ou voleuse ? Amante ou cœur solitaire ?

Elle voulait être amante. L'amante de Cade. La force de son désir la terrifiait. Elle rêvait de se jeter dans un lit avec lui, de tout laisser s'éloigner sur un fleuve de sensations. Qu'il la touche, qu'elle sente courir sur son corps nu ses mains masculines fébriles et qu'il la conduise dans un lieu où le passé n'a pas de sens, et l'avenir pas d'importance. Un lieu où seul compte le moment présent, absorbant et splendide. Elle sentirait son cœur battre contre le sien, arquerait son corps pour qu'il la pénètre, qu'elle l'engloutisse en elle. Alors…

Le son d'un livre qu'on claque la fit sursauter.

— Une pause ! ordonna Cade. Les yeux vous sortent de la tête.

— Oh, je…

Les yeux écarquillés, Virginia contemplait Cade. « Mon Dieu ! » songea-t-elle avec désarroi. Elle tremblait de tous ses membres, vivement excitée par sa rêverie intérieure, le pouls battant la chamade.

— Voyez ! Vous êtes toute rouge. Je vais vous chercher de l'eau.

Toute rouge ? Virginia n'en revenait pas. Cade ne remarquait-il donc pas qu'elle était comme une flaque qui se meurt du désir d'être lapée ?

Cade revint avec un verre tintant de glaçons.

— Que diriez-vous de steaks au gril pour le dîner ? Mais d'abord, dit-il en l'entraînant dehors par la main, un peu d'air vous fera du bien.

Prenant le verre de Virginia, il le posa sur la petite table en fer forgé près du hamac, avec sa chope de bière.

— Nous allons regarder le ciel ensemble, annonça-t-il.

Réticente, Virginia demeurait sur ses gardes. S'allonger sur le hamac avec Cade, alors que ses sens exigeaient encore satisfaction ?

— Je ne crois pas que…

Pour couper court aux hésitations de la jeune femme, Cade la fit basculer dans le hamac et se mit à rire lorsqu'elle chercha à recouvrer son équilibre.

S'installant près d'elle, il passa son bras sous la tête de Virginia, et conseilla :

— Détendez-vous ! Ce hamac est un de mes coins favoris. Je l'ai toujours vu ici, aussi loin que je remonte en arrière. Regardez, on voit des petits bouts de ciel à travers le feuillage !

Il faisait doux à l'ombre des érables, et Virginia sentit battre le cœur de Cade tandis qu'il joignait leurs quatre mains sur son torse.

— J'ai beaucoup rêvé, bâti beaucoup de plans dans ce hamac.

Choquée de sentir à quel point elle désirait rouler sur Cade, Virginia s'intima l'ordre de se détendre.

— Tout devient plus simple, vu d'un hamac, plaisanta Cade.

Il mêla les doigts de Virginia aux siens, y déposa de petits baisers.

— Vous me faites confiance ? demanda-t-il soudain.

A cet instant, le cœur chaviré, Virginia eut le sentiment de n'avoir jamais autant fait confiance à quiconque.

— Oui, murmura-t-elle.

— Jouons à un jeu !

Sans se faire prier, les possibilités érotiques fusèrent dans l'esprit de Virginia.

— Un… jeu ?

— Je vous donne un mot, expliqua-t-il, et, sans réfléchir, vous me dites ce qui vous vient en tête.

Opinant, elle ferma les yeux et se laissa bercer par le balancement du hamac.

— On commence ?…, demanda Cade. Ville.

— Foule.

— Désert.

— Soleil.

— Travail.

— Satisfaction.

— Feu.

— Bleu.

Comme elle ouvrait les yeux et tentait de bouger, Cade la serra davantage contre lui.

— Non, ne vous arrêtez pas pour analyser vos réponses. Prête ? Amour.

— Amies.

Elle poussa un soupir et se détendit.

— Amies, répéta-t-elle.

— Famille.

— Maman.

Un petit gémissement involontaire échappa à Virginia.

— Heureuse.

— Enfance.

— Diamant.

— Pouvoir.

— Eclair.

— Meurtre.

Le souffle court, Virginia enfouit son visage contre l'épaule de Cade.

— Je ne peux pas…

— D'accord. Ça suffit pour le moment.

Cade caressa les cheveux de Virginia. Ses mains étaient douces, mais son regard brûlait tandis qu'il contemplait le ciel à travers la voûte du feuillage.

Il ferait payer le prix fort à la personne qui terrorisait Virginia.

Tandis que Cade berçait Virginia dans ses bras sous les érables, un autre homme se tenait debout sur une vaste terrasse surplombant un panorama de collines doucement ondulées, de jardins soignés et de jets d'eau.

La rage le consumait.

La femme avait disparu de la surface de la terre avec son bien. Et ses forces à lui étaient à présent aussi éparpillées que l'étaient les trois étoiles.

Pourtant, tout aurait dû être simple. Il les avait eues à portée de main. Mais cet espèce d'idiot avait pris peur. A moins qu'il ne soit devenu trop gourmand ? Dans les deux hypothèses, il avait laissé la femme s'échapper. Et les diamants avec elle.

Trop de temps avait passé, pensa-t-il en tapotant de ses ongles manucurés la rambarde de pierre de la terrasse. Une des femmes avait disparu, l'autre était en fuite. Quant à la troisième, elle se montrait incapable de répondre à ses questions.

Il fallait réagir. Réagir vite. Le calendrier tombait à l'eau. Tout cela par la faute d'une seule personne.

Rentrant dans son bureau, il prit le combiné du téléphone.

— Amenez-le-moi, ordonna-t-il.

Puis il reposa le combiné avec l'arrogance tranquille de qui a l'habitude d'être obéi.

6.

Samedi soir. Cade emmena Virginia danser. Elle avait besoin de se distraire, d'entendre de la musique, avait-il décidé. De faire l'expérience de la vraie vie.

Et quelle expérience ! Jamais Virginia n'avait rien vu de semblable. De cela au moins, elle ne doutait pas. Le club du centre de Georgetown, bondé, vibrait de vie, du sol au plafond. La musique était si forte qu'elle ne parvenait pas à penser.

Dans cet espace encombré et bruyant, tout l'étonnait. Les gens ne paraissaient pas se connaître les uns les autres, et pourtant les couples enlacés sur la petite piste de danse faisaient l'amour plus qu'ils ne chaloupaient.

Cade commanda deux sodas, dénicha une table, et se concentra sur le spectacle. Ou, plutôt, il se concentra sur Virginia observant le spectacle.

Les lumières clignotaient, les voix s'entremêlaient, et personne ne semblait avoir le moindre souci.

— Vous passez tous vos week-ends comme ça ? hurla-t-elle pour couvrir la rumeur grondante des voix et des pieds battant la mesure.

— De temps en temps seulement…

En fait, presque jamais, songea Cade. Pas beaucoup, depuis ses années de jeunesse, en tout cas. S'il avait choisi de venir ici ce soir, ce n'était pas pour lui mais dans le seul but d'empêcher Virginia de ressasser encore et encore

Il glissa son bras autour des épaules de la jeune femme et demanda :

— Alors, ce jazz, ça vous rappelle quelque chose ?

— Je ne sais qu'une chose : ça n'a rien à voir avec *l'Hymne à la joie* !

La réplique amusa Cade.

— Dansons ! décida-t-il en entraînant Virginia sur la piste.

Panique instantanée. La main de Virginia devint moite, ses yeux s'agrandirent de déplaisir.

— Mais… je ne sais pas danser !

Cade la tirait entre les tables, zigzaguait, bousculait des gens.

— Enfin, Virginia ! L'endroit est si petit que nous sommes serrés comme des sardines. Inutile de *savoir* danser !

On lui marchait sur les pieds, la côtoyait sans ménagement.

— J'aimerais mieux regarder, protesta-t-elle.

L'entourant de ses bras, Cade posa ses mains sur les hanches de Virginia d'une façon si intime et possessive qu'elle en eut le souffle coupé. Lorsqu'il se mit à bouger contre elle de manière suggestive, elle murmura :

— Je n'ai jamais fait ça…

Les lumières tournaient, clignotaient, lui donnaient le vertige.

Très probable, en effet, qu'elle n'ait jamais dansé dans un tel endroit, songea Cade. Il y avait quelque chose de trop innocent dans la façon gauche de se mouvoir de cette femme, dans les couleurs qui lui montaient aux joues.

Il lui posa une main au creux des reins, et demanda :

— Mettez vos bras autour de mon cou, et embrassez-moi.

— Pardon ?

La musique emplissait la tête de Virginia. La chaleur de ce corps d'homme contre le sien, la chaleur des autres corps la brûlaient de partout. Elle ne pouvait respirer, ne pouvait penser. Mais quand la bouche de son compagnon s'empara de la sienne, toutes ses réticences disparurent.

Sa tête continuait de résonner au rythme de la musique. L'air était toujours étouffant, lourd de fumée de cigarettes, chargé d'odeurs de sueur, d'alcool et de parfums féminins qui se contrariaient. Et pourtant, elle n'y faisait plus attention. Elle se laissait bercer par Cade, tandis que ses lèvres s'entrouvraient et qu'elle s'enivrait de lui.

— Si nous étions à la maison, cela nous conduirait au lit, murmura Cade à l'oreille de Virginia.

Il laissa errer sa bouche dans le cou de sa compagne. Elle portait le parfum qu'il avait choisi pour elle. Un parfum tellement intime…

— Je vous veux dans mon lit… je me veux en vous…

Virginia ferma les yeux, se lova contre lui. Sans doute possible, personne ne lui avait fait cette déclaration auparavant. Elle n'aurait pu oublier l'excitation violente qu'elle éprouvait en cet instant. Ni cette peur tenaillante. Elle enfouit les doigts dans les cheveux de Cade.

— Tout à l'heure, je…

— Je sais. J'aurais pu vous prendre, vous croyez que je ne m'en suis pas aperçu ?

Pour attiser leur désir, Cade effleura la gorge de Virginia de ses lèvres.

— C'est pourquoi nous sommes ici, et pas à la maison. Vous n'êtes pas prête pour ce que j'attends de vous.

— Tout ceci n'a aucun sens, murmura-t-elle.

— Quelle importance ? Profitons de l'instant.

Lui soulevant le menton, Cade embrassa Virginia jusqu'à ce qu'elle en perde la respiration. Puis il lui mordilla la lèvre inférieure avec gourmandise, et chuchota :

— L'instant peut être très excitant… ou très tendre, ajouta-t-il.

Et là, sans prévenir, il fit tournoyer Virginia sur elle-même, avant de la plaquer de nouveau contre lui.

— … Ou amusant, acheva-t-il. C'est au choix.

Virginia plaça fermement ses mains sur les épaules de Cade.

— Contentons-nous des choses amusantes, pour le moment, suggéra-t-elle.

— Entendu !

De nouveau, il fit tournoyer Virginia, et ses yeux brillèrent de plaisir lorsqu'elle éclata de rire. Ils se mouvaient à présent au milieu des danseurs alanguis, se lâchaient, se reprenaient. Elle manqua un pas, et frôla un grand gaillard au crâne rasé, qui la saisit aux épaules et la replaça dans les bras de Cade en riant. Un peu plus tard, alors que le rythme de la musique avait changé, elle se trouva retenue au milieu d'un groupe de jeunes qui gesticulaient joyeusement en cercle. Elle se prit au jeu, tenta de se mettre à leur rythme, puis fut rejetée une nouvelle fois dans les bras de Cade.

— Je m'amuse comme une folle !

Son visage embrasé, son rire heureux enchantèrent Cade.

A ce moment-là, le volume de la musique baissa, le rythme changea encore.

— Un autre slow, dit Cade en attirant Virginia contre lui. Vous n'avez qu'à vous coller à moi.

— C'est déjà fait, je crois !

— Plus près…

Cade glissa une jambe entre celles de Virginia, ses mains glissèrent aussi, pour se poser très bas sur les hanches de la jeune femme. La musique se fit langoureuse et triste. L'état d'esprit de Virginia se transforma en conséquence. De l'ivresse innocente, elle versa dans la mélancolie. Et tout en nichant sa joue dans l'épaule de Cade, elle murmura :

— Ce que nous faisons n'est pas très malin…

— Soyons insouciants, le temps d'une danse.

— Ça ne durera pas, vous le savez.

— Chut… Cela durera aussi longtemps que nous le voudrons…

« Alors, que cela dure toujours », songea-t-elle, agrippée à Cade. Pourtant, elle prononça des mots différents :

— Je ne suis pas une image. Je suis une femme de chair et de sang dont la mémoire s'est juste effacée pour un temps. Ce que nous allons découvrir sur mon compte ne nous plaira peut-être pas… ni à vous ni à moi.

Cade la respirait, la touchait, la goûtait.

— Je sais de vous tout ce que je veux savoir.

Elle secoua la tête.

— Pas moi.

Se reculant, elle regarda Cade droit dans les yeux.

— Pas moi, répéta-t-elle.

Et elle lui échappa.

Quand Virginia s'était enfuie, Cade n'avait pas cherché à la retenir.

Elle se précipita dans les toilettes. Elle avait besoin de solitude. Reprendre ses esprits. Se souvenir que sa vie n'avait pas débuté lorsqu'elle avait pénétré dans un petit bureau confiné et vu Cade Parris pour la première fois.

Les toilettes étaient presque aussi bondées que la piste de danse. Des femmes se remaquillaient, se plaignaient des autres femmes, parlaient des hommes. La pièce empestait la laque, la transpiration, les parfums divers.

Virginia fit couler l'eau froide, et s'en aspergea le visage. Elle venait de danser dans un night-club bruyant, avait ri, s'était laissé caresser devant tout le monde par l'homme qu'elle désirait. Lorsqu'elle leva le regard vers son visage dans le miroir, une certitude l'envahit : rien de tout cela ne lui était habituel. Au contraire, c'était entièrement nouveau. Aussi nouveau que Cade Parris. Comment tout ceci cadrerait-il avec sa vie réelle ?

Tout arrivait si vite ! pensa-t-elle en cherchant sa brosse à cheveux dans son sac à main. Un sac offert par Cade, ainsi que la brosse. Tout ce qu'elle possédait à l'heure actuelle, elle le lui devait. Se sentait-elle, en conséquence, redevable ? Reconnaissante ? N'éprouvait-elle pour lui qu'un simple désir physique qui s'évanouirait aussi vite qu'il était né ?

Virginia tourna son regard vers les femmes qui l'entouraient. Pas une d'entre elles ne se posait ce genre de questions. D'un instant à l'autre, elles retourneraient danser. Ce soir, elles feraient l'amour, si l'occasion se présentait. Et demain matin, elles reprendraient tranquillement le cours de leur existence.

Mais ces questions, elle devait se les poser. Et où trouver la réponse, si elle ne se connaissait pas elle-même ? Dans ces conditions, comment se donner à Cade, prendre ce qu'il lui offrait ?

« Remets de l'ordre en toi-même ! » s'intima-t-elle en se brossant les cheveux. Retour à la raison, aux choses pratiques, au calme.

Satisfaite de sa coiffure, elle remettait sa brosse dans son sac lorsqu'une femme pénétra en trombe dans les toilettes. Une femme rousse spectaculaire, tout en jambes et en arrogance, les cheveux coupés court, sanglée dans un jean.

— Le sale type m'a mis la main aux fesses, bougonna-t-elle.

Sur ce, elle s'enferma dans une cabine et claqua la porte derrière elle.

Alors, soudain, la vision de Virginia se voila. Un accès de vertige l'obligea à s'accrocher au lavabo. Une nouvelle fois, elle s'aspergea le visage d'eau. Quand elle jugea que ses jambes pouvaient la porter, elle sortit des toilettes, et replongea dans l'atmosphère bruyante et enfumée. On la bousculait, lui marchait sur les pieds, sans qu'elle le remarque. Un homme lui offrit à boire, un autre, éméché, lui proposa de l'argent. Elle traversa tout cela sans rien voir, abreuvée de lumières, encerclée de visages inconnus.

Quand Cade la rejoignit, elle était blanche comme un linge. Sans un mot, il la prit par le bras et la guida vers la sortie.

— Jamais je n'aurais dû vous conduire dans un lieu pareil, dit-il lorsqu'ils furent à l'air libre.

— Au contraire. Je me suis bien amusée. Mais j'avais besoin de respirer…

— Il y a un café au bout de la rue.

Encore lasse, Virginia s'accrocha au bras de Cade, et se laissa guider. La basse du night-club faisait vibrer le trottoir. Quant au café, il était tout aussi fréquenté que la boîte de nuit.

— Je vous ai fait une cour assez pressante, s'excusa Cade en avançant une chaise à Virginia.

— Ça me flatte.

Cade s'assit en face d'elle, avide de précisions.

— Comment ça ?

— Vous êtes un homme incroyablement séduisant, et cette ville grouille de femmes plus belles les unes que les autres. Je suis donc flattée que vous vous intéressiez à moi.

— C'est déjà quelque chose. Je m'en contenterai pour le moment.

Un serveur les aperçut, se précipita vers eux et prit leur commande.

Quand il eut disparu, Cade se pencha vers Virginia.

— Vous retrouvez des couleurs, constata-t-il.

— Je me sens mieux. Une femme est entrée dans les toilettes tout à l'heure.

— Elle vous a agressée ?

Touchée par l'instinct protecteur de Cade, Virginia posa sa main sur la sienne en signe de gratitude.

— Je me sentais fatiguée quand elle est arrivée. L'espace d'une seconde, j'ai cru que je la connaissais.

Cade retourna la main de Virginia et y déposa un baiser.

— Plus exactement, j'ai reconnu son « type », poursuivit-elle. Sûre d'elle, rousse, joliment faite et moulée dans un jean. Du caractère. Une fille qui ne passe pas inaperçue…

Fermant les yeux, Virginia exhala un soupir, et les rouvrit aussitôt.

— Stella ! C'est le genre de Stella !

— C'est le nom qui correspond à l'initiale S., sur le petit mot que vous avez trouvé dans votre poche !

Virginia se massa les tempes du bout des doigts.

— Les choses sont là, quelque part dans ma tête. Ça a beau être vital, je n'arrive pas à me focaliser dessus. Pourtant, il existe une femme qui fait partie intégrante de ma vie. Et je suis sûre que pour elle quelque chose ne va pas.

— Vous la pensez en danger ?

— Je ne sais pas. Quand une image se forme dans ma tête, quand je la vois presque, elle a l'air toute confiance en soi et compétence. Comme si rien ne pouvait mal tourner. Mais je sais que quelque chose ne va pas. Par ma faute.

Cade secoua la tête. Le sentiment de culpabilité de Virginia ne les mènerait à rien.

— Dites-moi ce que vous voyez quand l'image se forme.

— Des cheveux courts, très roux. De beaux traits, dessinés. Des yeux verts. Si j'étais artiste, je pourrais presque faire son portrait tant l'image que j'ai d'elle est précise.

— Essayez ! dit-il en sortant de sa poche un bloc-notes et un crayon.

Concentrée à l'extrême, Virginia essaya de capter l'image… Elle renonça bientôt avec un soupir.

— Une chose est sûre : je ne suis pas dessinatrice, conclut-elle.

Le dessin maladroit éveilla le sourire de Cade.

— Pensez-vous pouvoir la décrire ?

— Je ne sais pas… Je la vois moins clairement, soudain.

— Les artistes que la police emploie sont très forts pour concrétiser ce qu'on leur décrit.

Virginia reposa la tasse qu'elle portait à ses lèvres.

— La police ?

— En toute confidentialité. Faites-moi confiance.

Le mot « police » sonnait aux oreilles de Virginia comme un signal d'alarme.

— D'accord, articula-t-elle cependant.

— Nous avons un élément nouveau. Stella est une femme. Une grande rousse à l'air contrarié. Vous étiez avec elle dans le désert.

— Elle fait partie du rêve…

Soleil, ciel et roches. Plaisir. Puis peur.

— Nous étions trois dans le rêve, reprit Virginia, mais rien n'est clair.

Elle plongea son regard dans sa tasse de café écumeux. Sa vie ressemblait à cela : un nuage en cachait le centre.

— Nous avançons pas à pas, déclara Cade sur un ton encourageant. On met un pied devant l'autre, et on voit ce que ça donne.

Les yeux toujours fixés sur sa tasse, Virginia demanda à brûle-pourpoint :

— Pourquoi avez-vous épousé quelqu'un que vous n'aimiez pas ?

Surpris de ce brusque changement de cap, Cade s'appuya au dossier de sa chaise et inspira profondément.

— Excusez-moi, se reprit Virginia. Cela ne me regarde pas…

Cade tapotait la table d'une main nerveuse.

— Je ne sais pas, répliqua-t-il enfin. Je pourrais répondre que j'étais las de subir les pressions de ma famille, mais ce serait une échappatoire. Personne ne m'a menacé d'un revolver sur la tempe, et j'étais majeur.

Reconnaître les faits n'était pas chose facile, remarqua Cade en son for intérieur. Seule l'honnêteté envers Virginia le poussait à affronter la vérité sans faux-fuyants.

— Nous nous aimions bien, avant de nous épouser. Mais deux mois de mariage ont suffi à détruire notre amitié.

Devant l'air malheureux que les souvenirs de son mariage provoquaient chez Cade, Virginia se sentit honteuse.

— Laissons tomber ce sujet, que je n'aurais jamais dû aborder, proposa-t-elle.

Sans paraître l'entendre, Cade poursuivit en la regardant droit dans les yeux :

— Sexuellement, ça a très bien marché entre nous, jusqu'à la fin. Notre mariage a duré deux ans. Deux ans de sexualité réussie, mais sans y mettre le cœur. Nous nous moquions éperdument de l'autre, en fait.

Deux étrangers partageant la même maison, se remémora-t-il. Voilà à quoi se résumait leur union.

— Pas la moindre âme dans notre mariage. Une eau calme, morne, ennuyeuse. Quand nous en avons eu assez de cette situation, les avocats sont entrés en lice. La haine s'est alors installée entre nous, et nous sommes devenus méchants l'un envers l'autre.

— Votre femme vous aimait-elle ?

— Non, répondit-il spontanément.

Le regard perdu dans le vide, Cade fronça les sourcils, décidé à demeurer honnête. La réponse avait fusé, triste et blessante.

— Non, répéta-t-il. Pas davantage que je ne l'aimais.

Sortant son portefeuille de sa poche, Cade régla les cafés et se leva.

— Vous méritiez mieux que cela, commenta Virginia en effleurant le bras de son compagnon.

Cade contempla la main sur son bras, les doigts délicats, les jolies bagues.

— Oui, bougonna-t-il. Elle aussi, d'ailleurs. Mais il est un peu tard pour le reconnaître.

Il leva la main de Virginia vers ses lèvres, de sorte que les bagues étincelèrent. De façon brutale, l'échec de son mariage raté lui était jeté au visage. Pas facile à admettre.

— Si un homme aimé vous avait passé au doigt une des bagues que vous portez, auriez-vous pu l'oublier ? demanda-t-il soudain.

— Je ne sais pas.

D'instinct, Virginia s'écarta de Cade et marcha à pas pressés vers la voiture.

— Je ne sais pas, lança-t-elle.

— Vous ne l'auriez pas oublié ! affirma-t-il d'une voix sourde, en la rattrapant. Vous n'auriez pas pu, si cet homme avait compté pour vous.

Sur ce, Cade embrassa Virginia à pleine bouche. Il la plaquait durement contre la carrosserie de la voiture, le cœur ravagé de frustration et le corps douloureux de besoins, de désirs. Envolés la patience, le jeu subtil de la séduction. Ne restaient que les exigences à l'état brut. Il la voulait faible, cramponnée à lui, capable de n'importe quoi, comme lui. Abandonnée à l'instant présent.

La panique submergea Virginia, lui ôtant le souffle. Elle ne pouvait répondre à cette exigence violente, vitale. Elle n'y était pas préparée. Elle n'entrevit qu'une issue : s'abandonner complètement, sans réfléchir, espérer qu'il n'irait pas jusqu'à la faire souffrir. Elle céda à cet accès de désir stupéfiant, au pouvoir renversant du désir déchaîné en se disant qu'elle n'y survivrait pas.

Elle tremblait de tous ses membres, et cela rendait Cade furieux. Lui faisait honte. De toute évidence, il avait presque envie de la blesser. Ne se souviendrait-elle pas de lui pour toujours, s'il la blessait ? La souffrance ne s'oublie-t-elle pas moins facilement que la gentillesse ?

Au milieu de sa violence, un dilemme le ravageait. D'une part, si elle l'oubliait, il en mourrait. D'un autre côté, s'il la violentait, il tuait en lui tout ce qui, à ses propres yeux, avait une valeur.

Reculant d'un pas, Cade libéra Virginia, et la contempla, hébété. Immédiatement, elle croisa les bras contre sa poitrine en un geste défensif qui lui déchira le cœur. Une voiture passa près d'eux, et il se sentit pris dans le faisceau lumineux comme un cerf aux abois. Désarmé, il leva les bras, paumes ouvertes. Lui qui perdait rarement son sang-froid, que lui prenait-il ?

— Excusez-moi, murmura-t-il. Je vous ramène.

Quand il eut raccompagné Virginia dans sa chambre, que sa lumière se fut éteinte, Cade s'allongea dans le hamac, d'où il pouvait surveiller la fenêtre, et fit son examen de conscience. Ce qui avait déclenché sa fureur destructrice, ce n'était pas tant le fait de repenser à sa propre vie. Il en connaissait trop les hauts et les bas, les erreurs et les faux pas. Non, ce qui l'avait mis hors de lui, c'étaient les bagues, aux doigts de Virginia. Tout à coup, il avait envisagé l'éventualité repoussée jusqu'alors : une de ces bagues était peut-être le gage d'amour d'un homme. Un homme qui attendait quelque part qu'elle se souvienne de sa vie.

Cela n'avait rien à voir avec le sexe. Le sexe, c'était l'aspect le plus simple de leur relation. Elle se serait donnée à lui, l'autre soir. Quand il était revenu, avec le verre d'eau, il savait qu'elle était en train de penser à lui. Le désirait. Sans doute avait-il été idiot, alors, de renoncer à elle. Mais s'il ne s'était pas servi, c'était parce qu'il voulait davantage. Bien davantage.

Il voulait l'amour, et cela n'était pas raisonnable.

Virginia était à la dérive, perdue et effrayée, plongée dans une situation que ni l'un ni l'autre n'arrivaient à élucider. Et lui, malgré cela, exigeait qu'elle lui tombe dans les bras sans réserve, comme lui était tombé amoureux d'elle.

Non, ce n'était pas raisonnable.

Mais au diable la raison ! D'abord, il tuerait le dragon qui la poursuivait, quel que soit le prix à payer. Puis il se battrait contre quiconque se mettrait en travers de sa volonté de la garder. Même s'il fallait lutter contre Virginia elle-même.

Lorsqu'il s'endormit enfin, il rêva. Rêva de dragons, de nuits noires, et d'une fille blonde enfermée. Elle travaillait de ses mains la paille qui se transformait en gros diamants bleus…

Quand Virginia s'endormit, elle rêva aussi. Rêva d'éclairs, de terreur, de fuite dans la nuit avec, entre les mains, le pouvoir des dieux.

7.

Malgré une mauvaise nuit, Virginia s'éveilla aux environs de 7 heures. Avait-elle une horloge interne réglée sur cette heure matinale ? se demanda-t-elle en prenant sa douche. Encore un élément de son « portrait » qui lui manquait…

Lorsqu'elle fut prête, elle descendit préparer le café. Elle le savait, Cade était en colère contre elle. Une colère froide et bouillonnante à la fois. Elle n'avait pas la moindre idée de ce qui lui permettrait d'amadouer cette colère. La veille, Cade n'avait pas desserré les dents de tout le trajet de retour. Un silence chargé d'électricité et de frustration et de désir bridé.

Avait-elle déjà provoqué la frustration sexuelle d'un homme, avant l'amnésie ? En tout cas, elle ne pouvait se défendre de l'intense satisfaction qu'elle éprouvait d'avoir allumé un homme tel que Cade.

Au-delà de ce sentiment de pouvoir et de triomphe, les changements d'humeur de Cade, rapides et imprévisibles, la surprenaient et la bouleversaient. Il lui semblait devoir tout réapprendre de la psychologie masculine. En savait-elle aussi peu sur les hommes que sur elle-même ? Les hommes se comportaient-ils toujours de cette façon — la façon Cade ? Dans l'affirmative, comment une femme intelligente survivait-elle à une telle situation ? Devait-elle adopter froideur et distance en attendant que l'homme s'explique ?

Serait-il mieux venu de se montrer amicale, comme si rien ne s'était passé ?

Comme si Cade ne l'avait pas embrassée fougueusement ?

Comme s'il n'avait pas posé les mains sur elle en propriétaire sûr de son bon droit ?

Comme si c'était la chose la plus naturelle du monde que de déclencher, d'instinct, *le* désir animal chez une femme ?

L'humeur de Virginia s'assombrissait. Comme une automate, elle ouvrit la porte du réfrigérateur, sortit le lait, absorbée dans ses incertitudes... Devait-elle, parce qu'elle avait perdu la mémoire, suivre comme un mouton la direction que choisissait pour elle Cade Parris ? Alors, s'il lui désignait le lit, était-elle censée s'y jeter ?

Non !... Elle s'insurgea. Elle était adulte, capable de prendre ses propres décisions. Nom d'un chien ! Amnésique, peut-être, mais ni stupide ni totalement désarmée ! Elle avait su, malgré son handicap, faire appel à un détective privé, sortir la tête de l'eau ! Etre privée, pour l'instant, de tout repère qui puisse guider sa vie ne l'empêchait nullement de commencer quelque part selon son *intuition* !

Elle ne serait pas la chose de Cade Parris. Il ne la manipulerait pas et elle n'agirait pas en victime !

D'un geste rageur, elle posa la brique de lait sur la table, et alla se poster devant la fenêtre pour voir ce qu'« il » était en train de faire. Qu'il fût endormi paisiblement dans son hamac acheva de l'exaspérer ! Les lèvres pincées de colère, les poings crispés, elle sentit monter l'explosion. Incapable de se retenir, elle céda à l'impulsion et se précipita à l'extérieur...

— Pour qui vous prenez-vous ?

Cade se réveilla en sursaut, et s'agrippa aux bords du hamac pour conserver son équilibre.

— Quoi ? maugréa-t-il.

— Ne faites pas l'imbécile ! Ecoutez-moi, plutôt ! Voilà ce que j'ai à vous dire : je prends mes propres décisions, je dirige ma vie comme je l'entends. J'ai fait appel à vous pour que vous m'aidiez à retrouver qui je suis, pas pour que vous boudiez quand je n'accepte pas de me coucher dans votre lit.

Encore abruti de sommeil, Cade se frotta les yeux et se concentra. Virginia semblait folle de rage et lui faisait face.

— Mais… de quoi parlez-vous ? Je ne boude pas ! Je…

— Oh, que si ! Dormir dans le jardin, dans ce hamac, comme un mari éconduit qui se réfugie sur le canapé du salon !

L'irritation commençait à chatouiller Cade. Il détestait être pris au saut du lit ! Si, en plus, il devait se justifier…

Très agitée, marchant de long en large, Virginia continuait :

— M'emmener danser ! Tenter de me séduire sur la piste de danse ! Puis faire un caprice parce que je…

Un « caprice » ? Le mot blessa Cade.

— Ecoutez, mon chou…, commença-t-il.

— Ne m'appelez pas « mon chou » sur ce ton !

Les yeux de Cade s'étrécirent jusqu'à menacer du pire.

— D'accord ! Si mon ton ne vous convient pas, je vais en essayer un autre. Nous verrons bien comment…

La phrase de Cade s'acheva en un juron. Virginia venait en effet de donner une secousse telle au hamac qu'il était tombé, le visage dans la terre. C'était sans doute ce qu'on appelait « perdre la face » ?

Sous le choc de son geste impulsif, Virginia fut tentée de s'excuser. Mais comme tout tournoyait autour d'elle, elle fit volte-face, releva le menton d'un air de défi, et marcha vers la grille du jardin.

Cade était tombé avec un bruit mou. Il était même certain d'avoir entendu ses os craquer. Qu'importe ! Il fut sur pied en un instant, et, ignorant la douleur, il rattrapa Virginia avant qu'elle n'atteigne la rue. Là il lui fit faire volte-face sans ménagement.

— Quelle mouche vous a piquée ? demanda-t-il.

Le sang bourdonnait aux oreilles de Virginia, son cœur battait à se rompre, mais elle ne recula pas.

— Vous l'avez bien mérité !

— Pourquoi ?

— Laissez-moi passer. Je vais faire un tour.

— Pas question, répliqua-t-il fermement.

— Vous ne pouvez me dicter ma conduite !

— Au contraire ! Vous êtes complètement hystérique, et il faut que quelqu'un soit raisonnable pour vous !

Le vase déborda. Ulcérée, Virginia s'emporta :

— Si j'étais hystérique, comme vous dites, je vous arracherais votre petit sourire méprisant avec les ongles, avant de vous arracher aussi ces yeux arrogants et de…

Pour Cade aussi, la coupe était pleine. Il saisit Virginia à bras-le-corps, et la transporta dans la cuisine. Elle gigotait, se débattait, mais il était bien décidé à la calmer.

Tant bien que mal, il réussit à la clouer sur une chaise, où il la maintint d'une ferme pression des mains sur ses épaules. A présent, il contrôlait la situation. Alors, il s'approcha — près, très près, jusqu'à n'être plus qu'à un souffle du visage de Virginia — puis déclara avec une sécheresse de couperet :

— Vous allez arrêter ça.

— Je ne veux plus de vos services ! hurla-t-elle, tandis que des éclairs furieux faisaient briller son regard.

Cade prit du recul. Sans quitter Virginia des yeux, il se servit une rasade de café, et l'avala d'une traite. Puis il secoua la tête, et murmura — surtout pour lui-même :

— Comme il vous plaira. Bon sang ! Quelle façon d'entamer une journée !

La tête prise dans un étau, sonné par la chute, il n'avait plus qu'à se chercher un tube d'aspirine dans un tiroir… Voilà, il avait mis la main dessus, dans ce maudit tiroir plein de quincaillerie !

Quelques secondes, il batailla avec la capsule du tube. Quelques secondes de trop. Alors, il implosa.

D'elle-même, sa main s'empara d'un couteau de cuisine ; de lui-même, tout son corps se crispa et se ramassa en force pour faire volte-face. Et là, les dents serrées, il fit front à Virginia.

— Maintenant, écoutez-moi bien…, commença-t-il.

Il n'eut pas le loisir d'en dire davantage. A ce moment-là, les yeux de Virginia roulèrent dans leurs orbites, elle glissa de la chaise et s'évanouit.

— Virginia, revenez, revenez à vous, murmurait Cade.

Il lui rafraîchissait le visage, lui prenait le pouls et se maudissait pour avoir malmené cette femme si fragile. Etait-il devenu fou, l'espace d'un instant de rage ?

Enfin, Virginia gémit, remua, puis papillonna des yeux ; Cade pressa de ses lèvres sa main encore sans force, et lui caressa les cheveux.

— Je suis là, mon cœur, assura-t-il.

Mais, les yeux grands ouverts, elle ne voyait rien. Elle s'agrippa à la chemise de Cade, le visage empreint de terreur.

— Il va me tuer, dit-elle en cherchant son souffle.

— Personne ne vous fera de mal. Détendez-vous.

— Il a un couteau. S'il me trouve, il me tuera.

Cade s'efforça au calme, décrispa les doigts de Virginia de sa chemise et lui tint les mains.

— Qui a un couteau ? Qui va vous tuer ?

— Lui… lui…

Elle pouvait presque voir la main frapper, l'éclair du couteau luire encore et encore.

— Il y a du sang partout. Partout. Le couteau. L'éclair. Je dois m'enfuir !

De nouveau maître de lui, Cade immobilisa Virginia et essaya de guider son délire.

— Dites-moi où vous vous trouvez.

— Dans le noir. La lumière s'éteint. Il va me tuer. Je dois m'enfuir.

— Vous enfuir où ?

Respirer enflammait la gorge et les poumons de Virginia comme si elle avait inhalé du dioxyde de carbone pur.

— N'importe. S'il me trouve…

Cade prit le visage de Virginia entre ses mains pour la contraindre à le regarder.

— Je ne le laisserai pas vous trouver. Calmez-vous.

Si elle continuait à respirer à cette cadence, elle allait s'asphyxier et s'évanouir de nouveau. Cette éventualité était insupportable à Cade.

— Vous êtes en sécurité, ici, vous me comprenez ?

Elle ferma les yeux et frissonna.

— Oui. De l'air, s'il vous plaît.

De nouveau, Cade la souleva dans ses bras, la transporta dans le jardin et la déposa — délicatement, cette fois — sur une chaise. Il prit place à côté d'elle.

Avec effort, Virginia filtra l'air qui menaçait de faire exploser ses poumons.

— Je vais mieux, déclara-t-elle au bout d'un moment.

Cade en doutait. Blanche comme un linge, elle tremblait et transpirait. Mais le souvenir, le retour de mémoire étaient proches, et il devait aider la jeune femme à faire surgir le passé empoisonné qui menaçait de l'étouffer et, même, de l'anéantir..

— Dites-moi ce dont vous vous souvenez, ordonna-t-il. Dites-le !

Malgré le poids qui oppressait toujours sa poitrine, rendant sa respiration difficile, Virginia s'exécuta.

— Ça vient par bribes… Quand vous teniez le couteau à la main…

De nouveau, la peur la tenailla. Elle ferma les yeux, laissa le soleil la réchauffer.

— Il y avait un couteau. Une longue lame incurvée. Très beau couteau. Avec un manche en os sculpté. Je l'ai déjà vu…

— Où ?

— Je ne sais pas. Il y avait des voix, des cris. Je n'entends pas ce qu'ils disent. C'est comme l'océan, des grondements sourds, violents.

Elle appuya ses mains sur ses oreilles comme pour empêcher les sons de lui parvenir.

— Et puis le sang. Partout sur le sol.

— Quelle sorte de sol ?

— De la moquette grise. L'éclair frappe, le couteau luit.

— Voyez-vous les éclairs par une fenêtre ?

— Je crois…

La scène qui se formait sous ses yeux se fondit dans une obscurité soudaine. Elle frissonna.

— C'est le noir. Je dois me cacher.

— Vous cacher où ?

— Dans un tout petit endroit. A peine une pièce. S'il me voit, je suis prise au piège. Il a le couteau. Je vois sa main sur le manche… c'est si près ! S'il se tourne…

— Parlez-moi de la main, demanda Cade d'une voix douce.

— Il fait sombre, mais il y a une lumière qui fouille l'obscurité. Elle me rejoint presque. Il tient le couteau, et les jointures de ses doigts sont blanches. Tachées de sang. Sa bague est tachée de sang aussi.

Cade dévisageait Virginia avec une intensité douloureuse, mais sa voix demeurait calme, rassurante.

— Quelle sorte de bague ?

— Un gros anneau en or jaune. Le cabochon est un rubis. De chaque côté, il y a de petits diamants taille brillant, qui forment des initiales stylisées. T et S. Les diamants sont rouges de sang. Si près que je sens l'odeur fade. S'il baisse la tête, il me verra. Me tuera. Me taillera en pièces.

Incapable de se contenir plus longtemps, Cade prit la jeune femme dans ses bras, et la serra contre lui.

— Il ne vous a pas trouvée, mon chou. Comment vous êtes-vous enfuie ?

Un soulagement intense s'empara de Virginia : les bras de Cade autour d'elle, sa joue contre la sienne, le soleil sur son dos. Elle aurait pu pleurer de gratitude.

— Je ne me souviens pas.

— Ça ne fait rien. C'est bon pour le moment.

Virginia se recula et regarda Cade droit dans les yeux.

— Je l'ai peut-être tué… avec le revolver qui se trouve dans mon sac de toile…

— Aucune balle ne manquait, rappela Cade.

— J'ai peut-être rechargé le barillet ensuite ?

— Plus qu'improbable. De plus, si vous l'aviez fait, c'était en état de légitime défense.

Loin d'être convaincue, Virginia jeta un regard circulaire au jardin, avec ses fleurs, sa jolie haie bien taillée, ses vieux arbres feuillus.

— Quelle sorte de personne suis-je ? J'ai sans doute laissé quelqu'un se faire assassiner, sans bouger le petit doigt pour l'aider.

— Soyez raisonnable. Que pouviez-vous faire ?

— Appeler la police, murmura-t-elle. Je me suis contentée de fuir.

— Vous seriez morte, si vous n'aviez pas fui, rappela-t-il sèchement. Alors que vous êtes bien vivante, et que nous reconstituons le puzzle morceau par morceau.

Pour résister à la tentation, Cade se leva et fit les cent pas : il mourait d'envie de bercer Virginia contre lui, de lui faire oublier ses tourments. Cependant, il le savait, son devoir était tout autre.

— Résumons. Vous vous trouviez dans un bâtiment. Dans une pièce avec une moquette grise, et probablement une fenêtre. Une dispute a éclaté. Un homme avait un couteau, et s'en est servi. Ses initiales pourraient être T.S. Il vous a poursuivie, et vous vous êtes trouvée tout à coup dans le noir. Très certainement une coupure de courant, qui a privé le bâtiment d'électricité. A ce propos, une partie de North West D.C. a été privée d'électricité pendant deux heures, à cause d'un orage, la nuit qui a précédé notre rencontre. Voilà une piste intéressante. Vous connaissiez suffisamment bien les lieux pour courir vers une cachette. Conclusion possible : vous vivez ou travaillez dans ce bâtiment.

Les mains posées sagement dans son giron, Virginia portait aux déductions de Cade une intense attention.

— Tout cela date de plusieurs jours, maintenant, objecta-t-elle. Quelqu'un a dû trouver le… corps.

— Pas si le crime a eu lieu dans une maison particulière, ou dans un bureau fermé pour un long week-end. Il y a gros à parier que votre petit trio était seul dans les murs.

L'idée de Virginia seule dans le noir avec un assassin révulsa l'estomac de Cade.

— L'orage n'a éclaté que vers 10 heures du soir, ajouta-t-il.

Il existait une logique dans la pensée de Cade. Le raisonnement qui le menait de la théorie qu'il échafaudait vers les faits apaisa Virginia.

— Que faisons-nous maintenant ?

— Nous allons faire un tour dans le quartier qui a été privé d'électricité avant-hier. En partant de l'hôtel où vous vous êtes retrouvée. Soit vous vous y êtes rendue à pied, soit vous avez pris un bus ou le métro. J'ai déjà vérifié les taxis. Aucune compagnie n'a fait de course dans les parages de l'hôtel, cette nuit-là. Il y a de fortes chances que vous ayez atteint l'hôtel à pied. A mon sens, vous étiez trop secouée pour sauter dans un bus. Quant au métro, il ne fonctionne que jusqu'à minuit. Ça limite les chances que vous l'ayez pris.

Virginia opina, fixant ses ongles — ses griffes.

— Désolée de vous avoir agressé, tout à l'heure. Vous ne le méritez pas, avec tout ce que vous faites pour moi.

Les mains enfouies dans les poches de son pantalon, Cade protesta :

— Oh, si ! Je le méritais ! Je refuse le mot « caprice », mais à part ça, je n'étais pas dans mon assiette.

— Je vous ai fait mal en vous faisant tomber du hamac ?

— Mon ego en a pris un coup. Sans cela, non.

Une pointe de suffisance dans le regard, il pencha la tête de côté.

— Et je tiens à rectifier un point : sur la piste de danse, je n'ai pas essayé de vous séduire. Je vous ai bel et bien séduite.

Le pouls de Virginia s'accéléra. Il était si beau, debout dans le soleil matinal, les vêtements fripés, ses épais cheveux noirs en désordre, les fossettes qui creusaient ses joues, et cet air d'arrogance tranquille. Quelle femme n'aurait pas craqué ? En plus, il savait ce qu'il faisait !

— Blessure d'amour propre ou pas, votre ego semble en bonne santé ! ironisa-t-elle.

Avec un sourire sincère, elle ajouta :

— Je suis heureuse que vous ne soyez plus fâché. Je ne crois pas que j'aime les conflits.

Cade frotta son coude meurtri par la chute.

— Vous ne vous débrouillez pas mal… Je prends une douche, et nous allons faire une petite promenade dominicale.

*
**

Tant de bâtiments différents ! songea Virginia tandis que Cade conduisait. Des immeubles anciens, d'autres très modernes, de vieilles maisons croulantes, des façades restaurées. Faisait-il toujours ce temps humide en juillet ? Le ciel estival était-il toujours de ce blanc de papier ? Les fleurs étaient-elles toujours aussi luxuriantes et bien entretenues au pied des monuments publics ? Avait-elle déjà fréquenté ces restaurant, fait des courses dans ces magasins ? Le long des trottoirs, les grands arbres majestueux transformaient les rues en parcs. Jamais on ne se serait cru au cœur d'une grande ville.

— C'est comme si je voyais tout pour la première fois, murmura-t-elle. Je ne reconnais rien. Désolée.

— Pas grave. Les choses font clic ou pas.

Ils longèrent de belles maisons de brique et de granit, puis vint une série d'élégants magasins dans le vent. Un petit bruit de gorge échappa à Virginia.

Cade réagit aussitôt.

— Quelque chose fait clic ?

— Cette boutique, Chez Marguerite, hésita Virginia.

D'un coup de volant, Cade se rangea sur le bord du trottoir et fit un créneau.

— Allons jeter un coup d'œil. Tout est fermé, mais nous pouvons tout de même faire du lèche-vitrines.

— C'est peut-être simplement la robe qui m'a attiré l'œil, remarqua Virginia.

Une très jolie robe, de soie vaporeuse évasée, avec d'adorables fines bretelles et un bustier avantageux. L'étalagiste avait placé près de la robe un petit sac du soir argenté, et des hauts talons vertigineux dans le même ton. L'ensemble séduisait manifestement Virginia, nota Cade. Il aurait voulu que le magasin soit ouvert pour le lui offrir.

— C'est votre style, commenta-t-il.

— Et la rouge, dans le fond ! On doit se sentir forte et parfaite dans une telle robe… moi qui me cantonne dans les tons pastel…

« Essaie cet ensemble vert, Virginia. Il a du punch. Il n'y a rien de plus ennuyeux qu'une femme qui s'habille timidement. »

« Combien de temps allez-vous rester à faire joujou avec ces vêtements ? Je meurs de faim. »

« Oh ! Arrête ! Tu n'es contente que si tu manges ou achètes des jeans. Virginia, non ! Pas ce beige triste. Le vert. Fais-moi confiance. »

— Elle m'a poussée à l'acheter… l'ensemble vert, murmura Virginia. Elle avait raison. Elle a toujours raison.

— Qui ? S. ?

— Non… Stella est impatiente, agacée. Faire les magasins représente pour elle une perte de temps.

— Stella ? S. pour Stella ?

Sa tête lui faisait mal. Elle allait exploser. Mais le besoin de savoir était plus fort, et Virginia s'accrochait, fouillait dans sa mémoire. Son estomac se souleva, sa peau devint moite de l'effort pour repousser la nausée. Soudain ses genoux flanchèrent, et sa voix se brisa :

— Diana… elle s'appelle Diana. Diana et Stella.

Les larmes emplirent ses yeux, roulèrent sur ses joues, et elle jeta ses bras autour du cou de Cade.

— Je me souviens… J'ai acheté un ensemble vert dans cette boutique.

— Bon travail ! la félicita Cade en la serrant brièvement contre lui.

Virginia pressa ses doigts sur ses tempes. La douleur lui vrillait le cerveau.

— C'est tout ce dont je me souviens. Quel intérêt, de se souvenir d'un ensemble ?

— Vous vous rappelez aussi vos amies. Elles comptent pour vous. C'est un moment heureux partagé avec elles qui vous revient à la mémoire.

— Je ne me les rappelle pas bien…

Déposant un baiser sur le front de Virginia, Cade la guida vers la voiture.

— En tout cas, ça revient… et de plus en plus vite.

Il l'installa sur le siège et boucla lui-même sa ceinture de sécurité.

— Forcément, ça vous fait mal…, expliqua-t-il. Nous allons vous acheter de l'aspirine, et puis nous continuerons.

Aucune discussion n'y changerait rien ! reconnut Virginia *in petto.* De toute façon, combattre à la fois Cade et le mal de tête était au-dessus de ses forces. Allongée sur son lit, elle le laissa donc arranger les oreillers dans son dos, et avala l'aspirine qu'il lui tendait avec un verre.

Quelques instants plus tard, il revint avec un plateau sur lequel fumait un grand bol de soupe.

— Bouillon de poule, annonça-t-il.

— J'aurais pu manger dans la cuisine ! protesta Virginia. J'ai un mal de tête, pas une tumeur au cerveau ! En plus, ça va beaucoup mieux.

— Acceptez d'être chouchoutée… Après, nous avons beaucoup à faire…

— Hum… délicieux ! dit-elle en goûtant la soupe. Vous avez ajouté du thym ?

— C'est la petite touche française.

Le sourire de Virginia s'estompa.

— Paris, murmura-t-elle. Quelque chose au sujet de Paris.

Comme elle essayait de se concentrer, son mal de tête se raviva.

— Laissez tout cela pour le moment, conseilla Cade. Votre subconscient vous informe indirectement, par le biais du mal de tête, que vous n'êtes pas prête à vous souvenir. Patience !

Virginia avala une cuillerée dc soupe.

— Exquise ! Avec vos talents culinaires, je me demande comment votre femme a pu se séparer de vous !

— Mon ex-femme, rectifia Cade. En plus, nous avions un cuisinier.

— Oh… Vous voulez goûter ? demanda-t-elle.

Comme Cade acquiesçait, Virginia lui glissa une cuillerée de soupe dans la bouche.

— Je voulais vous demander…, hésita-t-elle. Cette jolie maison, ces meubles anciens, la voiture de sport, ça ne colle pas avec votre agence.

Cade se braqua.

— Que reprochez-vous à mon bureau ?

— A part son désordre, rien ! Sauf qu'il contraste avec le reste.

— J'ai un crédit pour mon agence, que je rembourse avec ce qu'elle me rapporte. Ça couvre tout juste les frais. Pour le reste, comme vous dites, j'ai une fortune personnelle.

— Vous êtes riche, si je comprends bien ?

— Question de définition. Ma famille place son argent dans l'immobilier et les centres commerciaux. Je suis issu d'une lignée de banquiers, avocats, médecins. Et moi je suis…

Ravie, Virginia acheva :

— … le mouton noir de la famille. Vous ne vouliez être ni médecin, ni avocat, ni banquier.

— Je voulais être Sam Spade.

De plus en plus séduite, Virginia pouffa.

— *Le Faucon maltais* ! Grâce à Dieu, vous n'êtes pas banquier !

Cade saisit la main que Virginia avait posée sur sa joue, et la porta à ses lèvres.

La voix de Virginia prit de l'intensité.

— Je suis heureuse d'avoir choisi votre nom dans l'annuaire. De vous avoir trouvé.

— Moi aussi.

Il souleva le plateau qui les séparait et le déposa par terre. Même aveugle, il aurait compris le sens du regard que Virginia échangeait avec lui en ce moment précis. Il en fut bouleversé. Il fit glisser un doigt le long du cou de la jeune femme, et l'arrêta à l'endroit de la gorge où battait le pouls.

— Je pourrais prendre congé, à présent, dit-il d'une voix rauque. Mais ce n'est pas ce dont j'ai envie.

— Moi non plus, ce n'est pas ce dont j'ai envie…

C'était sa décision bien à elle, songea Virginia. Son choix.

Aussi, quand Cade lui prit le visage entre ses mains, elle ferma les yeux.

— Cade, j'ai peut-être fait quelque chose d'horrible.

Les lèvres de Cade effleurèrent la bouche de Virginia.

— Ça m'est égal.

— Il y a peut-être quelqu'un d'autre dans ma vie.

— Je m'en moque éperdument.

Virginia soupira longuement et se laissa aller au moment présent.

— Moi aussi, murmura-t-elle.

Et son murmure s'acheva dans un baiser.

8.

Ainsi, c'était ça, être sous le corps d'un homme. Le corps dur, exigeant d'un homme. Qui vous désirait plus que toute autre femme. Pour le moment présent.

C'était à couper le souffle, étourdissant, à la fois excitant et éblouissant. Cette façon qu'il avait de lui passer les mains dans les cheveux tout en s'emparant de ses lèvres l'électrisait… Bouche contre bouche. Comme si lèvres et langues n'avaient d'autre vocation que se goûter l'une l'autre. Et elle s'enivrait de la peau de Cade : le grain, la souplesse, l'odeur, surtout, mâle et naturelle, sans aucun parfum coûteux qui l'aurait altérée. Quel que soit son passé, quel que soit son avenir, cet instant était précieux.

De ses mains, Virginia parcourut le dos de Cade. Il était merveilleux. La forme de son corps, la largeur de ses épaules, sa souplesse, sa taille étroite, les muscles fermes. Et sous la chemise, la peau lisse et chaude, fascinante.

Elle murmura :

— J'avais peur de ne pas réussir à te toucher.

Cade plongea les yeux dans ceux de Virginia.

— Je te désire depuis la seconde où je t'ai rencontrée. Je t'attendais, répondit-il.

— Ça n'a pas de sens. Nous…

— Chut… Profitons de l'instant.

Cade embrassa de nouveau Virginia. Son baiser était profond, il le voulait mœlleux, sensuel — très sensuel. Mais il voulait aussi aller doucement. Puisqu'il avait attendu toute sa vie ce moment, il pouvait bien patienter encore, prendre son temps pour toucher, explorer la bouche de Virginia, et tout son corps. Chacun des mouvements de la jeune femme, sous lui, était un don inestimable. Chaque soupir, un trésor. La tenir dans ses bras, ses cheveux d'or étalés sur le quilt ancien, abandonnée et frémissante, ressemblait au plus doux des rêves.

Ils étaient *faits* l'un pour l'autre.

Contempler Virginia, défaire les boutons du chemisier qu'il avait choisi pour elle, l'écarter centimètre par centimètre pour découvrir la chair nacrée, la rondeur des seins… c'était la seule chose au monde qu'il désirait. Il effleura les seins, leurs pointes ; la sentit frissonner en réponse, regarda ses yeux s'agrandir, devenir sombres, se voiler.

— Tu es la perfection, murmura-t-il en enfermant un sein dans sa main.

Il caressa des lèvres la limite entre chair et dentelle puis remonta lentement vers la gorge, la joue, la bouche de Virginia.

Virginia était en feu. Personne ne l'avait jamais embrassée avec une telle délicatesse, elle en était sûre. Elle se donna tout entière au baiser, murmura lorsque Cade lui ôta son chemisier, trembla lorsqu'il défit le soutien-gorge, repoussa la dentelle et dénuda ses seins, frissonna de tout son être sous ses lèvres taquines.

Comme c'était bon… Elle entendit ses soupirs devenir gémissements. Perdue dans le labyrinthe des sensations, elle se laissait conduire par les caresses de Cade, traversait la douceur fondante, le plaisir pur et parfois un peu de douleur. Chaque geste qu'il accomplissait suscitait en elle un enivrement nouveau, une excitation profonde. Quand elle lui ôta sa chemise, elle adora le frôlement de leurs peaux, mais aussi l'intimité des âmes. Son cœur battait et son corps dansait sous la caresse des lèvres de Cade, sous les petits mordillements de ses dents, la lente torture de sa langue.

Il lui sembla boire du miel, au moment où Cade laissa ses mains descendre le long de ses hanches, et faire glisser le pantalon qu'elle portait. L'air qu'elle respirait était sucré. Cade la touchait partout, à présent, de ses mains qui cheminaient lentement, avec douceur, maîtresses d'elles-mêmes mais mobiles, vivantes, et qui mettaient le feu graduellement. Un feu intense.

Elle gémit, murmura le nom de son amant, arquée contre lui, à la recherche de quelque chose qui lui échappait encore. Tout en posant sur elle son regard fiévreux, Cade fit agir la magie de ses mains jusqu'à l'ensorcellement. Et les sensations furent portées à leur paroxysme.

Cade regarda Virginia sombrer dans ses bras. Ce fut bien le nom de « Cade » qu'elle prononça quand le plaisir l'inonda ; ce fut bien à son corps à lui qu'elle s'accrocha lorsqu'elle se cambra dans un spasme exquis. *Son* nom, *son* corps et ceux de personne d'autre.

C'était ce qu'il avait toujours voulu.

Les lèvres de Virginia vibraient encore de son nom lorsqu'il l'embrassa farouchement. Il roula avec elle sur le lit, tendu dans le désir impérieux de prendre, de posséder. Aveuglé de convoitise, il se dénuda à son tour, frissonna contre le corps toujours ardent sur lequel il pesait.

Elle était plus généreuse que dans ses rêves les plus fous. Arquée contre lui, elle s'offrait comme si elle l'attendait depuis toujours, elle aussi. Alors, le cœur battant à se rompre, il se glissa en elle.

Le choc le glaça.

Il s'immobilisa, tendu comme la corde d'un arc. Mais Virginia l'enveloppa de ses jambes, et l'entraîna avec elle dans sa chaleur.

Leur tempo, très vite, devint étourdissant.

— Tu es le seul, dit-elle simplement. Le seul.

Comblé, immergé dans la plénitude du plaisir, Cade demeurait étendu, écoutant les battements du cœur de Virginia, attentif à chaque onde de son corps. Lui seul ! songea-t-il en fermant les yeux. Elle était vierge. Intacte. Un miracle. Son cœur hésitait entre culpabilité et bonheur égoïste.

Elle était vierge, et il l'avait prise. Personne ne l'avait touchée, avant qu'il ne la touche. S'il s'était écouté, il serait grimpé sur le toit pour crier son triomphe ! Ou alors, il aurait supplié Virginia de lui pardonner…

Quand leurs respirations se furent calmées, il s'aventura avec prudence sur le terrain des questions et des réponses.

— Mon chou… mon expérience de détective professionnel me pousse à la conclusion suivante : il paraît tout à fait improbable que tu sois mariée.

Virginia rit, discrète et douce. Il leva la tête pour lui sourire. Puis, lui caressant les cheveux, il demanda :

— Est-ce que… je t'ai fait mal ? Pas un instant je n'ai pensé que…

— Non, répondit-elle en se lovant contre lui. Je suis heureuse, étourdie et soulagée. Moi non plus, je ne m'attendais pas à… ça. Tu n'es pas déçu ? acheva-t-elle avec une soudaine crispation.

— Terriblement. En fait, je n'aime faire l'amour qu'avec les femmes mariées.

— Je veux dire… je… j'ai fait ce qu'il fallait ?

Emu, Cade attira Virginia contre lui.

— Tu es parfaite. Je t'aime. Depuis le premier instant.

La tête contre le cœur de Cade, Virginia s'immobilisa. Une envie de pleurer lui monta à la gorge. Son amant disait les choses qu'elle voulait entendre, mais qu'elle ne pouvait accepter.

— Tu ne me connais pas, murmura-t-elle.

— Toi non plus, tu ne te connais pas !

Elle secoua la tête.

— Exactement ! Plaisanter ne change rien à l'affaire.

Cade s'assit sur le lit, et prit Virginia aux épaules.

— Voici les faits : je t'aime. Tu es en tout point celle que je veux, celle dont j'ai besoin, et je te garde.

— Ce n'est pas aussi simple.

— Je ne recherche pas la simplicité. Je te demande de m'épouser, acheva-t-il en lui prenant la main.

Saisie de panique, Virginia tenta de se libérer, mais Cade ne la lâcha pas.

— C'est impossible ! protesta-t-elle. Je ne sais ni d'où je viens, ni ce que j'ai fait. Je ne te connais que depuis trois jours. Mon existence actuelle est un chantier.

Déchirée, elle se jeta au cou de Cade et le tint serré contre elle.

— Ne me tourmente pas, supplia-t-elle.

Cade plongea son regard dans les yeux remplis de larmes de Virginia.

— Nous trouverons ensemble les réponses. Mais il en existe une que j'attends de toi tout de suite. Dis-moi si tu m'aimes, Virginia.

— Je ne peux pas…

— Tu n'as pas besoin du passé pour répondre à cette question, dit-il gravement.

C'était vrai… Et Virginia acquiesça en son for intérieur. Elle n'avait besoin que de son propre cœur pour donner son sentiment à Cade.

— Dire que je ne t'aime pas serait mentir, commença-t-elle.

Elle secoua la tête, et posa les doigts sur la bouche de son amant pour l'empêcher de l'interrompre.

— Dire que je t'aime serait injuste. Ma réponse dépendra de toutes les autres, de toutes les questions que je me pose sur moi-même. Donne-moi du temps.

— Du temps ? Prends-en… De toute façon, quoi que tu découvres sur ton passé, je ne laisserai personne t'enlever à moi.

Selon Cade, parvenir à la solution d'un problème se faisait pas à pas. Virginia se demandait combien de pas seraient encore nécessaires avant d'accéder à la vérité. Aujourd'hui, par exemple, il lui avait semblé gravir un long chemin pentu. Mais quand elle était parvenue au bout, elle s'était trouvée aussi perdue que d'habitude.

« Pas tout à fait vrai ! » se dit-elle en s'installant dans la cuisine avec un bloc-notes et un crayon. Le simple fait d'établir une liste de ce qu'elle savait lui donnait une indication supplémentaire sur elle-même : cela dénotait une personne organisée, qui aimait voir les choses en noir et blanc.

Qui est Virginia ?

Une femme qui se lève à la même heure chaque matin. Cette manie faisait-elle d'elle une femme ennuyeuse et prévisible ou au contraire quelqu'un de responsable ? Elle aimait le café noir fort, les œufs brouillés et le steak, cuisson « bleu ». Très banal. Elle était mince sans être particulièrement musclée, et son corps ne portait pas de traces de bronzage. On pouvait en déduire qu'elle ne faisait pas partie des dingues de fitness, ni des adoratrices du soleil. Peut-être travaillait-elle dans un bureau ?

Elle était droitière, blonde aux yeux marron, connaissait beaucoup de choses sur les pierres précieuses. Passe-temps ? Carrière ? Ou tout simplement femme à porter des bijoux ? Elle avait en sa possession un gros diamant qui valait une fortune, qu'elle avait soit volé, soit acheté — ce qui paraissait hautement improbable

—, soit acquis à la suite d'un événement imprécis. Elle avait été témoin d'une dispute violente, peut-être d'un meurtre.

Comme cette hypothèse lui faisait battre les tempes, Virginia la mit précipitamment de côté, et poursuivit sa liste.

Sous sa douche, elle fredonnait de la musique classique ; elle aimait les beaux vêtements, les tissus de qualité, et fuyait les couleurs vives. Pourvu qu'elle ne soit pas du genre frivole et superficielle !

Du moins avait-elle deux amies qui partageaient des moments de sa vie. Diana et Stella. Virginia écrivit leurs noms sur son calepin une dizaine de fois, dans l'espoir que la répétition ferait naître une étincelle.

Ces deux femmes comptaient beaucoup pour elle, elle le sentait. Elle s'inquiétait à leur propos, sans savoir pour quelle raison. Peut-être avait-elle l'esprit vide, mais son cœur, lui, affirmait qu'elles étaient précieuses, plus proches d'elle que n'importe qui d'autre.

Hélas, elle redoutait les affirmations de son cœur.

Car il existait encore une chose qu'elle ne pouvait nier, mais qu'elle ne voulait pas coucher sur le papier : elle n'avait jamais eu d'amant. Personne ne lui avait suffisamment plu — à moins que ce ne fût la proposition inverse — pour qu'elle aille jusqu'à l'intimité. Peut-être, dans sa vie réelle, ne pouvait-elle accepter un homme dans son lit parce qu'elle était trop exigeante, trop prompte à mal juger autrui ? Ou alors les hommes la trouvaient ennuyeuse, ordinaire, et aucun n'avait éprouvé l'envie de l'emmener dans sa chambre…

En tout cas, maintenant, les choses avaient changé : elle avait un amant.

Pourquoi, à elle, vierge, inexpérimentée, l'amour physique était-il apparu si naturel, si peu étranger, avec Cade ? Et pourquoi Cade disait-il l'aimer ? Il ne connaissait d'elle qu'une fraction de l'ensemble. Qui pouvait assurer qu'elle n'appartenait pas à un genre de femmes qu'il ne supportait pas ? Elle ne pourrait croire en l'amour de Cade qu'une fois retrouvée l'autre Virginia.

Quant à elle, où en était-elle de ses propres sentiments ?… Avec un petit rire, elle reposa son crayon. Cade l'avait attirée d'emblée, elle lui avait fait une confiance immédiate. Elle était tombée amoureuse de lui… Mais là encore, elle ne pouvait se fier à son cœur. Plus la vérité se rapprocherait, plus se rapprocherait aussi la possibilité qu'ils se détournent l'un de l'autre. Ils auraient beau faire, ils ne pourraient jamais ignorer qu'il y avait dans le coffre-fort de Cade un sac de toile bourré de dollars, une arme et un diamant gros comme un caillou.

— Tu as oublié des choses !

Virginia sursauta. Tournant la tête, elle se trouva nez à nez avec Cade. Depuis combien de temps était-il là, à lire ses notes par-dessus son épaule et à l'observer pendant qu'elle pensait à lui ?

— J'essayais d'écrire tout ce que je sais de moi…

— C'est toujours une bonne idée.

Il se dirigea vers le frigo, se sortit une bière, et servit à Virginia un grand verre de thé glacé.

Immobile sur sa chaise, la jeune femme se sentait maladroite et gênée. Avaient-ils vraiment roulé nus sur le lit inondé de soleil, une heure plus tôt ? Comment se comporte-t-on après une pareille intimité ?

Lui n'était pas la proie des mêmes tourments, apparemment. Il s'assit en face d'elle, allongea négligemment ses jambes sur une autre chaise et s'empara du bloc-notes.

— Tu es une inquiète, déclara-t-il.

Tournant la page, il entama une nouvelle liste.

— En ce moment même, tu te demandes : « Que suis-je censée dire à ce type, maintenant que nous sommes amants ? Maintenant que je sais qu'il m'aime éperdument, et veut passer le restant de ses jours avec moi ? »

— Cade…

— Je me contente de rapporter des faits. Le sexe a été facile et heureux entre nous. Cela aussi t'inquiète. « Pourquoi avoir permis à cet homme, que je connais depuis un week-end à peine, de me prendre dans son lit, alors que je ne l'ai permis à aucun autre homme avant lui ? »

Les yeux de Cade plongèrent dans ceux de Virginia.

— La réponse s'impose d'elle-même : parce que tu es follement amoureuse de moi, sans vouloir l'admettre.

Virginia saisit son verre, avala une longue gorgée.

— Tu penses que je suis couarde ?

— Non ! Mais tu ne crois pas en tes points forts, et tu méprises tes faiblesses. Trop d'autocritique.

Il nota ce dernier mot dans sa liste, tandis que Virginia fronçait les sourcils.

— Il me semble qu'une femme dans ma situation se doit de porter un regard objectif sur elle-même.

— Esprit pratique et logique, écrivit Cade. Tu es compatissante, responsable, organisée. Un être d'habitudes. Je suppose que tu occupes une position qui demande ces traits de caractère, ainsi qu'un bon intellect. Tes activités professionnelles sont disciplinées et précises. Et tu as un sens de l'esthétique très développé.

— Comment peux-tu affirmer tout cela ?

— Le fait d'avoir oublié qui tu es ne t'empêche pas de rester celle que tu étais avant de perdre la mémoire. Si tu étais allergique aux poils de chats, tu vas continuer à éternuer dès que tu en approcheras un. Tu comprends ? Si tu avais, il y a deux jours, un cœur aimant et fort, ce cœur bat toujours dans ta poitrine.

Virginia chercha à voir ce qu'écrivait Cade.

— L'alcool te rend pompette, continua-t-il. Question de métabolisme. D'ailleurs, nous boirons du vin tout à l'heure, pour que je puisse abuser de la situation !

Il lui sourit.

— Et tu rougis facilement ! C'est une très jolie réaction, même si elle est démodée de nos jours. Par ailleurs, tu es soigneuse. Tu suspends ta serviette après la douche, tu fais ton lit le matin.

« Et d'autres détails encore, songea-t-il. Le pied qui s'agite en cas de nervosité. Les yeux qui fondent comme de l'or chaud pendant l'amour. La voix glaciale dans les contrariétés. »

— Si j'en juge par ton accent et ta syntaxe soignée, poursuivit-il à haute voix, tu as reçu une bonne éducation, probablement dans un Etat du nord de la Nouvelle-Angleterre. Tu t'es concentrée sur tes études, tu as peu flirté avec les garçons, ce qui explique ta virginité.

Ravi et attendri de voir Virginia rosir de confusion, Cade lui sourit gentiment.

— Au fait, j'adore la licorne sur ta fesse… Quoi qu'il en soit, reprit-il plus sérieusement, tu as suffisamment d'argent pour t'offrir des vêtements de prix. Tes sous-vêtements de soie sont…

Eberluée, Virginia l'interrompit :

— Tu as fouillé dans mes affaires ?

— Dans le peu que tu avais, oui, admit-il. A titre professionnel, bien entendu. Et j'ai adoré tes sous-vêtements ! Très raffinés, discrets et sexy.

Réduite au silence par tant d'outrecuidance tranquille, Virginia écouta Cade.

— A mon sens, tu es soit gemmologiste soit conceptrice de bijoux.

— Spéculation pure, objecta Virginia.

— Pas tant que ça. Des éléments sont là pour nous guider. Un diamant comme celui qui est dans mon coffre requérait les services d'un gemmologiste, n'est-ce pas ? Pour prouver son authenticité, évaluer son prix. Exactement comme tu l'as fait hier chez Westlake.

Les mains de Virginia se mirent à trembler, et elle les cacha sous la table.

— Dans ce cas, il est probable que je l'aie volé.

Agacé par la remarque, Cade tapota la table de son crayon.

— Enfin, regarde-toi ! Tu es incapable de voler un paquet de chewing-gums !

— Toujours est-il que ce diamant se trouve en ma possession… C'est un fait, non ?

— Ton cerveau logique, responsable et bien ordonné ne te souffle pas une autre hypothèse ? Par exemple, que tu cherches à protéger cette pierre précieuse ?

— La protéger de quoi, de qui ?

— Je ne sais pas, moi ! De celui qui serait capable de tuer pour l'obtenir. De celui qui t'aurait assassinée s'il l'avait pu. Ça colle parfaitement, dans mon raisonnement. S'il y a trois pierres, tu sais peut-être où sont les deux autres, et tu essaies aussi de les protéger.

— De quelle façon ?

Cade avait quelques idées sur la question, mais il ne jugeait pas Virginia prête à les entendre.

— Nous verrons cela plus tard. En attendant, j'ai passé quelques coups de fil, et nous serons très occupés demain. Premièrement, la portraitiste de la police viendra ici le matin, pour t'aider à reconstituer le portrait de tes amies. Ensuite, j'ai obtenu un rendez-vous avec le conservateur adjoint du Smithsonian.

— Un rendez-vous un jour de congé !

— C'est là que le nom et la fortune des Parris entrent en lice ! Une simple allusion à des donations éventuelles, et les portes les mieux barricadées s'ouvrent.

Virginia se leva et se dirigea vers la fenêtre. Dans un des érables, une grive chantait à tue-tête.

— Je ne sais comment t'exprimer ma gratitude, commença-t-elle.

— Je te présenterai ma note de frais professionnels. Quant au reste, je ne veux pas de gratitude.

— Tu m'as considérablement facilité la tâche, poursuivit Virginia. Combien de fois m'as-tu fait sourire ou rire, oublier un instant la situation ! Sans toi, je serais devenue folle.

— Je resterai près de toi, Virginia. Tu ne pourras pas te débarrasser de moi.

— Tu as l'habitude d'obtenir ce que tu veux, murmura Virginia. Je ne sais pas si c'est mon cas…

— Ça peut venir.

Il avait raison, songea Virginia. C'était une question de patience, de persévérance, de maîtrise. Et de bon choix. Elle voulait Cade de toutes ses forces. Rêvait qu'un jour elle se tiendrait là, devant la fenêtre, à écouter chanter la grive, tandis qu'il somnolerait dans le hamac. Ce serait leur maison. Leur vie. Leurs enfants.

Si c'était le bon choix. Si elle pouvait persévérer.

Elle suivit une soudaine impulsion et se tourna vers Cade.

— Je vais te faire une promesse. Quand toutes les pièces du puzzle seront en place… si je peux, et si tu veux encore de moi, je t'épouserai.

Le cœur de Cade battit dans sa poitrine, l'émotion lui serra la gorge. Très lentement, il reposa sa canette de bière sur la table.

— Dis-moi que tu m'aimes.

Les mots étaient là, dans son cœur, au bord de ses lèvres. Pourtant, Virginia secoua la tête.

— Quand nous saurons la vérité sur mon compte. Si tu veux encore de moi à ce moment-là.

— Au diable les « si » et les « mais » ! Ce n'est pas le genre de promesse que j'attends.

— C'est tout ce que je peux donner.

— Nous pourrions nous rendre dans le Maryland mardi. Nous y marier serait l'affaire de quelques jours.

Il s'y voyait déjà ! Fous d'amour, ils réveillaient un juge en pleine nuit. Puis, se tenant par la main dans son salon, ils échangeaient leurs anneaux tandis que la femme du juge jouait un air au piano.

La sincérité des yeux verts posés sur elle ébranla Virginia. Cet homme l'aimait, la prenait telle qu'elle était. Mais comment le lui permettre ?

— Quel nom écrirais-je en bas de l'acte de mariage ? demanda-t-elle.

Cade prit Virginia aux épaules et l'attira contre lui. Jamais il n'avait autant eu besoin de quelqu'un.

— Je te donne le mien. Prends-le.

« Oui ! Prends-le ! songea Virginia au moment où leurs lèvres se joignaient. Prends ce qu'on t'offre. Amour, sécurité, serments… Laisse le passé et l'avenir. Occupe-toi du présent. »

Cependant, des mots bien différents sortirent de sa bouche.

— Ce ne serait pas bien. Toi aussi, tu as besoin de savoir.

« Peut-être… », reconnut Cade en son for intérieur. Malgré le fantasme de l'enlèvement amoureux, créer une fausse identité pour Virginia n'était une solution ni pour l'un ni pour l'autre.

L'éloignant un peu, il la tint à portée de bras, et la contempla. Délicate. Troublée. Belle. Vaillamment, il donna un tour léger à la conversation.

— Tu veux une couronne de fleurs d'oranger et une robe blanche, c'est ça ?

Le cœur de Virginia soupira en cachette à cette image, ce qui la fit sourire.

— Ça se pourrait… J'ai l'air d'être du genre traditionnel.

— Dans ce cas, il faudra que je t'offre un diamant…

— Cade !

— … et que je te présente à ma famille. Ça ne sera pas du gâteau ! acheva-t-il en riant.

« C'est un jeu ! se rassura Virginia. Nous faisons semblant. » Elle lui rendit son sourire.

— J'aimerais beaucoup rencontrer ta famille.

— Si tu veux encore de moi après cette épreuve, je serai sûr de ton amour ! Tu auras droit au questionnaire type. Très subtil et indirect. Du genre : « quelle école avez-vous fréquentée ? Que fait votre père ? Et votre mère ? Jouez-vous au bridge, au tennis ? Au fait, connaissez-vous Saint-Moritz ? »

Loin d'en souffrir, Virginia rit à cette perspective.

— Dans ce cas, il faut que je prépare les réponses !

— Je les inventerai moi-même ! Je l'ai déjà fait avec plusieurs de mes amies.

Virginia fronça les sourcils.

— Vraiment ?

— Eh bien, par exemple, une fois…, commença-t-il.

— Je préfère ne pas savoir, trancha froidement Virginia. Il y a eu beaucoup de femmes dans ta vie, je suppose ?

— Question de point de vue. Tu veux la liste ?

— Non !

Ravi de cette jalousie, Cade s'approcha de Virginia et l'embrassa dans le cou.

— Je n'ai demandé qu'à une femme de m'épouser.

— Deux, rectifia Virginia.

— Avec mon ex-femme, ça s'est fait sans que je le lui demande. En plus, elle est remariée, et a une petite fille, donc ça ne compte pas.

Virginia se mordit la lèvre inférieure.

— Tu ne voulais pas d'enfants ?

— Si ! dit-il en l'embrassant. Et j'en veux plus que jamais. D'ailleurs… montons ! suggéra-t-il d'une voix plus rauque.

Le sang de Virginia chanta dans ses veines, et elle passa ses bras autour du cou de Cade. Il la souleva et entreprit de gravir l'escalier.

*
**

Ils se trouvaient à mi-étage lorsque retentit la sonnette de la porte d'entrée. Un coup d'œil discret à la fenêtre renseigna Cade.

— A point nommé, comme d'habitude ! maugréa-t-il.

Reposant Virginia, il lui lança un regard mi-navré, mi amusé.

— De l'autre côté de la porte se trouve ma mère ! Je te donne cette chance parce que je t'aime : cours, vole, cache-toi !

Un peu tendue, Virginia redressa néanmoins les épaules.

— Ne sois pas idiot, et ouvre la porte !

— D'accord, mais je t'aurai prévenue.

Prenant son courage à deux mains, Cade dévala les marches, appliqua à ses traits un air avenant, et ouvrit la porte.

— Maman ! Quelle bonne surprise !

— Je ne te dérangerais pas, si tu répondais au téléphone.

Leona Parris entra dans le hall. Une femme superbe, nota Virginia avec étonnement du haut des marches. Avec trois enfants adultes et plusieurs petits-enfants, elle devait avoir au moins cinquante ans. Cependant, elle en paraissait dix de moins. Des cheveux méchés d'or tournés en un joli chignon, un visage lisse, de beaux yeux verts. Elle portait un ensemble couleur bronze qui mettait sa taille fine en valeur. Les topazes qui ornaient ses oreilles provoquèrent tout de suite l'admiration de Virginia.

— J'ai été très occupé, commença Cade.

— Je ne veux pas le savoir ! riposta Leona en posant son sac sur la console dans l'entrée. Ce n'est pas une excuse pour négliger ta famille. Tu me mets dans une position intenable envers Pamela.

Les vieux arguments montaient déjà aux lèvres de Cade. Dans un effort presque surhumain, il évita les ornières habituelles.

— Désolé. Tu veux du café ?

— Ce que je veux, Cade, c'est une explication. Ta sœur me raconte une invraisemblable histoire de fiancée parente de la princesse de Galles…

Virginia ! Dans le feu de l'action, il l'avait passagèrement oubliée. Se retournant, il lui offrit un sourire contrit, et lui tendit la main.

Quand elle eut descendu l'escalier, il la présenta à sa mère. La main de Virginia tremblait légèrement lorsqu'elle la tendit en direction de Leona Parris.

— Ravie de vous rencontrer. Cade m'a beaucoup parlé de vous…

Le regard de Leona soupesa Virginia. « Jolie, de la classe. Des bijoux authentiques », semblait-elle se dire.

— Eh bien, à moi, il n'a rien dit !

— Virginia n'est aux Etats-Unis que depuis peu, intervint Cade d'un ton alerte.

— On me dit que vous êtes joaillière ? Cousine éloignée de Lady Di ?

— Virginia n'aime pas en parler, coupa Cade.

Puis, se tournant vers Virginia :

— Chérie, ne devais-tu pas passer des coups de fil importants ? N'oublie pas le décalage horaire avec Londres.

— Comment vous êtes-vous rencontrés ? intervint Leona.

Comme Virginia hésitait, Cade prit la parole :

— Au Smithsonian, devant la vitrine qui contient le diamant Hope. Virginia en faisait des croquis. Elle avait l'air si…

— Tout cela est ridicule ! interrompit Virginia. Cade, c'est ta mère ! Je n'accepte pas de lui mentir.

Se tournant vers Leona Parris, elle continua :

— Nous ne nous sommes pas rencontrés au Smithsonian, et la princesse de Galles n'est pas ma cousine. J'ai connu Cade vendredi matin, quand je me suis présentée à son agence. J'ai besoin d'un détective privé, parce que je souffre d'amnésie, et que je me retrouve avec un gros diamant bleu et des millions de dollars sur les bras.

Leona garda le silence quelques secondes, puis pinça les lèvres.

— Vous êtes deux fieffés menteurs ! En cela, vous semblez faits l'un pour l'autre !

Prenant son sac, elle marcha vers la porte, toute en dignité offensée.

— Cade, j'espère que tu me feras bientôt la courtoisie de me dire la vérité. D'ici là, je n'ai plus rien à faire avec toi.

Elle claqua la porte derrière elle.

Un instant hébété par le tour qu'avaient pris les événements, Cade éclata bientôt d'un grand rire. Il prit Virginia entre ses bras et la fit virevolter.

— Elle est si vexée que j'aurai la paix une semaine au moins ! Je t'adore ! dit-il en lui plaquant un baiser sur le front.

— Je ne comprends pas… je lui ai pourtant dit la stricte vérité, remarqua Virginia. C'est bien ce qu'elle voulait, non ?

Tout en montant l'escalier, Cade couvrait le visage de Virginia de petits baisers. Parvenu dans la chambre, il la déposa sur le lit.

— Fêtons le départ de ma mère et ton entrée au club ! déclara-t-il joyeusement. Maintenant, nous sommes *deux* moutons noirs !

— Mais… je n'ai pas envie d'être un mouton noir !

— Trop tard !

9.

Le soir, ils dînèrent de hamburgers et de frites dans une fête foraine du Maryland. Tout d'abord, Cade avait plutôt eu en tête un repas aux chandelles dans un restaurant romantique, qui aurait précédé le grand feu d'artifice du 4 juillet. Puis l'inspiration lui était venue : la grande roue, le grand huit, les baraques de tir, la musique en direct, quelle façon plus originale existait-il de sortir une femme pour la première fois ?

Quand, accrochée à lui dans le wagonnet des montagnes russes, elle l'entendit lui expliquer ce revirement de programme, Virginia éclata de rire, ferma les yeux, et s'abandonna à la course effrénée du wagonnet qui plongeait dans le vide. Ce parcours était à l'image de sa vie : des hauts et des bas.

Infatigable, Cade voulait essayer toutes les attractions. Il entraînait Virginia de file d'attente en file d'attente, elle se sentait tour à tour étourdie, secouée, bousculée, projetée en l'air, jusqu'à ce que la tête lui tourne.

Enfin rassasié de sensations, Cade l'enlaça par la taille et l'attira du côté des baraques de tir. Les animaux en peluche s'y côtoyaient, plus gros et velus les uns que les autres. Virginia jeta son dévolu sur un éléphant.

— C'est lui que je veux !

— Dans ce cas, c'est un devoir pour moi que de te le gagner.

Cade sortit quelques dollars et choisit son arme. Puis il mit en joue et tira. Touché !

Virginia battit des mains, et se jeta dans ses bras en riant.

— Tu es formidable. Etonnant !

Main dans la main, ils se remirent à flâner, écoutant les cris, la country music au loin. Virginia s'étourdissait des lumières, des couleurs de la fête, brillantes comme des joyaux dans l'air plein de parfums. Tout semblait si facile, comme si le monde ne recélait plus aucune difficulté. Rien que des lumières, de la musique et des rires.

— Je ne sais pas si j'ai déjà assisté à une fête foraine. Mais celle-ci est la plus joyeuse de ma nouvelle vie ! déclara-t-elle.

— Tant mieux ! N'empêche... Je te dois toujours un dîner aux chandelles.

Virginia le regarda en souriant.

— Pour l'instant, j'ai plutôt envie d'aller sur la grande roue.

Pendant qu'ils attendaient leur tour, Virginia posa la tête sur l'épaule de Cade et laissa son esprit vagabonder. Si seulement cette nuit avait été une nuit normale, dans une vie normale, son existence aurait été aussi riche que toutes les couleurs de cette fête.

Elle s'installa tout contre Cade dans la nacelle de la grande roue. En dessous d'eux, les gens fourmillaient sur l'herbe. Les odeurs de la nuit montaient par bouffées vers Virginia qui les aurait respirées sans se lasser.

La roue tournait encore lorsque le feu d'artifice éclata, éclaboussant le ciel sombre de lumière dorée.

— Magnifique ! murmura Virginia. Ça ressemble à une pluie de pierres précieuses.

Les couleurs jaillissaient, retombaient en fontaine et s'évanouissaient peu à peu dans la noirceur du ciel. En bas, les gens applaudissaient. Quelque part, un bébé se mit à crier.

— Il a peur, murmura Virginia. Ce feu d'artifice... On dirait des coups de feu... ou le tonnerre.

Cade mêla ses doigts à ceux de Virginia.

Mais une gerbe d'or, suivie d'une cascade de diamants, illumina le ciel après avoir explosé comme de lointaines étoiles, et le cœur de Virginia se mit à battre trop vite, sa tête bourdonna. Elle se rassura en mettant son malaise sur le compte du bruit, du balancement de la roue… La roue qui venait de s'arrêter pour laisser descendre des passagers… A présent, elle tremblait, ses joues étaient pâles, ses yeux, semblables à deux trous d'ombre. Cade la serra contre lui.

— C'est bientôt à nous de descendre, dit-il.

Les gerbes de lumière envahirent de nouveau le ciel, se fracassant contre l'air noir. Et l'image roula dans la tête de Virginia comme l'aurait fait le tonnerre.

— Il a levé les mains, parvint-elle à murmurer.

Elle ne voyait plus les lumières, ni les diamants éparpillés dans le ciel. Seul le souvenir l'aveuglait, oblitérant tout le reste.

— Pour essayer d'attraper le couteau, poursuivit-elle tout bas. Je ne pouvais ni crier ni bouger. Seule la lampe du bureau était allumée. Un pinceau de lumière. Ils ressemblaient à des ombres, et ils criaient. Moi, je ne pouvais pas. Puis l'éclair a zébré l'atmosphère. Si éclatant, l'espace d'un instant, que la pièce est inondée de lumière. Et lui… Oh, mon Dieu ! Sa gorge ! Il lui a tranché la gorge.

Enfouissant son visage dans le creux de l'épaule de Cade, Virginia gémit :

— Je ne veux pas voir ça… Je ne le supporte pas…

La roue s'immobilisa de nouveau ; Cade souleva Virginia dans ses bras pour sortir de la nacelle. Il la sentait frissonner contre lui comme si l'air avait été glacial, et il entendait ses sanglots étouffés. A pas lents, il la conduisit vers la voiture. Et, à chaque explosion du feu d'artifice, il maudissait le ciel.

*
**

Dans la voiture, Virginia se roula en boule sur le siège avant tandis que Cade se glissait derrière le volant, et démarrait.

— Crie, si tu en ressens le besoin, lui dit-il. Ne garde pas tout ça enfoui en toi.

Virginia se contenta de pleurer doucement, puis elle appuya sa tête contre le siège. Cade se faufilait dans la circulation et prenait la direction de la ville.

— Je vois des bijoux, murmura-t-elle après un moment de silence. De belles gemmes. Des lapis-lazulis, des opales, des malachites et des topazes. Toutes sortes. Des pierres taillées ou à l'état brut. Je les connais toutes, je connais leur texture dans ma main. Je vois un long cristal de Chalcédoine, lisse au toucher, taillé en forme d'épée. Il est posé sur un bureau comme un coupe-papier. Et ce joli quartz aux inclusions de rutile semblables à des étoiles filantes ! Toutes me sont familières.

— Les pierres te rendent heureuse…

— Je le crois… Quand leur souvenir me revient en tête, c'est agréable, apaisant. Il y a un éléphant. C'est une stéatite, avec une couverture gravée sur le dos, et des yeux verts très brillants. A la fois royal et farfelu.

Virginia se tut, et tenta de se concentrer, malgré le mal de tête qui battait à ses tempes.

— Il y a encore d'autres gemmes… Elles ne m'appartiennent pas, mais qu'importe, elles m'apaisent. Penser à elles ne m'effraie pas le moins du monde. Même le diamant bleu. C'est un si bel objet… Un vrai miracle de la nature… Quand on songe à la nécessaire conjonction des éléments appropriés, de la pression adéquate et du temps indispensable pour aboutir à quelque chose d'aussi magnifique… C'est étonnant…

Posant les mains sur ses paupières comme pour essayer de ressusciter les souvenirs, Virginia poursuivit :

— Ils se disputent à son sujet. Je les entends et suis en colère. Une colère justifiée. Je me vois presque marcher vers la pièce où ils se disputent. A la fois en colère et satisfaite. Un mélange complexe de sentiments. J'ai un peu peur. J'ai fait quelque chose… je ne sais pas quoi.

Avec effort, poings serrés, Virginia traquait le souvenir.

— J'ai fait quelque chose d'imprudent ou d'impulsif. Je vais vers la porte. Elle est ouverte, et leurs voix me parviennent. Je tremble, mais pas uniquement de peur. De colère aussi. Je referme ma main sur la pierre. Elle est dans ma poche, à présent, et je me sens mieux. Le sac de toile se trouve là, sur la table près de la porte. Lui aussi est ouvert, et je vois l'argent à l'intérieur. Je m'en empare, pendant qu'ils se chamaillent.

Au fur et à mesure qu'ils traversaient les faubourgs et pénétraient en ville, les lumières urbaines agressaient les yeux de Virginia. Elle les ferma plus fort.

— Ils ne se doutent pas de ma présence, tant ils sont absorbés par leur querelle. C'est alors que j'avise le couteau dans sa main. La lame incurvée luisante. Loin de la lumière, ils se battent pour le couteau. Je vois le sang. Une ombre chancelle. Je suis pétrifiée sur place, le sac serré contre ma poitrine. Tout à coup, la lumière s'éteint, il fait nuit noire. Puis un éclair zèbre le ciel, illumine tout. Quand il replonge le couteau dans la gorge de l'autre, il m'aperçoit. Et je m'enfuis.

La circulation était intense, les conducteurs nerveux et impatients. Impossible pour Cade de prendre la main de Virginia pour la réconforter.

— Arrête, maintenant, lui conseilla-t-il. Tu te fatigues. Nous parlerons de tout cela à la maison.

Virginia laissa échapper un son, quelque chose entre gémissement et rire.

— Les deux hommes n'en font qu'un ! murmura-t-elle. C'est impossible, puisque l'un d'eux est mort, alors que l'autre vit encore. Est-ce que je deviens folle ?

Maudissant les embouteillages, Cade se fraya coûte que coûte un chemin entre les voitures et évita de justesse d'érafler un gros camion en se rabattant.

— Comment cela, « les deux hommes n'en font qu'un » ? demanda-t-il.

— Oui. Ils ont le même visage.

Virginia emporta l'éléphant en peluche dans la maison, serré contre sa poitrine, comme s'il la reliait à la réalité. Son esprit était embrumé, comme entre deux rêves.

— Va t'allonger, suggéra Cade. Je te fais une tasse de thé.

— J'aime mieux le préparer moi-même. Je vais mieux quand j'agis. Je suis désolée… La soirée a été merveilleuse, jusqu'à ce que…

L'air navré, elle déposa l'éléphant sur la paillasse de la cuisine.

Cade la prit par les épaules.

— C'est moi qui suis désolé de te contraindre à poursuivre ton récit… mais il le faut.

Posant sa main sur celle de Cade, Virginia la serra brièvement, puis elle mit la bouilloire sur le feu.

— J'ai l'impression de ne pas être une femme très stable… une litote, venant d'une personne qui ne sait même pas son nom de famille !

— Tu te rappelles de mieux en mieux les choses ! Et tu me parais très stable, au contraire.

Virginia posa les tasses sur les soucoupes, et se concentra sur les gestes simples. Sachets de thé, cuillères, sucrier.

Dans l'érable, un oiseau chantait. Un chant cristallin. Virginia eut un flash : un chèvrefeuille enlaçant une clôture, l'air embaumé, la trille d'un oiseau appelant son compagnon. Une très jeune fille en larmes sous un saule pleureur.

Importunée, elle se secoua. Un souvenir d'enfance doux-amer, probablement. Une peur sournoise s'insinua en elle.

— Asseyons-nous, suggéra Cade.

Sans se presser, il prit place en face de Virginia, et remua sa cuillère dans sa tasse de thé.

— Reprenons, dit-il enfin. Nous savons que la pièce a une moquette grise, une fenêtre, une table près de la porte. Il y a une lampe sur le bureau. A quoi ressemble le bureau lui-même ?

— C'est un meuble de bois de citronnier George III. Une très belle pièce. Marquetée de bois de rose, avec des incrustations de buis. Sur un des côtés s'ouvre un long tiroir, et on découvre alors des étagères. Les poignées sont en cuivre, toujours impeccablement polies.

Interloquée, Virginia fixait le liquide sombre dans sa tasse.

— Voilà que je parle comme une antiquaire, à présent…

« Non, rectifia Cade intérieurement, plutôt comme quelqu'un qui aime les belles choses. Et à qui ce bureau est familier. »

— Qu'y a-t-il sur le bureau ?

— La lampe. En cuivre, elle aussi, avec un abat-jour en opaline verte. Un sous-main de cuir au centre. Et un *briefke*.

— Un quoi ?

— Une petite coupe en papier dans laquelle on transporte les pierres en vrac. Il y a des émeraudes, de toutes tailles et de différents carats. Une loupe de joaillier et une petite balance en cuivre. Un verre, en cristal de Baccarat, avec des glaçons qui fondent dans du whisky. Et… le couteau.

Sa respiration s'étrangla, mais, au prix d'un effort, Virginia poursuivit :

— Le couteau se trouve sur le bureau, avec son manche en os sculpté et sa lame incurvée. Un objet ancien de toute beauté.

— Quelqu'un est-il assis derrière le bureau ?

— Non, la chaise est vide. Elle est de cuir sombre, et tourne le dos à la fenêtre. Il y a un orage.

La voix de Virginia vacilla, mais elle répéta :

— Un orage, des éclairs, il pleut à torrents. Leurs voix dominent le grondement du tonnerre.

— Où se trouvent-ils ?

— Ils s'affrontent devant le bureau.

Cade repoussa sa tasse et s'empara de la main de Virginia.

— Que disent-ils ?

— Je ne sais pas. Quelque chose à propos d'un versement. « Prends le versement, et quitte le pays. Trop dangereux. Sa décision est prise. »

Elle entendait les voix. Les mots jaillissaient, des phrases dures, emportées.

« Espèce de traître ! Salaud !

Si tu veux dealer avec lui, libre à toi. Mais pas moi.

Ensemble, tous les deux. On ne recule pas.

Prends les pierres et traite avec lui. Mais Virginia a des soupçons. Elle n'est pas aussi sotte que tu le crois.

Pas question que tu partes avec l'argent, en me laissant les problèmes sur le dos. »

— Il le repousse maintenant. Ils se battent, se bousculent, se donnent des coups de poing. La force de leur haine m'effraie. Comment peuvent-ils autant se mépriser, alors qu'ils ne sont qu'une seule et même personne ?

Peu à peu, la scène se mettait à s'animer sous les yeux de Cade. Avec précaution, pour ne pas obliger Virginia à revivre des moments douloureux, il demanda :

— En quoi sont-ils semblables ?

— Le même visage. Les mêmes yeux sombres, les mêmes cheveux noirs. Identiques. Leurs voix elles-mêmes… Ils ne font qu'un… mais comment est-ce possible ? Ai-je perdu l'esprit en même temps que la mémoire ?

— Il y a plus simple, et plus évident, suggéra Cade avec un bref sourire. Des jumeaux.

— Des jumeaux ? Des frères ?

Tout en Virginia se révulsait à cette idée. Elle secoua frénétiquement la tête en signe de refus catégorique.

— Ce n'est pas ça ! Ça ne se peut pas !

Elle se leva d'un bond, et sa chaise racla les tomettes du sol. Ce faisant, elle renversa sa tasse de thé sur la table.

— Il faisait noir. Je ne sais pas ce que j'ai vu…

« Tu ne veux pas savoir », conclut Cade en son for intérieur. Virginia n'était pas prête pour la dure vérité, et il n'avait aucune intention de jouer les psychanalystes du dimanche et de forcer quoi que ce soit.

— La journée a été rude, déclara-t-il. Tu as besoin de repos.

L'esprit de Virginia réclamait la paix, l'oubli. Cependant, le sommeil la terrifiait, à cause des rêves qui surgiraient immanquablement. Elle se tourna vers Cade et se pressa contre lui.

— Faisons l'amour, murmura-t-elle d'une voix fiévreuse. Je ne veux plus penser.

— Je t'aime.

Puis il l'embrassa de toute son âme.

Il l'entraîna hors de la cuisine, s'arrêtant pour l'embrasser encore, la caresser. Au pied de l'escalier, il déboutonna le chemisier qu'elle portait, glissa les mains le long de son corps, puis revint emprisonner ses seins. Il voulait agir en amant attentionné et tendre. Cependant, contre lui, Virginia s'offrait. Ses lèvres le dévoraient, sa langue fouillait sa bouche avec une violence désespérée. Alors, il comprit ce qu'elle cherchait, son désir profond : oublier, tout oublier dans un acte primitif et physique. S'anéantir dans les sensations et le plaisir.

A son tour, il se laissa engloutir par ce qu'il éprouvait. D'un geste sec, il fit céder le soutien-gorge de Virginia, et se reput du choc mêlé de plaisir qu'il lut dans les yeux de sa maîtresse. Ses mains se firent exigeantes et rudes.

— Il te reste beaucoup à apprendre, dit-il d'une voix rauque.

Virginia rejeta la tête en arrière. Les battements de son cœur s'envolèrent. On aurait dit une nuée d'oiseaux effrayés. Mais que cette peur la libérait !

— Montre-moi, supplia-t-elle.

Cade repoussa le pantalon de Virginia jusqu'à lui dénuder les cuisses, puis il plongea les doigts en elle. Il sentit que, en réponse, elle enfonçait les ongles dans ses épaules, pour se préparer à se laisser emporter. Il se mit alors à la caresser comme il l'aurait possédée, adoptant la scansion de l'amour, et les gémissements se ramassèrent en un cri qui explosa, peur et joie mêlées.

Le souffle court, il contemplait Virginia tandis qu'elle s'envolait vers son plaisir. Et lorsque, soudain, il lut dans ses prunelles le choc de la jouissance, il connut un sentiment d'exaltation et de satisfaction immense : la femme de sa vie venait de jouir dans ses bras, abandonnée, passive et comblée.

De ses gestes rapides et sûrs, il finit de la dévêtir. Bientôt, elle fut nue et tremblante, et Cade sourit de bonheur. Il effleura les pointes dures de ses seins, poussa le jeu jusqu'au moment où Virginia ferma les yeux d'excitation.

— Tu m'appartiens, dit-il d'une voix exigeante. Dis-le.

Même s'il ne l'avait pas demandé, elle l'aurait dit. Elle aurait promis son âme, pour peu qu'il le désire. Elle se sentait emportée par un flot de sensations extrêmes, et prête à tout pour prolonger cet état.

— Encore, supplia-t-elle.

Il lui donna ce qu'elle voulait. De ses lèvres, il explora le corps de Virginia, et fit ainsi son chemin, rejoignant le creux de ses cuisses et les plis intimes et moites dont il lécha le suc.

Virginia le suivait, frissonnait, tressaillait. Elle vivait en son ventre une véritable fête. Adossée à la rambarde de l'escalier, agrippée pour garder l'équilibre, elle recevait les assauts de Cade avec une ivresse qui faisait tournoyer son monde comme un manège devenu fou.

Alors, de nouveau, la jouissance extrême perla, rejoignit la douleur. Puis, à ce point situé entre béatitude et dévastation, elle sombra corps et âme dans la félicité.

Laissant les vêtements épars où ils étaient tombés, Cade souleva Virginia, comme évanouie dans ses bras. Il gravit l'escalier. Se dirigea vers sa chambre dans une confusion de désir. Poussé par l'urgence, incandescent et affamé, il roula avec elle sur le lit, se débarrassa de ses vêtements, et, vite, tout en se repaissant de la chair tendre des seins offerts à sa bouche, il mêla son corps moite à celui de sa maîtresse.

Enfin, il était en elle…

Cambrée contre lui, Virginia gémit. Cade s'arrima à ses hanches, les pétrit de ses mains impérieuses, et entraîna leurs corps dans un galop rapide et sauvage. Pas de place pour la moindre pensée, le moindre doute. Rien que la fusion forcenée et fiévreuse.

Le clair de lune jouait sur le visage de Virginia, faisait miroiter sa peau moirée de sueur. Cade imprima dans son cerveau cette image radieuse, et lorsque la jouissance le frappa comme une foudre magnifique, ce fut cette image qu'il emporta avec lui dans le néant de la volupté.

Cade attendit d'être sûr que Virginia dorme. Pendant un temps, il se contenta de la contempler, ensorcelé par ce qu'elle lui apportait, par ce qu'ils se donnaient l'un à l'autre. Aucune femme ne l'avait ainsi touché, ému, bouleversé. Il lui appartenait corps et âme autant qu'il exigeait d'elle qu'elle soit à lui, et le miracle de leur échange le rendait vulnérable.

Quand il la quitta, elle était alanguie, couchée sur le ventre. Peut-être la fatigue de l'amour lui épargnerait-elle les cauchemars, cette fois ?…

Laissant la porte ouverte derrière lui, de façon à lui venir en aide si elle criait dans son sommeil, il descendit dans la cuisine et prit le temps de se préparer une tasse de café. Puis il se rendit dans la bibliothèque. Avant de l'allumer, il lança à son ordinateur un regard hargneux. Puis il lui fallut une bonne demi-heure pour trouver ce qu'il cherchait.

« Experts en gemmologie. Région de Washington D.C. »

Les sens en alerte, dopé par la caféine, il fit se dérouler sous ses yeux la longue liste de noms.

Boon et Fils.

Experts Conseils en diamants Kleigmore.

Création de bijoux Landis.

L'ordinateur lui fournissait bien davantage de renseignements que ne l'aurait fait l'annuaire téléphonique, et, pour une fois, il devait rendre hommage à la technologie.

Les informations continuèrent de défiler jusqu'à…

Salvini.

Les yeux de Cade s'étrécirent à la lecture des données qui apparurent sur l'écran :

Experts et gemmologistes. Spécialistes en joaillerie et antiquités. Maison créée en 1952 par Charles Salvini, aujourd'hui décédé. Assermentés. Experts auprès des musées et collections privées. Créations uniques, réparations et transformations.

Adresse : Chevy Chase. Pas trop loin de chez lui, songea Cade. Une maison respectée, de tout premier ordre.

Propriétaires : *Thomas et Timothy Salvini.*

Le sang de Cade ne fit qu'un tour : T.S. Des frères.

Bingo ! Il avait mis la main sur ce qu'il cherchait.

10.

— Prends ton temps.

Virginia inspira profondément, et s'efforça d'être aussi calme et précise que Cade le souhaitait.

— Son nez est plus pointu que cela.

Sara, la portraitiste envoyée par la police, était jeune et patiente. Assise à la table de la cuisine de Cade avec son bloc-notes et son crayon, elle buvait un café tout en dessinant. D'un coup de crayon, elle modifia la ligne du nez.

— Plutôt comme ça ?

— Je crois. Ses yeux sont plus grands…

Quelques légers coups de gomme sur les traits de crayon, et Sara ajusta la forme et la taille des yeux.

— En amande ? demanda-t-elle.

— J'ai du mal à voir tous les détails.

Le sourire de Sara était celui d'une fille simple et décontractée.

— Donnez-moi des impressions, et nous travaillerons à partir de là.

— Il semblerait que sa bouche soit charnue, plus douce que le reste du visage. Ses traits sont assez anguleux…

— Beau visage, commenta Cade. Et sexy, en plus !

Tandis que Virginia poursuivait pas à pas sa description, Cade étudiait la physionomie qui surgissait sur le papier. Un visage très dessiné, en effet, des cheveux courts coiffés à la diable, une frange sauvage qui chevauchait des sourcils très arqués. « Exotique et tenace ! » décida-t-il en cherchant à y associer une personnalité.

Virginia prit le portrait que Sara lui tendait. Elle eut à la fois envie de sourire et de pleurer.

— Très proche de ce dont je me souviens.

Stella... Qui était Stella ? se demanda-t-elle pourtant, une fois de plus. Et qu'avaient-elles en commun ?

— On fait une pause ? suggéra Cade.

— Si Sara n'est pas fatiguée, j'aimerais continuer, répliqua Virginia.

— Je peux travailler des heures, du moment qu'on m'abreuve de café !

L'artiste rejeta en arrière sa longue tresse châtaine. Son T-shirt sans manches bien ajusté et son pantalon cigarette donnaient à sa silhouette une allure relax très sexy.

— Vous faites un travail intéressant, commenta Virginia.

— Il me fait vivre. Néanmoins, je suis détrônée par l'informatique et la PAO ! Heureusement que beaucoup de flics et de détectives privés préfèrent encore les croquis. Comme Parris ! Lui ferait presque n'importe quoi pour éviter d'utiliser un clavier et un écran !

D'un clin d'œil, Sara remercia Cade de la tasse qu'il lui tendait. Puis, se tournant vers Virginia, elle proposa :

— On se lance dans le deuxième portrait ?

Virginia ferma les yeux et se concentra. Diana. Elle laissa le nom faire son chemin dans son cerveau, attendit que l'image se forme.

— Douce, commença-t-elle. Incroyablement belle. Un visage ovale, très classique. Des cheveux noir d'encre, qui tombent en cascade dans son dos. Ses yeux sont grands, les paupières lourdes, bordées de longs cils épais. Des yeux d'un bleu inouï. Un nez court et droit. La perfection, quoi.

— Je commence à la détester, s'amusa Sara.

Virginia sourit et commenta :

— C'est dur d'être trop belle. Les gens ne regardent que l'apparence.

— Je crois que je m'y ferais sans peine… Comment est la bouche ?

— Pulpeuse. Pleine.

L'esquisse se précisait vite. Une sorte d'excitation s'emparait de Virginia.

— Les sourcils sont un petit peu plus fournis que ce que vous faites, et elle a un grain de beauté sur la tempe gauche.

— Maintenant, je la déteste pour de bon, marmonna Sara. Dites-moi qu'elle a les oreilles en chou-fleur…

Le portrait-robot fit de nouveau naître en Virginia une sensation chaleureuse, tout en lui donnant envie de pleurer.

— Elle est belle, déclara-t-elle. C'en est émouvant.

— J'ai déjà vu ce visage quelque part…

La remarque négligente de Sara alerta Virginia.

— Vraiment ? Où ça ?

Concentrée, Sara tapota le portrait du bout de son crayon.

— Dans une revue, peut-être… on dirait un mannequin.

Virginia se mordit la lèvre inférieure, fit un violent effort pour se souvenir.

Détachant la page de son bloc, Sara la tendit à Cade.

— Qu'en penses-tu ?

— Belle à couper le souffle. Mais je ne l'ai jamais vue nulle part. On n'oublie pas un visage pareil.

« Elle s'appelle Diana, songea Virginia, et elle est bien plus qu'un beau visage. »

Cade plaça les deux esquisses sur le comptoir de la cuisine.

— C'est du bon boulot, Sara, remercia-t-il. Tu as du temps pour un troisième portrait ?

Après un coup d'œil à sa montre, Sara acquiesça :

— Une demi-heure, pas davantage.

Cade s'accroupit près de Virginia et la regarda dans les yeux.

— L'homme… tu te souviens de lui, maintenant.

— Je ne…

Bien que les mains de Cade soient douces sur les bras de Virginia, sa voix sonna fermement :

— Si ! C'est important. Décris à Sara ce que tu vois.

L'estomac de Virginia se contractait violemment à l'idée de faire resurgir ce visage dans son esprit. La souffrance qui se profilait l'effrayait.

— Je ne veux pas le revoir…

— Tu veux les réponses. Il faut donc franchir les étapes nécessaires.

Virginia ferma les yeux, changea de position. Des élancements lui vrillèrent le cerveau au moment où elle se transposa dans la pièce à la moquette grise.

— Il est brun, dit-elle calmement. Son visage est long, étroit. Crispé de colère. Sa bouche est fine, ferme, obstinée. Son nez est fort, légèrement incurvé. Ses yeux sont enfoncés. Très sombres.

« Etincelants de fureur », songea-t-elle. Le meurtre y était tapi. Elle frissonna, croisa les bras autour d'elle et se concentra.

— Des joues creuses, un grand front. Ses sourcils sont droits et sombres. Ses cheveux sont noirs, bien coupés. C'est un très beau visage. Seule la mâchoire n'est pas tout à fait à la hauteur du reste. Elle est un peu… faible.

Cade posa une main sur l'épaule de Virginia et la pressa en guise de réconfort.

— C'est bien lui ? demanda-t-il en lui tendant le portrait-robot.

Enhardie par le soutien de Cade, Virginia ouvrit les yeux et regarda l'esquisse. Le résultat n'était pas parfait. Les yeux auraient dû être un peu plus écartés, la bouche légèrement plus pleine.

Cependant, le portrait-robot se rapprochait suffisamment de la réalité pour la faire frémir.

— Oui, ça lui ressemble…

Rassemblant ce qui lui restait de contrôle de soi, Virginia se leva lentement.

— Excusez-moi, balbutia-t-elle en quittant la cuisine.

Sara rangea son matériel de dessin dans une trousse.

— Cette femme a l'air terrifiée… Quel est son problème ?

Les mains enfoncées dans ses poches, Cade ne répondit pas tout de suite.

— Je ne sais pas exactement… mais je ne suis pas loin de la solution. Tu as fait du bon travail, en tout cas, et je t'en suis redevable.

— Je t'enverrai la note !

Elle rassembla ses affaires, déposa un baiser léger sur la joue de Cade et le dévisagea.

— J'ai l'impression que tu ne me téléphoneras plus pour que nous passions une nuit ensemble. Je me trompe ?

— Je l'aime, dit-il simplement.

— C'est ce que j'ai cru comprendre, remarqua-t-elle en prenant son sac. Tu vas me manquer… Quant à toi, finies la liberté et les folles nuits. Elle me plaît, et j'espère que ça marchera pour vous. Ne me raccompagne pas, je connais le chemin, acheva-t-elle avec une pointe de mélancolie.

Refusant d'obéir, Cade reconduisit Sara jusqu'à la porte. Lorsqu'il referma, il eut conscience de tirer un trait sur une partie de sa vie. La liberté d'aller et venir à son gré, avec la personne de son choix. Les boîtes de nuit jusqu'au petit matin, avec au bout la perspective d'une nuit de sexe épanouissante et sans complication ni suite.

Il leva les yeux vers l'étage. Virginia se trouvait là-haut. Et avec elle, un avenir stable, responsable, des engagements… Oui, à partir de maintenant, il accueillait pour la vie la même femme dans son lit et dans son cœur. Bien entendu, il pouvait encore reculer, renoncer à cette route qui s'ouvrait. Virginia ne lui en tiendrait pas rigueur. En fait, c'était même exactement ce à quoi elle s'attendait : qu'il ne la garde pas.

Sur cette réflexion, Cade grimpa les marches. Virginia se trompait. Il allait la garder. Et il tournait le dos à tout ce qui l'avait précédée, sans un regret.

Virginia se tenait dans sa chambre, près de la fenêtre, les bras croisés.

— Tu vas mieux ? demanda Cade.

— Oui. Excuse-moi, je n'ai même pas remercié ton amie.

— Sara comprend ce genre de choses.

— Tu la connais depuis longtemps ?

— Quelques années.

Une boule se formait dans la gorge de Virginia.

— Vous êtes sortis ensemble ?

Un sourcil levé, Cade renonça à son intention de se rapprocher de Virginia.

— En effet. Je suis sorti avec Sara et avec d'autres femmes, tu t'en doutes. Des femmes qui m'ont plu, auxquelles je me suis attaché.

Une lueur féroce traversa le regard de Virginia.

— Avec lesquelles tu as couché, lança-t-elle en se retournant.

— Evidemment.

Comme Cade acquiesçait, Virginia se passa une main rageuse dans les cheveux.

— Toi et moi ne sommes pas en phase. Je n'ai rien vécu, je ne me souviens plus de rien ; toi, tu as connu la vie et tu te la rappelles ! Au fond, rien de ce qui s'est passé entre nous n'aurait dû se produire !

Tandis qu'elle l'assommait de ses propos amer, Cade sentait ses mains fourmiller du désir instinctif de frapper dans un mur, une porte, pour se soulager. Plutôt que de céder à l'impulsion, il choisit de fourrer les poings dans ses poches.

— Tu ne vas tout de même pas me reprocher de t'avoir fait rencontrer une des femmes avec lesquelles j'ai couché ? Ou de ne pas être arrivé vierge comme toi au jour de notre rencontre ?

Le mot jaillit de la bouche de Virginia :

— Pas vierge : vide ! Je suis venue à toi *vide* ! Tu n'es pas venu à moi vide comme je le suis. Tu as une famille, des amis, des maîtresses. Une vie ! Moi, je n'ai que des morceaux d'existence, que je ne parviens pas à assembler.

La voix de Virginia claqua comme un fouet.

— Je me moque éperdument que tu aies couché avec une centaine de femmes ! Ce que je ne supporte pas, c'est que tu aies la capacité de te le rappeler !

Dans le cœur de Cade, la colère s'estompait, supplantée par la panique : la femme de sa vie reculait, s'éloignait de lui.

— Je ne peux tout de même pas effacer mon passé pour toi…

Vaincue par ses émotions, Virginia se couvrit le visage de ses mains. Sa décision était prise.

— Je ne l'accepterai pas… Ta vie privée avant notre rencontre ne me regarde pas, mais tu as eu une vie privée et je ne l'accepterai pas.

— Toi aussi, tu as une vie privée !

Virginia opina. C'était bien ce qui l'effrayait mortellement.

— En effet, j'en ai eu une. Sans toi, d'ailleurs, je ne serais pas aussi proche du moment où je vais retrouver mon passé. Cependant je me rends compte de mon erreur : j'aurais dû parler à la police tout de suite. Je n'ai fait que tout embrouiller en m'évitant cette épreuve ! Je vais me livrer.

— Tu ne me fais pas confiance pour mener l'enquête à son terme ?

— Ce n'est pas la question…

— Bien dit ! En fait, ce que tu veux, c'est partir et laisser derrière toi ce qui s'est passé entre nous !

Cade empoigna Virginia aux épaules.

— Vrai ou faux ?

Virginia lutta pour continuer à regarder Cade en face, mais elle tremblait de tous ses membres.

— Quelqu'un est mort, et je suis impliquée… et jamais je n'aurais dû t'entraîner dans cette histoire.

— C'est trop tard ! Depuis l'instant où tu es entrée dans mon bureau. Tu ne te débarrasseras pas de moi.

Il écrasa les lèvres de Virginia d'un baiser rude. Il l'enlaça avec force, ne lui laissant pas le choix, et l'embrassa jusqu'à ce qu'elle demande grâce.

Puis il la souleva dans ses bras, ignora ses protestations, roula sur le lit avec elle, et la riva sous lui. Aussitôt, il sentit qu'elle prenait feu, et il la soûla de caresses possessives.

Comme un fou, il lui arracha ses vêtements et murmura :

— Tu as peut-être tout oublié de ton passé, mais *ça*, tu ne risqueras pas de l'oublier. Jamais !

La sauvagerie des caresses, leur savante brutalité firent basculer Virginia dans l'univers désormais familier du plaisir, hors du temps, hors de l'espace. N'ayant jamais rien expérimenté d'aussi fort que le sexe avec Cade, elle était devenue incapable d'y résister. Il lui fallait ses mains, sa bouche avide partout sur elle, ce corps d'homme qui la poignardait d'un plaisir aigu.

Soudain les doigts de Cade l'empalèrent, puis, sans lui laisser de répit, la menèrent au vertige.

Elle cria. Un cri d'ivresse, le cri d'une femme qui vient de franchir les limites. De ses ongles, elle laboura les épaules de

Cade, frissonna en longues secousses, sous lui, traversée par les spasmes de l'orgasme.

Mais il n'en avait pas fini avec elle. Il plongea en elle d'un trait. Et, là, ils se rejoignirent dans un plaisir désespéré.

En Cade, l'animal avait brisé ses chaînes et saccageait tout. Sa bouche ravageait celle de Virginia, il allait et venait en elle comme on retourne la terre avant de la féconder, durement, profondément, aveuglément, jusqu'à ce qu'elle crie encore. Là, enfin, il se libéra en elle de sa rage et de sa semence. Puis il s'affaissa, ruisselant de sueur, épuisé, vidé de toute substance.

— Voilà, murmura-t-il, à bout de souffle. Nous sommes en phase, à présent : moi aussi, je suis vide. Vide de tout ce qui n'est pas toi.

Sous lui, il sentit frissonner Virginia. Vit ses mains reposer, sans forces, sur les draps froissés. Peu à peu le voile qui obscurcissait son cerveau se leva… Alors, la honte émergea.

Oui, Cade eut honte.

Jamais il n'avait pris une femme avec cette sauvagerie. Sans lui laisser le choix. Il venait de violer la femme qu'il aimait plus que tout au monde.

Il roula sur le côté, et fixa le plafond. Epouvanté de ce qu'il avait découvert enfoui en lui.

— Je suis… désolé, murmura-t-il.

Quelle phrase dérisoire ! songea-t-il aussitôt. Il se redressa sur le lit, se replia sur lui-même, la tête dans les genoux.

— Je t'ai blessée. Ma conduite est inexcusable.

Incapable de trouver les mots, il se leva, laissant Virginia seule.

Cade n'en était pas à sa première colère. A sa première blessure. A sa première honte. Pourtant, quand Virginia descendit, l'air nerveuse, et tirée à quatre épingles, l'émotion menaça de l'anéantir.

— Ça va ? demanda-t-il, brûlant de doutes.

— Oui. Je…

Cade l'interrompit d'une voix à la fois calme et sèche :

— Tu feras comme bon te semble et moi aussi. Excuse-moi encore de t'avoir traitée de cette façon.

Virginia eut peur.

— Tu es fâché contre moi ?

— Contre nous, plutôt. Mais je m'occuperai de moi plus tard. Pour le moment, je pare au plus pressé… puisque tu veux me quitter.

Une supplique, le désir d'être comprise, perça dans la voix de Virginia :

— Ce n'est pas mon souhait. C'est juste ce qu'il convient de faire. Je t'entraîne dans Dieu sait quoi…

— Tu m'as engagé comme détective, non ?…

Un soupir échappa à Virginia. Comment Cade pouvait-il se montrer aussi aveugle, aussi entêté ?

— Notre relation n'a plus rien de professionnel, tu le sais bien.

— C'est exact. Elle est intime. Et tu es sur le point de me quitter parce que tu te sens coupable et responsable alors qu'il n'y a pas lieu… Virginia, attends un peu avant de prendre une décision. Attends d'avoir redécouvert ton passé. Là, si tu souhaites toujours partir, pour d'autres raisons que les fautes imaginaires que tu crois avoir commises, je ne me mettrai pas en travers de ton chemin.

Il ajouta, glacial :

— Si tu ne peux pas ou ne veux pas m'aimer, il faudra que je vive avec. Mais c'est trop tôt pour en décider.

— Je veux seulement…

— … Te rendre chez les flics, je sais.

Les mains enfouies dans ses poches pour éviter de prendre Virginia dans ses bras, Cade marqua un temps, avant de poursuivre :

— Tu en as le droit. En attendant, tu m'as engagé pour un job que je n'ai pas terminé. Quels que soient nos sentiments, j'ai l'intention de mener à bien ce que j'ai entrepris…

Virginia ne savait plus comment s'y prendre avec Cade. D'ailleurs, l'avait-elle jamais su ? se demanda-t-elle. L'homme froid et furieux qui se tenait devant elle en cet instant lui était plus étranger aujourd'hui qu'aux toutes premières minutes de leur rencontre.

— Le rendez-vous avec le Smithsonian… ? commença-t-elle.

— Je l'ai annulé. Partons, maintenant… Prends ton sac.

— Pour aller où ?

— Prends ton sac, répéta-t-il.

Une fois au volant, Cade ne parla plus. Sur le trajet, Virginia reconnaissait parfois un immeuble. Ils étaient déjà passés par là. Cependant, quand ils quittèrent le District of Columbia pour entrer dans l'Etat du Maryland, quelque chose se noua en elle. Elle avait les nerfs à vif. Tout à coup, les arbres qui bordaient la route lui semblèrent trop proches. Trop grands, trop verts. Un sentiment de panique l'envahit.

— Si seulement tu me disais où nous allons…

— Dans le passé, répliqua Cade. Il suffit parfois d'ouvrir une porte et de regarder ce qui se trouve de l'autre côté.

La gorge de Virginia se serrait. Elle aurait donné n'importe quoi pour un verre d'eau.

— Retournons en ville, supplia-t-elle.

— Non. Les pièces manquantes se trouvent ici, Virginia.

Tout en quittant la route principale, Cade écoutait la respiration saccadée de la jeune femme. Il repoussa impitoyablement le désir de l'apaiser. En fait, elle était plus forte qu'il n'avait bien voulu le reconnaître jusque-là. Elle supporterait cette épreuve, s'il la soutenait.

Il mesurait les enjeux de la situation. Le risque existait que le bâtiment soit surveillé. Dans ce cas, il exposait Virginia. D'un autre côté, elle l'avait engagé pour résoudre l'énigme de son passé. Et son instinct le lui soufflait : la dernière pièce du puzzle se trouvait à portée de main. De toute façon, Virginia ne pouvait continuer à vivre dans le petit monde protégé qu'il avait tissé autour d'elle. Pour elle, aussi bien que pour lui, il était grand temps d'avancer.

Alors, il se gara sur le parking attenant à Salvini.

— Tu sais où nous sommes, affirma-t-il.

Virginia transpirait. Elle frottait ses mains moites sur ses cuisses en de longs mouvements nerveux.

— Non, pas du tout !

L'immeuble de brique faisait deux étages. Ancien, plutôt joli, il s'ornait de deux grandes vitrines, flanquées d'azalées qui fleuriraient superbement au printemps. L'élégance discrète du lieu n'avait rien d'effrayant. Et cependant, Virginia frémit.

Une seule voiture occupait le parking. Une BMW berline bleu foncé. L'immeuble faisait l'angle d'une rue, à l'écart d'un centre commercial à la mode, situé de l'autre côté du parking.

Effarouchée, Virginia tourna la tête, refusant de lire l'enseigne qui surmontait le bâtiment en grosses lettres claires.

SALVINI.

— C'est fermé. Partons, déclara-t-elle.

— Il y a une voiture sur le parking. Jeter un œil ne nous fera pas de mal.

Virginia se recroquevilla sur son siège.

— Je ne veux pas y aller.

— Qu'y a-t-il dans cet immeuble, mon chou ?

Terreur. Terreur pure et simple.

— Je ne sais pas. Je ne veux pas y entrer.

Forcer Virginia à faire ce qui la terrorisait manifestement crevait le cœur de Cade. Cependant, il le fallait, pour son propre bien. Il sortit de la voiture et ouvrit la portière du passager.

— Je suis avec toi, dit-il en forme d'encouragement.

— Je t'ai dit que je n'irais pas.

— Tu veux rester cachée le restant de ta vie ?

La rage balaya les larmes de peur qui perlaient aux yeux de Virginia.

— Je te déteste !

Le cœur de Cade se serra, mais cela ne l'empêcha pas de prendre fermement Virginia par le bras, et de se diriger vers la porte d'entrée.

Il faisait sombre à l'intérieur. Par la vitrine, il entrevoyait la salle d'exposition élégante, l'épaisse moquette, les tabourets de cuir sur lesquels s'assoient les clients, pour admirer les merveilles qu'ils convoitent.

A côté de Cade, Virginia tremblait comme une feuille.

— Essayons par-derrière, murmura Cade.

Le dos du bâtiment présentait deux entrées, une pour les livraisons, l'autre pour le personnel. Cade étudia les verrous de la porte des employés, puis sortit de sa poche de petits outils enveloppés dans une pochette de cuir.

Tandis qu'il choisissait un tournevis et se penchait vers la serrure, Virginia fit un pas en arrière.

— Qu'est-ce qui te prend ! s'alarma-t-elle. Tu rentres par effraction ?

— Je m'exerce quatre heures par semaine à faire sauter des verrous. Tiens-toi tranquille.

Il fallait de la concentration, du doigté, et quelques minutes à transpirer abondamment. Si l'alarme était branchée, songeait Cade, elle se déclencherait dès qu'il ferait sauter le premier verrou. Sinon, il changerait de matériel, et s'attaquerait au second. Bien sûr, on ne pouvait exclure la présence d'une alarme silencieuse. Dans ce cas, si les flics arrivaient, il y aurait fort à faire pour se justifier.

Cade fourrageait dans la gorge de la serrure.

— Pénétrer dans un magasin par effraction en plein jour ! Tu es fou ! s'indigna Virginia.

A ce moment-là, le dernier verrou céda. Cade replaça méticuleusement ses outils dans leur écrin.

— Mission accomplie ! déclara-t-il avec satisfaction.

Il franchit le seuil. Dans la quasi-obscurité, il aperçut l'alarme, juste à côté de la porte. Elle n'était pas branchée. Une autre pièce du puzzle se mettait en place.

— Bien imprudent de leur part, murmura-t-il.

Prenant la main de Virginia, il l'attira vers l'intérieur.

— Tu ne risques rien, je suis là.

— Je ne peux pas faire ça.

— Tu es en train de le faire.

La main de Virginia solidement enfermée dans la sienne, Cade alluma la lumière. Ils se trouvaient dans une petite antichambre. Accroché à une patère, pendait un imperméable de femme gris. Le jeudi précédent, la météo avait annoncé des orages, songea Cade. Nul doute qu'une femme à l'esprit pratique comme Virginia ne serait pas allée travailler sans son imperméable.

— Il est à toi, non ? demanda-t-il.

— Je ne sais pas.

— Bonne qualité, coûteux, raffiné, c'est ton style.

Cade fouilla dans les poches, et en sortit des bonbons à la menthe, des mouchoirs en papier et une liste de courses.

— C'est ton écriture, remarqua Cade en tendant le bout de papier.

Refusant d'y jeter un œil, Virginia secoua la tête.

— Je ne me souviens de rien.

Le papier rangé dans la poche de sa propre veste, Cade entraîna Virginia vers la pièce suivante.

C'était un atelier, le même, en plus petit, que celui de Westlake. Il connaissait le matériel, à présent. De sorte que, s'il prenait la peine d'ouvrir un des tiroirs du grand meuble de bois, il était sûr d'y trouver des pierres précieuses en vrac. Les flots de gemmes qui peuplaient les rêves de Virginia. Des pierres qui la rendaient heureuse, attisaient sa créativité, apaisaient son âme.

Dans la main de Cade, celle de Virginia était inerte et glacée.

— Montons, décida-t-il.

Cette fois-ci, elle ne protesta pas. La terreur l'enfermait dans un monde où les mots n'avaient pas cours.

Au second étage, le sol était moquetté de gris foncé. Une nausée souleva l'estomac de Virginia. Le couloir, suffisamment large, leur permettait d'avancer de front. De belles tables anciennes ponctuaient l'espace. Des roses rouges se fanaient dans un vase d'argent, et l'odeur de leur décomposition l'écœurait.

Cade ouvrit une porte et la poussa. Il le sut au premier coup d'œil, c'était le domaine de Virginia. Chaque chose se trouvait à sa place. Le bureau, un joli meuble Queen Anne, luisait de cire et d'entretien. Un long cristal laiteux y trônait. Une chalcédoine, se souvint Cade. Par déduction, la pierre aux multiples facettes qui se trouvait à côté devait être le quartz fumé, aux inclusions de rutile, décrit par Virginia. Un petit vase de verre contenait un bouquet de violettes dont la tête retombait. Et des photos, dans des cadres argentés.

S'emparant de la première, Cade l'examina. Une fillette de dix ans à peu près. Les yeux étaient reconnaissables entre tous. Une femme était assise à côté d'elle, et souriait. Une femme à laquelle la fillette — devenue adulte — ressemblait énormément.

— Voici ton passé, Virginia.

Cade prit une seconde photo. Trois femmes, bras dessus bras dessous, qui riaient.

— Toi, Stella et Diana, dit-il. Ton présent.

Une troisième photo attira l'attention de Cade. Un bel homme blond, au sourire chaleureux et confiant. L'avenir de Virginia… ? se demanda Cade.

— Il est mort, balbutia Virginia.

Les mots se frayaient difficilement une voie, écorchant sa gorge au passage.

— C'est mon père, reprit-elle. Mort dans le Dorset. Un accident d'avion.

— Je suis désolé, murmura Cade en reposant la photo.

Adossée à son bureau, Virginia sentait ses jambes flageoler. Son esprit chancelait sous les images qui s'imposaient à elle.

— Il est parti pour un voyage d'affaires dont il n'est jamais revenu. Ensemble, nous mangions des glaces sous la véranda, et il me montrait ses trésors. De belles choses anciennes. Il sentait la cire d'antiquaire… Il adorait les meubles.

— Il *était* antiquaire, dit Cade calmement.

— De père en fils, je me rappelle… La boutique regorgeait de merveilles. Il est mort à des milliers de kilomètres, en Angleterre. Ma mère a dû vendre le magasin quand…

— Vas-y doucement, mon cœur.

— … quand elle s'est remariée. Elle était jeune encore, et solitaire. Il lui a dit qu'il s'occuperait de tout. Ne pas s'inquiéter.

Elle fit quelques pas en vacillant légèrement. Puis son regard s'arrêta sur l'éléphant en stéatite avec la couverture ornée de pierreries.

— C'est Stella qui me l'a offert pour mon anniversaire. Je collectionne les éléphants. C'est bizarre, non ? Je collectionne les éléphants, et tu en gagnes un pour moi dans une fête foraine…

Virginia se passa une main sur les yeux, s'efforça de tenir bon.

— J'ai fêté mon anniversaire il y a quelques semaines, en compagnie de Stella et Diana. Mon anniversaire a eu lieu le 25 juin. J'ai vingt-cinq ans.

Sa tête tournait, malgré le soin qu'elle mettait à se concentrer sur Cade.

— Je m'appelle Virginia Anne James.

Avec une infinie douceur, Cade la fit asseoir, et retint sa main entre les siennes. Puis il lui murmura :

— Ravi de faire ta connaissance.

11.

Virginia pressa ses paupières. Les images se bousculaient dans son cerveau, se formaient sur sa rétine, grossissaient, se chevauchaient, avant de s'estomper de nouveau.

— Parle-moi de ton père, demanda Cade.

— Mon père… il est mort.

— Ça, je l'ai compris, mon chou. Mais encore ?

— Il… achetait et vendait des antiquités. Une affaire familiale. Nous vivions dans le Connecticut. Il… il a donné un essor nouveau à l'entreprise… créé une succursale à New York, une autre dans le District of Columbia. Il s'appelait Matthew.

A présent, elle posait la main sur son cœur gonflé de chagrin.

— C'est comme si je le perdais une nouvelle fois… J'étais enfant unique. Gâtée, très certainement. Quand ma mère m'a annoncé l'accident, j'ai couru me réfugier sous le saule pleureur de notre jardin. J'essayais de le faire revenir en me concentrant totalement sur son image.

— Ta mère t'a cherchée et t'a découverte sous l'arbre ?

Confiant en son intuition, Cade devinait, incitait doucement Virginia à poursuivre son récit.

— Oui. Nous sommes restées assises un long moment. Sans lui, nous étions perdues. Elle a fait d'immenses efforts pour tenter de garder l'entreprise familiale, pour s'occuper de moi, de la maison. Mais cela la dépassait. Ensuite, elle a rencontré Charles Salvini.

Virginia s'essuya la bouche d'un revers de main.

— Il était joaillier, spécialisé dans les pièces anciennes. Ma mère l'a consulté au sujet de notre stock. Ça a commencé comme ça. Il l'aimait profondément, la traitait très bien, ainsi que moi. De mon côté, je l'admirais. Maman a vendu ce qui restait de l'affaire familiale, et s'est mariée.

— Il était gentil avec toi ?

— Oui. C'était un homme bon, scrupuleusement honnête, aussi bien en affaires que dans sa vie personnelle. C'est ma mère qu'il voulait, mais je venais avec, et il m'a pleinement acceptée.

— Tu l'aimais.

— C'était facile de l'aimer. De lui être reconnaissante de ce qu'il faisait pour nous. Il considérait avec fierté l'entreprise qu'il avait créée. Quand je me suis intéressée aux pierres précieuses, il m'a encouragée. Il m'a envoyée faire mes études à l'université. Ma mère est morte en mon absence…

Cade enveloppa Virginia de ses bras et la berça contre lui.

— Un accident, reprit-elle. Un chauffard l'a renversée. Elle est tombée sur la tête. Et voilà…

Le chagrin se lovait en elle, à l'état brut, aussi vif qu'à l'époque des événements.

— La mort de ma mère a dévasté Charles. Il ne s'en est jamais remis. Plus rien ne l'intéressait, il a commencé à vivre en reclus. D'ailleurs, il est mort moins d'un an après elle.

— Tu t'es retrouvée toute seule ?

— J'avais mes frères. Les fils de Charles, Timothy et Thomas. Mes demi-frères.

Virginia frissonna, serra convulsivement les mains de Cade. Un sanglot s'étrangla dans sa gorge.

— Je veux partir… je ne peux pas rester…

— Parle-moi de tes frères, demanda Cade calmement.

— Sortir d'ici, répéta Virginia.

— Ils travaillaient ici, et tu travaillais avec eux…

— C'est ça… ils ont repris l'affaire de leur père. Et je me suis jointe à eux, après mes études à l'université de Radcliffe. Nous étions de la même famille. Mes frères. Ils avaient vingt ans quand ma mère a épousé leur père. Nous vivions dans la même maison. Nous formions une famille.

— L'un d'eux a pourtant tenté de t'assassiner…

Le visage caché entre ses mains, Virginia refusait cette éventualité.

— Non ! Non ! C'est une erreur. Nous avons vécu ensemble dans la même maison. Nos parents sont morts, et tous les trois sommes ce qui reste de la famille. Ils sont parfois impatients ou brusques, mais jamais ils ne m'ont fait le moindre mal.

— Ils ont un bureau dans ce bâtiment ? A cet étage ?

Virginia secoua la tête, mais son regard dériva vers la gauche.

— Reste assise tranquillement, demanda Cade.

— Où vas-tu ?

Les yeux rivés à ceux de Virginia, Cade lui prit le visage entre ses mains.

— Il faut bien que j'aille voir ce qui s'est passé…

Rejetant la tête en arrière, Virginia ferma les paupières. Non, elle ne suivrait pas Cade dans la pièce voisine. Elle ne voulait rien voir. Rien savoir. Maintenant, elle connaissait son nom, sa famille. Cela ne suffisait-il pas ? Cependant, la scène se rejoua dans sa tête, et le craquement de l'éclair la fit gémir.

Quand Cade revint, elle n'avait pas bougé d'un pouce. Elle ouvrit les yeux, et ce qu'elle lut sur le visage de Cade l'édifia.

— Thomas, dit-elle d'une voix blanche. Thomas est mort dans son bureau.

Cade opina, compatissant. Pas étonnant que Virginia ait refusé en bloc toute la scène à laquelle elle avait assisté. L'attaque avait été féroce, haineuse. Le résultat était horrifiant pour un spectateur tel que lui. Mais ça ne représentait rien, par rapport à l'horreur de voir un de ses propres frères en train de tuer son autre frère.

Les larmes roulaient le long des joues de Virginia.

— Pauvre Thomas... Il voulait toujours être le meilleur en tout. Souvent, il l'était. Jamais ils ne se sont montrés méchants envers moi. Ils m'ignoraient parfois, comme le font souvent les frères aînés. Ils n'ont pas apprécié que Charles me lègue une partie de la joaillerie, mais ils l'ont accepté.

Prenant la main de Virginia, Cade l'aida à se lever.

— Sortons, maintenant. Tu me raconteras la suite ailleurs.

Virginia ne lâcha pas prise. Elle y arriverait ! se promit-elle. Tout dire était devenu un besoin.

— Ils projetaient de voler les Trois Etoiles de Mithra. Nous avions été chargés de vérifier et d'établir la valeur des trois diamants. C'était mon domaine. Je travaille souvent pour le Smithsonian. Les Etoiles devaient faire partie de leur exposition de gemmes. Elles sont originaires de Perse. Très anciennes, elles étaient autrefois serties dans un triangle d'or, posé dans les mains ouvertes d'une statue de Mithra.

Elle s'éclaircit la gorge. Elle parlait à présent d'une voix calme, professionnelle.

— C'était le dieu perse de la lumière et de la sagesse. Le culte de Mithra est devenu une des religions de l'Empire romain. Ce dieu est censé avoir sacrifié le taureau divin. Du cadavre de ce taureau sont nés les plantes et les animaux.

— Tu me raconteras ça dans la voiture.

Cade la poussait vers la porte, mais elle éprouvait le besoin irrépressible de tout dire tout de suite.

— Cette religion a atteint Rome vers 68 avant J.C. Assez similaire au christianisme, elle s'est propagée rapidement. Même idéal d'amour fraternel.

La voix de Virginia se brisa. Puis elle reprit :

— On pensait que les Trois Etoiles étaient un mythe, une légende engendrée par la sainte Trinité. Pourtant, certains érudits croyaient fermement en leur existence, et les décrivaient comme des symboles d'amour, connaissance et générosité. On dit qu'à celui qui les possède toutes les trois, elles apportent pouvoir et immortalité.

— Tu n'y crois pas, n'est-ce pas ?

— Je crois qu'elles sont assez puissantes pour provoquer des montagnes d'amour, de haine et de convoitise. J'ai fini par découvrir ce que manigançaient mes frères. En fait, Timothy en faisait des copies dans son atelier. S'il avait agi avec davantage de méthode, il aurait pu me duper. Il a toujours été le plus impatient des deux jumeaux, le plus imprudent. Il a un caractère très vif.

— Il lui est arrivé de t'agresser ?

— Jamais. Il m'a parfois contrariée, simplement. Il semblait croire que ma mère n'avait épousé son père que pour que celui-ci nous protège, elle et moi. Ce qui est sans doute en partie vrai. C'est pourquoi j'ai toujours cherché à prouver ma valeur.

— Et tu y es parvenue.

— Pas aux yeux de Timothy. Il n'est pas homme à faire des compliments… Jamais je n'aurais douté de leur honnêteté. Jusqu'à ce qu'ils soient chargés d'estimer les Etoiles.

— La tentation était trop forte.

— Apparemment. Les faux n'auraient trompé personne très longtemps. Mais le temps que le pot aux roses soit découvert, mes frères auraient touché l'argent, et se seraient enfuis. Je ne sais pas qui les payait, mais ils travaillaient pour quelqu'un.

Au beau milieu de l'escalier, Virginia s'immobilisa, et se pencha par-dessus de la rampe.

— Il m'a couru après. Il faisait nuit noire. J'ai trébuché. Je savais qu'il me tuerait, s'il m'attrapait. Pour l'argent.

Pas à pas, Virginia reprit sa descente. Parvenue à la dernière marche, elle se tourna et montra du doigt une porte étroite.

— Il y a un sous-sol par ici. Minuscule. C'est là que je me suis cachée. Il existe un petit renfoncement sous les marches. Plus jeune, j'adorais m'asseoir dans ce coin, pour y étudier les livres sur les gemmes que me confiait Charles. Timothy ne connaissait sans doute pas cette cachette. Sans ça, je serais morte.

Virginia et Cade sortirent à l'air libre.

— Je ne me rappelle pas combien de temps je suis restée cachée. Ni comment je me suis rendue à l'hôtel. Je ne prends pas ma voiture pour aller travailler. J'habite tout près d'ici.

Malgré son désir de réconforter Virginia, de lui faire oublier cet épisode dramatique de sa vie, Cade lui prit les mains et la força à le regarder.

— Où sont les deux autres Etoiles ? demanda-t-il.

La question fit blêmir Virginia. Les yeux écarquillés, elle était en état de choc.

— Les… Mon Dieu ! Qu'ai-je encore fait ? Timothy sait où elles habitent. Il le sait.

— Tu les as confiées à Stella et Diana, comprit Cade.

Avançant à rapides enjambées vers sa voiture, il en ouvrit vivement la portière. La police attendrait, songea-t-il. Il avait plus urgent à faire.

— Donne-moi leur adresse, demanda-t-il.

— J'étais si en colère, expliqua Virginia dans la voiture. Je comprenais qu'ils se servaient de mon nom, de mes connaissances, de ma réputation sur le marché, pour authentifier les gemmes. Ensuite, ils les auraient échangées contre les fausses, se seraient enfuis, et m'auraient laissée seule pour affronter les conséquences de leur larcin. L'affaire que Charles avait montée avec amour aurait été ruinée par leurs manœuvres. Je ne pouvais pas laisser faire ça. Je le devais à la mémoire de mon beau-père.

Cade se faufilait dans la circulation dense de l'après-midi.

— Comment t'y es-tu prise ?

— Avant de les affronter, je voulais mettre les Etoiles hors d'atteinte. Je pensais qu'il ne fallait pas les garder dans un même lieu. Donc, j'en ai envoyé une à Stella et une à Diana.

— Quoi ! Tu as envoyé des diamants inestimables par la poste ?

L'air blessé, Virginia pressa ses paupières l'une contre l'autre. Elle s'était déjà reproché plusieurs fois sa légèreté, et n'avait aucun besoin qu'on souligne l'imprudence de sa décision.

— On utilise couramment des coursiers spéciaux pour livrer les pierres précieuses. Je n'ai pensé qu'à une chose : ma confiance aveugle en Stella et Diana. Je comptais avertir mes frères que j'avais placé les diamants en lieu sûr, et que je les ferais livrer directement au Smithsonian. Je croyais fermement mettre ainsi un terme à l'affaire.

Comme les pneus de Cade crissaient dans un virage, Virginia entrouvrit sa portière.

— Voici notre immeuble. Stella et moi avons deux appartements sur le même palier, au troisième étage.

Elle bondit hors de la voiture avant que Cade eût éteint le moteur. Il piqua un sprint et la rattrapa dans l'escalier.

— Reste derrière moi, ordonna-t-il.

Le montant de la porte et le verrou de l'appartement 324 étaient cassés. Des scellés de la police en interdisaient l'accès.

Interloquée, Virginia restait sans voix.

— Ah ! Vous voici, mon petit ! Je commençais à m'inquiéter.

Une femme en caleçon rose et pantoufles molletonnées arrivait derrière eux.

Virginia fit volte-face.

— Madame Weathers ! Qu'est-il arrivé à Stella ?

— Quel remue-ménage ! Indigne d'un quartier comme le nôtre !

— Où est Stella ?

— La dernière fois que je l'ai vue, elle dévalait l'escalier avec un homme. Ils se chamaillaient tant et plus. C'était après le verre brisé, les meubles fracassés, les coups de feu.

— Les coups de feu ? On a tiré sur Stella ?

— Elle ne m'a pas paru morte ! Folle de rage, oui !

— Se trouvait-elle avec mon frère ?

— Non. Avec un jeune homme que je n'avais jamais vu. Pas le genre qu'on oublie facilement ! poursuivit la concierge. Grand, sain, de beaux cheveux retenus en un petit catogan, une fossette creusée dans le menton. Un vrai acteur de cinéma. Je l'ai bien regardé, vu qu'il m'a bousculée dans l'escalier.

— Quand tout cela s'est-il produit ? demanda Virginia.

— Je ne l'ai pas vue depuis samedi, quand elle s'est volatilisée en laissant sa porte ouverte. En tout cas, c'est ce que je croyais, jusqu'à ce que je m'aperçoive que la porte avait été forcée. J'ai jeté un coup d'œil à l'intérieur. L'appartement était sens dessus dessous.

La concierge marqua une pause dramatique.

— Un homme gisait à terre. Je me suis barricadée chez moi, et j'ai appelé la police. Il a dû revenir à lui, parce que, quand la police est arrivée, il avait disparu.

Comme Virginia commençait à trembler, Cade lui passa un bras autour de la taille. Puis il s'immisça dans la conversation.

— Avez-vous une clé de l'appartement de Virginia ? Elle a oublié la sienne chez moi, et nous sommes venus prendre quelques effets pour elle.

Mme Weathers fit bouffer ses cheveux et sourit d'un air entendu.

— C'est pas trop tôt ! s'exclama-t-elle en direction de Virginia. Mieux que de vous enterrer nuit après nuit dans votre chambre. Voyons, poursuivit-elle en agitant un trousseau de clés, voici la vôtre.

— Je ne me souviens pas vous avoir confié mes clés…

— Vous me les avez données avant votre départ pour l'Arizona avec vos amies. J'en ai profité pour faire un double, au cas où…

Tout en chantonnant à mi-voix, Mme Weathers fit tourner la clé dans la serrure. Avant qu'elle ne l'ouvre, Cade s'interposa :

— Merci infiniment.

Il lui fermait la porte au nez lorsque la concierge, qui se tordait le cou pour jeter un coup d'œil à l'intérieur, s'exclama :

— J'y pense ! J'ai aussi aperçu votre frère !

— Timothy ? murmura Virginia.

— Ah ça ! Je ne sais jamais les reconnaître… Voyons voir… c'était samedi soir. Quand je lui ai dit que vous étiez peut-être partie en vacances, il a eu l'air un peu perturbé. Il a ouvert votre porte, et l'a refermée derrière lui.

— Je ne savais pas qu'il avait ma clé, réfléchit Virginia à haute voix.

Puis la réponse s'imposa d'elle-même : en s'enfuyant, elle avait laissé son sac à main dans son bureau.

— Merci beaucoup… Si je rate encore Stella, voulez-vous lui dire que je la cherche ?

— Bien sûr, mon petit. Maintenant, si…

Avec un sourire faussement contrit, Cade lui ferma la porte au nez.

Heureusement. Un regard circulaire le renseigna : il n'était certainement pas dans les habitudes de Virginia de laisser son appartement dans cet état. Coussins éventrés jetés par terre, tiroirs vidés sur la moquette. De toute évidence, Salvini ne s'était pas contenté de fouiller l'endroit. Il avait aussi voulu tout détruire.

La même violence folle qu'au burcau, songea Virginia avec effroi. La même perte de contrôle de soi à laquelle elle avait assisté, lorsque Timothy s'était emparé du coupe-papier de Thomas. « Ce ne sont que des objets », se rappela-t-elle en contemplant le désastre de son appartement. Des objets précieux et chéris, certes, mais pas davantage. En revanche, elle ne savait que trop, pour en avoir été le témoin involontaire, de quoi Timothy était capable envers un être humain.

— Il faut que j'appelle Diana.

— Tu as reconnu l'homme qui accompagnait Stella, d'après la description de ta concierge ?

— Non. Pourtant, je connais tous ses amis.

Se frayant un chemin dans le désordre de son appartement, Virginia atteignit le téléphone. Elle composa fébrilement le numéro de Diana, et tomba sur son répondeur.

— Diana, si tu es là, décroche, supplia-t-elle. C'est urgent. Stella, toi et moi sommes en danger. Remets à la police le paquet que je t'ai envoyé. Rappelle-moi dès que possible, au…

Cade prit le combiné des mains de Virginia, et énonça clairement son numéro de téléphone, avant de le lui rendre.

Révéler les coordonnées de Virginia était un risque calculé, réfléchit Cade. D'une part, le diamant serait bientôt à l'abri, et, d'autre part, il ne voulait pas mettre des bâtons dans les roues de Diana, au cas où elle aurait besoin de joindre son amie d'urgence.

— C'est une question de vie ou de mort ! insista Virginia dans le récepteur. Ne reste pas seule chez toi. Et surtout n'ouvre à mon frère sous aucun prétexte. Appelle-moi, je t'en prie !

— Où habite-t-elle ? s'enquit Cade quand Virginia eut raccroché.

— Dans le Potomac. Mais elle a aussi une propriété dans l'ouest du Maryland. Elle n'y a pas le téléphone, et peu de gens connaissent l'existence de cette maison. En plus, elle prend souvent sa voiture, et roule au hasard, jusqu'à ce qu'elle trouve un endroit qui lui plaise.

— Elle reste longtemps sans te contacter ?

— Jamais plus de quelques jours.

Virginia leva soudain les yeux au ciel, se traita de tous les noms, puis appuya sur une touche de son répondeur. La première voix à se faire entendre fut celle de Diana.

— Virginia, qu'est-ce qui te prend ? Cette chose est-elle vraie ? On s'essaie à la contrebande, à présent ? Je te rappelle bientôt.

Intensément soulagée, Virginia se raccrocha aux informations que lui livrait son répondeur : samedi après-midi à 4 heures, Diana était vivante et en forme.

Appuyant de nouveau sur la touche, Virginia écouta le deuxième message. La voix de Stella.

— Virginia, écoute-moi bien. Pas la moindre idée de ce qui se passe, mais on est dans le pétrin. Je suis dans une cabine téléphonique devant…

Un juron, un choc.

— Eh ! Vous ! Bas les pattes, fils de…

La tonalité.

La voix blanche, Virginia lut les indications sur son répondeur :

— Dimanche, 2 heures du matin.

Sans un mot, Cade appuya à son tour sur la touche du répondeur, et écouta le dernier message.

— Je te retrouverai, espèce de garce. Je veux ce qui m'appartient.

Un sanglot étouffé, puis la voix reprit :

— Il leur a ordonné de me lacérer le visage, à cause de ce que tu as fait. Tu ne perds rien pour attendre, je te réserve le même sort.

— C'est Timothy, balbutia Virginia. Il est devenu fou…

Après ce qu'il avait vu dans le bureau de Thomas Salvini, Cade n'en doutait pas un instant.

— Allons dans un endroit calme, déclara-t-il. Tu pourras t'asseoir et tout me raconter. Ensuite, nous passerons un coup de fil.

*
* *

Le parc était ombragé et verdoyant. Le petit banc sous les branchages échappait tant bien que mal à la chaleur oppressante de juillet.

— Avant de te rendre chez les flics, il faut que tu aies l'esprit clair, déclara Cade. Nous allons remettre de l'ordre dans les pièces du puzzle.

Virginia contemplait ses mains d'un regard absent. Elle opina.

— Résumons. Tu avais dix ans à la mort de ton père. Ta mère n'était pas douée pour les affaires. Un jour, elle a rencontré un homme plus âgé qu'elle. Il était séduisant, riche, avait réussi financièrement. Il est tombé amoureux d'elle, et vous a prises toutes les deux sous sa protection. Toi, tu l'as accepté comme beau-père.

Virginia soupira.

— Charles ne remplaçait pas mon père. Mais il a comblé un vide dans mon cœur.

— Les demi-frères ont un peu tiré le nez, à l'arrivée d'une nouvelle sœur.

Virginia ouvrait la bouche pour protester, mais elle se ravisa. Il était grand temps d'accepter ce qu'elle avait nié pendant des années.

— Sans doute… j'essayais de ne pas faire de vagues. Quand nos parents se sont mariés, mes frères étaient à l'université, et lorsqu'ils sont revenus vivre à la maison, c'était à mon tour de faire des études. Je ne peux pas dire que nous étions proches, mais nous formions une famille. Il n'y a pas eu de réelle friction avant la mort de ma mère. Quand Charles s'est retiré des affaires, ses fils ont repris la joaillerie. Rien de plus naturel. Mais Charles a annoncé qu'il me réservait vingt pour cent des parts de la société, et cela a provoqué une querelle.

— Ils ont fait toute une histoire ?

Virginia hésita, puis admit :

— En fait, ils étaient furieux. Contre leur père, contre moi. Thomas s'est calmé assez vite. Il s'intéressait davantage au côté gestion de l'entreprise qu'au côté créatif. On s'entendait assez bien. Avec Timothy, ç'a été plus difficile. Il disait à tout-va que je me lasserais de travailler, me trouverais un riche mari, et abandonnerais l'affaire à ce moment-là.

Une souffrance sourde se manifestait encore dans le cœur de Virginia au souvenir de ces railleries.

— Charles m'a laissé de l'argent. Grâce à lui, j'ai eu un foyer, je suis allée à l'université, et maintenant, j'ai un beau métier. En plus, en m'envoyant à la fac, il m'a offert Stella et Diana : c'est là que je les ai rencontrées. Nous sommes devenues intimes en un semestre, et ne nous sommes plus quittées... Mon Dieu ! Que va-t-il leur arriver ?

— Parle-moi d'elles.

S'éclaircissant la gorge, Virginia raconta :

— Stella ne tient pas en place. Au cours de ses études, elle a changé plusieurs fois d'orientation. Elle est sportive, impatiente, généreuse, amusante, et forte dans sa tête. Elle a tenu un bar, pendant sa dernière année d'études. Ça lui a tellement plu qu'elle en a ouvert un à son propre compte, il y a deux ans. C'est un pub sur Georgia Avenue.

— Connais pas.

— Un bar de quartier, avec des habitués. Le week-end, on y joue de la musique irlandaise. Si les choses s'enveniment entre les clients, elle se charge de rétablir l'ordre elle-même. Elle est ceinture noire de karaté.

— Une femme à éviter, si je comprends bien !

— Elle te plairait beaucoup.

— Et Diana ?

— Diana est très belle, et la plupart des gens ne voient que ça. Elle se sert de sa beauté si nécessaire, mais la dédaigne en général.

Observant les pigeons qui voletaient autour d'eux, Virginia laissait les souvenirs affleurer sa mémoire.

— Orpheline très jeune, elle a été élevée par une tante en Virginie. On attendait d'elle qu'elle se comporte en digne héritière du nom et de la puissance des Fontaine.

— Les grands magasins Fontaine ?

— C'est ça. Vieille famille, vieille fortune. Parce qu'elle était belle, riche et d'une famille connue, on exigeait qu'elle fréquente le monde et fasse un beau mariage. Mais Diana avait d'autres projets.

— N'a-t-elle pas posé en petit appareil pour une…

Virginia se contenta de lever un sourcil :

— … photo de pin-up au milieu d'un magazine ? dit-elle. Parfaitement ! Pour scandaliser sa famille, et exploiter les exploiteurs, selon ses propres termes. Ça a fait du bruit, et Diana était ravie. Elle est devenue mannequin quelque temps. Ça l'amusait, sans la combler. Aujourd'hui encore, elle est à la recherche de quelque chose qui la satisfasse. Elle accomplit un travail fantastique pour les enfants défavorisés et les meurtris de la vie.

— La tenancière de bar, l'amie des bonnes œuvres et la gemmologiste. Drôle de trio !

La description fit sourire Virginia.

— Ça va te paraître étrange, mais toutes les trois, nous nous sommes reconnues dès la première rencontre. Nous sommes inséparables.

— Qui comprendrait mieux que moi ? murmura Cade. Moi aussi, je t'ai reconnue au premier coup d'œil.

Virginia regarda Cade dans les yeux.

— Connaître mon identité n'a rien résolu. Ma vie est un chantier épouvantable. Mes amies sont en danger, et je ne sais comment stopper ce que j'ai provoqué.

— En mettant un pied devant l'autre, répliqua Cade tandis qu'il frôlait la main de Virginia d'un baiser. Allons chercher le sac de toile chez moi. Ensuite, nous contacterons un de mes copains flics. Nous retrouverons bientôt tes amies, mon chou.

Timothy Salvini avala un autre analgésique. La douleur lancinante qu'il éprouvait au visage l'empêchait presque de penser. Et pourtant, penser était pour lui de la plus haute importance. L'homme qui avait donné l'ordre qu'on le défigure, puis qu'on le fasse soigner par son chirurgien personnel, ne lui avait accordé qu'une dernière chance. S'il ne trouvait pas Virginia et le diamant avant la nuit, il était un homme mort.

La peur lui causait dans le cœur des élancements plus douloureux encore que la souffrance au visage. Comment les choses s'étaient-elles gâtées de la sorte ? Il avait pourtant tout planifié. Avait pris soin du moindre détail, alors que Thomas se cachait la tête dans le sable. C'était lui, Timothy, le cerveau. Lui qu'on avait contacté. Lui qui savait jouer les bonnes cartes. Lui qui avait conclu le marché.

Thomas avait tout de suite donné son accord, se souvenait Timothy. L'occasion était trop belle de s'installer enfin dans la vraie richesse, celle qui fait rêver. Puis son enthousiasme s'était refroidi. Il avait attendu la onzième heure, et avait eu l'intention de doubler son propre frère jumeau. Quelle fureur l'avait saisi en découvrant que Thomas s'apprêtait à quitter le pays avec l'acompte déjà versé par le commanditaire. Lui laissant tous les risques, toute la responsabilité.

Et cette petite garce de Virginia, en travers de leur projet !… Il n'en aurait fait qu'une bouchée, si Thomas n'avait menacé de tout faire échouer ! La querelle avait dégénéré, songea Timothy en se passant une main sur la bouche. Il avait perdu le contrôle de la situation. Les cris. La rage. Le tonnerre. Le couteau s'était retrouvé dans sa main, dégoulinant de sang, avant qu'il ne réalise ce qui se passait. Impossible de s'arrêter. Il fallait le reconnaître, il avait perdu la raison. Cela résultait du stress, du sentiment de trahison, de la fureur d'avoir été dupé par son propre frère.

Et, pendant toute la scène, Virginia l'observait de ses immenses yeux atterrés. S'il n'y avait pas eu l'orage, l'obscurité soudaine, il lui aurait réglé son compte.

Rien de cet échec n'était sa faute. Et pourtant il payait seul les pots cassés. Sa vie ne tenait qu'à un fil, à cause de la lâcheté de son frère, et des manigances d'une femme qu'il avait en travers de la gorge depuis des années. Grâce au reçu d'un coursier trouvé dans le sac que Virginia avait oublié dans son bureau en s'enfuyant, il savait qu'elle avait envoyé un des diamants à quelqu'un. Elle s'était toujours cru la plus maligne. Mademoiselle Je-suis-parfaite ! Comme elle s'était insinuée dans les bonnes grâces de leur père, de retour de l'université, bardée de ses diplômes ! Mais plus que des diplômes, ce qui compte dans la vie, c'est l'astuce, se dit-il, fou de rage froide. Le cran. La ruse.

Lui, Timothy Salvini, possédait les trois ! Il aurait eu les cinq millions de dollars en sa possession, à présent, si son frère n'avait chancelé et alerté Virginia, avant de craquer et d'essayer de doubler leur client !

Leur client… disons plutôt son maître, à présent. Mais cela aussi changerait. D'abord, il rentrerait en possession de l'argent et du diamant, puis retrouverait les deux autres. Ensuite, il s'enfuirait le plus loin possible. Parce qu'il avait vu le diable en face. Il était suffisamment intelligent pour le savoir : une fois qu'il aurait les pierres entre les mains, le diable n'aurait plus besoin de son sous-fifre.

Alors, lui, Timothy Salvini, mourrait. A moins de se montrer le plus malin.

Malin, il l'était. Il venait de le démontrer. Il avait attendu patiemment, pendant des heures, caché près de l'immeuble de Virginia. Il savait qu'elle reviendrait chez elle. Créature d'habitudes… elle ne l'avait pas déçu. Qui aurait pensé qu'une femme aussi… ordinaire réduirait ses plans à néant ? Séparer les pierres, les envoyer à plusieurs destinataires, l'idée ne manquait pas d'astuce.

Pour l'heure, sa tâche consistait à mettre la main sur elle. D'autres que lui se concentraient sur les autres femmes. Jusqu'à cette minute, tout s'était déroulé sans encombre. Virginia avait jailli hors de la voiture. L'homme avait suivi, oubliant de verrouiller la portière derrière lui. Repérer les papiers dans la boîte à gants avait été un jeu d'enfant. Il avait noté l'adresse, et, maintenant, il cassait une vitre à l'arrière de la maison vide, et s'insinuait à l'intérieur.

Il avait glissé dans sa ceinture le couteau utilisé pour tuer Thomas. Plus silencieux qu'un revolver. Et tout aussi efficace. Il était bien placé pour le savoir.

12.

— Mick est un bon flic, expliqua Cade en se garant dans l'allée de sa maison. Il se démènera pour finir de résoudre l'énigme.

— J'aurais dû me rendre à la police tout de suite.

— Tu avais besoin de temps pour te ressaisir. A ce propos, excuse-moi de t'avoir un peu malmenée. Tu souffrais, et je t'ai bousculée pour avancer.

— Si tu ne m'avais pas poussée à regarder les choses en face, je serais peut-être encore en train de me boucher les yeux.

Cade fit une coupe de ses mains autour du visage de Virginia.

— D'un autre côté, si tu n'avais pas rayé radicalement cette scène horrible de ta mémoire, tu serais peut-être retournée chez toi tout de suite, tel un pigeon voyageur, et tu aurais téléphoné à tes amies. Dans ce cas, ton frère n'aurait eu aucun mal à vous trouver toutes les trois.

— Pendant dix ans, j'ai considéré Timothy comme mon frère. Je le défendais, ainsi que Thomas, aux yeux de Stella et de Diana. Mais lui nous aurait tuées toutes les trois.

Comme Virginia frissonnait, Cade opina.

— Ton amnésie s'est révélée la meilleure des choses pour toi et tes amies. Et maintenant, l'étape suivante consiste à faire intervenir les flics. Ils lanceront un avis de recherche contre Salvini.

Timothy a peur, il est blessé et désespéré. La police ne mettra pas longtemps à s'en emparer.

Virginia se détendit un peu :

— Il leur avouera le nom du commanditaire, dit-elle. Et Stella et Diana seront sauves.

Au moment où Cade se penchait pour ouvrir la portière de Virginia, l'orage qui menaçait depuis le début de la journée gronda. Devant l'air effrayé de la femme de sa vie, il lui prit la main et la serra entre les siennes.

— Dès que Salvini sera pincé par les flics, nous fêterons l'événement avec tes amies. On sabrera le champagne et on boira nos coupes d'un trait !

La perspective éclaira le visage de Virginia.

— Quand tout sera réglé, tu pourras apprendre à me connaître, dit-elle en retenant la main de Cade.

— Mon trésor, combien de fois faudra-t-il te le répéter ? Je te connais de l'intérieur depuis la minute où je t'ai rencontrée.

Sortant son trousseau de sa poche, Cade glissa la clé dans la serrure. Et là… son instinct, joint à un besoin inné de protéger, lui sauva la vie. Il aperçut une masse indistincte du coin de l'œil, se retourna vers elle tout en repoussant Virginia derrière lui. Le sursaut de son corps valut à la lame du couteau de pénétrer son bras au lieu de se planter dans son dos.

La souffrance fut immédiate et violente. Le sang inonda sa manche, coula le long de son poignet. Une seule pensée occupait son esprit : Virginia.

— Ecarte-toi ! Cours ! hurla-t-il tout en évitant un deuxième assaut.

Mais Virginia était pétrifiée, choquée par le sang, glacée de peur devant la scène horrible qui se rejouait sous ses yeux. Tout s'était passé si vite. Maintenant, elle fixait le visage de son frère, les deux joues bandées de gaze. Les yeux meurtriers, comme l'autre fois.

Timothy envoya le bras en direction de Cade. Celui-ci pivota, saisit le poignet de son adversaire. A présent, ils luttaient corps à corps, leurs visages aussi proches que ceux de deux amants. L'odeur de leur transpiration et de leur sang empoisonnait l'atmosphère. Pendant un moment, ils ne furent que des ombres dans la semi-obscurité du hall d'entrée, leur respiration haletante se mêlant au roulement du tonnerre. Ils tanguaient ensemble, comme deux danseurs obscènes.

Virginia vit la pointe du couteau s'approcher pouce à pouce du cou de Cade. Son frère s'apprêtait à tuer une nouvelle fois sous ses yeux.

Alors, elle se jeta sur lui.

Ce fut un mouvement instinctif, animal. Elle le prit aux épaules, se pendit à ses cheveux. Dans sa bouche, sanglots et insultes se mêlaient. La secousse fit trébucher Cade, sa main glissa, sa vue se brouilla.

Comme elle enfonçait les ongles dans le visage balafré de Timothy, il poussa un cri de douleur, s'ébroua et la rejeta loin de lui. La tête de Virginia heurta la rampe d'escalier, des étoiles tournoyèrent dans sa tête. Mais elle se releva, et se rua de nouveau sur Timothy.

Cade intercepta Virginia, l'éloignant de toutes ses forces de la trajectoire du couteau que Timothy brandissait encore contre lui. La violence de son intervention l'envoya au tapis, et il entraîna Timothy dans sa chute. Ils se colletaient l'un à l'autre, haletant comme des chiens. Une pensée unique obsédait Cade : demeurer en vie suffisamment longtemps pour mettre Virginia à l'abri de tout danger. Hélas, ses mains poisseuses de sang glissaient, lâchaient prise.

Dans un ultime effort, il parvint à tordre la main de Timothy qui tenait le couteau, éloigna la lame pointée vers son cœur. Puis, d'une brusque poussée, il dégagea son corps et enfonça l'arme dans la poitrine de son adversaire.

Lorsqu'il se remit sur pied en chancelant, Cade sut qu'il avait gagné la partie. Virginia rampait vers lui, l'appelait au milieu de ses sanglots. En apercevant la meurtrissure qui marquait déjà la pommette de sa compagne, il fit l'effort de lever la main, de la caresser.

D'une voix blanche, qui sonna comme une voix lointaine à ses propres oreilles, il murmura :

— Ce n'est pas à toi de jouer les héros, mon cœur. Ce rôle me revient…

— Mon Dieu ! Tu saignes tellement…

Abandonnant son bras aux soins de Virginia, Cade tourna la tête vers Timothy. Celui-ci le regardait ; ses yeux étaient déjà vagues, mais pas encore éteints.

— Qui te paie, espèce de salaud ? murmura Cade, à bout de souffle.

Le lent sourire de Timothy s'acheva en une grimace de douleur. Le visage ensanglanté, ses bandages déchirés, il ne respirait qu'avec peine.

— Le diable.

Puis il se tut.

— Ne parle pas, ordonna Virginia à Cade. J'arrête l'hémorragie avant d'appeler une ambulance.

— Je voudrais bien dire le contraire, répondit Cade, mais… ça fait vraiment mal.

Virginia mourait d'envie de poser la tête sur l'épaule de Cade et de pleurer tout son soûl. Mais elle continua à confectionner une compresse à l'aide de sa chemise, et l'appuya fermement contre la blessure béante.

— Appelle l'inspecteur Marshall. Recommande-toi de moi.

Une exclamation leur parvint alors du seuil de la maison :

— Mais… que se passe-t-il ici ?

La voix féminine fit grimacer Cade.

— Dis-moi que je rêve, murmura-t-il. C'est ma mère ?

Il ferma les yeux. Comme dans un brouillard, il entendit Virginia demander une ambulance. Puis il s'évanouit.

Cade revint une première fois à lui dans l'ambulance. Virginia lui tenait la main, la pluie tambourinait sur le toit du véhicule. La deuxième fois qu'il reprit conscience, il était aux urgences. La douleur, telle une bête sauvage, semblait lui arracher des lambeaux de chair.

— Des calmants, murmura-t-il avant de s'évanouir une troisième fois.

Puis il se réveilla, allongé dans un lit d'hôpital. Il évalua mentalement sa douleur : 6 sur une échelle de dix. Il ouvrit les yeux : Virginia était là.

— C'est toi que j'espérais voir au moment où je referais surface.

Virginia se leva, lui prit la main.

— Trente-six points de suture, dit-elle. Le muscle n'est pas abîmé. Tu as perdu beaucoup de sang, mais on t'a fait une transfusion.

Puis elle s'assit au bord du lit, et pleura pour de bon. Elle n'avait pas versé une larme tandis qu'elle soignait Cade en attendant l'ambulance. Ni pendant le transport aux urgences. Pas davantage quand il avait fallu affronter les parents de Cade, ou raconter à la police ce qui s'était passé. Mais maintenant, elle se laissait aller.

— Dure journée, hein ? déclara Cade d'une voix enrouée. Et Salvini ?

Le regard de Virginia dériva vers la fenêtre.

— Mort. J'ai appelé la police, et demandé l'inspecteur Mick Marshall.

Elle arrangea les draps de Cade.

— J'ai essayé de lui expliquer clairement la situation. Il t'attend dans le couloir. Il est inquiet pour toi.

— Mon chou… demande à Mick de me sortir d'ici.

— Mais… c'est ridicule ! Tu es en observation.

— J'ai le bras couturé, pas une tumeur au cerveau !

Virginia releva le menton.

— Ta mère m'avait prévenue que tu ne serais pas facile.

Les yeux de Cade s'étrécirent.

— Ma mère ! Je ne rêvais donc pas ? Elle était bien là ?

— Elle était venue chez toi pour te donner l'occasion de demander pardon. Chose que tu ne fais jamais, paraît-il.

— C'est ça ! Prends son parti !

— Ecoute, Cade. Elle a eu très peur quand elle a compris ce qui s'était produit. Elle et ton père…

— Mon père ? Je croyais qu'il pêchait dans le Montana.

— Il est revenu. Tous deux attendent dans le couloir. Morts d'inquiétude.

— Si tu as la moindre once d'affection pour moi, fais-les partir.

— Certainement pas. Tu devrais avoir honte !

La chose semblait entendue. Cade se résigna. Il n'aurait pas gain de cause.

— Faisons un marché, proposa-t-il. Je reçois mes parents, et, ensuite, tu me sors d'ici. On mettra les choses au clair avec Mick à la maison.

Virginia croisa les bras.

— Selon ta mère, tu veux toujours que tout se passe comme tu l'entends. J'ai l'impression qu'elle n'a pas tort ?

Puis elle tourna les talons et sortit.

Il y fallut beaucoup de charme, de discussion et d'obstination, mais, trois heures plus tard, Cade s'enfonça dans son propre canapé. Il fallut encore deux heures de plus pour mettre Mick Marshall au courant de tous les événements survenus depuis jeudi soir.

Comme Virginia se levait pour aller faire du café, Mick se tourna vers son ami.

— Tu as fait du bon boulot, mon vieux !

— Tu le découvres peut-être, mais les détectives privés ne se prélassent pas dans leur bureau !

Mick se rapprocha de Cade et baissa la voix :

— Dis donc… Buchanan ne va pas être content, avec deux morts sur les bras, et deux diamants perdus dans la nature.

— Ton commissaire n'est jamais content !

— D'abord, il déteste les flics d'opérette comme toi. Ensuite, ton amie qui reste quatre jours sans prévenir la police, c'est dur à avaler. Moi, je la crois, mais le commissaire…

Indigné, Cade se redressa, ignorant la morsure de son bras.

— Elle ne se souvenait de rien ! L'amnésie, il connaît ? Bon sang, Mick ! Elle a vu un de ses frères en tuer un autre. Et s'attaquer à elle ensuite. Va voir le cadavre sur les lieux, tu comprendras !

— D'accord, d'accord. Mais envoyer les diamants…

— C'était pour les mettre à l'abri. Si elle ne l'avait pas fait, ils se seraient volatilisés à jamais à l'heure qu'il est. En plus, elle a rapporté celui qu'elle avait en sa possession.

— C'est comme ça que je vois les choses, acquiesça Mick.

Il jeta un regard au sac de toile calé contre son fauteuil avant de poursuivre :

— En ce qui concerne la légitime défense, pas de problème. Les faits parlent d'eux-mêmes.

Nerveusement, Mick se passa une main dans les cheveux. Il mesurait à quel point les événements auraient pu prendre une tournure encore plus dramatique. Il avait failli perdre un ami.

— Je croyais t'avoir conseillé de faire installer une alarme, bougonna-t-il.

— Je vais sans doute le faire, maintenant que j'ai quelqu'un à protéger… Il faut à tout prix qu'on retrouve Stella O'Leary et Diana Fontaine. Et vite.

— On ?

— Crois-moi, je ne vais pas rester les fesses sur une chaise.

— En ce qui concerne O'Leary, nous savons peu de chose : une intrusion dans son appartement, une bagarre monstre, apparemment. Puis la fuite, en compagnie d'un type à queue-de-cheval.

Cade baissa la voix en jetant un regard en direction de la cuisine :

— Elle est peut-être en danger. Tu as entendu le message sur le répondeur.

— Ouais. On ne peut retrouver l'origine d'un message. Mais on s'occupe de son cas. Quant à Diana Fontaine, mes hommes vérifient sa maison du Potomac, et recherchent sa propriété dans les montagnes du Maryland. On en saura davantage dans deux heures.

Il se leva, prit le sac de toile, et sourit à Cade.

— Je porte ça à Buchanan. Je ris à l'idée de sa tête devant les huiles du Smithsonian ! Il n'est pas du genre diplomate en costume trois-pièces ! A combien tu évalues ces cailloux ?

— A deux morts, au moins, répondit Virginia, de retour de la cuisine.

Gêné, Mick se racla la gorge.

— Excusez-moi, bredouilla-t-il.

— Les Trois Etoiles de Mithra n'ont pas de prix, inspecteur. Bien entendu, pour les besoins des assurances, le Smithsonian a demandé une évaluation professionnelle par rapport au marché. Mais elles sont inestimables. Amour, connaissance, générosité.

Devant l'évident embarras de l'inspecteur, Virginia se contraint à sourire.

— Je suis prête à vous suivre.

— Me suivre ?

— Au commissariat. Vous m'arrêtez, je suppose ?

Perplexe, Mick se gratta la tête et s'agita. Jamais une femme ne lui avait offert du café avant de se constituer poliment prisonnière…

— Je n'ai aucune charge contre vous.

— Je croyais que jusqu'à ce que les diamants soient retrouvés… j'étais responsable.

— Ce sont tes frères qui l'étaient, rectifia Cade.

— Je dois partir, déclara l'inspecteur. Il se peut que j'aie à vous interroger de nouveau, mademoiselle James.

— Et mes amies ?

— La police s'en occupe.

Après un bref geste de la main, Mick se retira.

— Timothy ne peut plus leur faire de mal, murmura Virginia. En revanche, celui qui employait ses services…

— Celui-ci ne veut que les diamants, pas tes amies. Il y a fort à parier que Diana est dans sa cachette à la montagne. Quant à Stella, elle est sans doute en train de botter les fesses d'un type.

La remarque fit presque sourire Virginia.

— Ça se pourrait. Tu sais, elles sont la seule famille qui me reste.

— Non. Tu n'es pas seule au monde, Virginia. Viens t'asseoir à côté de moi…

Virginia obtempéra. Son sourire se dissipa, ses yeux devinrent sérieux et sombres.

— Je te dois la vie, murmura-t-elle. Tu m'as protégée de ton corps, tu t'es battu pour moi. Tu as risqué ta vie pour mettre la mienne à l'abri.

— J'ai toujours voulu tuer le dragon pour la damoiselle. Tu m'en as offert l'occasion.

La voix de Virginia se brouilla.

— Aujourd'hui, il ne s'agissait pas de jouer au chevalier ou d'être Sam Spade. Du sang coulait de ton corps. Timothy cherchait à te supprimer avec un vrai couteau.

— Tu n'es pas responsable des actes de ton frère.

Perdue dans ses pensées, Virginia se tut un instant. Le temps de trouver le courage de parler.

— Si Timothy t'avait assassiné, cela aurait été ma faute. C'est moi qui ai mis ta vie en danger.

— Nullement. Ce sont les risques de mon métier.

Le regard de Cade s'aiguisa.

— De toute façon, je mourrais volontiers pour toi. Je tuerais pour toi, s'il le fallait. Parce que tu as donné un sens à mon existence.

A ces mots, le cœur de Virginia palpita. Il lui sembla qu'elle prenait son envol, s'épanouissait. Cet homme lui appartenait, songea-t-elle avec un bonheur fou.

— Je me demande pour quelle raison tu me…, commença-t-elle.

Cade l'interrompit d'un geste de la main.

— Pourquoi chercher une explication ? La raison n'a que faire dans notre histoire. Disons que l'amour est la première Etoile. Tu n'es pas d'accord ?

Si. Elle était d'accord. Comme tout était simple, dans le fond, se dit-elle, et elle se pencha un peu vers Cade.

— Je suis Virginia James, commença-t-elle. Vingt-cinq ans, gemmologiste. Célibataire.

Elle dut s'arrêter, maîtriser sa respiration, avant de reprendre :

— Je suis très soigneuse, presque maniaque. Une de mes deux amies considère d'ailleurs mon besoin d'ordre comme une religion personnelle ! J'aime cuisiner, visionner de vieux films, des polars noirs. J'ai un faible pour les chaussures italiennes, j'adore les vêtements et les antiquités. Et je préfère chercher de belles pierres dans le désert que visiter Paris.

— N'empêche que nous irons ensemble à Paris, déclara Cade avec un sourire.

Virginia secoua la tête.

— Attends, je n'en ai pas fini. J'ai des défauts : par exemple, je lis tard le soir, et je m'endors parfois la télévision allumée.

— Nous trouverons un remède à cela.

Toute à son idée, Virginia se leva.

— Je suis bonne dans ma spécialité. Ces bagues sont mon œuvre.

— Elles me plaisent infiniment… Tu es si jolie quand tu es sérieuse, ma chérie. Reviens près de moi.

Comme Cade se levait à son tour, Virginia s'éloigna de lui.

— J'ai de l'ambition, continua-t-elle. J'aime l'idée de me faire un nom dans ma profession.

— Si je dois courir après toi dans toute la maison, donne-moi un avantage sur toi : je suis mal en point, moi !

— Je veux compter pour un homme, avoir des enfants. Je suis précise, pratique, et pour tout dire souvent casse-pieds.

— En effet, jamais je n'ai passé un week-end aussi ennuyeux, commenta Cade.

La remarque fit rire Virginia. Cade mit à profit cette seconde d'inattention de sa compagne pour l'attraper et l'attirer contre lui. C'était douloureux, d'enlacer Virginia, mais tellement bon aussi… D'un doigt il lui souleva le menton.

— Tu as fini, maintenant ?

— Non. Ma vie ne reprendra son cours normal que quand Stella et Diana seront saines et sauves, et que les Trois Etoiles auront retrouvé leur place, en sécurité au musée.

— Ce sera bientôt le cas. En attendant, si nous montions ? Nous pourrions jouer, toi et moi…

— Encore une chose…

Comme Cade levait les yeux au ciel, Virginia avoua, après avoir pris une grande inspiration :

— Je t'aime.

Il sembla à Cade que son cœur cessait de battre. L'émotion se répandit dans ses veines, avec douceur, comme un vin enivrant. Alors, il embrassa Virginia. Un long baiser d'une infinie tendresse.

— Je t'aime, lui répéta Virginia.

Puis elle ajouta de cet air embrumé qu'il chérissait :

— La vie commence maintenant.

13.

Une Etoile était hors de sa portée.

Pour l'instant. A cause de la police.

En apprenant la mauvaise nouvelle, il n'avait pas versé dans les imprécations. Il était un homme trop raffiné pour cela. Il s'était contenté de congédier d'un regard glacial le messager tremblant qui lui rapportait les faits.

Maintenant, il était assis dans sa salle aux trésors. Son doigt glissait sur le bord d'un gobelet d'or rempli de vin. Une musique suave emplissait l'air et le calmait. Il adorait Mozart.

Cette femme lui avait causé bien des soucis. Salvini l'avait complètement sous-estimée. Une petite souris, lui avait-il affirmé, qui s'enfermait dans son atelier avec ses gemmes, et ne s'occupait de rien d'autre ! Sottises ! Et l'erreur avait été de souscrire à cette mauvaise estimation.

Mais il ne commettrait plus cette erreur-là. Et rien ne l'empêcherait de parvenir à ses fins.

Il restait deux Etoiles, perdues dans l'univers. S'il fermait les yeux, il les voyait ; il voyait palpiter leurs feux. Elles attendaient qu'il les réunisse à la troisième. Qu'il embrasse leur pouvoir. Bientôt. Bientôt, il les posséderait. Qui se mettrait en travers de son chemin serait éliminé.

En principe, il n'y aurait pas eu besoin de violence. Pas une goutte de sang n'aurait dû être versée. Mais à présent… le sang appelait le sang, songea-t-il en sirotant une gorgée de vin, avec un sourire.

Trois femmes, trois pierres, trois Etoiles. C'était presque poétique. Quand les Trois Etoiles de Mithra seraient à lui seul, il aurait une pensée pour les trois femmes qui avaient tenté de faire dévier le cours de sa destinée. Oui, il se souviendrait d'elles ! Avec une certaine tendresse, de l'admiration, même.

Et il veillerait à ce qu'elles meurent comme elles avaient vécu leurs derniers jours : de façon poétique.

DEUXIÈME PARTIE

1.

Il aurait tué pour une bière. Un grand bock glacé, plein à ras bord d'un liquide brun, amer et frais qui coulerait dans sa gorge avec une suavité pareille à celle d'un premier baiser.

Une bière savourée dans un bar sombre, où il jouerait à la roulette.

Tout en surveillant l'appartement de la femme.

Jack Dakota en rêvait… Le col mousseux, l'odeur de levure, le premier long trait qui étanche la soif et fait reculer la chaleur. Puis la lente dégustation, gorgée par gorgée, qui donne à tout homme normal la conviction que tout irait bien dans le monde, si seulement avocats et hommes politiques débattaient des problèmes en sirotant une bière dans un café de quartier.

1 heure de l'après-midi, certes, c'était un peu tôt, pour se réfugier dans un bar. Mais le soleil cognait si fort… Les canettes de soda, rangées dans sa glacière, n'avaient décidément pas l'attrait d'une bonne, d'une excellente bière.

Sa vieille Oldsmobile n'était pas équipée de l'air conditionné. D'ailleurs, en matière d'équipement, sa voiture frôlait l'indigence — si l'on exceptait une coûteuse stéréo tonitruante qu'il avait fait encastrer dans le tableau de bord en similicuir. Cette sono valait deux fois plus cher que la voiture, mais, bon sang, un homme a droit à de la bonne musique ! Quand il faisait de la route, il aimait monter le son à fond, et s'enivrer des Beatles et des Stones.

Et puis, malgré l'apparence vétuste du véhicule, le puissant moteur V 8, sous le capot cabossé, tournait aussi précisément qu'une montre suisse, et le conduisait toujours dans les plus brefs délais là où il souhaitait se rendre. Pour l'heure, cependant, le moteur était au repos, et pour ne pas troubler la tranquillité de ce quartier du nord ouest de Washington, D.C., Jack écoutait en sourdine la voix de Bonnie Raitt. Une de ses rares incursions dans la musique d'après 1975... Jack avait souvent le sentiment de ne pas appartenir à son époque. Il aurait plutôt fait un bon chevalier du temps du roi Arthur... Un chevalier noir. Il adhérait à la philosophie de la force au service du droit. Alors, bien sûr, il aurait soutenu le roi Arthur. Mais... il aurait traité l'affaire Camelot à sa façon. Moins formaliste. Parce que, trop fréquemment, le respect scrupuleux des sacro-saints principes compliquaient les choses... Arpenter l'Ouest à cheval ne lui aurait pas déplu non plus. Poursuivre les desperados — sans s'embarrasser de toute la paperasserie moderne associée à la justice ! Les traquer, leur mettre le grappin dessus et les ramener, morts ou vifs, mais les ramener !

De nos jours, faire le justicier, c'était toute une histoire. Les voyous se payaient les services d'un avocat — quand l'Etat ne leur en fournissait pas un gratuitement ! Quant aux tribunaux, ils finissaient toujours par s'excuser des désagréments occasionnés aux agresseurs, violeurs et autres assassins. Tout cela en vertu des Droits de l'homme. On dérivait...

Cette dérive constituait d'ailleurs une des raisons pour lesquelles Jack Dakota avait préféré exercer ses talents ailleurs que dans la police. Et pourtant, l'idée l'avait tenté, à l'époque de ses vingt ans. Il avait un sens aigu de la justice et, à son avis, les lois et principes de son pays ne tenaient pas suffisamment compte de cette justice si importante à ses yeux.

Voilà pourquoi, à trente ans, il se retrouvait, disons, chasseur de primes. Il gagnait sa vie en pistant les méchants, les nuisibles, à sa façon et sans s'encombrer des lourdeurs de la bureaucratie.

Evidemment, il ne pouvait pas ignorer certaines règles ; mais un homme intelligent les contourne aisément.

Jack détenait les documents relatifs à sa nouvelle proie. Ralph l'avait appelé à 8 heures ce matin, pour lui confier l'affaire. Sacré Ralph ! A la fois inquiet et optimiste, combinaison apparemment nécessaire pour exercer le métier de garant de condamné en liberté sous caution… Pour sa part, Jack concevait mal comment on pouvait prêter de l'argent à des inconnus qui s'étaient surtout fait remarquer par leur roublardise et devaient payer pour vivre en liberté ! Mais dans les affaires de gros sous, se disait-il souvent, les motivations sont aussi puissantes que mystérieuses…

Jack rentrait juste de Caroline du Sud où il avait suivi la trace d'un type qui avait pris la tangente. Le pauvre demeuré pensait s'enrichir en dévalisant les commerces. Ralph avait payé la caution, persuadé que le type était trop stupide pour fuir.

« Trop stupide pour ne pas s'enfuir, oui ! » avait au contraire songé Jack. Mais il s'était abstenu de tout commentaire. Il n'était pas payé pour dispenser des conseils, de toute façon.

De retour, Jack comptait se reposer quelques jours. Peut-être jouerait-il un peu à Camden Yards, et inviterait-il une de ses petites amies ? En tout cas, il avait commencé par refuser la proposition de Ralph… Avant de céder à ses jérémiades. Et de se rendre où il fallait pour retirer le dossier d'informations concernant une certaine Stella O'Leary. Celle-ci, apparemment, avait négligé de se rendre au tribunal. Elle y était convoquée pour homicide volontaire sur la personne de son petit ami, un type marié.

Pas très futée non plus, celle-là ! songea Jack. Tout le monde sait, pourtant, qu'une jolie femme — ce qui, d'après la photo épinglée au dossier, était son cas — peut manipuler un juge à sa guise, pour peu qu'elle ait un minimum de matière grise ! Surtout à propos d'une bagatelle comme flinguer un comptable adultère.

Surtout que le gars n'était même pas mort !

Bref, c'était de la tarte à la crème. Ce qui rendait mystérieux le comportement nerveux de Ralph ce matin, se dit Jack. Ralph avait bégayé encore plus que d'habitude, et ses yeux furetaient dans tous les sens, comme s'ils cherchaient à nettoyer son bureau poussiéreux. Bizarre…

Et alors ? Analyser l'attitude de Ralph était le dernier souci de Jack. Pour lui, une seule chose comptait : accomplir le boulot aussi vite que possible, s'offrir enfin la bière dont il rêvait, claquer ses honoraires à passer du bon temps.

Jack avait une idée précise de ce qu'il allait faire de l'argent de Ralph. Une petite somme qui lui tombait du ciel très providentiellement ! Il allait acheter la première édition de *Don Quichotte*, qu'il convoitait depuis un moment ! Pour ce bijou, il se sentait prêt à transpirer quelques heures dans sa voiture !

Dieu sait qu'il ne ressemblait pas à un amateur de livres rares, ni à un adepte de débats philosophiques sur la nature de l'homme, pourtant. Ses épais cheveux châtains, coiffés à la diable, trahissaient toute sa méfiance à l'égard des barbiers de salon. Il avait un visage très architecturé : pommettes saillantes, mâchoire au dessin net — et viril —, bouche pleine et ferme, alternativement sensuelle et ironique. L'arc de ses sourcils lui donnait un air un peu démoniaque, qu'accentuait une cicatrice à la tempe gauche gagnée lors d'une rixe au couteau contre un malfrat qui l'empêchait de toucher sa prime… N'empêche que ses yeux gris, ordinairement perçants, s'embuaient instantanément lorsqu'il contemplait une première édition originale de Dante. Tout à fait comme au passage d'une jolie femme en robe légère.

Il avait bel et bien touché sa prime, se souvint-il, amusé et satisfait ! Et le gars en avait été pour un bras cassé et un nez écrasé. Il ne serait plus jamais le même, celui-là ! A moins que l'Etat n'offre — en plus d'un avocat — la chirurgie esthétique à ses criminels ?

Il en était là de ses réflexions, quand la MG décapotée qu'il attendait passa près de lui, sono à fond. Jack secoua la tête en songeant : voilà l'idiote qu'il chassait. Idiote, oui, même si, manifestement, elle avait les mêmes goûts musicaux que lui. Un coup d'œil au dossier confirma son intuition : c'était bien Stella O'Leary. Sa masse de cheveux roux et courts en était la preuve à elle seule. Vraiment pas mal… Quel dommage qu'une femme de cette allure soit aussi sotte… Et, navré, il la regarda qui sortait de sa voiture en dépliant des jambes superbes.

A première vue, pas le genre de femme facile à vivre, jugea Jack. D'ailleurs, rien en elle ne semblait facile. Mais il ne s'attarda qu'à une chose : Stella O'Leary était grande, dotée de longues jambes, et lui, il avait une faiblesse insigne pour les femmes dangereuses qui ont de longues jambes. Surtout quand elles avaient un air de garçonne — genre hanches étroites moulées dans un jean délavé et déchiré aux genoux, et jolis petits seins libres qui pointent sous le T-shirt.

Comme elle se penchait pour sortir un sac de sa voiture, Jack eut tout le loisir d'admirer une chute de reins ronde et ferme, ce qui lui inspira un sourire compatissant : pas étonnant qu'un type ait trompé sa femme pour une pareille anatomie !

Son visage était en harmonie avec son corps. Fin, proportionné, un peu androgyne. Et sulfureux. Car en dépit de son teint laiteux et de son auréole de cheveux, cette fille n'avait rien d'un ange. Au contraire, son menton volontaire, l'ossature slave de son visage, sa bouche un peu grande, charnue et tracée au rouge vif façonnaient une physionomie sexy, provocante et même arrogante. Des lunettes cachaient ses yeux, mais Jack savait, grâce au dossier, qu'ils étaient verts. Quelle nuance de vert ?

Un énorme sac passé en bandoulière, la main prise par un autre sac — à provisions — coincé sur la hanche, elle se dirigeait maintenant vers son immeuble. Démarche tonique et souple à la fois... Jack soupira d'envie : décidément, les filles aux jambes longues le faisaient craquer.

A son tour, il sortit de sa voiture et suivit la jeune femme. A vue de nez, elle n'allait pas causer de problème particulier. Peut-être se défendrait-elle bec et ongles mais au moins ne s'effondrerait-elle pas en larmes. Pas le genre. Dieu merci ! Quand ça arrivait, Jack éprouvait un sentiment très pénible

La concernant, son plan était simple. Il aurait pu s'emparer d'elle sur le trottoir, mais il détestait les démonstrations publiques — sauf nécessité absolue. Il prévoyait donc, plutôt, de s'introduire dans son appartement, d'expliquer la situation, puis d'emmener cette fille avec lui.

Etonnant comme elle paraissait sereine, songea-t-il alors. Elle ne semblait pas s'inquiéter le moins du monde ! Pensait-elle vraiment que les flics ne surveilleraient pas son appartement, celui de ses voisins ou associés ? Et cette idée de conduire sa propre voiture pour faire ses courses ! Décapotée, qui plus est... Il était même surprenant qu'on ne l'ait pas encore arrêtée... Sans doute les flics du coin avaient-ils d'autres chats à fouetter que de courir après une femme convoquée pour chamailleries avec son amant.

A priori — et Jack s'en félicitait —, la copine de Stella O'Leary, qui vivait sur le même palier, était absente. Il surveillait les fenêtres depuis le début de sa planque, et n'avait observé aucun mouvement. Mais sait-on jamais.

Il entra dans le hall quelques secondes après Stella O'Leary. Comme elle boudait l'ascenseur et s'engageait dans la cage d'escalier, Jack lui emboîta le pas. Et tandis qu'ils montaient les marches, pas une fois elle ne se retourna. Péchait-elle par excès d'assurance, ou était-elle préoccupée au point de ne rien remarquer ?

Plutôt que de chercher une réponse, Jack jugea que le moment était venu de franchir la distance qui les séparait. Une fois arrivé à sa hauteur, il lui sourit de toutes ses dents.

— Je peux vous aider ? proposa-t-il.

Les lunettes noires se tournèrent dans sa direction sans que le visage exprime la moindre aménité.

— Non merci.

— Comme vous voulez… Je vais chez ma tante, deux étages au-dessus. J'avais oublié combien il peut faire chaud dans le D.C.

De nouveau, les lunettes se tournèrent vers lui.

— Ce n'est pas la chaleur qui est pénible, c'est l'humidité, rectifia la fille, d'un ton sec.

Sa voix timbrée exprimait de l'agacement mêlé de sarcasme, et Jack s'en amusa. Puis il regarda la jeune femme sortir sa clé de sa poche, caler le sac à provisions sur sa hanche de manière à libérer ses mouvements, et introduire la clé dans la serrure. Tout cela avec aisance. Puis, avec la même aisance, elle poussa la porte d'un coup d'épaule. Avant de s'apprêter à claquer la porte en question d'un coup de pied.

Là, Jack s'immisça par l'entrebâillement de la porte comme un serpent, et attrapa la jeune femme par le bras.

— Mademoiselle O'Leary…, commença-t-il.

Il n'eut pas le temps d'en dire davantage. Dans la seconde qui suivit, elle lui assenait un coup de coude dans la mâchoire. Il jura, se reprit… et évita de justesse un coup à l'entrejambe.

Changer d'approche au plus vite ! décida-t-il. Les explications attendraient, tout compte fait !

Il l'empoigna sans autre forme de procès.

Elle lui écrasa alors les pieds avec une telle force qu'il sentit la nausée lui monter jusqu'à la gorge. Et avant qu'il ait pu se remettre, elle le martela de ses poings. Une pluie de coups.

Le sac de provisions avait valdingué, et Stella O'Leary administrait chaque coup sèchement, efficacement, dans un soupir bref et manifestement destiné à accompagner l'impact. Jack n'eut pas besoin d'autre indice pour conclure : elle était, de toute évidence, rompue aux arts martiaux.

Détail que Ralph avait omis de signaler.

Alors, quand elle se ramassa en position de combat, Jack fit de même. L'idée de frapper une femme lui répugnait, mais il allait devoir s'y résoudre.

— Je vous aurai de toute façon, expliqua-t-il d'une voix calme. Autant m'éviter de vous amocher.

La réponse de la jeune femme fut fulgurante. Un coup de pied au visage, que Jack esquiva comme il put. Admirable ! Elle était vraiment forte ! Et maintenant, allait-elle profiter de l'avantage et se ruer sur la porte, comme il s'y attendait ?

Non. Au lieu de cela, les yeux toujours cachés derrière ses lunettes noires, lèvres serrées, elle tourna autour de lui comme un fauve qui cherche le meilleur angle.

— Avec moi, un cambrioleur ne peut s'en tirer à bon compte, siffla-t-elle.

Donnant un coup de pied dans trois pêches qui s'étaient échappées du sac de provisions et avaient roulé par terre, Jack rétorqua :

— Je ne suis pas un cambrioleur ! Je file les fuyards, et vous êtes coincée. Alors, du calme…

Il tendit la main en signe d'apaisement, puis, profitant de la diversion, lui crocheta la jambe et l'envoya au tapis. Sans attendre, il la plaqua contre lui, et aurait apprécié les courbes nerveuses de son corps sous le sien si elle n'avait eu d'autres plans. Cette fois-ci, le genou l'atteignit en pleine cible. Sous la douleur — dont seul un homme peut mesurer l'intensité — Jack manqua s'évanouir. Mais il tint bon.

Il avait l'avantage, à présent, reconnut Stella O'Leary en son for intérieur. A la verticale, elle était plus rapide et entraînée que lui. En revanche, pour la lutte au corps à corps, il était plus lourd et plus musclé qu'elle. Cette infériorité la rendit suffisamment enragée pour la pousser à un coup bas. Elle le mordit à l'épaule, et sentit l'adrénaline l'envahir lorsqu'il hurla.

Ils roulèrent ensemble, sur eux-mêmes ; leurs membres se mêlaient ; ils se colletèrent, renversant la table basse. Une coupe bleue remplie de chocolats se brisa en morceaux.

Stella parvint à assener à son adversaire un coup à la tempe, mais il lui en envoya un autre dans les reins.

Néanmoins, elle commençait à envisager la victoire…

C'est alors qu'il la retourna comme une crêpe. Avant qu'elle ne reprenne son souffle, il lui croisa les mains dans le dos, et s'assit sur elle. Certes, il était à bout de souffle mais, tout de même, pour la première fois, elle eut peur.

— Je ne comprends pas pourquoi vous avez tiré sur ce type, marmonna l'homme, alors que, d'après ce que je vois, vous pouviez le mettre K.O. sans problème.

Il fouilla dans sa poche, ne trouva pas ce qu'il cherchait, manifestement, et jura de dépit. L'air épuisé et furieux, il la chevauchait tout en reprenant son souffle, les jambes serrées contre elle qui se cabrait pour lui résister. Comment tout cela allait-il finir ?

Jack n'avait pas lutté contre une femme avec cette intensité depuis sa traque de Big Betsy. Une femme qui pesait au bas mot cent kilos de muscles sans une once de graisse.

— Calmez-vous, répéta-t-il. Nous allons mettre l'appartement de votre amie en miettes.

— Vous m'écrasez, espèce de crétin, siffla-t-elle entre ses dents. Et en plus, c'est *mon* appartement. Faites seulement mine de me violer, et j'arrache les attributs de votre virilité ! Les débris de votre anatomie colleront aux semelles des chaussures des flics quand ils arriveront ici !

— Je ne prends pas les femmes de force, ma belle. Ce n'est pas parce qu'un comptable s'est entiché de vous qu'il faut vous croire irrésistible. Et pour votre information, les flics ne s'intéressent pas à moi. C'est vous qui êtes dans leur collimateur.

Le poids du corps de Jack compressait les poumons de la jeune femme. Elle chercha son souffle avec effort.

— Je ne sais pas de quoi vous parlez, dit-elle.

De la poche de sa veste, Jack tira les papiers, qu'il agita sous le nez de Stella O'Leary.

— S. O'Leary. Attaque avec blessure mortelle. Ralph est vraiment déçu. Il est confiant, et ne s'attendait pas qu'une personne comme vous lui fasse faux bond.

Sur le papier qui ressemblait à un mandat d'arrêt, Stella reconnut son nom et son adresse.

— Vous vous trompez de personne ! Je ne suis pas libérée sous caution, n'ai jamais été arrêtée, et j'habite ici.

De toute la force de ses muscles bandés, elle tenta une nouvelle fois de se débarrasser du poids de Jack.

— Appelez votre supérieur, et éclaircissez cette affaire. Ensuite, je vous poursuis en justice.

— C'est ça ! Je suppose que vous allez me dire que vous n'avez jamais entendu parler de George MacDonald ?

— En effet.

— Dans ce cas, il était vraiment inélégant de lui envoyer une balle dans la peau.

Sur cette repartie ironique, Jack desserra un peu l'étau de ses jambes et souleva la tête de Stella. Elle avait perdu ses lunettes. Ses yeux étaient de cette nuance de vert propre aux rivières qui coulent à l'ombre des saules. Mais pour l'heure, ils étincelaient de fureur.

— Ecoutez-moi bien, reprit-il. Que vous ayez un amant comptable, je m'en fiche. Qu'il vous prenne l'envie de l'abattre, je m'en contrefiche. En revanche, que vous preniez la tangente alors que vous êtes sous caution, ça ne me plaît pas du tout.

Elle respirait mieux, à présent, mais les mains de Jack enserraient toujours ses poignets dans de l'acier.

— Mon comptable ne s'appelle pas MacDonald, et je n'ai tiré sur personne, répliqua-t-elle. Montrez-moi vos papiers, espèce de pauvre type.

Exiger ? Dans sa situation présente ? songea Jack. Cette femme ne manquait pas de toupet !

— Je m'appelle Dakota. Jack Dakota. Je m'occupe de ceux qui filent en douce pour échapper à la loi, expliqua-t-il.

Stella le dévisagea froidement. Il semblait droit sorti d'un roman, conclut-elle. Un flingueur, un joueur de poker au verbe rude… Ou un…

— Vous êtes chasseur de primes ! Eh bien, figurez-vous qu'il n'y a pas de mandat sur moi, crétin.

Soulagée. Elle n'avait affaire ni à un violeur ni à un cambrioleur. La peur qui lui avait glacé le cœur fondit, et fit place à la colère.

— Espèce de salaud ! Vous vous imposez chez moi, vous cassez tout, fichez par terre pour vingt dollars de provisions, et tout ça parce que vous êtes incapable de pister la bonne personne ? Vous êtes dans le pétrin, c'est moi qui vous le dis ! Je ne vais pas…

Comme Jack lui collait sa propre photo sous le nez, Stella s'arrêta net. Comme muette.

— Vous avez une sœur jumelle, O'Leary ? demanda-t-il sèchement. Qui conduit aussi une MG 68 immatriculée comme la vôtre, et qui vit en ménage avec un certain Virgil James ?

— Pas Virgil, Virginia. Une femme, murmura Stella. Et je n'ai pas de jumelle, non.

Tandis qu'elle contemplait sa photo, des pensées soucieuses se bousculaient dans sa tête. Tout ceci concernait-il Virginia ? Cela avait-il un rapport avec… ce que son amie lui avait envoyé ?

— Nous sommes dans mon appartement, pas dans le sien, reprit-elle en regardant Jack droit dans les yeux. Que se passe-t-il ? Où est Virginia ?

*
* *

Sous ses doigts, Jack sentit le pouls de Stella s'accélérer. Elle se remit à lutter pour se dégager, avec une énergie toute neuve, qu'il sentait dictée par la peur. Mais elle n'avait pas peur pour sa propre personne, il en aurait mis sa main au feu.

— Je ne sais rien de cette Virginia, mais cette adresse est la sienne, d'après les documents en ma possession.

Ça commençait à devenir vraiment bizarre…, songeait Jack. Il voyait bien que cette fille n'était pas une idiote, comme on le lui avait laissé penser. Qu'elle n'était pas du genre à semer des indices derrière elle, en cas de cavale. Et puis, il ne s'expliquait toujours pas pourquoi Ralph s'était montré si nerveux, ce matin. Bref, il méditait tout en scrutant le visage de Stella, au cas où il pourrait y lire une réponse à ses interrogations.

— Peut-être s'agit-il d'une erreur administrative, suggéra-t-il.

En fait, il en doutait. Il pressentait au contraire un calcul louche, une stratégie, une manipulation… quelque chose qui mettait ses sens en alerte.

— Ecoutez…, commença-t-il.

Il n'y eut rien à écouter.

A cet instant, la porte s'ouvrit brusquement et un géant fit irruption dans la pièce en brandissant un Magnum .357.

— T'étais censé l'embarquer manu militari. Tu parles trop. « Il » attend.

Pas le temps d'étudier la meilleure attitude à adopter. Si le colosse lui était totalement étranger, il en reconnaissait parfaitement le type : tout dans les muscles, rien dans la tête. Un gros visage, de petits yeux, des épaules massives. Un énorme revolver dans des mains de boucher.

Alors, Jack exerça une pression sur le poignet de Stella, en espérant qu'elle comprendrait le message et se tiendrait tranquille.

— Excuse-moi, dit-il à l'homme. Elle me donnait un peu de fil à retordre.

Puis, se composant un sourire amical, il s'enquit :

— Ralph t'a envoyé en renfort ?

Le revolver toujours pointé dans leur direction, l'autre répliqua :

— En route. Elle, seulement… Toi, ajouta-t-il avec un sourire qui dévoila des dents de cheval, on n'a plus besoin de toi.

— Dans ce cas, j'imagine que tu veux la paperasse…

Faute de mieux, Jack saisit vite fait une boîte de tomates qui traînait par terre et l'envoya à la volée au visage de l'homme. Puis, se ramassant sur lui-même, il fonça comme un bélier.

Ce fut comme s'il se cognait la tête contre un mur.

Cependant la force de l'attaque les entraîna tous les deux, et ils s'écrasèrent contre le dossier d'une chaise qui se brisa. Un coup de feu partit et fit un trou dans le plafond.

Stella envisagea de s'enfuir.

Elle aurait pu gagner la porte sans qu'aucun des deux hommes ne s'aperçoive de son départ. Mais penser à Virginia, ou à ce qui se cachait dans son sac à main, la retenait de passer à l'acte. La rage bouillait en elle. Son appartement était dévasté. Pas question de partir dans ces conditions.

Alors, elle ramassa le revolver.

Au même moment, Jack la bouscula. Elle amortit sa chute, et il se redressa très vite, bondit et envoya un coup bien senti dans l'entrejambe de son adversaire.

« Bonne forme physique ! » songea Stella en se relevant. Un peu plus, elle aurait éprouvé de l'admiration pour l'inconnu qui prétendait être mandaté pour la capturer.

Saisissant son sac à deux mains, elle en assena un coup sur le crâne massif de l'autre, le colosse, qui s'effondra une fraction de seconde sur le canapé.

Les ressorts craquèrent.

— Arrêtez de tout casser ! hurla-t-elle.

Le géant s'était déjà remis debout. Jack esquiva son énorme poing. Un instant plus tard, pourtant, une douleur aiguë résonna dans chacun de ses os, tandis qu'il se sentait projeté contre un mur. Des tableaux tombèrent, du verre se brisa. Dans une espèce de brouillard, il aperçut Stella. Elle chargeait — un bolide aux cheveux roux — et décocha sur le dos de l'homme une avalanche de coups de poing. Comme il se retournait et tentait de la saisir à bras-le-corps, elle poursuivit son attaque.

— Immobilisez-le ! cria Jack.

Avisant un barreau de chaise cassé, il s'en empara, se rua sur le couple qui se débattait sous ses yeux.

— Bon sang ! Immobilisez-le, je vous dis ! Je vais vous briser le crâne.

Avec un cri guttural, Stella s'accrocha au cou de l'homme, enserra de ses cuisses le torse d'acier, et lança :

— Alors ? Qu'est-ce que vous attendez pour frapper ?

Jack fit mouliner son pied de chaise comme une batte de baseball et le coup partit à la volée. Le bois craqua sur le crâne de l'homme, et le sang jaillit en fontaine.

Stella eut juste le temps de reculer avant que le géant ne s'abatte, tel un chêne. Le souffle court, elle resta à quatre pattes, quelques instants. Enfin, elle demanda :

— Vous allez m'expliquer ce qui se passe ?

— Pas le temps, répliqua Jack.

Uniquement préoccupé de leur survie, Jack attrapa la main de Stella et remit sur pied la jeune femme.

— Filons ! Ce genre de type n'agit jamais seul.

— Filer ? Où ça ? s'écria-t-elle en reprenant son sac à main.

— Hors d'ici. Quand il se réveillera, nous n'aurons pas la même chance que maintenant.

— La chance ? Mon cul ! rétorqua Stella, hors d'elle et hors d'haleine.

Cependant, elle dévalait l'escalier avec Jack, poussée par le même instinct de conservation.

— Espèce de pauvre type ! s'écria-t-elle encore. Vous surgissez chez moi, vous me bousculez, vous cassez tout, et vous avez le front de me parler de « chance » ? Grâce à vous, j'ai failli me faire tuer, oui !

— N'importe quoi ! Je vous ai sauvé la peau.

— Hein ? Moi, j'ai sauvé la vôtre ! objecta-t-elle, dans sa course. Par contre, dès que je retrouve ma respiration, je vous mets en pièces, abruti !

Ils négocièrent à toute allure le virage du palier, et renversèrent presque la concierge. La femme en pantoufles, outrageusement maquillée, s'aplatit contre le mur.

— Stella ! Que se… ? Les coups de feu, c'était chez vous ?

— Madame Weathers…

— Plus tard, plus tard, décréta Jack en relançant la course folle dans l'escalier.

— Arrêtez de me manœuvrer ! ordonna Stella, les dents serrées. Vous me le paierez !

— C'est ça… Où est la porte de service ?

Ils se précipitèrent dehors. Une fois à l'angle de l'immeuble, à l'abri des massifs de fleurs, Jack étudia la situation. Une camionnette sans fenêtre était garée le long du trottoir. Un petit homme à face de rat esquissait quelques pas de danse dans un costume de mauvaise qualité. Ils avaient juste le temps.

Alors, courbé en deux, il tira de nouveau Stella et courut avec elle dans la contre-allée de l'immeuble, jusqu'à la voiture.

Puis il poussa la jeune femme sur le siège passager.

— Ah ! s'exclama-t-elle. Mais qu'est-ce que c'est que ça ?

Elle venait de s'asseoir sur une canette et s'apprêtait à se redresser.

Mais Jack abattit une main sur sa tête, et la força à se recroqueviller dans son siège.

— Restez comme ça ! ordonna-t-il à son tour.

Puis il lança le moteur et démarra en trombe.

Le bruit mat qui suivit le renseigna : l'homme au visage de rat venait d'utiliser un automatique équipé d'un silencieux.

Les pneus de la voiture crissèrent sur le trottoir, et Jack s'engagea à tombeau ouvert dans la première rue qui se présenta. Secouée, sa tête heurtant le tableau de bord, Stella maudissait la terre entière, s'efforçait de garder l'équilibre en s'accrochant comme elle pouvait.

— Vous faites quoi, à la fin ? demanda-t-elle, folle de rage.

— Je vous sauve la vie, une deuxième fois, mon chou.

Jack jeta un coup d'œil dans le rétroviseur tout en prenant un virage à gauche, toujours sur les chapeaux de roues.

— Ralentissez cette carcasse de voiture ! Et laissez-moi descendre avant de nous envoyer dans le décor ou d'écraser un gamin !

— Je ne vais tuer personne. Et vous restez à votre place, avec moi. Au cas où vous ne l'auriez pas remarqué, le type à la camionnette nous a tiré dessus. Dès que je l'aurai semé, vous allez m'expliquer toute cette histoire.

— Moi ?… Je ne sais rien du tout !

Jack la jaugea d'un regard rapide et vif.

— Arrêtez vos bobards.

Pour plus de sûreté, sans ralentir pour autant, il se pencha, et attrapa sous son siège une paire de menottes qu'il y cachait toujours. Et avant que sa voisine réagisse, il l'attacha par le poignet à l'accoudoir de la portière. Pas question de la laisser s'échapper. Pas tant qu'il n'aurait pas compris pourquoi un colosse de cent cinquante kilos s'était introduit chez elle au moment où il s'y trouvait lui-même.

Comme Stella se débattait et hurlait des imprécations plus imagées les unes que les autres, Jack mit la stéréo à fond. Une manière comme une autre de ne plus l'entendre…

2.

A la première occasion, elle le tuerait !

Sans le moindre remords.

Il y a deux heures encore, elle était heureuse, libre, occupée à faire ses courses du samedi, comme toute femme ordinaire. D'accord, la curiosité la dévorait concernant ce qu'elle transportait au fond de son sac à main. Mais, elle n'en doutait pas un instant, Virginia avait une raison légitime et logique de lui avoir envoyé *ça*. Car Virginia avait toujours une bonne raison de faire les choses. C'était un des aspects de sa personnalité que Stella chérissait.

Pour l'heure, cependant, elle s'inquiétait. Le paquet que Virginia lui avait fait parvenir se trouvait-il au cœur du drame qui se déroulait aujourd'hui ?

En l'absence de certitudes, elle préférait s'en prendre à Jack Dakota. Voilà un homme qui s'était immiscé dans son appartement et l'avait attaquée. Disons plutôt, *elle* l'avait attaqué. Mais enfin, n'était-ce pas une réaction normale, quand un zigoto cherche à vous violenter ? En tout cas, c'est ainsi qu'elle réagissait, elle ! Dakota l'avait humiliée en la clouant au sol. En tant que ceinture noire cinquième dan, elle détestait être vaincue. Mais lui ne perdait rien pour attendre.

Selon toute évidence, il se trouvait à l'origine de ces embrouilles ! A cause de lui, l'appartement était sens dessus dessous, ils s'étaient enfuis en laissant la porte d'entrée ouverte, la serrure forcée… ! Elle ne tenait pas immodérément aux objets, mais là n'était pas la question. Il s'agissait de *ses* affaires, et, en conséquence, elle devrait passer des jours à tout racheter et à faire réparer ceci ou cela ! Et l'énergumène qui avait fait irruption chez elle ! L'obligeant à fuir sa propre maison, l'exposant au tir d'un deuxième abruti !

Pourtant, tout ceci n'était que peccadille, comparé à l'exaspération sans bornes de se retrouver menottée à la portière d'une vieille Oldsmobile.

Jack Dakota ne sortirait pas indemne de cet outrage.

Qui était-il au juste ? se demandait-elle. Chasseur de primes, excellent lutteur. Plouc en tout cas, à en croire l'incroyable amoncellement de papiers et gobelets en carton qui traînaient sur le plancher de sa voiture. Et pour finir, chauffard.

En d'autres circonstances, elle aurait admiré sa façon de manœuvrer ce gros tank qui lui servait de voiture, de faire crisser les pneus comme s'il participait à un grand prix de Formule 1. D'ailleurs, s'il était entré dans son bar, elle l'aurait remarqué, reconnut-elle *in petto*, bien qu'à contrecœur. Tenir un bar dans une grande ville ne consiste pas seulement à servir des boissons et à s'occuper de la comptabilité. Il faut jauger les gens au quart de tour, distinguer le fauteur de troubles du cœur en peine. Et savoir y faire avec les deux.

Elle aurait d'emblée classé Dakota dans la catégorie des clients durs à cuire. Ça se lisait sur son visage. Un sacré beau visage, en fait, reconnut-elle en grinçant des dents tout en regardant par la vitre. Les play-boys ne l'intéressaient pas. Elle préférait les hommes dont le visage prouve qu'ils ont vécu, sont sortis quelquefois du droit chemin et sont prêts à recommencer, le cas échéant. Jack Dakota correspondait à ce genre d'hommes. Elle l'avait regardé droit dans les yeux, — des yeux de granit — et savait qu'il ne s'embarrassait pas des obstacles qui se mettaient en travers de ses décisions.

Alors, qu'allait faire un homme comme lui, s'il apprenait qu'elle transportait dans son sac de quoi payer une rançon royale ?

« Bon sang, Virginia ! jura Stella *in petto* tout en martelant son genou de son poing libre. Pourquoi m'avoir envoyé ce diamant ?

Et où sont les deux autres ? » Elle en voulait à son amie et s'en voulait tout autant à elle-même. La nuit dernière, elle aurait dû se rendre directement chez Virginia, après avoir assuré la fermeture du bar ! Voilà ce qu'elle aurait dû faire d'intelligent ! Mais… elle était fatiguée, et pensait Virginia elle-même profondément endormie à cette heure-là. De plus, Virginia étant une personne éminemment raisonnable, il suffisait d'attendre qu'elle fournisse une explication — qui serait à n'en pas douter logique et cohérente.

« Quelle erreur d'appréciation j'ai commise ! » songeait à présent Stella. Virginia n'était pas du genre à envoyer un diamant bleu d'une valeur de un million de dollars sans avertissement ni explication. Elle était gemmologiste, brillante et passionnée. Patiente comme Job, en plus. Sans cela, comment pourrait-elle continuer à travailler avec les fripouilles qui lui servaient de famille ?… Alors pourquoi avoir présumé que l'explication suivrait le paquet, au lieu de l'accompagner ? Pourquoi avoir supposé que la pierre était une copie, alors que Virginia, dans le petit mot glissé dans le colis, enjoignait à Stella de garder la pierre sur elle jour et nuit ?

Stella songea alors aux demi-frères de Virginia. Les jumeaux Salvini avaient toujours traité leur sœur comme un poids désagréable que leur père leur avait imposé, quand il avait légué à Virginia de très nombreuses parts de son entreprise. Et Virginia, de tout temps aveuglément loyale à sa famille, qui leur trouvait encore et encore des excuses !…

Les frères Salvini avaient-ils un rapport avec le diamant envoyé par Virginia ? Avaient-ils tenté quelque manœuvre malhonnête ? Stella ne s'en serait pas étonnée. Cependant, il était difficile de croire les jumeaux sots au point d'entreprendre quoi que ce soit d'irrégulier qui concerne les Trois Etoiles de Mithra.

Les Trois Etoiles de Mithra… C'est ainsi que Virginia les appelait, une expression rêveuse au fond des yeux. Trois inestimables diamants bleus, dans un triangle d'or que tenait autrefois entre ses mains la statue du dieu Mithra, et qui étaient à présent la propriété du Smithsonian Museum. Et, grâce à l'excellente réputation de Virginia sur le marché, les Salvini avaient été chargés par le musée d'évaluer et d'authentifier les pierres.

Et si les fripouilles avaient décidé de les garder pour eux ?

Non ! C'était trop invraisemblable. Mieux valait croire qu'une erreur d'identité avait provoqué le désastre qu'elle était en train de vivre. Mieux valait se concentrer sur la façon dont elle se vengerait de Jack Dakota pour son samedi gâché.

— Vous êtes un homme mort, annonça-t-elle en détachant chaque syllabe.

Ils filaient vers le sud sur la 95 et Jack se félicitait que sa passagère se fût tue suffisamment longtemps pour lui permettre de réfléchir. Hélas, la trêve venait de prendre fin, manifestement.

— Tout le monde meurt un jour ou l'autre, répondit-il.

— Dans votre cas, la date est avancée !

Il y avait du monde sur la route — à cause des déplacements en ce jour de fête nationale — mais ça roulait bien. Un instant, Stella songea à baisser sa vitre et à passer la tête par la fenêtre pour appeler à l'aide. Ce serait une belle humiliation… qu'elle aurait accepté d'essuyer si elle avait été certaine que cela porte ses fruits. Il fallait attendre qu'ils soient bloqués dans un embouteillage, ou qu'ils rencontrent un ralentissement : là, elle ne crierait pas dans le désert. Et les flics à moto ? Où étaient-ils ? Jamais là quand on avait besoin d'eux ! Bref, il n'y avait pas d'autre perspective que de tracer, droit devant, en essayant de négocier avec cet imbécile de Jack Dakota, seule et sans soutien.

— Si vous voulez voir le soleil se lever demain, dit-elle, arrêtez cette voiture, libérez-moi et laissez-moi descendre.

— Pour aller où ?

Il quitta des yeux la route, juste le temps de poser un regard appuyé sur Stella.

— Pour rentrer chez vous ? Dans l'appartement mis à sac par une brute ?

— Ça, c'est mon problème, pas le vôtre.

— C'est devenu mon problème aussi, maintenant. Parce que, quand on me tire dessus, j'en fais une affaire personnelle, figurez-vous. Très personnelle, même. Et comme tout me laisse penser que vous êtes la raison pour laquelle on m'a mis en joue, on va rester un peu ensemble, vous et moi.

S'ils n'avaient pas roulé si vite, Stella lui aurait mis son poing dans la figure. Pour compenser, elle dut se contenter de secouer son poignet encerclé par la menotte, et de hurler :

— Enlevez-moi ça immédiatement !

— Pas question.

Un muscle de la mâchoire de Stella se contracta.

— Vous venez de commettre une erreur, Dakota : nous avons franchi la frontière et sommes dans l'Etat de Virginie, à présent. Kidnapping avec changement d'Etat, ça se juge au niveau fédéral.

— Vous m'avez suivi, fit remarquer Jack. Maintenant, vous restez avec moi. Et vous devriez m'être reconnaissante.

— Reconnaissante de quoi ? D'avoir saccagé mon appartement, sans doute. Ou bien de m'avoir attachée à votre portière ?

— Sans cela, vous seriez probablement allongée sur la moquette de votre salon, avec une balle dans la tête.

— C'est après vous qu'ils en avaient, crétin, pas après moi.

— Personne n'a la moindre raison d'envoyer des tueurs à mes trousses. Alors que vous… quelqu'un veut votre peau, mon chou.

— Des milliers d'hommes la veulent, rétorqua Stella en allongeant ses longues jambes.

— Je n'en doute pas…

Jack ne céda pas à l'impulsion de jeter un œil sur lesdites jambes. Il se contenta de les imaginer.

— Je ne parle pas du premier idiot que vous pourriez séduire, reprit-il. Quelqu'un s'intéresse à vous au point de me faire entrer dans un coup monté. Ralph, espèce de salaud, tu vas avoir de mes nouvelles !

Il écarta d'une main un exemplaire des *Raisins de la colère* et un T-shirt déchiré, trouva son portable, et composa un numéro tout en conduisant d'une main.

— Espèce de salaud ! répéta-t-il, quand Ralph décrocha.

— D-D-Dakota, c'est toi ? T'as t-t-trouvé la fille ?

— Tu vas entendre parler de moi.

— De… Qu'est-ce que tu racontes ? Tu l'as trouvée ? C'est l'affaire d-d-e deux heures. Et j-j-je te paie plein tarif.

— Tu bégayes plus que d'habitude… ça ne posera pas de problème après que je t'aurai fait avaler tes dents. Qui veut cette femme ?

— J'ai des p-p-problèmes… per-personnels.

— Pourquoi ce coup monté, Ralph ?

Jack doubla une décapotable, et s'engagea sur la voie de gauche.

— Ton plus gros problème, c'est moi, à l'heure actuelle, menaça-t-il. Si tu lances quelqu'un à ma recherche, sache que je suis dans ma voiture.

Après un court silence, Jack ajouta :

— Et j'ai la femme.

— E-é-écoute-moi. Dis-moi où tu es, largue la femme et t-t-tire-toi. Reste en deh-h-hors de tout ça. Je t'ai donné le job, p-p-parce que t'es débrouillard. Maintenant, j-j-je te dis, p-p-planque la fille, d-d-dis-moi où, et file. L-l-loin.

— Qui la veut, Ralph ?

— P-p-pas besoin de le savoir. Je te file vingt sacs, et taille-toi.

Jack souleva un sourcil : quand ce rapiat de Ralph alignait un dollar de plus que prévu, il en était malade. Alors, que se passait-il de si grave pour qu'il soit prêt à payer ?

— Dix mille dollars, renchérit Jack, pour voir. Et si tu me dis qui est après la fille, on pourra conclure un accord.

— D-d-dix mille ! bégaya Ralph interminablement. D'accord. Mais je ne donne pas de nom. Et c-c-crois-moi, je te sauve la vie. Dis-moi juste o-o-où tu vas la planquer.

Après avoir expectoré une suggestion anatomique impossible à reproduire, Jack raccrocha avec un sourire sombre.

— Eh bien, mon chou ! Votre adorable petit derrière vaut dorénavant dix mille dollars. Nous allons trouver un coin tranquille, et vous allez m'expliquer pour quelle raison je devrais me priver de cet argent.

Stella avait la bouche sèche. Elle aurait voulu croire que cela était dû aux cris de rage qu'elle avait poussés. Mais en fait, la peur lui écorchait la gorge.

— Où allons-nous ? demanda-t-elle.

— Je brouille ma piste. On n'est jamais trop prudent.

— Vous me ramenez chez moi ?

Jack ne tourna pas la tête vers elle. Cependant, la note de frayeur qu'il perçut dans la voix de Stella lui plut. Si elle avait suffisamment peur, elle parlerait.

— Dix mille dollars, c'est une coquette somme, non ? Voyons si vous saurez me convaincre que vous valez davantage *vivante*.

Jack savait ce qu'il cherchait. Il empruntait les routes secondaires, s'insinuait dans la circulation de ce jour férié. Pas de feu d'artifice pour lui, cette année ! songea-t-il sans déplaisir. Sauf en provenance du siège du passager.

Cette femme était de la pure dynamite ! se dit-il, admiratif malgré lui. Elle devait avoir peur, à présent, et pourtant elle n'en montrait rien. Il lui savait gré de son cran. Rien de pire en effet qu'une pleurnicharde. Celle-ci, morte de peur ou pas, elle lui arracherait les yeux à la première occasion.

Il n'avait pas la moindre intention de lui offrir cette occasion, justement. Avec un peu de chance, une fois qu'ils seraient installés quelque part, il lui soutirerait des aveux complets en moins de deux heures. Ensuite, peut-être l'aiderait-il à sortir du pétrin dans lequel elle s'était fourrée. En contrepartie d'une rémunération, bien entendu.

Toutefois, il y était surtout poussé par une curiosité égoïste : il voulait savoir qui l'avait lancé aux trousses de cette femme…

En tout cas, ces gens s'étaient donné beaucoup de peine. Dommage pour eux, ils avaient mal choisi leurs hommes de main. Jack imaginait assez bien l'arnaque : une fois Stella capturée et enfermée dans sa voiture, les hommes de la camionnette les auraient suivis, sur la route. Lui, il aurait cru qu'il était poursuivi par un autre chasseur de primes et, forcément, il aurait défendu sa récompense. Seulement, il aurait été vaincu par le nombre et la puissance de feu. Comme il n'est pas dans les mœurs des chasseurs de primes de se rendre à la police pour se plaindre des agissements d'un autre chasseur qui les double, il se serait retrouvé Gros-Jean comme devant.

Et sûrement mal en point. Voire mort. Un homme de main l'aurait laissé sur le carreau avec quelques bleus et peut-être une contusion mineure. Mais dans l'appartement de Stella, la montagne humaine l'avait menacé avec son revolver d'une façon toute particulière. Il s'était montré prêt à lui trouer la peau à un endroit vital. Parce que la montagne était un débile mental.

Résultat, il était jeté dans une cavale avec une femme en colère, un peu plus de trois cents dollars en poche, et un réservoir d'essence aux trois quarts vide.

Il lui fallait comprendre pourquoi il en était arrivé là.

Il trouva ce qu'il recherchait au nord de Leesburg, Virginie. Le long motel délabré, aux portes dont la peinture s'écaillait, lui convenait parfaitement. Il se gara à l'endroit le plus éloigné du parking, et éteignit le moteur de l'Oldsmobile.

— C'est là que vous emmenez vos conquêtes ? railla Stella.

— Pour vous, je choisis ce qu'il y a de mieux…

Il savait parfaitement ce qu'elle pensait. Dès qu'il la détacherait, elle le criblerait de coups. Et si elle en avait la moindre occasion, elle courrait jusqu'à la réception du motel aussi vite que ses longues jambes le lui permettraient.

— Vous n'allez pas me croire, dit-il en se penchant pour détacher les menottes de la portière, mais je ne prendrai aucun plaisir à ce qui va suivre.

Elle était prête à bondir. Jack sentait son corps tendu contre le sien. Il fallait agir vite. Elle n'eut pas le temps de respirer qu'il lui avait déjà passé et immobilisé les mains derrière le dos. Elle avala une goulée d'air au moment où il lui couvrait la bouche de sa main.

Elle ruait, roulait d'un côté et de l'autre, mais Jack la maintint sur le siège et lui pencha brusquement la tête en avant. Le temps de lui nouer le bandana sur la bouche, il était hors d'haleine.

— Je vous ai menti, rectifia-t-il en reprenant son souffle, j'y ai peut-être pris un peu de plaisir, finalement.

A l'aide du T-shirt déchiré, il attacha les jambes de Stella, en prenant garde à ne pas trop en apprécier la longueur ni la douceur. Mais après tout, il n'était qu'un homme. Une fois qu'elle fut ficelée comme une volaille, il attacha la menotte au levier de changement de vitesse, puis il remonta les vitres du véhicule.

— Il fait chaud, non ? demanda-t-il sur le ton de la conversation. Mais je n'en ai pas pour longtemps.

Sur ce, il ferma la voiture à clé et s'éloigna en sifflotant.

Il fallut un moment à Stella pour recouvrer son sang-froid. Elle avait peur. Une panique qui lui brouillait les idées. Ce n'était pas ainsi qu'elle se tirerait d'affaire. Quand elle gardait le bar ouvert tard dans la nuit, il lui était arrivé des histoires pendables. Elle avait souvent eu peur, mais avait toujours fait face. Alors, elle s'en tirerait cette fois encore.

Si seulement elle avait pu libérer ses mains, elle aurait échappé, au prix de contorsions, à cette position humiliante de dinde qu'on mène au marché ! Elle était agile, se dit-elle, forte et maligne.

Elle gémit de frustration : les menottes étaient comme cimentées au levier de changement de vitesse. Exaspérée, la peur au ventre, elle luttait, au risque de se démettre l'épaule. La sueur ruisselait sur tout son corps, lui coulait sur le visage.

Soudain, elle s'arrêta, ferma les yeux, respira à fond. Il convenait de réfléchir, au lieu de s'agiter en vain.

— Vous êtes vraiment futée, conclut Jack en ouvrant la portière. Encore cinq minutes et vous trouviez une solution.

Il tira Stella hors de la voiture et la balança sur son épaule. Puis il la transporta jusqu'à une chambre au bout du bâtiment. Il la laissa tomber sur le lit, et comme elle gigotait furieusement, il choisit une solution radicale : il s'allongea sur son dos, et la laissa se cabrer jusqu'à épuisement.

Cela lui plut. Il n'était pas fier de lui, mais il y prenait plaisir. Cette femme jouissait d'une énergie intarissable. S'ils s'étaient rencontrés en d'autres circonstances, ils auraient pu déchirer les draps bon marché de ce motel minable à force de s'aimer dans un corps à corps sauvage et fort. Avant de se quitter bons amis.

D'ailleurs, en l'état actuel des choses, il avait le plus grand mal à ne pas imaginer Stella nue. Peut-être restait-il sur elle, la respirait-il plus que nécessaire ? Il n'était pas un saint, n'est-ce pas ?

Pour se montrer raisonnable, il libéra une des mains de la jeune femme et attacha la menotte à la tête de lit. Puis, se relevant, il fit une pause. Stella le fusillait du regard.

— Par votre entêtement, lui dit-il, vous nous rendez la situation plus difficile.

Il avait le souffle court — ce qu'il ne pouvait mettre sur le seul compte de l'escarmouche bénigne qu'ils venaient d'avoir. Les jolies fesses, rondes et fermes, de Stella O'Leary l'avaient laissé dans un état embarrassant.

Etat qu'il refusait de toutes ses forces. Se détournant d'elle, Jack alluma la télévision et mit le son à fond. Stella venait d'arracher de sa main libre le bandana qui la bâillonnait, et sifflait comme un serpent.

— Criez autant qu'il vous plaira, railla Jack en coupant le fil du téléphone avec un canif. Les trois chambres qui jouxtent la nôtre sont inoccupées, et personne ne vous entendra. De plus, j'ai annoncé à la réception que nous étions en voyage de noces, et personne ne nous dérangera… Je reviens dans un instant.

Jack sortit et boucla la porte derrière lui.

Stella ferma les yeux. Mon Dieu ! Que lui arrivait-il ? L'espace d'un instant, quand il s'était abattu sur elle de tout son poids et l'avait enfoncée dans le matelas, elle s'était senti envahie par un désir puissant.

C'était fou. Inacceptable.

L'espace d'un instant de délire, elle s'était imaginée dépouillée de ses vêtements, prise, dévastée. Sa bouche sur elle. Ses mains sur son corps. Et plus encore.

Déboussolée, elle frémit. Ce besoin physique de vibrer au contact d'un autre corps n'était-il qu'une réaction d'état de choc ? Après ce qu'elle venait de vivre… De manière générale, elle aimait faire l'amour — mais jamais encore elle n'avait désiré un étranger qui la bâillonne, la maltraite avant de la jeter sur un lit dans un hôtel miteux.

Et qu'on ne lui raconte pas d'histoires : ce désir était réciproque ! Elle l'avait bien senti, quand cet homme s'était étendu sur elle de tout son long. Simplement, il avait reculé. Il ne cherchait pas à la violer. Ce n'était pas elle qu'il voulait. Non, le sexe — surtout forcé — ne motivait pas sa conduite avec elle. Alors, quel but poursuivait-il ?

« N'écoute pas tes émotions. Réfléchis ! » s'ordonna-t-elle. Lentement, elle passa la chambre en revue. Un endroit hideux.

Des meubles bon marché, des rideaux fins comme du papier à cigarette, un téléviseur vieillot, une table maculée de taches d'eau. Un cendrier ébréché, même pas assez lourd pour servir d'arme efficace. Rien de contondant à portée de main.

Elle en était là lorsque survint Jack, une glacière à la main, qu'il déposa près du lit. En apercevant son sac en bandoulière à l'épaule de Dakota, Stella fut saisie de panique. Mais elle se détendit dès qu'il le déposa négligemment au pied du lit.

Le diamant était sauf, songea-t-elle avec soulagement. Et dans son sac se trouvaient également la bombe lacrymogène, l'ouvre-bouteilles et le rouleau de pièces de un dollar dont elle se servait comme armes dissuasives.

Après un coup d'œil à l'écran de télévision, où Hercule se battait contre de féroces guerriers, Jack déclara :

— Je n'aime rien tant qu'un mauvais film… On se demande d'où ils sortent des dialogues aussi ineptes.

Avec un haussement d'épaules, il ouvrit la glacière et en sortit deux jus de fruits.

— Vous devez avoir soif, suggéra-t-il en lui offrant une canette. Il y a un petit resto pas loin, paraît-il. Nous ne mourrons donc pas de faim. Vous désirez quelque chose ?

Stella lui lança un regard mauvais, but à longs traits puis lança sèchement :

— Non.

Prenant place au pied du lit, Jack s'installa confortablement et lui sourit.

— Dans ce cas, parlons, tous les deux.

— Allez vous faire voir !

La réplique laissa Jack sans voix. Puis il tapota fraternellement la cuisse de Stella.

— Intéressante proposition, mon chou. Mais j'ai d'autres priorités. Ecoutez, nous sommes dans la mouise, tous les deux, et vous avez la clé du problème. Dites-moi qui vous pourchasse, et je m'en occuperai.

Sa soif étanchée, Stella recouvra tout son mordant. Sa voix exprima le plus pur des sarcasmes :

— Vous ?

— Parfaitement ! Considérez-moi comme votre chevalier. Je m'occupe des méchants qui vous harcèlent. Je vous enverrai la facture, en revanche.

Les lèvres de Stella se retroussèrent en une expression méprisante.

— C'est ainsi que vous traitez l'homme qui vous a évité une balle dans la tête ? demanda Jack d'un air faussement incrédule.

— Dites plutôt que c'est moi qui vous l'ai évitée ! rétorqua-t-elle. Bien que, pour atteindre votre pois chiche de cerveau, il faille se lever tôt. Et comme récompense, vous me bousculez, m'attachez, me bâillonnez, et m'enfermez dans un motel de passe !

— Pas du tout ! C'est un établissement tout ce qu'il y a de familial.

Bon sang ! Cette femme était une vraie bombe ! songea Jack, à son corps défendant. Il avait l'avantage sur elle et, malgré cela, elle lui crachait les mots au visage, le provoquait, tout en sachant qu'elle n'avait pas une chance de gagner à ce jeu-là. En plus de tout, sexy en diable, moulée dans ce jean et cette chemise froissée.

— Réfléchissez un instant, reprit-il. Ce géant décervelé m'a reproché de prendre trop de temps, de trop parler avec vous. Ce qui me porte à croire qu'ils nous écoutaient depuis leur camionnette. Ils avaient certainement un équipement de surveillance. Si vous vous étiez montrée docile et m'aviez suivi sans murmurer, ils se seraient contentés de nous coller, de nous coincer sur la route et de vous forcer à monter dans la camionnette.

— Dans ce cas-là, vous auriez été témoin de la scène !

— J'aurais été vexé qu'un autre chasseur de primes me double au poteau. Mais, dans mon secteur d'activité, les gens ne se précipitent pas chez les flics pour régler ce genre de problèmes. J'aurais perdu mes honoraires, gâché une journée, et peut-être maudit Ralph. De son côté, Ralph m'aurait sans doute filé une affaire juteuse pour me dédommager.

Les yeux de Jack prirent la dureté de l'acier.

— Quelqu'un tient Ralph à la gorge. Je veux savoir qui.

— Je ne risque pas de vous le dire ! Je ne connais pas votre ami…

— Mon ex-ami, rectifia Jack.

— Je ne connais pas davantage le gorille qui a violé mon domicile. Et je ne vous connais pas non plus.

Stella se félicita intérieurement de la fermeté de sa voix. Rien ne trahissait le tumulte intérieur qu'elle venait d'éprouver.

— Maintenant, libérez-moi, et je vais de ce pas tout raconter à la police.

Les lèvres de Jack se tordirent en un sourire railleur.

— Voilà bien la première fois que vous mentionnez les flics, mon chou. Et vous bluffez. En fait, vous ne souhaitez pas du tout que la police se mêle de tout ceci.

Il avait raison, reconnut Stella en son for intérieur. Pas question d'aller à la police avant d'avoir parlé à Virginia, et de comprendre ce qui se passait.

— Si seulement vous n'aviez pas coupé le téléphone…, commença-t-elle.

Jack se pencha vers Stella et lui prit le menton.

— Vous n'appelleriez pas les flics, j'en mets ma main au feu. Alors, qui contacteriez-vous ?

Troublée, Stella le regarda bien en face pour tuer l'émotion.

— Mon amant, siffla-t-elle. Il vous arrachera le cœur, et vous obligera à le contempler, encore battant, entre ses mains.

Un sourire se dessina sur les lèvres de Jack, et il se rapprocha encore de Stella.

— Comment s'appelle-t-il ? demanda-t-il.

Stella marqua un temps. Son cerveau restait désespérément vide. Elle fixa un instant ces yeux couleur d'ardoise, puis se dégagea.

— Hank. Et il va vous réduire en pièces.

Le gloussement de Jack exaspéra Stella.

— Il se peut que vous ayez une douzaine d'amants, mon chou. Mais aucun d'entre eux ne porte le nom de Hank. Vous avez mis trop de temps à répondre. Bien, puisque vous ne voulez pas passer aux aveux, nous allons nous y prendre autrement.

Le cœur de Stella se serra lorsque Jack s'empara de son sac à main, et en déversa sans un mot le contenu sur le couvre-lit. Apparemment, il avait déjà enlevé du sac les armes défensives.

— Comment osez-vous fouiller dans mes affaires ! s'indigna-t-elle.

Jack saisit la bourse de velours entre ses doigts, et fit glisser la pierre dans la paume de sa main, où elle étincela de mille feux.

Dans la voiture, alors qu'il furetait sans trop savoir quoi chercher, il n'avait pas eu le temps de se laisser éblouir par cette pierre, quand il l'avait découverte. Mais à présent, il admirait le joyau. Gros comme… Comme quoi, d'ailleurs ? Bleu profond, d'une pureté remarquable, il était taillé pour donner son éclat maximum.

Jack ressentit un coup au cœur, un besoin inexplicable de protéger cette merveille. Un besoin presque aussi inexplicable que celui de protéger cette femme hérissée de piquants et ingrate.

Il s'assit de nouveau sur le lit, et fit sauter le diamant dans sa main.

— Bon…, commença-t-il. Racontez-moi par quel hasard vous êtes devenue l'heureuse détentrice de ce diamant assez gros pour étouffer un chat ?

3.

— Je dépense tout mon argent en diamants, c'est mon faible !

Jack étudia Stella avec calme.

— Si ce n'est pas un diamant, de quoi s'agit-il ?

— D'un presse-papiers, évidemment !

— Vous vous baladez souvent avec un presse-papiers dans votre sac ?

— C'est un cadeau qu'on vient de me faire, répliqua-t-elle avec assurance.

D'une main nonchalante, Jack fourragea dans les objets de Stella, et fit l'inventaire du contenu de son sac :

— A part la bombe lacrymogène, nous avons donc un ouvre-boîtes, un portefeuille avec davantage de photos que de billets de banque, un portable, dit-il en le mettant dans la poche de sa veste, deux paires de lunettes, un tube de rouge à lèvres et… une boîte de préservatifs. Pas entamée, je vous l'accorde. Simple précaution, au cas où…

L'indignation et la colère bouillaient en Stella.

— Espèce de goujat pervers, laissa-t-elle tomber.

Tout en remettant pêle-mêle les objets dans le sac à main, Jack ironisa :

— Un presse-papiers… Vous me prenez vraiment pour un imbécile. Revenons à ma question de départ, voulez-vous. Que faites-vous avec un diamant bleu assez gros pour étouffer un chat ?

Comme elle ne répliquait pas, il lui prit le menton, et attira son visage vers le sien.

— Ecoutez-moi bien. Première option, je vous attache de nouveau, vous abandonne dans ce motel, et me volatilise avec votre presse-papiers à un million de dollars. Deuxième option, je m'installe devant la télévision, et j'attends tranquillement que vous finissiez par vous mettre à table. Car vous finirez par tout me dire, tôt ou tard. Troisième option, vous me dites pourquoi vous trimballez sur vous un diamant qui pourrait vous offrir une île aux Antilles, et nous cherchons ensemble à nous sortir du pétrin dans lequel nous sommes.

Stella ne flancha pas, ne cilla pas. De ses grands yeux verts de félin, elle étudiait Jack.

— Pourquoi ne pas avoir déjà choisi la première option ? demanda-t-elle enfin.

— Parce que je n'aime pas qu'un gorille essaie de me briser en deux. Je n'aime pas non plus qu'on me tire dessus, et encore moins qu'une femme arrogante m'envoie au tapis.

Il se pencha vers Stella jusqu'à être nez à nez avec elle.

— Et sur la liste de ceux avec qui j'ai des comptes à régler, je vais commencer par vous, mon chou.

De sa main libre, elle écarta rageusement le poignet de Jack.

— Vos menaces ne m'impressionnent pas, Dakota.

Jack caressa du dos de la main la pommette de Stella Puis ses doigts s'égarèrent le long de la gorge de la jeune femme, entre ses seins, avant de revenir au creux de son cou.

— Vous préférez peut-être ça ? demanda-t-il.

Interloquée, Stella sentit le souffle de Jack tout contre sa bouche. Elle cligna des yeux, puis son regard s'aiguisa.

— Ne vous y aventurez pas, dit-elle en guise d'avertissement.

Les lèvres de Jack s'incurvèrent, et il plongea son regard dans celui de Stella.

— Trop tard. J'y pense depuis que j'ai gravi les marches de votre immeuble derrière vous.

Non, rectifia-t-il en son for intérieur. En fait, il y pensait depuis que Ralph lui avait donné la photo de cette femme. Il faudrait se pencher sur la question, plus tard. Il frôla les lèvres de Stella de sa bouche. Il s'attendait à un mouvement de recul. Dieu sait qu'il appuyait sur tous les boutons qui déclencheraient la peur d'être violée chez cette péronnelle intraitable. C'était minable de sa part, il le savait. Il se pencherait aussi sur ce problème-là, plus tard. Pour l'instant, il ne souhaitait qu'une chose : qu'elle se mette à table avant qu'ils soient tués tous les deux. Et s'il y prenait un tant soit peu de plaisir, ma foi, il n'allait pas se le reprocher.

Manque de chance, force était de constater qu'elle ne se battait pas, ne reculait pas. Elle le transperçait simplement de ses yeux verts de déesse offensée. Une sensualité animale flamba au creux des reins de Jack. Au point où il en était, un péché de plus ou de moins… Alors, enfermant la main libre de Stella dans la sienne, il s'empara des lèvres de la jeune femme. En lui battait son sang comme un tambour primitif. Plus de pensée, plus de raisonnement. L'instinct à l'état pur. Comme la bouche étonnamment sensuelle s'ouvrait sous la sienne, il y plongea plus profond. Un soupir de triomphe — celui du mâle — lui échappa au moment où sa langue rencontra celle de Stella. Sa main s'enfouit dans la crinière de cheveux flamboyants.

Son esprit s'éteignit comme une lampe. Il oublia ses plans, son stratagème ; il oublia aussi sa bonne éducation. Et que Stella était avant tout une énigme à résoudre. Il oublia, pour ne plus voir qu'une chose : elle était à prendre.

Il chercha fébrilement un sein, le pinça à travers la chemise. Aussitôt, Stella réagit, s'arqua contre lui, le pressa de son corps. Il l'embrassa plus profondément, le cerveau embrumé par les vagues de désir qu'elle faisait naître en lui…

Tout se passa en un éclair. Elle lui tordit l'oreille tandis qu'elle refermait les dents comme un piège sur sa lèvre inférieure.

Il cria de douleur, mais ne bougea pas, craignant qu'elle ne lui déchire la bouche, et la pinça jusqu'au sang tant qu'elle n'eut pas lâché prise. Puis, libre, il tâta sa lèvre tuméfiée, et constata qu'il saignait.

— Espèce de porc, lança Stella en se redressant.

Jack la gratifia d'un regard assassin, puis tourna les talons, et fit claquer la porte de la salle de bains derrière lui.

L'eau coulait dans le lavabo. Stella ferma les yeux et pressa sa main libre contre son visage.

Dieu ! Elle avait failli perdre la tête. S'était-elle battue contre ce goujat ? Non. Le dégoût l'avait-il envahie ? Pas le moins du monde. Pire, elle avait pris plaisir à la scène.

Au diable Jack Dakota ! Elle lui avait permis de l'embrasser. Inutile de prétendre le contraire. Elle avait fixé ces yeux gris dangereux, et un courant électrique l'avait parcourue au moment où il posait les lèvres sur sa bouche.

Elle l'avait désiré de toutes ses forces. De tout son corps. Elle s'était laissé embrasser sans un murmure de protestation. Lui avait rendu son baiser sans songer un instant aux conséquences.

Stella O'Leary la dure à cuire, la judoka qui envoyait sans effort au tapis un homme de cent kilos, Stella la battante, la bagarreuse, avait fondu comme une midinette.

Et pour qui ? Pour un type qui n'avait pas manifesté le moindre égard pour elle. Le simple fait de l'avoir désiré, ne fût-ce qu'un instant, faisait d'elle un être aussi minable que lui.

Heureusement, elle avait échappé au pire. Qu'importe que sa motivation pour tout arrêter ait été la peur de ses propres émotions. Seul le résultat comptait. Et le fait était bien là : elle avait repoussé Dakota. Alors qu'elle avait été à deux doigts de lui céder. D'ailleurs, si ses deux mains s'étaient trouvées libres, qui sait si elle ne lui aurait pas arraché ses vêtements…

Ce moment d'égarement résultait du choc éprouvé, forcément. Dans certaines circonstances, même les femmes les plus maîtresses d'elles-mêmes sont susceptibles de perdre momentanément les pédales. Maintenant, il convenait de mettre cette erreur de côté, et de réfléchir à la marche à suivre.

Tout d'abord, contacter Virginia. Quel qu'ait été le but de son amie en lui envoyant la pierre précieuse, elle n'avait certainement aucune idée du danger que cela représentait. Sans doute s'agissait-il là d'un de ses très rares actes impulsifs. Et elle, Stella, veillerait à ce que Virginia n'en supporte pas les conséquences.

Qu'avait fait son amie des deux autres diamants ?…

Tout à coup, la vérité lui apparut dans toute son horreur, et Stella se laissa retomber sur le lit. Virginia avait envoyé une pierre à Diana… C'était logique, et Virginia était la logique personnifiée.

Il y avait trois pierres. Elle en avait envoyé une à Stella, en avait gardé une sur elle, et avait fait parvenir la troisième à la seule autre personne au monde à qui elle vouait une confiance aveugle.

Diana Fontaine.

Toutes trois étaient comme des sœurs depuis l'université. Virginia, tranquille, studieuse et sérieuse. Diana, riche, superbe et indomptable. Elles avaient partagé un appartement pendant leurs quatre années d'études à l'université de Radcliffe, et ne s'étaient plus séparées depuis. Virginia était entrée dans l'entreprise familiale, Stella avait suivi sa propre tradition familiale en ouvrant un bar. Quant à Diana, elle s'était employée à choquer le plus souvent possible sa très distinguée et très conservatrice lignée.

Lorsque l'une des trois avait des ennuis, cela concernait les deux autres. Autrement dit, il fallait avertir Diana. Ce qui supposait d'abord d'échapper à Dakota. Ou de se servir de lui. Mais jusqu'à quel point pouvait-elle le manipuler ?

Dans la salle de bains, Jack étudiait sa lèvre gonflée dans le miroir. Il aurait probablement une cicatrice. Autant le reconnaître, il l'avait bien mérité. Il s'était mal comporté, essayant de faire peur à Stella et profitant de la situation pour se permettre quelques libertés…

Mais, de son côté, Stella n'était pas innocente, songea-t-il en toute bonne foi. Il n'avait pas de pulsion perverse. N'était pas un violeur, ni même un type brutal. Et il connaissait suffisamment les femmes pour savoir quand elles simulent ou pas. Or, il en était sûr, Stella O'Leary n'avait pas simulé. En tout cas, pas au moment où ses lèvres s'étaient ouvertes et son corps, arqué.

N'empêche qu'il ne lui avait pas laissé le choix, attachée comme elle l'était à la tête de lit. Aucune échappatoire. Il l'avait voulue pour lui, et prise, point final.

Eh bien ! Il n'était pas un animal. Il pouvait se contrôler, était doué de raison. Alors, il fallait raisonner. Tant mieux si la morsure lui laissait une cicatrice : ça lui servirait de leçon. Lorsqu'on ne peut se faire confiance à soi-même, comment se fier aux autres ?

Quand il sortit de la salle de bains, il lança un regard furieux à Stella, qui le lui rendit. Sans un mot, il s'assit dans le fauteuil le plus éloigné du lit, et alluma la télévision. Tous deux s'abîmèrent dans la contemplation distraite d'un dessin animé japonais.

Au bout d'un moment, Stella demanda d'un ton extrêmement civil :

— Pourrais-je avoir mon eau ?

Jack se leva, fouilla dans le sac de Stella et en retira une petite bouteille d'eau minérale qu'il lui tendit.

Tout aussi poliment, elle le remercia, avala quelques longues gorgées, avant de s'enquérir :

— Quel est votre tarif ?

Prenant un soda dans la glacière, Jack souhaita que ce soit une bière bien fraîche.

— Pour ?

— Pour me ramener à votre Ralph ? Et d'ailleurs, rappelez-moi quel délit je suis censée avoir commis ?

— Tiré sur votre amant, le comptable. Du nom de Hank, je crois.

— Très drôle. Combien deviez-vous toucher pour ma capture ?

— Plus que vous ne valez.

Stella soupira.

— Je vais faire un deal avec vous. Mais je suis redoutable en affaires et je ne signe rien aveuglément. Quel est votre tarif ?

« Intéressant », songea-t-il en pianotant de ses doigts sur l'accoudoir de son fauteuil.

— Pour vous, mon chou, considérant ce que vous transportez dans votre sac, ce sera cent mille dollars.

Sans un battement de cils, Stella ironisa :

— J'apprécie votre sens de l'humour. Cent mille dollars pour un homme incapable de se défaire d'un tueur à gages, c'est amusant.

La fierté de Jack se cabra.

— Dois-je vous rappeler que je me suis défait de cet abruti, et vous ai évité les balles de son acolyte ? Chose pour laquelle vous ne m'avez d'ailleurs nullement remercié.

— Oh ! Excusez-moi… ça a dû me sortir de l'esprit au moment où vous me maltraitiez et me passiez les menottes… Je vous offre mille dollars pour travailler pour moi.

Un sourire fugace et moqueur se peignit sur le visage de Jack.

— Mille ? Mon chou, je ne travaillerais pas pour vous pour tout l'or du monde. En revanche, je vous ferai la faveur de vous aider à sortir du pétrin où vous êtes si vous allongez dix mille dollars.

Stella s'assit en lotus sur le lit, et contre-attaqua.

— Premièrement, je ne suis pas votre chou. Quand vous avez besoin de me parler, utilisez mon prénom.

— Vous n'avez que des initiales…

— Deuxièmement, un type comme vous perdrait la tête avec cent mille dollars, et les gaspillerait avec quelque stripteaseuse. Je vous offre mille dollars. Avec ça, vous passerez un bon week-end au bord de la mer avec une caisse de bière d'importation.

— Très aimable à vous de prendre soin de mes loisirs. Mais vous n'êtes pas en position de négocier. Vous avez besoin d'aide, et ça coûte cher.

Pourquoi discuter le prix comme une chiffonnière ? se demanda Stella *in petto*. En fait, vu les circonstances, elle pouvait promettre n'importe quel montant, et ne pas tenir parole. Mais c'était pour le principe.

— Cinq mille, et vous m'obéissez au doigt et à l'œil, proposa-t-elle.

— Soixante-quinze, et pas question de recevoir d'ordre de votre part.

Stella serra les dents.

— Cinq. A prendre ou à laisser.

— Je laisse.

Avec désinvolture, il tira du sac le diamant et l'examina.

— Par contre, j'emporte ceci.

Puis, caressant la poche de sa veste où se trouvait toujours le portable de Stella, il ajouta :

— Quand je serai loin d'ici, je passerai peut-être un petit coup de fil à la police…

Poings serrés, Stella jaugea Jack. Elle ne pouvait se permettre le risque qu'il mette sa menace à exécution. De plus, elle ne voulait pas de la police dans cette affaire, pas avant d'avoir contacté Virginia.

— Cinq mille, s'obstina-t-elle. C'est vraiment tout ce que je peux offrir. Le reste de mon argent est investi dans mon bar.

Jack souleva un sourcil étonné.

— La prime offerte à celui qui retrouvera ce petit caillou s'élèvera à davantage que cinq mille dollars, non ?

— Mais… je n'ai pas volé ce diamant ! Il ne m'appartient pas. Il est à…

La phrase de Stella demeura en suspens.

Jack allait s'asseoir sur le bord du lit. Cependant, conscient du danger qu'il y avait à se rapprocher de Stella, il opta pour le bras du fauteuil.

— A qui appartient-il ? demanda-t-il.

— Je ne veux pas tout déballer. Pour ce que j'en sais, vous êtes peut-être un voleur ou un assassin.

— C'est bien pourquoi je vous ai volée et assassinée, ironisa-t-il.

— La journée n'est pas terminée.

Les pensées se bousculaient dans la tête de Stella.

Comme s'il lisait en elle à livre ouvert, Jack déclara :

— Si vous voulez mon aide, il me faut des faits, des détails et des noms.

— Des noms, n'y comptez pas, rétorqua-t-elle en secouant la tête. Pas tant que je n'aurai pas parlé aux personnes impliquées, en tout cas. Quant aux faits, j'en ai fort peu à vous exposer.

— Dites-moi ce que vous savez.

De nouveau, Stella s'abîma dans ses réflexions. Elle ne lui faisait pas confiance. Pourtant il fallait bien débloquer la situation.

— Détachez-moi, demanda-t-elle.

Jack refusa d'un signe de tête.

— Statu quo, pour le moment, déclara-t-il.

Il se leva et éteignit la télévision.

— Alors, d'où tenez-vous ce diamant ? reprit-il.

Elle hésita de nouveau.

— Une connaissance me l'a envoyé. Par coursier spécial. Je l'ai reçu hier.

— Quelle provenance ?

— Asie Mineure, à l'origine.

Comme Jack donnait des signes d'impatience, Stella développa.

— Cette personne avait sans doute une bonne raison de me faire parvenir ce diamant. C'est quelqu'un de trop honnête pour voler quoi que ce soit. Un mot était joint au paquet, me suppliant de ne me séparer de la pierre précieuse sous aucun prétexte, jusqu'à ce que je reçoive des explications.

Soudain, Stella porta la main à son visage. Toute arrogance disparut de son attitude.

— Cette personne a des ennuis. Il faut que je lui téléphone.

— Pas d'appels téléphoniques.

— Ecoutez, Jack…

— Non, répéta-t-il. Les gens qui sont à vos trousses en veulent peut-être aussi à votre copain. Le téléphone de celui-ci se trouve peut-être sur table d'écoute. En conséquence, on pourrait vous retrouver. Et moi aussi, par la même occasion. Procédons par ordre : comment votre ami si honnête est-il entré en possession d'un diamant dont la taille rend ridicule le diamant Hope ?

Se passant la main dans les cheveux, Stella essayait de gagner du temps. De toute évidence, Jack prenait la personne évoquée pour un homme. Pourquoi le détromper ?

— D'une façon parfaitement légitime, répliqua-t-elle enfin. Vous expliquer pourquoi serait trop long, mais il était normal qu'il l'ait entre ses mains. Cette pierre fait partie d'un ensemble de trois. Il y a des siècles, elles ornaient l'autel d'un dieu romain. Le culte de Mithra est un des rites fondamentaux de l'Empire romain, et…

— Les Trois Etoiles de Mithra, murmura Jack.

D'abord stupéfaite, Stella regarda ensuite Jack d'un air soupçonneux.

— Comment avez-vous entendu parler des Trois Etoiles ? demanda-t-elle.

— J'ai lu un article à leur sujet chez mon dentiste.

Lorsqu'il reprit le diamant entre ses mains, Jack éprouva non seulement de l'admiration, mais une sorte de crainte sacrée.

— Les Trois Etoiles, murmura-t-il de nouveau. Serties dans un triangle d'or, entre les mains du dieu de lumière. C'est un mythe très connu.

— Ce n'est pas qu'un mythe. Ces étoiles existent bel et bien. Le Smithsonian les a acquises il y a deux mois, par un contact en Europe. Mon ami m'a confié que le musée gardait l'acquisition secrète jusqu'à ce que l'authenticité des diamants soit confirmée.

— Et leur évaluation précisée, acheva Jack. Question d'assurance et de sécurité.

— La sécurité des Trois Etoiles était assurée, fit remarquer Stella.

Jack émit un petit rire.

— Pas tant que ça, n'est-ce pas ? Les trois diamants représentent l'amour, le savoir et la générosité.

Ses yeux s'étrécirent tandis qu'il observait de près l'antique pierre précieuse.

— Je me demande laquelle des trois je tiens entre mes mains, songea-t-il à haute voix.

Fascinée, Stella contemplait Jack. En un clin d'œil, le mauvais garçon avait fait place à l'érudit.

— Je ne saurais le dire. Apparemment, vous en savez autant que moi à leur sujet.

— La religion de Mithra ne m'est pas inconnue. Je vous fais un topo ?…

Elle fit signe que oui.

— Alors, allons-y. Le culte de Mithra précède le christianisme, et s'est développé parallèlement à lui. Les hommes ont toujours rêvé d'un dieu juste et bon. Malheureusement, l'humanité n'obtient pas toujours ce qu'elle souhaite. Quant aux Trois Etoiles, on dit que le dieu a tenu le triangle entre ses mains durant des siècles, veillant ainsi sur le monde. Puis le triangle a disparu, perdu, dérobé ou enfoui sous la mer avec l'Atlantide.

Pour son plaisir, Jack alluma la lampe, et plaça sous la lumière la pierre qui explosa de ses mille feux. Il en caressa les facettes du pouce.

— Gageons plutôt qu'il a fini dans le coffre-fort de quelque procureur romain corrompu, reprit-il. Certaines personnes tueraient pour une pareille beauté. Ou mourraient pour elle. Selon des légendes, le triangle se trouve dans le tombeau de Cléopâtre. Selon d'autres, Merlin l'aurait enchâssé dans du cristal, en attendant le retour du roi Arthur. D'autres encore prétendent que le dieu lui-même aurait envoyé les Trois Etoiles dans les cieux, désespéré de l'ignorance humaine. Mais si j'en crois ce que je vois dans ma main, il semblerait qu'elles aient été tout simplement volées et séparées.

Jack leva les yeux vers Stella et plongea son regard dans le sien.

— Séparément, chaque diamant vaut une fortune. Ensemble, enchâssées dans le triangle, les Trois Etoiles confèrent l'immortalité.

Stella était facinée, à présent. Cette voix masculine, profonde et grave, avait pris des accents excessivement séduisants. Et l'homme qui la possédait caressait le diamant mystérieux comme il aurait caressé une femme précieuse pour lui.

— Vous n'y croyez pas, n'est-ce pas ? reprit-il.

Elle secoua la tête.

— Non.

— Mais telle est la légende, Stella : celui qui détient le triangle complet, orné de ses trois Etoiles, chacune à la bonne place, acquiert le pouvoir du dieu, et son immortalité. Certaines personnes tuent pour moins que ça.

Jack plaça la pierre sur la table. Toute la donne était changée, à présent.

— Vous êtes la cible, Stella. L'homme ou la femme qui veut ce diamant n'hésitera pas à vous faire la peau.

Il ajouta d'un air songeur :

— Or, vu les circonstances, ma peau et la vôtre sont dangereusement proches.

Il jouait de malchance.

Non. Lui jouait mal.

Tout était sa faute, conclut-il en laissant à Mozart le soin d'apaiser son esprit et son corps enfiévré. La flûte de Moët et Chandon venait en général à bout de tous ses maux. Il tenait à rester calme, à garder de la distance par rapport aux événements. C'était bien pour cela qu'il avait délégué la menue besogne à d'autres…

« Tous des incompétents ! » maugréa-t-il en caressant la peau d'un manteau qui avait appartenu à la tsarine Alexandra. Il avait pris plaisir à voir un chasseur de primes traquer cette Mlle O'Leary — même s'il eût été beaucoup plus simple de se passer de lui. Mais faire entrer en scène un chasseur de primes permettait d'imputer à ce minable l'enlèvement puis le meurtre de la fille. De tels hommes sont souvent violents, pour le moins imprévisibles. La police aurait très vite classé le dossier… si le stratagème avait réussi.

Puisque ce n'était pas le cas, Mlle O'Leary se trouvait maintenant quelque part aux Etats-Unis — avec le diamant, à n'en pas douter. En fuite.

Mais elle réapparaîtrait.

Parce qu'elle ne pourrait pas tenir sans contacter ses amies.

On lui avait assuré qu'elles étaient admirablement loyales les unes envers les autres.

Et quand Mlle O'Leary essayerait de joindre celle qui avait disparu ou celle qui demeurait introuvable, il tendrait ses filets. Elle y tomberait avec l'Etoile. Retrouver les deux autres Etoiles deviendrait alors un jeu d'enfant.

Après tout, songea-t-il, son calme recouvré, Virginia avait la réputation d'être une amie de qualité, une femme généreuse et intelligente. Assez intelligente, musa-t-il, pour découvrir le dessein que concoctaient ses demi-frères de fabriquer trois reproductions des Etoiles. Assez adroite pour contrecarrer leurs plans avant qu'il ne soit trop tard.

Virginia, donc, ferait passer la vie de son amie avant toute chose, et cela lui ouvrirait, à lui, la voie des pierres dans un délai très bref.

Il avait consacré des années de sa vie à la recherche des Trois Etoiles. Investi beaucoup de son immense fortune dans cette quête. Et sacrifié beaucoup de vies. Maintenant, elles se trouvaient à portée de main. Si près que son cœur s'affolait d'euphorie fébrile.

Quand il les tiendrait entre ses mains, les disposerait dans le triangle, sur l'autel construit à cet effet, il posséderait le pouvoir ultime. L'immortalité.

Alors, bien entendu, il sacrifierait les trois femmes.

Un sacrifice sied à un dieu.

4.

Dakota l'avait laissée seule. Manifestement, elle ne lui inspirait pas confiance : les menottes la rivaient au lit.

Pour être honnête, il avait eu parfaitement raison de l'attacher. S'il l'avait libérée, elle se serait sauvée en courant dès qu'il aurait eu le dos tourné. Et pas parce qu'elle avait peur de lui. Tout bien considéré, elle ne craignait plus qu'il la brutalise. Il l'aurait fait depuis longtemps s'il en avait eu l'intention.

Elle l'avait vu agir avec le gorille. Rapidité, force, un bon coup droit, il avait tout pour faire mal. Le reconnaître la mortifiait, mais elle le savait pertinemment : lorsqu'ils s'étaient battus, elle et lui, il n'avait pas employé tous ses moyens. Cela n'excusait pas le fait inadmissible qu'il l'ait ficelée et la retienne prisonnière dans une chambre de motel. Mais le fair-play l'obligeait à l'admettre : il n'avait blessé que sa fierté de femme.

En plus, Dakota avait de la matière grise, ce qui l'avait surprise. De prime abord, elle s'était laissé abuser par son apparence physique avantageuse. Une force mâle qui vous mettait à genoux tout de suite. Brut de tout artifice, absolument viril, un homme, tout simplement.

Un homme qui avait lu. Et pas chez son dentiste, comme il le prétendait. Un type qui a mal aux dents ne lit pas un article sur le culte de Mithra dans une salle d'attente…

Elle s'était donc trompée sur lui. Il était intelligent et cultivé. Fallait-il s'en réjouir ou se méfier davantage encore ?

Maintenant qu'elle avait un peu recouvré son calme, elle ne craignait plus de subir les assauts de la sexualité de Jack. En fait, à plusieurs indices, elle entrevoyait la vérité : le petit interlude sexuel entre eux était un faux pas de la part d'un homme qui cherchait avant tout à l'intimider pour lui faire avouer ce qu'il souhaitait entendre.

Loin de marcher, le stratagème n'avait servi qu'à les mettre sur les nerfs tous les deux.

Parce que Jack Dakota était un maître, lorsqu'il s'agissait d'embrasser.

Et m… ! Elle s'égarait complètement ! Non, elle ne craignait pas Jack Dakota. En revanche, la situation lui faisait vraiment peur. Ce qui signifiait qu'il ne fallait pas rester assise à se ronger les ongles. Elle était une femme d'action. Que l'action soit raisonnable ou pas n'était pas la question. L'important était de ne pas subir.

D'un coup de reins, elle se retrouva sur les genoux, examina les menottes, tordit ses poignets dans tous les sens. Elle secoua les barreaux de la tête de lit, qui se révélèrent très solides.

Bien entendu, elle pouvait crier à pleins poumons. Et subir une cuisante humiliation, si quelqu'un se décidait à forcer sa porte et la trouvait attachée à son lit. Sans compter que cela ne la libérerait pas. A moins qu'on ne fasse appel à un serrurier. Ou à la police.

Elle inspira à fond. Le souci que lui causaient Virginia et Diana la rongeait. Si elle se rendait à la police, quelle conséquence cela aurait-il pour Virginia ? Objectivement, elle s'était emparée d'une fortune. Les représentants de l'ordre se montreraient-ils compréhensifs ou bien jetteraient-ils son amie en prison ?

Pour rien au monde Stella ne prendrait ce risque. Pas avant d'avoir une vision claire des enjeux, en tout cas. Ce qui la ramenait à son but premier : quitter cette chambre par tous les moyens.

*
* *

Elle en était à envisager de ronger les barreaux de la tête de lit avec ses dents lorsque Jack reparut. Il lui lança le sourire entendu de qui comprend parfaitement une situation.

— Chérie, je suis de retour à la maison.

— Assez de vos blagues, bougonna Stella. J'ai mal, dans cette position.

Jack déposa sur la table deux sachets en papier.

— Vous êtes superbe, attachée à ce lit. Un homme d'une trempe médiocre se laisserait aller à d'impures pensées.

Ce fut au tour de Stella de sourire mielleusement :

— En ce qui vous concerne, c'est déjà fait. Vous en garderez la trace sur la lèvre.

« Touché ! » songea Jack.

— Je reconnais l'avoir mérité. Mais vous étiez consentante. Au moins quelques instants. Ne niez pas.

Au tour de Stella d'encaisser le coup. « La vérité fait parfois mal », reconnut-elle.

— Un ego tel que le vôtre se nourrit d'illusions, je suppose, lança-t-elle fielleusement.

— Mon chou, entre une illusion et un baiser enflammé, je sais faire la part des choses… mais il y a plus important à discuter que votre attirance pour moi.

Ravi de sa tique, Jack sortit les deux hamburgers de leurs sachets.

— Allons-nous vraiment manger comme des forçats ? demanda Stella en montrant les menottes qui l'immobilisaient.

Jack s'installa près d'elle, s'adossa à la tête de lit, et étendit les jambes. Puis il entama ses frites.

— Manger m'aide à réfléchir, déclara-t-il. Nous avons un sérieux problème à résoudre.

— Nous ? Dans ce cas, pourquoi suis-je la seule à porter des menottes ?

Le sarcasme dans la voix plut intensément à Jack. « Allez savoir pourquoi », se demanda-t-il.

— Libre, vous auriez fait une bêtise, pendant mon absence. Je protège mon investissement.

— Je paie vos services, alors, détachez-moi, je vous prie.

— J'y viendrai, quand nous aurons établi les règles du jeu. J'ai réfléchi… Quelqu'un fait pression sur Ralph. Suffisamment pour qu'il falsifie des papiers officiels et me mène en bateau. D'accord, il aime l'argent, mais il n'est pas assez fou pour risquer sa licence pour quelques dollars. Donc, en acceptant, il cherchait à sauver sa peau. Qui est au courant que le diamant se trouve entre vos mains ?

— Personne, à part la personne qui me l'a fait parvenir… et peut-être une autre encore.

— Un secret partagé n'en est plus un. Comment cette personne est-elle entrée en possession du diamant ?

— Je vous le dirai quand je lui aurai parlé. Je dois passer un coup de fil.

— Impossible.

— Vous avez bien appelé Ralph !

— J'ai pris un risque, mais nous étions mobiles. Le diamant vous est parvenu hier, donc ils vous ont pistée très vite.

L'estomac de Stella se contracta.

— Ce qui signifie qu'ils ont aussi pisté… Je vous en prie, laissez-moi téléphoner.

L'émotion qui étranglait la voix de Stella amadoua Jack en même temps qu'elle l'irritait. Il la regarda attentivement.

— Que représente cet homme pour vous ? demanda-t-il.

Stella voulut le détromper, mais elle se contenta de secouer la tête.

— Tout. Personne au monde ne compte plus que lui.

— Il a de la chance.

Ce n'était pas la réaction à laquelle Stella s'attendait. La frustration et la peur bouillonnaient en elle.

— Qu'est-ce qui vous prend, à la fin ? On a voulu nous assassiner, et vous restez affalé sur un lit !

— Laissons nos tueurs se mordre les doigts quelque temps. C'est dans ce but que nous ne bougeons pas. Votre ami est seul, pour le moment. Comme je ne vous imagine pas sortant avec un minus incapable de se défendre dans la vie, je suis sûr qu'il s'occupe très bien de lui-même.

Se passant une main dans les cheveux, Stella s'exclama :

— Vous ne comprenez rien à rien ! Mon Dieu ! Quel bazar ! Je suis censée travailler au bar dans quelques heures. Au lieu de ça, me voilà coincée en votre compagnie.

— Je vous croyais propriétaire de votre bar ?

— Ça n'empêche pas d'y travailler. J'aime être derrière le comptoir. Ça vous dérange ?

Puisque le sujet distrayait Stella de la discussion de fond, Jack s'y engouffra.

— Vous réussissez bien, derrière le bar ?

— Personne ne se plaint.

— Pourquoi avoir choisi cette activité ?

— Histoire de famille. Nous tenons des bars depuis quatre générations. Mon arrière-grand-père possédait son propre pub à Dublin. Mon grand-père a émigré à New York, où il a aussi ouvert un pub, qu'il a passé à mon père à l'âge de la retraite. J'ai pratiquement grandi derrière un bar.

— Dans quel quartier de New York ?

— West Side, 79ème Rue et Columbus.

Un sourire rêveur flotta sur les lèvres de Jack.

— Beaucoup de bois foncé et de cuivres. De la musique live le samedi soir. Et la meilleure Guinness de ce côté-ci de l'Atlantique.

Intriguée malgré elle, Stella le scruta.

— Vous connaissez ?

— J'ai descendu plus d'une pinte chez vous. Il y a une dizaine d'années.

Il était étudiant, à cette époque-là, se souvint-il. Suivant des cours de droit et de littérature, à la recherche de lui-même.

— Il y a trois ans, j'étais aux trousses d'un type qui avait fui à New York. Je suis retourné dans votre bar — qui n'était pas encore le vôtre. Rien n'avait changé. Pas le moindre détail. Les mêmes deux gars s'occupaient du bar. Et une grande gueule d'Irlandais rouquin.

L'émotion gagnait Stella sans qu'elle y puisse rien.

— Mon père, murmura-t-elle.

— Au moment où j'ai pénétré dans le bar, alors qu'il ne m'avait pas vu depuis au moins six ans, vous savez ce qu'il a dit ? « Comment ça va, l'étudiant ? ». Et puis il a pris un verre et m'a servi ma bière.

— Vous êtes allé à l'université ?

Le plaisir d'évoquer ces souvenirs lointains fut terni à la surprise que Jack perçut dans la voix de Stella.

— Ça vous étonne ? demanda-t-il.

Stella haussa les épaules, et mordit dans son hamburger.

— Vous n'avez pas l'air d'un étudiant… Moi aussi, je sers de la bonne bière. D'ailleurs, j'en boirais volontiers une…

— Moi aussi… Cet ami, depuis combien de temps le connaissez-vous ?

— Depuis la fac. Je me fie totalement à lui, si c'est ce que vous voulez savoir.

— Peut-être êtes-vous trop confiante… Songez-y : les Trois Etoiles représentent une tentation énorme. Il a pu perdre la tête.

Les yeux de Stella lancèrent des étincelles.

— Quelqu'un d'autre, je ne dis pas non. Mais lui… impossible !

Stella s'abîma dans une réflexion profonde, puis s'enquit :

— Si vous vouliez protéger ces pierres, que feriez-vous ?

— Ce qui compte surtout, c'est ce qu'a fait votre ami, fit remarquer Jack.

— Moi, je les séparerais, et les confierais aux gens à qui je voue une confiance aveugle. Ceux qui se feraient tuer pour moi, comme moi pour eux.

— Une loyauté absolue ? Je n'y crois pas.

— Désolée pour vous, murmura Stella Vous n'avez vraiment personne qui se ferait tuer pour vous ?

— Non. Et il n'existe personne pour qui je sacrifierais ma vie.

Pour la première fois de son existence, Jack se prit à le regretter. Il se défila en fermant les yeux.

— Je fais une petite sieste, déclara-t-il.

— Quoi ! Comment pouvez-vous dormir dans une pareille situation ?

— Je suis fatigué, dit-il d'un ton sans réplique. Il ne reste que deux heures avant le coucher du soleil.

— Et que se passe-t-il au coucher du soleil ?

— La nuit tombe, lâcha-t-il avant de décrocher.

Stella n'en croyait pas ses yeux. Dakota s'était déconnecté comme une machine qu'on débranche. Encore heureux qu'il ne ronfle pas ! Elle écumait de rage. Qu'était-elle censée faire, pendant ce petit interlude ? Elle grignota quelques frites, bouda en regardant un programme débile à la télévision. Le Festival des monstres et des héros. Comme si elle avait besoin de ça !

Elle s'étendit, et fit l'inventaire des possibilités du proche avenir. Ce faisant, elle s'endormit. Et rêva de monstres, de héros, et d'un diamant bleu qui battait comme un cœur vivant.

Jack s'éveilla enveloppé dans une atmosphère de femme. D'abord, il la sentit : une odeur de savon citronné. Propre, fraîche et simple. Ensuite, il l'entendit : une respiration lente, régulière, apaisée. Il ressentit la tranquille intimité du sommeil partagé. Son sang s'échauffa avant même de percevoir Stella contre lui. Des membres longs, souples. Dans son sommeil, elle avait jeté une jambe par-dessus la sienne. Un de ses bras, ferme, à la peau crémeuse, lui barrait le buste, et elle avait niché sa tête au creux de son épaule.

Stella, femme câline, qui l'aurait cru ? s'étonna Jack. Impulsivement, il leva la main, et caressa la masse de cheveux roux. De la soie brillante. En contraste complet avec l'allure générale un peu anguleuse et énergique.

Cette femme avait un style bien à elle. Un style qui lui plaisait, songea Jack. Dommage qu'il n'ait pas de temps à consacrer au jeu de la séduction. Il aurait volontiers tenté sa chance de nouveau. Sans doute le repousserait-elle comme la première fois. Sacrée bonne femme !

Pour résister à la tentation qui s'insinuait en lui, Jack se leva le plus doucement possible. Dans son sommeil, Stella roula sur le dos, et leva son bras libre sur son visage.

Ce geste langoureux réveilla l'animal qui dormait en Jack. Pourtant, décidé à se comporter en être civilisé, il tint ses instincts en laisse. Il n'est pas dans les mœurs d'un homme du monde de chevaucher une femme endormie. En revanche, rien n'interdisait de jouer en pensée avec cette idée.

Toutefois, pour plus de sûreté, Jack se dirigea vers la salle de bains, où il s'aspergea longuement le visage tout en envisageant la suite des opérations.

Dans son rêve, Stella se trouvait sous la voûte de grands arbres ombreux qui filtraient la lumière du soleil. Elle tenait le diamant dans sa main et l'admirait. Au lieu de pénétrer la pierre précieuse, les rayons du soleil rebondissaient dessus, créant une auréole de beauté étincelante qui aveuglait le regard et brûlait l'âme. Les réponses étaient tapies à l'intérieur de la pierre, prêtes pour ceux qui savent observer.

D'un buisson lui parvint un grognement de bête, profond et sauvage. Plutôt que la fuite, Stella choisit l'affrontement, une main refermée sur le diamant, l'autre tendue en avant, en guise de protection. Quelque chose bougeait dans le buisson, furetait. Chassait.

Puis il apparut, chevauchant un fier cheval noir. Il portait au côté une épée d'argent, dont la large lame évoquait une violence abrupte. Ses yeux de granite gris représentaient un danger aussi inquiétant que n'importe quel animal. Il lui tendit une main, et son sourire lent exprimait le défi.

Danger de toutes parts.

Elle s'avança, attrapa la main tendue, et se laissa hisser sur l'étincelant cheval noir. Celui-ci se cabra, hennit. Puis ils partirent au grand galop. Le sang vif qui coulait à présent dans ses veines ne devait rien à la peur, mais à un sentiment de triomphe.

Elle s'éveilla en sursaut, le cœur battant. Elle se trouvait dans la chambre sombre, et Jack lui secouait l'épaule sans ménagement.

— Que se passe-t-il ? bredouilla-t-elle.

Un instant, il eut la tentation de l'embrasser pour la réveiller complètement. Trop risqué, s'avisa-t-il. Pour l'heure, il y avait plus important à accomplir.

— La sieste est finie, déclara-t-il. Nous avons à faire.

Stella luttait pour secouer le sommeil et se débarrasser des restes de son rêve.

— Quoi, par exemple ?

— Rendre visite à un ami.

Sur ces mots, Jack détacha la menotte qui retenait la jeune femme au lit, et la boucla à son poignet, rivant Stella à lui.

— Vous avez un ami, finalement ?

Sans répondre, Jack l'entraîna vers l'extérieur, dans la demi-obscurité qui palpitait encore de chaleur.

— Glissez-vous là-dedans, intima-t-il en ouvrant la portière de sa voiture.

Encore dans les limbes du sommeil, Stella obéit sans rechigner. Cependant, le temps que Jack mette le moteur en marche, elle avait recouvré ses esprits.

— Enlevez-moi ces menottes. Puisque nous sommes en affaires, vous et moi, il nous faut un minimum de confiance.

— Aucun de nous n'a la moindre confiance dans l'autre, vous le savez très bien.

Jack sortit du parking et s'engagea sur la route en respectant la limitation de vitesse. Il agita son bras, ce qui obligea Stella à bouger le sien.

— Voyons les choses de la manière suivante : nous sommes dans le même bateau, et j'aurais aussi bien pu vous laisser au motel.

— Pourquoi ne pas l'avoir fait ? s'impatienta Stella.

— Je l'ai envisagé, reconnut-il. J'agirais plus vite tout seul. Mais je préfère vous avoir à l'œil. Et puis, si les choses tournaient au vinaigre, et que je ne puisse pas revenir au motel, je déteste l'idée que vous ayez à justifier votre présence dans un motel de basse catégorie, attachée à un lit.

— Trop aimable à vous.

— Et pourtant, c'est votre faute si je pars à l'aveuglette. Quelques renseignements m'auraient rendu la tâche plus facile.

— Prenez-le comme un défi à surmonter, suggéra-t-elle.

— C'est ce que je fais.

Jack regarda Stella à la dérobée.

— Qu'est-ce qu'il a de si spécial, votre ami, reprit-il, pour que vous soyez prête à tant risquer pour lui ?

Stella regarda par la vitre, et pensa à Virginia. Puis elle repoussa cette pensée. L'idée de son amie en danger ne faisait que raviver sa peur, et la peur lui obscurcissait le cerveau.

— Vous ne comprenez rien à l'amour, n'est-ce pas ? demanda-t-elle. L'amour qui ne pose pas de questions, qui n'exige pas de faveur et n'impose pas de limites.

Contrairement à l'habitude, sa voix était calme, sans la moindre nuance d'agacement, et elle dévisagea son compagnon avec curiosité.

Les mots de Stella provoquèrent une sensation de vide dans l'âme de Jack. Un vide mêlé d'envie.

— Celui qui ne pose pas de questions et n'impose pas de limites est un imbécile.

— Et, bien sûr, vous n'êtes pas un imbécile…

— Vu les circonstances, vous devriez m'en être reconnaissante. Je vais vous sortir de ce guêpier, et vous me devrez cinquante mille dollars.

— Vous avez le sens des priorités, ironisa Stella.

— L'argent panse pas mal de blessures… En ce qui nous concerne, avant que vous ne me payiez, nous nous retrouverons au lit ensemble. Et pas pour une sieste.

Se tournant d'un bloc vers Jack, Stella ignora le frisson qui la parcourait. Elle planta son regard sur lui, et lâcha :

— Il faudra d'abord que vous me passiez les menottes, figurez-vous.

— Pas mal comme perspective…

Un sourire insolent s'étala sur les traits de Jack. Tout en s'engageant sur l'autoroute pour gagner du temps, il se fit une promesse : quand il ferait l'amour avec Stella, il ne lui laisserait aucune chance de penser à quelque autre homme que ce soit.

— Vous retournez à Washington, remarqua-t-elle.

— Parfaitement, acquiesça Jack d'un air déterminé.

Jack fit plusieurs détours, longea deux fois son objectif, revint sur ses pas s'assurer qu'aucune voiture parquée le long du trottoir n'était occupée. De chaque côté de la rue, des piétons vaquaient à leurs occupations, dealaient ouvertement. Une prostituée attendait le client en faisant les cent pas.

— Charmant quartier, commenta Stella. Vous habitez ici ?

— Ralph y travaille. Nous sommes à deux pas du tribunal. Il adore cette ambiance.

Le quartier, Stella le savait, faisait peur même aux chauffeurs de taxi les plus audacieux. La vie y avait moins de prix qu'un crachat sur le trottoir. Ceux qui tenaient à l'existence s'enfermaient à double tour dès la nuit tombée, et attendaient le matin. Ici, les tags n'étaient pas une forme d'art, mais une menace.

— Un homme de goût, votre ami Ralph…

— Mon ex-ami, rectifia Jack.

Prenant la main de Stella, il l'obligea à glisser sur son siège lorsqu'il sortit de la voiture.

Un homme se détacha de l'ombre d'une porte cochère. Ses yeux étaient bordés de rouge, comme ceux d'un chien battu. Tout en traînant les pieds, il se passa le dos de la main sur la bouche. Il portait un pardessus, bien trop étouffant par cette brûlante journée d'été.

— Dakota, c'est toi ? C'est toi ? répéta-t-il en clignant des yeux.

— Salut, Freddie. Comment va ?

— Ça pourrait aller mieux, répondit-il, le regard évasif. Pourrait aller mieux.

Jack plongea la main dans la poche de sa veste, et en ressortit les billets qu'il y avait placés à cet effet.

— Tiens, vieux. Tu te paieras un repas chaud.

Freddie riva son regard aux billets, et s'humecta les lèvres.

— Sûr, un repas chaud, c'est c'qui m'faut.

— Tu as vu Ralph ?

— Non.

Les doigts tremblants de Freddie s'approchèrent de l'argent que Jack lui tendait. Il cligna des yeux lorsque Dakota retint les billets.

— Pas vu, répéta-t-il. Il a dû fermer de bonne heure. C'est férié, leur 4 juillet. Tous les mômes font craquer des pétards. Dirait des coups de feu. Purée de gosses.

— Quand as-tu vu Ralph pour la dernière fois ?

— Chais pas. Hier ? Ouais, hier. Mais aujourd'hui, c'est fermé, sa boîte.

— As-tu repéré quelqu'un étranger au quartier ?

— Personne… ça pourrait aller mieux, pleurnicha-t-il.

Sans même perdre son temps à soupirer, Jack lâcha les billets.

— Va au diable, Freddie !

L'homme pivota rapidement, et tourna au coin de la rue.

— Vous savez très bien ce que ce type va acheter avec cet argent, murmura Stella.

Jack haussa les épaules.

— On ne peut pas sauver le monde entier. C'est déjà bien s'il ne cambriole pas ce soir, pour trouver l'argent dont il a besoin. C'est un homme mort depuis qu'il a touché à une seringue. Je n'y peux rien.

— Dans ce cas, pourquoi cette mauvaise conscience qui se lit sur votre visage ?

— Il avait une famille, répliqua Jack pour toute réponse. Allons-y.

Il guida Stella jusqu'au bout de la rue, avant de la libérer de ses menottes. Devant la surprise de Stella, il expliqua avec un sourire :

— Vous êtes trop avisée pour vous retrouver seule dans ce quartier. De plus, le diamant est dans le coffre de ma voiture.

— Dans une rue pareille, vous aurez de la chance si vous retrouvez votre véhicule.

— Ici, on connaît ma voiture. Personne n'y touchera.

Puis il pivota brusquement sur lui-même et envoya deux coups de pied à la volée dans une porte grise.

Stella entendit le bruit du bois qui se fend. Elle ne put retenir une moue appréciative au moment où la porte céda au troisième essai.

— Beau travail !

Avec une surprenante agilité, Jack composa un code digital, et poussa Stella à l'intérieur. Puis, en quelques gestes puissants, il remit la porte en place.

— Ralph aurait dû opter pour une porte blindée. C'est plus solide, remarqua-t-il tout en allumant la lumière.

Une petite pièce apparut, encombrée de dossiers, empestant la vinasse. Une souris décampa sous leurs pieds.

— Vos associés me font très bonne impression, jusqu'à maintenant, ironisa Stella. La secrétaire de votre ami est peut-être en congé ?

— Ralph n'a pas de secrétaire. Il n'apprécie pas les frais généraux.

— Ce que nous sommes en train de faire porte un nom, continua Stella : entrer chez quelqu'un par effraction.

— Les flics ont un nom pour tout, rétorqua Jack avec dédain.

La main posée sur la poignée, Jack se tourna vers Stella.

— Si vous vouliez quelqu'un qui frappe poliment aux portes avant d'entrer, vous ne seriez pas avec moi, déclara-t-il.

Stella souleva son bras, et agita les menottes qui en pendaient.

— Vous oubliez ça.

Mais Jack secoua la tête.

— Vous ne seriez pas avec moi, répéta-t-il.

Lorsqu'il ouvrit la porte, Stella étouffa une exclamation. Pas davantage. Plus tard, Jack lui saurait gré d'avoir gardé son sang-froid.

La lumière de l'antichambre éclaira le minuscule bureau. Des classeurs gris métallisé cabossés, éventrés, des dossiers éparpillés au sol, échappés de tiroirs, des papiers agités par le ventilateur électrique. Du sang partout.

L'odeur souleva l'estomac de Stella. Elle serra les dents et avala sa salive avec difficulté. Cependant, lorsqu'elle parla, sa voix était relativement ferme :

— S'agit-il de Ralph ?

5.

Ralph était encore attaché à la chaise. Ou, plutôt, ce qui restait de lui.

— Attendez dans l'antichambre, dit Jack.

— Pas nécessaire.

Stella n'était pas étrangère à toute violence. On ne fréquente pas les bars depuis sa plus tendre enfance sans voir couler le sang une fois ou l'autre. Cependant, jamais elle n'avait assisté à pareil carnage. Comment un être humain pouvait-il infliger une telle horreur à son semblable ?

Elle garda les yeux fixés au mur, mais s'avança dans la pièce derrière Jack.

— Que cherchaient ces brutes ? murmura-t-elle.

— La même chose que moi : tout ce qui mène à la personne qui a utilisé Ralph contre nous.

La voix de Jack s'adoucit tout à coup d'une pointe de regret :

— Ralph, pourquoi n'as-tu pas fui ? s'interrogea-t-il tout haut.

L'estomac de Stella se stabilisait, mais elle continuait à respirer à petites goulées.

— Il n'en a peut-être pas eu le temps ? suggéra-t-elle. Appelons la police.

— C'est ça, appelons la police ! Comme ça, nous aurons tout loisir de nous expliquer depuis notre cellule.

— Mais enfin, Jack ! Cet homme a été assassiné.

— Si nous appelons les flics, il n'en demeurera pas moins mort.

— Vous n'avez donc aucun sentiment ? Vous le connaissiez !

— Pas de temps pour les sentiments, rétorqua Jack d'une voix rauque. Réfléchissez : celui qui a soigné Ralph de la sorte aimerait bien vous traiter de la même manière. Vous souhaitez finir comme lui ?

Le silence de Stella eut aux oreilles de Jack valeur d'assentiment.

— Si vous voulez être utile, aidez-moi à trier ce désordre, demanda-t-il au bout d'un moment.

Stella s'arrêta devant un tiroir, et saisit une poignée de papiers.

— Que dois-je chercher ? De toute façon, ils ont sûrement pris tout ce qui était intéressant.

— Ralph devait garder des doubles, bon sang ! Pourquoi ne travaillait-il pas avec un ordinateur, comme les gens normaux ? siffla Jack entre ses dents.

Se levant, il se dirigea vers le bureau, ouvrit un tiroir qu'il explora d'une main rageuse, avant de le renverser et de l'examiner sous toutes les coutures. Au troisième tiroir, il découvrit un faux fond.

Son grognement de satisfaction attira l'attention de Stella qui abandonna sa propre besogne et le rejoignit. Elle saisit une extrémité du tiroir, tandis que Jack sortait de sa poche un canif avec lequel il se mit à faire sauter la paroi de bois.

— On dirait que c'est cimenté, maugréa-t-il. C'est du travail récent.

— Comment le savez-vous ? demanda Stella.

— C'est propre. Pas de poussière accumulée, ni de saleté.

Râlant, s'éraflant les doigts, Jack continua à écailler le bois du tiroir. Tout à coup le fond céda, révélant une clé scotchée avec soin.

— Une clé de consigne, murmura-t-il. Qu'est-ce que Ralph a bien pu cacher ?

— A votre avis, consigne de gare, d'autocars ou d'aéroport ? La clé porte seulement un numéro, ajouta-t-elle en se penchant vers le tiroir.

— Gare ferroviaire ou gare routière. Ralph détestait les avions. De plus, l'aéroport se situe loin d'ici.

— Ça fait quand même pas mal de serrures sur pas mal de casiers, remarqua Stella.

— On trouvera le bon.

— Vous savez combien de casiers de consigne il y a dans une grande ville ? demanda Stella avec scepticisme.

Jack tourna et retourna la clé entre ses mains avec un sourire crispé.

— Il suffit de tomber sur le bon.

Ce disant, il saisit la main de Stella et avant qu'elle ne comprenne où il voulait en venir, il la menotta à lui de nouveau.

— Jack, ne soyez pas ridicule ! s'exclama-t-elle.

— Je couvre mes arrières. Allons, nous avons du pain sur la planche.

A la première gare routière, Jack ôta à contrecœur les menottes de Stella avant de la traîner vers une cabine téléphonique, et de composer anonymement le numéro de la police pour signaler le meurtre de Ralph. Puis il effaça soigneusement ses empreintes digitales sur le combiné.

— S'ils ont un dépisteur d'appels, ils retrouveront l'endroit d'où nous avons appelé, expliqua-t-il.

— Vos empreintes sont fichées, si je comprends bien ?

— Une histoire de jeunesse, répliqua-t-il avec un sourire rapide.

Comme Jack avait bougé, Stella se retrouva coincée dans un coin de la cabine, le grand corps masculin de son compagnon pressé contre le sien.

— Il n'y a guère d'espace, là-dedans, dit-elle.

Jack passa une main sur la tempe de Stella et repoussa ses cheveux en arrière.

— En effet… Vous vous êtes très bien comportée, tout à l'heure. Beaucoup de femmes seraient devenues hystériques.

— Ce n'est pas mon genre.

Jack releva le visage de Stella et abaissa la tête vers elle.

— Je sais. Permettez-moi une petite pause. Juste une minute.

Joignant le geste à la parole, il plaqua ses lèvres sur celles de Stella.

Elle aurait pu résister. D'ailleurs, c'était bien son intention. Mais d'un autre côté, le baiser était si bon enfant, presque amical… enfin, il aurait été amical, si Jack n'avait plaqué son corps contre le sien, mettant le feu en elle.

Ce baiser, somme toute léger, n'aurait pas dû lui donner envie de s'accrocher aux épaules de Jack, de le serrer contre elle, de le retenir entre ses bras. En pleine confusion, elle trouva un compromis en pressant un poing sur le dos de Jack. De la sorte, elle ne le retenait pas contre elle, et ne protestait pas non plus. Si ses lèvres s'amollissaient sous celles de Jack, s'entrouvraient et s'offraient, cela ne voulait rien dire.

— Je vous désire.

Jack murmura ces mots contre la bouche de Stella, puis les répéta quand ses lèvres se pressèrent sur la gorge de la jeune femme.

— Je sais que ce n'est pas le moment, ajouta-t-il, mais j'ai du mal à l'ignorer.

— Je ne couche pas avec les inconnus.

Il leva la tête et rencontra les yeux de Stella.

— Qui vous le demande ?

Puis il s'éloigna, prit la main de Stella et sortit de la cabine.

— Allons vérifier les casiers de ce terminus, suggéra-t-il. Peut-être aurons-nous de la chance ?

Mais ils n'en eurent pas. Ni à ce terminus ni aux deux suivants. Il était presque 1 heure du matin quand Jack jeta l'éponge.

— J'ai soif, déclara-t-il.

Stella soupira et s'ébroua. Après douze heures de cauchemar éveillé, elle se trouvait dans les mêmes dispositions.

Evitant tous les lieux où on aurait pu le reconnaître, Jack élut un snack miteux proche de Union Station.

Le nez froncé de dégoût, Stella vérifia l'état de sa chaise avant de s'asseoir.

— Deux pressions, dit Jack à la serveuse qui s'avançait vers leur table. Ensuite, ajouta-t-il à l'adresse de Stella, nous vérifierons les casiers de Union Station.

L'air désapprobateur, l'œil critique, Stella humait l'ambiance. Une atmosphère chargée de fumée de cigarettes, des odeurs de renfermé, un sol graisseux, jonché de mégots, de coquilles de cacahuètes.

— Je ne sais pas comment de pareils endroits font recette. Il faudrait des tonnes de désinfectant, et un bon éclairage, au minimum.

Jack jaugea d'un regard rapide le patron derrière le bar et la serveuse éreintée.

— Je ne crois pas que la clientèle se préoccupe de ces détails. Certaines personnes viennent dans un bar dans l'unique but de boire, pour oublier les raisons mêmes pour lesquelles elles sont venues.

Stella répliqua :

— Exactement le genre de gens dont je ne veux pas dans mon bar. Ceux qui ne sont à la recherche ni de compagnie ni de musique, qui n'ont pas rendez-vous non plus avec un copain pour avoir une bonne discussion autour d'un verre.

— Tel père telle fille.

— On peut le dire comme ça…

Lorsque la serveuse déposa brusquement les deux chopes de bière sur la table, en renversant la moitié, le regard de Stella exprima la plus complète des désapprobations.

— Cette fille ne resterait pas cinq minutes chez moi, déclara-t-elle d'un ton sans réplique.

Jack fit couler dans son gosier une gorgée de bière fraîche, et fit claquer sa langue.

— Je pense vraiment ce que j'ai dit tout à l'heure : vous vous êtes remarquablement comportée chez Ralph. C'était un spectacle éprouvant pour tout le monde.

— Mon premier meurtre, dit Stella, la gorge nouée.

— Pour moi aussi. Espérons que c'est le dernier. Ralph n'était peut-être pas futé, mais il ne méritait pas ça. Le type qui s'est occupé de lui y a pris du plaisir… Les gens qui sont après vous m'ont l'air de sacrés salauds.

— On dirait…

Et ces mêmes gens, songea Stella en frémissant, étaient aussi après Virginia et Diana.

— Combien de temps mettrons-nous à trouver le bon casier pour cette clé ? demanda-t-elle.

— Pas la moindre idée. Connaissant Ralph, sa cachette ne doit pas être loin. Il n'a pas caché la clé chez lui, mais dans son bureau. Donc, le casier est dans ce quartier.

Mais si le raisonnement de Jack se révélait faux, réfléchit Stella, il faudrait des heures, si ce n'est des jours, pour mettre la main dessus. Elle n'était pas disposée à attendre aussi longtemps. Elle avala une gorgée de bière, puis déclara :

— Je dois me rendre aux toilettes.

Comme Jack fronçait les sourcils, elle ironisa :

— Voulez-vous me tenir la porte ?

Jack scruta Stella puis remua inconfortablement les épaules.

— Faites vite.

Stella se dirigea sans hâte vers les toilettes, mais son esprit tournait à cent à l'heure. Dix minutes, calcula-t-elle. C'était tout ce dont elle avait besoin pour atteindre la cabine téléphonique qu'elle avait repérée à l'extérieur et contacter Virginia.

Elle referma derrière elle la porte des toilettes, et remarqua avec satisfaction le hublot placé haut dans le mur. Puis, se tournant vers la femme qui se repoudrait devant un des lavabos :

— Faites-moi la courte échelle, demanda-t-elle en plaçant ses deux mains sur le rebord de la fenêtre.

Sortant son rouge à lèvres de son sac, la femme s'enquit calmement :

— Une relation qui tourne mal ? Je sais ce que c'est, ajouta-t-elle sans attendre la réponse. Croyez-vous vraiment pouvoir vous glisser dans un espace aussi petit ?

— Sans aucun doute.

Stella s'agrippa au hublot, mit un pied sur le lavabo et se hissa jusqu'à mi-poitrine.

— Poussez-moi, maintenant, demanda-t-elle.

— Comme vous voulez.

L'inconnue poussa de toutes ses forces. Stella se faufila difficilement dans l'étroite ouverture. La tête passa, puis les épaules. Encore une torsion des épaules, un effort de tous ses muscles, et elle se retrouva dans la rue.

— Merci, cria-t-elle à l'inconnue, avant de courir vers la cabine téléphonique.

Fouillant dans sa poche, elle en retira une pièce qu'elle y conservait toujours, en cas de besoin. Le cœur battant, elle composa le numéro de Virginia, priant qu'elle se trouve chez elle. Elle lança un juron lorsqu'elle entendit la voix calme et douce de son amie adresser son message sur le répondeur.

— Virginia, écoute-moi bien, haleta-t-elle tout de suite après le bip. Je ne sais pas ce qui se passe, mais nous sommes dans le pétrin. Ne reste pas chez toi, le type peut revenir. Je suis dans une cabine près d'un bar dans…

— Espèce d'idiote ! hurla Jack en prenant le bras de Stella.

— Lâchez-moi, maudit im…

Mais Jack avait déjà raccroché le combiné. Utilisant l'exiguïté de la cabine à son avantage, il passa les menottes à Stella, puis la chargea sur son épaule et rejoignit en courant sa voiture. Il la laissa ruer, proférer des menaces, la déposa sans ménagement sur le siège passager et démarra en trombe.

— C'est vous qui parliez de confiance ! maugréa-t-il rageusement, tout en négociant un virage à gauche.

Avec méthode, il dévala plusieurs rues, revint plusieurs fois sur ses pas, avant de se garer dans une petite allée toute proche de la cabine téléphonique. Il éteignit ses lanternes et coupa le moteur de la voiture.

Se penchant vers Stella, il lui enserra le cou d'une main ferme, et approcha son visage du sien.

— Vous voulez savoir à quoi votre appel aurait abouti ? Attendez seulement quelques minutes, et vous serez servie.

— Bas les pattes ! gronda la jeune femme.

Comme Jack desserrait son étreinte, Stella rejeta la tête en arrière.

— Attendre quoi ?

— Ça ne devrait pas être long, dit-il en ruminant sa colère.

Cela prit moins de cinq minutes. En fait, calcula-t-il, un quart d'heure s'était écoulé depuis le coup de téléphone de Stella. La camionnette longea le trottoir. Deux hommes en sortirent.

— Vous les reconnaissez ?

Et comment ! Stella frémit. L'un d'eux était entré chez elle par effraction, l'autre avait tiré sur elle. Elle ferma les yeux. Ces hommes avaient repéré son appel depuis l'appartement de

Virginia, comprit-elle avec un frémissement d'horreur. Et si Jack n'avait pas réagi avec promptitude, ils auraient retrouvé sa trace en un rien de temps.

Le plus petit des deux hommes entra dans le bar, tandis que son compère se tenait en faction près de la cabine, une main négligemment passée sous la veste de son costume.

— Pour quelques dollars, le patron du bar lui dira que vous étiez là il y a quelques minutes. Il dira que vous n'étiez pas seule. Ces deux types comprendront vite que je suis toujours avec vous, donc ils vont chercher ma voiture. En conséquence, nous ne pouvons plus l'utiliser dans ce quartier ce soir.

Stella ne répliqua rien, tandis que les deux hommes se rejoignaient, conciliabulaient et remontaient dans la camionnette. Elle observa encore un moment de silence tout en fixant l'obscurité. Des larmes importunes se pressaient dans sa gorge.

— Vous aviez raison, murmura-t-elle enfin. Je suis désolée.

La voix tremblotante de Stella excéda encore davantage Jack.

— Epargnez-moi vos pleurs ! dit-il d'un ton grinçant.

Puis il démarra et ajouta :

— La prochaine fois que vous avez des envies de suicide, assurez-vous que je ne suis pas dans les parages.

— Il fallait que je contacte Virginia. Je pensais que vous exagériez les risques. Je me suis trompée, d'accord ? Combien de fois dois-je vous le répéter ?

— Si vous pleurnichez, ça va vraiment me mettre hors de moi.

— Je ne pleurniche pas !

En fait, elle en mourait d'envie. Les larmes lui brûlaient les paupières. Les ravaler était aussi difficile que les laisser couler librement. Elle tenta de se calmer pendant que Jack empruntait une petite route secondaire de Virginie. Les lumières de la ville firent peu à peu place à l'obscurité reposante de la campagne.

— Personne ne nous suit, déclara Stella au bout d'un moment.

— Ce n'est pas à vous que nous le devons.

— Lâchez-moi les baskets, Jack !

— Si j'étais resté assis cinq minutes de plus dans ce café, je serais aussi mort que Ralph, à l'heure qu'il est. Estimez-vous heureuse que je ne vous jette pas sur le bord de la route avant de m'enfuir au Mexique.

— Pourquoi ne le faites-vous pas ?

— Parce que je tiens à mon investissement.

Apercevant le regard brillant de larmes de Stella, Jack grinça des dents.

— Ne me regardez pas de la sorte. Ça me rend fou.

Avec un juron, il se rangea sur le bas-côté, extirpa la clé de sa poche, et déverrouilla les menottes de Stella. Puis il sortit de la voiture et fit les cent pas.

Pourquoi diable rester rivé à cette femme ? se demandait-il. Pourquoi ne pas prendre la tangente, filer vers le Mexique ? Après tout, c'était un endroit comme un autre pour se prélasser au soleil sur une plage, en attendant que cette histoire se tasse. Rien ne l'empêchait de mettre ce sage projet à exécution.

Stella sortit de la voiture et interrompit les pensées de Jack.

— Mon amie a des ennuis, dit-elle d'une voix calme.

— Je me fiche pas mal de votre ami. C'est de moi que je me soucie. Et peut-être un peu de vous, bien que je me demande pourquoi. Vous êtes une source de problèmes depuis l'instant où je vous ai rencontrée, et…

— Je coucherai avec vous.

Les mots arrêtèrent Jack dans sa tirade.

— Quoi ?

Stella redressa les épaules.

— Je ferai tout ce que vous voulez, si vous m'aidez.

Jack la dévisagea. La lune faisait miroiter ses cheveux roux, et luire les larmes dans ses yeux. Il la désira plus que jamais.

Mais un troc ! Un marché !

Lorsqu'il parla, ses propos regorgèrent d'amertume :

— Trop aimable à vous ! Je n'aurai donc pas besoin de vous attacher.

Puis, s'approchant d'elle, il la saisit par les deux bras et la secoua.

— Pour qui me prenez-vous ? dit-il entre ses dents. Je ne me sers pas des femmes. Votre sacrifice ne m'intéresse pas le moins du monde.

Il la lâcha et se dirigea vers la voiture. En route, la rage le fit se retourner.

— Que dirait votre ami, s'il apprenait que vous avez couché avec moi pour l'aider ?

Stella prit une longue inspiration. La réaction indignée de Jack à sa proposition suscitait sa confiance, bien davantage que ne l'aurait fait une promesse ou un serment. Elle marcha vers lui, et ne s'arrêta qu'à quelques centimètres.

— Mon amie s'appelle Virginia James. Elle est gemmologiste.

Le nom était familier à Jack. Il l'avait lu dans le dossier de Stella Le pronom personnel, en revanche, retint son attention.

— Elle ?

— Nous sommes allées à la fac ensemble. Si j'ai choisi d'habiter à Washington, c'est pour Virginia et Diana, l'autre amie avec laquelle nous partagions un appartement. Ce sont mes amies intimes. Je crains pour leur vie, j'ai besoin de votre aide.

— Virginia, c'est celle qui vous a envoyé le diamant ?

— Oui, et elle ne l'aurait pas fait sans une bonne raison. Je pense qu'elle a fait parvenir le troisième à Diana. C'est dans sa logique. Elle fait beaucoup de consultations pour le Smithsonian.

Soudain épuisée, Stella se frotta les yeux.

— Je ne l'ai pas vue depuis mercredi soir. Nous devions nous retrouver ce samedi au bar. J'ai laissé un mot sous sa porte pour confirmer le rendez-vous. Je travaille souvent le soir, et elle la journée, ce qui fait que, même en habitant sur le même palier, nous communiquons souvent par petits billets. Récemment, depuis qu'elle travaillait sur les Trois Etoiles pour le Smithsonian, elle faisait beaucoup d'heures supplémentaires. Je ne me suis donc pas inquiétée de ne pas la voir pendant deux jours.

— Et vendredi, vous avez reçu le paquet.

— C'est ça. Je l'ai immédiatement appelée à son travail, mais la joaillerie est fermée jusqu'à mardi. Je m'y suis tout de même rendue, car elle travaille souvent le week-end ou les jours fériés. Je suis tombée sur une porte close. J'ai alors appelé Diana, mais n'ai eu que le répondeur. Tout cela m'a agacée, et j'ai pensé que Virginia devait avoir ses raisons. Je suis donc partie au travail sans autre état d'âme.

— Ne vous culpabilisez pas. Vous n'aviez pas d'autre choix.

— J'ai une clé de son appartement, j'aurais pu l'utiliser. Mais en fait, par accord tacite, nous respectons notre vie privée réciproque. C'est pourquoi nous communiquons si souvent par petits mots glissés sous la porte.

Stella frémit.

— Elle n'a pas répondu, quand j'ai téléphoné de la cabine. Pourtant, il était 2 heures du matin, et ce n'est pas son genre de découcher. J'ai peur… Ce qu'ils ont fait à votre copain…

Jack posa ses deux mains sur les épaules de Stella, mais cette fois-ci avec une infinie douceur. Supposant qu'elle en avait peut-être besoin, il déposa un baiser sur sa tempe.

— Il n'y a qu'une chose à faire : aller vérifier.

— Merci, murmura Stella d'une voix frémissante.

— Cette fois-ci, il faut me faire confiance.

— Comptez sur moi.

Ouvrant la portière de la voiture, Jack attendit que Stella s'y installe.

— Cet ami masculin dont vous parliez, il…

Stella repoussa ses cheveux en arrière, et leva les yeux vers Jack.

— Il n'existe pas.

— Dorénavant, il existe, déclara-t-il en s'emparant de la bouche de Stella.

Jack prit le risque de retourner d'abord à Union Station. D'accord, les types de la camionnette avaient repéré sa voiture. Mais, dans l'obscurité, toutes les Oldsmobile se ressemblent, et il n'avait pas l'intention de traîner.

Les gares ferroviaires et routières ont beaucoup en commun, la nuit, songeait-il tout en marchant à grands pas. Les gens enroulés dans des couvertures ou tassés dans des fauteuils n'attendaient pas tous un moyen de transport. Certains se trouvaient là parce qu'ils ne savaient où dormir.

— Ouvrez l'œil, intima Jack à Stella. Je n'ai pas l'intention de me faire coincer ici.

Pourquoi les gares sentent-elles le désespoir, aux petites heures du jour ? se demandait Stella tout en suivant Jack. Il ne restait rien de l'excitation, des va-et-vient, de l'animation qui y règnent dans la journée.

— Nous devions nous rendre chez Virginia, se plaignit-elle.

Tout en se dirigeant vers la consigne automatique, Jack promit :

— Tout de suite après cette vérification…

Puis il jeta un regard rapide sur les numéros de casiers, compara avec le numéro inscrit sur la clé, et soupira d'aise.

— On a de la chance, murmura-t-il en glissant la clé dans une serrure.

Du casier, il tira une liasse de papiers. Un double du dossier de Stella, qu'il lui tendit. Puis il tomba sur un carnet recouvert de similicuir. Rien d'autre. Une profonde déception s'empara de lui.

— Mais où donc cachait-il son argent liquide ? Logiquement, il devait en conserver ici, pour le cas où il aurait dû prendre un train à la hâte.

— Peut-être l'avait-il déjà sorti du casier…

Jack ouvrit la bouche pour contredire Stella mais il se ravisa :

— Bon argument. Il préférait l'avoir sur lui, en cas de départ précipité.

Sourcils froncés, il feuilleta le carnet.

— Des noms, des chiffres…

— Vous voulez dire des adresses et des numéros de téléphone ? demanda Stella en essayant de lire par-dessus l'épaule de Jack.

— Non. Plutôt des sommes d'argent, des dates, des règlements. On dirait bien que Ralph dirigeait un petit business de racket, à côté de son travail officiel.

— C'était le sel de la terre, votre ami Ralph…

Avant de se rendre compte à quel point les mots qu'il prononçait étaient appropriés, Jack spécifia :

— Mon ancien ami.

— Vous croyez que quelqu'un a fait chanter le maître chanteur ?

— Sans doute. D'après ce carnet, Ralph s'est fait pas mal d'argent, à ce petit jeu. Quelqu'un ne lui a pas pardonné.

— Qu'est-ce que cela apporte à notre moulin ? demanda Stella.

— Pas grand-chose, admit Jack en empochant le carnet. Mais quelqu'un que Ralph tenait sous sa coupe l'a coincé. Plus vraisemblablement, quelqu'un au courant de ce petit travail au noir a gardé le silence sur cette information, jusqu'au moment où elle lui est devenue utile.

L'estomac retourné, Stella acheva :

— Puis l'a tué… Celui qui a fait ça n'est pas seulement relié à Ralph ou à ce petit carnet. Il est aussi relié à Virginia, par l'intermédiaire des diamants. Il faut que je retrouve mon amie. Et vite.

— Allons-y, déclara Jack en s'emparant de la main de Stella.

6.

Stella comprenait les risques qu'ils encouraient tous les deux. Elle suivrait donc les instructions de Jack à la lettre, décida-t-elle. Sans poser de questions. Après tout, c'était son domaine, et elle avait besoin d'un professionnel. Cette belle disposition d'esprit ne dura pas plus de trente minutes.

— Pourquoi tournez-vous à droite ? demanda-t-elle. Vous avez oublié où j'habite ?

— Je n'oublie jamais rien, répliqua Jack.

« Les hommes ! » songea Stella en roulant les yeux au ciel.

— Mais… j'habite à trois pâtés de maisons d'ici !

Jack s'était juré d'être patient. Cette femme subissait un stress très important, et ils venaient tous deux de vivre une rude journée. Ses bonnes intentions ne durèrent pas davantage que celles de Stella.

— Je sais parfaitement où vous logez, coupa-t-il. J'ai attendu deux heures que vous ayez fini de lécher les vitrines.

— Je ne léchais pas les vitrines mais faisais mes courses, ce qui est complètement différent. Et vous n'avez toujours pas répondu à ma question.

— Vous ne vous taisez donc jamais ?

— Vous êtes toujours aussi mufle ? demanda-t-elle du tac au tac.

Jack s'arrêta à un feu rouge et tambourina des doigts sur son volant.

— Pourquoi je fais la tournée du coin ? Deux types en camionnette nous recherchent activement, au cas où vous l'auriez oublié. Et s'ils se trouvent dans ce quartier, j'aimerais les repérer avant qu'ils ne nous remarquent. Pourquoi ? Parce que j'aimerais autant ne pas me faire descendre cette nuit. C'est clair ?

Stella croisa les bras sur sa poitrine.

— Parfaitement. Pourquoi ne pas l'avoir expliqué dès le début ?

Pour toute réponse, Jack grommela. Un instant plus tard, il se gara le long d'un trottoir, et coupa le moteur de la voiture.

— Pourquoi vous arrêtez-vous là ? s'enquit Stella. Mon immeuble est à quelques pâtés de maisons d'ici. Si vous êtes perdu, je peux…

— Je ne suis pas perdu. Je ne me perds jamais. Nous y allons à pied.

Se penchant, il ouvrit la boîte à gants, et en tira une lampe électrique et un .38 qui laissèrent Stella de marbre.

— A pied ! s'exclama-t-elle. Ça n'a pas de sens !

— C'est moi qui décide.

— Je ne fais que demander…

— Je suis las de répondre à vos sempiternelles questions !

Cependant, il s'exécuta avec un soupir :

— Nous allons couper par cette rue, nous glisser entre ses deux cours, pour nous retrouver derrière votre appartement. Nous y allons à pied, parce que nous serons ainsi plus difficiles à remarquer, au cas où votre immeuble serait sous surveillance.

Stella réfléchit, considéra la question sous tous ses angles, puis concéda :

— Ça paraît raisonnable.

— Merci infiniment.

Avant qu'elle ne comprenne ce qu'il faisait, Jack saisit le sac de Stella, sortit son portefeuille et le vida de son argent liquide.

— Qu'est-ce qui vous prend ? protesta-t-elle. C'est mon argent !

Jack fourra les billets dans sa poche, puis, sous les yeux ébahis de Stella, arracha le diamant, et le rangea avec les billets.

— Mais… vous êtes fou, ma parole !

Comme elle s'accrochait à lui, Jack la repoussa résolument sur le siège, la cala contre le dossier et, au risque de se faire mordre de nouveau, pressa sa bouche contre la sienne.

Stella se mit à gigoter, marmonna des insanités, lui donna des coups de poing dans les côtes, puis décida de coopérer.

Et sa coopération avide, brûlante, posa bien davantage de problèmes à Jack que ses protestations énergiques du début. Comment résister ? Il se perdit en elle un instant. C'était comme la toute première fois. Dévorant. Une pensée se fit jour dans sa tête : il attendait ce baiser depuis toujours. C'était aussi simple que ça. Aussi terrifiant que ça.

Le poing dont s'était servie Stella pour frapper Jack se desserra. Ses doigts ouverts glissèrent le long du dos de son compagnon, s'accrochèrent possessivement à son épaule. « Il m'appartient », songea-t-elle fugitivement. C'était aussi simple que ça. Aussi stupéfiant que ça.

Lorsque Jack s'écarta, ils se contemplèrent sans un mot, deux êtres résolus qui sentent soudain leur monde basculer. La main de Stella reposait toujours sur l'épaule de Jack.

— Pourquoi avoir fait ça ? parvint-elle à demander.

Jack passa sa main dans les cheveux de Stella.

— Mon intention était seulement de vous clouer le bec, au début. Puis ça a changé…

Lentement, Stella secoua la tête.

— Oui… ça a changé…, murmura-t-elle.

L'impulsion de renverser Stella sur la banquette arrière, de lui faire l'amour comme un collégien impétueux le fit presque sourire.

— Je n'ai pas le temps de penser à tout cela maintenant, déclara-t-il d'une voix rauque.

Avec une infinie tendresse, il emmêla ses doigts à ceux de la jeune femme.

— Bientôt, nous ferons plus qu'y penser, assura-t-il.

Les lèvres de Stella s'incurvèrent un peu.

— Sans doute…

— Allons-y. Ne prenez pas votre sac. Il est trop lourd. Nous aurons certainement à nous déplacer vite. J'ai pris l'argent liquide et le diamant pour le cas où les types reconnaîtraient notre voiture.

Stella sortit du véhicule et jeta un regard oblique sur le revolver que Jack glissait dans son holster sous sa veste.

— Je sais que tout cela est dangereux, dit-elle. Mais je dois le tenter.

Jack l'entraîna par la main.

— Faisons-le, donc.

Ils suivirent l'itinéraire que Jack avait indiqué, se faufilèrent entre des jardins. Un chien aboya sans conviction. La lune était pleine, un phare qui à la fois les guidait et trahissait leur présence. Le T-shirt blanc de Stella brillait dans la nuit, remarqua Jack. Mais elle se mouvait avec calme à longues enjambées. En cas de danger, elle saurait courir, songea-t-il, et cela le rasséréna.

Parvenus derrière l'immeuble de Stella, ils s'accroupirent un moment.

— Vous devez faire exactement ce que je vous dis, expliqua-t-il à voix basse. Si je vous dis de bouger, bougez. Si je vous dis de courir, courez. Pas de questions, pas de récriminations.

— Je ne suis pas idiote, quand même… regardez : la voiture de Virginia est garée le long du trottoir. La petite blanche.

Bien que cela ne soit pas forcément un bon signe, Jack rassura Stella :

— Parfait. Elle est donc peut-être chez elle. Nous allons prendre la porte de secours, rejoindre l'escalier. Pas un mot. Pas la moindre conversation.

Les yeux de Stella se posèrent sur les fenêtres de Virginia. Les rideaux étaient tirés, ce qui ne présageait rien de bon. Virginia gardait toujours ses rideaux ouverts pour jouir de la vue depuis son appartement.

Ils se faufilèrent dans l'immeuble comme des ombres, Jack précédant Stella. Ils gravirent l'escalier dans le plus grand silence. Le bâtiment dormait. On n'entendait même pas le son étouffé d'une télévision.

En atteignant le troisième étage, Stella émit son premier son, un sursaut vite étouffé. La police avait posé des scellés sur la porte d'entrée de son appartement.

— Votre charmante concierge a dû appeler les flics, commenta Jack à voix basse. Ils vous recherchent certainement, eux aussi. Passez-moi la clé de votre amie.

Stella se tourna, garda les yeux rivés à la porte de Virginia tout en extrayant la clé de sa poche.

Le revolver au poing, Jack déverrouilla la porte. Puis il balaya le living-room de sa torche électrique. Pas un mouvement. Il pénétra dans la pièce. L'appartement semblait vide. Cependant, il voulait vérifier la cuisine et la chambre avant de faire entrer Stella. Il avait fait quelques pas lorsqu'une exclamation de Stella le fit se retourner.

Sans la moindre prudence, Stella enjambait les coussins éventrés, les chaises renversées, et se précipitait vers la chambre à coucher. D'un bond, Jack la devança, et la poussa sur le côté, avant d'ouvrir la porte de la pièce.

— Tenez-vous tranquille, bon sang ! siffla-t-il. Vous voyez bien qu'elle n'est pas là. Allez plutôt fermer la porte d'entrée à clé.

Les jambes tremblantes, Stella se fraya un chemin au milieu du salon dévasté. Elle verrouilla la porte d'entrée, et s'appuya au mur, la mine défaite.

— Que lui ont-ils fait, Jack ? C'est horrible.

Elle ferma les yeux. Des images s'imposèrent à elle pêle-mêle. Elle et Diana à l'ombre d'un gros rocher, tandis que Virginia se régalait à ramasser des pierres. Elles trois en train de rire comme des folles autour d'une bonne bouteille de vin. Virginia, ses longs cheveux blonds lui tombant sur le visage, perdue dans la contemplation attentive d'une paire de chaussures italiennes.

De son côté, Jack fouilla la chambre à l'aide de sa torche. Le contenu des tiroirs et des placards était répandu par terre. Certains objets fragiles étaient brisés. Les intrus avaient éventré les coussins, le matelas et jusqu'au rembourrage des fauteuils. Il évalua les dommages, et conclut à haute voix :

— Votre amie n'était pas présente quand cela s'est produit.

Le cœur dilaté d'espoir, Stella pressa une main sur son cœur.

— Comment le savez-vous ?

— Il n'y a pas trace de bagarre, seulement de fouille hâtive et systématique. Nous savons ce qu'ils recherchent. Quant à savoir s'ils l'ont trouvé…

— Virginia transporte le diamant sur elle, j'en suis sûre. Puisqu'elle me l'a conseillé, à moi.

— Dans ce cas, elle l'a toujours en sa possession. Je suis formel, il n'y a pas trace de lutte, pas une once de sang.

L'émotion fit trembler les genoux de Stella. Elle étouffa de la main un petit sanglot de soulagement.

— Elle se cache et fait le dos rond, comme nous, murmura-t-elle.

— Si elle est aussi intelligente que vous le dites, c'est exactement la chose à faire.

— Elle est assez maligne pour fuir quand c'est nécessaire. Puisque sa voiture est dans la rue, elle est à pied. A moins qu'elle ne se déplace par les moyens de transport de la ville.

De nouveau, le cœur de Stella se serra.

— Virginia toute seule, en fuite… je suis inquiète… C'est une femme brillante, mais très naïve. Elle a besoin de faire confiance aux autres.

— A votre contact, elle a dû prendre un peu de votre méfiance, non ? plaisanta Jack pour détendre l'atmosphère.

Le petit sourire de Stella lui fit plaisir, et il continua plus sérieusement :

— Jetez un œil à ses vêtements, pour voir si elle a fait une valise.

— Bonne idée… Elle possède une trousse de toilette toujours prête dont elle ne se sépare jamais pour voyager.

Forte de cette certitude, Stella se rendit dans la salle de bains pour vérifier le placard. Même là, les objets étaient par terre, les flacons débouchés et vidés. Mais la trousse, vidée de son contenu, gisait parmi les débris de verre. De retour dans la chambre, elle inventoria les vêtements de Virginia.

— Je ne crois pas qu'elle ait emporté quoi que ce soit. Il manque un tailleur, celui qu'elle vient d'acheter. Elle doit le porter à l'heure qu'il est. Quant aux chaussures, je ne peux rien dire : elle les accumule, comme d'autres font collection de timbres.

— Est-ce qu'elle cache de l'argent liquide quelque part ?

Stella fronça les sourcils. Cela lui déplaisait qu'un étranger mette son nez dans les affaires privées de son amie. Cependant, elle se dirigea vers les étagères de la cuisine, ouvrit une boîte de thé métallique banale, et en sortit une importante liasse.

Soulagée, Stella se tourna vers Jack :

— Elle n'a pas éprouvé le besoin de se servir de l'argent qu'elle garde pour les cas d'urgence. C'est bon signe.

Sa satisfaction fut de courte durée, et elle protesta énergiquement lorsque Jack lui prit la liasse des mains et la fourra dans sa poche :

— Rendez-moi ça ! Ça ne vous appartient pas !

— Soyez raisonnable. Dans notre situation, nous ne pouvons prendre le risque d'utiliser nos cartes bancaires. Il nous faut donc du liquide. Vous rembourserez votre amie plus tard.

— Moi ! Mais… c'est vous qui…

— Ne nous noyons pas dans des détails, marmonna-t-il en saisissant la main de Stella. Partons d'ici. Nous tentons le diable à nous attarder.

— Nous pourrions lui laisser un mot, au cas où elle reviendrait. Et cessez de me tirer dans tous les sens !

— Elle n'est pas la seule qui risque de revenir.

Jack arracha littéralement Stella de l'appartement de son amie et l'entraîna dans l'escalier.

— Je dois aussi m'occuper de Diana, protesta Stella.

— Une amie à la fois, d'accord ? Pour l'instant, nous disparaissons de la circulation quelque temps.

— Impossible ! Si Virginia et moi sommes dans le pétrin, Diana l'est forcément aussi.

— Vous vivez en meute, ma parole !

— Ça vous dérange ?

Tout en se pressant vers la porte de secours au côté de Jack, Stella sentait monter en elle une poussée d'inquiétude.

— Il faut que j'entre en contact avec elle. Elle possède une maison sur les bords du Potomac, mais je crois plutôt qu'elle réside à la campagne, ces jours-ci. Elle…

— Tenez votre langue ! intima Jack en entrouvrant la porte de secours.

Il scruta la rue, le parking. Le quartier dormait encore à poings fermés. Jusqu'ici, tout était allé comme sur des roulettes, et cela l'inquiétait. Les choses trop faciles le mettaient toujours sur ses gardes.

— Avec vous, il faut toujours se taire ! grinça Stella en lui emboîtant le pas dans la rue. Je n'en vois pas la nécessité. Ceux qui cherchent Virginia et le diamant sont déjà venus et repartis.

— Ce qui ne veut pas dire qu'ils ne reviendront pas.

A cet instant précis, son œil capta le reflet de la lune sur les chromes de la camionnette juste au moment où celle-ci arrivait en trombe sur le parking.

— Parfois, je déteste avoir raison, bougonna-t-il. Courez ! ordonna-t-il à Stella en la propulsant devant lui.

Pivotant sur lui-même pour protéger sa fuite, Jack se surprit à prier pour que leurs poursuivants ne les aient pas repérés. « Raté ! » songea-t-il lorsque les deux types ouvrirent leurs portières et se ruèrent dehors. Le revolver fut dans sa main en une fraction de seconde, et il tira, avant de se mettre à courir derrière Stella.

Ce coup de feu donnerait peut-être à réfléchir aux deux acolytes, espérait-il.

— Je vous avais dit de vous sauver ! rappela-t-il en se heurtant à Stella.

— Oui mais… j'ai entendu un coup de feu, et j'ai pensé…

— Ne pensez pas. Courez, ordonna-t-il en l'entraînant par la main pour plus de sûreté.

Ils couraient comme des dératés entre les jardins. Cette fois-ci, le chien prit davantage ombrage de leur présence et aboya à réveiller le quartier. Bien qu'il n'entende pas de bruits de pas à leur poursuite, Jack ne ralentit pas l'allure, et c'est en trombe qu'ils tournèrent au coin d'un immeuble. Là, Jack prit une seconde pour s'assurer que la rue était vide, puis ils se ruèrent sur leur voiture.

Stella tira de toutes ses forces sur sa portière et se jeta sur le siège du passager.

— Ils ne nous suivent pas, haleta-t-elle. C'est bizarre.

— Vous commencez à comprendre, dit Jack en mettant le contact. Accrochez-vous bien.

Il appuya sur l'accélérateur, fit un demi-tour acrobatique au cours duquel il érafla une voiture sagement garée, et quitta la rue au moment où les pneus de la camionnette crissaient à l'autre bout.

Au moment où il tournait à droite, il avait trois longueurs d'avance sur la camionnette.

— Vous savez vous servir d'un revolver ? demanda-t-il à Stella en le lui tendant.

— Oui, répliqua-t-elle en s'en emparant.

— Espérons que vous n'aurez pas à le faire. En attendant, attachez votre ceinture de sécurité, dit-il en prenant un virage en épingle à cheveux dans une rue sur sa gauche. Et ne visez pas dans la mauvaise direction.

— Je sais me servir de ces petits jouets, affirma-t-elle, les dents serrées.

Puis, jetant un coup d'œil par-dessus son épaule, elle ajouta :

— Ils se rapprochent.

Jack lança un regard dans le rétroviseur, évalua la distance des codes de la camionnette.

— Ce n'est pas pour cette fois-ci, promit-il.

Il ondulait dans les rues comme un serpent, appuyant sur le frein, remettant les gaz, tournant le volant avec une brusquerie qui faisait grincer les pneus. Le défi, la vitesse, la folie de ces instants le rendaient euphorique.

— J'aime faire ça en musique, déclara-t-il en mettant la radio à fond.

— Vous êtes fou.

Mais le sourire sur le visage de Stella contredisait ses paroles.

— Ils veulent nous tuer, acheva-t-elle.

Jack atteignait une route à quatre voies et s'y engouffra. Il poussa le moteur à cent cinquante.

— Ma voiture est peut-être un tank, comme vous dites, mais elle avance, remarqua-t-il avec satisfaction.

— La camionnette aussi. Nous ne les distançons pas.

— Je n'ai pas dit mon dernier mot, annonça-t-il.

D'un coup d'œil perçant, il évalua la situation à droite et à gauche, puis brûla un feu rouge. Bien qu'ils se dirigent vers le centre de Washington, la circulation était rare à cette heure.

— C'est le problème ici, commenta-t-il d'une voix désinvolte. Il n'y a pas de vie nocturne. Trop de politiciens et d'ambassadeurs.

— La ville a de la dignité.

Jack fit une embardée sur la droite, quitta la voie rapide, et s'enfila à toute allure dans les rues étroites du quartier. Il entendit le bruit du métal contre du métal, au moment où la balle atteignait son pare-chocs.

— Ça y est ! Ils deviennent méchants, commenta-t-il.

— Ils essaient de crever nos pneus, cria Stella.

— Je viens juste de les changer. Rien à craindre !

Vieux ou neufs, pensa Stella, si une balle s'enfonçait dans la gomme des pneus, la partie était terminée. Elle inspira un bon coup, sortit le buste par la fenêtre de la voiture, et tira.

Le sang de Jack ne fit qu'un tour, son cœur se mit à battre à tout rompre. Il faillit s'écraser contre un lampadaire.

— Vous êtes folle ou quoi ? hurla-t-il. Rentrez votre tête avant qu'ils en fassent de la bouillie.

Le regard sombre, trop impliquée dans l'action pour avoir peur, Stella tira de nouveau. Le troisième coup de feu atteignit les lanternes de la camionnette.

— Touché ! siffla-t-elle.

Avec un rugissement de colère, Jack attrapa Stella par sa jupe, la tira en arrière, et la plaqua contre le siège. Pour la première fois de sa vie, ses mains tremblaient sur le volant.

— Pour qui vous prenez-vous ? Pour Bonnie Parker ?

— Ils reculent, en tout cas.

— C'est moi qui les sème, vous voulez dire ! Laissez-moi m'occuper de ces types à ma façon.

Sans prévenir, il tourna abruptement, emprunta des rues inconnues de Stella et se retrouva sur la route à quatre voies. Non content de cela, il traversa le terre-plein dans un bruit de ferraille qui se tord. Des étincelles volaient au contact du métal sur le béton. Avec une dextérité que Stella ne put qu'admirer, il redressa la voiture, et se dirigea vers le nord.

Sortant de nouveau la tête par la fenêtre, Stella commenta :

— Ils essaient de vous imiter…

Elle rentra promptement la tête en entendant l'impact d'une balle sur la carrosserie de la voiture.

— Ils perdent du terrain…

— Je le vois, répliqua Jack d'un ton excédé. Je n'ai pas besoin d'un interprète. Attachez-vous, et ne bougez plus.

A la première bretelle, il quitta l'autoroute et prit la direction du Maryland.

Enthousiaste, Stella se pencha vers Jack et lui claqua un baiser sur la joue.

— Vous les avez distancés ! Bravo, Dakota !

Jack tremblait de tous ses membres. Dès qu'il le put, il se gara le long de la chaussée, attrapa Stella aux épaules, et la secoua.

— Ne refaites jamais ça ! articula-t-il péniblement. Ils auraient pu vous tuer.

— Arrêtez votre cinéma, Jack.

Mais elle fondit lorsqu'il l'attira dans ses bras et la serra de toutes ses forces. Elle sentait son visage enfoui dans ses cheveux, et son cœur qui battait contre sa poitrine. Stupéfaite et émue, elle lui tapota le dos.

— Je ne faisais rien de bien extraordinaire…

— Plus jamais de telles imprudences, marmonna-t-il en prenant les lèvres de Stella.

Aussi brusquement qu'il l'avait attirée contre lui, Jack la repoussa, et redémarra, furieux des émotions qui faisaient rage en lui.

— Maintenant, bouclez-la, dit-il crûment. Je ne veux pas en parler.

L'estomac serré, Stella tentait aussi de juguler son trouble. Un silence s'instaura entre eux. Au bout d'un moment, elle le rompit cependant :

— J'aimerais appeler Diana…

Les mains de Jack se crispèrent sur le volant, mais il parla d'une voix égale :

— Pas maintenant. Nous ne savons pas quel équipement ils ont dans leur camionnette. Ils sont encore trop près pour risquer quelque chose. Nous verrons demain.

Stella le savait, elle ne ferait pas changer Jack d'attitude. Fatiguée, elle frotta ses mains sur ses genoux.

— Je sais les risques que vous avez pris pour calmer mon inquiétude au sujet de Virginia, et je vous en remercie.

— Ça fait partie du job.

— Vraiment ?

Il lui jeta un regard en coin, et leurs yeux se rencontrèrent.

— Bien sûr que non. Mais je ne veux pas en parler. Je crois vous l'avoir déjà dit.

Stella non plus ne souhaitait pas parler des sentiments étranges qui l'agitaient.

— Je vous dis simplement merci…

— Dans ce cas, j'accepte. Je retourne au motel Bates. Vous préférez manger ou dormir ?

Cela au moins ne demandait pas réflexion.

— Manger, répondit-elle sans hésiter.

— Moi aussi.

Il y avait beaucoup de choses à considérer, dès qu'elle aurait le temps, songea Stella. Son amie était introuvable, elle avait en sa possession un énorme diamant, elle venait d'être pourchassée, on lui avait tiré dessus. Sans compter les menottes. Par ailleurs, cela ne faisait aucun doute, elle tombait amoureuse d'un chasseur de primes dur à cuire, qui conduisait comme un fou, et embrassait comme dans un rêve. Un rêve érotique en diable. Un homme dont elle ne connaissait que le nom. Cela n'avait pas de sens.

Dieu sait qu'elle n'était pas romanesque ! Cependant, elle était honnête. Assez honnête pour reconnaître les faits : quel que soit le danger extérieur, elle en affrontait un bien plus grave. Son propre cœur.

Il tremblait de fureur. Incompétents. Il était entouré d'êtres incompétents. Bien sûr, il avait engagé les hommes en hâte, sans prendre le maximum de recommandations. Mais leur échec dans une affaire aussi simple était scandaleux. Il aurait sans aucun doute fait beaucoup mieux lui-même, s'il n'avait craint de s'exposer.

Maintenant que la lune s'effaçait, que les étoiles s'éclipsaient, il se calmait sur sa terrasse en buvant un verre de vin de la couleur du sang frais.

Tout cela était en partie sa faute, il le concédait. Il aurait dû se méfier du choix de ce Dakota. Mais il croyait cet imbécile de Ralph suffisamment avisé pour choisir un chasseur de primes normal, juste assez compétent pour trouver la fille, assez avisé pour la livrer.

Apparemment, Jack Dakota n'était pas un homme avisé. Plutôt du genre têtu. Et la femme avait une chance folle. Cependant, la chance pouvait tourner.

Il y veillerait.

Comme il veillerait à retrouver Virginia James. Tout ou tard, elle ferait surface. Il l'attendait de pied ferme. Et Diana Fontaine… quel dommage.

Il trouverait aussi le troisième diamant. Quand il les aurait tous les trois, tous ceux qui s'étaient mis en travers de sa route paieraient le prix fort. Ses doigts brisèrent le pied délicat du verre. Les éclats tintèrent sur la pierre. Le vin se répandit à terre. Il sourit sombrement en regardant le liquide rouge s'infiltrer dans les interstices des dalles. Le sang allait encore couler, se promit-il.

Et bientôt.

7.

Ils s'installèrent à une table du petit restaurant qui jouxtait le motel. Une vieille rengaine de country music se mêlait à l'air chargé de graisse froide. Tous deux commandèrent un café, et optèrent pour un copieux petit déjeuner composé d'œufs au bacon et de gaufres.

Jack se passa une main lasse sur le menton.

— Vous m'offrirez la première tournée, dans votre bar, dès que nous en aurons fini avec cette histoire.

Stella porta de nouveau sa tasse à ses lèvres et s'amusa :

— C'est un rendez-vous, ma parole ! Dieu, que j'ai hâte que ça arrive !

Elle s'appuya au dossier de sa chaise tandis que la serveuse déposait devant eux deux assiettes.

— Est-ce que je peux voir le carnet de Ralph ? demanda Stella en s'emparant de sa fourchette.

— Bien sûr, répliqua Jack en le sortant de la poche arrière de son pantalon.

Comme elle le feuilletait, Jack se mit en devoir d'entamer ses œufs. Puis il s'enquit :

— Vous reconnaissez des noms ?

L'ironie perçait dans le ton de Jack, et Stella se réjouit de lui clouer le bec.

— Vous ne croyez pas si bien dire, répliqua-t-elle, tout sourires.

— Qui ?

— T. Salvini. Ce doit être un des demi-frères de Virginia.

— Vous plaisantez ?

— Pas le moins du monde. Il y a un cinq et trois zéros après son nom. Réfléchissons… Tim ou Tom était en affaire avec Ralph. Vous étiez en affaire avec Ralph, vous aussi. Quant à moi, d'une certaine façon, je suis en affaire avec vous. Le monde est petit, non ?

Jack regarda bien en face les yeux verts de rivière profonde.

— Je vous le concède, répliqua-t-il.

— Et voici un autre paiement, qui date de cinq mois. Encore cinq mille dollars.

Pensivement, elle tapota la table de la tranche du carnet.

— Je me demande ce que l'une ou l'autre de ces fripouilles avait à cacher, et pourquoi il devait acheter un tel prix le silence de Ralph.

— Beaucoup de gens ont quelque chose à cacher, et ça leur coûte cher. D'une manière ou d'une autre.

Stella pencha la tête sur le côté.

— Vous êtes spécialiste de la nature humaine, n'est-ce pas ? Et cynique, avec ça.

— La vie n'est-elle pas un voyage cynique ? commenta Jack. En tout cas, nous tenons un lien solide entre Ralph et les fripouilles, comme vous les appelez. Peut-être leur rendrons-nous visite sous peu.

— Ce sont des hommes d'affaires, objecta Stella. Visqueux, à mon sens, mais de là à commettre un meurtre, il y a un pas dont je ne les crois pas capables.

— Parfois, le pas est beaucoup plus petit qu'on ne le croit, rétorqua Jack en empochant le carnet.

— Timothy a un sérieux problème avec le jeu, dit Stella. Il aime jouer, mais a tendance à perdre.

— Vraiment ? Eh bien, Ralph a des tas de connaissances dans le monde des jeux de hasard. Voilà un autre chaînon intéressant.

— Ralph a peut-être découvert que Timothy jouait beaucoup, et tapait même dans la caisse pour ne pas se faire briser les jambes. Et il lui a mis la pression.

Jack hocha la tête en signe d'assentiment.

— Plausible. Et Salvini est allé geindre auprès de quelqu'un aux reins plus solides que lui. Quelqu'un qui désire les Etoiles.

Il s'ébroua. Il fallait laisser à l'idée le temps de faire son chemin. D'un geste large, il noya sa gaufre de jus d'érable.

— Vous avez fait du bon boulot, déclara-t-il. Et en plus, vous aviez l'air drôlement naturelle, coincée dans la fenêtre de la portière de ma voiture, à tirer sur la camionnette. Vous feriez un assez bon chasseur de primes, dans le fond.

Flattée, Stella réfléchit quelques secondes.

— Je ne pourrais pas passer ma vie à pourchasser les autres. Encore moins à être poursuivie moi-même. Comment y arrivez-vous ? Pourquoi faire un pareil métier ?

— J'exploite mes points forts, comme nous faisons tous. Je suis bon dans l'art de suivre une piste, effectuer des recoupements, imaginer et déduire les décisions que les gens s'apprêtent à prendre. Et j'adore la chasse elle-même, ajouta-t-il avec un sourire de loup. Quelle que soit la taille du gibier, du moment que je parviens à le ramener. Il est aussi satisfaisant de retrouver la trace d'un père qui se cache pour ne pas payer la pension alimentaire de son enfant, que celle d'un type qui a zigouillé son associé. On apprend à connaître sa proie. Beaucoup ont des habitudes qu'ils ne parviennent pas à rompre.

— Comme quoi, par exemple ?

— La plupart des gens ne sont pas des solitaires, contrairement à ce qu'ils croient. Au bout d'un moment, en cavale, ils reviennent sur leurs pas, dans la mesure où ils passent un coup de fil, rendent une visite, laissent un mot chez quelqu'un. Regardez-vous, par exemple.

Surprise, Stella fronça les sourcils.

— Vous êtes une femme intelligente, poursuivit Jack. Et pourtant, vous n'auriez pas tenu longtemps sans téléphoner à votre amie. En fait, acheva-t-il en souriant, c'est exactement ce que vous avez fait.

— Et vous ? Qui appelleriez-vous ?

Le sourire de Jack s'estompa. Il picora dans son assiette.

— Personne.

— Pas de famille ?

— Mon père s'est fait la belle quand j'avais douze ans. Depuis, ma mère voue une haine totale au monde entier. J'avais un frère aîné. Il s'est engagé dans l'armée le jour même de ses dix-huit ans. Il n'est plus jamais revenu chez nous. Quand je suis entré à l'université, ma mère a jugé avoir accompli son devoir envers moi. Elle a donc disparu de la circulation.

— Je suis désolée…

D'un haussement d'épaules, Jack repoussa toute manifestation de compassion. La confidence qu'il venait de faire l'irritait. Il ne parlait jamais de sa famille. Avec personne.

Incrédule, Stella poursuivit :

— Jamais un signe ? Pas un…

— Nous n'avons jamais été proches, coupa Jack. C'est dans les gènes : certaines personnes n'arrivent pas à rester ensemble.

Stella comprit le message : le sujet était clos. De plus, même si Jack ne se l'avouait pas, il était douloureux.

— Et vous ? demanda-t-elle. Combien de temps êtes-vous resté avec quelqu'un ?

— Je n'ai jamais eu aucune raison de rester.

La main de Stella reposait sur la table, à quelques centimètres de la sienne. Il eut envie de s'en emparer, et cela le tracassa.

— Je connais beaucoup de gens. Mais je n'ai pas d'amis véritables. Cette situation n'est pas rare, vous savez.

— Oui, je sais. Mais… cela vous tente-t-il ?

Jack passa sur son visage une main lasse.

— La question ne me préoccupe pas… Il faut que je sois bien fatigué pour philosopher devant un petit déjeuner à 5 heures du matin. Ça ne m'est plus arrivé depuis l'université.

— Qu'avez-vous étudié, au juste ?

— Tout ce qui m'attirait.

Un sourire ravi aux lèvres, Stella posa ses deux coudes sur la table.

— Pareil pour moi ! Je rendais mes professeurs fous. Ils me reprochaient sans arrêt mon manque de suite dans les idées !

— N'empêche que vous savez tenir un revolver, envoyer un homme costaud au tapis, et connaissez les dieux de la Rome antique. En plus, je parie que vous servez une excellente bière.

— La meilleure de Washington !

Stella observa un silence, avant de reprendre :

— En fait, nous voilà tous les deux dans le même panier : deux personnes bien plus cultivées que ne l'exige leur profession, en train de siroter un café à une heure indue du 4 juillet, pourchassées par deux tueurs en camionnette. Sans parler du diamant dans votre poche, ni du macchabée raide dans son bureau. Que faisons-nous maintenant ?

Prenant une poignée de billets de sa poche, Jack les jeta sur la table.

— On va se coucher.

La chambre du motel était toujours aussi étouffante et triste. Sur le couvre-lit, on voyait encore l'empreinte de leurs corps, signe de leur passage, quelques heures plus tôt.

Seulement quelques heures, remarqua Stella. Il semblait pourtant que des jours se soient écoulés depuis sa rencontre avec Jack. Et tandis qu'il vidait ses poches sur la commode, une chose la frappa : au fond d'elle-même, elle avait le sentiment de le connaître depuis toujours. De le désirer depuis toujours.

La force de ce désir la submergeait. Quand tout va mal autour de soi, la meilleure chose à faire n'est-elle pas de se cramponner à un désir d'une telle intensité ? Dans les circonstances actuelles, elle n'avait plus que lui. Pourquoi refuser ? Pourquoi se détourner du réconfort, de la passion, de la vie, alors que son instinct lui soufflait à quel point il avait besoin des mêmes choses qu'elle ?

Jack se retourna et attendit. Il pouvait la séduire, il en avait l'intime conviction. Elle était à deux mètres, vulnérable, dans le besoin. D'ailleurs, il l'aurait séduite sans état d'âme si, pour une raison qu'il ne s'expliquait pas, elle n'avait pas été aussi importante, aussi vitale pour lui. Dans la même situation, en compagnie de toute autre femme, faire l'amour aurait été un simple soulagement, un acte physique réparateur entre deux personnes consentantes. En principe, il n'aurait pas eu besoin de davantage.

Mais il aspirait à bien plus. En conséquence, il ne bougea pas.

— J'ai quelque chose à dire, commença-t-il. Je serai à vos côtés jusqu'au bout dans cette affaire, parce que je finis toujours ce que j'ai commencé. C'est un principe, chez moi. Donc, inutile de vous donner à moi par gratitude ou obligation.

Si Stella n'avait senti son cœur battre la chamade, elle aurait souri.

— Si je vous demandais de dormir dans la baignoire, ce ne serait donc pas un problème pour vous ?

Jack s'appuya contre la commode.

— A vous de choisir. Si c'est ce que vous voulez, vous pouvez y aller, vous.

— Je vois… Il est vrai que vous n'avez jamais prétendu être un gentleman…

— En tout cas, je ne vous toucherai pas.

Stella dévisagea Jack. Il avait l'air dangereux, décida-t-elle tandis que son pouls s'accélérait. Sa barbe naissante, sa crinière sombre, ses yeux gris si intenses au milieu d'un visage énergique, aux traits durs et attrayants… Croyait-il vraiment lui laisser le choix ?

Sur les lèvres de Stella se dessina un sourire lent, arrogant. Son regard rivé à celui de Jack, elle sortit son T-shirt de son pantalon. Elle observa Jack qui suivait des yeux ses mains tandis qu'elle se déshabillait.

— J'aimerais vous voir en train d'essayer de ne pas me toucher, murmura-t-elle, déboutonnant son jean.

Soudain faible, Jack s'avança vers Stella.

— Laissez-moi faire ça, ordonna-t-il.

Brûlante d'impatience, Stella obéit.

— Servez-vous…

Les épaules de Stella étaient délicates, fines et bien dessinées. Ses petits seins appelaient la caresse. Cependant, Jack essayait de prendre son temps. Avec des gestes lents, il fit glisser la fermeture Eclair entre son pouce et son index. Ses yeux toujours plantés dans ceux de Stella, il écarta l'étoffe du pantalon, et effleura la peau qui s'offrait à lui. Une peau nue, douce, chaude. Frémissante sous ses doigts.

— C'est bien ce qui me semblait, murmura-t-il en découvrant qu'elle ne portait pas de lingerie.

Jack fit descendre le jean de quelques centimètres, insinua ses mains sous le pantalon, et fit une coupe de ses paumes autour des fesses de Stella.

— Tu es bâtie pour la vitesse, souffla-t-il. Tant mieux, parce que ce qui va suivre n'ira pas lentement. Je n'aurai pas la force d'aller lentement. Il va falloir suivre.

Les yeux étincelants de Stella défièrent Jack.

— Je n'ai eu aucun problème à suivre, jusqu'à maintenant.

— Jusqu'à maintenant, oui…

Emporté par le désir, Jack souleva Stella et plaqua sa bouche avide contre ses seins. Le souffle coupé, Stella s'enivra du choc électrique qui la parcourut. Son sang s'échauffait, son cœur battait à se rompre. Elle laissa retomber sa tête en arrière, et enroula les jambes autour de la taille de Jack, savoura les lèvres, la langue de son amant sur la pointe de ses seins.

Ils tombèrent sur le lit comme on se jette d'une falaise. Stella sortit la chemise de Jack de son pantalon, roula sur les draps avec lui jusqu'à ce qu'il s'en débarrasse, et qu'ils se retrouvent tous deux nus jusqu'à la taille. Elle se délecta alors du corps qu'elle découvrit. Des muscles, une ossature et des cicatrices de guerrier. La chaleur de la peau de Jack contre la sienne la brûlait comme un incendie de forêt. Ses mains, sa bouche exigeaient autant que celles de Jack. Son désir rivalisait avec le sien.

Avec un grognement entre prière et juron, Jack fit rouler Stella par-dessous lui, et abaissa son jean. La convoitise l'aveuglait, de grands coups résonnaient à ses tempes, lui coupaient le souffle, lui ravageaient les sens. Jamais il n'avait ressenti un désir aussi aiguisé. Il en avait la certitude, s'il ne la possédait pas tout entière, il en mourrait de frustration.

Les longs membres dénudés de Stella, l'énergie qui courait dans ses veines, ses halètements provoquaient en Jack un incendie. Fou d'envie, il écarta les cuisses de Stella et posa sa bouche à la source de son sexe.

La volupté s'engouffra en Stella en une longue vague brûlante qui lui arracha un sanglot de surprise émerveillée. Ses ongles labourèrent le dos de Jack, ses doigts s'emmêlèrent dans ses cheveux. Il la détruisait, la faisait revivre, au rythme de sa bouche humide et avide.

Le corps encore frémissant de félicité, elle fit rouler Jack sur le dos, et lui arracha les vêtements qui lui restaient. Elle sentait le cœur de son amant battre à grands coups contre le sien, sa peau moirée de sueur glisser contre la sienne. Les doigts de Jack s'aventurèrent dans sa corolle, la transpercèrent, la conduisant au seuil de l'insoutenable. Plutôt que de supplier Jack de la prendre, elle l'enlaça de ses jambes, et l'attira en elle. Vite. Profond.

Les doigts de Jack s'enfoncèrent dans les hanches de Stella. Le souffle haletant, le cœur arrêté. L'espace d'un instant, quand elle s'éleva au-dessus de lui, la tête rejetée en arrière, il se sentit désarmé. Il lui appartenait, pieds et poings liés.

Puis elle commença à aller et venir, le chevauchant en une course folle. Le souffle entrecoupé de sanglots, elle se passait convulsivement les mains dans les cheveux. Confusément, Jack sentit à quel point elle était aussi désarmée que lui. Elle lui appartenait, pieds et poings liés.

Il se redressa, sa bouche gourmande contre les seins de Stella, le long de sa gorge, se repaissant du goût de sa chair tandis qu'ils se mouvaient ensemble à un rythme effréné. Puis il l'enveloppa de ses bras, pressa ses lèvres contre son cœur, grogna son nom tandis qu'ils s'engouffraient ensemble dans les abîmes du plaisir.

Ils demeurèrent rivés l'un à l'autre, frémissants, pendant de longues minutes. Le temps n'avait plus d'importance. Puis Jack sentit l'étreinte de Stella se relâcher. Avec une infinie douceur, il attira sa compagne contre son torse.

Il passa une main languide dans les cheveux roux et murmura :

— Journée intéressante, non ?

— Tout bien pesé, je suis d'accord, murmura Stella.

Ils étaient moites de transpiration, épuisés, et sans doute un peu fous, pensa Stella. Peut-on se sentir aussi parfaitement heureux quand tout va mal autour de soi sans être un peu fou ? Elle aurait voulu dire à Jack que jamais elle n'avait été aussi vite aussi intime avec un autre homme. Jamais autant en harmonie. Mais à quoi bon ? Ce qui leur arrivait coulait de source.

Ouvrant les yeux, elle étudia le diamant posé sur la commode. Rayonnait-il ? se demanda-t-elle. Ou était-ce seulement la magie de la lune ? Quel pouvoir possédait-il vraiment, mis à part sa valeur vénale ? Après tout, ce n'était que du carbone, mélangé à quelques éléments qui lui donnaient sa couleur si profonde. Il venait de la terre, dont il avait été extrait par des mains humaines. Et avait été tenu par les mains d'un dieu.

La seconde pierre symbolisait la connaissance, pensa-t-elle en refermant les yeux. Peut-être certaines choses ne s'appréhendent-elles que par l'intermédiaire du cœur.

Stella se détacha de Jack et roula sur le ventre.

— Faire l'amour avec toi m'a anéantie, murmura-t-elle.

— Je prends ça pour un compliment.

Appuyé sur un coude, Jack laissa sa main courir sur l'épaule de Stella, le long de son dos, jusqu'au renflement ferme de la chute des reins. Intrigué, il plissa les yeux et se pencha. Puis il sourit.

— Joli tatouage, commenta-t-il.

Amusé, il passa un pouce sur le dessin coloré.

— Un griffon… symbole de force… et de vigilance.

Stella tourna son visage sur le côté pour voir Jack.

— Tu sais vraiment des tas de choses, admira-t-elle. En effet, c'est pour cette raison que je l'ai choisi. C'est Diana qui a proposé que nous nous tatouions pour fêter notre réussite aux examens. Nous sommes parties en week-end à New York, et chacune d'entre nous s'est fait faire son tatouage.

Le sourire de Stella s'estompa à l'évocation de ses deux amies.

— Un week-end fantastique ! Nous avons fait passer Virginia la première, par peur qu'elle ne se dégonfle. Elle a choisi la licorne. Mon Dieu, Virginia…

Sa voix trébucha.

Craignant plus que tout les larmes de Stella, Jack la sermonna tout en lui massant le dos.

— N'y pense pas ! Autant que nous sachions, ton amie va bien. Inutile de se tracasser. Nous avons nos propres ennuis. Dans deux heures, nous quitterons le motel, prendrons la route et tenterons de téléphoner à Diana.

Un peu rassérénée, Stella ravala ses craintes.

Soucieux de détourner la conversation, Jack lui flatta de nouveau le bas du dos en demandant :

— Tu faisais de la course à la fac ?

— Oui. Je courais le *mile*.

Jack tourna Stella sur le dos et lui sourit.

— Le *mile* ? Tu dois avoir de l'endurance, donc ?

Intriguée, Stella leva un sourcil.

— En effet.

— De la résistance, aussi…

— Bien sûr.

Jack se pencha et picora les lèvres de Stella.

— Et tu sais certainement modérer ton allure pour avoir du souffle jusqu'à l'effort final ?

— Evidemment.

— Ça tombe bien, remarqua Jack en lui mordillant le lobe de l'oreille. Parce que, cette fois-ci, je compte bien prendre tout mon temps. Tu connais le proverbe : « Rien ne sert de courir… » ?

— J'en ai entendu parler.

— Si on le mettait en pratique ? demanda Jack en cueillant la bouche de Stella.

Elle dormait. Sur le ventre de nouveau. Jack lui caressait les cheveux, contemplait son corps. Il ne pouvait s'arrêter de la toucher. Jamais il n'avait éprouvé ce besoin auparavant, et il se sentait ridiculement sentimental. Heureusement, Stella n'en était pas consciente, songea-t-il. Un homme réputé dur et cynique ne souhaite pas être pris en flagrant délit de musardise au chevet d'une femme endormie.

Faire l'amour avec elle, encore et encore, rêvait-il. Se perdre dans le sexe, la prendre avec passion, puis avec douceur. Et recommencer. Elle s'ouvrirait à lui s'il la réveillait, il n'en doutait pas.

Mais elle avait besoin de dormir. De grandes ombres marquaient ses yeux. Ses yeux vert sombre ensorcelants. Et une fois le feu de la passion évanoui, ses joues avaient pâli de fatigue. Ses joues aux pommettes saillantes, tendues de peau soyeuse.

Dérouté, Jack appuya ses doigts sur ses yeux. « Ecoutez-moi ça ! » songea-t-il. A ce train-là, s'il ne réagissait pas, il écrirait bientôt des odes à l'amour ou quelque chose d'aussi ridicule.

Il s'installa confortablement sur le lit. Il dormirait une heure, décida-t-il en remontant son horloge interne. Après quoi, Stella et lui reprendraient pied dans la vraie vie.

Fermant les yeux, il se coupa du monde et s'endormit.

Stella s'éveilla au son de la pluie, avant de s'enfoncer de nouveau dans le sommeil.

Le cheval sauta le ruisseau d'eau bleue. Son cœur bondit avec lui, et elle se serra encore davantage à l'homme. Il sentait le cuir et la transpiration. Autour d'eux, le soleil cognait dur. La chaleur était intense.

Il était vêtu de noir, mais ce n'était pas son chevalier. Le visage était le même — celui de Jack — mais un grand chapeau à large bord noir le dissimulait. A la place de l'épée, il portait un ceinturon qui retenait un revolver.

Le paysage vide s'étendait, vaste comme la mer, avec des vagues de rochers aigus, tranchants comme des couteaux. Un faux pas, et le sol serait taché de leur sang. Et pourtant, il chevauchait sans crainte, et elle ne ressentait que la puissance et l'excitation de la vitesse.

Lorsqu'il tira sur les rênes, et se tourna sur la selle, elle se fondit contre lui et sa bouche s'offrit aux lèvres exigeantes qui s'avançaient vers elle. Elle lui tendit le diamant qui scintillait d'une lumière aussi bleue que la plus vive des flammes.

— Il va avec les deux autres, dit-elle. L'amour a besoin de la connaissance, et tous les deux ont besoin de générosité.

Il le prit des mains de Stella et le plaça dans la poche contre son cœur.

— Une pierre trouve l'autre, assura-t-il. Ensemble, les deux trouvent la troisième.

Le regard de l'homme étincela.

— Et vous m'appartenez.

A l'ombre d'un rocher, le serpent se déroula, siffla, menaçant.

Stella se dressa sur le lit, un cri étouffé dans la gorge. Elle pressa ses deux mains sur son cœur battant. Le serpent, songea-t-elle avec un frisson. Un serpent avec un regard d'homme. Mon Dieu ! Concentrée, elle tenta de toutes ses forces de retrouver une respiration normale. Pourquoi ses rêves prenaient-ils tout à coup un tour si précis, si clair, si étrange ?

Plutôt que s'allonger de nouveau, Stella avisa le T-shirt de Jack et l'enfila. Son esprit était si confus qu'il lui fallut un moment pour se rendre compte qu'il ne pleuvait pas. Le bruit d'eau provenait de la salle de bains. La simple présence de Jack, de l'autre côté de la porte, chassa de son cœur les derniers lambeaux de peur. On a beau être une femme forte, capable d'affronter les difficultés de la vie, il est des circonstances où on apprécie d'avoir quelqu'un à ses côtés.

Elle sourit et se frotta les yeux pour évacuer les derniers signes de sommeil. Jack ne lui ferait pas défaut. Il l'aiderait à faire face aux bêtes et aux serpents qui se tapissent dans l'ombre. Apaisée, elle se leva, s'étira et passa ses doigts dans sa crinière rousse.

A cet instant, la porte de la salle de bains s'ouvrit, et Jack parut, une serviette autour des hanches, le corps encore parsemé de fines gouttes d'eau. Ses cheveux mouillés tombaient sur ses épaules, de l'or teinté d'une belle nuance sombre.

Stella se tenait devant lui, les paupières encore alourdies de sommeil, perdue dans le T-shirt trop large pour elle.

Pendant quelques secondes, ils ne purent détacher leur regard l'un de l'autre. Quelque chose vibrait entre eux, aussi scintillant, aussi vital que le diamant qui les avait mis en contact.

Puis Jack secoua la tête comme s'il sortait d'un rêve. Ses yeux s'assombrirent de contrariété.

— Tout cela est stupide, marmonna-t-il.

Stella croisa les bras, et lui rendit son regard agacé.

— En effet, approuva-t-elle.

Tout occupé à se débarrasser de ce qui venait de le frapper en plein cœur, Jack ne releva pas le ton offusqué de Stella.

— Ce n'était qu'un boulot comme un autre.

— Je ne t'en demande pas plus, siffla-t-elle.

Les yeux étrécis, Jack fit un pas en avant. Son corps entier exprimait le défi.

— Rien ne se passe comme prévu.

Stella laissa tomber les bras le long de son corps, et releva le menton.

— C'est exact. Que comptes-tu faire à ce sujet ?

Jack se dirigea vers la commode, saisit le diamant bleu, le fit miroiter quelques secondes avant de le reposer.

— Je croyais que tout venait des circonstances, mais je me trompais.

Se tournant vers Stella, il l'étudia pensivement.

— Ce serait arrivé de toute manière, dit-il.

Les battements du cœur de Stella se précipitaient.

— Je ressens la même chose, avoua-t-elle à mi-voix.

Comme s'il se soumettait après une lutte intérieure, Jack hocha la tête et se planta devant elle.

— Dis-le la première, demanda-t-il.

Pour la première fois depuis que Jack était sorti de la salle de bains, les lèvres de Stella s'entrouvrirent en un sourire.

— Toi d'abord.

Eût-il été pris dans un piège, Jack ne se serait pas autant senti désarçonné. Il se passa plusieurs fois une main fébrile dans les cheveux. Sous sa peau, les nerfs tressautaient, les muscles se nouaient. Mais il plongea finalement son regard dans celui de Stella :

— Je t'aime, expectora-t-il.

Stella éclata de rire. Au grand désarroi de Jack.

— Qu'est-ce qu'il y a de drôle, je te prie ? demanda-t-il d'un air outré.

— On aurait dit que les mots t'arrachaient la gorge ! Quel romantisme !

— Tu veux que je te le dise en chantant, ou quoi ?

De nouveau, le rire ravi de Stella s'éleva entre eux.

— Pas pour le moment… je ne te laisserai pas plus longtemps sur le gril. Moi aussi, je t'aime.

La glace qui enserrait depuis quelques instants le cœur de Jack comme un étau fondit.

— Tu pourrais prendre tout ceci un peu plus au sérieux, lui reprocha-t-il.

Stella pressa une main devant sa bouche pour étouffer le rire qui montait dans sa gorge.

— Regarde-nous, dit-elle en s'asseyant sur le lit. Toi en serviette de bain, moi en T-shirt. Quelle équipe !

Une expression déterminée se peignit sur les lèvres de Jack.

— Je vais t'enlever ce rire du visage, mon cœur.

— Voyons si tu en es capable…

Elle souriait de tout son bonheur lorsque Jack la renversa sur le lit et roula sur elle.

8.

Il fallait apprendre à s'en remettre à lui, s'ordonna Stella. Faire des compromis. En fait, dans la situation où ils se trouvaient, il avait bien plus d'expérience qu'elle. Elle était raisonnable, que diable ! Savait prendre conseil, exécuter des ordres.

— Allez, Jack ! demanda-t-elle cependant. Faut-il vraiment que nous soyons en Mongolie pour avoir le droit de passer ce coup de fil ?

Jack lui lança un regard en coin. Il conduisait depuis exactement dix minutes. Déjà bien qu'elle ait attendu autant de temps avant de se plaindre ! Elle était inquiète, se rappela-t-il. Les vingt-quatre heures écoulées avaient été éprouvantes. Il devait se montrer raisonnable, que diable !

— Si tu tentes d'utiliser ce téléphone, je le jette par la fenêtre ! menaça-t-il malgré tout.

Stella tapota son portable de ses doigts impatients.

— Explique-moi une chose : comment pourrait-on nous pister à partir de ce portable ?

— Nous sommes à moins d'une heure de Washington, D.C. Tu serais surprise de savoir le nombre de gens qu'on retrouve par l'intermédiaire de leurs appels téléphoniques.

Quel que soit le degré d'improbabilité de laisser une trace qui les trahirait, il ne voulait pas prendre le risque.

— Un portable, c'est essentiellement une radio, tu comprends ? Les radios ont des fréquences… En plus, si le FBI est à nos trousses, je veux les obliger à nous suivre.

— Pourquoi le FBI nous rechercherait-il ?

Jack eut envie de se taper la tête sur le volant.

— C'est un exemple ! Accepte la situation comme elle est.

Elle essayait de toutes ses forces. Tentait de se souvenir que tout cela ne durait que depuis un jour, après tout. Un seul petit jour.

Sans doute, mais un jour qui avait changé sa vie.

— Tu pourrais au moins me dire où nous allons.

— Je prends la 15, vers le nord, en direction de la Pennsylvanie. Là, tu pourras passer ton coup de fil. Ensuite, nous repartirons vers le sud-est, direction Baltimore. Si les O jouent en ville, nous pourrions…

— Quoi ! Tu veux assister à un match de base-ball ?

— C'est une tradition, le 4 juillet, non ? Base-ball, bière, parade et feux d'artifice. Il y a des choses sacrées, dans la vie.

— Je suis supporter des Yankees.

— Ça ne m'étonne pas de toi. De toute façon, une fête est un bon endroit pour se cacher une heure ou deux. Et pour rencontrer Diana, si nous arrivons à la joindre.

— Diana à un match de base-ball ! ricana Stella.

— Elle n'aime pas notre sport national ?

— Ce n'est pas exactement sa tasse de thé. Parle-lui plutôt mode ou opéra.

Ce fut au tour de Jack de ricaner :

— Et elle est ton amie !

— Il m'est arrivé d'aller à l'opéra, figure-toi ! Un peu poussée par Diana, j'en conviens. Nous sommes profondément amies, même si nous avons chacune notre personnalité. La savante, l'Irlandaise et la princesse. Ça fait tilt, entre nous.

— Parle-moi de Virginia.

Stella avala une goulée d'air et regarda défiler le paysage. Des champs entourés d'arbres, des collines qui dévalaient vers la route.

— Elle est jolie, avec un côté un peu fragile. Blonde aux yeux marron, avec une peau de rose. Elle a un faible pour les beaux objets miniatures, en particulier les éléphants, qu'elle collectionne.

Au souvenir de ces choses si naturelles, si quotidiennes, Stella pressa ses lèvres l'une contre l'autre.

— Elle aime les vieux films en noir et blanc, surtout les films noirs. Elle est souvent dans les nuages, et pourtant, c'est la plus raisonnable de nous trois. A l'université, elle était la seule à savoir ce qu'elle voulait, et à se donner les moyens d'y parvenir.

Jack écoutait attentivement. Cette Virginia lui plaisait, songea-t-il.

— Et que voulait-elle ?

— Devenir gemmologiste. Les pierres précieuses la fascinent. Nous parlons toujours d'aller à Paris toutes les trois, mais l'an dernier, nous avons atterri dans l'Arizona, à ramasser des cailloux ! Elle était heureuse comme une reine. Dieu sait qu'elle a eu des malheurs dans sa vie. Son père est mort quand elle était gosse. Il était antiquaire. D'où l'amour de Virginia pour les belles choses. Ils vivaient dans le Connecticut. D'ailleurs, l'accent de la Nouvelle-Angleterre est toujours perceptible dans la voix de Virginia.

Un instant, Stella sombra dans le silence. Elle luttait contre les idées noires.

— Sa mère s'est remariée quelques années après avec un joaillier. Ils sont venus s'installer à Washington, D.C. Virginia aimait bien son beau-père. Il la traitait bien, lui a donné l'amour des pierres précieuses, l'a envoyée à l'université. Puis sa mère est morte dans un accident de voiture, pendant ses années d'études. Un moment très pénible pour Virginia. Son beau-père est décédé deux ans plus tard.

— C'est dur, de perdre ses proches de façon si brutale.

Stella regarda Jack à la dérobée. Père, mère, frère, lui avait tout perdu.

— Je ne connais pas encore cette détresse, commença-t-elle. Mais toi…

Haussant les épaules, Jack banalisa la conversation :

— On surmonte… C'est ce qu'a fait Virginia, non ?

— Oui, mais ça laisse des cicatrices.

— On apprend à vivre avec ses cicatrices.

Rapidement, Stella comprit la situation. Jack refusait de donner un tour personnel à la discussion. Elle tourna la tête vers le paysage qui défilait.

— Son beau-père a légué à Virginia une partie de sa joaillerie, ce qui n'a pas été du goût des fripouilles.

— Ah ! Les fripouilles, parlons-en…

— Thomas et Timothy Salvini. Des jumeaux, au passage. Deux gouttes d'eau. Des personnages à l'air visqueux, en costumes trois-pièces et coupe de cheveux à cent dollars.

— Voilà une bonne raison de les détester ! remarqua Jack. Je suppose que ce n'est pas la seule ?

— Que non ! Je n'ai jamais apprécié leur attitude envers Virginia. Ni envers les femmes en général… Virginia les a toujours considérés comme sa famille, mais ce n'était pas réciproque. Timothy était particulièrement dur. Tous les deux étaient fous de rage à la lecture du testament.

— En quoi la joaillerie Salvini est-elle spécialisée ?

— Création de modèles, vente et achat de pierres précieuses, bijoux de toutes sortes. Ils cèdent des pièces magnifiques. En particulier les modèles de Virginia. Ils font aussi des expertises pour les musées, pour des successions. C'est la spécialité de Virginia, à côté de ses créations.

— Si Virginia crée les bijoux et fait les expertises, que font les fripouilles ?

— Thomas dirige l'affaire, s'occupe des comptes, des ventes, voyage pour acheter des pierres précieuses dans le monde entier. Quant à Timothy, il travaille dans l'atelier si ça lui chante. Le reste du temps, il se pavane dans la bijouterie.

Agitée, Stella avança la main vers la stéréo de Jack, qui lui tapa sur les doigts.

— Défense de toucher ! dit-il d'un ton définitif.

— Monsieur n'aime pas qu'on touche à ses joujoux ? marmonna-t-elle. Bref, c'est une entreprise très florissante, très à la mode. Ils ont pu s'occuper des Trois Etoiles grâce aux contacts de Virginia avec le Smithsonian. Elle faisait les pieds au mur de joie à l'idée de les avoir entre les mains.

— Elle était chargée d'en vérifier l'authenticité et d'en établir la valeur ?

— Exactement. Elle mourait d'envie que nous les admirions, et Diana et moi nous sommes rendues chez Salvini la semaine dernière. C'était la première fois que je les voyais, et pourtant elles m'ont semblé familières. Spectaculaires, presque irréelles, mais familières. Sans doute parce que Virginia nous en avait tellement parlé…

Stella remua les épaules pour se débarrasser du souvenir des rêves qu'elle avait faits.

— Tu connais l'un des diamants. Il est merveilleux. Mais les voir ensemble coupe le souffle.

— En tout cas, ils étouffent la voix de la conscience chez ceux qui les approchent. Si ton amie est aussi honnête que tu…

— Elle l'est ! coupa Stella.

— Dans ce cas, il faut se tourner vers les deux beaux-frères.

Stella arqua les sourcils.

— Tu crois qu'ils auraient eu le cran de voler les Trois Etoiles ? Ce serait pour cette raison que Ralph les ferait chanter ?

— Non.

— Pourquoi pas ?

La réponse à sa propre question germa dans le cerveau de Stella :

— Impossible. Les versements ont commencé il y a des mois, alors que les Salvini n'ont eu le contrat avec le Smithsonian que très récemment.

— Bien vu.

Stella rumina ses pensées pendant un moment, et énonça ses conclusions à haute voix :

— Peut-être formaient-ils le projet de voler les Trois Etoiles. Cela aurait ruiné la réputation de la joaillerie, que leur père avait mis des années à établir. Virginia ne l'aurait pas supporté. Dans cette hypothèse, elle aurait fait tout ce qui était en son pouvoir pour l'empêcher.

— Comme envoyer les diamants à ses deux plus chères amies, par exemple.

— Et aussi affronter ses beaux-frères. Seule.

A cette éventualité, une poigne enserra le cœur de Stella.

La voix de Jack s'éleva pour combattre la faiblesse passagère de Stella :

— Reste logique, veux-tu. Si les frères Salvini sont impliqués, ils ont forcément un client. Un acheteur qui veut les trois diamants. En conséquence, Virginia est à l'abri tant qu'ils n'ont pas les trois pierres. Conclusion : elle est en sécurité tant que nous sommes hors d'atteinte.

— Pas s'ils sont aux abois. Ils lui ont peut-être fait du mal…

— Avoir mal et être morte sont deux choses très différentes. Ils ont besoin de Virginia vivante tant qu'ils n'ont pas les trois diamants.

Ebranlée, Stella contemplait le portable sur ses genoux. Passer un coup de fil, comprenait-elle soudain, ne mettait pas seulement sa propre vie en danger, mais aussi celle de ses amies.

— Compris, dit-elle enfin. Ne t'inquiète pas, je ne chercherai plus à téléphoner.

Jack étendit la main et pressa celle de Stella.

— Mes amies et moi sommes entre tes mains, Jack…

Retirant sa main, Jack la replaça sur le volant.

— Ne deviens pas sentimentale. Ça m'énerve.

— Je t'aime.

Le cœur de Jack fit un bond dans sa poitrine. Il soupira.

— Je suppose que tu veux que je te le redise. D'accord. Je t'aime. Et maintenant, parle-moi de Diana.

— C'est une femme compliquée. Belle, incroyablement belle. Les hommes les plus raisonnables en perdent le nord.

— Il me tarde de la rencontrer…

— Tu en resteras baba. Qu'importe, je ne suis pas jalouse. En plus d'être belle, elle est d'un milieu très privilégié. Seule ombre au tableau : elle est orpheline. Elevée par une tante. Les Fontaine sont immensément riches.

Le cerveau de Jack se mit en branle.

— Fontaine, comme les grands magasins Fontaine ?

— Tu as mis dans le mille. Ils sont riches et snobs. Diana adore les choquer ! Elle était destinée à faire des études à Radcliffe, à faire le long voyage initiatique en Europe, avant de dénicher un riche héritier. Elle n'a cessé de contrarier sa famille. Comme elle a des montagnes d'argent personnel, elle se moque pas mal de leur avis.

Après un moment de réflexion, Stella reprit :

— Si elle n'avait pas d'argent, ça ne changerait rien, d'ailleurs. Ce n'est pas l'argent qui gouverne Diana. Elle s'en sert, le dépense sans compter, mais ne le respecte pas.

— Les gens qui gagnent leur vie à la sueur de leur front respectent l'argent.

Immédiatement sur la défensive, Stella rectifia :

— Diana est loin d'être inactive. Elle s'occupe de beaucoup d'organismes caritatifs. Mais sans tapage. C'est la personne la plus généreuse que je connaisse. Et très loyale. Mais elle a ses états d'âme. Il lui arrive de partir des jours entiers. Aussi bien à Londres qu'aux Bahamas, si ça lui prend. Elle possède une maison dans le Maryland. Un endroit charmant, au milieu des terres. Complètement isolé, sans téléphone ni voisins. Elle a dû s'y rendre pour le week-end.

Stella ferma les yeux un instant, et tenta de faire resurgir des images.

— Je ne sais pas si je saurais retrouver la maison. Je n'y suis allée qu'une fois, et c'est Virginia qui conduisait. C'est dans la montagne, près d'une forêt.

— Si elle avait des ennuis, se réfugierait-elle auprès de sa famille ?

— Jamais de la vie !

— Auprès d'un homme ?

— Comment avoir confiance en quelqu'un qu'on peut anéantir d'un sourire ? Non, il n'y a pas d'homme dans la vie de Diana.

Jack se creusait la tête. Au bout d'un moment, son visage s'éclaircit, et il claqua la langue.

— Je me souviens ! Diana Fontaine ! Miss Avril des universités ! Ton amie a posé nue dans une revue. Je n'oublierai jamais ce… visage.

Stella regarda Jack par-dessus ses lunettes de soleil et lança d'une voix sèche :

— Tu passes beaucoup de temps à baver devant les pin-up des magazines ?

— Je suis resté longtemps devant Miss Avril, reconnut Jack sans complexe.

— Elle s'appelle Diana, et elle a posé nue il y a très longtemps, pour provoquer sa famille.

— Quel corps ! se souvint Jack en souriant. Une femme faite comme ton amie est un don du ciel.

— Si tu te taisais un instant ? suggéra Stella.

Jack la regarda du coin de l'œil.

— Je croyais que tu n'étais pas jalouse…

— En général, non. C'est une question de dignité. Mais tu as des pensées dégoûtantes au sujet de ma meilleure amie.

— Ça n'a rien de dégoûtant ! protesta Jack en riant. Mais c'est toi que j'aime, mon chou.

— Tais-toi !

— Tu crois qu'elle me dédicacerait une photo ? taquina Jack.

Stella se mit à rire et lui envoya une bourrade dans les côtes.

Plaisanter est une chose, songea Jack. Mais il convenait de ne pas aller trop loin. Avec une femme comme Stella, on ne sait jamais. En aucun cas, il ne voulait risquer de la perdre. Brusquement, il quitta la nationale 15, et prit la direction de l'est.

— Je croyais que nous allions en Pennsylvanie ? s'étonna Stella.

— Tu viens de dire que Diana avait une maison dans le Maryland. Il ne serait donc pas prudent de se rendre un tant soit peu dans cette direction, pour le moment. Allons plutôt vers Baltimore. Tu peux téléphoner à Diana, maintenant.

Sans se faire prier, Stella composa sur son portable le numéro de son amie.

— Sois brève, conseilla Jack. Ne dis pas où nous nous trouvons. Demande-lui de se rendre dans une cabine publique et de te rappeler.

Stella lança un juron en entendant dans le récepteur le répondeur de son amie. Elle martela son genou de son poing pendant que se déroulait le message de Diana. Puis elle débita d'une voix précipitée :

— C'est urgent, Diana ! Ne reste pas chez toi, ne va pas dans ta maison. Rends-toi dans une cabine, et rappelle-moi sur mon portable. C'est urgent ! répéta-t-elle. Nous sommes en danger.

Puis elle raccrocha avec un soupir.

— Je pense qu'elle est à la montagne. Ou alors, elle est partie à Londres ou je ne sais où sur un coup de tête. A moins… qu'ils ne l'aient déjà trouvée.

— Ça n'a pas l'air d'être une personne sur laquelle on met la main facilement, commenta Jack. En ce qui me concerne, je penche pour la première hypothèse.

Jack s'engagea sur une bretelle d'autoroute en direction du nord.

— Tournons encore un peu en rond. Ensuite, nous prendrons de l'essence, et achèterons une carte. Peut-être retrouveras-tu la petite cachette de ton amie.

Soulagée à la perspective de venir en aide à Diana, Stella se décontracta un peu.

— La maison est perdue dans les bois.

— Tu crois qu'elle se promène toute nue sur ses terres ? demanda Jack.

Il éclata de rire lorsque Stella lui donna une tape sur l'épaule.

Ils trouvèrent une station-service, s'installèrent dans le petit self-service qui la jouxtait, et étalèrent sur la table la carte qu'ils venaient d'acheter.

— Il existe une demi-douzaine de forêts dans le sud de l'Etat du Maryland, commenta Jack après une étude de la carte. D'ailleurs, qu'est-ce qu'une fille comme Diana peut bien trouver à la vie dans les bois ?

— Elle aime la solitude. Elle jardine, écoute de la musique, communie avec la nature, que sais-je ! Il y a un tout petit village à dix kilomètres, si je mc souviens bien. Avec une poste et une banque, s'il vous plaît !

— Le nom du village ?

— Je ne sais plus…

— Essaie de te souvenir de l'itinéraire que vous avez emprunté. Vous avez sûrement pris la 270 ?

— C'est ça. Ensuite, nous avons pris la 70, près de... Frederick. Là, je me suis endormie un moment. La route est interminable.

— Vous vous êtes sans doute arrêtées ? Les filles s'arrêtent toujours en route.

— En effet. Quelque part sur la 70. Je mourais de faim.

Stella ferma les yeux et essaya de se souvenir.

« Tu manges comme une adolescente, Stella.

Et alors ?

Si tu essayais une salade, pour changer ?

Non ! Un jour sans frites est un jour gâché ! »

Le souvenir de Virginia roulant les yeux au ciel avant de rire et de céder fit sourire Stella.

— Ça me revient ! s'exclama-t-elle. Nous nous sommes arrêtées dans une brocante au bord d'une route. Comment s'appelait l'endroit, déjà ?

Concentrée, Stella fouilla dans sa mémoire. Plusieurs noms se présentèrent, qu'elle repoussa. Enfin, elle triompha :

— Beaver Creek ! Virginia est devenue marteau. Elle voulait tout acheter ! Elle a choisi un pichet pour notre arrivée chez Diana, et moi, un fauteuil à bascule pour sa véranda. On a eu un mal fou à tout faire entrer dans la voiture.

Avec un hochement de tête, Jack replia la carte et se leva de table.

— Direction Beaver Creek, annonça-t-il.

— Nous avons repris la 70, déclara Stella pendant que Jack démarrait la voiture. Je me souviens d'avoir gagné le tirage au sort pour la musique.

— Quel tirage au sort ?

— Virginia aime la musique classique. Chaque fois que nous faisons route ensemble, nous tirons au sort pour savoir qui choisira la musique. J'ai gagné, et nous avons écouté les Aerosmith.

Jack se pencha vers Stella et lui colla un baiser.

— Nous sommes vraiment faits l'un pour l'autre. Ça en devient presque effrayant…

— Après l'autoroute, nous avons emprunté une route vers l'ouest… je ne me souviens pas du numéro, avoua-t-elle d'un air navré.

Après une brève consultation de la carte, Jack conclut :

— La 68 va vers le sud à la sortie de Hagerstown. Nous verrons bien si elle te rappelle quelque chose.

D'un coup d'œil, Stella embrassa la voiture de Jack.

— Tu ne comptes pas bientôt changer ce tas de ferraille ? demanda-t-elle au bout d'un moment.

La mâchoire de Jack se contracta. Le tas était son unique passion, jusqu'à la veille. Il ne répondit rien.

— Un coup de peinture, alors ? poursuivit Stella.

— Cette voiture a beaucoup de caractère telle qu'elle est. Ce n'est pas l'apparence qui compte, mais ce qu'il y a sous le capot. Tu peux parler, avec ta voiture miniature !

— Ma MG est un classique !

— Une voiture de gamin, tu veux dire ! Je me demande comment tu y fourres tes longues jambes.

— Tais-toi et conduis ! conseilla Stella en riant. Tu ne vis pas dans ce véhicule, quand même ?

— Ça m'arrive. En dehors de ça, j'ai un appartement dans Mass Avenue. Un deux pièces.

Un deux pièces sans caractère, songea-t-il *in petto.* Poussiéreux et sans âme, malgré la montagne de livres. Pas de racines, rien qu'il ne laisserait derrière lui sans verser une larme. A l'image de sa vie jusqu'à la veille.

Une évidence lui sauta soudain aux yeux : que faisait-il avec une femme comme Stella ? Son existence n'avait pas la moindre fondation. Lui n'avait rien à offrir. En revanche, elle avait des amis, une famille, une entreprise qu'elle avait bâtie de toutes pièces.

Qu'avaient-ils en commun, à part la situation dans laquelle ils se trouvaient, leur goût pour la musique, une préférence pour la vie citadine ?

Le fait qu'il l'aimait.

Jack regarda Stella à la dérobée. Elle se concentrait sur la route, remarqua-t-il. Penchée en avant dans son siège, elle regardait par la fenêtre en fronçant les sourcils. Sans doute à l'affût d'un détail révélateur.

Elle n'était pas jolie, songea-t-il. Le terme trop simple ne s'appliquait pas à son type si particulier. Ce curieux visage de renard aux yeux vert émeraude retenait sans aucun doute l'attention. Il était sexy, unique, avec cet étonnant contraste d'angles durs et la courbe sensuelle des lèvres. Son corps, bâti pour la vitesse et le mouvement, lui inspirait néanmoins un désir plus violent qu'il n'en avait jamais éprouvé pour une femme.

Hier, son destin avait bifurqué, il le sentait. Même s'il ne savait pas où la route qu'ils empruntaient les mènerait.

Radieuse, Stella se tourna soudain vers lui.

— C'est par là, déclara-t-elle. J'en suis sûre !

Le cœur de Jack bondit dans sa poitrine, et il accéléra. Puisque au moins un des deux en était sûr…, songea-t-il.

9.

La route traversait une région pittoresque. Les panneaux signalant des chutes possibles de pierres mettaient Stella mal à l'aise. A l'horizon, les flancs des montagnes s'élevaient en pentes abruptes, d'un vert si particulier en été. La chaleur et l'humidité rendaient l'air sirupeux. De temps en temps, elle apercevait une maison derrière un rideau d'arbres.

Qu'est-ce qui poussait les gens à vivre isolés de tout ? se demandait-elle. Pour sa part, elle avait toujours vécu en appartement. Elle aimait faire partie de la ruche humaine. Qu'a-t-on besoin d'un jardin et d'une pelouse ? A moins d'avoir des enfants.

L'idée la laissa perplexe. Avait-elle déjà évoqué la perspective d'avoir des enfants, avant la minute présente ? C'était le cœur de Diana qui battait pour tous les moutards du monde, songea-t-elle. Quant à elle, elle se contentait d'admirer la progéniture des autres, de se pencher sur le berceau des bébés de ses copines.

Que diable lui prenait-il de penser à des enfants en pareille circonstance ? se morigéna-t-elle. Lasse, elle glissa les mains derrière ses lunettes et se frotta les yeux. Puis, presque involontairement, elle regarda Jack à la dérobée. Aimait-il les enfants ?

A sa confusion totale, elle sentit le rouge lui monter au visage, et détourna promptement la tête. « Espèce d'idiote ! se dit-elle. Tu connais un type depuis vingt-quatre heures, et tu penses déjà couches et biberons ! Voilà ce qui arrive quand une femme s'entiche d'un homme. Ça la rend molle et sentimentale. »

Tout à coup, elle poussa un cri :

— C'est cette sortie d'autoroute ! Je la reconnais !

La voiture fit une embardée, et Jack s'engouffra in extremis dans la bretelle de sortie.

— Tu es folle de crier comme ça ! bougonna-t-il. J'ai failli faire une crise cardiaque.

— Excuse-moi… c'est à gauche, maintenant, indiqua Stella.

— D'accord. De toute façon, je dois reprendre de l'essence.

Ils s'arrêtèrent à la première station-service qu'ils rencontrèrent.

— A quoi pensais-tu, juste avant de me faire une peur bleue ? demanda Jack.

— Euh… je me concentrais…

Prenant le menton de Stella entre ses doigts, Jack tourna le visage de la jeune femme vers lui.

— Menteuse… Ne t'inquiète pas, poursuivit-il en passant son pouce sur les lèvres tendres. Nous retrouverons bientôt tes amies.

Emplie de honte, Stella acquiesça de la tête. Diana et Virginia auraient dû occuper toutes ses pensées. Au lieu de cela, elle bêtifiait comme une midinette.

— Il suffit de trouver la maison de Diana, et tout ira bien, marmonna-t-elle.

Jack frôla les lèvres de Stella de sa bouche, et demanda :

— Va m'acheter une barre de chocolat. Et prends-en une pour toi.

— Merci, papa !

Souriant, Jack la regarda s'éloigner de son long pas souple et énergique, ses hanches étroites ondulant sous sa jupe. « Sacrée femme », admira-t-il tout en débouchant son réservoir à essence. Mais une question le tarauda aussitôt : combien de temps Stella mettrait-elle avant de le quitter ? Les gens ne restaient jamais longtemps dans sa vie, et il avait depuis belle lurette cessé d'espérer qu'il en soit autrement. Néanmoins, il le sentait avec acuité, si elle le quittait, il ne s'en relèverait pas. Tout faire pour qu'elle ne lui file pas entre les doigts, décida-t-il.

Bénissant *in petto* le destin qui le gâtait à ce point, Jack regarda Stella revenir vers lui et monter dans la voiture. Avant de remettre le contact, il se pencha impulsivement vers sa compagne et l'embrassa fougueusement. Puis il revint à la réalité.

— Observe bien les lieux et essaie de repérer des indices, mon chou.

— Nous ne sommes pas restées sur cette route très longtemps. Nous avons pris des petites routes secondaires qui serpentaient.

Comme le souvenir surgissait dans son cerveau, Stella se frappa le front.

— Que se passe-t-il ? demanda Jack.

— Ça fait un moment que je me demande où Virginia se réfugierait en cas de besoin. Mais la réponse saute aux yeux : chez Diana, ici, bien entendu ! Elle sait comment y venir et adore l'endroit.

— C'est une possibilité.

Stella secoua la tête fébrilement.

— C'est sûr et certain. Elle chercherait refuge auprès d'une de nous deux. Et comme elle n'a pas pu me joindre, je suis certaine qu'elle a foncé chez Diana. C'est logique… Elles sont dans la maison au milieu des bois, en train de décider quoi faire, et de s'inquiéter à mon sujet.

Dubitatif, Jack ne partageait pas les certitudes de Stella, mais ne souhaitait pas lui transmettre ses doutes.

— Pense au trajet que tu as emprunté avec Virginia, l'exhorta-t-il.

Rassérénée par la perspective de revoir bientôt ses deux amies, Stella scruta le paysage tout en réfléchissant.

— C'était le printemps. La végétation explosait… J'y pense ! se souvint-elle soudain. Nous avons longé une pépinière… nous avons tourné à droite juste après, je crois.

— En route pour la pépinière !

Jack prit la main de Stella et l'embrassa avec ferveur, tout en fronçant les sourcils : jamais encore il n'avait baisé la main d'une femme.

La douceur du baiser donna des ailes à Stella. Elle se racla la gorge et soupira longuement.

— Ça me revient, dit-elle un moment plus tard. Virginia et Diana s'y sont rendues, le lendemain, tandis que je restais à la maison. Elles sont revenues couvertes de fleurs à planter ! Je me demande ce que les membres de sa famille penseraient à la voir faire ses plantations comme une paysanne… eux qui ne connaissent même pas l'existence de cette maison !

— Tant mieux. Moins il y a de gens au courant, mieux cela vaut. Tiens ! ajouta-t-il en montrant une enseigne du doigt, voilà la pépinière.

Ravie, Stella se pencha vers le pare-brise pour examiner la route.

— Nous sommes dans la bonne direction. Ensuite, il faudra tourner à droite, je m'en souviens.

Environ un kilomètre plus loin, Jack s'engagea à droite sur une route qui montait en zigzaguant. De chaque côté, les vaches paissaient tranquillement à l'abri de clôtures qui croulaient sous le chèvrefeuille.

Stella se mordait la lèvre.

— Toutes ces maudites routes se ressemblent. Des prés, des rochers, des arbres. Comment les gens s'y retrouvent-ils ?

— Vous avez continué tout droit ? demanda Jack.

Il ralentit à un croisement, laissa à Stella le temps de réfléchir.

— Ça pourrait être à gauche, mais rien n'est moins sûr. Tout devient très confus.

— Il fait jour et nous avons un plein d'essence. Cherche tranquillement.

Après avoir tourné à gauche, Jack suivit la route sinueuse, grimpait et redescendait. Ils apercevaient quelques maisons éparses, au bout de champs de blé mûr. Là où les prés s'arrêtaient commençaient les bois denses d'un vert profond. Au bord de la route, les arbres ployaient leurs longues branches en arcades. Ils parvinrent bientôt sur un plateau, et la vue s'élargit brusquement.

— Virginia a failli avoir un accident ici, en découvrant la vue, se rappela Stella Après, nous avons pris une de ces petites routes qui serpentent entre les arbres.

— Laquelle choisis-tu ?

Stella se sentit soudain impuissante.

— Pas la moindre idée.

Mentalement, Jack tira au sort et s'engagea sur la droite.

Il leur fallut dix minutes pour admettre l'évidence : ils étaient perdus. Et dix minutes de plus pour rejoindre la route principale. Ils traversèrent un village qui ne rappela rien à Stella, avant de revenir sur leurs pas.

Une heure d'errance vint à bout de la patience de la jeune femme.

En désespoir de cause, Jack trouva un espace sur le bas-côté et se gara. De sa poche, il extirpa le diamant bleu, tout en la regardant droit dans les yeux.

— Je crois en la logique, expliqua-t-il. Mais lorsqu'elle n'aboutit pas, pourquoi ne pas se fier à son instinct ? La seconde pierre représente la connaissance. Que sais-tu, Stella ?

— Jc nc comprends pas.

— Tu connais tes amies.

Il l'enviait presque pour cela, réalisa-t-il soudain. Plus tard, il faudrait en tirer les conséquences pour sa vie.

— Elles font partie de ce que tu étais, de ce que tu es et sans doute de ce que tu deviendras.

La poitrine de Stella se serra.

— Tu te mets à philosopher, maintenant ?

— Fais confiance à ton instinct. Ça marche souvent.

Ce disant, Jack prit la main de Stella et y déposa le diamant bleu.

Les poils de Stella se hérissèrent. Un frisson glacé la parcourut.

— Tu veux que j'utilise cette pierre comme une boussole ? Comme un pendule ?

Les yeux de Jack restaient rivés à ceux de Stella.

— Tu sens la même chose que moi, n'est-ce pas ? demanda-t-il. Ce qui est bizarre, avec les mythes, c'est que si on les approfondit, on y découvre une vérité. La secon de pierre représente la connaissance.

Reposant ses mains sur le volant, Jack s'enquit :

— Quelle route dois-je prendre ?

La sensation de froid ne quittait pas Stella. Pourtant, le diamant était comme un soleil brûlant dans sa main.

— Va vers l'ouest… tout ceci est complètement fou.

— Nous avons laissé le bon sens derrière nous hier. Contente-toi de m'indiquer la direction que tu ressens.

Abdiquant tout raisonnement, Stella tint le diamant serré dans sa paume et guida Jack le long de routes sinueuses bordées d'arbres ou de gros rochers. Ils franchirent un ruisseau presque à sec, dépassèrent une maison de pierre si proche que sa porte ouvrait pratiquement sur la route.

— A droite, dirigea Stella d'une voix étranglée. Roule doucement. Son allée est étroite, un simple chemin à travers bois. Il se voit à peine. Elle n'a pas de boîte aux lettres, et va chercher son courrier à la poste restante du village. Là ! désigna-t-elle d'un doigt tremblant.

Jack prit l'étroit chemin bordé d'arbres dont les branches éraflaient le toit de sa voiture. Une véritable voûte verte s'élevait au-dessus de leurs têtes.

Et là, au milieu du chemin, aussi immobile qu'une statue de pierre, se tenait une biche. « Signe de quête », songea Jack bêtement. L'animal observa leur lente approche, la tête haute, les yeux élargis et fixes. Puis, avec un frémissement de la queue et un brusque mouvement de son corps magnifique, elle s'élança vers les arbres de toute la force de ses pattes gracieuses. Elle disparut dans un léger bruissement de feuillage.

La maison ressemblait en tout point au souvenir qu'en avait Stella. Adossée à la colline, surplombant une rivière vive, elle se composait d'un rez-de-chaussée et d'un étage, et se fondait dans les bois qui l'entouraient. Toute de bois et verre, de lignes très simples, avec une longue véranda peinte d'un bleu hardi, meublée de deux rocking-chairs et de nombreux pots en cuivre fleuris. D'ailleurs, remarqua Stella, les fleurs s'étalaient partout, semées dans le jardin comme au hasard, donnant à l'espace qui s'étendait devant la véranda un air sauvage et naturel. De larges marches de bois sinuaient entre les taches de couleurs et rejoignaient le chemin en pente douce.

— On dirait un conte de fées, murmura Jack.

Un pick-up bleu était garé sur le côté de l'allée étroite, mais il n'y avait aucune trace de la voiture que Diana aurait utilisée pour rejoindre son refuge. D'autre part, aucune voiture de location poussiéreuse ne trahissait la présence de Virginia. Elles étaient sans doute allées faire des courses ?… Toute hypothèse valait mieux que la perspective d'avoir fait tout ce trajet pour ne pas trouver ses amies.

Au moment même où Jack éteignait le moteur, Stella jaillit hors de la voiture et se précipita vers la maison. Jack la retint par le bras.

— Faisons les choses avec méthode, dit-il.

Avec douceur, il déroula les doigts crispés de Stella et lui prit le diamant, qu'il replaça dans la poche de son pantalon.

— Diana laisse le pick-up ici, quand elle part ?

— Oui. Elle conduit une Mercedes décapotable ou sa petite Bleemer.

— Trois voitures, voyez-vous ça ! Il y a une porte à l'arrière de la maison ?

— Deux. On peut sortir par la cuisine ou par le côté.

— Faisons le tour.

A l'arrière, ils passèrent devant un cabanon à outils bien rangé, longèrent quelques marches en pierre dont les jointures étaient couvertes de mousse. Comme à l'avant de la maison, les fleurs tapissaient l'espace, jusqu'à la falaise couverte de lierre.

Tandis qu'ils contournaient la maison, passaient un petit carré d'herbes aromatiques qui embaumait le thym et le romarin, Jack ne remarqua aucune vitre brisée ni aucun signe d'effraction. A l'extrémité de la maison, ils arrivèrent dans le patio, où se trouvaient une table de verre, des fauteuils de jardin, des pots d'argile débordants de fleurs et un petit bassin rempli de plantes aquatiques.

— Beaucoup de fleurs ont l'air fraîchement plantées, remarqua Jack à voix basse.

En dépit de la chaleur humide, Stella avait les mains glacées. Tout était bien trop tranquille, songea-t-elle dans un vertige.

— Rentrons dans la maison, suggéra-t-elle d'une voix pressante.

Jack franchit la marche de la véranda, et trouva la porte close. Accroupi, il examina la serrure.

— J'aurai aussi vite fait de casser un carreau, murmura-t-il.

Comme il s'y attendait, Stella protesta aussitôt :

— Pas question !

Résigné, Jack se dirigea vers sa voiture en soupirant. Il ouvrit son coffre, où gisaient pêle-mêle boîte à outils, livres, bouteilles vides, et revint avec l'outil adéquat.

— Que fais-tu ? demanda Stella.

— Je fais sauter la serrure. Ça risque d'être un peu long. Je suis rouillé. Essaie d'ouvrir la porte de derrière, pendant ce temps.

De nouveau, Stella fit le tour de la maison. A chaque fenêtre, elle s'arrêtait, scrutait l'intérieur. Quand elle revint à l'avant de la maison, Jack, transpirant à grosses gouttes, avait fait sauter la première serrure.

Lorsqu'il fut venu à bout de la deuxième serrure, il s'épongea le front. Il aurait tout donné pour une douche froide et une bière glacée.

Stella poussa la porte d'entrée et pénétra dans la maison. La salle de séjour était spacieuse et confortable, avec son grand canapé mœlleux, ses fauteuils profonds, sa cheminée dans le foyer de laquelle trônait une belle fougère. Stella foulait rapidement le plancher en châtaignier recouvert de tapis berbères. La cuisine claire, impeccablement rangée, était vide. Tandis qu'elle grimpait l'escalier quatre à quatre, vers les chambres, la maison résonnait de son pas vif. Le lit en cuivre de Diana était fait, la salle de bains nette, les serviettes de toilette bien pliées, les armoires en ordre. Tout respirait l'harmonie d'une maison vivante, mais non habitée.

Jack rejoignit Stella et lui toucha délicatement le bras.

— Il faut te rendre à l'évidence, mon chou. Tes amies ne se sont pas réfugiées ici.

— Je le vois bien !

La voix de Stella s'était brisée comme une brindille sèche.

— Pourtant, reprit-elle, elle était ici il n'y a pas longtemps. Je sens encore son parfum…

— Tu crois qu'elle est retournée chez elle, sur les bords du Potomac ?

— Peu probable. Elle aura sûrement évité l'agitation du 4 juillet. C'est pourquoi j'étais certaine de la trouver ici. Maintenant… elle peut être Dieu sait où.

De nouveau la voix de Stella vacilla. Emu, Jack s'avança vers elle. C'est alors qu'il remarqua la joue humide de Stella. Il s'arrêta avec horreur, comme frappé de paralysie.

— Tu pleures ?

Plutôt qu'une question, c'était une accusation, émise d'un ton où perçait une terreur abjecte.

Stella croisa les bras. Toute l'excitation, la tension, la frustration de la recherche se transformaient en désespoir pur. La maison était vide.

— Arrête ça immédiatement. Pleurnicher n'arrangera rien. Si tu continues, je m'en vais. Tu n'as donc aucune fierté ?

La fierté était en cet instant le cadet des soucis de Stella. Appuyant sa tête contre la vitre, elle laissa éclater son chagrin.

Excédé, Jack descendit l'escalier. Puis, jurant comme un charretier, il le remonta.

— Je n'avais vraiment pas besoin de ça, murmura-t-il.

Comment s'occupe-t-on d'une jeune femme de caractère qui pleure parce qu'elle est au bout de ce qu'elle peut supporter ? Pas la moindre idée. Il lança un nouveau juron tout en la prenant dans ses bras. Il berçait, jurait, caressait, butinait sa tempe de baisers bourrus.

— J'ai peur pour mes amies, haleta Stella.

— Je sais…

Jack resserra son étreinte, comme pour étrangler ces maudits sanglots.

— Tout ira bien, affirma-t-il en effleurant ses lèvres. Je te le promets.

Les yeux débordant encore de larmes, Stella regarda Jack :

— J'étais tellement sûre qu'elles seraient là toutes les deux…

— Je sais, répéta Jack en lui arrangeant une mèche de cheveux sur le front. Tu as tout à fait le droit de craquer, après la journée éprouvante d'hier. Mais ne pleure plus. Ça m'arrache le cœur.

— Je déteste pleurer, déclara Stella en reniflant.

— A la bonne heure !

Jack prit les deux mains de Stella et les porta à ses lèvres.

— Réfléchis. Tu sens encore le parfum de Diana. Elle était donc ici il y a très peu de temps. Comme tout est en ordre et fermé à clé, cela signifie qu'elle allait très bien lorsqu'elle est partie.

Stella exhala un petit soupir.

— Tu as raison. J'ai perdu toute capacité à raisonner.

Appuyant sa tête sur l'épaule de Jack, elle suggéra :

— Si nous nous asseyions et restions un moment tranquilles ?

— Bien sûr, mon amour. Reposons-nous, dit-il en la transportant jusqu'au canapé.

10.

Pour Jack, retourner à Washington, au milieu de la circulation difficile et des feux d'artifice du 4 juillet, n'avait pas de sens, alors qu'ils se trouvaient dans un endroit rêvé pour passer la nuit. Si Stella avait craqué une fois, pensait-il, cela pouvait lui arriver de nouveau. Un repas décent, suivi d'une bonne nuit de sommeil, l'aiderait sans doute à retrouver son équilibre. De plus, il avait besoin de temps pour mettre au point le plan qui germait dans son esprit.

— Va prendre une douche, et emprunte des vêtements de rechange à ton amie, conseilla-t-il à Stella.

— Ça ne me fera pas de mal, acquiesça-t-elle avec un pâle sourire.

Jack picora le nez de Stella d'un baiser léger.

— Pendant ce temps, je vais dénicher quelque chose à boire dans le frigo.

En route pour la salle de bains, Stella se retourna vers Jack.

— Merci de m'avoir permis de me laisser aller, dit-elle avec confusion.

— Tu en avais besoin…

Dans la salle de bains, Stella se débarrassa avec bonheur de ses vêtements froissés. La maison de Diana avait beau être simple, son amie avait fait une exception pour la salle de bains. Toute en carreaux bleu tendre et vert fondu, elle donnait le sentiment de pénétrer dans une clairière près du bord de mer. La baignoire ressemblait à un grand lac blanc, alimenté de jets d'eau et entouré d'un rebord couvert de pots contenant des bruyères. La tentation de se prélasser dans un bain ne dura que quelques secondes, et Stella opta finalement pour le jet puissant de la douche. Après un long moment d'abandon sous la cascade bienfaisante, Stella se servit d'un des savons et shampooings de luxe de Diana. Le parfum de ces produits lui mit de nouveau les larmes aux yeux, tant il lui rappelait son amie.

Mais elle refoula ses larmes. Pleurer ne mènerait à rien. En revanche, les détails pratiques feraient merveille. Une douche, un repas, un arrêt de toute activité pendant quelques heures lui éclairciraient l'esprit. La suite des événements exigerait certainement un cerveau affûté et un corps en état de marche. Il fallait de toute urgence retrouver ses amies, remettre son monde à l'endroit. Ensuite, elle envisagerait ce qui se passait entre elle et Jack, la suite à donner à leur histoire.

Nul doute possible à ce sujet, elle était amoureuse de cet homme. La rapidité avec laquelle cela s'était produit accroissait encore l'intensité de l'émotion, l'absolue confiance qu'elle lui vouait, le respect plein de fierté qu'elle éprouvait envers lui. Au fond d'elle, la conviction de pouvoir vivre sa vie entière avec lui s'affermissait d'heure en heure.

Elle comprenait Jack en profondeur, songea-t-elle tout en se livrant au jet réconfortant de la douche. Comprenait sa solitude, sa souffrance mal guérie sous les cicatrices, sa fierté quant à ses qualités personnelles. Il était à la fois bon et cynique, patient et tout en impulsions. Il possédait une intelligence exigeante, avec une touche de poésie, et une bonne dose de non-conformisme. Il vivait sa vie en suivant ses propres règles, qu'il ne dédaignait pas de rompre quand il le jugeait bon. Le partenaire idéal pour partager sa vie.

C'était d'ailleurs bien cela qui l'inquiétait. Penser mariage, permanence et famille avec un homme qui fuyait manifestement tout engagement, quelle folie ! Mais puisque toutes ces idées avaient germé en elle en si peu de temps, peut-être parviendrait-elle à les insinuer aussi dans la tête et le cœur de Jack ? Tout cela se ferait-il sans bouleverser les bases de leurs vies ? Elle l'espérait, en tout cas.

Stella sortit de la douche, s'essuya dans un grand drap de bain et s'enduisit le corps d'une crème onctueuse. Puis elle soupira d'aise, heureuse.

Au moins à la campagne, les goûts vestimentaires de Diana tendaient vers la simplicité. Stella jeta son dévolu sur une chemise à petits carreaux bleus et blancs et un short de coton, qui flottait un peu aux fesses. En revanche, ses longues jambes étaient mises en valeur par le vêtement un peu trop court. Puis elle descendit vers la cuisine, pieds nus, ses cheveux humides frisottant autour de son visage.

Lorsque Jack leva les yeux vers Stella, son regard se brouilla. La femme de sa vie n'était peut-être pas d'une beauté classique, mais elle était bien mieux que cela. Superbe. Une fois de plus, il fut frappé par l'impact qu'avaient sur lui ce visage anguleux et sexy, ce corps énergique et souple, les longues, longues jambes qui sortaient du short minuscule. Il en salivait.

Stella pencha la tête sur le côté, et une délicate chaleur lui monta aux joues.

— Pourquoi me regardes-tu comme ça ? Tu m'as déjà vue nue…

— J'ai un faible pour les grandes femmes en mini short. As-tu aussi emprunté les sous-vêtements de Diana ?

— Il y a des choses que même les amies intimes ne se passent pas. Les sous-vêtements et les hommes, en particulier.

Le regard de Jack s'alourdit encore.

— Dans ce cas…

Mais Stella mit le holà à ses pensées érotiques :

— Je ne fais pas l'amour avec un homme qui n'a pas pris une douche de la journée ! De plus, je meurs de faim.

En dépit du désir qui le titillait, Jack se rendit à l'argument.

— Il y a du champagne dans le frigo, énuméra-t-il, des pâtes dans un bocal, des boîtes de sauce tomate, des oignons dans un panier, des crackers… bref, de quoi faire un repas.

Le visage de Stella exprima une certaine hostilité.

— Tu veux dire que l'un de nous doit faire la cuisine ?

Pendant quelques secondes, ils s'observèrent sans rien dire. Puis, sortant un dollar de sa poche, Jack proposa :

— On tire au sort, d'accord ? Pile, c'est toi qui cuisines. Face, c'est moi.

— Entendu.

Stella siffla entre ses dents quand la pièce tomba sur pile.

— Le sort en a décidé ainsi, dit Jack en riant. Il y a aussi du caviar dans le frigo, ajouta-t-il. Pour ma part, je n'en suis pas friand. Pendant que tu prépares le dîner, je vais prendre ma douche.

— Je suis très mauvaise cuisinière, commenta sombrement Stella tandis que Jack s'éloignait.

Une demi-heure plus tard, Jack reparut dans la cuisine, rasé de près, les cheveux rejetés en arrière. La porte donnant sur le patio était ouverte, et Stella, assise dans un fauteuil profond, dégustait une bouchée de caviar sur un cracker.

— Le Beluga est délicieux, dit-elle en avalant une gorgée de champagne. Le champagne aussi, d'ailleurs. Diana en est folle. Question d'éducation…

Poussé par la faim, Jack prit un cracker tartiné de caviar, et grimaça en l'avalant. Puis il prit sa coupe de champagne et la but d'un trait.

— Je rêve d'un hot dog avec une bière, commenta-t-il.

Un soupir nostalgique échappa à Stella. Elle se sentait en parfait accord avec Jack.

— Moi aussi… on ne choisit pas toujours ! On est bien ici, mais franchement, pour moi, c'est trop silencieux. Pas de circulation, aucun bruit de voix, pas de mouvement. Ça me fait un peu peur.

Jack avait faim au point de reprendre une bouchée de caviar.

— Toi et moi sommes des animaux sociaux, déclara-t-il. Nous ne sommes à notre affaire qu'au milieu de nos congénères.

— C'est pourquoi je tiens le pub le soir. J'aime y travailler quand il est bondé.

L'évocation du pub fit broyer du noir à Stella. Mal à l'aise, elle remua dans son siège et tendit la main vers sa coupe.

— Les flics ont sûrement débarqué au bar. Ils ont dû interroger mes serveuses, et peut-être quelques clients. Tout le monde doit s'inquiéter à mon sujet.

Tout en prenant sa douche, Jack avait fignolé son plan d'attaque.

— Tout va aller vite, maintenant. Tes serveuses s'occupent du bar quand tu pars en vacances, non ?

— Bien sûr, mais…

Jack sourit et prit la coupe de champagne des mains de Stella.

— Je crois que ta sauce brûle, mon chou.

Retombant brusquement dans la réalité immédiate, Stella jaillit de son fauteuil en jurant.

Pendant ce temps, Jack jaugea le niveau de la bouteille de champagne. Il n'était pas dans ses habitudes de conseiller l'alcool comme sédatif. Cependant, la fragilité passagère de Stella, l'inquiétude qui la rongeait au sujet de ses amies poussaient Jack à une exception. Ce soir, pour quelques heures au moins, il ferait son possible pour qu'elle se perde dans l'oubli.

— La sauce est sauvée, mais de justesse ! s'amusa Stella. J'ai mis l'eau des pâtes à chauffer.

Jack sourit et lui tendit une coupe remplie de champagne.

Avec un gloussement de plaisir, Stella laissa glisser dans sa gorge les délicates bulles.

— On s'y habitue, tu ne trouves pas ? demanda-t-elle.

Un sourire tendre aux lèvres, Jack se leva et lui passa une main sur les cheveux.

— L'endroit est trop calme. Je vais mettre de la musique.

A la surprise de Stella, Jack revint dans la cuisine avec des bougies, trouva du blues à la radio, et lui planta une fleur rose derrière l'oreille.

Après l'avoir contemplée en souriant, il déclara :

— Le rose sied aux rousses. Tu es ravissante.

Stella chassa les mèches de son front et alla égoutter les pâtes.

— Un accès de romantisme ? demanda-t-elle.

Penché vers elle, Jack lui baisa la nuque.

— J'en ai d'autres en réserve. Ça ne te plaît pas ?

Le baiser fit monter des frissons le long de la colonne vertébrale de Stella et elle pencha la tête sur le côté.

— Si. Mais d'abord, il va falloir manger ces pâtes et faire semblant de les apprécier.

Elle fronça les sourcils quand Jack ouvrit la deuxième bouteille de champagne, mais ne protesta pas. Les nouilles étaient un peu trop cuites, la sauce insipide, mais ils étaient si affamés qu'ils se resservirent deux fois sans se plaindre. Jack employa toute son habileté à diriger la conversation vers des sujets anodins.

A la fin du repas, il prit la main de Stella et y déposa un baiser.

La vue de la jeune femme se brouilla, et elle s'empara de sa coupe de champagne.

« Nerfs fragiles, tout à coup ? » se demanda Jack. Bizarre. Stella n'avait pourtant fait preuve d'aucune nervosité quand il lui avait passé les menottes, ni quand il conduisait à tombeau ouvert dans les rues de Washington, avec des tueurs potentiels aux trousses. Mais qu'il lui caresse la main, et la voilà qui se transformait en vierge effarouchée le soir de sa nuit de noces !

— J'aime te regarder, murmura-t-il.

Stella avala une gorgée de champagne précipitamment, posa la coupe sur la table, puis la reprit.

Conscient de la confusion mentale de Stella, Jack lui remplit de nouveau sa coupe.

— La lueur des bougies met une flamme dans tes cheveux, admira-t-il. Dans tes yeux, aussi. Le scintillement d'une étoile. Tu connais le vers « Lumineuse comme une étoile, quand il n'y en a qu'une dans le ciel » ? Je cite de mémoire.

Stella avala une nouvelle gorgée, sentit le liquide pétiller dans sa gorge.

La voix rauque de Jack résonna à ses oreilles :

— Tu es la seule, pour moi…

Puis il repoussa son assiette et prit les deux mains de Stella dans les siennes.

— Tu trembles, remarqua-t-il.

— Pas le moins du monde !

En fait, le cœur de Stella palpitait, et elle retira ses mains, pour que Jack ne s'en aperçoive pas. Elle se remit à boire, et ses yeux s'étrécirent.

— Tu cherches à m'enivrer, Dakota ? demanda-t-elle.

Le sourire que Jack lui décocha était lent, sûr de soi.

— A te décontracter, plutôt.

Le désir se forma au creux du ventre de Stella.

— Tu es mûre pour être séduite, continua Jack sur le même ton.

Il retourna une des mains de Stella et lui mordilla le poignet.

— Si tu devais te lever maintenant, tes jambes trembleraient.

« Elles tremblent déjà », remarqua Stella. Même assise.

— Tu n'as pas besoin de me séduire, et tu le sais très bien.

— Ce que je sais, c'est que je vais aimer ça : t'avoir entre mes bras, faible, tremblante. Mienne.

Troublée au-delà de toute expression, Stella s'adossa à sa chaise.

— Tout ceci est ridicule. Si tu veux aller au lit…

— Nous irons, en temps voulu.

Jack se leva, prit Stella par les mains et l'aida à se lever. Puis il lui caressa les flancs d'une longue caresse possessive.

— Tu t'inquiètes à l'idée de ce que je peux faire de toi.

— Tu ne m'inquiètes pas du tout, rétorqua-t-elle.

— Oh ! que si…

La prenant contre lui, Jack effleura sa bouche de ses lèvres avant de butiner sa joue de baisers légers.

— En cet instant, je t'inquiète terriblement, répéta-t-il.

La respiration de Stella était malaisée.

— Dès qu'on fait la cuisine à un homme, il se rengorge, ironisa-t-elle.

Quand il rit, doucement, si près d'elle, la chaleur de son souffle fit frissonner Stella de tout son être, et elle chercha la bouche de Jack.

— Embrasse-moi, supplia-t-elle.

Jack évita les lèvres de Stella, fit courir sa bouche le long de la gorge de la jeune femme.

— Tu n'as pas peur du feu, mais la chaleur te rend nerveuse, nota Jack en effleurant la peau de Stella. Ce soir, tu auras les deux.

Le champagne lui montait au cerveau, comme Jack l'avait prédit. De longs frissons la parcouraient, comme Jack l'avait prédit. Elle était faible, comme il l'avait prédit.

Tout vacillait. Au moment même où elle se tendait vers le feu, la flamme dansait hors de sa portée. Elle n'avait droit qu'à la chaleur du désir, énervante, douce, enivrante. Et quand Jack la souleva, le souffle lui manqua.

— Pourquoi fais-tu cela ? demanda-t-elle.

— Parce que tu en as besoin. Et moi aussi.

Tandis qu'il la transportait jusqu'à une chambre, Jack mordillait Stella, la couvrait de baisers légers comme des plumes. La maison était sombre, vide, le clair de lune guidait ses pas le long de l'escalier. Il la déposa sur le lit, la couvrit de son corps et posa enfin ses lèvres sur les siennes.

Stella avait l'impression de flotter. Un instant, elle lutta, essayant de créer entre eux une situation d'égalité. Mais Jack approfondit son baiser avec une telle lenteur, un tel art, une telle tendresse, que Stella rendit bientôt les armes, et glissa dans le piège de velours que Jack lui avait tendu. Elle murmura son nom et s'abandonna.

Jack sentit le changement, cette reddition douce et complète. Il reçut l'offrande avec un sentiment de triomphe qui augmenta son désir, fit courir dans ses veines des vagues de plaisir. Même si son désir s'intensifiait, sa bouche continuait son lent travail d'exploration, le long du cou, jusqu'au creux où bat le cœur.

— Laisse-toi aller, dit-il tranquillement. Oublie tout, et laisse-moi te prendre.

Les mains de Jack parcouraient tendrement le corps de Stella, s'attardant sur chaque angle, sur chaque courbe. Se fiant aux gémissements de Stella, il apprenait à la satisfaire. Il la déshabilla avec lenteur. Ne lui offrit d'autre échappatoire que la confiance. La combla de plaisir.

La tendresse de chacun des gestes de Jack réduisit le monde de Stella au violent orage qui se préparait en elle. Le feu l'habitait, cet éclair, cette chaleur extraordinaire mêlés au souffle du vent. Jack de ses mains habiles, de sa bouche patiente, la menait à son gré, par le chemin qu'il avait choisi. Il n'ignorait aucune partie de son corps, lui murmurait à l'oreille d'exquises promesses. Elle était sous lui, impuissante, offerte pieds et poings liés, ouverte à toute exigence. Et quand enfin Jack exigea, la jouissance sortit d'elle en un long gémissement qu'elle poussa comme on pousse une plainte, le corps tordu, tendu, cabré.

Jack enfouit son visage entre les seins de Stella. Même maintenant qu'il l'avait conduite au paroxysme du plaisir, il refusait encore de céder au désir de se hâter.

— Je veux davantage de toi, murmura-t-il. Je te veux tout entière.

Il referma sa bouche sur la pointe d'un sein jusqu'à ce qu'elle recommence à se mouvoir sous lui. Quand elle murmura de nouveau son nom, entre frisson et gémissement, d'une voix brisée, alors seulement il pénétra en elle, lentement, profondément.

Au bord d'un nouvel orgasme, Stella arqua son corps contre celui de Jack. Ses yeux se rivèrent à ceux de son amant, et leurs mains s'unirent. La lune éclairait le visage de Jack, ses yeux sombres, sa bouche ferme, le flot abondant de ses cheveux.

Stella sourit. « L'homme de ma vie », songea-t-elle dans un brouillard.

— Prends tout de moi, chuchota-t-elle avec ferveur.

Elle sentit les mains de Jack trembler. Vit dans ses yeux la lueur de triomphe et la faim encore inassouvie.

— Prends tout, répéta-t-elle en s'arquant.

Le feu les emporta alors dans un même délire.

Pendant que Stella dormait, Jack la tint contre lui, tout en mettant la dernière main à son plan. Plan qui pouvait aussi bien réussir que lui exploser à la figure. Quoi qu'il en soit, il tenterait l'impossible pour sa bien-aimée, pour éviter que ne coulent de nouveau les larmes sur ses joues. Il avait attendu trente ans pour tomber dans le piège de l'amour. Peut-être était-ce pour cette raison qu'il était tombé amoureux si profondément, si vite ? A moins de sombrer dans le mysticisme, et de croire que tout était écrit depuis toujours ? Sa rencontre avec Stella, les Trois Etoiles…

Au diable les explications rationnelles ou surnaturelles. Cela revenait au même : Stella était la première et unique femme qu'il ait jamais aimée, et il ferait tout pour la protéger.

Même si pour cela il devait bafouer la confiance qu'elle avait en lui.

Tandis que Jack, allongé dans le noir à la campagne, pensait à sa vie future, à ses chances de succès, un autre homme était assis dans une pièce inondée de lumière. Sa journée avait été bien remplie, et maintenant, il était las.

Toute la soirée, il avait regardé les feux d'artifice du 4 juillet, avait souri, conversé, bu des vins raffinés. Mais tout le temps, la rage au cœur l'avait rongé comme un cancer.

Enfin, il se retrouvait seul, dans la pièce qui apaisait son âme. Ses yeux se portèrent sur un Renoir, dont il se reput quelques instants. Puis il contempla la merveilleuse boîte laquée qui avait appartenu à un empereur de Chine, avant d'effleurer de la main la bague ornée d'un gros rubis, propriété de Louis XIV pendant un temps. Habituellement, ces choses et tant d'autres lui procuraient un plaisir délicat et profond.

Mais pas aujourd'hui.

Quelques individus avaient été punis, songea-t-il. Mais ce n'était pas suffisant.

Sa chambre au trésor ne comprenait que des pièces uniques, anciennes, étonnantes. Mais ce n'était pas suffisant.

Seules les Trois Etoiles pouvaient lui octroyer la satisfaction suprême. Pour Elles, il céderait sans hésiter toutes les splendeurs en sa possession. Parce que, avec Elles, il accéderait à la plénitude. En conséquence, leur perte ressemblait à du verre brisé dans sa gorge.

Il se leva, saisit la bague au rubis et la jeta à travers la pièce, comme un enfant capricieux se débarrasse d'un jouet cassé. Il

Les retrouverait, se jura-t-il avec un lent sourire. Mais pour cela, un sacrifice au dieu était nécessaire.

Un sacrifice sanglant.

Il sortit, laissant derrière lui la pièce brillamment éclairée. Et ce qui lui restait de santé mentale.

11.

Jack songea à laisser un petit mot. Quand Stella se réveillerait, elle serait seule. Au début, elle le croirait parti au village voisin pour chercher le petit déjeuner. Mais il ne lui faudrait pas longtemps pour comprendre qu'il était *vraiment* parti.

Tout en descendant l'escalier à pas de loup, il imaginait la réaction de Stella. Elle se mettrait dans une colère noire, l'injurierait, le détesterait.

Mais ici, elle était en sécurité, et cela seul comptait. Si tout se passait selon ses prévisions, il serait de retour dès ce soir. Il passerait alors un sale quart d'heure à convaincre Stella du bien-fondé de ses actes. Il se faisait cependant fort d'y parvenir.

Un instant, il hésita, malgré tout… Tout bien pensé, pourquoi ne pas laisser un mot expliquant ses intentions ? Mais non. Stella comprendrait d'elle-même. C'était une femme perspicace. La femme de sa vie.

Il sortit dans l'air délicatement brumeux du matin, huma l'atmosphère chargée du parfum des fleurs de Diana. Parvenu à la voiture, il s'installa derrière le volant. Un soldat se prépare à la bataille, un chevalier à la charge. Lui tentait de s'endurcir avant de quitter sa dame.

Il était dans cet état d'esprit chevaleresque lorsqu'il tourna la clé du démarreur. Rien. Sur-le-champ, son humeur fasseya comme une voile sans vent.

Furieux, il sortit de sa voiture.

Il venait de mettre la tête sous le capot, lorsqu'une voix acide s'enquit :

— Monsieur le chasseur de primes a oublié quelque chose ?

Lentement, Jack se retourna. Stella. Elle se tenait debout sous la véranda, prête à combattre, les yeux pleins de haine.

Un simple coup d'œil sous le capot de sa voiture avait renseigné Jack : la tête du Delco manquait. Maintenant, il en comprenait la cause. Stella. Elle l'avait démasqué.

Jack demeura calme. Plus d'une fois, il avait eu affaire à une femme en colère, dans sa vie.

— Tu es matinale, dit-il tranquillement.

— Toi aussi, Jack.

Jack sourit de toutes ses dents, mais resta à distance respectueuse.

— J'avais envie d'œufs au bacon…

Comme Stella descendait les marches de la véranda, Jack conserva son sourire plaqué sur le visage.

— Ah bon… et où pensais-tu trouver des œufs au bacon à l'aube, en pleine campagne ?

— Euh… je pensais… trouver une ferme, et…

Le poing de Stella l'atteignit en plein ventre.

— Ne me mens pas ! Tu me prends donc pour une imbécile ?

Jack toussa, ses poumons vidés d'un coup cherchaient à se remplir.

— Ecoute…, commença-t-il.

— Tu crois que je n'ai rien compris, hier soir ? Cette façon de me faire l'amour comme un adieu. Espèce de salaud !

De nouveau, elle envoya son poing.

Cette fois-ci, Jack l'évita de justesse. La moutarde commençait à lui monter au nez. Jamais il n'avait traité une femme avec autant d'amour et d'attention que la nuit dernière, et maintenant, elle le lui jetait au visage.

— Tu as saboté ma voiture pendant la nuit ? demanda-t-il d'un air accusateur. Belle preuve de confiance !

— Comment oses-tu me parler de confiance ?

Jack saisit Stella aux épaules et cria :

— Où est la tête du Delco ?

— Quel plan ridicule as-tu élaboré dans ta sale caboche ?

— Je reviendrai te chercher quand j'en aurai fini avec toute cette histoire. répliqua-t-il d'un air sombre.

— Tu me prends pour ton toutou ou quoi ? On a commencé ça ensemble, on finit ensemble. Je viens avec toi.

La fureur aveuglait Jack. Il secoua Stella et la bloqua contre la portière de la voiture.

— Non ! Je ne prends pas de risques avec toi. Pour une fois dans ta vie, fais ce qu'on te dit sans discuter ! J'irai plus vite sans toi. Sans m'inquiéter à ton sujet.

— Personne ne te demande de t'inquiéter pour moi ! Que vas-tu faire au juste ?

— On a perdu assez de temps à se faire poursuivre. Il est temps d'inverser les rôles.

La colère de Stella lui monta à la gorge.

— Je vais avec toi, s'entêta-t-elle.

Jack la secoua comme un prunier.

— Ici, tu es en sécurité, Stella ! Tu représentes tout ce qui compte, pour moi. Je t'aime.

— Et je suis censée attendre ici, les fesses sur une chaise, comme une gonzesse ordinaire ?

— Exactement.

— Que deviendrai-je, si tu te fais tuer ? Pas question que j'attende sans rien faire.

Déboussolé, Jack lâcha prise en grommelant entre ses dents, et se mit à faire les cent pas. Dans son cerveau tourbillonnaient des plans contradictoires. Devait-il se résoudre à lui remettre les menottes, et à l'enfermer dans la maison jusqu'à son retour ? Impossible ! conclut-il aussitôt. En revanche, rien ne l'empêchait de mentir. Dans ce cas, il ferait semblant de parvenir à un accord avec elle, avant d'agir à sa guise. Cependant, une idée se formait peu à peu dans sa tête.

Au bout d'un moment, il se tourna vers Stella, un sourire aux lèvres :

— D'accord, mon chou. J'avoue que je suis fatigué de toute cette histoire. Au début, c'était amusant, mais maintenant, même les cinquante mille dollars que tu m'as promis ne valent pas le coup que je risque ma peau. J'ai donc essayé de partir en douce quelques semaines, le temps que toute l'affaire se tasse.

Comme Stella le dévisageait, bouche bée, Jack haussa les épaules et poursuivit :

— Les choses devenaient un peu trop lourdes entre nous. J'ai voulu éviter la scène de rupture classique.

— Tu me laisses tomber ? murmura Stella d'une petite voix. Tout ce que tu m'as dit…

Le cœur de Jack se serra, mais il s'entêta :

— Nous sommes libres et vaccinés, toi et moi. Je te déposerai dans la première ville venue, avec un peu d'argent pour le transport.

Pour toute réponse, Stella tituba en direction des marches de la véranda. Lorsqu'elle s'effondra, le visage entre les mains, le cœur de Jack chavira, et il se détesta. « Elle sera en sécurité », se rappela-t-il cependant pour se donner du courage.

Mais là, il eut la surprise de sa vie.

Stella… ne pleurait pas.

Stella riait. Elle se tenait les côtes… de rire. En fait, elle rejetait maintenant la tête en arrière, et riait, riait.

— Espèce d'idiot ! Tu pensais vraiment que je t'avais cru, hein ?

Au fur et à mesure que le visage de Jack s'assombrissait, Stella riait plus fort.

— Tu es si amoureux de moi, Dakota, que tu n'arrives plus à réfléchir ! Nous sommes liés l'un à l'autre, tu devrais le savoir. Ça nous est tombé dessus…

La voix toujours secouée de rire, Stella frotta ses côtes douloureuses, et prit une profonde inspiration.

— Tu mériterais que je te roue de coups. Mais ton stratagème était trop bête… et trop doux à mon cœur.

Remué, Jack enfouit ses mains dans ses poches. D'accord, ses manœuvres avaient échoué, songea-t-il. Ainsi que sa colère et ses menaces. Quant à ses mensonges, ils n'avaient réussi qu'à égayer Stella. Il ne lui restait que la vérité, en somme.

En conséquence, il s'assit près de Stella, sur les marches de la véranda, et lui saisit les mains.

— Je me rends, déclara-t-il. Je n'ai jamais dit à aucune autre femme que je l'aimais. En fait, je n'ai jamais aimé personne, ni femme, ni famille, ni amis. Il n'y a que toi dans ma vie.

L'émotion envahit Stella. Elle se pencha et embrassa tendrement la joue de Jack.

— Moi, j'aime quelques personnes très profondément. Mais ce que je ressens pour toi est unique, complètement différent. Et je l'éprouve pour la première fois.

Les yeux de Jack se posèrent sur leurs mains jointes. Ils étaient faits l'un pour l'autre, songea-t-il avec bonheur.

— Il m'a toujours été facile d'éviter les attachements, confia-t-il. Jusqu'à notre rencontre. Maintenant, j'ai compris ce que tu ressens pour tes amies. J'ai besoin de t'aider. De les aider.

Stella détourna le regard. Inutile de pleurer de nouveau. Cela n'avancerait à rien. Pourtant, les mots de Jack, l'émotion calme et profonde qui passait entre eux atteignaient une partie de son cœur ignorée jusqu'alors. Elle exhala un profond soupir.

— Jusqu'à cette minute, je t'aimais. A présent, je suis en passe de t'adorer.

— Dans ce cas, tu vas rester ici, et m'attendre tranquillement.

— Non.

Comme le visage de Jack trahissait une irritation naissante, Stella le prit entre ses mains.

— Ce que tu ressens à mon égard, ce besoin de me protéger, je le sens aussi pour toi. Nous sommes deux, dans cette histoire. Et ne me dis pas que tu es un homme et que je suis une femme…

— Et pourtant…

Le regard soudain aiguisé, Stella pencha la tête sur le côté et menaça :

— Au cas où tu aurais l'intention de me berner, si tu mets tes projets à exécution, je téléphone à la police, leur dis que tu m'as kidnappée, et donne une description détaillée de ta personne et de ce qui te sert de voiture. Tu n'auras pas fait vingt kilomètres qu'on te mettra la main dessus.

Une lueur résignée traversa le regard de Jack.

— Tu en es bien capable…

— Compte là-dessus !

Soudain sérieuse, Stella posa ses mains sur les épaules tendues de Jack.

— Ne crains rien. Jamais je ne te quitterai, dit-elle en lui effleurant les lèvres.

« Elle comprend tout », songea Jack. Elle lisait en lui avec davantage de perspicacité que lui-même.

— Ce n'est pas la question, bougonna-t-il cependant.

— Au contraire. Personne ne t'a donné assez d'amour, mais moi, je le ferai. Je serai toujours là pour toi, même quand tu joueras au héros et tenteras pour ce faire de te débarrasser de moi.

Jack perdait du terrain et le savait. Il essaya encore de transiger.

— Tout cela pourrait commencer demain.

— Désolée. Je suis déjà à ton côté.

Leurs lèvres se rencontrèrent, et Jack eut le sentiment de fondre en elle. Leur baiser prit un tour passionné avant même que Stella n'ait glissé ses mains sous la chemise de Jack et ne les fasse courir le long de son dos.

— Prends-moi, murmura-t-elle en ondoyant contre le corps de Jack.

Ensemble, ils roulèrent dans l'herbe humide de rosée. Leur union fut rapide, un peu désespérée. Elle était avec lui, son corps agile et fort aussi avide et primitif que celui de Jack. Les yeux rivés l'un à l'autre, ils sombrèrent ensemble dans un abîme de sensations animales.

Pantelante, Stella demeura un long moment sous Jack. Son poids d'homme oppressait son corps, mais elle avait dans les yeux la douceur du soleil levant. « C'est le plus beau jour de ma vie », songea-t-elle.

Jack sortit peu à peu de sa torpeur amoureuse, et picora de baisers le visage de Stella.

— Ce petit intermède nous portera chance, murmura-t-il. Maintenant, il faut y aller.

La façon dont Stella lui avait mis les mains sur les épaules quelques instants plus tôt, en lui affirmant qu'elle ne le quitterait jamais, lui revint à l'esprit.

— Nous formons une bonne équipe, assura-t-il avec un sourire plus ému qu'il ne l'aurait voulu.

Stella attendit qu'ils soient engagés sur l'autoroute pour poser la question.

— Quel est ton plan, Jack ?

— Nous cherchons à retrouver celui ou celle qui tire les ficelles. Pour cela, nous disposons des deux types de la camionnette et des Salvini. Il faut les attirer dans un traquenard, garder l'avantage, et les convaincre qu'ils ont tout intérêt à nous refiler quelques renseignements.

— Rien que ça ! s'exclama Stella avec un grand sourire. J'admire ton optimisme.

— Tout est une question de rapport de force.

Tout en conduisant, Jack dévoila son plan à Stella.

Le tonnerre roulait dans le ciel assombri quand Jack se gara sur le parking des Salvini. Une Mercedes isolée s'y trouvait.

— La voiture de Thomas Salvini, commenta Stella. Normalement, la joaillerie est fermée pour ce long week-end. S'il est là, je me demande ce qu'il y fait…

Jack commença par vérifier la porte d'entrée. Fermée.

Le cœur de Stella se mit à battre à coups précipités. Lorsqu'elle parla, sa voix chevrotait.

— Virginia est peut-être à l'intérieur. Elle se rend à son travail à pied… Elle est peut-être blessée. Blessée ou…

Jack se tourna vers elle.

— Ecoute, mon chou, ce n'est le moment ni des pleurs ni de la spéculation.

Galvanisée, Stella rejeta la tête en arrière et redressa ses épaules.

— Tu as raison. Excuse-moi.

Jack hocha la tête et se dirigea vers l'arrière du bâtiment. Après une brève étude de la porte d'acier, il déclara :

— Les serrures ont été forcées. Pas de poussière, pas de rouille, ça n'est pas vieux. Celui qui a fait cela connaissait son affaire… il doit y avoir un système d'alarme sophistiqué, à l'intérieur.

Malgré cet obstacle, Jack sortit ses outils et se mit à l'œuvre. L'orage se rapprochait, et la pluie se mit à tomber, drue.

— A partir du moment où j'ouvrirai la porte, si je n'arrive pas à désamorcer l'alarme, nous n'aurons que quelques secondes pour nous enfuir.

— Mais…

— Ne discute pas, mon chou. Quand les flics arriveront, si Virginia se trouve à l'intérieur, ils la trouveront et s'occuperont d'elle.

Stella se mordit la lèvre et acquiesça.

— Reste ici, ordonna-t-il. Si je dis « pars », précipite-toi vers la voiture.

Prenant le silence de Stella pour un assentiment, Jack pénétra dans le bâtiment. Il repéra tout de suite l'alarme. A sa grande surprise, elle n'était pas branchée. Sans épiloguer sur leur chance, il s'empara de la main de Stella, alluma sa torche électrique et s'engagea dans l'escalier. Sol moquetté, marbre, couleurs raffinées. La pluie tambourinait aux fenêtres et sur le toit.

— Voici le bureau de Virginia, chuchota Stella en montrant du doigt une porte.

Jack tendit un bras pour en interdire l'accès à Stella. Du faisceau de sa torche, il parcourut la pièce. Tranquille, bien rangée, élégante. Vide.

Stella exhala un soupir soulagé.

— Pas la moindre trace de lutte, commenta Jack. Examinons le reste de l'étage avant de redescendre et d'entamer la phase A de notre plan.

Quelques mètres avant la dernière porte du couloir, Jack s'immobilisa. Une odeur lourde, caractéristique, imprégnait l'air.

— Retourne dans le bureau de Virginia, ordonna Jack.

Comme Stella le regardait d'un air interrogatif, Jack insista entre ses dents serrées :

— Fais ce que je te dis.

Gagnée par l'odeur pestilentielle, Stella ferma les yeux et hocha la tête.

Jack pénétra dans la pièce. La mort est rarement belle à voir, et il avait eu son lot de spectacles atroces. Mais celui-ci dépassait tout ce qu'on peut imaginer. De la folie pure. Une lutte sans merci pour la vie ou la mort avait eu lieu ici. Au cours de laquelle la vie avait perdu.

Il retourna sur ses pas, et trouva Stella, blanche comme un linge, appuyée contre le mur.

— Ce n'est pas Virginia, murmura-t-il. Il s'agit d'un homme.

Sous les doigts de Jack, la joue de Stella était glacée. Cependant, ses yeux perdirent instantanément leur aspect vitreux. Elle relâcha l'air enfermé dans ses poumons.

— C'était… comme Ralph ? demanda-t-elle d'une voix nauséeuse.

— Bien pire, lâcha Jack. Attends-moi ici.

Il examina chaque pièce, fouillant chaque recoin, ouvrant le moindre placard, s'appliquant à ne pas brouiller les empreintes digitales. Sans un mot, il conduisit Stella au rez-de-chaussée, qu'il passa au peigne fin à la lueur de sa torche. Il s'arrêta longuement devant un recoin sous l'escalier.

— Quelqu'un a visité cet endroit, conclut-il. La poussière est dérangée… A mon sens, c'est un refuge idéal pour quelqu'un de malin.

Les vêtements de Stella lui collaient à la peau, tant elle transpirait. Elle imaginait Virginia cachée dans le noir. Fuyant qui ? Pour quelle raison ? Où se trouvait-elle à présent ? Autant de questions sans réponse.

A l'extérieur, Jack referma la porte avec soin, effaça ses empreintes sur la poignée.

— S'il le faut, tu pourras atteindre le supermarché de l'autre côté du parking en trente secondes, évalua-t-il d'un coup d'œil.

— Pas question que je me sauve !

Ils se défièrent du regard.

— Tu feras ce que je te dis, trancha Jack. Celui qui a fait ce que j'ai découvert là-haut est un animal.

Le regard de Stella vacilla.

— Mon but est de coincer les deux types, l'un après l'autre. Si tu peux atteindre leur camionnette tandis que je détourne leur attention, tu la rendras inutilisable. Mais sans prendre le moindre risque.

Ignorant les yeux que Stella levait au ciel, Jack poursuivit :

— Quand je les aurai neutralisés, nous utiliserons leur camionnette pour une petite conversation.

Jack passa suggestivement une main sur les phalanges de son autre main.

— Selon les informations que nous récolterons, nous ferons appel à la police ou suivrons la piste nous-mêmes.

— Ça me va.

Jack ouvrit la portière de sa voiture. Stella s'installa sur le siège du passager.

— Fais un numéro sur ton portable, demanda-t-il. Arrange-toi pour que l'appel dure au moins une minute.

Stella composa le numéro de Diana, et parla pour ne rien dire sur son répondeur. Elle gardait les yeux rivés à ceux de Jack, et raccrocha dès qu'il lui en fit signe.

— Phase B ? s'enquit-elle d'une voix qu'elle voulait calme.

— Il n'y a plus qu'à attendre.

Dans le quart d'heure qui suivit, la camionnette fit irruption sur le parking des Salvini. La pluie continuait à tomber en trombes. De sa position derrière un pick-up, Jack faisait le gros dos à l'averse et observait les allées et venues.

Les deux hommes sortirent séparément de leur véhicule et entreprirent lentement le tour du bâtiment.

Le géant était la cible de Jack. Utilisant les voitures garées comme couverture, il avançait silencieusement vers lui, l'observa tandis qu'il ramassait le portable de Stella abandonné par terre. Tandis que le colosse semblait se creuser le pois chiche qui lui servait de cerveau, Jack bondit, le frappa à la volée dans les reins. Son adversaire à genoux, Jack lui passa une menotte au poignet avant d'être envoyé en l'air comme une mouche. Sa peau racla le sol du parking. Il roula sur le côté pour éviter un coup de pied du colosse.

De son poste, Stella observait la lutte le cœur serré. Elle grimaça lorsque Jack fut projeté au sol, grinça des dents au bruit mat des coups de poing assenés, mais se dirigea calmement vers la camionnette.

« Il est battu », pensa-t-elle, au désespoir. La brute allait lui briser les os, au minimum. D'autant plus que le deuxième homme, qui effectuait le tour du bâtiment, viendrait bientôt à la rescousse de son acolyte. Le plan selon lequel Jack s'emparait des deux hommes rapidement et séparément tombait en pièces. A moins que…

N'écoutant que son désir de venir en aide à Jack, Stella prit une profonde inspiration, sortit de son poste d'observation et s'élança en direction de l'immeuble Salvini. Lorsqu'elle vit que le deuxième homme l'avait repérée, elle freina des quatre fers, et s'immobilisa, feignant la peur et le choc d'être découverte. Quand l'individu glissa la main sous sa veste, elle ne flancha pas, et attendit qu'il se rapproche. Puis elle se remit à courir sous la pluie, l'entraînant loin de Jack.

Le colosse et Jack entendirent tous deux le cri de l'homme. Instinctivement, ils se retournèrent ensemble, et virent la femme aux cheveux roux s'enfuir, l'homme à face de rat à ses trousses.

« Incapable d'obéir ! » songea Jack, pris de terreur. Puis il fit volte-face vers son adversaire. Celui-ci lui lança un mauvais sourire. Jack lu i rendit son sourire, et son œil gauche tuméfié brilla de malice.

— Tu vas payer, mon vieux, dit-il sur le ton de la conversation. C'est ma femme que ton pote pourchasse.

Le géant essuya d'un revers de main son visage ensanglanté.

— T'es cuit, affirma-t-il.

— Tu crois ça ?

Priant pour que les jambes de Stella soient assez rapides, et que son propre cou tienne le choc, Jack baissa la tête, prit son élan, et chargea comme un taureau. La violence de l'attaque fit vaciller le colosse, qui recula de quelques pas et s'affaissa à moitié contre la voiture. En sang, délabré, épuisé, Jack administra de toutes ses forces un coup de genou dans l'entrejambe de son adversaire.

Sous la douleur soudaine, l'homme se plia en deux. Aveuglé par la pluie et la transpiration, Jack lui saisit les bras, les tordit et lui passa la deuxième menotte.

— Je m'occuperai de toi plus tard, promit-il en récupérant le téléphone portable.

Et il s'élança à la rescousse de Stella.

12.

Suivre les instructions de Jack, songea Stella.

Courir comme une dératée vers le supermarché, se mêler à la foule…

Tandis qu'elle détalait, elle passa comme un ouragan devant des couples, des familles, des enfants qu'on conduisait par la main, des bébés dans des poussettes. La pensée qu'une balle perdue, qui lui serait destinée, pouvait briser la vie d'un de ces innocents ne la quittait pas.

Elle se dirigea vers les confins du parking. Tout en courant à perdre haleine, elle jetait de rapides coups d'œil en arrière, s'assurant chaque fois qu'elle avait bien distancé son poursuivant. Pas étonnant, qu'elle l'ait semé, d'ailleurs ! Avec ses chaussures à semelles de cuir, il n'avait aucune chance, sous la pluie !… Mais combien de temps s'entêterait-il malgré tout à la poursuivre ? Quand déciderait-il de la lâcher et de se retourner contre Jack afin de prêter main-forte à son copain ? Car, hélas, ce moment viendrait forcément, et Jack en ferait les frais…

Cette pensée galvanisa Stella. Délibérément, elle ralentit l'allure, laissant à l'homme l'occasion de se rapprocher. Elle entendait maintenant sa propre respiration, sifflante comme celle d'un asthmatique, dans la moiteur de l'air orageux. Elle s'accroupit derrière un minivan, essuya du bras la sueur qui l'aveuglait, et tenta de réfléchir. Que faire ? Demi-tour pour venir en aide à Jack ? Le gorille lui avait peut-être déjà fait mordre la poussière…

Il fallait opter pour la ruse, à présent ; renoncer à la fuite, à la vitesse. Stella contourna la camionnette à croupetons, glissa derrière un pick-up. Là, contre la carrosserie, elle risqua un regard.

M… ! L'homme se trouvait plus près qu'elle ne croyait.

Elle se rabattit prestement, se recroquevilla contre le pare-chocs. Mieux valait mourir en courant, tout compte fait. C'était encore moins bête que d'être coincée entre une brute et une voiture bon marché.

Alors, Stella avala une goulée d'air, formula une rapide prière pour Jack, et s'élança.

Le bruit mat sur l'asphalte… Ça y était. L'homme lui tirait dessus ! Tandis qu'elle courait, courait, ses viscères montaient et redescendaient avec brutalité, son cœur cognait jusque dans ses cervicales. Comme en état de confusion, d'ivresse, elle plongea derrière une voiture. Elle était foutue, songea-t-elle alors. Aux abois comme une bête de chasse à courre. Pour l'homme, à présent, la tuer allait être un jeu d'enfant.

… Peut-être !

Serrant les dents, elle se glissa sous la voiture, et se tortilla comme un serpent vers la voiture suivante. Elle l'entendait souffler, à présent, la brute, et voyait ses chaussures. « Petits pieds », pensa-t-elle irrévérencieusement. Fermant les yeux, elle convoqua alors dans son esprit l'image mentale de l'individu. Taille moyenne, dans les trente-cinq ans. Des yeux perçants, un nez important. Maigre, peu costaud. Et hors d'haleine. Elle pouvait le neutraliser sans problème, conclut-elle soudain. Elle avait encore sa chance !

Rampant sur quelques centimètres, elle se préparait donc à agir.

Mais elle vit les petits pieds quitter le sol.

Puis, pratiquement sous son nez, elle aperçut une paire de boots. Les boots de Jack ? Les boots de Jack ! Ses yeux se brouillèrent de larmes. Le soulagement l'aveugla. Tout de suite suivi d'un accès de terreur lorsqu'elle entendit le bruit mat du silencieux de l'homme. Il tirait de nouveau…

Alors, jouant des coudes et des genoux, elle s'extirpa de sous la voiture : le type s'enfuyait, poursuivi par Jack.

— Jack ! cria-t-elle.

Il s'immobilisa en pleine course et pivota sur lui-même. Il semblait lui dire : « Dieu soit loué, tu es là ! » Un intense soulagement se peignit sur son visage.

Mais il y avait du sang sur sa chemise. Sous l'effet du choc, Stella se sentit faible.

— Mon Dieu ! Tu es blessé ! dit-elle en titubant jusqu'à lui.

Une main pressée contre son flanc, Jack sentit la brûlure à travers le brouillard cotonneux qui commençait à l'envelopper.

— Rejoignons la voiture, parvint-il à articuler. Le type va nous échapper.

Sa main, chaude de sang et de pluie, se referma sur celle de Stella, et ils se mirent à courir. Tout se brouillait dans leurs têtes. Martèlement des pas sur le sol. Glissade. Cœur battant. Peur, colère. Yeux écarquillés d'une femme qui transportait ses paquets de provisions. Jurons répétés de Jack. Crissement des pneus de la camionnette qui démarrait en trombe.

Les poumons de Jack le brûlaient, le côté gauche était comme transpercé de clous et de pointes. Avec l'énergie du désespoir, il fouilla dans sa poche pour y trouver ses clés.

— Dans la voiture ! hurla-t-il.

Ils montèrent, s'installèrent, accrochés aux sièges. Affalé sur le volant, Jack opéra un demi-tour sur les chapeaux de roue.

— Il a récupéré son gorille de copain au passage !… Après tout le mal que nous nous sommes donné, nous n'allons pas les laisser filer !

La voiture trembla, fit un tête-à-queue, une embardée, puis s'élança.

— Prends le revolver dans la boîte à gants ! ordonna-t-il.

— Mais… tu es blessé, nom de nom ! Arrête-toi ! ordonna Stella à son tour.

— Je t'avais dit de courir ! lui reprocha Jack tout en accélérant. Il aurait pu te tuer. Passe-moi ce revolver.

— Ne tire pas ! Tu pourrais tuer un innocent.

Jack arracha l'arme des mains de Stella, quitta le parking et s'engagea sur la chaussée humide.

— Je sais viser, figure-toi, dit-il d'un ton sec.

La peur que Stella ressentait pour Jack l'empêcha de répliquer. Elle s'accrocha à la poignée de la portière tandis qu'il zigzaguait comme un fou dans la circulation, à la poursuite de la camionnette. Et son impuissance se traduisit soudain par un singulier sentiment de calme intérieur.

— Tu vas tuer quelqu'un, énonça-t-elle sans l'ombre d'une émotion.

— Je sais ce que je fais, rétorqua-t-il.

Il se faufilait entre les voitures, sans jamais perdre de vue sa cible. Il était même suffisamment près de la camionnette, maintenant, pour voir le colosse se retourner en ricanant.

— Tu salis ta chemise avec ton sang, murmura Stella, qui se sentait ailleurs, absente, hors du réel.

— Du sang, j'en ai à revendre.

Le revolver posé sur ses genoux, Jack gagnait du terrain, mètre par mètre. « Je vais les coincer, songeait-il, les pousser contre le bas-côté. Le grand a encore les mains menottées dans le dos. Quant au petit, j'en fais mon affaire. » Ils allaient voir ce qu'ils allaient voir.

Les yeux de Jack s'étrécirent tandis que la camionnette faisait une embardée pour emprunter au dernier moment une bretelle de sortie.

— Ça y est, murmura-t-il.

Pompant plusieurs fois sur le frein pour négocier le virage de la bretelle, il jura : sous leurs yeux, la camionnette était en train de déraper sur la chaussée glissante… Elle heurta de plein fouet la glissière de sécurité — à 160 kilomètres heure au moins. En tout cas, l'impact fut tel, qu'il projeta le véhicule en l'air avec une violence inouïe. Il fit un tonneau, avant de s'écraser quelques mètres en contrebas. Sous la violence du choc, il explosa littéralement.

Une odeur d'essence se répandit immédiatement dans l'atmosphère, et bientôt les flammes firent rage.

Jack s'arrêta. Stella contourna la voiture, et l'aida à en descendre.

— A moi de conduire, déclara-t-elle d'une voix calme, qui l'étonna elle-même.

Autour d'eux, les conducteurs ébahis couraient vers le lieu du drame. Jack, étourdi par la fumée et la souffrance, s'appuya sur Stella et se laissa conduire vers le siège du passager.

— Les perdre… après tous ces efforts, se lamenta Jack.

Insensible aux cris qui fusaient de toutes parts, Stella prit le volant. Sans aucun doute, quelqu'un avait déjà appelé le 911 depuis un téléphone portable. Il n'y avait plus rien à faire.

— Partons d'ici, décida-t-elle.

Elle conduisit à l'instinct jusqu'à son appartement. Dangereux ou pas, c'était son refuge, et Jack avait besoin de soins. L'Oldsmobile lui fit l'effet d'un bateau difficile à manœuvrer, mais elle s'en tira.

Dans sa rue, rien n'avait changé, constata-t-elle. L'immeuble était toujours à la même place. Sa voiture aussi. Elle aida Jack à s'extraire de son siège.

— Appuie-toi sur moi, murmura-t-elle en lui passant un bras autour de la taille.

— Je boirais bien une bière…

— Je vais t'en trouver une, promit-elle en le guidant vers l'immeuble.

Ils prirent l'ascenseur, heureux de ne rencontrer aucun voisin. Dans sa tête, Stella élaborait un plan. D'abord, évaluer la gravité des blessures, peut-être conduire Jack à l'hôpital. Ensuite, s'en remettre aux autorités. Flics, médecins, FBI, tout le tralala.

Sur le palier, elle ignora les scellés apposés par la police et ouvrit sa porte. Dans l'entrée, elle donna un coup de pied dans une lampe renversée, et conduisit Jack jusqu'à la salle de bains.

— Assieds-toi, ordonna-t-elle.

Sa voix calme n'était pas en accord avec le tremblement de ses mains tandis qu'elle soulevait la chemise tachée de sang de Jack.

— Mon Dieu ! Ce type t'a fichu une sacrée raclée…

— Je l'ai laissé mordant la poussière, les mains menottées dans le dos !

Le torse de Jack était couvert d'ecchymoses. Stella mouilla un linge et le pressa sur chaque marque, sans oser regarder la plaie. Ses yeux brûlaient de larmes retenues.

— Je sais que ça fait mal, mon amour, murmura-t-elle.

— Donne-moi une bière.

Comme la femme de sa vie était belle, ainsi dévouée et inquiète, se dit-il plein d'admiration pour elle. Les joues pâles, les yeux sombres, les mains fraîches comme de la soie.

— Attends un peu.

Elle s'agenouilla et se prépara au pire. Puis, les yeux fixes, étonnée et soulagée, elle s'assit sur ses talons. Avant de persifler.

— Des égratignures… Moi qui m'attendais à un trou béant…

Jack souffrait. Il gratifia Stella d'un sourire crispé.

— … Et cette bière ?

Il se leva, fouilla dans le placard à pharmacie, à la recherche de cachets d'aspirine.

La colère, les larmes, un soulagement désespéré donnaient à Stella une irrépressible envie de vomir.

— Tu te rends compte à quel point j'ai eu peur pour toi ? demanda-t-elle sans aménité.

— Je me suis fait autant de souci à ton sujet, quand tu avais ce minus aux trousses, rétorqua Jack. Tu m'avais pourtant…

Impatientée, Stella força Jack à se rasseoir, et ignora le cri de douleur qu'il étouffa à peine.

— Je vais te mettre un antiseptique là-dessus…

— Ouille ! Mets-y du sel, tant que tu y es !

— Ne me tente pas, dit-elle en s'agenouillant devant lui.

A l'aide du linge humide, elle nettoya le visage de Jack.

— Tu es bon pour un œil au beurre noir, ta lèvre est tuméfiée, et tu as une sacrée bosse sur la tempe.

Jack soupirait, retenait des cris, tandis que Stella tamponnait ses différents bobos avec trop d'énergie, l'enduisait de trop de crème, le pansait… Elle déposa sur ses lèvres un baiser, qui provoqua chez lui autant de plaisir que de douleur. Enfin, elle posa la tête sur les genoux de son homme et poussa un long soupir.

— Ne sois pas fâché contre moi, murmura-t-elle. Je voulais seulement éloigner le type de toi le plus longtemps possible.

Touché, Jack s'adoucit, et caressa les cheveux de Stella. C'est alors qu'il s'aperçut qu'elle avait le coude très amoché.

— A moi de jouer au docteur, dit-il avec une infinie tendresse.

Il embrassa la peau meurtrie avant de la soigner.

— Fais-moi encore une seule fois aussi peur, et je t'attache au lit pendant un mois, menaça-t-il.

Stella étreignit Jack.

— Des promesses, toujours des promesses… Les deux types sont morts, n'est-ce pas ?

— Impossible de réchapper d'un pareil accident. Hélas, je n'ai pas eu le temps de leur soutirer la moindre information.

— Nous avons fait de notre mieux.

Décidée à être brave, Stella lutta pour cacher son inquiétude.

— Je me change et j'appelle le bar, déclara-t-elle d'un ton sercin. Pour les rassurer sur mon sort, et leur donner des instructions pour les jours à venir.

— C'est ça, joue ton rôle. Et, ajouta-t-il en la prenant dans ses bras, je te promets que nous allons retrouver tes amies. Seulement, même si ça te déplaît, il faut maintenant nous en remettre à la police.

Stella poussa un soupir, et acquiesça.

— Tu dois savoir, prévint Jack, qu'un homme comme moi dégoûte le flic traditionnel. J'ai quelques bons contacts dans la police, mais plus on monte dans la hiérarchie, moins je suis apprécié.

— A Dieu va !..., répliqua Stella.

Puis elle fronça les sourcils, prête à entrer en guerre.

— En tout cas, pas question de leur remettre le diamant bleu. Il appartient à Virginia.

— Bien sûr, mon trésor, assura Jack. Virginia et Diana passent en premier, pour nous.

Un sourire paisible éclaira le visage de Stella... suivi de stupeur quand le téléphone portable sonna. Elle fouilla dans son sac comme une folle et décrocha.

— O'Leary, annonça-t-elle d'une voix brisée d'angoisse.

Les larmes ruisselaient sur son visage, et elle s'effondra sur le sol.

— Mon Dieu, Virginia ! Tu vas bien ? Où es-tu ? Tu es blessée ? Quoi ? Oui, je vais bien... chez moi... mais où... Virginia, arrête de me poser cette question. Oui, je l'ai avec moi. Nous te rejoignons dans dix minutes. Attends-nous.

Elle raccrocha, et éclata en sanglots.

— Excuse-moi..., bredouilla-t-elle, mais je ne peux pas m'en empêcher... Virginia... est saine et sauve.

Jack soupira tendrement et aida Stella à se relever.

*
* *

C'était un quartier résidentiel et tranquille, avec de beaux arbres centenaires. Stella se tordait les mains sur ses genoux tout en déchiffrant les numéros des maisons.

— C'est là ! s'écria-t-elle soudain.

Alors même que Jack s'engageait dans l'allée de la belle demeure de style fédéral, Stella ouvrait déjà la portière. Jack la retint par la ceinture de son jean.

— Attends au moins que j'arrête la voiture !

Au même moment, il aperçut une jolie blonde à l'air un peu fragile. Elle sortait de la maison et se précipitait sur la pelouse humide. Stella et elle se jetèrent dans les bras l'une de l'autre en pleurant de joie.

« Joli spectacle », reconnut Jack en s'extirpant avec peine de la voiture. Mais il ne souhaitait rien moins que contempler deux femmes en train de pleurer et de rire à la fois. Avisant un homme sur le pas de la porte, un sourire aux lèvres, le bras bandé de frais, il se dirigea vers lui, abandonnant les femmes à leurs effusions.

— Cade Parris, dit l'homme en tendant la main.

Une main ferme, un homme grand, cheveux noirs, des yeux verts à faire rêver. Une allure masculine qui faisait oublier la pure beauté des traits.

— Jack Dakota.

Cade jaugea les ecchymoses de Jack et secoua la tête.

— Un verre serait le bienvenu, non ? proposa-t-il.

La bouche meurtrie de Jack se fendit en un sourire de gratitude.

— Toi, mon vieux, tu viens de devenir mon meilleur ami.

Peu à peu, Jack se décontracta, les pieds sur une table basse, une bière à la main.

— Amnésie… ? murmura-t-il. Ça a dû être dur pour elle.

— Surtout quand elle a compris, pour ses demi-frères.

— Nous avons fait un tour chez les Salvini. J'ai vu… le mort.

Cade hocha la tête.

— Si elle ne s'était pas enfuie… Elle ne se souvient pas de tout, encore. Je travaille sur le coup depuis vendredi matin. Et toi ?

— Samedi après-midi, répliqua Jack en sirotant sa bière.

— Virginia avait peur, se trouvait en pleine confusion mentale, mais elle se posait des tas de questions, et avait besoin de quelqu'un pour trouver les réponses. Nous avons fait une avancée majeure, aujourd'hui.

Jack désigna le menton abîmé de Cade.

— Ça fait partie de l'avancée ? demanda-t-il.

— L'autre Salvini, dit Cade d'une voix neutre. Il n'est plus de ce monde.

« Encore un mort », songea Jack.

— Tu crois qu'ils ont monté le coup eux-mêmes ? s'enquit-il.

— Non. Ils avaient un client. Je ne l'ai pas encore pisté. La police enquête, maintenant. Un copain à moi, Mick Marshall.

— Je le connais. Un flic intelligent et qui a du cœur. Espèce rare.

— Il est sous les ordres de Buchanan, qui, lui, n'aime pas les détectives privés. D'ailleurs, il va vouloir te parler.

La perspective arracha un soupir à Jack.

— Ça vaut bien une bière supplémentaire, déclara-t-il avec une moue résignée.

— Timothy ? s'étonna Stella. Je ne l'aimais pas, mais jamais je ne l'aurais cru capable de meurtre.

Virginia gardait la main de Stella dans les siennes.

— Il a perdu la tête… J'ai oblitéré tout ça de ma mémoire, sur le moment. Tout supprimé. Peu à peu des lambeaux de souvenirs me sont revenus, mais je dois beaucoup à Cade.

Les yeux de Stella cherchèrent ceux de Virginia.

— Ce monsieur est allé vite en besogne dans ton cœur, n'est-ce pas ?

— Ça se voit tant que ça ? demanda Virginia en rougissant. C'est comme si je le connaissais depuis toujours.

Ses lèvres s'épanouirent en un beau sourire incrédule.

— Il m'aime… tu dois trouver ça fou ?

— Plus rien ne m'étonne… S'il te rend heureuse, c'est tout ce qui compte pour moi.

— Je ne me souvenais plus de toi, ni de Diana, expliqua Virginia, les yeux embués. Pourtant, je me sentais très seule, sans pouvoir me l'expliquer. Dès que les choses me sont revenues, nous sommes allés chez toi, mais tu n'y étais pas, et ton appartement était sens dessus dessous… Ensuite, tout à l'heure, je me suis souvenue du numéro de ton téléphone portable, et j'ai appelé.

— C'est l'appel téléphonique le plus heureux de toute ma vie.

Les lèvres de Virginia tremblèrent.

— Je n'arrive pas à mettre la main sur Diana, murmura-t-elle.

Stella enlaça son amie.

— Je sais. Efforçons-nous de croire qu'elle va bien. Nous revenons de sa maison de campagne. Elle venait d'y séjourner, son parfum flottait encore dans l'air. Nous la retrouverons, ne t'inquiète pas.

Ensemble, elles se dirigèrent vers la maison.

— Ce Jack, lui, il te rend heureuse ? demanda Virginia.

— Oui. Sauf quand il me casse les pieds !

Virginia étouffa un rire.

— Dans ce cas, je meurs d'envie de le connaître ! dit-elle en poussant la porte.

Jack et Stella se tenaient dans le patio.

— J'aime beaucoup ton amie. Elle a de la classe.

— Tu lui plais aussi.

— Quant à Cade, c'est un type bien. Il est intelligent, sait garder la tête froide… Il est fou de Virginia, soit dit en passant.

Jack étudia la main de Stella, captive de la sienne. Une main pleine de caractère. Forte. Mais douce, aussi.

— Il a beaucoup à offrir, poursuivit-il. De l'allure, de l'argent, une belle maison. La sécurité, quoi.

Intriguée, Stella ne le quittait pas des yeux.

— Mon père était un bon à rien, déclara Jack abruptement. Ma mère servait à boire à des ivrognes, quand lui prenait l'idée de travailler. J'ai fait des études de littérature et d'anthropologie, tout en travaillant comme aide maçon. J'ai un peu d'argent de côté, en cas de pépin, et je loue un deux pièces au mois. Pas ce qu'on appelle la sécurité, quoi…

Comme Stella ne disait pas un mot, il ajouta :

— C'est ce que tu recherches, la sécurité ?

Stella réfléchit un instant.

— Pas exactement.

Jack se passa une main dans les cheveux.

— J'ai vécu ma vie seul, et ça me plaisait. Tu me comprends ?

Stella ne lui vint pas en aide.

— Je comprends, dit-elle, discrètement amusée. Le loup solitaire. Tu veux hurler à la lune, ce soir ?

— Ne fais pas de l'esprit, alors que j'essaie de m'expliquer.

Nerveux, Jack cherchait les mots. Il n'avait rien à proposer à une femme. Rien que ce qu'il était, et ce qu'il ressentait pour Stella. A elle de décider si ça lui paraissait suffisant pour bâtir une vie à deux.

— En fait… je ne veux plus vivre seul, commença-t-il. Tu comprends ?

Le visage de Stella demeurait de marbre.

— Bien sûr que je comprends. Tu es fou de moi.

Jack soupira d'irritation. Il fallait une patience d'ange, avec cette femme.

— Il se passe des choses bizarres… Des émotions… Enfin, dans des circonstances intenses.

— Voilà qu'il pense, maintenant…, murmura Stella.

Jack leva les yeux au ciel.

— Peut-être ne veux-tu pas suivre la même direction que moi. Tu souhaites sans doute une vie plus traditionnelle…

— Est-ce que je me bats comme une femme « traditionnelle » ? railla Stella.

— Tu te poses peut-être des questions…

— Je n'ai ni questions à poser ni réponses à attendre. J'ai bifurqué de ma route le jour où je t'ai rencontré, et j'en suis heureuse. Je m'appelle Stella, et je te suis.

Le rire monta aux lèvres de Jack.

— Tu plaisantes ?

Stella serra les dents.

— Répète cela une seule fois, je te scalpe.

Jack sourit d'un air moqueur.

Elle fit un pas vers lui.

— Aussi vrai que je suis une O'Leary, je sais ce que je veux.

Une pause, puis elle reprit :

— La seconde Etoile symbolise la connaissance, dit Stella. Le savoir du monde, et le savoir de soi. Moi, je *sais* pour moi. Et toi ?

Le regard de Jack devint intense.

— Moi aussi. Je sais. Pour moi.

— Alors, nous avons fait le pas le plus important de notre vie.

— Dis-le, murmura Jack.

La sueur perlait à son front. Il respirait plus difficilement que jamais. Stella lui offrit son sourire éclatant.

— Dis-le d'abord, exigea-t-elle.

— Pas question. La dernière fois, c'est moi qui ai commencé.

Stella contempla Jack sans rien dire pendant quelques instants. Puis elle songea que, après tout, elle était sûre, tout à fait sûre.

— D'accord… marions-nous.

Jack brida l'élan de joie qui le traversait. Il enfouit ses mains dans ses poches.

— Ces choses-là se demandent, objecta-t-il. Un homme a droit à un minimum de romantisme.

— Tu pousses un peu, non ? protesta Stella.

Puis elle éclata de rire et entoura le cou de Jack de ses bras.

— Acceptes-tu de m'épouser, Jack ?

— Oui, pourquoi pas.

Et quand elle rit de plus belle, il l'attira avec amour contre son corps douloureux.

TROISIÈME PARTIE

1.

La femme du portrait avait un visage à vous couper le souffle. Le genre de visage qui hantait vos rêves et vous faisait croire en la perfection.

Ses yeux d'un bleu profond, ombrés de longs cils noirs, semblaient chuchoter des secrets passionnés. Ils étaient surmontés de sourcils parfaitement arqués ; le gauche se terminait par un petit grain de beauté mutin, qui ressortait comme une ponctuation charmante sur sa peau d'une blancheur de porcelaine, à peine teintée de rose — juste assez pour laisser deviner la chaleur de son tempérament. Son nez, très droit, était finement sculpté.

Quant à sa bouche… Impossible d'ignorer ses courbes invitant au baiser, le renflement boudeur et sensuel de sa lèvre inférieure, la fermeté de ses contours. Cette bouche était une tentation, une invitation au péché plus irrésistible que le chant des sirènes de l'Antiquité.

Une chevelure d'ébène, brillante, superbe, encadrait ces traits remarquables et venait effleurer les épaules nues de la jeune femme. C'étaient des cheveux dans lesquels le plus fort et détaché des hommes eût aimé se perdre. Oh, plonger ses doigts dans cette soie noire tout en prenant possession de ces lèvres rouges, offertes, entrouvertes…

Diana Fontaine. La perfection plastique faite femme, songea Seth.

Dommage qu'elle soit morte.

Il se détourna, contrarié de voir que son regard comme son esprit ne cessaient de revenir au portrait. Il avait souhaité passer un peu de temps seul sur les lieux du crime, après le départ de l'équipe médico-légale et l'envoi du cadavre à la morgue. Seul demeurait à présent sur le parquet de bois ciré le tracé blanc indiquant la position exacte du corps, horrible silhouette désincarnée.

Il n'était guère difficile de déterminer comment Diana Fontaine était morte. Elle se trouvait au premier étage lorsqu'elle avait heurté la rampe, qui avait cédé sous son poids, et elle était tombée tête la première sur l'immense table de verre du rez-de-chaussée.

Elle avait perdu sa beauté dans la mort, songea-t-il, et cela aussi était bien dommage.

Un autre détail sautait aux yeux : Diana Fontaine n'était pas tombée toute seule.

Regardant autour de lui, Seth se dit que cette maison était vraiment superbe. Les hauts plafonds donnaient de l'espace, et une demi-douzaine de fenêtres à tabatière laissaient entrer les derniers rayons roses du soleil couchant. Toutes les formes étaient rondes, féminines : les arches au-dessus des portes, l'escalier en colimaçon, les fenêtres. Quant aux meubles, c'étaient des pièces antiques choisies avec soin. L'ensemble était parfaitement entretenu : le bois ciré, le verre étincelant, chaque détail du décor témoignaient de l'attention extrême que la propriétaire des lieux accordait à son intérieur.

Il n'allait pas être aisé d'enlever les taches de sang sur le cuir gris perle du canapé…

Un instant, il s'efforça d'imaginer la maison avant l'accident — ou plutôt le meurtre — de Diana Fontaine. Il remit mentalement les fleurs qui jonchaient les tapis orientaux dans les vases brisés à terre, et replaça ceux-ci sur les différents meubles ; il redressa les bibelots bousculés, effaça les taches de sang.

Elle vivait confortablement, se dit-il. Mais aussi en avait-elle les moyens. A l'âge de vingt et un ans, orpheline plus que gâtée, Diana avait hérité l'empire Fontaine. Et avec lui, une excellente éducation, une carte de membre à vie du country-club, et une famille aussi coincée et conservatrice que possible. Les Fontaine, des fameux grands magasins du même nom.

Une semaine s'écoulait rarement sans que Diana Fontaine apparût dans les pages « People » du *Washington Post* ou qu'un paparazzi la photographie pour un journal sur papier glacé. Et c'était rarement pour parler de ses bonnes actions.

La presse allait devenir hystérique en apprenant le dernier rebondissement de la saga mouvementée qu'avait été sa vie… Les journalistes en profiteraient pour énumérer une dernière fois toutes ses frasques. Ses photos dénudées à dix-neuf ans dans les pages centrales d'un magazine à grand tirage, son aventure très médiatisée et sulfureuse avec un lord anglais, son flirt avec un acteur coqueluche d'Hollywood…

La liste de ses trophées amoureux ne s'arrêtait pas là. Seth se souvenait d'avoir vu son nom associé à ceux d'un sénateur américain, d'un auteur de best-sellers, de l'artiste qui avait peint son portrait, d'une star du rock qui, disait-on, avait fait une tentative de suicide lorsqu'elle l'avait laissé tomber, et de bien d'autres malheureux vite éconduits.

Oui, Diana Fontaine avait réussi à faire entrer beaucoup d'hommes dans sa courte existence.

Et, à vingt-six ans, elle était morte.

A présent, Seth était chargé de trouver non seulement qui l'avait assassinée, mais comment, et pourquoi.

Sur ce dernier point, il avait une petite idée. Le meurtre avait certainement un rapport avec les Trois Etoiles de Mithra — des diamants bleus inestimables.

Seth fronça les sourcils et se mit à arpenter la demeure vide tout en récapitulant les événements qui l'avaient conduit là, à cet endroit et à ce moment précis. L'intérêt pour la mythologie qu'il nourrissait depuis toujours lui avait fait croiser à plusieurs reprises des légendes associées aux Trois Etoiles. Elles étaient, disait-on, regroupées autrefois dans un triangle d'or placé entre les mains d'une statue du dieu Mithra.

Une pierre pour l'amour, se remémora-t-il en posant le pied sur la première marche de l'escalier. Une pour la connaissance, la dernière pour la générosité. En vertu de la mythologie, quiconque possédait les Trois Etoiles était investi de la puissance du dieu. Et devenait immortel.

Un tas de fadaises, naturellement. Mais n'était-il pas étrange, se demanda-t-il, qu'il ait rêvé à plusieurs reprises dernièrement de pierres bleues brillantes, d'un château sombre dans la brume et d'une pièce étincelante d'or ? Il y avait aussi dans ces songes un homme aussi pâle que la mort, se rappela-t-il avec un effort de concentration. Et une femme au visage de déesse.

Le cauchemar se terminait invariablement par sa propre mort violente.

Seth s'efforça de balayer la sensation désagréable qui l'envahissait au souvenir de ces bribes de rêves. Ce dont il avait besoin, à présent, c'était de faits — de faits basiques, logiques, irréfutables. Or les faits dont il disposait pour l'instant étaient les suivants : ces trois diamants bleus pesant plus de cent carats chacun représentaient la rançon de six rois. Et quelqu'un les voulait, au point d'être prêt à tuer pour les posséder.

Depuis le début de cette affaire, les cadavres s'accumulaient. Dans l'ordre, le premier mort avait été Thomas Salvini, associé du cabinet Salvini, spécialisé dans les expertises de pierres précieuses.

Le cabinet avait été contacté par le Smithsonian Institute pour authentifier et évaluer les trois diamants. Mais, de toute évidence, Thomas et son jumeau Timothy n'avaient pas su se contenter d'authentifier et d'évaluer.

On avait retrouvé chez eux plus d'un million de dollars en petites coupures, ce qui indiquait que les deux frères avaient eu d'autres projets — et un client bien décidé à récupérer les pierres pour lui-même.

A cela s'ajoutait le témoignage d'une certaine Virginia James, la demi-sœur des Salvini, témoin oculaire du meurtre de Thomas par Timothy. Gemmologiste jouissant d'une excellente réputation, elle affirmait avoir trouvé la preuve que ses demi-frères avaient l'intention de copier les pierres, de vendre les originaux et de quitter le pays avec leur profit.

Seth secoua la tête. Lorsqu'elle avait découvert le pot aux roses, Virginia James était allée voir ses frères seule. Sans avoir contacté la police — mais après avoir envoyé deux des pierres à ses meilleures amies, séparément. Pour protéger les diamants, disait-elle. Il poussa un soupir. Les civils avaient parfois de drôles d'idées…

En tout cas, elle avait payé cher son intrépidité. Elle était arrivée sur la scène d'un crime d'une violence rare, et avait eu de la chance de sauver sa peau. Pendant des jours, elle avait perdu le souvenir de l'accident et de ce qui s'était passé avant.

Il pénétra dans la chambre de Diana Fontaine, et la parcourut du regard. Tout indiquait que la pièce avait été brutalement fouillée.

De nouveau, il songea à Virginia James. Avait-elle contacté la police après avoir découvert le meurtre ? Même pas ! Elle avait choisi de confier l'affaire à un détective privé trouvé dans l'annuaire ! Seth leva les yeux au ciel. Il avait très peu d'estime et absolument aucune admiration pour les détectives privés. Même s'il devait reconnaître que, par chance, Virginia était tombée sur un type à peu près correct. Cade Parris n'était pas aussi mauvais que la plupart de ses confrères, et il avait réussi — par chance, là encore, Seth n'en doutait pas — à remonter une piste.

Ce qui avait failli lui coûter la vie, à lui aussi… Cela amena Seth au mort numéro deux, Timothy Salvini. Certes, on ne pouvait pas reprocher à Parris de s'être défendu contre un homme qui l'attaquait avec un couteau, mais, en éliminant le second frère Salvini, il avait aussi tué la seule personne encore susceptible de les aider à remonter la filière, les laissant dans une impasse.

Et durant le week-end férié du 4 juillet, très mouvementé, l'une des deux amies de Virginia James avait disparu avec un chasseur de primes.

Stella O'Leary. Il ne tarderait pas à aller l'interroger. Et ce serait lui qui lui annoncerait, ainsi qu'à Virginia James, la mort de Diana Fontaine, la détentrice du troisième diamant. Cela faisait partie de ses devoirs.

Stella O'Leary était en possession de la deuxième Etoile et se cachait avec un chasseur de primes, Jack Dakota, depuis samedi. On n'était que lundi après-midi, mais Stella et son compagnon avaient déjà réussi à marquer quelques points — et à trouver trois cadavres supplémentaires…

Seth songea au garant malhonnête qui avait envoyé Dakota sur un faux mandat en lui demandant de ramener Stella. Cela ne lui avait pas porté chance : le tueur qui était aux trousses de Stella avait éliminé l'intermédiaire sans hésitation.

Deuxième impasse.

Et sans doute le meurtre de Diana Fontaine déboucherait-il sur une troisième impasse. Cependant, Seth avait bien l'intention de tout passer au peigne fin, centimètre par centimètre — la maison vide de la jeune femme, ses affaires éparpillées, l'immense jardin de la propriété. C'était sa méthode.

Il serait minutieux, attentif, et il trouverait les réponses. Il croyait en l'ordre, et il croyait en la loi. Il croyait, envers et contre tout, en la justice.

Seth Buchanan était un flic de la troisième génération, parvenu au rang de lieutenant grâce à son don de l'investigation, une patience presque terrifiante, et une objectivité sans concessions. Ses hommes le respectaient, et certains, même, le craignaient. Il savait parfaitement qu'on le surnommait la Machine, et ne s'en vexait nullement. Emotions, tempérament, douleur et culpabilité étaient réservés aux civils, estimait-il, et n'avaient pas leur place dans son travail.

Si on le trouvait distant, voire froid et insensible, il prenait cela comme un compliment.

Il demeura encore un instant dans l'encadrement de la porte, sa haute silhouette reflétée par le miroir au cadre d'acajou accroché au mur, de l'autre côté de la vaste pièce. Il était grand et bien bâti, et ses muscles d'acier se dessinaient sous sa veste sombre. Se sachant seul, il avait légèrement desserré sa cravate, et ses cheveux noirs malmenés par ses doigts étaient un peu en désordre.

Son visage carré, hâlé, ne souriait pas.

Son nez avait été cassé, puis redressé, des années plus tôt, quand il était encore en uniforme, et donnait à ses traits un air un peu rebelle. Sa bouche était dure, ferme, et souriait rarement. Ses yeux avaient l'éclat doré d'une enluminure ancienne — mais, en cet instant, ils demeuraient froids sous ses sourcils droits et bien dessinés.

Au majeur de la main droite, il portait une bague ayant appartenu à son père, et sur laquelle était gravée la devise de la police : « Servir et Protéger ». Deux tâches qu'il prenait très au sérieux.

Il se pencha et ramassa une robe de chambre de soie rouge jetée sur la pile de vêtements qui jonchait le tapis d'Aubusson. Ses doigts l'effleurèrent. Elle était assortie à la courte nuisette que portait la victime, songea-t-il.

C'était ainsi qu'il voulait penser à elle — « la victime ». Pas la femme du portrait, certainement pas la femme qui hantait ces rêves dérangeants qu'il faisait depuis quelque temps. Il était irrité de voir son esprit revenir sans cesse à ce visage parfait et à sa propriétaire. Sans doute cette capacité à fasciner et obséder les hommes, à prendre possession de leur cœur comme de leur âme expliquait-elle le succès qu'avait eu Diana Fontaine de son vivant.

Elle devait être irrésistible, se dit-il sans cesser de caresser le vêtement de soie. Inoubliable. Dangereuse.

Etait-ce pour recevoir un homme qu'elle avait revêtu cet ensemble provocant ? se demanda-t-il. Attendait-elle quelqu'un ? S'était-elle préparée à une soirée de passion ?

Et où était la troisième Etoile ? Son visiteur inattendu l'avait-il trouvée et emportée ? Le coffre dans la bibliothèque du rez-de-chaussée avait été forcé et vidé de son contenu. Il semblait logique qu'elle ait mis un objet d'une telle valeur à l'abri ; pourtant, c'était du premier étage qu'elle était tombée.

Avait-elle couru ? Son agresseur l'avait-il poursuivie ? Pourquoi l'avait-elle laissé entrer dans la maison ? Les solides serrures de la porte n'avaient pas été touchées. Avait-elle été insouciante au point d'ouvrir à un inconnu alors qu'elle ne portait qu'une fine combinaison de soie ?

A moins qu'elle n'ait connu son visiteur ?

Peut-être s'était-elle vantée de posséder le diamant, peut-être même le lui avait-elle montré. La convoitise avait-elle succédé à la passion ? La querelle avait-elle dégénéré en véritable lutte, qui s'était terminée en chute ? La mise à sac de la maison n'était-elle qu'une couverture ?

Ce n'était pas à exclure, décida-t-il. Le lourd carnet d'adresses à couverture de cuir de Diana Fontaine était en bas, et il décida de le parcourir nom par nom. De même que son équipe et lui passeraient chaque recoin de la maison de Potomac, dans le Maryland, au crible.

En attendant, il avait des gens à voir. De tragiques nouvelles à annoncer, et des détails à confirmer. Il devrait notamment demander à une des amies de Diana ou à un membre de sa famille de venir identifier officiellement le corps.

Cela lui faisait mal au cœur — plus qu'il ne l'aurait voulu — de forcer quelqu'un qui avait aimé Diana dans la vie à poser les yeux sur son visage défiguré.

Il laissa tomber la robe de chambre et jeta un dernier coup d'œil dans la pièce, avec son lit immense et ses fleurs piétinées sur le sol, ses superbes flacons de parfum tombés à terre qui scintillaient comme des pierres précieuses. Il savait déjà que l'odeur de cette maison le hanterait, tout comme le visage parfait merveilleusement peint à l'huile au rez-de-chaussée.

Il faisait noir lorsqu'il revint. Cela ne le dérangeait pas de travailler jour et nuit sur une affaire : en dehors de son travail, Seth n'avait pas vraiment de vie, et n'avait jamais cherché à en avoir une. Les femmes qu'il lui arrivait de fréquenter étaient soigneusement sélectionnées ; malgré cela, la plupart supportaient mal les exigences de son métier, et le quittaient souvent avant qu'il ait eu le temps de s'attacher à elles. Seth comprenait leur frustration devant ses horaires déments, son obsession du travail et sa froideur apparente, et il ne leur en voulait pas.

Lui, de son côté, ne faisait jamais de promesses. Et il vivait seul.

Il savait qu'il n'avait pas grand-chose à faire là, sur le lieu du crime. Il lui aurait sans doute été plus utile de rester au bureau, ou même de rentrer chez lui pour laisser le temps à ses idées de se mettre en place. Mais, de façon étrange, il s'était senti attiré par cette maison — non, par cette femme, plutôt.

Le visage du portrait.

Il avait laissé sa voiture dans l'allée et s'était dirigé vers la grande bâtisse de bois et de verre, nichée au milieu d'arbres centenaires. Il était entré avec son passe et avait allumé le lustre de l'entrée.

Ses hommes avaient déjà commencé les fastidieux interrogatoires de tous les voisins, dans l'espoir que l'un des occupants des superbes demeures alentour ait vu ou entendu quelque chose. Le médecin légiste mettait du temps à rendre son rapport, mais c'était compréhensible : les jours fériés comme aujourd'hui, les effectifs étaient réduits, et tout fonctionnait au ralenti.

Mais ce n'était pas ce qui préoccupait Seth en cet instant, tandis qu'il se dirigeait, une fois de plus, vers le portrait.

De son vivant, Diana Fontaine était une jeune femme aimée. Seth l'avait compris en voyant le choc, l'horreur se peindre sur les traits de Stella O'Leary et Virginia James lorsqu'il leur avait appris la mort de leur amie. Jusque-là, il n'avait pas eu conscience de la force que pouvait avoir une amitié ; il avait été pris au dépourvu par la réaction des deux jeunes femmes. Lui qui ne regrettait jamais rien s'en voulait de ne pas les avoir davantage ménagées…

Je suis désolé.

A peine avait-il prononcé ces mots trop familiers, qu'il avait vu la blonde fragile et la rousse aux yeux de chat s'effondrer. Comprenant que le moment était particulièrement mal choisi pour leur poser des questions, il les avait laissées avec leurs fiancés.

Oui, Diana Fontaine avait été aimée, songea-t-il de nouveau en plongeant son regard dans les magnifiques yeux bleus du portrait. Pas seulement désirée par des centaines d'hommes — aimée, sincèrement aimée par deux jeunes femmes. Qu'y avait-il derrière ces yeux, ce visage, qui avait pu mériter une affection sans réserve comme celle-là ?

— Qui étais-tu, bon Dieu ? Trop belle pour être vraie. Trop consciente de ta beauté pour être douce…

Sa voix profonde, rauque de fatigue, résonna dans la maison vide. Il glissa ses mains dans ses poches.

— Et maintenant, tu es trop morte pour en avoir quelque chose à faire.

Alors qu'il tournait le dos au portrait, il eut l'impression désagréable que Diana Fontaine le regardait. Le jaugeait.

Il n'avait pas encore réussi à parler à ses plus proches parents, l'oncle et la tante qui l'avaient élevée quand elle s'était retrouvée orpheline. La tante passait l'été dans une villa en Italie et était, pour l'instant, injoignable.

Des villas en Italie, des diamants bleus, des portraits à l'huile au-dessus de somptueuses cheminées… C'était un monde bien éloigné du sien. Mais il savait que la violence était aveugle. Qu'elle frappait sans distinction de classe, de race ou d'âge.

Dans un moment, il allait rentrer dans sa minuscule maison, avec son jardin de la taille d'un timbre-poste, coincée entre des douzaines d'autres maisons semblables. Elle serait vide, car il n'avait jamais rencontré une femme avec qui il eût vraiment envie de partager son espace privé. Mais au moins, sa maison serait là pour lui.

Celle-ci, avec ses hauts plafonds, ses boiseries, ses immenses baies vitrées, sa pelouse impeccable et sa piscine de rêve, n'avait pas su protéger sa propriétaire.

Il contourna la silhouette tracée sur le sol et monta l'escalier pour la seconde fois de la journée. Il était sur les nerfs ; et il savait que le meilleur remède, dans ces cas-là, était le travail.

Peut-être, se disait-il, une femme dotée d'une vie aussi mouvementée avait-elle tenu un journal ?

Il se mit au travail en silence, fouillant la chambre avec méthode, conscient à chaque instant de l'odeur pénétrante, sensuelle qui imprégnait les lieux. L'odeur de Diana Fontaine.

Lentement, il ouvrit chacun des tiroirs. Ceux-ci étaient vides pour la plupart, leur contenu répandu sur le sol, mais cela ne l'empêcha pas de ne rien négliger. Il regarda dessous, derrière, souleva même le matelas du grand lit.

Il songea que cette femme avait possédé assez de vêtements pour habiller toute une agence de mannequins. De toute évidence, elle avait un faible pour les matières douces, soie, cachemire, satin, et les couleurs vives, avec une petite préférence pour le bleu. Pas étonnant, avec des yeux pareils.

Il se surprit à s'interroger sur sa voix. Etait-elle rauque, sensuelle, en accord avec son visage mystérieux ? Un ronronnement séducteur ? Oui, c'était ainsi qu'il l'imaginait.

Le corps de Diana Fontaine correspondait à son visage, à son parfum, à cette voix qu'il lui prêtait. Même s'il se demandait pourquoi elle avait éprouvé le besoin de le rendre plus provocant encore grâce à la chirurgie esthétique… Comment une femme pouvait-elle faire une chose pareille ? Quel homme sain d'esprit préférerait une poitrine siliconée aux courbes douces d'un corps sans artifices ?

Lui aimait les femmes honnêtes, directes. Il attachait une grande importance à la franchise. Ce qui, sans doute, expliquait en partie qu'il vécût seul.

Il parcourut du regard les vêtements encore pendus dans le dressing. Même le tueur semblait avoir perdu patience, ici. Au lieu d'ôter les cintres l'un après l'autre, il s'était contenté de les écarter d'un mouvement brusque pour voir ce qu'il y avait derrière.

Seth compta plus de cent paires de chaussures. L'un des murs avait été aménagé pour accueillir des sacs à main. Ceux-ci — des dizaines, de toutes formes, matières et couleurs — avaient été arrachés de leurs niches et fouillés systématiquement.

Dans un placard, il trouva des accessoires : foulards, étoles, bijoux fantaisie. Sans doute Diana Fontaine possédait-elle tout autant de vraies pierres ; mais si c'était le cas, celles-ci avaient disparu, volées dans le coffre du rez-de-chaussée. Peut-être avait-elle aussi un coffre à la banque ? Il s'en assurerait demain, dès l'ouverture.

Elle aimait la musique, songea-t-il en examinant les enceintes sans fil de la chambre. Il en avait vu de semblables dans toutes les pièces, et il y avait des CD, des cassettes et même de vieux vinyles sur le sol du salon. Ses goûts étaient éclectiques, et allaient de Bach aux B-52.

Avait-elle passé de nombreuses soirées seule, à écouter de la musique ? se demanda-t-il. S'était-elle roulée en boule devant la magnifique cheminée avec l'un des milliers de livres qui couvraient les murs de la bibliothèque ? Il l'imaginait sans peine sur le canapé, dans sa petite nuisette de satin rouge, ses jolies jambes repliées sous elle… Un verre de cognac à la main, de la musique douce en fond sonore, les étoiles scintillantes révélées par les immenses fenêtres au-dessus de sa tête.

Il la voyait lever le regard, chasser une mèche de cheveux rebelles de son front, passer la langue sur ses lèvres en le surprenant là, debout à la contempler. Elle posait le livre, tendait une main vers lui et l'attirait à elle avec un petit rire rauque.

C'était presque trop réel.

Il jura à voix basse et respira profondément pour calmer les battements de son cœur. Morte ou vivante, décida-t-il, cette femme était une sorcière.

Une constatation s'imposa à lui : il perdait son temps. Mieux valait revenir aux procédures classiques — harceler le médecin légiste pour avoir l'heure de la mort, appeler tous les numéros dans le carnet d'adresses de la victime.

Il avait besoin de quitter cette maison trop imprégnée de la personnalité de cette femme, de son odeur. Il n'y reviendrait que lorsqu'il serait certain de pouvoir contrôler son imagination.

Contrarié, il retraversa la chambre. Il s'apprêtait à s'engager dans l'escalier lorsqu'un mouvement l'alerta. Instinctivement, il porta la main à son revolver de service, mais il était déjà trop tard.

Il laissa tomber sa main, s'immobilisa et regarda en bas. Ce n'était pas l'automatique pointé vers son cœur qui le pétrifiait ; c'était le fait qu'il fût tenu d'une main de fer.

Par une morte.

— Eh bien, dit la morte en avançant d'un pas.

La lumière du lustre tomba sur son visage.

— Vous êtes un voleur sacrément culotté. Et carrément idiot, ajouta-t-elle en le fixant de ses yeux d'un bleu presque irréel. Donnez-moi une bonne raison de ne pas vous mettre une balle dans la poitrine avant d'appeler la police.

Sa voix était tout aussi rauque, sexy et troublante que dans les fantasmes de Seth. Et pour une morte, elle avait un teint admirable…

Il s'efforça de reprendre ses esprits.

— Je *suis* la police, déclara-t-il.

Les lèvres généreuses de la jeune femme s'incurvèrent en une moue sarcastique.

— Bien sûr, mon ange. Laissez-moi deviner : vous êtes un flic surmené qui faisait sa ronde tranquillement dans le quartier, et tout à coup vous vous êtes dit : « Tiens, si j'entrais dans une maison vide et fouillais partout ? »

— Cela fait un certain temps que je ne fais plus de rondes, répondit-il sans sourire. Je suis le lieutenant Seth Buchanan. Si vous aviez la gentillesse de détourner votre arme de quelques centimètres, je vous montrerais mon badge.

Sans le quitter des yeux, Diana baissa légèrement le canon de son revolver. Son cœur battait à se rompre, et elle était à la fois furieuse et terrifiée, mais elle s'efforça de n'en rien montrer et avança d'un pas en direction de l'intrus, qui glissait deux doigts dans la poche intérieure de sa veste.

Le badge, elle devait le reconnaître, paraissait authentique.

Et, de fait, l'homme ressemblait davantage à un policier qu'à un voleur. Il était très séduisant, bien qu'un peu sévère dans son expression. Son corps musclé, aux épaules larges et aux hanches étroites, paraissait strictement discipliné. Quant à ses yeux, presque dorés, ils semblaient tout voir, tout observer. Des yeux pareils ne pouvaient appartenir qu'à un flic — ou à un criminel. Un homme dangereux, dans tous les cas.

En règle générale, elle aimait les hommes dangereux. Mais en cet instant, elle ne se sentait pas d'humeur particulièrement réceptive.

— Très bien, lieutenant Seth Buchanan. Et si vous m'expliquiez ce que vous faites chez moi ?

Elle songea à ce qu'elle avait dans son sac — ce que Virginia lui avait envoyé quelques jours plus tôt —, et la sensation de malaise qui ne l'avait pas quittée depuis qu'elle avait vu de la lumière chez elle, en approchant de la maison, s'accrut encore.

— Avez-vous un mandat de perquisition ? s'enquit-elle.

— Non, répondit Seth.

Il se serait senti mieux, bien mieux si elle avait consenti à poser son arme. Mais elle préférait visiblement la maintenir pointée sur lui. Réprimant un soupir, Seth descendit les marches et s'immobilisa à quelques pas d'elle.

— Vous êtes Diana Fontaine.

Elle le regarda ranger son badge dans sa poche sans la quitter des yeux. Il semblait vouloir mémoriser chacun de ses traits. Bon sang, que se passait-il ?

— Oui, je suis Diana Fontaine. Et vous êtes ici chez moi. Si vous n'avez pas de mandat, vous êtes en infraction ; dans la mesure où appeler la police semble superflu, je crois que je vais me contenter de téléphoner à mon avocat.

Seth pencha la tête sur le côté. Le parfum unique de Diana lui chatouillait les narines, reconnaissable entre mille.

— Eh bien, mademoiselle Fontaine, le moins qu'on puisse dire, c'est que vous êtes sacrément jolie, pour une morte.

2.

Diana plissa les yeux et arqua un sourcil interrogateur.

— Si c'est de l'humour de flic, pardonnez-moi, mais vous allez devoir traduire.

Prudent, Seth avança d'un pas et détourna le canon du revolver.

— Si ça ne vous ennuie pas…

D'un geste rapide, il la désarma avant qu'elle ait eu le temps de réagir. Il jugea le moment mal choisi pour lui demander si elle avait une licence en règle, aussi se contenta-t-il d'ôter les balles avant de lui rendre le revolver.

— Il vaut mieux tenir son arme à deux mains, déclara-t-il. Et si on veut la garder, il ne faut jamais s'approcher trop près de l'adversaire.

— Merci. Je vous appellerai si je désire prendre des cours de self-défense.

Visiblement furieuse, elle ouvrit son sac à main et laissa tomber l'automatique à l'intérieur.

— Vous n'avez toujours pas répondu à ma question, lieutenant. Que faites-vous chez moi ?

— Vous avez eu un petit problème, mademoiselle Fontaine.

— Un petit problème ? Quelqu'un m'a cambriolée ? demanda-t-elle.

Elle regarda autour d'elle et remarqua pour la première fois le désordre qui régnait dans la maison. Jurant entre ses dents, elle dépassa Seth pour aller évaluer les dégâts, mais il l'arrêta d'un geste.

— Mademoiselle Fontaine…

— Laissez-moi. Je suis ici chez moi.

— Je le sais, répondit-il sans la lâcher. Quand êtes-vous venue ici pour la dernière fois ?

— Je ferai cette satanée déposition quand j'aurai vu ce qui manque.

Elle se dégagea et fit deux pas supplémentaires avant de s'immobiliser.

— Quel bazar ? Ils n'y sont pas allés de main morte, soupira-t-elle. Mon service de nettoyage ne va pas être content.

— Mademoiselle Fontaine, je voudrais que vous répondiez à ma question. Quand avez-vous quitté cette maison ?

Diana haussa les épaules. Elle songeait à toutes les démarches fastidieuses qu'il lui faudrait entreprendre — coups de téléphone à son assurance, dépositions diverses, inventaire…

— Mercredi après-midi, répondit-elle enfin. J'ai passé quelques jours hors de la ville.

— Qui occupait la maison en votre absence ?

— Personne. Je n'aime pas savoir des gens chez moi quand je n'y suis pas. A présent, si vous voulez bien m'excuser…

Elle traversa l'entrée d'un pas vif, et passa sous l'arche qui la séparait du salon.

— Oh, mon Dieu !

La colère l'envahit instantanément, intense, irrépressible. Elle avait envie de shooter dans quelque chose, de crier, de pleurer de rage.

— Etaient-ils obligés de briser ce qu'ils n'emportaient pas ?

Levant les yeux, elle vit la rampe cassée et jura de nouveau.

— Bon sang, mais qu'est-ce qu'ils ont fabriqué là-haut ? Vraiment, je ne vois pas l'intérêt de posséder un système d'alarme si le premier venu…

Elle s'interrompit net en apercevant la silhouette blanche dessinée sur le parquet ciré. Incapable d'en détacher le regard, elle dut s'appuyer contre le canapé pour ne pas vaciller. Les détails se précisaient dans son cerveau troublé : le verre éclaté de sa table basse, la tache de sang presque noire sur le sol.

— Et si nous passions dans la salle à manger ? suggéra Seth d'une voix calme.

Diana sursauta et, revenant à la réalité, se tourna vers son visiteur.

— Qui a été tué ? voulut-elle savoir. Qui est mort ici ?

— Jusqu'à maintenant, tout le monde pensait que c'était vous.

Livide, la jeune femme se dirigea d'un pas mal assuré vers le bar situé dans un coin de la pièce et se versa une généreuse rasade de cognac. Elle but l'alcool d'un trait, sans respirer, comme un médicament, et frissonna violemment.

— Mademoiselle Fontaine, je pense vraiment qu'il vaudrait mieux que nous parlions de tout ça dans une autre pièce.

— Je vais bien, affirma-t-elle d'une voix rauque. Pourquoi croyiez-vous que c'était moi ?

— Parce que la victime se trouvait chez vous, vêtue d'une simple nuisette. Elle correspondait à votre description générale. Son visage avait été… abîmé dans sa chute, mais elle faisait à peu près votre taille, votre poids, et elle avait votre couleur de cheveux.

Une vague de soulagement envahit Diana. Sa couleur de cheveux : il ne pouvait s'agir ni de Stella ni de Virginia, dans ce cas.

— Je n'avais invité personne en mon absence, dit-elle en secouant lentement la tête. J'ignore totalement qui était cette femme, à moins qu'elle n'ait été complice des voleurs. Comment est-elle…

De nouveau, elle regarda la rampe brisée.

— Elle a dû être poussée, n'est-ce pas ?

— Cela reste encore à déterminer.

— Je vois. Ecoutez, lieutenant, je ne peux pas vous aider à identifier la victime. Dans la mesure où je n'ai pas de jumelle, je peux seulement…

Elle s'interrompit et pâlit visiblement.

— Oh non… Oh, mon Dieu.

— Qui était-ce ? demanda Seth sans hésitation.

— Je… Il est possible que… Il lui est déjà arrivé de venir ici en mon absence. C'est pour cette raison que j'ai arrêté de laisser une clé dehors, mais peut-être avait-elle fait faire une copie. Ce ne serait pas étonnant, de sa part.

Elle se servit une seconde rasade de cognac, jeta un coup d'œil à la silhouette sur le sol et, réprimant un nouveau frisson, vint s'asseoir sur l'accoudoir du canapé.

— Il pourrait s'agir de ma cousine, Melissa Bennington. Ou Fontaine — je crois qu'elle a repris son nom de jeune fille il y a quelques mois, après son divorce. Je ne suis pas sûre.

Elle passa une main nerveuse dans ses cheveux.

— Est-ce qu'elle vous ressemble ?

Un faible sourire sans joie flotta sur les lèvres de Diana.

— Melissa s'est donné pour mission d'être moi. Au début, je trouvais ça plutôt flatteur, mais ça a fini par m'agacer… Nous avons depuis toujours une vague ressemblance, et elle fait tout pour l'accentuer. Elle s'est laissé pousser les cheveux, les a teints de la même couleur que les miens. Nous n'avions pas la même poitrine, mais elle a eu recours à la chirurgie esthétique… Elle s'habille dans les mêmes boutiques, fréquente les mêmes instituts de beauté. Elle s'intéresse aux mêmes hommes. Nous avons plus ou moins grandi ensemble, mais, pour une raison que j'ignore, elle a toujours eu l'impression d'être défavorisée par rapport à moi.

— Si quelqu'un ne vous connaissait pas très bien, pourrait-il vous confondre ?

— Je suppose que oui, s'il ne m'avait vue que de loin ou en passant…

Une nouvelle fois, elle s'interrompit. Un éclair de panique brilla dans son regard.

— Vous pensez que la personne qui l'a tuée la prenait pour moi ? Voyons, c'est absurde… Il s'agissait d'un cambriolage, d'un accident…

— Possible.

Seth avait sorti son carnet pour noter le nom de la cousine de Diana.

— Oui, c'est possible, répéta-t-il d'un ton presque détaché. Mais il est plus plausible encore que quelqu'un soit venu ici, l'ait prise pour vous, et ait pensé qu'elle avait forcément la troisième Etoile en sa possession.

Elle était douée, pas de doute là-dessus, décida Seth. Il avait à peine eu le temps de détecter un éclair de panique dans son regard que déjà elle s'était reprise et mentait avec un naturel confondant.

— Je ne vois vraiment pas de quoi vous voulez parler.

— Oh si. Et si vous n'êtes pas revenue ici depuis mercredi, cela signifie que vous l'avez encore.

Il jeta un petit coup d'œil au sac à main qu'elle tenait toujours.

— Je n'ai pas l'habitude de me promener avec des étoiles dans mon sac, observa-t-elle avec un sourire qui manquait de conviction. Mais c'est une idée très poétique ! A présent, je suis vraiment fatiguée. Si…

— Mademoiselle Fontaine, coupa-t-il d'une voix dure, depuis ce matin, j'ai recensé six décès directement liés à ces trois diamants bleus.

Dans un élan de panique, Diana lui attrapa le bras.

— Stella et Virginia…

— Vos amies vont bien, la rassura-t-il, même si elles ont eu un week-end pour le moins mouvementé. Soit dit en passant, tous leurs déboires auraient pu être évités si elles avaient accepté de collaborer avec la police. Et je suis bien décidé à obtenir votre coopération, d'une manière ou d'une autre.

Diana rejeta ses cheveux en arrière.

— Où sont-elles ? Qu'avez-vous fait ? Vous les avez jetées en prison ? Mon avocat les fera sortir, et vous serez arrêté pour abus de pouvoir avant d'avoir eu le temps de dire ouf !

D'un pas décidé, elle se dirigea vers le téléphone — et s'aperçut qu'il n'était pas à sa place.

— Non, elles ne sont pas en prison, dit calmement Seth. A l'heure qu'il est, je suppose qu'elles organisent votre enterrement.

Les sublimes yeux bleus se voilèrent de chagrin.

— Oh, mon Dieu, vous leur avez dit que j'étais morte ! Il faut absolument que je les prévienne. Où sont-elles ? Où est ce satané téléphone ?

— Calmez-vous, mademoiselle Fontaine. Elles ne sont pas chez elles, ni l'une ni l'autre.

— Vous avez dit qu'elles n'étaient pas en prison !

— Et c'est la stricte vérité.

Conscient qu'il n'obtiendrait rien d'elle tant qu'elle n'aurait pas vu ses amies, Seth poussa un soupir.

— Bon, je vais vous conduire jusqu'à elles. Après quoi nous devrons parler, mademoiselle Fontaine.

Diana n'ouvrit pas la bouche tandis que Seth et elle traversaient les banlieues élégantes des alentours de Washington D.C. Il lui avait assuré que ses amies allaient bien, et son instinct lui soufflait que le lieutenant Seth Buchanan n'était pas homme à lui raconter des mensonges. Malgré tout, elle avait l'estomac noué par l'angoisse. Il fallait qu'elle voie ses amies, qu'elle les serre dans ses bras.

La culpabilité la terrassait. Dire qu'elles la croyaient morte, quand en vérité elle avait seulement voulu s'éloigner quelques jours ! Elle avait éprouvé le besoin d'être seule, d'être ailleurs. Pendant ce temps, que leur était-il arrivé ? Avaient-elles essayé de la joindre ? Il était clair que les trois diamants bleus que Virginia avait été chargée d'évaluer pour le musée étaient au cœur de toute l'affaire.

L'image de la silhouette blanche dessinée sur son parquet s'imposa à son esprit, et un frisson glacé la parcourut. Melissa. Pauvre, pathétique Melissa… Mais, en cet instant, elle ne parvenait à songer qu'à ses amies.

— Elles ne sont pas blessées, au moins ? parvint-elle à demander.

— Non.

Seth avait du mal à se concentrer sur la route tant le parfum subtil, sensuel de sa passagère le troublait. Délibérément, il ouvrit la vitre et laissa l'air frais de la nuit balayer cette odeur trop enivrante.

— Où avez-vous passé ces derniers jours, mademoiselle Fontaine ?

Lasse, l'intéressée ferma les yeux et se laissa aller contre l'appuie-tête.

— Ailleurs. C'est un de mes endroits préférés, répondit-elle.

Elle rouvrit les yeux en sentant la voiture s'engager dans une allée et ralentir. Seth se gara derrière une Jaguar étincelante et une immense voiture en mauvais état.

— Ce ne sont pas les voitures de mes amies ! protesta-t-elle en jetant à Seth un regard où se mêlaient fureur et déception.

— Elles sont là, pourtant.

Sans perdre plus de temps, Diana sortit du véhicule et courut vers la porte de la maison. Elle frappa, et quelques secondes plus tard, un homme qu'elle n'avait jamais vu lui ouvrit. L'espace d'un instant, elle lut de la surprise dans ses yeux verts, puis il lui décocha un sourire étincelant et tendit la main pour lui effleurer la joue.

— Diana ! Vous êtes Diana.

— Oui, je…

— C'est merveilleux de vous rencontrer.

Il la prit dans ses bras, et elle remarqua que l'un d'eux arborait un pansement visiblement assez frais. Déjà, il la serrait contre lui si affectueusement qu'elle n'eut pas le temps de protester.

— Je m'appelle Cade, dit-il, Cade Parris. Entrez.

— Virginia, Stella ?

— Elles sont là. Elles vont bien, ne vous inquiétez pas. Ou, plutôt, elles iront bien dès qu'elles vous auront vue.

Lui prenant le bras, il l'entraîna vers le salon, mais elle l'arrêta au moment de passer le seuil. A l'intérieur, Virginia et Stella étaient debout, dos à la porte, et elles parlaient à voix basse, serrées l'une contre l'autre, des larmes dans la voix. Un homme se tenait à quelques pas d'elles, les mains plongées dans ses poches, une expression désolée sur son visage couvert de contusions et de bleus. Quand il la vit, ses yeux gris couleur de tempête se plissèrent ; puis il sourit.

Diana prit une profonde inspiration.

— Eh bien, dit-elle d'une voix claire, ça fait plaisir de savoir qu'il y aura des gens pour me pleurer.

Les deux femmes firent volte-face. L'espace d'un instant, le temps parut s'arrêter ; puis Diana, Virginia et Stella partirent d'un même élan et se jetèrent dans les bras les unes des autres.

« Un triangle parfait », ne put s'empêcher de songer Seth. Comme le triangle d'or qui avait maintenu ensemble les trois pierres précieuses du dieu Mithra…

— Je crois qu'elles ne seraient pas mécontentes d'être seules quelques instants, déclara Cade. Lieutenant ?

Voyant que Seth hésitait à le suivre hors de la pièce, il ajouta :

— Je ne pense pas qu'elles s'enfuient, dans l'immédiat.

Avec un imperceptible haussement d'épaules, Seth lui emboîta le pas. Le détective avait raison : il pouvait bien accorder une vingtaine de minutes aux trois amies.

— J'ai besoin d'utiliser votre téléphone, déclara-t-il.

— Il y a un combiné dans la cuisine. Jack, tu veux une bière ?

Le troisième homme esquissa un large sourire.

— Voilà une excellente idée !

— Amnésique ? murmura Diana.

Virginia et elle étaient installées sur le canapé, Stella assise en tailleur à leurs pieds.

— Tu ne te souvenais de rien ?

— De rien, acquiesça Virginia sans lâcher la main de son amie, comme si elle avait peur de la perdre de nouveau. Je me suis réveillée dans cette horrible petite chambre d'hôtel avec le diamant, plus d'un million de dollars en liquide et pas le moindre souvenir. J'ai trouvé le nom de Cade dans l'annuaire — Parris, j'ai trouvé ça amusant. Parris, Paris… Tu sais combien j'ai toujours rêvé d'aller en France.

— Je te promets que je t'y emmènerai, affirma Diana.

— Il m'a aidée tout du long.

Quelque chose dans son ton alerta Diana, qui échangea un rapide coup d'œil avec Stella. Il y avait visiblement beaucoup de choses qu'elle avait encore à découvrir… Mais elles en discuteraient plus tard.

— J'ai commencé à me rappeler, petit à petit. Stella et toi, seulement quelques flashes. Je voyais vos visages dans ma tête, j'entendais vos voix, mais tout clochait. C'est Cade qui a réussi à ramener toute l'affaire à Thomas Salvini. Alors, nous sommes entrés dans le cabinet par effraction…

— Juste avant nous, intervint Stella. Jack a tout de suite vu que la serrure de la porte de derrière avait été forcée.

— Nous sommes entrés, reprit Virginia, le regard dans le vague. Et, soudain, tout m'est revenu. Je me suis rappelé que Thomas et Timothy avaient décidé de voler les pierres, de les copier. Que j'avais eu l'idée de vous en envoyer une à chacune. Une idée tellement stupide…

— Pas du tout, affirma Diana en passant son bras autour des épaules de son amie. Moi, je comprends parfaitement ta réaction. Tu n'as pas eu le temps de penser à autre chose.

— J'aurais dû appeler la police. Mais j'étais tellement certaine de pouvoir tout régler toute seule ! J'étais allée dans le bureau de Thomas pour lui dire que la machination avait été découverte, que c'était terminé. Et c'est alors que j'ai vu…

Soudain, un frisson la parcourut.

— Leur querelle. Affreux. Il faisait un orage terrible. Les éclairs à travers la fenêtre, leurs visages… Timothy a attrapé le coupe-papier posé sur le bureau. A ce moment-là, il y a eu une coupure d'électricité, mais les éclairs se succédaient toujours, et j'ai vu ce qu'il faisait à Thomas. Tout le sang…

— N'y pense plus, murmura Stella en caressant le genou de la jeune femme d'une main réconfortante.

— Il le faut, pourtant, répondit Virginia. Il m'a vue, Diana. Il m'aurait tuée… Il m'a poursuivie. Moi, j'avais attrapé le sac contenant leur argent, je suis partie en courant dans le noir, et je me suis cachée sous l'escalier. Mais je le voyais qui me cherchait, les mains couvertes de sang. Je ne sais toujours pas comment je me suis enfuie et retrouvée dans cette chambre d'hôtel.

Virginia, si sérieuse, si calme, poursuivie par un meurtrier sanguinaire… Cette idée était intolérable, et Diana secoua la tête avec horreur.

— L'important, c'est que tu aies réussi à t'en sortir et que tu sois en sécurité, à présent.

Elle se tourna vers Stella.

— Et toi, comment as-tu passé ton week-end ?

— En cavale avec un chasseur de primes, attachée à un lit avec des menottes dans un motel de huitième zone, prise pour cible par des tarés avec des flingues… Le tout avec un petit détour par ta maison dans la montagne.

Un chasseur de primes ? Sans doute le dénommé Jack, songea Diana, qui avait du mal à garder les idées claires. Celui qui avait des cheveux longs et des yeux gris comme un ciel de tempête. Et un sourire ravageur.

Des menottes, des revolvers, un motel… Ne sachant où donner de la tête, elle préféra commencer par la partie la plus familière du récit de son amie.

— Tu étais chez moi ? Quand ?

— C'est une longue histoire.

Stella se lança aussitôt dans une version succincte de ce qui lui était arrivé depuis le moment où Jack, la prenant pour une délinquante en fuite, avait essayé de l'emmener en prison jusqu'à celui où, après avoir admis son innocence, il avait accepté de remonter avec elle jusqu'au cœur du mystère.

— Nous savons que quelqu'un tire les ficelles, conclut Stella, mais qui ? Aucune idée. Le garant véreux qui a raconté des histoires à Jack pour qu'il me ramène est mort, les deux types qui nous poursuivaient sont morts, et les Salvini sont morts aussi.

— Sans compter Melissa, murmura Diana.

— C'était Melissa ? Chez toi ? demanda Virginia.

— Je ne vois pas qui d'autre ce pourrait être. Quand je suis arrivée, le flic était chez moi, la maison était sens dessus dessous, et tout le monde était persuadé que j'étais morte.

Elle ferma les yeux avant de conclure :

— Elle est tombée du premier étage — ou a été poussée. J'étais à des kilomètres de là quand ça s'est produit.

— Où es-tu allée ? voulut savoir Stella. Quand Jack et moi sommes arrivés chez toi, dans les montagnes, tout était fermé. J'ai pensé… C'est peut-être idiot, mais j'ai eu la certitude que tu venais juste de partir. Ton odeur flottait encore dans l'air.

— J'ai quitté la maison hier matin. J'avais envie d'être au bord de l'eau, alors je suis descendue en voiture jusqu'à la mer. J'ai trouvé une petite chambre d'hôtes près de la plage, j'ai fait les antiquaires, je me suis mêlée aux touristes, j'ai regardé un feu d'artifice. Je n'en suis repartie qu'aujourd'hui en fin d'après-midi. Et encore, j'ai failli rester là-bas une nuit de plus. Mais j'ai essayé de vous appeler toutes les deux et suis tombée sur vos répondeurs. Ça m'a mise mal à l'aise, et j'ai décidé de rentrer. Je suis désolée d'être partie comme ça, Virginia, mais je n'avais pas ma tête à moi… Juste avant mon départ, nous avions perdu un des enfants.

— Oh, Diana, je suis désolée.

— Ça arrive tout le temps. Ils naissent avec le sida, ou un trou dans le cœur ou une dépendance au crack. Certains meurent. Mais je n'arrive pas à m'y habituer, et ça me préoccupait beaucoup, si bien que je n'ai pas vraiment réfléchi pendant ces quelques jours. Ce n'est que dans la voiture, au retour, que j'ai commencé à m'inquiéter. Et quand je suis arrivée et que j'ai trouvé le lieutenant chez moi, et qu'il m'a posé des questions sur le diamant, je n'ai pas su quoi lui dire.

Virginia soupira.

— Nous avons tout révélé à la police, à présent, déclara-t-elle. Ni Cade ni Jack ne paraissent beaucoup aimer ce Buchanan, mais ils respectent tous les deux son professionnalisme. Les deux pierres sont en sûreté, désormais, et nous aussi.

— Je suis désolée de ce que vous avez eu à traverser, toutes les deux. Je m'en veux de ne pas avoir été là.

— Cela n'aurait fait aucune différence, affirma Stella. Nous étions dispersées, chacune avec une pierre…

— Mais maintenant nous sommes ensemble, acheva Diana. Qu'allons-nous faire ?

— Pardonnez-moi, mesdames.

Seth entra dans la pièce, et son regard froid se posa tour à tour sur chacune des trois femmes avant de se focaliser sur Diana.

— Mademoiselle Fontaine, le diamant ?

Elle se leva, ramassa le sac à main qu'elle avait posé au bout du canapé. Elle l'ouvrit, en tira une petite bourse en velours, et fit glisser le diamant dans sa paume.

— Magnifique, non ? murmura-t-elle sans le quitter des yeux. Les diamants sont censés être froids au toucher, n'est-ce pas, Virginia ? Et pourtant, celui-ci semble diffuser une sorte de… chaleur.

Elle se dirigea vers Seth et poussa un soupir.

— Et pourtant, quand on songe au nombre de vies qu'il a coûtées…

Seth tendit la main vers la pierre. Quand il l'effleura, Diana eut l'impression qu'une petite décharge électrique courait le long de son bras. L'avait-il sentie, lui aussi ? Sans doute, sinon comment expliquer qu'il laissât sa main s'attarder ainsi sur la sienne, et que son regard parût soudain perplexe, interrogateur ?

— Impressionnant, n'est-ce pas ? murmura-t-elle avant de sentir les doigts de Seth se refermer sur la pierre et la lui ôter.

— Je suppose que même vous ne pourriez vous payer un diamant pareil, mademoiselle Fontaine, dit-il d'un ton mordant.

La jeune femme esquissa un sourire triste. Non, il n'avait rien senti… Et elle non plus. Seuls ses nerfs surmenés lui jouaient des tours.

— Je préfère les bijoux un peu moins voyants.

Virginia se leva.

— Les Etoiles sont sous ma responsabilité, jusqu'à ce que le Smithsonian les ait récupérées. Nous allons les mettre dans le coffre du cabinet. Toutes les trois. Et je parlerai au Dr Linstrum demain matin.

Seth tourna la pierre dans sa main. Il supposait qu'il avait le droit de les confisquer, ses sœurs et elle, en tant que pièces à conviction dans plusieurs meurtres. Mais l'idée de retourner au poste de police avec une fortune pareille sur lui ne lui souriait guère.

Parris était pénible, songea-t-il, mais honnête. Et Virginia James avait raison : les pierres étaient officiellement sous sa garde. Hochant la tête, il tendit le diamant à Cade.

— Mettez-le en sûreté, et, demain, je parlerai moi aussi au Dr Linstrum.

Cade avança aussitôt d'un pas, presque menaçant.

— Ecoutez, Buchanan…

— Non, Cade, intervint aussitôt Virginia en s'interposant entre les deux hommes. Le lieutenant Buchanan a raison. Cette affaire le regarde, à présent.

Cade et Seth s'affrontèrent du regard quelques secondes, puis le détective privé s'éloigna avec le diamant.

— Merci de nous avoir amené Diana si rapidement, lieutenant.

Seth baissa les yeux vers la main tendue de Virginia James. De toute évidence, cette dernière lui donnait congé…

— Je suis désolé de vous avoir inquiétée pour rien, mademoiselle James. Et vous aussi, mademoiselle O'Leary, ajouta-t-il en se tournant vers l'intéressée. Je vais vous demander de rester à la disposition de la police.

— Nous n'irons nulle part, rassurez-vous, affirma Stella. Bonne route, lieutenant.

Elle aussi le chassait. Il hocha la tête.

— Mademoiselle Fontaine ? Je vous raccompagne.

— Elle ne bouge pas d'ici !

Stella s'était interposée entre Seth et Diana comme une tigresse défendant ses petits.

— Pas question qu'elle retourne dans cette maison ce soir. Elle restera ici, avec nous.

— Vous ne souhaitez en effet peut-être pas rentrer chez vous, mademoiselle Fontaine, dit Seth sans se troubler. Peut-être préférez-vous répondre à mes questions dans mon bureau.

— Vous n'êtes pas sérieux ?

Il interrompit les protestations de Virginia d'un regard.

— J'ai un corps à la morgue. Et je prends ça très au sérieux, si.

— Pourquoi ne passerions-nous pas dans la pièce voisine pour… discuter de nos options ? demanda Jack d'une voix grave, menaçante.

Diana avança d'un pas et parvint à afficher un sourire crédible.

— Ne vous inquiétez pas pour moi, intervint-elle. Jack, c'est ça ?

L'interpellé détourna les yeux de Seth juste assez longtemps pour sourire à la jeune femme.

— C'est ça. Jack Dakota. Ravi de vous rencontrer… Miss Avril.

— Oh, je vois que ma folle jeunesse me poursuit ! s'exclama-t-elle avec un petit rire avant d'embrasser la joue contusionnée du chasseur de primes. J'apprécie que vous soyez prêt à casser la figure au lieutenant pour moi, Jack, mais on dirait que vous avez déjà fait quelques rounds.

— Ne vous inquiétez pas, j'ai encore des réserves, affirma Jack.

— Je n'en doute pas. Mais je dois admettre que le lieutenant a raison.

Elle chassa ses cheveux de son visage et se tourna, sans sourire cette fois, vers Seth.

— Il manque de tact, mais il a raison. Il a besoin de réponses, et je dois l'accompagner.

— Ne rentre pas seule chez toi, Diana. Pas ce soir, insista Virginia.

— Je reviendrai ici dès que j'aurai dit au lieutenant tout ce qu'il souhaite savoir, promit Diana. Vous avez un lit d'appoint, Cade ?

Ce dernier revenait tout juste dans la pièce. Il hocha la tête.

— Bien sûr. Mais je peux vous accompagner, si vous voulez.

— Non, restez ici avec Virginia, dit Diana en déposant un baiser affectueux sur sa joue. Je suis certaine que nous nous débrouillerons très bien, le lieutenant et moi.

Elle ramassa son sac à main, et alla embrasser une nouvelle fois ses deux amies.

— Ne vous inquiétez pas pour moi. Après tout, je suis sous la protection de la loi ! N'est-ce pas, lieutenant ?

Sans un mot, il s'écarta pour la laisser sortir de la pièce.

Elle attendit d'être dans la voiture de Seth pour parler. Tout en faisant un petit signe de la main aux quatre silhouettes massées sur le perron de la maison de Cade, elle dit entre ses dents :

— Il faut que je voie le corps. Vous avez besoin de l'identifier, n'est-ce pas ?

Surpris qu'elle accepte de s'en charger, Seth hocha la tête.

— Alors, allons nous en occuper le plus vite possible, que ce soit fait. Et ensuite je répondrai à vos questions. Dans votre bureau, si cela ne vous pose pas de problème. Ma maison n'est pas vraiment prête pour recevoir du monde.

Elle savait que ce serait dur. Elle savait que ce serait horrible. Diana s'y était préparée — ou croyait s'y être préparée. Mais, en vérité, elle comprit vite, en baissant les yeux vers le cadavre de la femme trouvée chez elle, que rien n'aurait pu la blinder contre un tel spectacle.

Il n'était guère étonnant, songea-t-elle, que les policiers eussent pris Melissa pour elle. Le visage dont sa cousine avait été si fière était totalement méconnaissable. La mort avait été cruelle ; mais Diana consacrait suffisamment de temps à l'hôpital pour savoir que c'était souvent le cas.

— C'est bien Melissa, dit-elle, et sa voix résonna dans la pièce glacée. Ma cousine, Melissa Fontaine.

— Vous en êtes sûre ?

— Oui. Nous partagions le même club de sports, entre autres choses, et je connais son corps aussi bien que le mien. Elle a une tache de naissance en forme de faucille au niveau des reins, à gauche, et une petite cicatrice sur le talon gauche. Elle a marché sur un coquillage cassé à l'âge de douze ans.

Seth vérifia ces indications, puis hocha la tête en direction de l'assistant du médecin légiste.

— Je suis désolé, dit-il ensuite à Diana.

— Oui, bien sûr. A présent, excusez-moi.

Le regard dans le vide, elle tourna les talons. Elle était presque arrivée à la porte lorsqu'elle vacilla sur ses jambes. Jurant à mi-voix, Seth la rattrapa, la soutint jusque dans le couloir et la fit asseoir sur une chaise. D'une main, il lui plaça la tête entre les genoux.

— Je ne vais pas m'évanouir, protesta-t-elle, tout en luttant de toutes ses forces contre la nausée qui l'envahissait.

— C'était bien imité.

— Voyons, je suis bien trop sophistiquée pour faire quelque chose d'aussi théâtral, ironisa-t-elle, bravache.

Mais l'horreur de ce qu'elle venait de voir la rattrapa, et elle gémit.

— Oh, mon Dieu, elle est morte. Et tout ça parce qu'elle me détestait.

— Pardon ?

— Aucune importance. Elle est morte.

Faisant un effort de volonté, elle se redressa et posa sa tête contre le mur blanc glacé. Elle était d'une pâleur inquiétante.

— Il faut que j'appelle sa mère. Ma tante…

— Donnez-moi son nom, je m'en occuperai.

— Elle s'appelle Helen Wilson Fontaine. Mais je préfère la prévenir moi-même.

Lorsqu'elle bougea, il se rendit compte qu'il avait posé sa main sur la sienne. Il la retira vivement et se leva.

— J'ai essayé de joindre Helen Fontaine et son mari, sans succès. On m'a dit qu'elle était en Europe.

— Je sais où. Je la trouverai, répondit Diana en rejetant ses cheveux en arrière.

Elle n'essaya pas de se lever, cependant. Pas encore. A l'idée de passer ce coup de fil, d'annoncer la terrible nouvelle à sa tante, elle avait la gorge nouée.

— Pourrais-je avoir un peu d'eau, lieutenant, s'il vous plaît ?

Le bruit des pas de Seth s'éloigna sur le linoléum glacé. Le silence qui lui succéda était terrifiant, et rappela à la jeune femme où elle se trouvait. Elle prit soudain conscience des odeurs sournoises qui filtraient sous celles, puissantes, des antiseptiques et des nettoyants industriels.

Une vague de soulagement absurde l'envahit lorsque Seth revint avec un gobelet d'eau. Elle but lentement, les yeux fermés, en se concentrant sur la simple tâche d'avaler le liquide.

— Pourquoi vous détestait-elle ?

— Comment ?

— Votre cousine. Vous avez dit qu'elle vous détestait. Pourquoi ?

— Caractéristique familiale, répondit-elle seulement. J'aimerais y aller, à présent, ajouta-t-elle en lui tendant le gobelet vide.

Il la regarda avec attention. Elle était toujours livide, ses pupilles étaient dilatées, ses grands yeux bleus vitreux. Elle ne tiendrait pas une heure de plus, estima-t-il.

— Je vais vous raccompagner chez Parris. Vous n'aurez qu'à venir faire votre déposition dans mon bureau demain matin.

— J'ai dit que je le ferais ce soir.

— Et moi, je dis que vous le ferez demain. Vous ne m'êtes d'aucune utilité en ce moment.

Diana rit faiblement.

— Je crois que vous êtes le premier homme à me dire une chose pareille, lieutenant. J'en ai le cœur brisé.

— Pas la peine de me faire votre petit numéro, mademoiselle Fontaine, déclara Seth en lui prenant le bras pour l'aider à se lever. Ça ne m'impressionne pas, et ça mobilise une énergie dont vous avez bien besoin.

Il avait raison, mais sa brutalité ne laissa pas de vexer la jeune femme. Lorsqu'ils arrivèrent à l'air libre, elle se dégagea de son étreinte.

— Je ne vous aime pas, déclara-t-elle.

— On ne vous demande pas de m'aimer, rétorqua-t-il. Pas plus qu'on ne me demande de vous aimer, vous.

Il ouvrit la portière de sa voiture, attendit. Diana s'approcha, et leurs regards s'affrontèrent.

— La différence, lieutenant Buchanan, c'est que, si je le souhaitais, je pourrais vous avoir à mes pieds, dit-elle en détachant bien les mots, sans le quitter des yeux.

Là-dessus, elle s'assit dans la voiture, ramenant ses longues jambes devant elle.

« Pour qui te prends-tu ? » songea Seth, agacé.

Mais il n'était pas certain qu'elle eût complètement tort.

3.

Diana se maudissait de sa faiblesse, mais n'eut pas la force de rentrer chez elle, dans la grande maison vide avec sa sinistre silhouette blanche sur le sol. Ce fut Jack qui alla à Potomac chercher le sac qu'elle avait laissé à l'arrière de sa voiture. Ce qu'il contenait lui suffirait largement, pour une journée.

Le lendemain, elle s'habilla avec soin pour son rendez-vous avec Seth Buchanan. Elle s'était acheté un tailleur d'été durant son séjour au bord de la mer et l'enfila, même si la jupe courte et le boléro jaune bouton d'or ne lui donnaient pas une allure très professionnelle. Elle n'avait pas l'intention d'avoir l'air professionnelle.

Elle prit le temps de natter ses cheveux avec soin et se maquilla longuement, avec la détermination d'un général préparant une bataille décisive.

Elle avait encore l'estomac noué par le coup de téléphone qu'elle avait passé à sa tante avant de se coucher, et par la vague de tristesse qui l'avait submergée ensuite. Bien qu'épuisée, elle avait mis longtemps à trouver le sommeil. Mais à présent, elle devait concentrer toute son énergie sur la confrontation qui l'attendait avec Seth Buchanan.

Arrivée devant le poste de police, elle gara sa décapotable et prit une profonde inspiration pour se donner du courage.

Si quelqu'un l'avait observée alors qu'elle traversait le parking, il aurait assisté à une transformation troublante. Graduellement, son regard las se fit sensuel, sa démarche s'assouplit, le léger mouvement de ses hanches s'accentua ; les commissures de ses lèvres esquissèrent un sourire discret.

Ce n'était pas vraiment un masque, mais plutôt une autre facette de sa personnalité.

Un jeune policier en uniforme s'approchait en même temps qu'elle. Elle lui décocha un sourire éblouissant, et le regarda avec amusement se précipiter pour lui ouvrir la porte, rouge comme une pivoine. Parfait, songea Diana. Seth Buchanan ne verrait pas une femme pâle et tremblante, ce matin. Il verrait Diana Fontaine, sûre d'elle et bien décidée à ne pas se laisser impressionner.

Elle s'approcha du bureau d'accueil et passa un long doigt manucuré sur le rebord de la table.

— Excusez-moi ?

Le sergent de garde déglutit précipitamment et se dressa à moitié.

— Oui, madame ?

— Peut-être pourriez-vous m'aider ? Je cherche le lieutenant Buchanan.

— Oui, euh, très bien… Vous le trouverez à l'étage, dans la section réservée aux détectives. A gauche en haut de l'escalier.

Il ouvrit le registre des entrées d'une main incertaine et tendit un stylo à la jeune femme.

— Je vois. Merci, répondit-elle avec un sourire en signant le registre avec assurance.

Elle sentit le regard de l'homme fixé sur ses jambes tandis qu'elle montait l'escalier, et réprima un sourire amusé.

Elle trouva sans difficulté l'immense bureau paysager réservé aux détectives. De nombreuses tables de travail, occupées pour la plupart, y étaient alignées. Tous les policiers présents avaient ôté leur veste ; l'air conditionné peinait visiblement, et la chaleur qui régnait dans la pièce était presque intolérable. Lorsqu'elle la balaya du regard, Diana remarqua beaucoup d'armes, beaucoup de gobelets de café vides. Des téléphones sonnaient dans tous les coins.

Sans hésitation, elle choisit sa victime : un homme assez jeune, qui avait relevé les manches de sa chemise, desserré sa cravate et posé les pieds sur son bureau. Il tenait un rapport dans une main et une viennoiserie dans l'autre. Tandis qu'elle avançait, toutes les conversations cessèrent abruptement. L'homme vers qui elle se dirigeait posa hâtivement ses pieds à terre, avala sa bouchée de croissant et la salua.

— Madame.

Il devait avoir environ trente ans, estima Diana, bien qu'il perdît déjà ses cheveux. Il s'essuya les mains sur son pantalon.

— J'espère que vous pourrez m'aider, dit-elle sans le quitter des yeux, détective… ?

— Oui, euh, Carter. Détective Carter. Que puis-je faire pour vous ?

— J'espère que je ne me suis pas trompée d'endroit.

Pour faire bonne mesure, elle balaya la salle du regard. De nombreux policiers rentrèrent instinctivement leur ventre.

— Je cherche le lieutenant Buchanan. Je crois qu'il m'attend.

Elle chassa avec grâce une mèche de cheveux qui effleurait son visage.

— Malheureusement, je ne sais pas comment procéder pour le voir.

— Il est dans son bureau. Dans son bureau, répéta le dénommé Carter, incapable de détacher le regard de Diana. Belinski, va dire au lieutenant qu'il a de la visite, tu veux ? Une mademoiselle…

— Diana.

Elle posa une hanche sur le coin du bureau du jeune homme, et, dans le mouvement, sa jupe déjà fort courte remonta dangereusement de quelques centimètres.

— Diana Fontaine. Cela ne vous ennuie pas que j'attende ici, détective Carter ? Je ne vous dérange pas dans votre travail ?

— Non… non. Je vous en prie.

La température dans la salle surchauffée semblait avoir encore monté de quelques degrés.

— Merci. C'est si excitant ! Le métier de détective, je veux dire. Vous devez avoir des tas d'histoires passionnantes à raconter !

Le temps que Seth termine son coup de téléphone, qu'il enfile la veste dont il s'était débarrassé en arrivant et qu'il se dirige vers la salle commune, le bureau de Carter avait été pris d'assaut. Il entendit un rire grave, sensuel et indéniablement féminin s'élever au centre de l'attroupement.

Et vit une douzaine de ses meilleurs hommes langue pendante, comme des chiots devant un os.

Cette femme, décida-t-il, risquait vraiment de se révéler pénible.

— Je vois que tous nos dossiers ont été classés, ce matin, et que, miraculeusement, la criminalité a disparu de notre bonne ville.

Sa voix eut l'effet escompté : plusieurs hommes se redressèrent violemment. Même les moins facilement intimidés retournèrent à leur bureau. Déserté, Carter rougit jusqu'à la racine des cheveux.

— Ah, lieutenant… Diana… Je veux dire Mlle Fontaine est là pour vous voir.

— Je vois. Vous avez fini votre rapport, détective ?

— Je suis en train, affirma le policier en récupérant les papiers qu'il avait posés à l'arrivée de Diana.

— Mademoiselle Fontaine.

Seth indiqua son bureau d'un geste et fit signe à Diana de le précéder.

— J'ai été ravie de vous rencontrer, Michael.

La jeune femme passa un doigt sur l'épaule de Carter avant de s'éloigner. Aussitôt entré dans son bureau, Seth referma la porte et se tourna vers sa visiteuse.

— C'est bon, mademoiselle Fontaine, vous pouvez cesser votre cinéma, à présent, le public est parti, dit-il d'un ton sec.

— On ne sait jamais, répondit-elle avant de se diriger vers la chaise qu'il lui indiquait.

Au passage, elle frôla Seth et crut le sentir se raidir imperceptiblement, mais lorsqu'elle rencontra son regard, il était aussi froid et indifférent qu'à l'ordinaire. Vexée, elle avança d'un pas et étudia le bureau.

Les murs, d'un blanc sale, étaient tristement assortis au gris-beige du linoléum usé. Un bureau standard surchargé de papiers, des armoires de rangement grises, un ordinateur, un téléphone et une petite fenêtre complétaient ce décor sinistre.

Pas de photos, pas de trophées. Aucune touche personnelle. Rien qui pût permettre à Diana de mieux cerner l'homme qui se cachait derrière le policier.

Comme elle l'avait fait un peu plus tôt, dans la salle commune, elle s'assit sur le coin du bureau.

Dire qu'elle évoquait un rayon de soleil aurait été un cliché. Et ç'aurait été incorrect, décida Seth. Les rayons de soleil étaient chaleureux, accueillants. Garce Fontaine était un éclair brûlant, fatal.

Il eût fallu être aveugle pour ne pas remarquer ses jambes de rêve révélées par la minijupe jaune. Mais Seth contourna le bureau et concentra son attention sur le visage de son interlocutrice.

— Vous seriez plus à l'aise sur une chaise.

— Je suis bien, là.

Elle saisit un stylo d'un geste nonchalant, joua avec.

— Ce n'est pas ici que vous interrogez les suspects d'ordinaire, si ? s'enquit-elle.

— Non, nous avons une chambre de torture au sous-sol.

En d'autres circonstances, elle aurait apprécié son humour pince-sans-rire, mais en l'occurrence elle se contenta de demander :

— Suis-je suspectée, lieutenant Buchanan ?

Seth pencha la tête sur le côté sans répondre.

— Vous vous remettez vite, mademoiselle Fontaine.

— Oui. Vous aviez des questions à me poser, je crois ?

— En effet. Asseyez-vous. Sur une chaise, précisa-t-il.

Les lèvres de Diana esquissèrent une moue boudeuse, infiniment sensuelle, et un flash de désir traversa Seth des pieds à la tête. Intérieurement, il jura contre le sex-appeal de cette femme et sa capacité à en jouer. Déjà, elle se laissait glisser sur la chaise qu'il lui désignait d'un mouvement souple, félin.

— C'est mieux comme ça ?

— Où étiez-vous samedi, entre minuit et 3 heures du matin ?

C'était donc à cette heure-là que l'agression s'était produite, songea-t-elle en s'efforçant d'ignorer le frisson glacé qui la parcourait à cette pensée.

— Vous n'allez pas me lire mes droits ?

— Vous n'êtes pas inculpée, vous n'avez pas besoin d'un avocat. Ce n'est qu'une simple question.

— J'étais à la campagne. Je possède une maison dans l'ouest du Maryland. J'y étais seule. Je n'ai pas d'alibi. Ai-je besoin d'un avocat, à présent ?

— Vous souhaitez vraiment me compliquer la tâche, mademoiselle Fontaine ?

Diana poussa un soupir et esquissa un geste las de la main. Le bracelet de diamants autour de son poignet étincela dans la petite pièce sombre.

— Très bien, lieutenant, voilà mon programme de la semaine dernière : mercredi, je suis partie à la campagne. Je n'attendais pas ma cousine, ni aucune visite, d'ailleurs. J'ai eu des contacts avec quelques personnes durant le week-end : j'ai fait des courses dans le village voisin, j'ai acheté du nécessaire de jardinage. Ça, c'était vendredi après-midi. Samedi, je suis allée chercher du courrier ; le village n'est pas grand, et la postière doit s'en souvenir. Mais c'était avant midi, et j'aurais largement eu le temps de revenir chez moi. Ah, j'ai oublié : j'ai aussi reçu le paquet envoyé par Virginia vendredi. Par coursier.

— Et vous n'avez pas trouvé ça bizarre ? Votre amie vous envoie un diamant bleu de la taille d'un œuf, et vous, vous allez tranquillement faire vos courses ?

— J'ai essayé d'appeler Virginia, mais elle n'était pas chez elle, comme vous le savez sans doute. J'ai bien trouvé ça un peu bizarre, mais j'avais d'autres choses en tête.

— Comme ?

Les lèvres de la jeune femme se retroussèrent, mais son sourire n'atteignit pas ses yeux.

— La loi ne m'oblige pas à vous révéler mes pensées, lieutenant. C'est vrai, en recevant ce diamant, j'ai été intriguée et je me suis un peu inquiétée. J'ai pensé qu'il s'agissait peut-être d'une copie, mais j'en doutais. Une copie n'aurait pas eu une telle présence… Le petit mot de Virginia disait de garder la pierre sur moi jusqu'à ce qu'elle m'ait contactée. Alors c'est ce que j'ai fait.

— Sans vous poser de questions ?

— Quand quelqu'un en qui j'ai confiance me demande quelque chose, je ne me pose pas de questions, répondit-elle d'un ton ferme.

Seth tapota du bout des doigts sur le rebord du bureau.

— Vous êtes restée seule à la campagne jusqu'à lundi, quand vous êtes revenue en ville ?

— Non. Dimanche, sur un coup de tête, j'ai pris ma voiture et suis descendue au bord de la mer. J'ai souvent des caprices de ce genre. J'ai passé la nuit dans une chambre d'hôtes.

— Vous n'aimiez pas votre cousine ?

— Non.

Ce changement de sujet abrupt devait faire partie des techniques d'interrogation classiques, songea-t-elle sans se troubler.

— Il était difficile de l'aimer, et il est rare que je fasse des efforts avec les gens difficiles. Après la mort de mes parents, Melissa et moi avons été élevées ensemble, mais nous n'avons jamais été proches. Pour elle, j'étais une intruse, et elle se vengeait en se montrant désagréable. Du coup, j'étais désagréable en retour. En grandissant, elle a découvert qu'elle avait moins de... de succès que moi auprès des hommes. Apparemment, elle s'est dit qu'en forçant notre ressemblance, elle rivaliserait plus aisément avec moi.

— Avait-elle raison ?

— Tout est une question de point de vue, je suppose. Melissa aimait les hommes. Ce qui explique en partie qu'elle ait récemment divorcé. Elle avait tendance à préférer la quantité à la qualité, dans le domaine sentimental.

— Et qu'en pensait son mari ?

— Bobbie est...

Elle s'interrompit et lâcha un petit rire cristallin.

— Si vous supposez que Bobbie — son ex — pourrait l'avoir poursuivie jusque chez moi, assassinée, puis avoir mis la maison à sac avant de disparaître, vous faites fausse route. C'est un amour, et il se trouve, je crois bien, en Angleterre en ce moment. C'est un fana de tennis qui ne rate jamais Wimbledon. Ce doit être assez facile à vérifier, d'ailleurs.

— Certaines personnes répugnent au meurtre lorsqu'elles doivent le commettre elles-mêmes, mais n'hésitent pas à embaucher quelqu'un pour se débarrasser des gêneurs.

Cette fois, Diana poussa un soupir las.

— Lieutenant, nous savons tous les deux que c'était moi, et non Melissa, la cible du tueur. Elle était chez moi.

Incapable de rester en place plus longtemps, elle se leva et se dirigea vers la petite fenêtre. La vue était aussi sinistre que la pièce.

— Elle s'était déjà installée chez moi en mon absence à deux reprises, poursuivit-elle. La première fois, je n'ai rien dit. La seconde, j'ai trouvé qu'elle profitait avec un peu trop de sans-gêne de mes affaires, et nous nous sommes querellées à ce sujet. Elle est partie folle de rage, et j'ai cessé de laisser une clé dehors. J'aurais dû penser à faire changer les serrures, mais il ne m'était pas venu à l'idée qu'elle ait pu faire un double.

— Quand l'avez-vous vue ou lui avez-vous parlé pour la dernière fois ?

Pendant quelques secondes, Diana demeura silencieuse et réfléchit. Des dates, des événements, des soirées de gala défilèrent dans sa tête.

— Il y a environ six semaines, huit peut-être, répondit-elle enfin. Au club de gym. Nous sommes tombées nez à nez l'une avec l'autre dans le sauna. Comme toujours, nous n'avions pas grand-chose à nous dire.

Seth sentit une pointe de culpabilité dans la façon dont elle avait prononcé ces derniers mots. Comme si elle regrettait de n'avoir pas cherché à mieux connaître sa cousine.

— Aurait-elle ouvert la porte à un inconnu ?

— Si c'était un homme pas trop repoussant, oui. Ecoutez, ajouta-t-elle, je ne vois pas dans quelle mesure je pourrais vous aider davantage. C'était une femme insouciante, souvent arrogante. Quand elle en éprouvait le besoin, elle n'hésitait pas à ramener chez elle des types rencontrés dans des bars. Cette nuit-là, elle a laissé quelqu'un entrer, et elle en est morte. Et malgré tous ses défauts, elle ne méritait pas ça.

Machinalement, elle se passa la main dans les cheveux.

— Peut-être a-t-il exigé qu'elle lui donne la pierre. Elle n'a pas compris, et, furieux, il l'a tuée… Elle a payé pour sa violation de propriété, son imprudence et son ignorance. Et maintenant, la pierre est là où elle doit être, chez Salvini. Si vous n'avez pas encore eu le Dr Linstrum au téléphone, sachez que Virginia doit se trouver avec lui en ce moment même. Je ne vois pas quoi ajouter.

Seth ne dit rien. Son regard froid était posé sur Diana. S'il oubliait le diamant quelques instants, il n'avait aucune peine à imaginer un scénario parfaitement plausible… Deux femmes qui se détestaient depuis toujours. L'une d'elles rentrait chez elle à l'improviste, et trouvait l'autre installée dans ses meubles sans son accord, portant même ses vêtements… Elles se querellaient, se battaient. Et l'intruse finissait par tomber du premier étage sur une table de verre.

La propriétaire de la maison ne paniquait pas. Pour se couvrir, elle mettait tout sens dessus dessous, puis partait le plus loin possible.

Diana Fontaine était-elle suffisamment bonne comédienne pour avoir pu feindre le choc dont il avait été témoin la veille au soir ?

Oui, il n'en doutait pas.

Malgré cela, il ne pensait pas que c'était ainsi que les choses s'étaient produites. Il était quasiment certain qu'il y avait bel et bien un lien entre les diamants et le meurtre de Melissa Fontaine. D'ailleurs, si Diana avait causé la mort de sa cousine, elle n'aurait certainement pas hésité, songeait-il, à appeler la police pour signaler un « accident ».

— Très bien, c'est tout pour l'instant.

Diana ne put réprimer un petit soupir de soulagement.

— Bon. Ce n'était pas si terrible, après tout.

— Je vais devoir vous demander de rester disponible, déclara-t-il en se levant.

Presque sans le vouloir, elle recommença instantanément son numéro de charme.

— Je suis toujours disponible, mon cœur.

Puis elle prit son sac et suivit Seth jusqu'à la porte.

— Quand pourrai-je faire remettre ma maison en ordre ?

— Ça dépend de vous. Quand vous vous sentirez le courage de passer vos affaires en revue pour voir ce qui manque, j'aimerais que vous me contactiez.

— C'est précisément ce que je m'apprêtais à faire maintenant.

Seth jeta un coup d'œil à sa montre et fronça les sourcils. Certes, il pouvait envoyer un de ses hommes accompagner Diana, mais il préférait s'occuper de cela en personne.

— Je vais vous suivre, dans ce cas.

— Pour me protéger ?

— Si nécessaire.

— Je suis touchée… Et si je vous emmenais, mon cœur ?

— Je vais vous suivre, répéta-t-il. J'ai ma voiture.

— Comme vous voudrez, dit-elle en effleurant la joue de Seth du bout des doigts.

Elle sursauta et son sourire se figea lorsqu'il lui emprisonna le poignet d'une main de fer. Surprise du rythme affolé de son cœur, elle se força à prendre un air détaché pour demander :

— Vous n'aimez pas les caresses ? Etrange. La plupart des animaux y sont sensibles.

Le visage de Seth était très proche du sien, leurs corps se touchaient, et la chaleur de la pièce semblait exacerber encore l'électricité qui passait entre eux. Diana sentait un sentiment ancien et presque familier croître en elle, mais elle n'arrivait pas à mettre un nom dessus.

— Faites attention, mademoiselle Fontaine. Méfiez-vous des animaux.

De l'excitation, réalisa-t-elle avec surprise. Voilà ce qu'elle éprouvait : une excitation intense, totale.

— Conseil inutile, répondit-elle en le défiant du regard. J'ai toujours été très curieuse. Surtout devant les spécimens intéressants… Et qui ne demandent qu'à être étudiés de plus près, ajouta-t-elle en posant un regard appuyé sur la bouche de son compagnon.

Il s'imaginait sans peine la plaquer contre le mur, violemment, pour lui arracher un baiser sauvage, punitif. Mais parce qu'il était certain qu'elle avait conscience du pouvoir qu'elle exerçait sur lui, des sentiments qu'elle éveillait en lui, il fit un pas en arrière, la lâcha et ouvrit la porte.

— N'oubliez pas de rendre votre badge à l'accueil en passant, dit-il.

Ce type avait des nerfs d'acier, songeait Diana en démarrant sa voiture. Il était par ailleurs séduisant, brillant, célibataire — elle avait réussi à soutirer cette information au détective Carter sans qu'il se doute de rien — et terriblement réservé.

Un défi.

Or, décida-t-elle comme elle approchait de son quartier, elle avait précisément besoin de relever un défi pour oublier tous les chocs successifs qu'elle avait subis ces derniers jours.

Dans quelques heures, elle devrait faire face à sa tante, et, peu après, à tout le reste de sa famille. Il y aurait des questions et, elle le savait, des reproches. Il en allait toujours ainsi, et, depuis le temps, elle s'était accoutumée. Demander à Diana, prendre à Diana, pointer le doigt vers Diana... Ses oncles, tantes et cousins semblaient incapables d'agir autrement. Méritait-elle tout cela ? Ou bien avait-elle seulement hérité cette haine et cette jalousie en même temps que l'immense fortune de ses parents ? Elle l'ignorait.

Elle s'engagea dans l'allée conduisant à sa maison. Une maison qu'elle appréciait parce qu'elle était spacieuse, originale, à la fois moderne et intemporelle. Mais la petite maison dans les montagnes, elle, répondait à un besoin plus profond, presque viscéral. Elle était à elle, à elle seule. La famille ignorait son existence. Nul ne pouvait la trouver, là-bas.

Ici, songea-t-elle en serrant le frein à main, se trouvait la demeure d'une certaine Diana Fontaine, riche héritière mondaine et délurée.

Celle qui avait posé pour des magazines dénudés, obtenu son diplôme de Radcliffe, celle qui recevait le Tout-Washington avec du caviar et du champagne.

Pourrait-elle continuer à vivre ici, se demandait-elle, à présent que la mort hantait les lieux ? Seul le temps pourrait le dire.

Pour l'instant, elle allait se consacrer à résoudre le mystère Seth Buchanan, et essayer de percer son armure en apparence impénétrable.

Juste pour le plaisir.

Elle l'entendit se garer derrière elle et, dans un geste purement provocateur, se retourna à demi vers lui et lui coula un regard au-dessus de ses lunettes de soleil.

Oh, oui, pensa-t-elle. Il était très, très séduisant. Jamais il ne faisait un mouvement inutile, et pourtant impossible d'ignorer sa puissance, sa force rentrée. N'était-ce pas là le secret d'un bon amant ? Sous l'apparence calme et quelque peu austère de Seth, elle devinait un volcan prêt à entrer en éruption.

Comme il approchait d'elle, elle lui tendit les clés.

— Oh, mais j'oubliais que vous aviez les vôtres ! Bah ! exceptionnellement, vous n'avez qu'à utiliser les miennes…

— Qui d'autre possède un jeu ?

Elle passa lentement le bout de sa langue sur sa lèvre supérieure, satisfaite de constater que Seth ne pouvait s'empêcher de suivre ce mouvement du regard.

— Virginia et Stella Je ne donne pas mes clés aux hommes — je préfère leur ouvrir la porte moi-même. Ou la refermer sur eux.

— Très bien.

Il lui rendit les clés et esquissa un sourire amusé en voyant sa mine perplexe.

— Ouvrez la porte vous-même, dans ce cas. Selon vos habitudes.

Sans un mot, elle gravit les marches du perron, tourna la clé dans la serrure et entra. Presque malgré elle, elle sentit son regard se diriger aussitôt vers la balustrade.

— C'est une longue chute, murmura-t-elle. Je me demande si on a le temps de penser, de réaliser.

Seth ne répondit pas, et elle se força à baisser les yeux vers la silhouette dessinée à la craie.

— Bon. Par où commencer ? demanda-t-elle.

— Il a trouvé votre coffre en bas et l'a vidé. Il faudrait faire une liste de ce qui a été pris.

— Le coffre de la bibliothèque ?

Elle passa sous une arche et pénétra dans l'immense bibliothèque, une pièce très lumineuse aux murs couverts de livres. Beaucoup d'entre eux jonchaient le sol à présent, et une lampe Arts déco qu'elle adorait, dont le pied était en forme de femme, était brisée à terre.

— Ce n'était pas un type très subtil, n'est-ce pas ?

— Je pense qu'il était pressé. Et furieux.

Lentement, elle se dirigea vers le coffre, dont la porte ouverte révélait l'intérieur vide.

— J'avais des bijoux — pas mal, même. Quelques milliers de dollars en liquide.

— Des actions, des obligations ?

— Non, ces choses-là se trouvent dans mon coffre à la banque. Avec les photos de tous mes bijoux et mes certificats d'assurance. Remplacer tout cela sera aisé…

Mais sa voix s'était étranglée dans sa gorge en disant cela, et, avec un petit gémissement, elle sortit de la pièce en courant.

Seth la suivit, et ne put s'empêcher d'admirer sa vélocité et sa grâce. Même au bord de la crise de nerfs, elle demeurait féline dans ses mouvements, infiniment sensuelle.

A sa suite, il grimpa l'escalier et pénétra dans la chambre, puis dans le dressing.

— Il ne l'a pas trouvé… Il n'a pas pu le trouver…, répétait-elle comme un mantra tout en tournant une poignée dissimulée derrière un tiroir.

Une petite porte dérobée pivota, révélant un coffre. Les mains tremblantes, Diana composa la combinaison, ouvrit vivement la porte, et posa un profond soupir de soulagement. Elle sortit du coffre des écrins en velours, de petites boîtes.

« Encore des bijoux », songea Seth avec un soupçon d'agacement pendant qu'elle ouvrait chaque boîte avec précaution pour examiner son contenu.

— C'étaient les bijoux de ma mère, expliqua-t-elle d'une voix émue. Ils sont importants pour moi. La broche en saphir que mon père lui a donnée pour leur cinquième anniversaire de mariage, le collier qu'il lui a offert à ma naissance… Et ce rang de perles — elle le portait le jour de leur mariage. J'ai fait construire ce coffre exprès pour eux, je ne voulais pas les garder avec les autres. Au cas où. Dieu merci, ils sont tous là…

— Mademoiselle Fontaine…

— Oh, appelez-moi Diana, coupa-t-elle d'un ton sec. Bon sang, vous êtes aussi raide que mon oncle Niles.

Lentement, elle pressa ses deux mains sur ses tempes.

— Je suppose que vous ne savez pas faire du café ?

— Si.

— Que diriez-vous de descendre nous préparer une tasse, mon cœur ? J'aimerais bien être seule quelques instants.

Il la surprit — et se surprit lui-même — en commençant par s'agenouiller à côté d'elle pour poser une main sur son épaule.

— Vous auriez pu perdre les perles, tout perdre. Vos souvenirs auraient toujours été là, dit-il d'une voix douce.

Sur ces mots, mal à l'aise, il se redressa et la laissa. Il se dirigea directement vers la cuisine, fouilla quelques instants à la recherche du café, remplit un filtre et redressa la cafetière bousculée pour la mettre en marche. Puis il enfonça les poings dans les poches de son pantalon.

Que lui arrivait-il ? Il aurait dû se consacrer à son enquête, et à elle seule. Au lieu de quoi il était obsédé par la jeune femme qui se trouvait à l'étage. Une femme à multiples facettes, tantôt courageuse, fragile, sensible. Mais toujours sexy.

Qui était-elle en réalité ? Et pourquoi était-elle revenue inlassablement dans ses rêves, toute la nuit ?

Il n'aurait même pas dû la suivre. Pour être honnête, il n'avait aucune raison officielle de se trouver là.

Au milieu de la vaisselle brisée, il trouva deux tasses en bon état. Il commençait à les remplir de café lorsqu'il sentit la présence de Diana derrière lui.

— Noir ? demanda-t-il.

— Parfait.

Elle pénétra dans la pièce et poussa un soupir en regardant autour d'elle.

— Il n'a pas raté grand-chose, n'est-ce pas ? Il devait me croire capable de cacher un diamant bleu inestimable dans la boîte à thé.

— Les gens dissimulent leurs objets de valeur dans les endroits les plus inattendus, souligna Seth. Je me souviens d'une affaire où la victime a réussi à sauver tout son argent parce qu'elle l'avait caché dans un sac plastique au fond d'une boîte de couches-culottes.

Diana eut un petit rire. Puis elle se dirigea vers la fenêtre et regarda à l'extérieur.

— Les vêtements de Melissa sont là-haut, mais je n'ai pas vu son sac à main. Peut-être le voleur l'a-t-il pris, à moins qu'il ne soit quelque part dans le bazar.

— Nous l'aurions trouvé s'il avait été là.

— J'avais oublié que vous aviez déjà fouillé dans mes affaires à la recherche d'indices… Vous en êtes-vous chargé personnellement, lieutenant ?

Il songea un instant à la robe de chambre de soie rouge.

— En partie, répondit-il. Vous avez un véritable grand magasin, là-haut.

— Vous faites un excellent café, lieutenant. Y a-t-il quelqu'un pour vous préparer le vôtre, le matin ?

— Non. Pas en ce moment.

Il posa sa tasse sur le comptoir de la cuisine.

— Ce n'était pas très subtil, souligna-t-il.

— Je ne cherchais pas à l'être. N'allez pas vous imaginer que j'ai peur de la concurrence ; simplement, j'aime bien savoir si j'en ai. Je pense toujours que je ne vous aime pas, mais ça pourrait changer, qui sait ?

— Je souhaite clore mon enquête, pas jouer à des petits jeux avec vous… Diana.

Il avait dit cela si froidement qu'elle en fut vexée.

— Je suppose que vous n'aimez pas les femmes agressives.

— Pas particulièrement, non.

— Alors, attention, vous allez détester ça.

D'un geste expert, elle glissa une main autour du cou de son compagnon et, l'attirant à elle, elle plaqua sa bouche sur la sienne.

4.

Seth eut l'impression qu'un éclair aveuglant le traversait. Son sang bouillonnait dans ses veines, il avait l'estomac noué, la gorge serrée, le cœur battant à se rompre ; aucune partie de lui n'était épargnée par le désir brûlant que Diana faisait naître en lui.

Il lui fallut faire un effort de volonté presque surhumain pour ne pas prendre la jeune femme dans ses bras, pour ne pas boire à la coupe de ses lèvres le vin enivrant qu'elle distillait si généreusement. Son odeur était une drogue aussi puissante que la saveur épicée de sa bouche, et il sentait la chaleur de son corps de rêve contre son torse.

Serrant les poings en silence, il se concentra pour demeurer passif, aussi raide que possible. Il ne lui ferait pas le plaisir de réagir.

Diana savait qu'elle faisait une erreur. Elle en avait eu conscience avant même de l'embrasser, lorsqu'elle avait tendu la main vers lui. Ce n'était pas la première fois de sa vie qu'elle faisait une erreur, et elle avait pour principe de ne pas regretter ce qui ne pouvait être changé.

Malgré tout, elle regrettait ce baiser.

Elle regrettait que le goût des lèvres de Seth soit unique, et qu'il lui plaise à ce point. Elle regrettait d'être séduite et tentée par ses épais cheveux sombres, son torse puissant, ses épaules musclées, quand elle avait voulu le tenter, lui, lui montrer ce qu'elle pourrait lui offrir — si elle le souhaitait.

Dans la fièvre du moment, elle lui donnait bien davantage qu'elle ne l'aurait voulu. Et lui, en échange, ne donnait rien.

Elle prit la lèvre inférieure de Seth entre ses dents et la mordilla légèrement, avant de faire un pas en arrière, dissimulant son immense déception derrière un sourire amusé.

— Dites-moi, vous avez du sang-froid, lieutenant.

Ignorant le battement frénétique du sang à ses tempes, Seth se contenta de pencher la tête sur le côté.

— Vous n'avez pas l'habitude qu'on vous résiste, n'est-ce pas, Diana ?

— Non, admit-elle en caressant avec nonchalance et provocation sa lèvre inférieure. Mais il faut dire qu'aucun des hommes que j'ai embrassés jusque-là n'avait de la glace dans les veines.

Son doigt, quittant sa propre lèvre, vint tapoter doucement celle de Seth.

— Quel dommage ! Une bouche si sensuelle. Un tel potentiel… Mais peut-être les femmes ne vous intéressent-elles pas ?

Le sourire qu'il lui décocha alors la fascina. Il faisait briller son regard de mille teintes d'or, adoucissait le pli dur de ses lèvres et lui conférait une allure juvénile et un charme dévastateur. Le cœur de la jeune femme se mit à battre plus vite.

— Et peut-être que vous n'êtes pas mon genre, dit-il.

Diana eut un petit rire.

— Mon ange, je suis le genre de tous les hommes… Enfin, nous classerons ça dans la liste des expériences ratées. N'y pensons plus.

Tout en se répétant qu'il était absurde qu'elle fût blessée, elle s'approcha de nouveau de lui et lui renoua sa cravate. Seth se raidit ; il ne voulait pas qu'elle le touche, pas maintenant, alors qu'il luttait déjà pour ne pas craquer.

— Vous avez un ego surdimensionné, vous savez, observa-t-il.

— Je suppose que vous avez raison.

Sans lâcher sa cravate, elle leva les yeux vers lui. Tant pis, songea-t-elle. S'ils ne pouvaient être amants, pourquoi ne seraient-ils pas amis ? L'homme qui lui avait souri quelques instants plus tôt ferait un bon ami. Un ami solide. Elle en avait la certitude.

Alors elle lui sourit, avec une douceur qui n'était ni calculée ni feinte.

— Mais vous savez, reprit-elle, les hommes sont généralement prévisibles. Vous n'êtes que l'exception à la règle, Seth. Celle qui la confirme.

Elle passa doucement la main sur les revers de la veste de Seth et ajouta quelque chose, mais il ne l'entendit pas. Tout à coup, il sentit son self-control le déserter, sa volonté céder comme la corde trop tendue d'un arc. A peine conscient de ses mouvements, il plaqua Diana contre le mur et prit possession de sa bouche avec rage.

Le sang de Diana cognait à ses tempes, elle avait l'impression d'être happée par un trou noir. Autant pour garder l'équilibre que pour se rapprocher de Seth, elle s'agrippa à ses épaules et se blottit contre lui.

Voilà. C'était tout ce que son esprit enfiévré était capable de penser : « Voilà, enfin. »

Les mains de Seth parcouraient son corps comme pour en modeler chaque courbe. Il assaillait sa bouche avec une passion proche de la fureur ; il la possédait, se remplissait de sa saveur mûre, sombre, succulente. En cet instant, il comprit que s'il ne s'arrachait pas à cette étreinte, le besoin qu'elle ferait naître en lui serait inextinguible. Jamais il ne pourrait survivre sans Diana après cela.

Il appuya ses mains sur le mur de part et d'autre du visage de Diana pour s'empêcher de la toucher encore, de prendre ce qu'elle lui offrait avec tant d'abandon. Luttant pour recouvrer la raison, il recula d'un pas et mit un terme à leur baiser.

Les paupières closes, le visage transfiguré par la passion, Diana demeurait adossée au mur. Quand enfin elle fixa sur lui ses grands yeux bleus, il avait recouvré son sang-froid.

— Imprévisible, parvint-elle à murmurer. Complètement.

— Je vous avais dit de vous méfier des animaux.

Sa voix était froide, glaciale même, et fit à Diana l'effet d'une gifle. Elle vacilla légèrement, et se réjouit de pouvoir s'appuyer contre le mur.

Seth observait sa réaction. Blessée ? se demanda-t-il. Non, c'était ridicule. Au jeu de la séduction, Diana était une championne accomplie…

— Oui, c'est vrai, vous m'aviez prévenue, reconnut-elle. Mais j'ai horreur des mises en garde.

— Bon, j'ai du travail. Si vous voulez que je vous attende pendant que vous préparez quelques affaires, je vous donne cinq minutes.

« Oh, salaud, songea-t-elle. Comment peux-tu être aussi froid ? »

— Allez-y, si vous voulez, mon cœur. Je me débrouillerai.

— Je préférerais que vous ne restiez pas seule dans cette maison pour le moment. Allez faire vos bagages.

— Je suis chez moi, ici.

— Vous êtes surtout sur les lieux d'un crime. Et il ne vous reste que quatre minutes et demie.

Folle de rage, Diana le toisa quelques instants.

— Je n'ai besoin de rien, déclara-t-elle avant de tourner les talons.

Elle s'apprêtait à s'éloigner lorsqu'il la rattrapa par le bras.

— Il vous faut des vêtements. Pour un jour ou deux.

— Vous pensez vraiment que je porterais les affaires que cette ordure a touchées ?

— Voilà une réaction absurde et prévisible, rétorqua-t-il froidement. Vous n'êtes pas une femme absurde et prévisible. Ne vous conduisez pas en victime, Diana, allez préparer vos affaires.

Il avait raison — ce qui, aux yeux de Diana, était un crime en soi. Sans un mot, elle dégagea son bras et s'éloigna vers l'escalier.

Seth poussa un soupir, rinça les tasses à café et alla l'attendre dans le hall.

Diana Fontaine était fascinante, songeait-il. Pleine de tempérament, d'énergie... et dotée d'un ego surdimensionné. Et elle semblait savoir exactement comment abattre ses défenses, une à une. Presque malgré lui, il leva les yeux vers le portrait qui lui souriait. Pour mener à bien son enquête, il devait s'efforcer de demeurer objectif. Mais voilà qui était plus facile à dire qu'à faire...

De retour dans son bureau, Seth commença par appeler le Dr Linstrum, au Smithsonian ; il ne fut pas surpris lorsque le chercheur se porta garant du talent et de l'intégrité de Virginia James. Les diamants, déclara-t-il, se trouvaient encore chez Salvini, sous sa protection.

Lorsqu'il pénétra sur le parking de l'immeuble élégant dans lequel était situé l'atelier Salvini, juste à l'extérieur de Washington, Seth constata avec satisfaction qu'un policier était en faction devant la porte. Le malheureux devait mourir de chaleur, songea-t-il, mais il était important que la sécurité de Virginia fût assurée.

— Mlle James est à l'intérieur ?

— Oui, lieutenant. L'atelier sera fermé au public toute la semaine, ajouta le policier. Nous avons quelqu'un à chacune des entrées. Mlle James se trouve au sous-sol. Le plus simple est de passer par-derrière.

— Très bien. Quand serez-vous relevé ?

— J'ai encore une heure à faire, lieutenant. Nous avons des gardes de quatre heures, selon vos instructions.

Le jeune homme suait à grosses gouttes sous son épais uniforme.

— N'oubliez pas d'apporter une bouteille d'eau avec vous, la prochaine fois, dit Seth.

Il contourna l'immeuble, échangea quelques mots avec le policier en faction à l'arrière, puis il appuya sur l'Interphone placé près de la porte en acier renforcé. Lorsque Virginia répondit, il déclina son identité et demanda à lui parler quelques minutes. La porte ne tarda pas à s'ouvrir.

— Lieutenant, entrez.

Virginia était impeccablement habillée, et ses cheveux blonds étaient tirés en arrière. Seules les ombres sous ses yeux révélaient le stress qu'elle avait eu à subir dernièrement.

— J'ai discuté avec le Dr Linstrum, commença Seth.

— Oui, je m'en doute. Je lui suis très reconnaissante de s'être montré aussi compréhensif.

— Les pierres sont de retour à leur point de départ.

— Ou du moins, répondit-elle avec un sourire las, elles sont de retour là où elles étaient il y a quelques jours. Dieu seul sait si elles reverront Rome un jour ! Vous voulez boire quelque chose ? ajouta-t-elle en désignant d'un geste le distributeur de boissons fraîches dressé contre le mur.

— Je m'en occupe, répondit-il en sortant de sa poche une poignée de pièces. Je suis venu parce que j'aimerais voir les diamants, et discuter un peu avec vous.

Après lui avoir demandé ce qu'elle voulait, il appuya sur le bouton correspondant et lui tendit la canette.

— Pas de problème, dit Virginia après avoir bu une longue gorgée de soda glacé. Les diamants sont dans le coffre. J'ai fait actualiser le système d'alarme et moderniser la sécurité, continua-t-elle en le précédant dans le couloir. Nous avions déjà des caméras dans la pièce d'exposition, mais j'en ai également fait installer à toutes les portes et dans chaque pièce.

— C'est sage, acquiesça-t-il. Allez-vous reprendre l'affaire, à présent ?

Elle ouvrit une porte, hésita.

— Oui. Mon beau-père nous l'a laissée à tous les trois, même si mes demi-frères se partageaient quatre-vingts pour cent des actions. Dans l'éventualité de la mort d'un de nous sans héritiers, ses actions allaient aux survivants.

Elle exhala un soupir, très tendue.

— J'ai survécu.

— Vous devez vous en réjouir, Virginia, pas vous sentir coupable, souligna-t-il.

— Oui, c'est ce que dit Cade. Mais vous voyez, autrefois, j'avais l'illusion d'avoir une famille, alors que maintenant… Asseyez-vous, je vais chercher les Etoiles.

Il pénétra dans l'atelier, et jeta un coup d'œil au matériel, à la longue table de travail. Intrigué, il s'approcha davantage et observa les pierres de couleur étincelantes, l'or travaillé de ce qui serait, comprit-il, un superbe collier. Un bijou flamboyant, presque païen.

— J'éprouvais le besoin de me remettre au travail, expliqua Virginia. De faire quelque chose de différent, de personnel, avant de m'attaquer à eux.

Elle tapota la boîte contenant les trois diamants qu'elle avait sortie du coffre.

— C'est vous qui l'avez dessiné ? demanda-t-il en désignant le collier.

— En quelque sorte. Je vois déjà le résultat dans ma tête… Je ne sais pas dessiner, mais je visualise facilement les objets. Je voulais offrir un bijou à Stella et à Diana pour… disons, pour célébrer la survie, conclut-elle en s'installant sur un haut tabouret.

— Celui-ci est pour Diana, n'est-ce pas ?

— Oui.

La jeune femme sourit, heureuse qu'il l'eût senti.

— Pour Stella, je vois quelque chose de plus sobre, plus moderne. Mais ça, c'est Diana.

Avec précaution, elle poussa le collier sur le côté et plaça la boîte des diamants entre eux avant de l'ouvrir délicatement.

— Ils ne perdent jamais leur impact, murmura-t-elle. Encore maintenant, chaque fois que je les vois, ça me fait un choc.

— Combien de temps avant que vous en ayez fini avec cux ?

— Je venais juste de commencer quand… quand j'ai dû arrêter. J'ai vérifié leur authenticité : ce sont bien des diamants bleus, mais le musée comme la compagnie d'assurances souhaitent de plus amples vérifications. Je vais devoir faire un certain nombre de tests supplémentaires. Un métallurgiste est en train d'étudier le triangle, qui me sera remis d'ici un jour ou deux. Il ne devrait pas s'écouler plus d'une semaine avant que le musée ne récupère le tout.

Seth prit une pierre entre ses doigts, et sentit aussitôt que c'était celle que Diana avait eue en sa possession. Absurde, songea-t-il. Son œil profane ne pouvait distinguer les diamants les uns des autres. Et pourtant…

— Est-ce que ce sera difficile pour vous de vous en séparer ?

— Après tout ce qui s'est passé, je devrais répondre que non, mais ce serait mentir.

Les yeux de Diana étaient de cette couleur, songea Seth. Pas bleu saphir, mais du bleu rare, intense des diamants d'exception. Agacé par le tour que prenaient ses pensées, il posa la pierre.

— Vos demi-frères avaient un client, dit-il.

— Oui, ils l'ont mentionné, et je les entendus se disputer à son sujet. Thomas voulait prendre l'argent, les arrhes, et s'enfuir. Timothy lui a dit qu'il était idiot, qu'il ne pourrait jamais s'enfuir assez vite et assez loin pour échapper à leur client. « Il n'est pas humain » — je me souviens que Timothy a dit ça, ou quelque chose d'approchant. Ils avaient tous les deux horriblement peur.

— Il devait s'agir d'un collectionneur. Personne d'autre ne prendrait le risque de voler de telles pierres. J'ai cru comprendre que vous achetiez et revendiez des gemmes à des collectionneurs ?

— Oui. Bien sûr, rien de comparable aux Etoiles… Généralement, les clients nous approchent avec une pierre, ou bien une recherche précise. Il nous arrive aussi d'acquérir des gemmes en pensant à un client précis, dans l'espoir de les lui revendre.

— Dans ce cas, vous avez une liste de clients, avec leurs noms et leurs préférences ?

— Oui, et nous gardons toujours une trace de ce que les clients ont acheté ou vendu. Tout doit se trouver dans le bureau de Thomas, avec une copie chez Timothy. Je vais vous chercher ça.

— Je m'en occupe, répondit Seth avant qu'elle ait eu le temps de descendre de son tabouret.

Virginia poussa un soupir de soulagement. Elle ne se sentait pas encore le courage de monter à l'étage, sur les lieux du terrible meurtre dont elle avait été témoin.

— Merci, dit-elle seulement.

Il sortit son carnet.

— Si je vous demandais de citer les plus grands collectionneurs de pierres précieuses, quels seraient les premiers noms qui vous viendraient à l'esprit ?

Concentrée, elle se mordilla la lèvre inférieure.

— Peter Morrison de Londres. Sylvia Smythe-Simmons de New York, Hanry et Laura Muller ici, à Washington. En Californie, Matthew Wolinski. Ah, j'oubliais Charles Van Horn, ici aussi. Ça ne fait pas longtemps qu'il est sur le marché, mais nous lui avons vendu trois très belles pierres au cours des deux dernières années. L'une d'entre elles était une opale particulièrement spectaculaire que je convoitais, et j'espère encore qu'il me chargera de la monter. J'ai ce design en tête…

Elle s'interrompit, et s'efforça de se concentrer de nouveau sur la question de son interlocuteur.

— Lieutenant, je connais tous ces gens. J'ai traité avec eux personnellement. Les Muller étaient des amis de mon beau-père. Mme Smythe-Simmons a plus de quatre-vingts ans. Aucun d'eux n'est un voleur.

Il ne prit pas la peine de lever la tête et continua à écrire.

— Dans une enquête, mademoiselle James, il est toujours mauvais de faire confiance aux gens *a priori*. Si vos clients n'ont rien à se reprocher, nous n'aurons aucun mal à les éliminer de la liste. Mais nous ne pouvons nous permettre de faire davantage d'erreurs.

Coupable, Virginia baissa la tête.

— Je sais que j'aurais dû appeler la police tout de suite. Plusieurs personnes seraient sans doute encore vivantes si j'avais fait part de mes soupçons aux autorités.

Emu par la douleur qui se lisait dans ses yeux sombres, Seth secoua la tête.

— C'est possible, mais loin d'être certain, affirma-t-il. Vous n'êtes pas responsable, Virginia. Vous ne pouviez pas savoir l'ampleur que prendrait cette affaire.

— Non, répéta-t-elle. C'est bien le problème, n'est-ce pas ? Tout ce que j'ignorais... J'ai mis les deux personnes que j'aime le plus au monde en danger, et après j'ai tout oublié !

— L'amnésie n'est pas un choix, mademoiselle James. Et vos amies se sont très bien débrouillées toutes seules. J'ai vu Mlle Fontaine ce matin encore, et elle m'a paru en pleine forme.

Virginia dut remarquer la note de mépris dans sa voix car elle s'empressa de voler à la défense de Diana.

— Vous ne la comprenez pas. Pourtant, j'aurais cru qu'avec votre métier, vous seriez plus perspicace que ça.

— Je me suis toujours considéré comme plutôt perspicace, précisément.

— Les gens manquent curieusement de finesse, en ce qui concerne Diana. Ils ne voient que ce qu'elle leur laisse voir — à moins qu'ils ne prennent la peine d'aller au-delà des apparences. C'est la femme la plus généreuse que je connaisse.

Un éclair dubitatif brilla dans les yeux de Seth. Cela n'échappa pas à Virginia, qui s'insurgea davantage encore.

— Vous ne savez rien d'elle, mais vous l'avez déjà jugée. Pouvez-vous seulement concevoir l'épreuve qu'elle traverse en ce moment ? Sa cousine a été assassinée — et elle sait que c'était elle qui était visée.

— On ne peut guère lui en vouloir pour ça.

— Facile à dire, mais ça ne l'empêchera pas de se faire des reproches, ni d'essuyer ceux de sa famille. Il est facile de blâmer Diana.

— Mais vous ne le faites pas, vous.

— Non, parce que je la connais. Je sais qu'elle a dû lutter toute sa vie contre la perception que les autres — des gens comme vous — avaient d'elle. Sa manière à elle de réagir, c'est de faire ce qu'elle veut, en sachant que, de toute façon, elle sera critiquée quoi qu'elle fasse. En cet instant, elle doit se trouver avec sa tante, et subir ses agressions habituelles.

Submergée par l'émotion, sa voix s'était faite plus dure, et avait monté d'une octave.

— Ce soir aura lieu le service à la mémoire de Melissa, et toute la famille sera réunie pour harceler Diana, comme d'habitude.

— Pourquoi les Fontaine feraient-ils cela ?

— Parce que c'est ce qu'ils font le mieux.

Le regard de Virginia se posa sur les trois Etoiles. Amour, générosité, savoir, songea-t-elle. Pourquoi ces trois éléments étaient-ils si souvent absents dans le monde moderne ?

— Vous feriez peut-être bien d'y regarder de plus près, lieutenant Buchanan.

*
* *

La pluie qui tombait sur la ville, loin de la rafraîchir, menaçait de la transformer en bain de vapeur géant, et déjà Diana sentait son petit tailleur noir lui coller au corps. L'aspirine qu'elle avait prise était impuissante à lutter contre la migraine qui lui martelait les tempes, et une veillée sinistre à la mémoire de sa cousine était la dernière chose dont elle eût envie.

C'était elle qui avait tout organisé — et payé, naturellement —, à la demande expresse de sa tante. La salle était décorée de roses rouges, les fleurs préférées de Melissa, et une grande photo de cette dernière apportée par Helen Fontaine trônait sur la table d'acajou. Le corps avait été incinéré, et, une fois encore, c'était Diana avait payé.

Depuis la mort de ses parents, elle avait vécu au sein de cette famille étouffante, bourrée de principes et de règles absurdes, et elle avait fait l'objet des jalousies et des rancœurs de tous. Toujours, elle s'était rebellée contre cet état de fait, rebellée contre la vie qu'on lui demandait de mener. Elle avait refusé d'être prévisible, obéissante, rangée. Soirées folles, amants, dépenses inconsidérées : elle n'avait cessé de fournir à la presse à scandale de quoi remplir des pages et des pages.

Cela n'avait pas suffi à apaiser la souffrance qui la tenaillait.

Elle se laissa tomber lourdement sur un canapé aux coussins de velours rembourrés. Fermant les yeux, elle s'efforça de se détendre.

Quelques instants plus tard, cependant, le bruit étouffé de pas sur la moquette lui fit rouvrir les yeux.

— Virginia, Stella ! s'exclama-t-elle. Je vous avais dit de ne pas venir.

Avec un bel ensemble, les deux jeunes femmes haussèrent les épaules.

— Cade et Jack garent la voiture, annonça Virginia. Alors, comment tu te sens ?

— Mieux.

Des larmes lui picotèrent les yeux, et elle serra entre les siennes les mains de ses amies.

— Beaucoup mieux, à présent.

Dans une immense propriété non loin de là, un homme regardait la pluie qui battait les vitres.

Tout le monde avait échoué, songeait-il. Nombreux étaient ceux qui avaient payé pour leurs erreurs ; mais il s'agissait là d'une maigre consolation.

Bah ! se rassura-t-il, ce n'était qu'un contretemps. Les Etoiles lui appartenaient, elles lui étaient destinées. Il avait rêvé d'elles, les avait tenues dans ses mains en songe. Parfois, les mains étaient humaines, parfois non, mais c'étaient toujours les siennes.

Ses plans avaient été retardés par trois femmes. C'était humiliant, et elles devraient payer pour cette humiliation.

Les Salvini étaient morts. Responsable : Virginia James.

Les crétins qu'il avait engagés pour retrouver la deuxième étoile étaient morts. Responsable : Stella O'Leary.

L'homme qui avait pour instructions de récupérer la troisième étoile était mort. Responsable : Diana Fontaine.

De fait, c'était lui-même qui s'était débarrassé de ce menteur imbécile, se remémora-t-il avec un sourire cynique. Non seulement il lui avait fait croire que Diana Fontaine était morte, mais il avait « omis » de lui signaler qu'il avait volé chez elle une fortune en bijoux… On ne pouvait tolérer une telle malhonnêteté chez un associé.

Sans cesser de sourire, il tira de sa poche une boucle d'oreille en diamant étincelante. Diana Fontaine l'avait portée, et, désormais, il la gardait toujours sur lui — comme porte-bonheur.

Il ne lui restait que quelques jours avant que les Etoiles ne partent au musée. Après, il serait difficile de les récupérer ; il lui faudrait des mois, voire des années pour y parvenir. Et il n'aimait pas attendre.

Peut-être avait-il échoué par excès de prudence. Peut-être les dieux souhaitaient-ils qu'il prenne plus de risques. Qu'il s'implique davantage.

Il était temps, décida-t-il, de sortir de l'ombre.

Lorsqu'on frappa à la porte, il sourit avec bonne humeur. Il savait désormais ce qu'il avait à faire.

Son majordome, entièrement vêtu de noir, ne dépassa pas le seuil de la pièce.

— Je vous demande pardon, Excellence, dit-il d'une voix monocorde. Vos invités sont là.

— Très bien. J'arrive.

Après le départ de son serviteur, il s'approcha du miroir placé au-dessus de la cheminée et examina avec soin son smoking impeccable, son épingle de cravate en diamant, la montre en or glissée dans son gilet. Puis son attention se fixa sur son visage, avec sa peau pâle, son nez aristocratique, sa bouche fine mais ferme. Il passa une main manucurée dans ses cheveux poivre et sel.

Puis, lentement, il plongea son regard dans celui de son reflet. Des yeux d'un bleu pâle, presque transparent, lui sourirent. Ses invités verraient la même chose que lui : un homme de cinquante-deux ans, érudit, élégant et d'une éducation irréprochable. Ils ne devineraient pas les projets qu'il nourrissait au fond de lui, ni le sang qu'il avait sur les mains. Pourtant, il avait tué un homme moins de vingt-quatre heures plus tôt.

Ce souvenir ne lui apportait que du plaisir. Il rit doucement, avant de remettre la boucle d'oreille dans sa poche et de sortir de la pièce.

5.

La première impression de Seth, lorsqu'il pénétra dans la chambre mortuaire, fut qu'il s'y déroulait un cocktail, et non un service à la mémoire d'une défunte. Les gens étaient réunis par petits groupes, et beaucoup avaient un verre de vin ou un petit-four à la main. Tout le monde parlait à voix basse, et on entendait en fond les notes étouffées d'une étude de Chopin.

Pas de larmes.

Les lumières étaient tamisées, et mettaient en valeur l'éclat des gemmes et de l'or. Le parfum des fleurs se mêlait aux fragrances plus sophistiquées portées par les invités. Sur les visages élégants se lisait un ennui indéniable, mais pas de chagrin.

Il ne tarda pas à apercevoir Diana. Elle discutait avec un homme grand et mince, dont le bronzage faisait ressortir les yeux très bleus et les cheveux blonds. Il tenait une des mains de la jeune femme entre les siennes et souriait d'un air sûr de lui. Il parlait vite, et semblait essayer de la persuader de quelque chose ; après avoir secoué la tête, Diana posa une main sur son torse et accepta de le suivre dans une antichambre voisine.

Une moue dédaigneuse incurva les lèvres de Seth. Il jugeait l'endroit drôlement mal choisi pour flirter.

— Bonsoir, Buchanan.

Jack Dakota s'approcha de lui, les poings enfoncés dans les poches de son costume. Il avait horreur de porter ce genre de vêtements, et cela se lisait sur son visage.

— Une drôle de soirée, n'est-ce pas ?

— Certes.

— Pas le genre de petite fête à laquelle s'incrusterait un homme sain d'esprit.

— Je suis ici pour travailler, lui répondit Seth.

Même si, il devait l'admettre, ce qu'il était venu faire aurait pu attendre le lendemain matin. Cela le contrariait de constater qu'il n'avait cessé de penser à Diana, au point d'avoir fait ce détour pour passer la voir.

Il tira de sa poche une photographie officielle et la montra à son interlocuteur.

— Vous le reconnaissez ? s'enquit-il.

Jack observa le cliché quelques instants. L'homme de la photo paraissait européen, italien peut-être ; il avait des cheveux noirs plaqués en arrière et des yeux sombres.

— Non. On dirait un mannequin pour une eau de Cologne.

— Vous ne l'avez pas croisé durant votre week-end mouvementé ?

De nouveau, Jack regarda le cliché avant de le rendre à Seth.

— Non. Quel est son lien avec l'affaire ?

— Nous avons trouvé ses empreintes digitales un peu partout dans la maison de Diana Fontaine.

Cette information éveilla l'intérêt de Jack.

— C'est donc lui qui aurait tué la cousine ?

— Nous n'avons encore rien prouvé, répondit Seth.

— Ne faites pas le flic avec moi, Buchanan. Qu'a dit ce type ? Qu'il était passé vendre des aspirateurs ?

— Il n'a rien dit. Il était trop occupé à flotter la tête en bas dans la rivière.

Jurant entre ses dents, Jack parcourut la pièce du regard. Il ne se détendit qu'après avoir aperçu Stella en train de bavarder avec Cade.

— La morgue doit commencer à être surchargée. On connaît son nom ?

— Carlo Monturri.

— Ça ne me dit rien.

— Pas étonnant. Les gens comme lui n'ont pas affaire à des garants locaux. Ils ont leur avocat attitré… Avant de prendre son dernier bain, il était spécialisé dans les missions délicates ; on l'embauchait pour faire le sale boulot, en quelque sorte, et il se faisait payer très cher pour ça. Il travaillait toujours seul.

— Des contacts dans la région ?

— Nous faisons des recherches.

Du coin de l'œil, Seth aperçut Diana qui sortait de l'antichambre. L'homme qui l'accompagnait avait posé un bras en travers de ses épaules, et l'attira à lui pour l'embrasser sur la joue. Seth sentit une vague de fureur déferler en lui.

— Excusez-moi, dit-il à Jack.

Diana le vit traverser la pièce dans sa direction. Elle murmura quelques mots à son compagnon, se dégagea de son étreinte et prit congé, avant de plaquer sur ses lèvres un sourire serein.

— Lieutenant, quelle surprise !

— Je suis désolé de venir vous troubler dans votre…

Il décocha un rapide regard à l'homme blond, qui était allé se chercher un verre de vin.

— … chagrin, conclut-il non sans ironie.

— Je suppose que vous avez une bonne raison, répondit-elle sans se troubler.

— J'aimerais vous parler quelques secondes. En privé.

— Bien sûr.

Elle s'apprêtait à l'entraîner hors de la pièce lorsqu'elle tomba nez à nez avec sa tante.

— Si tu pouvais t'arracher à tes prétendants une seconde, je voudrais te parler, dit Helen Fontaine d'un ton sec.

Diana s'excusa auprès de Seth et passa de nouveau dans l'antichambre.

Seth aurait pu s'éloigner pour les laisser parler dans l'intimité, mais il préféra rester là, à deux pas de la porte. Il menait une enquête, décida-t-il, et la politesse passait en second.

Bien que les deux femmes parlassent à mi-voix, il les entendait clairement.

— Je suppose que les affaires de Melissa sont chez toi, commença Helen.

— Je ne sais pas. Je n'ai pas encore pu faire un inventaire complet.

Pendant quelques instants, Helen ne dit rien et se contenta d'étudier sa nièce d'un regard froid.

— Je serais surprise que Melissa soit allée chez toi sans sac, reprit-elle enfin. Je veux ses affaires, Diana. Toutes. Tu ne garderas rien qui lui ait appartenu.

— Je n'ai jamais rien voulu d'elle, tante Helen.

— Vraiment ? demanda Helen d'une voix où l'ironie le disputait au dégoût. Tu t'imagines qu'elle ne m'a pas parlé de ta liaison avec son mari ?

Diana réprima un soupir. Voilà qui était nouveau — mais ne la surprenait guère. Le mariage de Melissa s'était mal terminé, il fallait bien que l'on trouve un responsable. Elle, évidemment.

— Je n'ai jamais eu de liaison avec Bobbie, que ce soit avant, pendant ou après leur mariage.

— Tu t'imagines que je vais croire ta parole plutôt que celle de ma propre fille ? Tu as toujours été menteuse et sournoise. Une ingrate, dont j'ai accepté de me charger et qui ne m'a jamais rien apporté en échange. Quand je t'ai ouvert la porte de ma maison, tu étais déjà gâtée et caractérielle, et tu n'as jamais changé.

Diana avait l'estomac noué, mais se contenta de sourire.

— Non, n'est-ce pas ? dit-elle d'un ton faussement détaché. Je t'ai toujours déçue, et ça continue.

— Sans toi, ma fille serait vivante.

— Oui, tu as raison, répondit Diana en s'efforçant d'ignorer la douleur qui lui transperçait le cœur.

— Je l'avais pourtant prévenue, je lui avais dit encore et encore quel genre de personne tu étais. Mais tu te débrouillais toujours pour la récupérer en jouant sur son affection.

— Son affection, tante Helen ? répéta Diana avec un petit rire. Ne me dis pas que tu t'imagines qu'elle a jamais eu la moindre affection pour moi. Elle t'a toujours imitée, sur ce plan-là, et avec un talent indéniable.

— Comment oses-tu parler d'elle sur ce ton après l'avoir tuée !

Dans son visage trop maquillé, les yeux d'Helen lançaient des éclairs de haine.

— Toute ta vie, tu l'as enviée et tu as cherché à l'influencer. Maintenant, à cause de la vie dissolue que tu mènes, elle est morte. Une fois encore, tu as traîné le nom de la famille dans la boue !

— Ah ! Voilà le vrai problème, n'est-ce pas, tante Helen ? Le nom des Fontaine, la réputation des Fontaine ! Et, bien sûr, les actions des Fontaine. Ta fille est morte, mais c'est le scandale qui te rend malade !

Lorsque la main de sa tante s'abattit sur sa joue avec violence, elle ne cilla pas. Elle se contenta de prendre une profonde inspiration.

— Voilà qui devrait mettre fin une bonne fois pour toutes à nos relations, dit-elle d'une voix égale. Je te ferai envoyer les affaires de Melissa aussi vite que possible.

— Je veux que tu t'en ailles, dit Helen, tremblante de rage. Tu n'as pas ta place ici.

— Tu as raison, pour une fois. Je n'ai jamais eu ma place parmi vous.

Diana sortit de la petite pièce, et se sentit rougir légèrement en rencontrant le regard de Seth. Sans un mot, elle le dépassa et se dirigea vers la sortie.

La bruine continuait à tomber, mais la chaleur lui fit du bien, après l'air artificiellement glacé du salon mortuaire et l'odeur lourde, entêtante des fleurs. Elle cherchait ses clés de voiture lorsque la main de Seth se posa sur son épaule.

Au début, il ne dit rien. Il se contenta de la faire pivoter sur elle-même et d'étudier son visage. Diana était livide, et la marque rouge de la gifle se détachait clairement sur la peau blême de sa joue.

— Elle avait tort, dit-il.

Humiliée, Diana se dégagea d'un mouvement sec.

— C'est une de vos techniques d'investigation, lieutenant ? Vous écoutez les conversations privées ?

Seth aurait voulu tendre la main vers cette marque odieuse sur son visage, en apaiser le feu, l'effacer.

— Elle avait tort, et elle s'est montrée d'une cruauté intolérable. Vous n'êtes pas responsable, Diana.

— Bien sûr que si.

Elle fit volte-face et s'évertua à faire entrer sa clé dans la serrure. Après trois tentatives infructueuses, elle lâcha le trousseau, qui tomba sur le macadam mouillé avec un bruit métallique, et elle se jeta dans les bras de Seth.

— Oh, mon Dieu ! murmura-t-elle en pressant son visage sur son torse. Oh, mon Dieu !

Il ne voulait pas la tenir contre lui, il aurait aimé refuser ce rôle de consolateur. Mais presque malgré lui, il la serra avec force, et se surprit à lui caresser doucement les cheveux.

— Vous ne méritiez pas ça, Diana. Vous n'avez rien fait pour mériter ça.

— Je… je suis fatiguée, dit-elle.

Elle se sentait bien, blottie dans ses bras. C'était le refuge qu'elle avait cherché toute sa vie. La réponse.

Elle leva la tête, et leurs bouches se rencontrèrent spontanément. Un gémissement plein de soulagement et de gratitude mêlés monta de la gorge de Diana. Elle ouvrit son cœur malmené à ce baiser et se serra plus fort encore contre son compagnon.

Elle l'attendait depuis toujours et, trop troublée pour se demander pourquoi, elle s'offrait à lui. La bouche de Seth était ferme sous la sienne. Le corps qu'elle effleurait de ses doigts était dur, puissant, et s'accordait parfaitement au sien.

« Le voilà, songea-t-elle. Je l'ai trouvé. C'est lui. »

Elle tremblait encore, et Seth sentait ses propres muscles vibrer en réponse. Il aurait voulu la soulever dans ses bras et l'emporter loin, dans un endroit sombre et calme où ils auraient été seuls tous les deux, pour toujours.

Jamais il n'avait désiré quelque chose autant qu'en cet instant il désirait se perdre en elle et tout oublier.

De son côté, terrassée par l'émotion et le désir, Diana s'accrochait à lui.

— Ramène-moi à la maison, murmura-t-elle contre sa bouche. Seth, ramène-moi à la maison et fais-moi l'amour. J'ai besoin de sentir tes mains sur moi. J'ai besoin que tu me touches.

Chaque cellule du corps de Seth manifestait son besoin d'elle. Il avait l'impression que tous ses désirs, toutes ses pulsions étaient soudain réunis en un élan irrépressible, et cette sensation nouvelle le laissait vulnérable et tremblant. Et furieux.

Il posa ses mains sur les épaules de la jeune femme et s'arracha à son étreinte.

— Tout le monde ne considère pas le sexe comme la réponse à tous les problèmes.

Sa voix n'était pas aussi froide qu'il l'aurait voulu, mais suffisamment tout de même pour empêcher Diana de tendre la main vers lui de nouveau.

S'efforçant de reprendre ses esprits, elle le regarda avec une stupéfaction mêlée de frustration. Il avait parlé de sexe. S'imaginait-il que c'était cela seul qui l'intéressait ? Que c'était tout ce qu'elle voulait ? Oui, manifestement. Rassemblant les lambeaux de fierté qu'il lui restait, elle lutta pour reprendre contenance.

— Vous, non, en tout cas, dit-elle. A moins que vous ne soyez de ces hommes qui veulent toujours avoir l'initiative. Si c'était votre idée, tout serait parfait, mais comme j'en ai parlé la première, vous pensez que je suis une fille facile, c'est ça ?

— Je ne crois pas avoir utilisé cette expression.

— Oh, non, vous vous contrôlez trop bien pour insulter les gens.

Elle se baissa, ramassa ses clés mouillées, puis fixa Seth droit dans les yeux.

— Mais vous aviez autant envie de moi que moi de vous, Seth Buchanan. Votre contrôle légendaire ne vous a pas permis de dissimuler ce petit détail.

— Je ne crois pas qu'il soit bon de prendre tout ce que l'on désire.

— Et pourquoi donc ? Nous sommes vivants, non ? Et vous êtes bien placé pour savoir combien la vie peut être courte.

— Je n'ai pas à me justifier de la façon dont je mène mon existence.

— Non. Bien que, de toute évidence, vous soyez toujours prêt à critiquer la façon dont moi je mène la mienne. Remarquez, j'ai l'habitude, ajouta-t-elle avec un bref regard en direction du salon funéraire. Et ça ne m'empêche pas de faire tout ce que je souhaite. N'oubliez pas que je suis égoïste, égocentrique et insouciante.

Elle se tourna, ouvrit la portière de sa voiture et se glissa à l'intérieur.

— Eh bien, peut-être à une autre fois, mon cœur.

Sans un mot, Seth regarda la voiture s'éloigner sous la pluie.

*
**

Non, il ne retardait pas à plaisir le moment de revoir Diana, se dit Seth en se dirigeant vers le pub de Stella, le lendemain après-midi. La matinée avait été cauchemardesque, et s'il avait décidé d'aller lui-même poser des questions à Stella au lieu d'envoyer un de ses hommes, c'était avant tout par conscience professionnelle. Même s'il devait admettre qu'il espérait obtenir au passage quelques renseignements supplémentaires sur Diana…

Le pub de Stella était un bar de quartier accueillant, aux boiseries sombres et chaudes qui évoquaient l'intérieur d'un yacht. En ce milieu d'après-midi, les clients étaient peu nombreux. Deux jeunes gens, sans doute des étudiants, jouaient aux échecs dans un box, des tasses de café fumantes devant eux. Un homme plus âgé sirotait une bière en remplissant les mots croisés du journal, et un trio de femmes entourées de sacs de grands magasins partageaient un pichet de *margarita* en riant et bavardant.

Le barman jeta un coup d'œil au badge de Seth et lui dit qu'il trouverait la patronne à l'étage, dans son bureau.

— Ecoutez, si j'avais voulu des bonbons à la menthe, j'aurais commandé des bonbons à la menthe. Je vous ai demandé des cacahuètes, et je veux qu'elles soient ici avant 6 heures. Oui, je connais mes clients. Apportez-moi ces satanées cacahuètes, et plus vite que ça.

Stella était assise derrière un bureau encombré. Ses cheveux courts et roux se dressaient sur sa tête ; Seth la regarda se coiffer du bout des doigts avant de raccrocher et de pousser de côté une pile de factures.

— Mademoiselle O'Leary ?

Les sourcils toujours froncés, elle leva la tête vers son visiteur. Son expression ne s'adoucit pas lorsqu'elle le reconnut.

— Un flic. Juste ce qu'il manquait à ma journée. Ecoutez, Buchanan, je suis très en retard. Comme vous le savez, j'ai perdu quelques jours de boulot, dernièrement.

— Je vais essayer de faire vite.

Il s'approcha d'un pas et lui montra la photo.

— Vous avez déjà vu ce type ?

— Est-ce celui dont Jack m'a parlé ? L'assassin de Melissa ?

— L'enquête sur le meurtre de Melissa Fontaine est encore ouverte, mais cet homme est un suspect, oui. Vous le reconnaissez ?

— Non. Il a une sale tête, si vous voulez mon avis. Est-ce que Diana l'a reconnu ?

— Pourquoi ? Elle connaît beaucoup d'hommes qui ont une sale tête ?

— Trop, répondit Stella à mi-voix. Jack m'a dit que vous étiez venu au service funéraire hier soir pour montrer cette photo à Diana.

— Elle était… occupée.

— Oui, elle a eu une soirée difficile.

— Apparemment, même si au départ elle semblait s'en tirer plutôt bien.

Songeant à l'homme qu'il avait vu l'embrasser, il désigna la photo.

— C'est son type d'homme, non ?

— Que voulez-vous dire ?

— Qu'il me fait penser à l'individu avec qui elle semblait si bien s'entendre hier soir.

Les yeux verts de Stella lancèrent des éclairs.

— Qu'est-ce que vous insinuez ? Diana n'était avec personne hier soir.

— Un type d'un mètre quatre-vingts, à peu près soixante-quinze kilos, blond, yeux bleus, costume italien hors de prix, toujours en train de sourire ?

En d'autres circonstances, Stella aurait éclaté de rire. Mais le dédain qu'elle lisait sur le visage de son interlocuteur la mettait hors d'elle.

— Espèce d'imbécile, c'était son cousin Julian ! Et il devait essayer de lui extorquer de l'argent, comme d'habitude.

Embarrassé, Seth se repassa la scène.

— Son cousin… Ce qui ferait de lui, par rapport à la victime ?

— Son demi-frère. Le fils de son père par un premier mariage.

— Vous êtes en train de me dire que le demi-frère de la défunte demandait de l'argent à Diana au cours du service organisé à la mémoire de sa demi-sœur ?

— C'est une ordure, dit simplement Stella. Mais remarquez, tous les membres de cette famille sont des vautours et profitent éhontément de Diana.

Elle se leva, visiblement très remontée.

— Quant à vous, je trouve que vous avez du culot de venir ici avec vos airs supérieurs donner des leçons à tout le monde. Hier soir, Diana a rédigé un chèque de mille dollars à ce minable uniquement pour s'en débarrasser, exactement comme elle a toujours donné de l'argent à Melissa et à quelques autres pour qu'ils la laissent tranquille.

— J'avais pourtant l'impression que les Fontaine étaient riches.

— La richesse est une notion relative, surtout dans ce genre de milieu. Quelques heures de trop dans un casino de Monte-Carlo, des spéculations douteuses et on se retrouve en difficulté. Les parents de Diana étaient moins inconscients et dépensiers que les autres, si bien qu'elle est à la tête d'une fortune colossale. Sa famille en est malade. A votre avis, qui a payé pour la cérémonie d'hier soir ? Certainement pas les parents de la chère disparue ! Cette sorcière d'Helen a tout fait payer par Diana, avant de la blâmer pour ce qui s'était passé. Et, bien sûr, Diana a tout accepté en silence. Vous ne savez rien d'elle, lieutenant.

— Je sais en tout cas qu'elle n'est pas responsable de ce qui est arrivé à sa cousine.

— Vous pouvez toujours essayer de le lui dire. Quand nous sommes rentrés chez Cade hier soir, nous l'avons trouvée dans sa chambre, en larmes, et rien de ce que nous avons pu lui dire ne lui a remonté le moral. Et tout ça parce que ces salauds ont tout fait pour la rendre malade.

« Et pas seulement eux, songea Seth. Moi aussi… »

— On dirait qu'elle a plus de chance avec ses amis qu'avec sa famille.

— C'est parce que ni son nom ni son argent ne nous importent. Nous ne la jugeons pas. Nous l'aimons, point final. A présent, si vous n'avez plus de questions à me poser, lieutenant, j'ai du travail.

— Je dois parler avec Mlle Fontaine. Savez-vous où je pourrais la trouver ?

La voix de Seth était aussi glaciale que celle de Stella avait été passionnée.

La jeune femme hésita un moment. Elle savait que Diana n'apprécierait guère que l'information soit transmise à un tiers, mais en même temps, elle éprouvait le besoin de rabattre le caquet du policier, de lui prouver que ses *a priori* sur Diana étaient infondés.

— Essayez l'hôpital Sainte-Agnès. Service de pédiatrie ou maternité.

Lorsqu'il demanda Diana Fontaine aux infirmières de l'accueil, les visages s'éclairèrent.

— Je crois qu'elle est au service de réanimation pédiatrique, déclara l'infirmière de garde en consultant sa montre. A cette heure-ci, on peut généralement l'y trouver. Vous savez où c'est ?

Intrigué, Seth secoua la tête. Il écouta les indications que lui donnait son interlocutrice tout en se demandant pour quelle raison la jeune femme visiterait régulièrement le service de réanimation pédiatrique. Toujours perplexe, il s'engagea dans le couloir.

Il arriva au bout de quelques instants devant une pièce fermée. Par la vitre, il voyait des machines, et six berceaux vides ; Diana était debout à côté de l'un d'eux, un nourrisson minuscule dans les bras. Du bout des doigts, elle chassait les larmes qui roulaient sur sa joue fripée.

— Excusez-moi, monsieur, mais vous êtes dans une zone à accès limité.

Sans quitter Diana du regard, Seth sortit son badge et le montra à l'infirmière qui s'approchait.

— Je suis venu parler à Mlle Fontaine.

— Je vois. Je vais la prévenir, lieutenant.

— Non, ne la dérangez pas. Je peux attendre… Quel est le problème de ce bébé ?

— Peter a le sida. Mlle Fontaine a fait en sorte qu'il soit admis et soigné ici.

Seth eut l'impression de recevoir un coup de poing dans l'estomac.

— Mlle Fontaine ? C'est son enfant ?

— Biologiquement, non, bien sûr, mais je crois qu'elle les considère tous un peu comme ses enfants… Je ne sais pas ce que nous ferions sans son aide. Et je ne parle pas seulement de la fondation.

— La fondation ?

— La fondation des Etoiles Filantes. Mlle Fontaine l'a créée il y a quelques années pour aider les enfants atteints de maladies incurables et en phase terminale ainsi que leurs familles. Mais c'est son implication personnelle, au jour le jour, qui fait vraiment la différence. L'argent n'achète pas une berceuse ou un câlin.

Seth regarda le bébé. Calme à présent, il s'endormait doucement dans les bras de Diana.

— Elle vient ici souvent ?

— Aussi souvent qu'elle le peut. C'est notre ange gardien. A présent, pardonnez-moi, lieutenant, mais je dois vous laisser, le devoir m'appelle.

— Bien sûr. Merci.

L'infirmière s'éloigna, et Seth s'avança d'un pas vers la vitre qui le séparait de la zone de réanimation. Diana s'apprêtait à remettre le nourrisson dans son berceau lorsqu'elle le vit.

Les émotions se succédèrent rapidement sur son visage : surprise, embarras, contrariété. Puis elle fit un effort visible sur elle-même pour afficher une expression neutre. Avec une grande douceur, elle coucha le bébé et s'éloigna vers une porte située au fond de la pièce.

Il lui fallut quelques minutes pour ressortir dans le couloir. Lorsqu'elle reparut, elle s'était débarrassée de sa blouse blanche, et offrait l'image d'une jeune femme élégante et combative en tailleur rouge vif.

— Eh bien, lieutenant, nous nous croisons dans les endroits les plus inattendus.

Avant qu'elle ait pu ajouter quoi que ce soit, il lui prit doucement le menton entre deux doigts et plongea son regard dans le sien.

— Bon sang, Diana, qui êtes-vous en réalité ?

— Cela dépend de mon humeur, rétorqua-t-elle. Et je ne pense pas que l'endroit soit bien choisi pour un interrogatoire. Laissez-moi, à présent. Je ne veux pas faire de scène ici.

— Je n'ai pas l'intention de vous faire une scène.

Délibérément, elle repoussa sa main et s'éloigna.

— Si vous voulez parler de votre enquête ou me poser des questions, nous ferons ça dehors.

Il la suivit sans un mot jusqu'au perron de l'hôpital et désigna un banc sur la pelouse. Elle s'y assit avec raideur.

— Diana, je vous demande pardon.

Sans le regarder, Diana sortit ses lunettes de soleil de son sac et les chaussa.

— Pour quoi ?

D'une main très douce, il lui ôta les lunettes et la força à le regarder.

— Pour ne pas m'être autorisé à regarder au-delà des apparences. Pour ne pas avoir voulu voir. Et pour vous avoir reproché mes propres tentations. Mon envie de faire ceci.

Sans lui laisser le temps de prononcer une parole, il captura ses lèvres.

6.

Elle ne s'abandonna pas, pas cette fois. Ses émotions étaient trop violentes, trop à fleur de peau pour qu'elle prît ce risque. Même si sa bouche céda aux assauts de celle de Seth, elle posa une main sur son torse, comme pour le garder à distance.

Seth avait conscience de cette résistance. De toute évidence, la jeune femme ne refusait pas leur étreinte, mais elle s'efforçait de se protéger. Alors il adoucit son baiser, tant pour la séduire que pour la rassurer et l'apaiser.

— Non…

L'esprit en ébullition et le cœur en feu, Diana s'arracha à son baiser et détourna le regard, le temps de reprendre son souffle. Quand, enfin, elle eut recouvré le contrôle d'elle-même, elle regarda Seth de nouveau. C'était, indéniablement, un homme très séduisant, avec ses épais cheveux sombres, son visage ferme aux traits réguliers et l'éclat d'or de son regard. Mais Diana avait connu beaucoup d'hommes séduisants. Alors, pourquoi celui-ci lui faisait-il un tel effet ?

— Vous me posez un problème, lieutenant Buchanan.

Il esquissa un de ses rares sourires — lent, riche, irrésistible.

— Le problème est mutuel, mademoiselle Fontaine. Je ne dors plus à cause de vous. Vous êtes comme un puzzle — toutes les pièces sont là dès le départ, mais le tableau change de visage à chaque instant. Et même lorsqu'on croit avoir fini, on découvre toujours quelque chose de nouveau.

— Je ne suis pas un mystère, Seth.

— Vous êtes la femme la plus fascinante que j'aie jamais rencontrée. Ce qui n'est pas entièrement un compliment, car avec la fascination vient la frustration.

Il s'interrompit quelques secondes.

— Pourquoi étiez-vous si contrariée que je vous aie trouvée ici ? demanda-t-il enfin.

— C'est une partie très privée de ma vie. Et je dépense une énergie considérable pour qu'elle reste privée.

— Votre famille ignore votre activité à l'hôpital ?

Un éclair de fureur brilla dans le regard de Diana.

— Ma famille n'a rien à voir avec ça. Rien. Ce n'est pas un projet Fontaine, une de ces œuvres charitables mises en place pour avoir bonne presse et obtenir des déductions fiscales.

— Je vois.

Il était évident que la famille de Diana l'avait blessée davantage qu'il ne s'en était rendu compte au premier abord — et plus, sans doute, qu'elle-même ne voulait l'admettre.

— Pourquoi avoir choisi des enfants, Diana ?

— Parce qu'ils sont innocents. L'innocence est une denrée précieuse et périssable.

— Est-ce pour cette raison que la fondation s'appelle la fondation des Etoiles Filantes ? Est-ce ainsi que vous les voyez, comme des étoiles qui brillent trop brièvement et disparaissent ?

Il la comprenait, il semblait lire en elle, et, en cet instant, Diana se sentait infiniment vulnérable.

— Cela n'a rien à voir avec votre enquête, observa-t-elle, prudente. Pourquoi me posez-vous toutes ces questions ?

— Parce que vous m'intéressez.

— Vraiment ? demanda-t-elle avec un petit sourire mi-sarcastique mi-amusé. Je n'ai pas eu cette impression quand je vous ai invité à me faire l'amour.

— Arrêtez, Diana. Cessez de jouer ce jeu, ôtez ce masque. Vous étiez sincère, il y a dix minutes, dans cette salle de réanimation. Vous laissiez parler votre cœur.

— Quand je vous dis que j'ai envie de vous, Seth, je laisse parler mon cœur. Et cela vous énerve. Ne préféreriez-vous pas que je joue ? Que je porte un masque de respectabilité et vous laisse faire le premier pas ?

— Peut-être que je veux savoir qui vous êtes vraiment avant que nous atterrissions au lit. J'ai passé de longs moments à regarder votre visage — le portrait, au-dessus de votre cheminée. Et je me posais mille questions. Maintenant, j'ai envie de vous, mais j'ai aussi envie de voir comment toutes les pièces s'imbriquent.

— J'ai un truc, ce soir. Un cocktail organisé par un gros donateur de l'hôpital. Je ne peux pas me permettre de ne pas y aller. Pourquoi ne m'y accompagnez-vous pas, et nous verrons ce qui se passe ensuite ?

Il pesa longuement le pour et le contre. Diana, qui l'observait, eut un petit sourire.

— Vous réfléchissez toujours autant avant de prendre une décision ?

— Oui. Ecoutez, tant que cette enquête ne sera pas finie, je ne peux garantir d'avoir mes soirées à moi, mais je vais faire de mon mieux. Si je peux me libérer, je passerai vous chercher.

— Disons 8 heures, ce soir. Si vous n'êtes pas arrivé à 20 h 15, j'en déduirai que vous avez eu un empêchement.

Seth haussa un sourcil surpris. La plupart des femmes qu'il connaissait affichaient aussitôt une mine boudeuse lorsqu'il donnait la priorité à son travail.

— Je vous appellerai si je ne peux pas venir, promit-il.

— O.K. A présent, si vous me disiez ce que vous faites là ? Vous n'êtes pas seulement venu m'espionner.

Il sortit la photo de sa poche. Au passage, Diana aperçut son revolver de service.

— Vous participez souvent à des… comment appelle-t-on ça ? Des rafles ?

— Disons que j'aime garder le contact avec le terrain, dit-il d'un air vaguement amusé.

— Oui, murmura-t-elle. Cela ne m'étonne guère…

Fixant le cliché qu'il lui présentait, elle sourit avec humour.

— Ah, Jœ Cool. Ou plutôt, Juan ou Jean-Paul Cool !

— Vous le connaissez ?

— Pas lui personnellement, mais les types de son genre. Il sait dire les mots qu'il faut dans trois ou quatre langues, joue au baccara, boit du cognac XO et porte des sous-vêtements de soie noire. Sa Rolex, ses boutons de manchettes en or et sa chevalière en diamant sont des cadeaux d'admiratrices…

Intrigué, Seth fronça les sourcils.

— Et quels sont ces « mots qu'il faut dire » ?

— « Vous êtes la plus belle femme de la soirée. Je vous adore. Mon cœur bondit quand je plonge mon regard dans le vôtre. Votre mari est un imbécile, chérie, et je vous assure que vous devriez cesser de me faire des cadeaux. »

— Vous savez de quoi vous parlez, on dirait.

— Oh oui, même si je n'ai jamais été mariée et n'ai jamais offert quoi que ce soit à un homme pour profiter de ses faveurs ! Son regard est glacé, reprit-elle en examinant de nouveau la photographie, mais beaucoup de femmes solitaires ne verraient que l'apparence. C'est tout ce qui les intéresse.

Un frisson la parcourut.

— C'est le type qui a tué Melissa, n'est-ce pas ?

Il s'apprêtait à lui donner la réponse habituelle, mais leurs regards se croisèrent, et il poussa un petit soupir.

— Je crois que oui. Nous avons trouvé ses empreintes dans toute la maison. Il en avait effacé certaines, mais en avait oublié beaucoup, ce qui me laisse penser qu'il a paniqué. Soit parce qu'elle est tombée, soit parce qu'il n'a pas réussi à trouver ce qu'il cherchait.

— Et vous penchez pour la seconde hypothèse, parce que ce n'est pas le genre d'homme à perdre son sang-froid parce qu'il a tué une femme.

— En effet.

— Vous l'avez retrouvé ?

— Il est mort. Celui qui l'avait embauché semble avoir décidé de le renvoyer — de façon permanente.

— Je vois. Donc nous n'avons aucune piste.

— Les Etoiles sont sous garde permanente. Stella, Virginia et vous êtes en sécurité, et le musée aura récupéré son bien d'ici quelques jours.

— Et beaucoup de gens sont morts. Des sacrifices au dieu ?

— D'après ce que j'ai lu sur Mithra, ce n'est pas le sang qui l'intéresse.

— Amour, connaissance et générosité… Pensez-vous que l'homme que vous recherchez veuille les pierres pour leur beauté, leur valeur inestimable, ou parce qu'il croit réellement en la légende ? S'imagine-t-il que s'il les détient toutes trois dans leur triangle, elles lui conféreront le pouvoir du dieu et l'immortalité ?

— Je l'ignore, mais une chose est sûre : il est prêt à tuer pour les posséder. Je ne pense pas qu'il soit intéressé par leur valeur financière. Il a déjà dépensé plus de un million de dollars pour essayer de les récupérer. Il veut les tenir entre ses mains, à n'importe quel prix.

— Et vous ne pensez pas qu'il va se résigner, n'est-ce pas ? Vous pensez qu'il va réessayer de se les approprier.

Seth plissa les yeux.

— Oh, oui, murmura-t-il. Il va réessayer.

*
* *

Seth se gara devant chez Cade à 20 h 14. La réunion qu'il avait eue cet après-midi-là avec le chef de la police s'était terminée à plus de 19 heures, et il avait à peine eu le temps de passer chez lui pour se changer. Il s'était répété une demi-douzaine de fois qu'il ferait mieux de retourner au bureau relire ses rapports ; et pourtant, il était là, tendu comme un adolescent avant sa première boum.

Il avait horreur des cocktails. Les conversations ineptes, la nourriture fade, les mines faussement enthousiastes ou blasées, tout cela l'agaçait prodigieusement. Mais ce n'était pas la perspective de passer quelques heures à faire des politesses à des inconnus qui le rendait si nerveux. C'était l'idée de voir Diana en dehors du travail, sans fausses excuses ni prétextes.

Aucune femme ne l'avait jamais affecté à ce point. Et il savait qu'ils seraient amants avant le lever du soleil.

Il la vit sortir de la maison, superbe dans une robe bleu électrique qui la moulait comme une seconde peau. Ses cheveux, maintenus seulement par un peigne en écaille orné de brillants, cascadaient sur ses épaules nues ; ses jambes, dévoilées par sa robe, étaient démesurées et parfaites.

Seth sortit de sa voiture. Le claquement de la portière fit sursauter Diana, qui leva la tête et esquissa un large sourire.

— Je ne pensais pas que vous aviez réussi à vous libérer. Je suis contente de vous voir, dit-elle en s'approchant pour déposer un baiser très léger sur ses lèvres. Nous prenons votre voiture ou la mienne ?

— C'est moi qui conduis. Où allons-nous ?

La maison était magnifique, avec de hauts plafonds et des meubles anciens travaillés. Toutes les teintes étaient profondes, chaudes. Les lustres de cristal projetaient une lumière vive sur les invités — des gens importants, riches et influents.

Elle était à sa place, ici, songeait Seth. Et pourtant, elle se distinguait des autres. Au milieu des couleurs pastel et des noirs sophistiqués, elle était une flamme bleue qui semblait défier quiconque d'approcher. Comme les Etoiles, elle était unique, puissante et irrésistible.

— Lieutenant Buchanan, n'est-ce pas ?

S'arrachant à sa contemplation, Seth reporta son attention sur le petit homme chauve et trapu qui s'était approché de lui.

— Me Rossi, avocat de la défense… quand la défense a les moyens ! Bonsoir, comment allez-vous ?

Sans se vexer, l'intéressé émit un petit rire.

— Nous ne nous sommes plus vus depuis le procès Tremaine, n'est-ce pas ? J'ai toujours pensé que j'aurais remporté l'affaire sans votre témoignage.

— Ce type était coupable.

— Indéniablement, admit l'avocat, mais je reste persuadé que, sans vous, le jury aurait été incapable de se décider.

De l'autre côté de la pièce, Diana écoutait d'une oreille distraite les bavardages de leur hôtesse. Elle savait quand sourire, arquer un sourcil, rire doucement, émettre un petit commentaire neutre. Cela faisait partie de la routine.

En réalité, elle aurait voulu partir sur-le-champ. Arracher à Seth son costume sombre. Le toucher, explorer son corps tout entier.

— Ma chère Sarah !

— Gregor, quel plaisir de vous voir !

Diana sourit d'un air absent à l'homme à la peau et aux yeux clairs qui venait de se joindre à elles.

— Diana, je ne crois pas que vous ayez rencontré Gregor, dit Sarah. Faites attention, c'est un charmeur invétéré ! Ambassadeur DeVane, j'aimerais vous présenter Diana Fontaine, une très bonne amie à moi.

— Enchanté, dit-il en posant sur elle un regard pâle mais pénétrant.

— Ambassadeur ? Et d'où venez-vous, excellence ? demanda Diana.

— Je doute que vous ayez entendu parler de mon petit pays. Nous ne sommes qu'un point dans la mer, et notre île n'est connue que pour ses exportations de vin et d'huile d'olive…

— Terresa ?

— Je suis flatté qu'une jeune femme aussi belle connaisse mon humble patrie.

— C'est une île magnifique, que j'ai eu la chance de visiter brièvement il y a deux ans. Terresa est un vrai petit bijou, et je regrette de n'avoir pu y passer plus longtemps.

— La prochaine fois, prévenez-moi, je me ferai un plaisir de vous accompagner et de vous montrer les trésors cachés de mon pays.

— Passer l'hiver à Washington doit être bien pénible, lorsque l'on vient d'une si belle région.

— Pas du tout, affirma-t-il avec un regard appuyé. J'apprécie de plus en plus les trésors de cette ville. Aimez-vous l'opéra, Diana ?

— Beaucoup.

— Dans ce cas, il faudra absolument que vous me fassiez l'honneur de m'y accompagner. Je…

Il s'interrompit, et une lueur agacée brilla fugitivement dans son regard comme Seth s'approchait d'eux.

— Ambassadeur Gregor DeVane de Terresa, permettez-moi de vous présenter le lieutenant Seth Buchanan.

— Armée ?

— Police, répondit Seth d'un ton sec.

Il n'aimait pas cet ambassadeur. En fait, lorsqu'il l'avait vu avec Diana, il avait éprouvé une envie irrésistible de sortir son arme. Mais étrangement, au lieu de tendre la main vers son côté, là où se trouvait son revolver, il l'avait instinctivement dirigée vers sa hanche. Comme s'il avait porté une épée.

— Ah, la police ! Fascinant. Même si j'espère n'avoir jamais besoin de vos services !

L'ambassadeur attrapa deux coupes sur le plateau que lui présentait un serveur et en tendit une à Seth.

— Peut-être devrions-nous porter un toast au crime. Sans lui, vous n'auriez plus de raison d'être.

Leurs regards se croisèrent, pâle argent contre or sombre, et, l'espace d'un instant, ils se reconnurent, inexplicablement, et une vague de haine submergea Seth.

— Je préfère boire à la justice.

— Bien sûr ! Vous m'excuserez, à présent, lieutenant Buchanan, mais je n'ai pas encore salué notre hôte. J'ai été…

Il se tourna vers Diana et se pencha pour lui effleurer les doigts du bout des lèvres.

— … merveilleusement distrait de mon devoir.

— J'ai été ravie de vous rencontrer, Gregor.

— J'espère vous revoir. Très bientôt, dit-il en plongeant son regard dans le sien.

Il se détourna, et Diana frissonna. La possessivité qu'elle avait lue dans ses yeux délavés la mettait mal à l'aise.

— Finissez votre verre, dit Seth d'un ton qui n'admettait pas de réplique. Nous partons.

Diana poussa un soupir exagéré.

— Mmm, qu'il est bon d'être dominée par un homme fort… J'adore.

— C'est ce que nous allons voir. En route.

DeVane les regarda s'éloigner, étudia la façon dont Seth posait sa main sur les reins de la jeune femme pour la guider vers la porte. Il devrait le punir pour cela, songea-t-il. Diana lui appartenait, à présent, et nul à part lui n'avait le droit de la toucher. Elle était parfaite, sans défauts.

Avec les Trois Etoiles de Mithra, se promit-il, Diana Fontaine serait le joyau de sa collection.

Avant de monter dans la voiture de Seth, Diana leva les yeux vers la grande maison. Un frisson violent la parcourut ; l'ambassadeur était derrière l'une des fenêtres, et les regardait. Bien qu'il fût à plus de vingt mètres d'elle, elle aurait juré sentir le poids de son regard sur elle.

— Vous n'auriez pas froid si vous étiez plus couverte, observa Seth, se méprenant sur la cause de sa réaction.

Elle s'arracha au regard hypnotique et dérangeant de DeVane et eut un petit rire.

— Comment pouvez-vous dire ça, alors que je me demandais justement combien de temps encore j'allais devoir garder tous ces vêtements ?

— Plus très longtemps, promit-il en démarrant.

— Bien, murmura-t-elle d'une voix rauque.

Elle se pencha vers lui et lui mordilla doucement l'oreille.

— Que diriez-vous d'enfreindre quelques lois ?

Une fois devant chez lui, Seth aurait été incapable de dire comment il avait fait pour traverser tout Washington et retourner dans le Maryland. Sans cesser de le caresser avec une sensualité experte, Diana lui avait ôté sa cravate et avait déboutonné sa chemise. Ses mains étaient partout, tandis que sa bouche taquinait l'oreille de Seth, son cou, le dessin de sa joue. Elle ne s'interrompait que pour lui glisser des suggestions coquines et des promesses brûlantes qui faisaient battre douloureusement le sang à ses tempes.

Il se gara dans un crissement de pneus et tira sans ménagement la jeune femme hors du véhicule. Elle émit un petit rire rauque lorsqu'elle perdit une de ses chaussures dans la voiture et l'autre dans l'allée conduisant chez lui. Aussitôt à l'intérieur de la maison, il la plaqua contre le mur et prit sa bouche avec avidité.

Il était incapable de penser, de réfléchir. Le besoin primitif, presque animal qu'il avait d'elle avait pris le contrôle de son corps comme de son esprit. Dans l'entrée enténébrée, il fit remonter la robe bleue le long des jambes de Diana d'une main impatiente, trouva la fine barrière de dentelle dissimulée dessous et l'arracha. Presque dans un état second, il se libéra de son pantalon de smoking et, tenant les hanches de la jeune femme à deux mains, il plongea en elle d'un coup de reins.

Diana poussa un cri — pas un cri de protestation ou de surprise, mais un cri de pur plaisir. Elle noua ses jambes autour des hanches de son compagnon et ferma les yeux, savourant ses assauts aussi violents que délicieux, allant à sa rencontre.

Tout son corps se cambra et se tendit quand un orgasme d'une violence inouïe la terrassa. L'instant d'après, elle sentit Seth se raidir à son tour, et un murmure rauque lui échappa.

Il dut plaquer sa main contre le mur pour garder son équilibre, et lutter pour retrouver son souffle et reprendre le contrôle de son cerveau enfiévré.

Les excuses n'étaient pas de mise. Ils avaient tous les deux souhaité ce qui venait de se produire, ils en avaient eu *besoin*.

Mais jamais de sa vie il n'avait traité une femme avec une telle violence. Et avec un tel mépris des conséquences éventuelles.

— J'avais pourtant l'intention de t'enlever cette robe, observa-t-il.

Et il fut soulagé de l'entendre rire.

— Ça finira bien par arriver.

— Montons à l'étage.

7.

Lorsqu'il pénétra dans la chambre à coucher, il alluma la lumière. Cette fois, il voulait voir Diana, savourer son expression, lire son plaisir dans ses yeux. Cette fois, il voulait lui faire l'amour, se comporter en homme.

La chambre était de taille moyenne et meublée de façon spartiate. Mais lorsque Seth déposa la jeune femme au pied du lit, elle était trop troublée pour prêter attention au décor. Déjà, elle achevait de déboutonner la chemise de son compagnon. Elle arqua un sourcil en constatant qu'il portait son arme de service.

— Même dans les cocktails ?

— C'est une habitude, répondit-il simplement.

Il ôta l'étui et le posa sur une chaise.

Lentement, Diana lui tourna le dos et souleva ses cheveux.

— J'ai besoin de ton aide.

Au lieu de descendre la fermeture Eclair de sa robe, Seth prit doucement la jeune femme dans ses bras et déposa un baiser sur son épaule nue. Diana soupira et pencha la tête en arrière.

— Voilà qui est encore mieux, murmura-t-elle.

Les mains de Seth épousèrent ses hanches, sa taille fine, avant de venir caresser ses seins.

— Je veux que tu te sentes faible, au bord du gouffre, chuchota-t-il.

Ses pouces effleuraient la chair frémissante exposée par le décolleté plongeant de la robe. Lorsque Diana essaya de se retourner vers lui, il l'en empêcha.

Elle gémit, impuissante, quand les doigts de Seth se glissèrent sous le fin tissu de son bustier et vinrent taquiner les pointes dressées de ses seins. Fermant les yeux, elle leva les bras et les enroula autour du cou de Seth, cambrée pour s'offrir à sa caresse.

De nouveau, un gémissement lui échappa lorsqu'il abandonna sa poitrine, mais déjà il glissait ses mains sous l'ourlet de la robe, se faufilait jusqu'au cœur de sa féminité et caressait avec un art consommé.

— Faible, répéta-t-il à son oreille. Au bord du gouffre.

Un nouvel orgasme, né au plus profond d'elle-même, la submergea en longues vagues, et elle sentit ses jambes s'alanguir. Si Seth ne l'avait pas retenue d'une main aussi ferme que douce, elle se serait effondrée.

— Oui… Oui, mon amour… Laisse-toi aller, murmura-t-il.

Il fit glisser sa fermeture Eclair, jusqu'à ce que la robe bleue ne soit plus qu'une flaque électrique à leurs pieds. Dessous, Diana ne portait qu'un porte-jarretelles noir, qui retenait des bas de soie si fins et transparents qu'ils évoquaient une brume insaisissable. Son corps était un fantasme incarné, tout en courbes satinées.

— Trop d'hommes t'ont dit que tu étais sublime pour que mes mots aient encore de l'importance, fit remarquer Seth, un soupçon d'amertume dans la voix.

— Dis-moi que tu as envie de moi. Ça, c'est important.

— Je te veux, Diana.

Le baiser qu'il lui donna alors était lent, savant, et Diana se sentit fondre. Tout disparut dans l'intensité de l'instant, et elle savoura le plaisir de se remettre entièrement, corps et âme, entre les mains expertes de cet homme qui se révélait capable d'éveiller son âme en même temps que ses sens. Cet homme qu'elle connaissait à peine et en qui, pourtant, elle avait toute confiance.

Seth s'autorisa à découvrir le corps de Diana centimètre par centimètre, à leur donner du plaisir à tous les deux en prenant dans ses mains, puis dans sa bouche, ses seins pleins et altiers. L'une après l'autre, il dégrafa les attaches de ses bas, puis il s'agenouilla pour faire glisser les voiles de soie le long des jambes.

Sa chair était chaude, douce sous ses doigts. Sans effort, il l'allongea sur le lit, regarda son corps souple se cambrer sous sa caresse et se tendre vers lui, appelant d'autres baisers, d'autres attouchements.

D'un mouvement rapide, il se débarrassa des vêtements qu'il portait encore avant de s'étendre près d'elle. Ils se regardèrent en silence un long moment, découvrant et admirant le corps de l'autre sans fausse pudeur ; puis Diana tendit la main vers Seth et la laissa courir sur sa peau. Elle dessina ses muscles, effleura les contours d'une cicatrice ancienne, posa sa bouche sur son cou, remonta pour taquiner son oreille du bout des dents. Quand il pencha la tête pour reprendre la pointe d'un sein entre ses lèvres, elle ne put retenir un long gémissement. Le souffle court, elle s'entendit répéter le nom de Seth d'une voix rauque qu'elle reconnut à peine.

Il recula un instant pour admirer le corps offert de sa maîtresse. L'envie — le besoin — de la posséder encore pulsait dans ses veines, mais il repoussait au maximum la délicieuse échéance, conscient de vivre un moment unique et merveilleux. Enfin, n'y tenant plus, il captura les mains de Diana et, les maintenant au-dessus de sa tête, il se fondit en elle.

Aussitôt, elle se cambra davantage pour ne faire plus qu'un avec lui, le corps vibrant de plaisir anticipé.

— Seth… Jamais… Jamais je n'ai connu ça, haleta-t-elle.

Il lui scella la bouche d'un baiser comme une vague de jouissance les balayait, emportant tout sur son passage.

*
* *

Lorsque, épuisée et comblée, Diana plongea dans le sommeil, ce fut pour se retrouver dans un paysage serein et familier.

L'ambiance était idyllique. Des oiseaux multicolores voletaient au-dessus des fleurs, l'air embaumait. Ici, elle était heureuse, en paix avec elle-même. Seule, mais jamais solitaire. Ici, on n'entendait que la brise dans les arbres, le bourdonnement des abeilles, la musique du ruisseau tout proche.

Elle regarda des cerfs sortir calmement de la forêt pour venir boire à la rivière, leurs sabots perdus dans la brume légère qui couvrait le sol. La lumière de l'aube, argentée, se reflétait sur leurs bois majestueux.

Heureuse, elle se promena au milieu des fleurs, caressant du bout des doigts leurs pétales veloutés. Soudain, une lueur bleue attira son regard, et elle se baissa pour ramasser le diamant posé sur l'herbe. Dès qu'elle l'eut en main, une sensation de puissance l'envahit. Pendant un long moment, elle demeura parfaitement immobile, la paume ouverte. La pierre brillait de mille feux dans le soleil matinal.

Elle sut alors qu'elle était destinée à veiller sur le diamant. Le protéger. Et le donner.

Quand elle entendit des pas dans la forêt, elle se retourna, un sourire aux lèvres. C'était lui, elle en était certaine. Celui qu'elle avait attendu toute sa vie. Il s'approcherait d'elle et la prendrait dans ses bras…

Elle fit un pas en avant, consciente de la chaleur de la pierre dans sa main, des vibrations subtiles qu'elle dégageait. Elle la lui donnerait, songea-t-elle. Elle lui donnerait tout ce qu'elle possédait, tout ce qu'elle était. L'amour ne connaissait pas de limites.

Brutalement, la lumière se modifia. L'air se refroidit, un vent glacé se leva. Près du ruisseau, les cerfs relevèrent la tête, alarmés, avant de s'enfuir d'un bond à l'abri des arbres. Le bourdonnement des abeilles mourut dans un roulement de tonnerre fracassant, et un éclair zébra le ciel soudain menaçant.

Là, dans la forêt enténébrée, à quelques mètres d'elle, quelque chose approchait. Et à travers les feuilles elle vit des yeux brillants, pleins de convoitise, qui la fixaient. Spontanément, elle referma les doigts sur la pierre.

— Non !

Frénétique, elle repoussa les bras qui l'emprisonnaient.

— Non, vous ne l'aurez pas ! Elle n'est pas pour vous !

— Calme-toi.

Seth la secoua avec douceur et la serra contre lui.

— Ce n'est qu'un cauchemar. Rien qu'un cauchemar.

— Il me regardait… Il me regardait. Dans les bois.

Tremblante, elle se blottit contre lui et s'efforça de respirer, de puiser de la force dans son odeur familière, virile.

— Ne le laisse pas me toucher. Je mourrai s'il me touche.

— Tu es là, avec moi. Personne ne te fera de mal, dit-il tout contre ses lèvres.

— Oh, Seth… Je t'attendais. Dans le jardin.

— Je suis là, à présent.

Du bout des doigts, il chassa les cheveux de Diana de son visage trempé de sueur et lui caressa le front. Puis il tendit la main pour allumer la lampe de chevet.

— Détends-toi, à présent. C'est fini.

— Non ! Ce n'est pas fini. Il veut l'Etoile. Il va venir la chercher, me chercher. Il va venir.

— Qui ?

— Je… je ne sais pas.

Elle baissa les yeux vers ses doigts crispés, les ouvrit lentement.

— Je tenais la pierre. Je l'avais trouvée…

— C'était un rêve, Diana. Les diamants sont en sécurité dans un coffre. Et toi aussi tu es en sécurité.

— Un rêve.

Avec une douceur infinie, Seth attira la tête de Diana contre sa poitrine.

— Tu as passé quelques jours difficiles, n'est-ce pas ?

Quelque chose dans sa voix, pleine de tendresse et de compréhension, eut raison des défenses soigneusement érigées par la jeune femme. Tout à coup, ses yeux s'emplirent de larmes.

— Laisse-toi aller, murmura-t-il.

Alors, blottie dans ses bras, elle fondit en sanglots. Seth ne dit rien ; il se contenta de la serrer contre lui, longuement, jusqu'à ce que l'épuisement ait raison d'elle et qu'elle sombre de nouveau dans le sommeil.

A 8 heures le lendemain matin, il la déposa chez Cade : il avait une longue journée de travail devant lui, et ne pouvait se permettre de faire la grasse matinée. Avant de la quitter, il lui donna un baiser passionné.

— Voilà qui compense un peu la misérable tasse de café à laquelle j'ai eu droit avant de me faire expulser de chez toi, ironisa Diana.

Puis elle lui jeta un coup d'œil coquin et mordilla doucement sa lèvre inférieure.

— Je veux te voir, ce soir.

— Je passerai. Si je peux.

— Je serai ici…

Elle ouvrit la portière, puis se retourna avec un sourire espiègle.

— … Si je peux, ajouta-t-elle.

Il la regarda gravir d'un pas léger les marches conduisant à la porte. Dès qu'elle eut disparu, il ferma les yeux.

Mon Dieu. Il était amoureux d'elle. Et c'était totalement impossible.

A l'intérieur de la maison, Diana arborait un sourire béat. Elle était amoureuse. Et c'était merveilleux. C'était ce qu'elle avait attendu toute sa vie. C'était nouveau, frais, extraordinaire… Rayonnante, elle entra dans la cuisine, où Virginia et Cade prenaient leur petit déjeuner.

— Salut tout le monde ! lança-t-elle d'une voix chantante.

— Pas mal, comme pyjama, observa Cade.

Diana éclata de rire.

— Tu sais, Virginia, j'adore ce garçon. Tu devrais te dépêcher de lui passer la corde au cou avant qu'il ne me vienne des idées !

— Nous nous marions dans deux semaines, annonça Virginia avec un sourire rêveur.

— Quoi ? s'exclama Diana, abasourdie.

— Pourquoi attendre, puisque nous nous aimons ? dit Cade.

— C'est merveilleux ! s'exclama Diana. Incroyable ! Génial !

De fait, tous deux étaient si bien assortis qu'ils faisaient plaisir à voir.

— Bon. Un mariage à préparer en tout juste deux semaines, voilà qui devrait tous nous rendre fous !

— Nous voulons une cérémonie très simple, intervint Virginia. Ici, à la maison.

— Eh bien, je vous laisse bavarder, les filles, j'ai deux ou trois trucs à faire avant de partir au bureau.

Dès que Cade se fut éloigné, Diana plongea son regard dans celui de son amie.

— A présent, passons aux choses sérieuses, décréta-t-elle. Quand allons-nous faire les magasins ?

Toutes deux riaient de bon cœur lorsque Stella apparut dans l'encadrement de la porte.

— J'ai horreur des gens qui sont de bonne humeur dès le matin.

Elle se versa une tasse de café avant de se tourner vers Diana.

— Eh bien, eh bien ! on dirait que le flic et toi avez fait plus ample connaissance, hier soir ?

Irritée par le ton de la jeune femme, Diana fronça les sourcils.

— Qu'as-tu à lui reprocher ?

— Tu veux dire, à part sa raideur, son arrogance, sa froideur et ses petits airs supérieurs ? Rien. Jack dit qu'on l'appelle la Machine, et ça n'a rien d'étonnant.

— Je suis toujours ébahie par la capacité qu'ont les gens à juger les autres sur les apparences. On voit bien que tu parles d'un homme que tu ne connais pas.

— Stella, intervint Virginia, bois ton café. Tu sais bien que tu es insupportable tant que tu n'as pas avalé un litre ou deux.

Stella ignora cette interruption.

— Ce n'est pas parce que tu as couché avec lui que tu le connais, toi, dit-elle à Diana. Qu'est-ce qui t'a pris d'aller si vite en besogne ? Nous te connaissons, Virginia et moi, et nous savons parfaitement que ce n'est pas ton genre, quoi qu'en disent les journaux.

— Je pensais à moi, pour une fois, à moi seulement, rétorqua Diana. J'avais envie de lui, besoin de lui. C'est le premier homme qui m'ait réellement émue, et je n'ai pas l'intention de te laisser transformer une expérience merveilleuse en partie de jambes en l'air.

Personne ne parla pendant quelques instants. Enfin, Stella secoua la tête.

— Tu es en train de tomber amoureuse de lui.

— Je plaide coupable. Et alors ?

— Je suis désolée. Il doit certainement être plus intéressant qu'il n'y paraît, s'il te fait un tel effet.

— C'est difficile à exprimer… j'ai l'impression de l'avoir attendu toute ma vie.

Virginia hocha vigoureusement la tête.

— Je connais cette sensation.

— Moi aussi, reconnut Stella dans un soupir. Que nous arrive-t-il ? Nous sommes trois jeunes femmes sensées, et nous voilà tout à coup gardiennes de pierres mythiques, aventurières et amoureuses de types que nous connaissons à peine. C'est de la folie furieuse.

— Mais c'est bien, fit valoir Virginia, et tu le sais.

Stella prit les mains de ses amies entre les siennes.

— Oui. Oui, c'est vrai.

Quand Diana se décida à retourner chez elle, elle n'était pas seule : Stella et Jack l'accompagnaient, bien décidés à ne pas la lâcher d'une semelle.

Stella ouvrit de grands yeux en découvrant l'état de la maison de son amie.

— Seigneur ! par où allons-nous commencer ?

— Par la chambre, décida Diana. Je crois que mon teinturier ne va pas tarder à être millionnaire !

— Je vais essayer de consolider la rampe en attendant qu'elle soit réparée pour de bon, déclara Jack.

— Bon, moi, je vais chercher un balai, dit Stella. Et un bulldozer…

En fin d'après-midi, Diana décida que la maison était suffisamment remise en ordre pour qu'elle pût appeler le service de nettoyage. Elle voulait que tout soit soigneusement récuré avant de revenir vivre chez elle. Après le départ de Stella et Jack, elle alla faire quelques courses pour remplacer certains des articles endommagés, et sur le chemin du retour elle s'arrêta chez Salvini. Elle éprouvait le besoin de voir Virginia.

Et les Etoiles.

Elle trouva son amie dans son bureau, au téléphone avec le Dr Linstrum.

— Oui, je ferai les derniers tests demain, disait-elle. Non, non, je vais bien, ne vous inquiétez pas. Tout sera terminé et porté à la compagnie d'assurances vendredi avant la fermeture des bureaux. Oui, merci. Au revoir.

— Tu travailles vite, observa Diana lorsque son amie eut raccroché.

— En dépit de tout ce qui s'est passé, nous n'avons pratiquement pas perdu de temps. Et tout le monde sera plus à l'aise quand les pierres seront au musée.

— Je voudrais les revoir, Virginia. Je sais que c'est idiot, mais j'en ai besoin. J'ai fait ce rêve la nuit dernière — ou plutôt ce cauchemar…

Elle le raconta en détail à Virginia.

— Moi aussi je fais des rêves, lui avoua la jeune femme lorsqu'elle eut fini. Et Stella aussi.

— Semblables au mien ?

— Suffisamment pour qu'on ne puisse pas croire à une coïncidence.

Ensemble, elles se dirigèrent vers le coffre où étaient gardés les diamants. Le système de sécurité était si complexe qu'en dépit de sa longue pratique, Virginia mit plusieurs minutes à le désactiver.

— Voilà ce que je devrais installer chez moi, observa Diana avec un sourire. Le salaud qui est entré à la maison a ouvert mon coffre comme s'il était en papier. Ça me rend malade d'avoir perdu tous les bijoux que tu m'avais faits.

— Ne t'inquiète pas, il y en aura d'autres… A ce propos, j'ai justement quelque chose pour toi.

Elle tendit à Diana un écrin en velours. A l'intérieur, la jeune femme trouva une paire de boucles d'oreilles magnifiques ; des rubis, saphirs et émeraudes brillaient sur un croissant de lune en or.

— Virginia, elles sont superbes !

— Je les ai terminées juste avant cette affaire. Et j'ai tout de suite senti qu'elles étaient pour toi.

— Ce n'est pas mon anniversaire.

— Non, mais je t'ai cru morte… Je voudrais que ces boucles d'oreilles soient une célébration de la vie, et de tout le bonheur qui nous attend.

Diana s'empressa d'ôter les boucles d'oreilles qu'elle portait pour les remplacer par celles que lui offrait son amie.

— Quand je ne les porterai pas, je les garderai avec les bijoux de ma mère, dit-elle. Ceux qui comptent le plus pour moi.

— Elles te vont parfaitement. Je le savais !

Virginia sortit du coffre l'écrin contenant les Etoiles de Mithra et, se tournant vers Diana, elle en souleva doucement le couvercle. Diana poussa un soupir de soulagement.

— Je craignais vraiment qu'il en manque une, avoua-t-elle.

Elle prit l'une des pierres.

— C'est celle-ci que tu m'as envoyée, dit-elle sans hésiter. Je le sens. Elle est comme un cœur battant dans ma main, mon propre cœur… Je sais que c'est absurde, mais c'est vraiment l'impression que j'ai.

— Celle-ci était la mienne, renchérit Virginia en désignant une des deux autres pierres. Et je suis certaine que Stella aurait été capable de reconnaître la sienne sans problème. Il y a un lien, quelque chose de très fort entre ces pierres et nous.

Virginia était un peu pâle en disant cela.

— C'est amusant, je n'ai jamais cru à ce genre d'histoires, observa Diana. Mais j'avais tort. Virginia, est-ce nous qui les protégeons, ou elles qui nous protègent ?

— Les deux, je crois. Elles m'ont permis de rencontrer Cade, et grâce à elles Stella a rencontré Jack. Ils viennent juste de sortir d'ici, au fait, ajouta-t-elle avec un sourire. Ils sont venus choisir une bague de fiançailles pour Stella. Elle ne voulait pas, mais c'est Jack qui a insisté. Il a choisi une superbe tourmaline verte — taillée en carré, avec des diamants baguette autour. Je l'ai dessinée il y a quelques mois en pensant précisément qu'elle ferait une très belle bague de fiançailles pour une femme non-conventionnelle. Jack a tout de suite senti qu'elle était faite pour Stella.

— Ils forment vraiment un beau couple. Comme Cade et toi. Je suis si heureuse pour vous !

— Et toi, Diana ? Les pierres t'ont-elles apporté l'amour ?

— Je… je ne sais pas si je suis prête pour ça, dit-elle, nerveuse soudain.

Elle reposa l'Etoile sur son lit de velours.

— Je ne pense pas que Seth croie en la magie. Et je ne pense pas qu'il soit homme à tomber facilement amoureux.

— Quand on doit tomber, on tombe, ce n'est pas une question de caractère, décréta Virginia. Tu es folle de lui, Diana. Je l'ai vu dans tes yeux ce matin.

Diana sourit.

— Je crois quand même que je vais attendre un peu avant de le mettre au courant…, murmura-t-elle, pensive.

8.

A son retour chez Cade, Diana trouva un énorme bouquet de roses rouges qui l'attendait dans un superbe vase en cristal. Le cœur battant la chamade, elle déchira l'enveloppe qui accompagnait ce somptueux présent.

Une cruelle déception l'envahit.

Comment avait-elle pu s'imaginer que Seth était l'auteur de ce geste aussi romantique qu'extravagant ?

« Dans l'attente de vous revoir. Gregor. »

L'ambassadeur à l'étrange regard, songea-t-elle en se penchant pour respirer le parfum délicat des fleurs. C'était gentil. Un peu excessif, vu qu'ils se connaissaient à peine, mais gentil.

Le téléphone sonna, et elle alla répondre.

— Bonjour, est-ce que Mlle Fontaine est là, s'il vous plaît ? demanda la voix efficace et polie d'une secrétaire. De la part de l'ambassadeur DeVane.

— Oui, c'est moi.

— Un moment, s'il vous plaît, mademoiselle Fontaine.

Les sourcils froncés, Diana songea que l'ambassadeur n'avait visiblement eu aucun mal à trouver où elle logeait. Et qu'allait-elle bien pouvoir lui dire ?

— Diana ! Quel plaisir de vous parler de nouveau…

— Gregor. Vous avez fait une folie. Ces fleurs sont superbes.

— J'ai été déçu de ne pouvoir passer davantage de temps avec vous hier soir. Vous êtes partie si tôt.

Elle se remémora le trajet en voiture avec Seth, les caresses, les murmures, leur arrivée chez lui et la violence merveilleuse avec laquelle il lui avait fait l'amour.

— J'avais un engagement, répondit-elle simplement.

— Que diriez-vous de rattraper le temps perdu demain soir ? J'ai un box à l'opéra. *Tosca*. Une si belle tragédie… Rien ne me ferait plus plaisir que de passer cette soirée avec vous. Après le spectacle, nous pourrions aller dîner quelque part.

Oh, mon Dieu, songea Diana. Non, vraiment, c'était impossible.

— Oh, Gregor, c'est adorable, mais je suis désolée, je ne suis pas libre. En fait, je vois déjà quelqu'un et… c'est sérieux.

« Pour moi tout du moins », ajouta-t-elle *in petto*. Au même instant, elle leva la tête, et un large sourire s'inscrivit sur ses traits lorsqu'elle aperçut la voiture de Seth s'engageant dans l'allée.

— Je vois.

Elle était trop excitée par l'arrivée de son amant pour être alertée par le ton glacé de Gregor DeVane.

— Votre compagnon d'hier soir, je présume.

— Oui. Je suis terriblement flattée, Gregor, et croyez bien qu'en d'autres circonstances j'aurais été ravie d'accepter votre invitation. J'espère que vous me pardonnerez.

Un large sourire aux lèvres, elle fit signe à Seth d'entrer.

— Bien sûr. Et si les… circonstances venaient à changer, j'espère que vous reconsidéreriez ma proposition.

— C'est promis.

Elle fit courir le bout de ses doigts sur la poitrine de Seth, qui s'était approché d'elle en silence.

— Et merci encore pour les fleurs, Gregor. Elles sont divines.

— Je vous en prie. Elles sont indignes de vous.

Les poings crispés, il raccrocha le récepteur. Humilié. Cette femme l'avait humilié. Elle l'avait rejeté pour quelques muscles et un badge clinquant.

Elle paierait, se promit-il. Cher. Et bientôt.

De son côté, Diana avait oublié l'ambassadeur dès l'instant où elle avait posé le téléphone.

— Salut, mon cœur, dit-elle à Seth en levant le visage vers lui.

Au lieu de l'embrasser, il désigna du menton les fleurs et la carte négligemment jetée à côté d'elles.

— Une nouvelle conquête ? demanda-t-il avec froideur.

— Apparemment. L'ambassadeur me proposait une soirée à l'opéra et… je ne sais quoi.

Jamais Seth n'avait été jaloux. C'était une expérience nouvelle pour lui, et qu'il détestait. Il se sentait impuissant, et envahi d'un désir absurde d'enfermer Diana loin de tout et tous, dans un endroit auquel lui seul aurait accès.

Mais au-delà de ce sentiment grotesque, il était submergé par une peur primitive, presque animale. Diana était en danger — il en avait la certitude, sans savoir pourquoi.

— Il semblerait que l'ambassadeur et toi alliez vite en besogne, observa-t-il, mordant.

Diana commençait à sentir la moutarde lui monter au nez. Elle esquissa un sourire de défi.

— Je vais à la vitesse qui me convient, répondit-elle. Tu devrais le savoir.

Plongeant ses mains dans ses poches pour résister à la tentation de la toucher, de l'attirer à lui, Seth hocha gravement la tête.

— Oui. Je le sais.

Vexée, elle le foudroya du regard.

— Qui suis-je, cette fois, lieutenant ? La prostituée ou la déesse ? La princesse sur son piédestal, ou la garce débauchée ? J'ai été tout cela tour à tour — ça dépend seulement de mon interlocuteur, et de ce qu'il a envie de voir en moi.

— Je te regarde. Mais je ne sais pas ce que je vois.

— Appelle-moi quand tu te seras décidé.

Elle s'apprêtait à le contourner pour quitter la pièce lorsqu'il la rattrapa par le bras.

— Ne me pousse pas à bout, Diana.

Avec un soupir, elle écarta sa main.

— Si tu veux savoir, je me suis excusée auprès de l'ambassadeur et lui ai dit que j'étais déjà avec quelqu'un. Apparemment, je me trompais, conclut-elle avec un sourire glacial.

Il la regarda s'éloigner, se demandant s'il devait gravir à sa suite l'escalier de cette maison qui n'était pas la sienne. Immobile, il ferma les yeux et soupira, s'efforçant de lutter contre la migraine qui peu à peu lui enserrait les tempes. La journée avait été longue et pénible. Il avait passé des heures entières à étudier les photos des victimes de toute cette affaire, puis il avait commencé à chercher des informations sur Gregor DeVane. Parce que son instinct de policier lui disait que l'ambassadeur n'était pas net. Mais aussi parce que tous ses instincts d'homme se révoltaient contre l'intrusion subite de ce type dans la vie de Diana.

Il en était là de ses réflexions lorsque Cade apparut dans l'entrée. Le détective privé arqua un sourcil étonné en le voyant.

— Buchanan ? J'ignorais que vous étiez ici.

— Pardonnez-moi. C'est Diana qui m'a ouvert.

— Oh.

Il ne fallut pas longtemps à Cade pour saisir ce qui s'était passé.

— Je peux faire quelque chose pour vous ?

— Non, j'allais partir.

— Vous vous êtes chamaillés, hein ?

— Pardon ?

— Qu'avez-vous fait pour la mettre en colère ?

Seth ne répondit pas, mais Cade surprit le bref regard qu'il jetait aux roses rouges.

— Je vois. Quelque chose me dit que ce n'est pas vous qui les avez envoyées. Moi, si un type offrait des fleurs à Virginia, je crois que je les lui ferais avaler une par une. A lui, bien sûr, pas à elle !

Le sourire penaud qu'esquissa Seth étonna Cade. C'était, songea-t-il, la première fois qu'il voyait le policier sourire ; cela le rendait mille fois plus sympathique.

— Vous voulez une bière ?

— Euh… non, je partais.

— Allons, venez. Jack et moi avons décidé de faire un barbecue pour montrer aux filles comment cuisinent les vrais hommes. Nous avons tout ce qu'il faut. De plus, je pense que boire une bière ou deux ne vous fera pas de mal. Ça vous aidera à ramper — car vous savez que vous allez ramper, pas vrai ?

Seth haussa les épaules d'un air fataliste.

— Je vous suis.

Diana resta obstinément dans sa chambre pendant une heure. A l'extérieur, elle entendait de la musique, des rires, et le bruit caractéristique de maillets de croquet frappant la balle. Elle savait que la voiture de Seth était toujours devant la maison, et s'était promis de ne pas descendre avant qu'il soit parti.

Mais elle commençait à se sentir seule et affamée.

Enfin, lasse de se punir elle-même, elle se changea, se maquilla légèrement et gagna le jardin.

Des steaks grillaient sur le barbecue, sous la surveillance de Cade, armé pour l'occasion d'une grande fourchette et d'un couteau. Virginia et Jack disputaient une partie de croquet, et Stella boudait en grignotant des chips.

— Jack m'a éliminée, grommela-t-elle. Je continue à penser qu'il a triché.

— Tu dis ça chaque fois que tu perds, observa Diana en jetant un coup d'œil discret à Seth.

Il avait ôté sa cravate et sa veste, mais portait toujours son revolver dans l'étui placé sous son bras. Une bière à la main, il regardait le match d'un air intéressé.

— Tu es encore là ? demanda-t-elle, faussement surprise.

— Oui. J'ai été invité à dîner.

Il avait bu deux bières, mais ne pensait toujours pas que ramper serait facile.

— Allons par là, dit-il en la prenant par le coude pour l'entraîner vers la roseraie.

Elle résista, mais il s'était attendu à cette réaction et la maintint fermement jusqu'à ce qu'elle cède.

— Je ne veux pas te parler, décréta Diana.

— Tais-toi, dans ce cas. C'est moi qui vais parler.

Il lui fallut bien une minute pour s'y résoudre, cependant. Pour cet homme qui passait sa vie à éviter de commettre les moindres erreurs, s'excuser était difficile.

— Je suis désolé, dit-il enfin. Ma réaction était disproportionnée.

Diana se contenta de croiser les bras sur sa poitrine et d'attendre.

— J'étais jaloux. Je n'ai pas l'habitude, et je n'ai pas su comment réagir.

Comme elle ne répondait toujours pas, il lui attrapa le bras et demanda d'une voix vibrante de frustration :

— Bon sang, qu'attends-tu de moi ?

— Ça, précisément.

Elle rejeta la tête en arrière.

— Un peu d'émotion, un peu de passion. Tes froides excuses, tu peux te les mettre où je pense, tout comme ces espèces de remarques glacées que tu m'as lancées à propos des fleurs. Ce self-control dont tu es si fier me tape sur les nerfs. Si tu ressens quelque chose, je préfère de loin que tu me le dises direc…

Un petit cri lui échappa lorsque Seth l'attira violemment à lui et la fit taire d'un baiser profond, sauvage, d'une intensité inouïe. Quand il la relâcha, une longue minute plus tard, elle se sentait faible, et il lui fallut quelques secondes pour reprendre ses esprits.

— Est-ce que cela te suffit ? demanda-t-il en plongeant dans le sien un regard qui était tout sauf froid ou indifférent. C'est assez de passion à ton goût ? Je n'aime pas perdre le contrôle de moi-même, Diana. Dans mon métier, on ne peut pas se permettre de laisser parler ses émotions.

Le cœur battant la chamade, Diana secoua lentement la tête.

— Tu n'es pas en train de travailler, là, souligna-t-elle.

— Non, mais au départ, nos rapports auraient dû être purement professionnels… Et maintenant, je n'arrive plus à te chasser de mon esprit, Diana. Tu m'obsèdes complètement.

— C'est pareil pour moi, Seth. A la différence près que, moi, je me réjouis de ce qui nous arrive.

Elle passa une main légère sur la joue de son compagnon, et le sentit vibrer sous ses doigts.

— Rentre avec moi, Diana.

— Avec plaisir. Mais je crois que nous ferions bien de rester au moins pour le dîner. Sinon, Cade aura le cœur brisé.

— Après le dîner, alors.

Avec douceur, il porta la main de Diana à ses lèvres et l'embrassa tendrement.

— Je suis désolé. Mais, Diana…

— Oui ? demanda-t-elle avec un froncement de sourcils inquiet.

— Je crois que je vais tuer ce type. Ce DeVane.

Avec un rire joyeux, elle prit Seth par le cou et l'embrassa sur la bouche.

— Voilà qui est bien parlé !

— Ma foi, c'était très sympa, observa Diana en s'étirant langoureusement sur le siège passager de la voiture de Seth. Ça me fait plaisir de les voir ensemble, tous les quatre. Même si c'est un peu bizarre… J'ai l'impression qu'en l'espace de quelques jours, toutes les données de ma vie ont changé.

— Je vous ai bien regardées, toutes les trois. Virginia, Stella et toi. C'est incroyable. On a l'impression que vous lisez dans les pensées les unes des autres. Virginia commence une phrase, et tu la termines. Ou bien c'est Stella qui finit une des tiennes… Et puis, vous avez ces mimiques que vous faites, qui sont vos manières à vous de communiquer sans parler. Virginia enroule une mèche de cheveux autour de son doigt ou bat des paupières, Stella lève les yeux au ciel, toi tu hausses très légèrement le sourcil gauche.

— Quel sens de l'observation !

— Ça fait partie de mon métier. J'espère que ça ne te dérange pas.

— Je ne sais pas trop. Es-tu entré dans la police parce que tu étais observateur, ou l'es-tu devenu en travaillant dans la police ?

— Difficile à dire. Le métier de policier a toujours fait partie de ma vie. Mon grand-père était flic, mon père et son frère aussi… La maison était toujours pleine de flics !

— Tu n'as pas vraiment eu le choix, alors ?

— Disons qu'il paraissait naturel que je suive le même chemin. Mais personne n'aurait rien dit si j'avais décidé de devenir plombier ou mécanicien.

— Ton père exerce toujours ?

— Non. Il est mort en service. Il y a longtemps.

A la douleur initiale avait succédé, au fil des ans, une grande fierté.

— C'était un bon flic, un bon père, un type bien. Il disait toujours qu'on avait le choix entre faire le bien et faire le mal. Dans les deux cas, il y avait un prix à payer ; mais il n'y avait qu'en faisant le bien qu'on pouvait se regarder dans la glace sans rougir.

Diana ne dit rien, infiniment émue par tout ce qu'elle découvrait sur cet homme dont elle était tombée amoureuse sans vraiment le connaître.

— Quand j'ai eu mon badge, ma mère était presque aussi fière que moi ! J'ai aussi un jeune frère et une sœur. Nous sommes tous dans la police.

— C'est dans le sang, on dirait… Vous êtes proches ?

— Nous sommes une famille.

Songeant que la famille dans laquelle Diana avait grandi était bien différente de la sienne, il ajouta en hochant la tête :

— Oui, nous sommes très proches.

Il était l'aîné. Pas étonnant, se dit Diana, qu'il fût si sérieux. A la mort de son père, il avait dû le remplacer. Du bout des doigts, elle effleura l'étui de son revolver.

— As-tu déjà… Est-ce que…

— Oui. Mais je peux encore me regarder dans la glace.

Elle ne posa pas de questions supplémentaires, et se contenta de glisser sa main dans l'entrebâillement de la chemise de son compagnon, jusqu'à la petite cicatrice qu'elle avait déjà remarquée.

— Tu t'es fait tirer dessus ?

— Oui, il y a cinq ans. Une descente qui s'est mal terminée. Rien de bien grave.

Il arrêta la voiture devant chez lui, éteignit le moteur mais ne descendit pas tout de suite. Il était heureux de bavarder, de partager avec elle ce moment d'intimité dépourvu de tension sexuelle.

— Toi, dit-il, tu as un tatouage sur la fesse droite — fesse qui, soit dit en passant, est sublime.

Elle éclata de rire et rejeta ses cheveux en arrière.

— Je ne pensais pas que tu avais remarqué.

— Eh si ! Alors, raconte-moi. Que fait ce cheval ailé sur ton adorable postérieur ?

— C'était une impulsion, un coup de folie. Un jour, par défi, j'ai entraîné Virginia et Stella chez un tatoueur.

— Elles ont des chevaux ailés sur…

— Non, mais je ne peux pas dévoiler ce qu'elles ont fait tatouer. Moi, je voulais le cheval parce qu'il était libre. Impossible de l'attraper à moins qu'il ne le veuille bien.

Lentement, elle leva la main pour lui caresser la joue.

— Je n'ai jamais voulu être attrapée. Jusque-là.

Baissant la tête, il embrassa ses lèvres avec lenteur. Un ronronnement sourd monta de la gorge de Diana.

— Ça fait très longtemps que je n'ai pas flirté dans une voiture, dit-elle lorsqu'il la relâcha.

— Tu veux essayer le siège arrière ?

Un petit rire espiègle lui échappa.

— Excellente idée !

— Allons plutôt à l'intérieur.

— Lâche !

Elle enroula ses bras autour de son cou et lui murmura à l'oreille d'une voix rauque, tentatrice :

— Imagine. Nous sommes sur une route sombre, déserte, et tu viens juste de me dire que la voiture est tombée en panne. Moi, je fais semblant de te croire, parce que j'ai envie de rester, envie de me laisser séduire. Je sais que tu vas commencer par me dire que tu veux seulement m'embrasser, me toucher — et ça aussi, je ferai semblant de le croire.

Prenant la main de son compagnon, elle la posa sur son sein à la pointe tendue par le désir.

— Même si, en fait, tu n'as pas du tout l'intention de t'arrêter là… Car tu n'as pas l'intention de t'arrêter là, n'est-ce pas ?

Ce furent les mains de Seth, sa langue, tout son corps tendu de désir qui lui répondirent.

Plus d'une heure s'était écoulée lorsque, enfin, Seth glissa sa clé dans la serrure de la maison. Il n'en revenait pas. Lui d'ordinaire si sérieux ne se reconnaissait pas. Aucun doute, Diana lui avait jeté un sort.

Elle pénétra dans la maison, et releva sa somptueuse chevelure des deux mains avant de la laisser retomber dans son cou.

— Quelle chaleur… Heureusement, ma maison devrait être remise en état d'ici un jour ou deux. Nous pourrons y aller, prendre des bains de minuit tous les deux dans la piscine. Qu'en dis-tu ?

— Tu es si belle, Diana… C'est une arme dangereuse. Meurtrière.

— Arrête-moi, dans ce cas, ironisa-t-elle.

— On dirait que cela te gêne que je te dise combien je te trouve belle.

— Je n'ai rien fait pour mériter ce physique. C'est de la chance pure.

En cet instant, Seth eut l'impression de découvrir encore une nouvelle facette de sa personnalité. Il s'approcha d'un pas et prit le visage de Diana en coupe dans ses mains.

— Mmmh… Je crois que tes yeux sont un peu trop rapprochés.

Un éclair de surprise brilla dans les prunelles de la jeune femme, qui éclata de rire.

— Pas du tout !

— Et ta bouche… Tu es sûre qu'elle est parfaitement symétrique ?

D'un geste clinique, il tourna légèrement la tête de Diana.

— Dis-moi, ce n'est pas l'ombre d'un double menton que je devine, là ?

Elle lui donna une tape sur les doigts.

— Tu dis n'importe quoi !

— Il va falloir que je me méfie. Je ne suis pas sûr de vouloir que cette aventure aille beaucoup plus loin si tu dois avoir un double menton.

Elle pouffa et essaya de se dégager.

— Arrête de dire des bêtises, idiot !

Quand il la souleva dans ses bras, elle poussa un petit cri.

— Lâche-moi !

— T'ai-je dit que tu es un peu ronde ?

— Cette fois, c'en est trop. Je m'en vais sur-le-champ.

— Comment ? Aurais-je oublié de te dire aussi que la voiture est en panne ? Il n'y a plus une goutte d'essence dans le réservoir. Je crois que je vais être obligé de te faire l'amour.

Diana riait aux éclats. Seth, qui la portait toujours, avait fait deux pas vers l'escalier, sans cesser de plaisanter, lorsque la sonnerie du téléphone retentit.

— Oh, non ! Je suis désolé, mais je vais être obligé de répondre. C'est peut-être important.

— Pas de problème.

Le sourire de Diana s'évanouit lorsqu'elle vit l'expression de Seth se figer. Son regard, brillant de malice quelques secondes plus tôt, était redevenu glacial. En l'espace d'une seconde, son amant s'était de nouveau mué en policier.

— Où ? demanda-t-il. Assurez-vous que personne n'approche. J'arrive.

Il raccrocha et se passa la main dans les cheveux.

— Diana, je suis désolé. Je dois y aller.

— Quelque chose de grave ?

— Je dois y aller, répéta-t-il seulement. Je vais appeler une voiture de patrouille pour qu'on te ramène chez Cade.

— Je ne peux pas t'attendre ici ?

— Je ne sais pas combien de temps ça va me prendre.

— Ça n'a pas d'importance. J'aimerais t'attendre.

Aucune femme ne l'avait jamais attendu, songea-t-il.

— Si tu en as marre, appelle le poste. Je laisserai un message là-bas pour qu'un policier vienne te chercher, le cas échéant.

— D'accord.

Mais elle savait qu'elle n'appellerait pas.

Elle attendrait, aussi longtemps que nécessaire.

9.

Une fois seule, Diana alluma la télévision et s'installa sur le canapé. Mais cinq minutes plus tard, elle était debout et arpentait la maison.

Seth n'aimait pas les bibelots, observa-t-elle. Sans doute les considérait-il comme des attrape-poussière. Pas de plantes, pas d'animaux domestiques non plus. L'ameublement du salon était simple, masculin, de bonne qualité. Le canapé était confortable, très grand, couleur vert sapin, nu. Diana l'aurait décoré de coussins, bordeaux, bleu marine, ocre... La table basse, carrée, était en chêne massif, impeccablement cirée et sans trace de poussière.

Il devait avoir une femme de ménage qui venait une fois par semaine, décida-t-elle. Impossible d'imaginer Seth un chiffon à la main ! Sous la fenêtre avaient été installés des rayonnages, et Diana se mit à quatre pattes pour déchiffrer les titres des volumes. Elle constata avec satisfaction qu'ils possédaient beaucoup de livres en commun. Elle reconnut même un ouvrage de jardinage qu'elle avait étudié avec passion, lorsqu'elle avait acheté sa maison dans les montagnes.

Ça, en revanche, elle l'imaginait parfaitement : Seth travaillant la terre, plantant quelque chose de durable.

Dans la chambre, elle avait remarqué, lors de sa première visite, des aquarelles représentant des paysages de campagne. D'autres aquarelles, visiblement du même artiste, se trouvaient dans le salon, et elle s'approcha pour les examiner. Il s'agissait cette fois de portraits. Elle chercha la signature : « Marilyn Buchanan », lut-elle dans le coin inférieur droit.

Sœur, mère, cousine ? se demanda-t-elle. Quelqu'un qu'il aimait, en tout cas, et qui l'aimait. Levant les yeux, elle étudia le premier tableau.

Le père de Seth, comprit-elle aussitôt. Ce ne pouvait être que lui. La ressemblance était frappante : les deux hommes avaient le même regard doré, intense, fauve. La même mâchoire carrée. L'artiste avait lu sur le visage du policier un brin de mélancolie, une grande force et de l'honneur. Diana remarqua un soupçon d'humour au niveau de la bouche, et une fierté indéniable dans le port de tête.

Le portrait suivant était celui d'une femme d'une cinquantaine d'années. Elle avait un beau visage, mais l'artiste n'avait pas cherché à dissimuler les rides caractéristiques de l'âge, les fils d'argent mêlés à l'épaisse chevelure sombre et bouclée. Les yeux noisette regardaient droit devant eux, avec humour et patience. Et Diana reconnaissait la bouche de Seth.

Sa mère, conclut-elle. Il y avait une force immense dans ses yeux. Toute la force qu'il fallait pour accepter que ceux que vous aimez bravent chaque jour les pires dangers.

Un troisième portrait représentait un homme jeune et séduisant arborant un sourire sûr de lui. Ses yeux étaient un peu plus sombres que ceux de Seth. Il semblait charmeur, et une mèche de cheveux noirs lui barrait le front. Le frère cadet de Seth, sans aucun doute.

Le dernier portrait était celui d'une jeune femme aux cheveux mi-longs et aux yeux fauves. Elle esquissait un demi-sourire. On la sentait plus sérieuse que l'homme du portrait précédent, plus proche de Seth dans son caractère. Sa sœur.

Diana se demanda si elle rencontrerait un jour la famille de Seth. Quand il tomberait amoureux d'une femme, il l'emmènerait chez sa mère, c'était certain, pensa-t-elle avec un pincement au cœur. Il éprouverait le besoin de la présenter à ceux qu'il aimait.

Mais une maîtresse ? Non. On ne partageait pas une maîtresse avec sa famille.

Diana ferma brièvement les yeux. « Arrête de t'apitoyer sur toi-même, se morigéna-t-elle. On ne peut pas avoir tout ce qu'on veut, dans la vie ; il faut se contenter de ce qu'on a. »

De nouveau, elle ouvrit les yeux et regarda les portraits. C'étaient de bons visages, songea-t-elle. Une bonne famille.

Mais où était le portrait de Seth ? se demanda-t-elle. Il y en avait forcément un. Qu'avait vu l'artiste ? L'avait-il peint avec son regard glacé de policier ou ce sourire désarmant mais trop rare que Diana avait appris à aimer ?

Bien décidée à le découvrir, elle laissa la télévision en marche et partit à sa recherche. Durant les vingt minutes qui suivirent, elle découvrit que Seth aimait vivre dans une maison impeccable, qu'il y avait un téléphone et un bloc-notes dans chaque pièce, qu'il utilisait la deuxième chambre de l'étage à la fois comme bureau et comme chambre d'amis, et la troisième, minuscule, comme mini salle de gym.

Elle trouva de nouvelles aquarelles, mais aucun portrait de Seth.

Dans la chambre d'amis, remarqua-t-elle, et là seulement, le propriétaire des lieux avait admis un brin de fantaisie. Des étagères servaient de présentoir à toute une collection de figurines, certaines de bois, d'autres de pierre, représentant dragons, griffons, sorciers, licornes, centaures. Il y avait même un cheval ailé en albâtre saisi en plein vol.

Ici, les tableaux représentaient tous des paysages magiques, un peu irréels. Elle s'arrêta longuement devant une vue d'un château fort dans la brume. Ses tours argentées s'élevaient dans le ciel ; au bord d'un lac voisin, un cerf solitaire venait s'abreuver.

Il y avait dans la bibliothèque des livres sur Arthur, sur les légendes irlandaises, les dieux de l'Olympe et ceux de Rome. Et, sur un petit bureau en merisier, un globe de cristal bleu et un livre consacré à Mithra, dieu de la lumière.

Un frisson la parcourut. Avait-il acheté le livre à cause de l'affaire sur laquelle il travaillait ? Ou bien l'avait-il déjà ? Elle effleura le volume du bout des doigts et sentit qu'il appartenait à Seth depuis longtemps.

Encore un lien entre eux, forgé avant même leur rencontre. Elle n'avait aucun mal à accepter tous ces signes du destin, à les apprécier même. Mais qu'en pensait Seth ? Eprouvait-il le même sentiment d'inéluctabilité ?

Elle descendit au rez-de-chaussée, et sourit en voyant leurs tasses de café du matin dans l'évier, petite touche intime qui lui réchauffa le cœur. Elle trouva une bouteille de vin blanc dans le réfrigérateur, s'en servit un verre et l'emporta dans le salon.

De nouveau, elle se dirigea vers les livres : elle en prendrait un pour se distraire tout en laissant la télévision en fond pour lui tenir compagnie. Elle arrivait près de la fenêtre lorsqu'un frisson glacé, intense la parcourut, faisant trembler le verre de vin dans sa main. Elle regarda à l'extérieur, le cœur battant à tout rompre, s'accrochant de sa main libre au montant de bois pour garder l'équilibre.

Quelqu'un la regardait.

Mais elle ne voyait rien que l'obscurité, la silhouette rassurante d'un pavillon de l'autre côté de la rue, la lune dans le ciel sans nuages.

« Arrête, s'ordonna-t-elle. Il n'y a personne, rien, là-dehors. » Malgré tout, elle s'empressa de fermer les rideaux. Elle tremblait de tous ses membres.

Elle but une gorgée de vin en s'efforçant de dédramatiser. Le bulletin d'informations qui interrompit le programme attira son attention : une famille de quatre personnes avait été assassinée dans le quartier de Bethesda, non loin de là. A présent, elle savait où était allé Seth. Et elle ne pouvait qu'imaginer ce à quoi il était confronté.

Elle était seule.

Installé dans sa cave au trésor, DeVane caressait une statue d'ivoire de la déesse Vénus qu'il en était venu à associer à Diana. Au fur et à mesure que son obsession grandissait, il s'imaginait de plus en plus souvent avec Diana, tous deux immortels à jamais. Elle serait sa possession la plus prisée, sa déesse. Et les Trois Etoiles viendraient compléter sa collection d'objets inestimables.

Bien sûr, il serait d'abord contraint de la punir. Il savait ce qu'il devrait faire pour cela, ce qui lui ferait le plus mal. Et, de toute façon, les deux autres femmes n'étaient pas sans reproches — elles avaient compliqué ses plans et il avait échoué à cause d'elles. Elles devraient mourir, naturellement.

Lorsqu'il aurait les Etoiles, lorsqu'il aurait Diana, elles mourraient. Et ce serait la punition de Diana.

Maintenant qu'elle était seule, il serait aisé d'aller la chercher. De l'amener ici. Elle aurait peur, au début ; tant mieux, il voulait qu'elle ait peur. Cela ferait partie de sa punition. Il aurait tout le temps, ensuite, de la séduire, de la conquérir. De la posséder. Ils disposeraient, après tout, de plusieurs vies pour être ensemble.

Dans l'une d'elles, il la ramènerait à Terresa, et ferait d'elle sa reine. Un dieu ne pouvait se contenter de moins.

Prends-la, prends-la ce soir. La voix qui, chaque jour, prenait plus d'ampleur dans sa tête le tentait. Mais il ne pouvait l'écouter. Il ne devait pas se précipiter. Il fallait que chaque détail fût en place.

Lorsqu'il serait prêt, Diana viendrait à lui. Et elle lui apporterait les Etoiles.

*
**

Seth posa sa tasse de café et se massa la nuque. Il avait encore l'estomac retourné par ce qu'il avait vu dans cette petite maison de banlieue paisible. Il savait que les civils et les jeunes policiers croyaient les vétérans comme lui immunisés contre le spectacle de la mort violente — les images, les odeurs, le gâchis.

C'était faux.

Personne ne pouvait s'habituer à voir de telles choses. Et ceux qui y parvenaient n'auraient jamais dû porter un badge. Il fallait que la loi garde son dégoût, son horreur du meurtre.

Qu'est-ce qui pouvait conduire un homme à tuer ses propres enfants et la femme qui avait partagé son existence avant de se donner la mort ? Il ne restait personne dans la petite maison si semblable à la sienne pour répondre à cette question qui, il le savait, le hanterait longtemps.

Il se passa une main sur le visage, soupira et se leva de son bureau pour traverser la salle commune en direction du vestiaire. Mick Marshall était là, qui massait ses pieds douloureux. Ses cheveux roux et raides se dressaient autour de son visage épuisé.

— Lieutenant, dit-il avec un hochement de tête las.

— Vous n'étiez pas obligé de venir sur cette affaire, inspecteur.

— Bon sang, j'ai entendu les coups de feu de mon salon ! Ils habitaient à deux rues de chez moi. Mes enfants jouaient avec ces gosses, lieutenant. Comment vais-je leur expliquer un truc pareil ?

— Vous connaissiez bien le père ?

— Non, pas vraiment. Si je devais le décrire, je donnerais la réponse standard : c'était un type calme, poli, qui ne parlait pas beaucoup.

— Mulrooney s'occupe de l'affaire. Vous pouvez l'assister si vous le souhaitez. A présent, rentrez chez vous et dormez un peu. Allez embrasser vos enfants.

— Oui, acquiesça Mick en se grattant la tête. Au fait, lieutenant, j'ai quelques infos au sujet de ce DeVane sur lequel vous m'avez demandé d'enquêter.

Seth tendit aussitôt l'oreille.

— Quelque chose d'intéressant ?

— Tout dépend de ce que vous cherchez. Il a cinquante-deux ans, ne s'est jamais marié et a hérité une fortune de sa famille, à commencer par une vigne sur son île, Terresa. Il a aussi des oliviers, un peu de bétail.

— C'est une espèce de *gentleman farmer,* si je comprends bien ?

— Oh, ses activités ne s'arrêtent pas là. Il a des investissements un peu partout, commerce, import-export, communications… Et tout ça lui rapporte un paquet, vous vous en doutez. Il a été nommé ambassadeur aux Etats-Unis il y a trois ans, et a l'air de se plaire ici. Il a acheté une grosse baraque sur Foxhall Road, et il adore recevoir, semble-t-il. Mais les gens n'aiment pas parler de lui, ça les rend nerveux.

— L'argent et le pouvoir ont tendance à rendre tout le monde nerveux, fit valoir Seth.

— Oui. Je n'ai pas encore beaucoup d'infos. Mais on m'a parlé d'une femme, il y a cinq ans environ. Une chanteuse d'opéra, très connue dans le milieu, semble-t-il. Ils étaient assez proches, d'après ce que j'ai compris. Et elle a disparu.

— Disparu ? répéta Seth avec un regain d'intérêt. Comment ?

— C'est bien la question. Elle s'est évanouie dans la nature. Comme ça. La police italienne ne comprend pas ce qui s'est passé. Elle avait une maison à Milan, et toutes ses affaires sont restées telles quelles — vêtements, bijoux, la totale. Elle était au milieu d'un spectacle, et n'est pas venue pour la représentation du soir. On sait qu'elle avait fait des courses dans l'après-midi, elle avait fait envoyer un tas de trucs chez elle, mais elle, elle n'est jamais revenue.

— Ils ont pensé à un kidnapping ?

— Oui, mais il n'y a eu aucune demande de rançon, pas de corps, rien pendant près de cinq ans. Elle avait à peu près trente ans, était au sommet de sa forme, et, physiquement, il paraît qu'elle était superbe. Elle a laissé une fortune sur son compte en banque, fortune qui s'y trouve toujours.

— DeVane a été interrogé ?

— Oui. Apparemment, il était sur son yacht à boire de l'ouzo en prenant des bains de soleil quand ça s'est passé. Il avait au moins douze témoins. Mais le flic italien à qui j'ai parlé m'a dit qu'il avait éprouvé une espèce de malaise, à l'époque. DeVane n'avait pas eu l'air assez surpris ou assez choqué à son goût. Il sentait quelque chose, mais n'a jamais rien pu prouver. Ça n'a pas empêché DeVane d'offrir une récompense, cinq millions de lires, à quiconque retrouverait la cantatrice. Personne n'est jamais venu réclamer l'argent.

— C'est intéressant. Continuez à chercher.

— Ah, une dernière chose, reprit Mick. Ce type est un collectionneur. Il a un petit peu de tout — des monnaies, des timbres, des bijoux, des tableaux, des antiquités, des statues. Mais il paraît aussi qu'il possède une collection de pierres précieuses unique au monde. Et ce n'est pas tout : il y a deux ans, il a payé trois millions de dollars pour une émeraude. Elle coûtait ce prix-là non seulement parce qu'elle était grosse, mais aussi parce qu'elle avait la réputation d'être magique.

Un sourire ironique incurva les lèvres de Mick.

— Merlin était censé l'avoir fait apparaître pour la donner à Arthur. Moi, je pense qu'un type prêt à payer ce prix-là pour une émeraude magique ne manquerait pas d'être intéressé par trois gros diamants bleus supposés apporter l'immortalité ou je ne sais quoi.

— En effet.

Et n'était-il pas étrange, songea Seth, que DeVane n'eût pas figuré sur la liste des clients de Virginia, alors qu'il vivait à quelques kilomètres à peine de l'atelier des Salvini ?

Décidément, c'était trop bizarre pour n'être qu'un hasard.

— Lorsque vous reviendrez, donnez-moi tout ce que vous avez récolté, décida-t-il. J'aimerais parler à ce policier italien moi-même. Et merci beaucoup de vos efforts. J'apprécie vraiment tout ce que vous avez fait.

— Ce n'est rien, affirma son interlocuteur. Mais vous savez, lieutenant, même si vous pouvez faire un lien entre ce type et votre affaire, il s'en sortira. Immunité diplomatique, nous ne pouvons rien contre lui.

— Prouvons d'abord qu'il est mouillé dans cette histoire, nous verrons ensuite.

Distrait par le bruit d'un casier qu'on ouvrait non loin, Seth se retourna pour voir lequel de ses détectives prenait son service. Aussitôt, il se figea : là, scotchée à l'intérieur de la porte du casier, se trouvait une photographie de Diana. Jeune, souriante, entièrement nue.

Sa tête était rejetée en arrière, et un sourire séducteur étirait ses lèvres sensuelles. Sa peau évoquait du marbre poli, et ses courbes généreuses étaient seulement masquées par sa lourde chevelure d'ébène. La pose était choisie pour rendre n'importe quel homme fou.

Interrompant d'un geste Mick qui s'apprêtait à parler, Seth s'avança vers le casier et se planta devant la photographie.

— Bonjour, Bradley.

— Bonjour, lieutenant. Elle est canon, pas vrai ? Et il paraît qu'elle est aussi belle en chair et en os. Un des collègues m'a dit l'avoir vue ici il y a quelques jours.

Seth prit une profonde inspiration, luttant contre une envie irrésistible de déchirer la photo.

— Des policiers femmes partagent ce vestiaire, Bradley, dit-il simplement d'une voix froide. Ce genre de posters me semble déplacé, dans ces circonstances. Trouvez donc un autre endroit où afficher votre art.

— Oui, lieutenant, répondit le détective, penaud.

Seth s'éloigna, puis jeta un coup d'œil par-dessus son épaule.

— Et elle est bien mieux en personne, ajouta-t-il. Bien, bien mieux.

Le soleil se levait lorsque Seth entra chez lui. Il avait profité du décalage horaire avec l'Europe pour passer des coups de téléphone, rassembler des informations, poser des questions. Lentement, il commençait à se faire une idée de l'homme qu'était vraiment Gregor DeVane.

Un homme extrêmement riche, sans famille, qui évoluait dans les cercles les plus sélects.

Il n'y avait là aucun crime. De même qu'on ne pouvait lui reprocher d'avoir fréquenté une cantatrice disparue. Malgré tout, Seth avait appris un détail intéressant. Auparavant, DeVane avait été romantiquement lié à une autre femme, une danseuse étoile française d'une grande beauté qui, disait-on, était la plus douée de sa génération. Et la jeune femme avait été retrouvée morte dans son appartement parisien. Overdose d'héroïne.

On avait à l'époque conclu à un suicide, même si tous ses proches avaient affirmé qu'elle n'avait jamais touché à la drogue et adorait la vie. DeVane avait été interrogé, mais seulement pour la forme : il dînait à la Maison Blanche précisément à l'heure où la ballerine était morte.

Un collectionneur, songea Seth. Qui aimait acquérir des objets superbes, des femmes superbes. Un homme prêt à payer trois millions une émeraude possédant une histoire.

Il éteignit machinalement la lumière de l'entrée, restée allumée, et pénétra dans le salon. Soudain, il s'immobilisa en voyant Diana roulée en boule sur le canapé. Pris au dépourvu, il fronça les sourcils. Il était certain qu'elle serait rentrée chez Cade. Que faisait-elle là ? se demanda-t-il.

Elle l'attendait. Comme elle l'avait promis. Comme aucune femme ne l'avait fait avant elle.

Une émotion intense l'envahit, et il fronça les sourcils. L'amour irrationnel, irrésistible qu'il éprouvait pour Diana le conduirait à sa perte, il en avait la certitude. Déjà, son cœur ne lui appartenait plus. Il voulait le récupérer, il voulait être capable de s'en aller, de reprendre le cours normal de sa vie. Et il était terrifié à l'idée de ne pas pouvoir.

Tôt ou tard, Diana allait se lasser de lui. Elle perdrait tout intérêt pour une relation qui, pour elle, n'était fondée que sur une impulsion, un simple désir physique. Laisserait-elle les choses se déliter, ou bien mettrait-elle un terme net et précis à leur liaison ? Ce serait propre, décida-t-il. Elle aurait pitié de lui et préférerait trancher dans le vif. Contrairement à ce qu'il avait voulu croire au début, elle n'était pas froide, calculatrice et hautaine. Non, elle avait un cœur généreux — mais aussi insatiable, hélas…

Il s'approcha et s'agenouilla près d'elle. Dans son sommeil, elle bougeait silencieusement les lèvres et semblait agitée.

Avec douceur, il glissa un bras sous elle.

— C'est l'heure d'aller au lit, murmura-t-il à son oreille.

— Non ! Non !

Elle le repoussa, lutta. Faisait-elle encore des cauchemars ? Inquiet, il la serra contre lui.

— C'est moi, Seth. Tout va bien, je suis là.

— Il me regarde, dit-elle sans ouvrir les yeux. Dehors, partout, il me regarde.

— Chut, ma chérie, il n'y a personne.

Il se leva et la porta vers l'escalier. Il comprenait à présent pourquoi il avait trouvé toutes les lumières allumées en arrivant. La pauvre avait eu peur de rester seule dans le noir. Et pourtant, elle l'avait attendu.

— Personne ne te fera de mal, Diana. Je te le promets.

— Seth.

Enfin, elle émergea du sommeil et ouvrit les yeux. Doucement, elle leva la main pour lui caresser la joue.

— Seth, répéta-t-elle. Tu as l'air tellement fatigué. J'ai entendu, aux nouvelles… La famille de Bethesda.

— Tu n'avais pas à m'attendre.

— Tu ne veux pas m'en parler ?

— Non, répondit-il d'un ton dur.

— Parce que ça te fait mal d'y penser, ou parce que tu ne veux pas partager ce que tu ressens avec moi ?

Seth poussa un soupir.

— Ecoute, je suis très fatigué, et je dois retourner au boulot dans quelques heures. J'ai besoin de dormir.

— Je vois. Je suppose que je n'ai qu'à appeler un taxi, dans ce cas.

Il entra dans la chambre et la posa au pied du lit.

— Si c'est ce que tu veux, dit-il simplement.

— Ce n'est pas ce que je veux. Je voudrais rester là, avec toi, te réconforter et te soulager de mon mieux. Mais on dirait que ma présence te gêne.

— Diana, ce n'est pas ça…

Il s'interrompit comme elle se plaçait derrière lui et entreprenait de lui masser le dos avec un savoir-faire consommé.

— Pas étonnant que tu sois grognon, souligna-t-elle. Tu es tendu comme une corde de violon.

Seth s'apprêtait à protester, mais la douce pression des doigts de la jeune femme était si agréable, elle lui faisait tant de bien, qu'il ne put que fermer les yeux et savourer ce moment de pur bonheur.

— Allonge-toi sur le ventre, lui murmura Diana à l'oreille.

Longtemps, elle le massa en silence, jusqu'à ce qu'il se détende complètement. Enfin, quand elle sentit qu'il allait sombrer dans le sommeil, elle ramena les couvertures sur lui et se blottit contre lui.

— Diana… Reste. Je t'en prie.

— Je reste, promit-elle.

Déjà, elle l'entendait respirer avec régularité. L'instant d'après, il dormait profondément, abandonné dans ses bras, confiant.

10.

Dans la nursery, Diana berçait un nourrisson. La fillette était minuscule, et fixait sur elle ses yeux bleu marine de nouveau-né. Elle venait d'être opérée du cœur, et les médecins étaient optimistes.

— Tout va aller très bien, Carrie, murmura Diana d'une voix apaisante.

Elle lui caressa la joue et eut l'impression que la petite souriait. Emue jusqu'au plus profond d'elle-même, elle la regarda lutter quelques instants contre le sommeil, puis s'abandonner et fermer les yeux. Elle continua à la bercer un long moment, même lorsqu'elle fut endormie : pour elle, il n'était rien de plus merveilleux au monde que de tenir un bébé dans ses bras, de le sentir chaud et sans défense contre soi.

Diana n'en parlait jamais à quiconque, mais elle rêvait d'avoir des enfants à elle. Un bébé à chérir et à élever, sur qui veiller… Oui, être mère était son désir le plus cher. Elle avait tant à offrir, tant d'amour en elle !

Doucement, elle embrassa la tête de Carrie avant de la coucher dans son berceau.

— Bientôt, tu vas rentrer chez toi, forte et en pleine forme.

Elle sourit à l'infirmière qui venait d'entrer dans la pièce.

— Elle a l'air d'aller beaucoup mieux.

— C'est une petite fille courageuse, acquiesça l'infirmière. Vous savez si bien vous y prendre avec les enfants, mademoiselle Fontaine !

— Merci. J'essaierai de revenir demain ou après-demain, et de toute façon vous pourrez me joindre chez moi s'il y a quoi que ce soit.

Son interlocutrice fronça les sourcils. Tout le monde à l'hôpital était au courant de ce qui était arrivé à Diana.

— Déjà ? Vous êtes sûre que vous serez à l'aise chez vous ? demanda-t-elle avec sollicitude.

— Oui, ne vous inquiétez pas. Il est important que je retrouve mes marques.

Diana regarda une dernière fois Carrie et sortit de la pièce. Il lui restait juste assez de temps, songea-t-elle, pour passer voir les enfants plus âgés du service de pédiatrie. Après, elle pourrait appeler Seth à son bureau et lui proposer un petit dîner en amoureux chez elle.

Elle en était là de ses réflexions lorsqu'elle faillit se heurter à Gregor DeVane, debout devant la porte de la salle. Ignorant les battements angoissés de son cœur, elle plaqua un sourire sur ses lèvres.

— Gregor ? Quelle surprise ! Quelqu'un est-il malade ?

Il la regardait fixement, sans cligner des yeux.

— Malade ? répéta-t-il.

Ses yeux étaient anormalement pâles et vitreux, et Diana réprima un frisson.

— Nous sommes dans un hôpital, lui rappela-t-elle sans cesser de sourire. Vous allez bien ? ajouta-t-elle.

— Oui, oui, très bien. Pardonnez-moi, j'ai été momentanément distrait. Je ne m'attendais pas non plus à vous rencontrer.

C'était, bien sûr, un mensonge. Il avait soigneusement préparé cette entrevue… Il lui prit la main, s'inclina et l'effleura d'un baiser.

— C'est toujours un plaisir de vous voir, ma chère. Je suis en fait passé parce que nos amis communs m'ont donné envie de m'intéresser de plus près aux activités caritatives de cet hôpital. Les enfants et leur bien-être m'ont toujours beaucoup importé.

Le sourire de Diana se fit aussitôt plus chaleureux.

— Vraiment ? Voulez-vous que je vous fasse faire le tour du service ?

— Comment refuser ?

Il se tourna et fit signe à deux hommes debout à quelques pas de lui, très raides.

— Des gardes du corps, expliqua-t-il en glissant le bras de Diana sous le sien sans lâcher sa main. Malheureusement, dans le climat actuel, il est nécessaire de se montrer prudent.

Il la suivit le long des couloirs, écoutant avec attention ses explications. De son côté, Diana s'efforçait d'être particulièrement aimable et souriante, consciente qu'avec un peu de temps et de charme, elle arriverait peut-être à obtenir une donation intéressante la part de l'ambassadeur.

— Le service de pédiatrie et la maternité sont à deux étages différents. C'est pour éviter que des enfants turbulents ne s'agitent dans les couloirs pendant que des femmes accouchent ou que des bébés essaient de dormir.

— Oui, les petits sont parfois bien agités, dit Gregor.

Il les avait en horreur.

— L'un de mes plus grands regrets est de ne pas avoir eu d'enfants. Hélas, je n'ai jamais rencontré la compagne de mes rêves… Et maintenant que je vieillis, je suis résigné à n'avoir pas de descendance.

— Voyons, Gregor, vous êtes dans la force de l'âge. Un homme comme vous peut encore avoir une famille nombreuse !

De nouveau, il plongea son regard dans le sien.

— Ah, soupira-t-il, mais encore faut-il tomber sur la femme idéale !

Mal à l'aise, Diana eut un petit sourire nerveux.

— Je suis certaine que vous la trouverez. Ici, c'est la salle des couveuses, où sont gardés les prématurés, ajouta-t-elle en s'approchant d'une vitre révélant une grande pièce toute blanche. Ils sont si petits, si fragiles, n'est-ce pas ?

— Oui. C'est vraiment dommage quand ils sont défectueux.

Diana fronça les sourcils, choquée par cette expression.

— Ces enfants ont besoin de rester durant quelque temps dans une atmosphère stérile pour achever leur développement, mais cela ne signifie en rien qu'ils sont défectueux, comme vous dites, observa-t-elle assez sèchement.

Il avait commis une erreur, comprit-il aussitôt. C'était à cause de cette femme : elle était si belle, si séduisante qu'elle le rendait fou. Et son parfum… Jamais il n'en avait respiré de semblable.

— Excusez-moi, s'empressa-t-il de dire. Mon anglais me joue parfois des tours. J'ai dû mal m'exprimer. Pour me faire pardonner, puis-je vous inviter à déjeuner ? Entre amis partageant la même passion ?

Diana hésita. Elle savait que l'appui d'un homme aussi important que DeVane lui serait d'un grand secours si, comme elle l'espérait, elle parvenait à ouvrir d'autres filiales de la fondation des Etoiles Filantes, notamment à l'étranger.

— Ce serait vraiment avec grand plaisir, Gregor, mais aujourd'hui ça va être difficile. Je m'apprêtais justement à rentrer chez moi pour superviser quelques travaux. Mais il faut absolument que nous nous voyions très bientôt. J'ai des projets dont j'aimerais discuter avec vous.

— Je me ferais une joie de pouvoir vous aider de quelque manière que ce soit.

De nouveau, il lui baisa la main. Ce soir, songeait-il. Ce soir, elle serait à lui, et il n'aurait plus à faire tout ce cinéma.

Parce qu'elle se sentait coupable de sa froideur vis-à-vis de cet homme qui, visiblement, souhaitait tant lui faire plaisir, Diana l'embrassa sur la joue.

— Merci. A présent, je dois vraiment y aller. Peut-être pourrons-nous nous voir la semaine prochaine pour déjeuner ?

Sur un dernier sourire éblouissant, elle s'éloigna d'un pas vif.

Les poings serrés, il la regarda disparaître au bout du couloir. Puis il se tourna vers l'un des deux hommes silencieux qui l'attendaient.

— Suis-là. Et attends mes instructions.

Avec un soupir de soulagement, Cade se laissa tomber dans le profond canapé de Diana. Cela faisait trois heures qu'il déplaçait des meubles, transportait des cartons et redressait des tableaux en suivant les indications de la jeune femme, et il n'en pouvait plus.

— Je vais vous chercher une bière, dit Diana avec un sourire amusé. Vous m'avez l'air épuisé.

— C'est le moins qu'on puisse dire, gémit-il avec un soupir comique.

Elle disparut en riant dans la cuisine, et revint bientôt avec un plateau chargé de fruits, de fromages et de crackers. Elle avait même ouvert une boîte de caviar qu'elle avait posée sur de la glace pilée, près d'un petit tas de toasts. Cade émit un sifflement admiratif.

— Vous me gâtez !

— Je ne pouvais pas faire moins pour un déménageur aussi zélé, affirma-t-elle en souriant. Et, ajouta-t-elle, redevenue sérieuse, je n'oublierai jamais votre accueil, Cade. Vous avez été formidable. Sans compter que vous rendez Virginia heureuse, ce qui pour moi est le plus important. J'ai toujours rêvé d'avoir un frère, et maintenant, avec Jack et vous, j'ai l'impression d'en avoir deux.

C'est merveilleux. Mais au fait, en parlant de Jack, je croyais qu'il devait venir vous donner un coup de main ?

— Il a dû partir sur une affaire. Le pauvre ne sait pas ce qu'il a raté.

— Il le saura, rassurez-vous. J'ai encore quelques projets de décoration pour les pièces du haut…

— Vous ne croyez pas que vous allez un peu vite en besogne, Diana ? demanda Cade avec sollicitude. Virginia et moi pensons qu'il est un peu tôt pour que vous reveniez habiter ici. Pourquoi ne restez-vous pas encore quelque temps avec nous ?

— Cette maison est parfaitement habitable, à présent, affirma Diana, et il est temps que je retourne à une vie normale. J'en ai parlé avec Stella, et elle aussi a l'intention de réintégrer ses pénates.

Mais Stella, elle, ne serait pas seule, songea Cade. Elle aurait Jack.

— Le type qui veut les Etoiles est encore en liberté, lui rappela-t-il.

— Ce n'est pas moi qui les ai. Et je n'ai aucun moyen de les récupérer. Pourquoi s'intéresserait-il à moi ? Ce ne serait pas logique.

— Je n'ai pas l'impression que la logique ait grand-chose à voir là-dedans, Diana. Et je n'aime pas vous savoir toute seule ici.

— Ne vous inquiétez pas. J'ai un nouveau système d'alarme, et j'ai même l'intention de m'acheter un gros chien très méchant.

Elle faillit mentionner le pistolet qu'elle gardait toujours dans sa table de nuit, et dont elle savait parfaitement se servir, mais songea que cela ne ferait qu'inquiéter davantage le détective privé.

— Que pense Buchanan de tout ça ?

— Je ne lui ai pas posé la question. Il doit passer plus tard. Vous voyez bien que je ne serai pas seule !

— J'espère que Seth se rend compte de sa chance.

— Je ne pense pas qu'il croie en la chance…

*
* *

Et elle soupçonnait Seth de ne pas prendre l'histoire des Trois Etoiles de Mithra au sérieux non plus. Elle, en revanche, y croyait. En l'espace de très peu de temps, elle avait l'impression que son esprit s'était ouvert, qu'elle avait accepté ce qui, auparavant, lui paraissait impensable. Les Etoiles étaient magiques, puissantes. Elle l'avait senti, tout comme Virginia, Stella et leurs compagnons.

Diana ne doutait pas que l'homme qui voulait s'approprier cette magie, ce pouvoir ne reculerait devant rien pour récupérer les pierres. Même lorsqu'elles seraient au musée, il les convoiterait encore.

Mais désormais, il ne pouvait plus passer par elle pour atteindre les diamants. Elle était en sécurité chez elle, et apprendrait à y vivre de nouveau.

Elle revêtit une longue robe de soie blanche qui découvrait ses épaules et lui tombait jusqu'aux chevilles. Elle ne portait rien dessous, sinon son parfum. Ses cheveux étaient lâchés, et elle se contenta de les maintenir de chaque côté avec des peignes d'argent, révélant les boucles d'oreilles en saphir de sa mère, qui brillaient comme deux petites étoiles de part et d'autre de son visage. Sur une impulsion, elle glissa un bracelet en argent massif à son poignet — une petite touche païenne, songea-t-elle.

Dans toutes les pièces redécorées elle disposa des bougies parfumées. Satisfaite de l'atmosphère accueillante et confortable de sa maison, elle arrangea porcelaine et cristal pour deux sur la table, près de la fenêtre.

Le champagne était au frais, une musique douce s'élevait des haut-parleurs, les lumières étaient tamisées. Il ne lui manquait plus que son invité.

*
* *

Seth coupa le contact et regarda les fenêtres de la maison. Il apercevait des bougies de l'autre côté des vitres, créant une ambiance feutrée, chaleureuse, romantique.

Pour la première fois de sa vie, il n'avait aucun contrôle sur les événements. La femme qui l'attendait, la femme qui avait allumé ces bougies, était aussi insaisissable que leur lumière tremblante, aussi fascinante et aussi potentiellement dangereuse.

Etait-ce à cause de cette femme qu'il avait éprouvé le besoin d'enquêter sur DeVane ? Etait-ce par esprit de possession qu'il avait voulu tout savoir sur l'homme qui cherchait à la séduire ? En tout cas, songea-t-il, il avait été bien inspiré de suivre son instinct. Si DeVane n'avait pas bénéficié de l'immunité diplomatique, il aurait déjà rassemblé assez d'éléments pour l'emmener au poste et l'interroger.

Il savait déjà que l'ambassadeur collectionnait les objets rares, précieux et dotés d'une histoire. Il avait par ailleurs découvert que, l'année précédente, DeVane avait financé une expédition pour retrouver les Etoiles légendaires. Mais un archéologue rival les avait dénichées le premier, et le musée de Washington les avait acquises.

DeVane avait perdu plus de deux millions de dollars dans cette affaire, et les Etoiles lui avaient échappé. Etrangement, l'archéologue qui les avait trouvées était décédé dans un tragique accident trois mois après sa découverte, dans la jungle du Costa Rica ; et celui qui avait dirigé l'opération financée par l'ambassadeur avait lui aussi trouvé la mort dans des circonstances bizarres.

Seth ne croyait pas aux coïncidences.

Depuis deux ans qu'il était à Washington, et fréquentait vraisemblablement les mêmes cercles qu'elle, DeVane ne s'était jamais fait présenter à Diana. Et voilà que, soudain, il ne la lâchait plus d'une semelle — quelques jours seulement après que son nom eut été associé aux Trois Etoiles.

Non, décidément, Seth ne croyait pas aux coïncidences.

Encore un petit peu de temps, songea-t-il en se frottant les tempes dans l'espoir de chasser la migraine qui ne l'avait pas quitté de la journée. Il ne tarderait pas à trouver le lien entre DeVane et les Salvini, les autres morts, Carlo Monturri.

Mais pour l'instant, il devait sortir de cette voiture, et faire face à la tourmente qui s'était emparée de sa vie personnelle.

Sa vie personnelle ! Lui qui n'en avait jamais eu — qui n'avait jamais voulu en avoir une — se sentait soudain dépassé par les événements. Il fallait qu'il prenne du recul, qu'il regarde les choses en face objectivement. Tout allait trop vite ; un homme qui tombait fou amoureux en l'espace de quelques jours avait un sérieux problème. Il était temps qu'il reprenne le contrôle de ses émotions.

Diana et lui étaient parfaitement différents : ils n'étaient pas du même milieu, n'avaient pas eu les mêmes expériences, les mêmes joies, la même éducation. Certes, leur attirance physique était réelle, mais elle ne durerait pas éternellement. Que resterait-il après ? Diana se lasserait. Et lui, de son côté, supporterait mal la vie sociale débridée qui faisait partie intégrante de la vie de la jeune femme…

Quand il frappa à la porte, elle vint presque instantanément lui ouvrir et l'embrassa avec un plaisir visible.

— Je suis contente de te voir ! s'exclama-t-elle, un large sourire aux lèvres. Tu as l'air fatigué, observa-t-elle.

— Je n'ai pas beaucoup de temps, dit-il. J'ai du travail qui m'attend.

Il vit un éclair de déception briller dans le regard de Diana, mais elle s'empressa de faire contre mauvaise fortune bon cœur.

— Dans ce cas, ne perdons pas de précieuses minutes à rester plantés dans l'entrée. Tu n'as pas mangé, n'est-ce pas ?

— Non.

— Parfait. Assieds-toi et bois quelque chose. A moins que tu ne sois encore en service ? De toute façon, je ne pense pas qu'un verre fasse une grosse différence, ajouta-t-elle en tirant la bouteille de champagne du seau à glace. Prends donc un canapé.

Elle désigna le plateau en argent posé sur la table basse avant de verser le champagne dans deux flûtes.

— Que penses-tu de ma décoration ? demanda-t-elle gaiement. Cade m'a aidée tout l'après-midi, le pauvre. Mais je trouve le résultat assez réussi, pas toi ?

C'était parfait, songea-t-il en regardant autour de lui. La maison semblait tout droit tirée d'un magazine, et il ne put qu'admirer le travail que Cade et Diana avaient accompli en si peu de temps. Levant les yeux, il remarqua que la balustrade du premier étage était intacte.

— Tu l'as fait réparer, dit-il seulement.

Diana sentait que quelque chose n'allait pas, mais n'arrivait pas à déterminer quoi. Elle avança d'un pas et lui tendit son verre.

— Oui, je voulais que ce soit fait le plus vite possible. Ça, et le nouveau système de sécurité. J'imagine que tu seras de mon avis.

— J'y jetterai un coup d'œil, si tu veux.

— Une autre fois, quand tu seras moins pressé. Si nous mangions, plutôt ?

— Tu as fait la cuisine ? s'étonna-t-il.

— Non, je ne ferais subir ça à personne ! Mais je suis experte dans l'art de commander des plats chez le traiteur. Essaie de te détendre un peu, j'arrive dans une seconde.

Dès qu'elle eut disparu, il se leva et alla se placer devant la cheminée, irrésistiblement attiré par le portrait de Diana.

— Il était amoureux de toi, n'est-ce pas, demanda-t-il lorsqu'elle revint en poussant une desserte en métal argenté couverte de plats, le type qui a peint ça ?

Consciente de la froideur de son ton, Diana inspira profondément avant de répondre.

— Oui. Mais il savait que je ne l'aimais pas.

— Tu as couché avec lui ?

— Non. Ce n'aurait pas été juste, et je le respectais trop pour lui faire ça.

— Tu préfères coucher avec des types dont tu n'as rien à faire.

Sous l'insulte, Diana vacilla un instant. Puis elle s'efforça de répondre calmement.

— Non, mais je ne veux pas faire l'amour avec quelqu'un que cela risquerait de blesser. En devenant la maîtresse de Charles, je lui aurais fait du mal, j'ai préféré demeurer son amie.

— Et les épouses ? Comme celle de ce lord avec qui tu es sortie ? Tu n'avais pas peur de leur faire du mal, à elles ?

Diana pencha la tête sur le côté. Elle n'avait jamais fait l'amour avec le lord en question, ni avec aucun autre homme marié. Mais elle n'avait jamais jugé nécessaire de démentir les racontars, et, encore maintenant, elle répugnait à se défendre contre ces calomnies.

— On dirait que tu n'es pas d'humeur à déguster ma salade César et mon steak Diana… Et puis, il paraît que cela ne se fait pas de manger pendant les interrogatoires. Tu sais que tu as oublié de me lire mes droits ?

— Etrange que cela te mette tellement mal à l'aise de répondre à mes questions. Pourtant, tu n'as jamais pris la peine de cacher tes aventures.

— Je m'attendais à mieux de ta part, murmura-t-elle, mais il ne l'entendit pas.

Elle afficha un sourire glacé.

— Non, je n'ai jamais rien caché, sinon les choses importantes, dit-elle plus fort. Et pour la plupart, les hommes qui ont traversé ma vie n'ont pas été importants. Veux-tu m'entendre dire que tu es différent, Seth ? Me croiras-tu seulement si je te le dis ?

— Ce n'est pas nécessaire. Diana, nous sommes allés trop vite, et je ne me sens pas à l'aise dans la situation actuelle.

— Je vois. Laisse-moi deviner : tu voudrais ralentir un peu, prendre du recul, c'est ça ?

Elle secoua la tête.

— Ce matin, tu m'as fait l'amour comme personne ne me l'avait jamais fait. Avec une tendresse que je n'avais jamais connue, une douceur infinic. Et ce soir, ça ? Comment as-tu pu me toucher comme tu l'as fait, et peux-tu me faire aussi mal à présent ?

— Je ne cherche pas à te blesser, Diana.

— Tu fais ça pour nous, c'est ça ? Tu préfères casser avant que ça ne devienne trop difficile ? Eh bien, trop tard, dit-elle d'une voix étranglée. C'est déjà incroyablement difficile.

Il s'avança d'un pas vers elle, mais elle releva violemment la tête et lui décocha un regard qui le figea sur place.

— Ne t'avise pas de me toucher, pas maintenant. Va de ton côté, Seth, va vivre ta vie bien réglée, bien contrôlée, et moi, j'irai du mien.

Furieuse contre elle-même, elle chassa une larme qui roulait le long de sa joue.

— C'est terminé.

11.

Bon sang, que faisait-il ? Il était là, devant la femme qu'il aimait et qui, semblait-il, l'aimait en retour ; pour la première fois, il tenait une chance de connaître une vie normale, une vie heureuse — une vie de famille. Et voilà qu'il rejetait tout cela.

— Diana, je veux simplement nous donner le temps de réfléchir à ce que nous faisons…

— Oh, non ! Ne t'imagine pas que je ne te connais pas, Seth. Même si nous nous sommes rencontrés il y a peu de temps, je sais qui tu es, et comment tu fonctionnes. Je sais qu'en ce moment, tu es terrifié parce que tu as l'impression d'avoir perdu le contrôle des événements, et que c'est pour cette raison et aucune autre que tu freines des quatre fers.

Elle avait raison, dut admettre Seth, mortifié.

— Peut-être, dit-il, mais n'oublie pas que je suis en plein milieu d'une enquête. Je ne peux pas me permettre de perdre mon objectivité.

— Tu te cherches des excuses, Seth. Tu seras toujours au milieu d'une enquête. Ce n'est pas une raison pour chercher à me garder à distance comme tu le fais.

— Mon travail doit passer avant tout.

— Je n'ai jamais dit le contraire. Et je te rappelle que je n'ai jamais rien exigé de toi. Je comprends l'importance qu'a ton travail, et j'admire ton dévouement et ton sens des responsabilités. Ce que je ne supporte pas, c'est que tu me chasses de ton univers comme tu le fais. A présent, tu connais le chemin ; je ne te retiens pas.

Elle disait vrai : elle ne lui avait jamais fait de chantage affectif, n'avait jamais voulu passer avant son travail, songea-t-il avec culpabilité.

— Diana, il faut que nous discutions sérieusement de tout ça.

— Non. Tu t'imagines vraiment que tu peux venir comme ça, chez moi, me briser le cœur, me plaquer, et espérer que nous ayons une conversation civilisée ? Va-t'en, Seth. Maintenant.

Le téléphone portable de Seth sonna, mais il l'ignora.

— Nous ne pouvons pas laisser les choses se terminer comme ça, dit-il.

— Si. Tu crois que je suis aveugle ? Tu t'imagines que je n'ai pas vu la façon dont tu as essayé de me chercher des noises ce soir, dans l'espoir précisément que ça se finisse comme ça ? J'étais prête à t'offrir tout ce que j'avais, mon cœur, mon âme, mon avenir. Tu as tout gâché. Maintenant, sors d'ici, et réfléchis à ce que tu as perdu.

De nouveau, la sonnerie du téléphone de Seth retentit.

— Le devoir t'appelle. Je ne te retiens pas, dit sèchement Diana.

— Je reviendrai dès que j'en aurai fini avec ça, déclara-t-il en désignant l'appareil.

— Tu ne seras pas le bienvenu.

— Tant pis. Je reviendrai.

Elle ne répondit pas, et se contenta de refermer la porte sur lui.

Une fois seule, elle s'adossa au battant et donna libre cours à ses larmes.

Quelle sotte elle avait été de se laisser aller à rêver, de s'imaginer une vie harmonieuse avec Seth, peuplée de rires d'enfants et de moments de bonheur ! Ah ! le pouvoir mythique des pierres, vraiment ! Amour, connaissance et générosité. Leur magie avait été bien cruelle envers elle. Elle avait entraperçu le paradis, mais la grille s'était refermée devant elle, et à présent, elle était seule.

Elle en était là de ses réflexions douloureuses lorsqu'on frappa à la porte. Comment osait-il revenir ? songea-t-elle. Comment osait-il, après avoir détruit tous ses espoirs, tous ses rêves ? Et elle, comment pouvait-elle encore l'aimer après cela ?

En tout cas, il ne la verrait pas pleurer, se promit-elle en chassant les larmes qui lui brûlaient les paupières. Il ne la verrait pas, parce qu'elle ne le laisserait pas rentrer.

Bien décidée, elle se dirigea vers le téléphone. Oh, il serait furieux lorsqu'il comprendrait qu'elle avait appelé les services d'urgence pour leur signaler un intrus sur ses terres, mais tant pis pour lui.

Elle soulevait le récepteur quand un bruit de verre brisé la fit courir vers la porte de la terrasse. Elle n'eut que le temps de voir l'homme qui pénétrait chez elle, d'entendre son alarme se mettre à hurler ; déjà, l'inconnu pressait un chiffon imbibé de chloroforme sur son visage. L'image de Seth s'imposa à son esprit ; elle sentit ses jambes se dérober, puis plus rien.

Seth avait à peine parcouru cinq kilomètres lorsque l'appel d'urgence lui parvint.

— Buchanan, répondit-il d'une voix sèche.

— Lieutenant, c'est le détective Marshall de nouveau. Je viens juste de recevoir une notification. Cambriolage suspecté au 2918 East Lark Lane, Potomac.

— Quoi ?

L'espace d'un instant, son esprit refusa d'intégrer l'incroyable information.

— Diana Fontaine ?

— Oui, j'ai reconnu l'adresse de l'homicide de l'autre jour. Son système d'alarme s'est déclenché, et elle n'a pas répondu quand on l'a appelée pour vérifier que ce n'était pas une erreur.

— Je suis à cinq minutes de là-bas. J'y vais. Et envoyez sur place les deux voitures de patrouille les plus proches, immédiatement.

Déjà, il faisait demi-tour dans un crissement de pneus.

Bon, songeait-il en s'efforçant de se calmer. C'était un nouveau système d'alarme. Il n'était pas rare qu'il y ait des problèmes, les premiers temps.

Mais pourquoi ne répondait-elle pas au téléphone ?

Quand il arriva, les bougies brillaient toujours aux fenêtres. Son cerveau enregistra machinalement ce détail tandis qu'il sautait de voiture et se précipitait vers la porte pour frapper avec toute la violence de sa peur. Il n'obtint pas de réponse. Au même instant, la première des voitures de police le rejoignit ; il montra son badge au policier qui en sortait.

— Allez vérifier le côté est, je m'occupe de l'ouest, ordonna-t-il.

Il contourna la maison, et aperçut la piscine, dont l'eau turquoise ondulait doucement sous la lune. Ils n'avaient jamais pris de bain de minuit ensemble dans cette piscine, songea-t-il.

C'est alors qu'il vit le verre cassé au sol. Il eut l'impression que son cœur s'arrêtait de battre, et presque sans s'en rendre compte, il tira son revolver de son étui et désengagea le cran de sûreté. Oubliant tout — procédures d'usage, prudence, bon sens —, il se précipita à l'intérieur de la maison et courut de pièce en pièce en criant le nom de Diana.

Quand, enfin, à bout de souffle, il se retrouva près de la baie vitrée éclatée, hagard, il vit le policier qui l'avait rejoint ramasser un morceau de tissu sur le sol.

— Ça sent le chloroforme, lieutenant.

L'homme hésita un instant, s'approcha de lui.

— Lieutenant ?

Il ne pouvait pas parler. Il avait perdu la voix, et avec elle tous les réflexes acquis au fil d'années de service. Son regard chercha le portrait de Diana, se concentra sur son visage. Lentement, au prix d'un effort surhumain, il inspira profondément et reprit le contrôle de lui-même.

— Fouillez la maison, ordonna-t-il. Centimètre par centimètre.

Il se tourna vers le second policier qui venait de les rejoindre.

— Appelez des renforts, et passez le jardin au peigne fin. Maintenant.

Quand Diana revint à elle, elle avait la nausée et un mal de tête épouvantable. Luttant pour ne pas retomber dans l'inconscience, elle se força à ouvrir les yeux. Où était-elle ? Pas dans sa chambre, de toute évidence, mais où ?

Fronçant les sourcils, elle passa la main sur le couvre-lit en satin blanc du grand lit à baldaquin. Des senteurs de vanille, de rose et de jasmin parvenaient à ses narines — rien que des odeurs fraîches, blanches. Les murs de la pièce où elle se trouvait étaient recouverts d'un tissu ivoire qui brillait comme de la soie. Une pensée étrange s'imposa à son cerveau : elle se trouvait dans un cercueil. Un immense cercueil blanc, le cercueil d'une jeune mariée. Son cœur se mit à battre la chamade.

Elle se força à se redresser et inspira profondément.

Elle se souvenait à présent — le grand bruit de verre brisé, l'homme en noir aux bras puissants, le chiffon imprégné de chloroforme. Une vague de terreur l'envahit, et elle ferma les yeux.

Lorsqu'elle eut recouvré son contrôle d'elle-même, elle se leva du lit. Ses pieds s'enfoncèrent dans l'épaisse moquette blanche, virginale qui recouvrait le sol de la pièce. Tout autour d'elle était blanc, avec une pointe d'or. Elle vacilla, s'immobilisa un instant, puis se dirigea vers la porte.

Un frisson la parcourut lorsque la poignée lui résista. Luttant contre la panique, elle se retourna et parcourut du regard sa prison. Elle s'avança vers la fenêtre. Des barreaux — blancs, eux aussi — découpaient le paysage nocturne. Rien de ce qu'elle découvrait ne lui était familier : la pelouse impeccable, le jardin à la française, les allées couvertes de gravillon n'appartenaient à aucune des demeures qu'elle connaissait dans la région.

Son cœur se mit à battre plus vite lorsqu'elle aperçut une autre porte, au fond de la pièce. Elle courut vers elle et faillit pousser un cri de joie quand la poignée tourna aisément ; mais de l'autre côté se trouvait seulement une salle de bains, immense et luxueuse, blanche elle aussi.

Sur une étagère de verre étincelant étaient alignés des pots de crème, des bouteilles de parfum, des poudres, du maquillage. Rien que des marques et des produits qu'elle utilisait habituellement, réalisa-t-elle avec un frisson d'horreur.

Celui qui la retenait prisonnière ici la connaissait ou avait enquêté sur elle. Et elle ne doutait pas du mobile de cet enlèvement : son ravisseur espérait obtenir les Etoiles de Mithra en échange de sa libération…

Seth, songea-t-elle. En dépit de tout ce qui s'était passé entre eux, Seth ferait tout ce qui serait en son pouvoir pour la libérer. Il devait être au courant du kidnapping à présent puisque, elle s'en souvenait distinctement, son alarme s'était déclenchée lorsque l'homme en noir avait brisé la vitre. Oui, Seth la sauverait. Au moins par devoir.

Mais, en attendant, elle était seule.

Elle sursauta violemment en entendant une clé tourner dans la serrure. Deux hommes apparurent dans l'encadrement de la porte : celui qui l'avait enlevée et un autre, plus petit, vêtu d'une tenue de majordome.

— Mademoiselle Fontaine, si vous voulez bien me suivre.

Elle n'esquissa pas un geste, et se contenta de jeter un coup d'œil vers le couloir qu'elle apercevait derrière les deux hommes. Le majordome surprit son regard et dit d'une voix lasse :

— Vous êtes au troisième étage, mademoiselle Fontaine. Même si vous parveniez à atteindre le rez-de-chaussée, ce dont je doute, vous tomberiez sur des gardes. Ils ont reçu l'ordre de ne pas vous faire de mal, à moins que ce ne soit parfaitement indispensable, mais à votre place je ne prendrais pas de risque. A présent, permettez-moi de vous précéder.

Sans un mot, Diana suivit le petit homme dans le couloir.

La maison, comprit-elle très vite, était ancienne, mais superbement restaurée. Immense. Elle jeta un coup d'œil à sa montre : moins de deux heures s'étaient écoulées depuis son enlèvement. Elle ne devait pas se trouver très loin de chez elle. Au-delà des arbres de la propriété, par la fenêtre, elle avait aperçu des lumières, des maisons : elle se trouvait probablement dans un quartier chic de Washington, et non à la campagne. Ce qui signifiait qu'elle pourrait trouver de l'aide, si elle parvenait à s'échapper.

Toujours à la suite du majordome, elle descendit un grand escalier de chêne. Un garde se tenait à son pied, son arme mal dissimulée par sa veste noire.

Ils arpentèrent un autre couloir. Antiquités, tableaux, œuvres d'art étaient partout présents ; elle reconnut au passage un Monet sur le mur, et un vase han posé sur un piédestal. Son hôte avait de toute évidence des goûts éclectiques, et les moyens de satisfaire ses moindres caprices.

Avec une raideur presque comique, étant donné les circonstances, le majordome frappa à une porte et annonça :

— Mlle Diana Fontaine.

Puis il lui fit signe d'entrer. Ne voyant pas d'alternative, Diana pénétra dans une salle à manger gigantesque, illuminée par de grands lustres en cristal. Son regard se posa brièvement sur l'immense table en acajou. Le couvert, observa-t-elle, était mis pour deux.

— Gregor ! s'écria-t-elle, abasourdie, lorsque l'ambassadeur se leva galamment.

— Diana.

Il s'approcha d'elle d'un pas souple et lui prit la main.

— Quel plaisir de vous voir. Je ne crois pas que vous ayez dîné ?

Seth savait où elle était. Il n'avait aucun doute là-dessus. Mais il savait aussi qu'il ne pouvait céder à son envie de se précipiter chez DeVane pour tout casser. Ce serait mettre la vie de Diana en danger.

Le coup de téléphone qu'il avait reçu pendant qu'il était encore chez Diana était la confirmation qu'une autre des maîtresses de DeVane était morte dans des circonstances étranges. Scientifique de renom, spécialisée en anthropologie, la jeune Allemande avait prétendument été tuée par des cambrioleurs dans sa maison de Berlin. Toutes les notes qu'elle avait prises au cours de ses recherches — qui concernaient pour l'essentiel le dieu Mithra — avaient disparu.

Seth savait que DeVane était responsable de sa mort, et il savait qu'il détenait Diana. Mais il ne pouvait le prouver, et ne disposait pas d'éléments suffisants pour obtenir un mandat de perquisition. L'affaire était d'autant plus délicate qu'on ne s'attaquait pas impunément à un ambassadeur étranger.

— Il va essayer d'obtenir les diamants en échange de Diana, dit-il à Mick Marshall. Je dois l'arrêter.

— De combien d'hommes avez-vous besoin ?

— Aucun. Nous ne pouvons impliquer la police dans cette affaire.

— Lieutenant, si ce que vous dites sur ce type est vrai, c'est de la folie d'y aller seul. Du suicide.

Seth réfléchit quelques secondes.

— Je ne serai pas seul, dit-il enfin.

Elle ne tremblerait pas, se promit-elle. Elle ne lui montrerait pas combien elle avait peur.

— Faites-vous toujours enlever et droguer vos invités, Excellence ?

— Pardonnez-moi d'avoir eu recours à de telles méthodes, ma chère, mais il était indispensable d'agir vite, vous le comprendrez aisément. J'espère que votre chambre est à votre goût. Vous trouverez des vêtements dans l'armoire et la commode. Si vous avez besoin de quoi que ce soit, n'hésitez pas à le demander.

— Puisque vous en parlez, j'avoue que j'ai un faible pour les portes ouvertes et les fenêtres sans barreaux.

— Ce ne sont que des précautions temporaires, je vous le promets. Dès que vous vous sentirez chez vous ici…

Il ne lui avait pas lâché la main, et son étreinte se resserra lorsqu'elle essaya de se dégager.

— … Et croyez bien que je veux que vous vous sentiez chez vous, de telles mesures ne seront plus nécessaires.

— Combien de temps comptez-vous me garder ici ?

Il sourit et leva son verre dans la direction de Diana.

— Mais pour l'éternité, Diana. Vous et moi sommes destinés à passer l'éternité ensemble.

Un frisson glacé parcourut la jeune femme.

— Je suis flattée, mais je ne suis pas sûre de comprendre.

— Allons, ne faites pas semblant d'ignorer de quoi il est question. Vous avez tenu l'Etoile dans votre main, vous avez survécu à la mort et vous êtes venue à moi. Je vous ai vue dans mes rêves.

Diana sentit tout le sang se retirer de son visage. A présent, elle savait. L'homme caché dans la forêt qui venait lui arracher le diamant... Les yeux cruels qui suivaient ses moindres mouvements...

— Oui, dit-elle d'une voix tremblante. Moi aussi je vous ai vu.

— Vous allez m'apporter les diamants, Diana, et le pouvoir. Ensemble, nous posséderons les Etoiles, et moi je vous posséderai. Vous viendrez à moi, consentante. Je ferai de vous une déesse. Aucun mortel ne pourra s'interposer entre nous.

Une grimace de dégoût incurva ses lèvres fines.

— Et surtout pas le lieutenant Buchanan. Même s'il s'intéresse à moi d'un peu trop près. Lui aussi, je l'ai vu dans mes rêves. Il revient, il revient toujours. J'ai beau le tuer, encore et encore, il revient toujours.

— Il va venir me chercher.

— Peut-être. Dans ce cas, je m'occuperai de lui le moment venu. Mais si possible, je préférerais attendre d'avoir les Etoiles. Qui sait ? Je pourrais même me montrer magnanime, si j'obtiens ce que je souhaite, et l'épargner.

Sentant qu'elle allait céder à la panique, Diana se força à déglutir calmement.

— Si je fais ce que vous voulez, le laisserez-vous tranquille ?

— Possible. Nous verrons. Mais je dois reconnaître qu'il ne m'est guère sympathique, et que je vous en veux toujours d'avoir refusé mon invitation pour me préférer un homme aussi ordinaire.

Diana réfléchit à toute vitesse. Si elle voulait agir, elle ne devait pas tarder.

Plaquant un sourire séducteur sur son visage, elle se tourna vers son interlocuteur.

— Gregor, j'aime les belles choses. Et le moins qu'on puisse dire, c'est que vous possédez de très belles choses... Je suis persuadée que nous pourrions nous entendre, tous les deux. Mais je vous préviens : je n'ai pas l'intention d'être un de vos bibelots. Je suis une femme de chair et de sang, et lorsqu'on me titille trop, je sors mes griffes…

Elle ponctua cette remarque d'un petit rire rauque, sensuel. Puis, s'efforçant d'ignorer la peur qui lui nouait l'estomac, elle susurra en plongeant son regard dans celui de l'ambassadeur :

— Vous me voulez ? Vous voulez me toucher, me posséder ?

Ses doigts se glissaient vers le couteau posé à côté de l'assiette de DeVane et se refermèrent autour du manche.

— Jamais ! s'écria-t-elle en le frappant de toutes ses forces.

Au moment de l'impact, DeVane était en train de se tourner pour la prendre dans ses bras, si bien que la lame pénétra dans son épaule au lieu de l'atteindre en plein cœur. Il hurla de douleur et de rage, tandis que Diana s'enfuyait à toutes jambes en direction de la baie vitrée. Soulevant une lourde chaise de bois, elle la projeta dans la fenêtre. Le verre explosa en mille morceaux, mais alors qu'elle se précipitait pour sortir, deux bras puissants l'enserrèrent. « Le garde du corps », songea-t-elle avec désespoir.

DeVane s'approcha d'elle, le regard étincelant de fureur.

— Je pourrais te tuer pour ça, espèce de traînée ! Mais ce serait trop rapide. J'étais prêt à tout partager avec toi ; maintenant, je me contenterai de me servir de toi. Jusqu'à ce que je sois lassé.

— Vous n'obtiendrez jamais les Etoiles. Je préfère mourir que de vous aider.

— Peut-être, mais es-tu prête à sacrifier tes amies par orgueil ? Je n'ai qu'un coup de fil à passer pour que Virginia James et Stella O'Leary soient éliminées sur-le-champ. Des hommes à moi attendent mon appel ; si je leur téléphone, il y aura une tragique explosion chez Cade Parris, et une autre au pub de Mlle O'Leary. Juste avant la fermeture, bien sûr. Leurs vies — et celle de ce cher lieutenant Buchanan — sont entre tes mains, ma belle.

Vaincue, Diana baissa la tête. Elle savait que DeVane était capable de mettre ses menaces à exécution.

— Que voulez-vous que je fasse ?

*
* *

Virginia répondit dès la première sonnerie.

— Allô ?

— Virginia ?

— Diana ! C'est toi !

Elle jeta un coup d'œil à Seth, qui hocha lentement la tête.

— Comment vas-tu ?

— Bien, pour le moment. Ecoute attentivement, Virginia, ma vie en dépend. Tu comprends ?

— Non. Oui…

Faire durer. On lui avait dit de faire durer…

— Diana, j'ai si peur pour toi. Que s'est-il passé ? Où es-tu ?

— Je ne peux pas te le dire pour l'instant. Il faut que tu sois calme, Virginia, calme et forte, et que tu suives mes instructions. Comme lorsque nous avons passé cet examen d'histoire de l'art à l'université et que j'avais si peur du Pr Greenbalm. Tu te souviens ? Toi, tu étais sûre de toi, détendue. Tu dois être sûre de toi à présent, Virginia, et suivre mes instructions. Sinon il me tuera, Virginia. Donne-lui ce qu'il veut. Donne-lui les pierres. Je sais que je te demande beaucoup, mais il faut que tu les lui apportes. N'implique pas Cade, n'appelle pas… la police.

Faire durer.

— Tu ne veux pas que j'appelle Seth ?

— Non. Il n'est pas important. Ce n'est qu'un flic comme les autres. Il faut que tu attendes jusqu'à 1 h 30, puis que tu quittes la maison. Va chez Salvini. Il le faut. Tu laisses Stella hors de tout ça, comme nous le faisions autrefois. Tu comprends ?

Virginia hocha la tête sans quitter Seth du regard.

— Oui, je comprends.

— Une fois chez Salvini, mets les pierres dans un attaché-case et attends. Tu recevras un coup de fil avec la suite des instructions. Tout ira bien. Tu te rappelles quand tu sortais du dortoir en cachette la nuit et allais te promener toute seule après le couvre-feu ? Eh bien, considère que c'est la même chose. Tu comprends ?

— Oui. Diana…

— Je t'embrasse.

La communication fut coupée.

— Rien, soupira Cade, qui avait tenté de localiser la provenance de l'appel. Il a brouillé les signaux, impossible de savoir d'où provenait le coup de fil.

— Elle veut que j'aille chez Salvini, dit Virginia. Et elle veut que tu viennes, Stella, c'est bien ça qu'elle a voulu dire, n'est-ce pas ?

— Oui. Vous ne me laissiez jamais en dehors de quoi que ce soit, à l'université. Elle a essayé de nous faire passer un message. A mon avis, il lui a dit qu'il nous ferait du mal si elle ne coopérait pas, c'est pour ça qu'elle veut que nous partions d'ici. Et elle veut que nous contactions Seth. Sans ça, jamais elle n'aurait prétendu qu'il n'avait pas d'importance.

— Bien, résuma Seth. Elle veut que je sache ce qui se passe, et que vous sortiez de cette maison.

— Oui. Elle estime que nous serons plus en sécurité chez Salvini.

— Allez-y, dans ce cas. Je ferai en sorte que vous soyez sous bonne garde.

— Vous n'espérez tout de même pas que nous restions là-bas sans rien faire alors que Diana est en danger ? s'insurgea Stella.

— Diana risque sa vie pour vous protéger. Il n'est pas question de la décevoir.

— Seth a raison, intervint Jack. Virginia et toi devez suivre ses instructions.

A la surprise générale, Stella ne discuta pas et se contenta de hocher la tête.

— Bon, qu'a-t-elle voulu dire avec cette histoire d'examen d'art ? reprit Seth.

— Le prénom du Pr Greenbalm était Gregory, dit Virginia.
— Gregory, Gregor ? Je vois.
Seth se tourna vers Cade et Jack.
— Bien. En route. Nous n'avons pas beaucoup de temps.

12.

Diana doutait de revoir un jour la lumière du soleil.

Il y avait tant de choses qu'elle n'avait pas faites ! Elle n'avait jamais emmené Stella et Virginia à Paris, comme elle le leur avait promis. Elle ne verrait jamais le saule qu'elle avait planté près de sa maison, dans la montagne, croître et se pencher gracieusement au-dessus du ruisseau. Elle n'aurait jamais de bébé à elle.

Elle n'avait que vingt-six ans, et elle allait mourir.

Pas de doute là-dessus : elle avait lu la sentence dans les yeux de DeVane. Et elle savait qu'il avait également l'intention de tuer ceux qu'elle aimait. Il ne serait satisfait qu'une fois qu'il aurait supprimé tous ceux qui avaient touché ce que son esprit malade et obsessionnel considérait comme son dû, sa propriété, son bien.

Il ne lui restait plus qu'un espoir, mais bien mince : celui que Virginia l'eût comprise.

— Je vais te montrer ce que tu aurais pu avoir.

Son bras bandé dissimulé par un smoking impeccable, DeVane lui fit franchir un panneau dérobé et descendre une volée de marches de pierre polies comme de l'ébène. Il avait pris des médicaments pour calmer la douleur et avait les yeux vitreux. C'étaient les yeux cruels qui la fixaient dans ses cauchemars. Et tandis qu'elle descendait les marches luisantes, un souvenir profondément enfoui vint flotter à la surface de sa conscience.

La lumière des torches. La longue descente, les flammes dansantes, les Etoiles scintillantes dans leur écrin d'or, sur une pierre blanche. La mort qui attendait.

Le souffle rauque d'un homme derrière elle. DeVane ? Quelqu'un d'autre ? C'était un bruit horrible qui la glaçait jusqu'aux os. Une pièce, songea-t-elle en s'efforçant de saisir les détails flous du souvenir. Une chambre secrète blanc et or. Elle y avait été enfermée pendant une éternité.

Comme l'escalier tournait, elle s'interrompit, pas tant par peur qu'à cause du choc qu'elle venait de ressentir. Ce n'était pas ici, se dit-elle frénétiquement, mais ailleurs. Pas elle, mais une partie d'elle-même. Pas lui, mais quelqu'un comme lui.

Les doigts de DeVane s'enfoncèrent dans la chair de son bras, mais elle eut à peine conscience de la douleur. Seth — l'homme qui avait les yeux de Seth, vêtu comme un guerrier, couvert de poussière. Il était venu la chercher, et chercher les Etoiles.

Et il était mort.

Diana vacilla.

— Non ! Non, pas cette fois, gémit-elle en s'appuyant au mur glacé pour recouvrer son équilibre.

DeVane la secoua sans ménagement et l'obligea à descendre les dernières marches. S'immobilisant devant une porte massive, il fit signe au garde placé devant de s'écarter et, sans lâcher Diana, sortit de sa poche une lourde clé.

— Je veux que tu voies ce qui aurait pu être à toi. Ce que j'étais prêt à partager avec toi. Entre !

Il la poussa à l'intérieur, et elle s'immobilisa sur le seuil, paralysée par le choc. « La caverne d'Ali Baba », songea-t-elle. Des montagnes d'or, des rivières de joyaux. Des murs couverts de tableaux de maîtres. Statues et sculptures se dressaient un peu partout, certaines, minuscules, posées sur de petits piédestaux d'or, d'autres s'élevant fièrement vers le plafond.

Chaque espace était occupé. Où qu'elle regardât, elle voyait des fourrures, des soieries, des couronnes, des rangs et des rangs de perles. Des enceintes invisibles diffusaient du Mozart.

Combien de ces trésors avait-il volés ? Combien avaient coûté la vie à des innocents ?

Elle ne mourrait pas ici, se promit-elle. Et Seth non plus. Elle ne laisserait pas l'histoire se répéter.

— Vous avez une collection impressionnante, Gregor, mais la présentation laisse un peu à désirer, observa-t-elle d'un ton dédaigneux. Même les objets les plus précieux perdent de leur impact, jetés en vrac ainsi.

— C'est à moi. Tout est à moi. Le travail de toute une vie. Regarde.

Il souleva un gobelet d'or et le lui lança.

— La reine Guenièvre a bu dedans avant de cocufier Arthur. Cet imbécile aurait dû lui arracher le cœur pour se venger.

Diana tourna le gobelet entre ses mains, mais ne ressentit rien. Il était aussi vide de magie que de vin.

— Je possède l'une des flèches de Diana, la déesse chasseresse. La ceinture de Junon…

Le cœur de la jeune femme battait à tout rompre, mais elle parvint à émettre un petit rire.

— Vous croyez vraiment de telles fadaises ?

Furieux de sa réaction, il avança d'un pas dans la pièce et plongea ses mains dans une grande coupe pleine de pièces d'or.

— C'est à moi, tout est à moi, répéta-t-il. Et, bientôt, je posséderai les Etoiles. La pièce maîtresse de ma collection.

Il passa sa main sur l'autel de marbre qu'il avait fait construire pour accueillir les diamants.

— Alors, j'aurai tout.

— Les pierres ne vous aideront pas. Elles ne vous changeront pas. Votre sort est déjà scellé. Ces diamants ne vous appartiendront jamais, mon pauvre Gregor. Cela ne doit pas être, pas cette fois. Elles sont destinées au Bien, à la Lumière.

Il y avait une puissance extraordinaire dans ses paroles, dans son regard, et DeVane dut le sentir car une lueur inquiète passa dans ses yeux clairs.

— Elles seront ici avant le lever du soleil. Je te les montrerai. Et toi aussi, je te posséderai, ajouta-t-il en s'approchant d'elle, le souffle court. Je te garderai aussi longtemps que je le souhaiterai. Je ferai de toi ce que je voudrai.

La main dont il effleura sa joue était froide, et l'image d'un serpent s'imposa à l'esprit de Diana, mais elle s'efforça de ne pas réagir.

— Vous ne posséderez jamais ni les Etoiles ni moi. Même si vous nous gardez prisonnières, nous ne vous appartiendrons jamais. Vous le saurez, et cela vous minera de l'intérieur, jour après jour, jusqu'à ce qu'il ne vous reste que votre folie destructrice.

Il la gifla si fort qu'elle fut projetée contre le mur.

— Vos amies mourront ce soir, dit-il avec un sourire cruel. Vous les avez condamnées. Et faites-moi confiance, je vous garderai en vie suffisamment longtemps pour que vous ayez le temps de bien y réfléchir.

Là-dessus, il la prit par le bras et la traîna hors de la pièce.

— Il a certainement des caméras de surveillance, et des gardes qui patrouillent sur tout le terrain, dit Seth comme ils se préparaient à escalader le mur, à l'arrière de la propriété de DeVane.

— Nous ferons attention. Et nous resterons silencieux.

Jack plaça son couteau dans sa botte, puis examina le pistolet glissé à sa ceinture.

— Nous restons ensemble jusqu'à ce que nous ayons atteint la maison, dit Cade, résumant le plan. Si je tombe sur un type de la sécurité, je le désarme.

— Si ça ne marche pas, plan B : on sème la panique. La confusion qui s'ensuivra pourrait nous servir. Au moins, ça attirera les flics.

— Bon, on y va, dit Jack en attrapant la corde. Bon sang, j'espère qu'il n'a pas de chiens. Je déteste quand ils ont des chiens.

Ils atterrirent sans bruit sur l'herbe de l'autre côté du mur. Ils savaient qu'il existait un risque que leur présence fût d'ores et déjà détectée, mais ils étaient prêts à le courir. Ombres fuyantes, ils glissèrent en direction de la maison, profitant de l'ombre des grands arbres.

Seth apercevait la demeure, de la lumière aux fenêtres. Dans quelle pièce Diana se trouvait-elle ? Etait-elle terrifiée ? blessée ? Ce salaud l'avait-il touchée ?

Serrant les dents, il s'efforça de se concentrer sur sa tâche. Il devait pénétrer dans la maison, trouver Diana. Pour la première fois depuis des années, il avait conscience du poids de son arme à son côté. Et il savait qu'il avait l'intention de s'en servir.

Il ne pensait pas à la loi, à sa carrière, à la vie qu'il s'était bâtie, étape par étape.

Il vit un garde passer à quelques mètres d'eux. Jack l'interrogea du regard, et il hocha la tête ; aussitôt, Jack se glissa derrière l'homme et, d'un geste vif, l'attrapa par les cheveux. Avant que le garde ait eu le temps de donner l'alarme, le chasseur de primes l'avait assommé et allongé sous un arbre.

— Et d'un ! chuchota-t-il en rejoignant ses compagnons.

— Ils doivent faire le point régulièrement, observa Cade. Nous ne savons pas combien de temps il faudra aux autres pour se rendre compte de sa disparition.

— Alors, dépêchons-nous.

D'un geste, Seth indiqua à Jack d'aller au nord, à Cade de passer par le sud. Penchés en avant pour ne pas être vus, ils partirent à l'assaut de la maison.

*
* *

Le garde qui ramena Diana dans sa chambre ne disait rien. Il était immense, bâti comme une armoire à glace et sévère. Mais elle avait vu son regard se poser sur elle, sur la soie déchirée de sa robe qui révélait un peu de peau laiteuse.

Elle savait se servir de son physique comme d'une arme. Délibérément, elle leva vers lui des yeux de biche effrayée et posa une main craintive sur son bras.

— J'ai si peur… Je me sens si seule ! Vous n'allez pas me faire de mal, n'est-ce pas ? Je vous en prie, ne me faites pas de mal. Je ferai tout ce que vous voudrez.

Il ne répondit rien, mais son regard suivit avec avidité le mouvement de sa langue lorsqu'elle s'humecta les lèvres.

— Tout, répéta-t-elle d'une voix rauque, intime. Vous êtes si fort, si volontaire !

Parlait-il seulement anglais ? Elle l'ignorait, mais ne s'inquiétait pas. Le message était assez clair, avec ou sans mots.

Arrivée à la porte de sa prison, elle se tourna de nouveau vers lui.

— Je vous en prie, ne me laissez pas. J'ai si peur, toute seule !

Consciente de prendre un risque, elle passa un doigt sur les lèvres de l'homme.

— Il n'est pas obligé de savoir, chuchota-t-elle. Personne n'a à le savoir. C'est notre secret.

Bien que révulsée, elle s'efforça de ne pas broncher lorsqu'il écrasa sa bouche sur la sienne en prenant un de ses seins dans son énorme main. « N'y pense pas, se répétait-elle. N'y pense pas. » Elle pria pour qu'il interprétât le frisson qui la parcourait comme un signe de désir.

— Viens à l'intérieur avec moi, susurra-t-elle. Nous serons seuls. Tranquilles.

Il ouvrit la porte sans la quitter des yeux. A présent, se dit-elle, elle allait soit gagner, soit tout perdre.

Lorsqu'il tendit la main vers elle aussitôt la porte refermée, elle se dégagea avec un petit rire cristallin.

— Doucement, mon grand, nous avons le temps... Donne-moi une minute pour me rafraîchir.

Il ne dit rien, mais il fronça les sourcils d'un air soupçonneux et impatient. Sans se départir de son sourire, Diana s'approcha de l'atomiseur en cristal posé sur la commode. « Une arme de femme », songea-t-elle froidement en vaporisant un peu de parfum dans son cou.

— Je veux utiliser tous mes sens, dit-elle, provocante, en s'approchant de lui.

D'un geste vif, elle leva l'atomiseur et vaporisa un nuage de parfum directement dans les yeux du garde. Sous le choc, il leva instinctivement les mains avec un grognement de douleur. De toutes ses forces, Diana lui écrasa le flacon de cristal sur le nez, tout en lui décochant un coup de genou magistral à l'entrejambe.

Il vacilla. Il y avait du sang sur son visage, mais cela ne l'empêchait pas de chercher son revolver à son côté. De nouveau, elle le frappa, et cette fois il tomba à genoux ; ses mains, cependant, essayaient toujours d'attraper l'arme.

Sanglotant, Diana attrapa un petit tabouret doré recouvert de soie blanche et, avec autant d'élan que possible, elle l'abattit sur le crâne de l'homme. Puis elle s'empressa de prendre son revolver. Ses mains tremblaient comme elle libérait l'arme de l'étui, mais enfin elle parvint à la saisir et recula d'un pas, le doigt sur la détente, prête à tout si nécessaire. Alors seulement, elle constata que le garde était inconscient.

Elle poussa un soupir de soulagement audible et se précipita pour prendre le trousseau de clés passé à la ceinture de l'homme. Une à une, elle essaya les clés jusqu'à ce que la porte cède. Elle s'enfuit alors le long du couloir en direction de l'escalier.

Elle y arrivait presque lorsqu'une ombre bougea en haut des marches. Réprimant un gémissement, elle leva le revolver.

— C'est la seconde fois que tu me menaces d'une arme.

En reconnaissant la voix de Seth, elle sentit ses jambes vaciller.

— Toi… Toi. Tu es venu.

Il ne portait pas une armure, mais était entièrement vêtu de noir. Et, plutôt qu'une épée, il tenait son revolver à la main.

Ce n'était pas un souvenir, mais la réalité.

La robe de Diana était déchirée, ensanglantée, son visage contusionné, ses yeux agrandis par le choc. Seth avait dû tuer deux hommes pour arriver jusque-là, mais lorsqu'il la vit dans cet état, il songea que ce n'était pas assez.

Il aurait voulu courir vers elle, la serrer contre lui, mais il résista à la tentation. Il savait qu'elle s'effondrerait s'il la prenait dans ses bras.

— Ça va, maintenant, c'est fini. Nous allons te sortir de là. Personne ne te fera de mal.

— Il va les tuer, dit-elle en s'efforçant de respirer, de garder le contrôle d'elle-même, de ne pas s'évanouir. Quoi que je fasse, il va les tuer. Virginia, Stella. Il est fou. Personne n'est en sécurité. Il va essayer de nouveau, conclut-elle dans un murmure.

Il lui prit doucement le revolver des mains.

— Où est-il, Diana ?

— Dans la bibliothèque, il y a un panneau secret qui donne sur un escalier et une espèce de… de cave. Il est là-bas avec ses jouets, ses précieux jouets. Je l'ai poignardé avec un couteau de table.

— C'est bien, tu as fait ce qu'il fallait, la rassura-t-il. Viens avec moi, à présent.

Il l'aida à descendre l'escalier.

— Par là, indiqua-t-elle, la troisième porte à gauche.

Un mouvement la fit sursauter, mais elle poussa un soupir de soulagement en reconnaissant Jack.

— La voie est libre, dit-il à Seth.

— Emmène-la dehors.

Le regard de Seth le suppliait de prendre soin d'elle. Jack se contenta de hocher la tête.

— Non, attendez, je dois vous montrer.

Avant qu'ils aient pu la retenir, elle pénétra dans la bibliothèque et s'approcha d'une rosette gravée dans le marbre, qu'elle fit pivoter.

— Je l'ai vu faire, expliqua-t-elle.

Sans un bruit, le panneau dissimulé coulissa.

— Jack, fais sortir Diana de là. Une fois dehors, lance un appel d'urgence. Je m'occupe de lui.

— Il va devoir le tuer, murmura Diana lorsque Seth eut disparu. Cette fois, il ne peut pas échouer.

— Il sait ce qu'il a à faire.

Il n'avait pas fermé la porte, observa Seth. Ce salaud arrogant était si sûr de lui… Tout en gardant son revolver levé, prêt à l'emploi, il poussa le lourd battant et entra. Il cligna des yeux devant l'amas d'or et de pierreries qui lui apparut, mais concentra aussitôt son attention sur l'homme assis sur un immense trône au milieu de la vaste pièce.

— C'est fini, DeVane.

DeVane n'était pas surpris. Il savait qu'il viendrait.

— Vous prenez un gros risque. Et ce n'est pas la première fois. Vous vous en souvenez, n'est-ce pas ? Vous en avez rêvé… Vous êtes déjà venu essayer de me reprendre les Etoiles et la femme. Vous aviez une épée, alors, lourde et sans fioritures.

Une image s'imposa brièvement à l'esprit de Seth. Un château fort, un ciel de tempête, une femme aimée, une pièce remplie de joyaux. Et, sur un autel, le triangle arraché au dieu, les diamants bleus comme des étoiles.

— Je vous ai tué, et j'ai laissé votre corps aux corbeaux. Et je le ferai encore.

DeVane leva lentement la main, et le revolver qu'il tenait apparut.

Les deux coups partirent presque simultanément. La pièce trembla, résonna. Puis le silence revint, oppressant.

Lentement, Seth avança et regarda l'homme tombé face en avant sur une montagne d'or.

Diana entendit les coups de feu et, l'espace d'un instant, son cœur cessa de battre. Puis elle le sentit redémarrer, elle sentit son sang couler de nouveau dans ses veines et elle sut que Seth était vivant. Pourtant, elle garda le regard fixé sur l'entrée de la maison. Il fallait qu'elle le voie de ses yeux.

Enfin, il sortit de la vaste demeure, la démarche assurée, et se dirigea vers elle. Il s'arrêta à quelques pas d'elle, silencieux.

— C'est terminé ? demanda-t-elle d'une voix qui ne tremblait pas.

— Oui.

— Tu vas avoir besoin de ma déposition.

L'espace d'un instant, Seth ne put dissimuler sa surprise. Puis il se reprit.

— Ça peut attendre.

— Pourquoi ? Je veux que ce soit fini. Je veux mettre tout ça derrière moi. J'en ai besoin.

Et il faisait partie de ce « tout », songea Seth avec un douloureux pincement au cœur.

— Diana, tu es blessée et choquée. Une ambulance est en route.

— Je n'ai pas besoin d'une ambulance.

— Ce n'est pas à toi de m'indiquer ce dont tu as besoin ! s'écria-t-il, furieux à présent. J'ai dit que cette satanée déposition attendrait, O.K. ? Tu trembles, bon sang. Assieds-toi, pour l'amour du ciel.

Quand il tendit les mains vers elle, elle fit un pas en arrière.

— Ne me touche pas !

S'il la touchait, elle craquerait, elle le savait. Elle éclaterait en sanglots et le supplierait de lui revenir.

Les mots faisaient à Seth l'effet d'un coup de couteau. Conscient que ses mains tremblaient, il les enfonça dans ses poches et fit un pas en arrière.

— Très bien. Mais assieds-toi, s'il te plaît. Cade, Jack, occupez-vous d'elle.

Et, s'efforçant d'ignorer le visage livide de la jeune femme, et le besoin qu'il éprouvait de la prendre dans ses bras une dernière fois, il s'éloigna en direction de la maison.

Les oiseaux chantaient, saluant le matin, lorsque Diana sortit dans son jardin. Les bois autour de la maison étaient verts et sereins, et elle respira avec délices l'air chargé de senteurs sylvestres. Elle avait éprouvé le besoin de venir là, dans son refuge, et d'y venir seule.

Stella et Virginia avaient compris et respecté son désir d'isolement. D'ici à quelques jours, elle les appellerait et les inviterait à venir la rejoindre avec Jack et Cade. Mais pas tout de suite. Pas encore.

Elle n'avait pas revu Seth, cette fameuse nuit. Elle avait répondu aux questions de la police locale, patiemment, puis avait demandé à Cade et Jack de l'emmener chez Salvini rejoindre Stella et Virginia. Et les Trois Etoiles.

Seules, dans une pièce à peine éclairée, elles avaient chacune pris une pointe du triangle, et senti la puissance qui s'en dégageait, la lumière presque irréelle au cœur des pierres. Et elles avaient su que c'était fini. Ce qui devait être accompli l'avait été.

— C'est comme si nous avions déjà fait cela, autrefois. Mais ce n'était pas suffisant…, avait murmuré Virginia.

— Cette fois, ça l'est, avait affirmé Stella en les regardant tour à tour. Le cycle est terminé.

Ensemble, les trois femmes étaient sorties de la pièce, et étaient allées s'asseoir dans un café. Là, Diana avait tout dit à ses amies. Elle avait partagé avec elles la terreur, la douleur, la confusion qui avaient marqué les dernières heures, elle s'était entièrement vidée, et s'était enfin sentie mieux.

A présent, elle allait pouvoir guérir. Seule.

Elle ramassa son panier de jardinage et alla s'occuper de ses fleurs. C'était une activité simple, saine, qui lui apaisait l'âme et lui vidait la tête.

Lorsqu'elle entendit une voiture approcher, elle fronça les sourcils avec irritation. Elle ne voulait aucune autre compagnie que celle de ses plantes. Lentement, elle se leva, bien décidée à se débarrasser de l'importun poliment mais fermement.

Son cœur se mit à battre la chamade lorsqu'elle reconnut la voiture de Seth garée au milieu de son allée. En silence, elle le regarda descendre du véhicule et se diriger vers elle.

— Tu es bien loin de chez toi, Seth, dit-elle d'une voix dénuée d'expression comme il s'arrêtait à deux pas d'elle.

— Tu n'es pas facile à trouver.

— Je préfère ça. J'aime être seule, ici.

— C'est un endroit magnifique.

— Oui.

— Isolé. Paisible. Tu as bien mérité un peu de paix.

Il plongea son regard dans le sien en disant cela, et la jeune femme sentit son cœur s'emballer de nouveau.

— C'est pour cette raison que je suis venue. Et toi ? Que fais-tu ici ?

— J'avais besoin de te parler. Diana…

— Je comptais aller te voir à mon retour. Nous n'avons pas beaucoup eu l'occasion de parler tous les deux, cette nuit-là. Je devais être plus choquée que je ne le croyais, je ne t'ai même pas remercié.

Cette voix froide, polie, courtoise était pire, se dit-il, qu'une bordée d'injures.

— Tu n'as pas à me remercier.

— Tu m'as sauvé la vie, et tu as sauvé la vie des personnes que j'aime le plus au monde. Je sais que tu as enfreint la loi pour me retrouver, et je te suis reconnaissante.

— J'aurais fait n'importe quoi pour t'arracher à ce type.

— Oui… oui, je sais. Et, parfois, je me demande si nous avions le choix de nos actions, ou si elles nous étaient dictées par une force… supérieure. En tout cas, j'espère que ta carrière ne souffrira pas de ce qui s'est passé. J'ai l'intention d'intervenir auprès de tes supérieurs…

— Ne t'inquiète pas pour moi. Je ne perdrai pas mon job. Et, de toute façon, tout cela n'a aucune importance.

— Oh, si, Seth, c'est important. Mais pour l'instant, tu vois, je prends quelques jours de repos ; alors, si tu veux bien m'excuser, j'aimerais me remettre à mon jardinage avant qu'il ne fasse trop chaud.

Elle se retourna pour s'en aller, mais il l'arrêta en la prenant par le bras.

— Tu crois que ça va se terminer ainsi ?

— Je crois que tu as déjà mis un terme à notre histoire, répondit-elle froidement.

Il s'approcha tout près d'elle, et leva doucement la main vers sa joue contusionnée.

— Oh, Diana, il t'a fait mal…

— Ce n'est rien.

Elle se dégagea, et les mains de Seth retombèrent lourdement.

— Les bleus finiront bien par disparaître, et ce salaud est mort, grâce à toi. Il est mort, et tout est fini. Les Trois Etoiles ont retrouvé leur place, tout est revenu à la normale. Tout est parfait.

— Vraiment ? Diana, je t'ai blessée, et tu refuses de me pardonner.

Elle s'apprêtait à parler, mais il l'arrêta d'un geste.

— Est-ce que tu sais seulement ce que j'éprouvais, quand je te savais entre ses griffes ? Ce que j'ai ressenti quand tu as appelé, et que j'ai entendu la peur dans ta voix ?

— Je ne veux pas y penser. Je ne veux pas repenser à tout ça.

— Et moi, je n'arrive pas à penser à autre chose. Dès que je ferme les yeux, je te revois debout en haut des marches, avec ta robe déchirée, du sang partout. J'étais là, et je ne savais pas ce qu'il t'avait fait. Je ne pouvais que me remémorer des souvenirs, des bribes de souvenirs d'autres temps, d'autres lieux. Des souvenirs d'impuissance et d'échec.

— C'est fini, répéta Diana.

— Tu t'en serais peut-être sortie sans moi. Tu as maîtrisé un garde qui faisait trois fois ta taille ! Et je crois que c'est ça qui me rendait malade depuis le début, l'idée que j'avais mille fois plus besoin de toi que toi tu n'aurais jamais besoin de moi. Et maintenant je me rends compte combien j'ai été idiot de craindre ça. Maintenant que j'ai connu la vraie peur — la peur de te perdre —, plus rien ne peut m'atteindre.

Incapable de tenir plus longtemps, il la prit dans ses bras sans tenir compte de sa résistance et enfouit son visage dans ses cheveux.

— Ne me repousse pas. Ne me renvoie pas. J'ai besoin de toi, Diana. J'ai besoin de toi.

L'instant d'après, il prenait ses lèvres avec une urgence presque désespérée. Incapable de résister, elle ferma les yeux, glissa ses bras autour du cou de son compagnon et s'abandonna à cette étreinte.

— Je ne te repousserai pas, murmura-t-elle tout contre sa bouche. Je suis heureuse que tu sois là. Viens, Seth. Viens à l'intérieur. Viens avec moi.

Du bout des doigts, il l'obligea à relever la tête vers lui et plongea son regard dans le sien.

— Diana, je ne suis pas venu ici pour t'emmener au lit. Je ne suis pas venu pour reprendre notre histoire là où nous nous étions arrêtés…

— Pourquoi es-tu venu, alors ? Que veux-tu, Seth ?

— Je suis venu pour que tu me dises ce que tu souhaites. Ce dont tu as besoin.

— J'ai besoin de paix, et ici je suis en paix. D'amitié — et j'ai les meilleurs amis dont on puisse rêver.

— Et c'est tout ? Cela te suffit ?

— Ça m'a suffi toute ma vie.

— Mais si tu pouvais avoir davantage, que voudrais-tu, Diana ?

— Souhaiter ce qu'on n'obtiendra pas fait souffrir inutilement.

— Dis-moi. Parle-moi franchement. Dis-moi seulement ce que tu voudrais.

— Une famille. Des enfants. Je veux des enfants et un homme qui m'aime — qui soit prêt à fonder une famille avec moi.

— Diana, je t'aime. Je t'aime, répéta-t-il en voyant la stupeur se peindre sur les traits délicats de la jeune femme. Je suis tombé amoureux de toi avant même de t'avoir vue. Je suis tombé amoureux d'une image, d'un souvenir, d'un espoir. Je ne sais pas si c'est le destin, la chance ou quelque chose d'autre qui est responsable. Mais c'était si profond, si rapide, si fort que j'ai pris peur. Je ne voulais pas courir le risque de te faire confiance, de faire confiance à un sentiment si dévastateur qu'il m'empêchait de penser, de fonctionner. C'est pour cette raison que je t'ai repoussée.

Ses mains glissèrent le long des bras de Diana pour enserrer les siennes.

— Diana, je te demande de croire en nous de nouveau. Et de m'épouser.

— Tu… tu veux m'épouser ?

— Je voudrais que tu rentres en ville avec moi. Je sais que ça fait un peu vieux-jeu, mais j'aimerais te présenter à ma famille. Je voudrais leur faire connaître la femme que j'aime, la femme avec qui je veux partager ma vie. La femme avec qui je veux avoir des enfants.

— Oh…

Toute l'émotion accumulée dans le cœur de Diana parut exploser, et de grosses larmes se mirent à rouler sur ses joues.

— Mon amour, ne pleure pas… Diana, je t'en prie, ne me dis pas qu'il est trop tard. Ne me dis pas que j'ai tout gâché.

— Je t'aime tant, balbutia-t-elle.

Elle referma ses doigts autour des poignets de son compagnon, regarda l'espoir et le bonheur envahir son regard d'or.

— J'ai été si malheureuse en t'attendant. J'étais certaine de t'avoir manqué une nouvelle fois.

— Non, pas cette fois. Plus jamais, dit-il en l'embrassant doucement.

— Non, plus jamais, répéta-t-elle contre ses lèvres.

— Dis-moi que tu acceptes de m'épouser. Je veux t'entendre le dire.

— Oui. Oui, mon amour !

Elle le serra contre son cœur. Les étoiles dormaient sous la douce lumière du matin. En cet instant plus que jamais, la jeune femme avait le sentiment d'être le maillon d'une chaîne infinie, et de retrouver enfin sa place.

Il garda les yeux clos, la joue contre ses cheveux.

— Nous sommes arrivés. Nous avons tous deux trouvé la place qui nous était réservée de toute éternité. Tu le sens ?

— Oui, murmura-t-elle. Et maintenant, mon amour, tout peut commencer.

Le 1er mai

Dans l'œil du tueur - Gayle Wilson • N°286

Depuis qu'elle a participé, comme psychologue, à un entretien télévisé sur un tueur en série, Jenna vit dans l'angoisse. Tout le monde a cru qu'elle avait de la compassion pour l'assassin qui sévit à Birmingham. Or l'homme est cruel et vaniteux. Il jubile de l'intérêt que lui portent la presse et la police. Et il a vu Jenna parler de lui à la télévision... Sans le savoir, elle est devenue la prochaine victime sur sa liste...

Les bois meurtriers - Ginna Gray • N°287

Le tueur en série qui sévit à Mears, dans le Colorado, viole ses proies puis les laisse s'enfuir dans la forêt, pour les traquer sans pitié et les abattre de son fusil... Il a déjà fait plusieurs victimes lorsque l'inspectrice Casey O'Toole s'empare de l'affaire, et les pistes sont rares. Deux points communs rapprochent les femmes abattues : chacune a, comme Casey, les cheveux d'un roux flamboyant. Et elles ont toutes consulté le même chirurgien esthétique, le trop séduisant Mark Adams...

Noire vengeance - Maggie Shayne • N°288

Beth a tout perdu il y a 18 ans, lors d'une nuit sanglante. Elle est alors membre d'une secte dirigée par Mordicai Young, un homme fascinant, aux dons de medium. Mais la secte est détruite par les flammes... Beth ne veut plus jamais vivre ce cauchemar. Elle a changé de vie. Et reste sur la défensive. Car Mordicai cherche à la retrouver pour se venger. Elle doit se soumettre à son pouvoir et lui donner un héritier, à qui il pourra transmettre ses pouvoirs visionnaires...

Secret mortel - Laurie Breton • N°289

Fuir. Robin doit fuir tant qu'il en est temps. Elle possède de dangereux documents qui compromettent Luke Brogan, le policier le plus influent de la ville. Et cet homme sans scrupules est prêt à tout pour récupérer ces pièces à conviction. Elle doit disparaître. Changer de vie. Dorénavant,

Robin s'appellera Annie, et tiendra un motel à l'autre bout du pays. Mais la traque n'est pas finie, et le moindre indice peut remettre Luke Brogan sur ses traces...

L'héritière des Highlands - Fiona Hood-Stewart • N°290

Devenue l'héritière du grandiose domaine familial de Dunbar, India prend subitement conscience de son attachement viscéral à cette vieille demeure, plantée au cœur des terres écossaises. Mais pourra-t-elle la conserver ? Un riche entrepreneur, Jack Buchanan, est tombé sous le charme de la propriété... et tente par tous les moyens de séduire la jeune femme accablée de solitude. L'heure est venue pour India de retrouver ses racines. Des racines qui vont chercher loin dans la terre de ses ancêtres, et jusque dans l'âme de Dunbar.

Le blason et le lys - Joan Wolf • N°291

Le jour des noces, le soleil ne se montra pas. Le ciel plombé semblait au diapason des sentiments d'Eleanor de Bonville alors qu'elle pénétrait dans la cathédrale. Mon Dieu, pourquoi avait-il fallu que sa soeur aînée meure à la veille de son mariage et qu'on la contraigne à prendre sa place ? Du coin de l'œil, Eleanor observa son promis. Lord Roger de Roche, comte du Wiltshire, semblait en proie à une insoutenable tension. Qui eût pu l'en blâmer ? De toute évidence, il n'était pas plus heureux qu'elle de cette union forcée... Oppressée, elle s'entendit prononcer le « oui » fatidique qui scellait son destin...

Le prédateur - Lynn Erickson • N°68 *(réédition)*

Si Anna Dunning n'est pas femme à perdre son sang-froid, les appels téléphoniques obscènes qu'elle reçoit depuis quelque temps la minent cependant à petit feu. Elle finit par accepter une protection rapprochée... pour le regretter aussitôt : la présence constante à ses côtés d'un ancien flic accusé de falsification de preuves dans une affaire de meurtre et rongé par l'amertume ne fait qu'ajouter à sa nervosité. Une nervosité qui croît, à mesure que le mystérieux pervers se révèle plus insaisissable qu'une ombre...

Composé et édité par les
éditions Harlequin
Achevé d'imprimer en avril 2007

BUSSIÈRE
GROUPE CPI

à Saint-Amand-Montrond (Cher)
Dépôt légal : mai 2007
N° d'imprimeur : 70336 — N° d'éditeur . 12784

Imprimé en France